天下人心

凤岐　宗利华

著

人民文学出版社

图书在版编目（CIP）数据

天下人心/凤岐，宗利华著. —北京：人民文学出版社，2022
（2024.4重印）

ISBN 978-7-02-017234-4

Ⅰ.①天… Ⅱ.①凤… ②宗… Ⅲ.①长篇小说—中国—当代
Ⅳ.①I247.5

中国版本图书馆 CIP 数据核字(2022)第 108793 号

责任编辑　陈彦瑾
装帧设计　刘　远
责任校对　杨益民
责任印制　张　娜

出版发行　人民文学出版社
社　　址　北京市朝内大街 166 号
邮政编码　100705

印　　刷　三河市鑫金马印装有限公司
经　　销　全国新华书店等

字　　数　465 千字
开　　本　710 毫米×1000 毫米　1/16
印　　张　38　插页3
印　　数　69001—72000
版　　次　2022 年 8 月北京第 1 版
印　　次　2024 年 4 月第 7 次印刷

书　　号　978-7-02-017234-4
定　　价　79.00 元

如有印装质量问题,请与本社图书销售中心调换。电话:010-65233595

谨以此书

献给英勇奋战在反腐败斗争第一线的同志们！

缅怀在斗争中献出宝贵生命的亲爱的战友们！

目　录

第一章 首 战

1

正月十六,一年复始。一场久违的大雪簌簌而下,是个好年景。

身材魁梧的欧阳云开走进会场,稍一驻足,锐利的目光扫过整个大厅。

惠安宾馆三楼会议厅内,座无虚席,气氛热烈,设立崇山大学惠安分校的签约仪式正在这里进行。台上,主持人热情介绍着重要来宾名单。前排中央,崇山大学党委书记齐九天和惠安市长孙岱相邻而坐,交谈正欢。

欧阳云开身着深蓝色休闲西装,在清一色正装的与会人员当中,并不引人注目。清秀俊朗的杨帆手提公文包,紧随其后,两人悄然走到后排一个不太起眼的角落。

按带人方案,今天要控制的一号,正是齐九天。按说,他们完全可以在会场上把人带走,但欧阳云开却想,无论如何,齐九天是党组织多年培养起来的学者型干部,对教育事业发展,是有贡献的,不当众带人,给他保留些体面和尊严,有利于做好后续工作,促使他积极配合调查,更能体现人文关怀,体现政治文明。再有,今天签约仪式,可谓广大惠安学子一大喜讯。自己老同学孙岱,为此多方奔走,才让项目落地,一定要等签约完成后,再带齐九天。最好悄无声息,风平浪静。

1

欧阳云开正想着,这边签约仪式已进入高潮。齐九天和孙岱登上前台,对视一笑,同时伸出手来,按向面前的镭射球。光球闪亮,铿锵激越的音乐骤然响起,大屏幕上欢快地蹦出一行红字——"热烈祝贺崇山大学惠安分校签约圆满成功!"随后,两人并肩走向一边的签字桌。

　　台上二人特点鲜明。齐九天中等偏上身材,气度不凡,孙岱个头偏矮,头发稀疏,一脸随和。二人交换过合作协议书,紧紧握手,然后一起回过身来,微笑着面对台下,与媒体记者紧密配合,整个过程,完美流畅。一时间,台下长枪短炮,对准他们,咔嚓咔嚓,好一番围攻。这样的场景,齐九天十分享受,人生如斯,夫复何求?

　　"二号到了。"杨帆看过手机,突然低声对欧阳云开耳语,"车上还有另外三人。"

　　除了二号,又增加了三个?欧阳云开眉头微皱。楼下现在只有江镇澜一人,他自己应付二号已有难度,再以一敌四,这可不行。他低声对杨帆说:"你快下去,帮帮镇澜,这里结束还得一会儿。我会想法把一号引到他房间,进了门,便立即告诉你房号。等下边一有头绪,你一定尽快过来接应我。"杨帆一个转身,快步离去。

　　签约仪式结束,会场中洋溢着喜庆气氛,出席仪式人员陆续退场。欧阳云开心说,该我上了,便站起身,向人群中的齐、孙走过去。

　　此时两人还在热烈交谈着。孙岱激动地说:"今后惠安学子无须远行,在家门口,便可享受到一流大学丰厚的教育资源,真是一大幸事啊。我代表在外地的王伟书记,也代表惠安百姓,感谢你啊齐书记!"

　　"建分校,才是第一步,"齐九天意气风发,"今后,我们要走的路更长,前景更广阔。市长放心,分校落地后,我会把主校区一批骨干教师拉过来。我做事就这风格,要做,定做成最好!"

与齐九天交谈的孙岱,并没注意到身后有人,等后背突然被人捅了一下,忙回头看时,才发现竟是欧阳云开。

"别说我是谁,只告诉齐九天,我是你老同学,求他办点儿事,其他的,你就别管了。"欧阳云开不等孙岱开口,凑到他耳边悄声说。

孙岱眉头一挑,难掩惊愕。

眼望大厅的齐九天对此并无察觉,看一眼手腕上的表:"用餐时间到了。"

"齐书记,这我老同学,想托你办点儿事。"孙岱凑近他,压低声音。

"喔,啥事?说吧。"齐九天面带微笑,扫欧阳云开一眼。找他办事的人太多,如不是孙岱为他说话,他才懒得停下脚步。

"齐书记,这事儿我得单独向您汇报。"欧阳云开满脸堆笑,"能不能去大厅外边儿?"

齐九天稍皱眉头,打量了一眼面前这人,确实不熟悉:"那你快点,我正忙着。"齐九天勉强向大厅外走去。欧阳云开瞥一眼孙岱,随齐九天出门。

齐九天要出事?一定!孙岱暗自惊叹,不早不晚,刚刚签约,人便被领走,肯定不是巧合。看来,老同学在带人时机的把握上,也是用心了,不然,将来再签字,还不知生出多少变数呢。想到这里,不由得瞅一眼跟随齐九天的欧阳云开,见他一改往日神态,看上去低头哈腰的,一时感到震惊又好笑。孙岱趁隙悄然抹一把额头,竟湿漉漉的。

"坐这里说吧。"走出会议厅,齐九天一指走廊内的沙发。

欧阳云开快速看了一眼四周,正是自己担心的。假如楼下控制二号一行四人的行动稍有闪失,齐九天将瞬间得到信息,不知会做出什么反应。最要命的,他如果一头从楼上扎下去,怎么办?

"齐书记，一句两句说不清啊。这里人多，要不，去您房间里说？"

"你没看多少人在等我？"齐九天紧皱眉头，一指大厅。确实，会议厅内，孙岱以及他的随行人员，还有崇山大学来的人，都在等他用餐。

"真是给您添麻烦了。"欧阳云开搓着双手，一副万事求人难的可怜相，又低下声音，"在这里，真是不大方便。"

看得出来，齐九天显得不耐烦，欧阳云开却是笑脸相迎，心里断定，毕竟崇大书记，即便内心再不情愿，也定然不会当场发作，再说，还有孙岱的面子。果然，齐九天瞪他一眼，一个字也不多说，转身就走。欧阳云开紧紧跟随，侧身见孙岱跟过来，遂暗暗摆手，孙岱会意，停下了脚步。一路上，欧阳云开边走边打量，留意过会儿带人时要走的路线是否安全。待齐九天走到自己房间开门时，欧阳云开悄悄把房间号发给了杨帆。

齐九天进屋，径直走向里边沙发，顺势坐下，身子半躺在靠背上。欧阳云开关闭房门，看似不经意间扫了一眼窗户、卫生间等处。

"这行了吧？有啥事快说吧。"

"哎哟齐书记，这半天，光顾着找您，快渴死了。要不，麻烦您给倒杯水喝？"

齐九天一愣，慢慢把身子一挺，冷冷地上下打量着欧阳云开，也不说话。意思再清楚不过，呵，你倒真好意思啊？

欧阳云开不顾这些，一屁股坐在另一侧沙发上，顺手抓起茶几果盘中的一个苹果，冲齐九天比画了一下："没水喝，吃个苹果也行。"

齐九天一下坐直身子，两眼瞪着欧阳云开。来求他办事的人，哪个不是小心翼翼，大气都不敢喘，谁敢在自己跟前如此放肆？这倒让齐九天好奇起来。他这一生，啥样人物没见过？既然是孙岱的老同学,面对他又如此镇定,不像不懂规矩,那他一会儿嬉皮笑脸,一会儿装傻卖呆,恐怕不会那么简单。齐九天脑子快速转着。近些年,崇山大学斥资五十多个亿搞基础建设。说不定,来跟我要工程的?或者推销教学器材的?要这样被他缠住,一时半会儿可脱不开身。

"你真不把自己当外人!"齐九天站起身来。

欧阳云开没有跟齐九天对视,脑子里只绷紧一根弦,不管怎么着也不能让他离开房间。他低着头,慢腾腾地啃着苹果,嘴里嘟囔一句:"苹果可真红,真甜!"

怪的是,齐九天听了欧阳云开这话,一时竟愣在那里,脑海闪过一个画面。那是放在他办公室抽屉内的一张照片,一个小男孩长相跟齐九天酷似,顽皮可爱,也同样在甜甜地啃着红红的苹果。想到这里,齐九天心底生起一股暖意,余愿已了,足慰平生!

"嗯,"等把苹果啃完,欧阳云开又向水果盘里看了一眼,"我再吃根香蕉哈,太饿了。"不等齐九天说话,他又抓起一根香蕉,仔细地扒开皮,一口一口地吃了起来。

齐九天的手伸向了裤兜,要掏手机,突然想起不在身上。他是下意识地想喊个人来,应付一下眼前这个不速之客。他不想为这种人耽搁时间,因为他的结拜兄弟张大志正赶往惠安,定好了会后与自己在宾馆见面,说不定已在楼下等候了。可他哪里知道,张大志已被列为二号,省纪委常委江镇澜在楼下悄然等候的,正是他。但眼前这个人还在细嚼慢咽,又不说来意,可恨!"出去!"齐九天怒火中烧,语气逐渐严厉起来。再有涵养的人,也受不了这个。

欧阳云开好像被噎住,他伸伸脖子,才把气喘匀:"齐书记,我跟孙岱,真是老同学,确实有事儿求您。您等我把这根香蕉吃完哈。"

"我不管你是谁!出去,出去!"

"别发火呀!"欧阳云开站起身,靠近齐九天,"给孙市长点面子嘛。"

"出去,你给我出去!"齐九天指着他的脑门,"我齐九天,还从没见过你这号没脸没皮的人!"

正在这时,传来敲门声,笃笃笃,砰砰砰! 一次三声,两次六声,前三声低沉缓慢,后三声强劲急促,节奏感甚是奇特。是了,杨帆指法。欧阳云开长舒一口气,将手中半根香蕉,啪一下扔进垃圾桶,两手啪啪啪对拍几下,抽张纸巾擦了擦嘴,也扔进垃圾桶,顿时把脸绷了起来。

"你干什么?"齐九天吃了一惊,眼前这家伙,怎么转眼间变成了另外一个人?

"齐九天同志!"欧阳云开语调严肃,神情庄重,"我进房间这么久了,你不停地埋汰我,怎么就不问问我是谁呢?"

"同志"一词,一下子刺激到齐九天的敏感神经。从政的人,太熟悉其中含意了! 平日里喊书记、院长什么的,可到了正式场合,到了真正较劲的紧要关头,一声"同志",便暗含巨大力量! 齐九天瞬间感受到一股深沉而又无形的压力。

"你谁?"

"说起来我们有缘啊。我跟孙岱市长毕业于安海大学。你后来还在那里担任过副校长呢。"

"你也在政治系?"

"是。"

"那你……你在哪里工作?"

"省纪委。"

三个字,欧阳云开风轻云淡,但对齐九天来说,却似平地一声惊雷。他摇晃一下身子,伸手扶住沙发靠背,嘴唇抖动:"欧阳云开? 你……您是欧阳云开!"他一下回过味来,额头登时冒出细密

6

的汗珠。

欧阳云开，安海省纪委副书记、省监委副主任，分管案件调查工作十余年。十八大以来，几乎所有涉及省管干部的重大案件，他都参与或组织过查办。

"您……您找我，有……有什么事？"此刻，齐九天多么想保持省内一流高校党委书记、物理学家的气度，可做不到。他身体发软，像被抽掉筋骨，霎时瘫软在沙发上。

欧阳云开盯着他看，一言不发，眼睛里透出凌厉的光。

"云开书记，我……我刚才，太冒犯了，您找我，有什么事儿啊？"

欧阳云开大笑起来，笑得洒脱，笑得底气十足，一身正气。他缓缓站起身，几步走到门口，一把拉开门："你们进来吧。"

杨帆一步跨进，机敏地走到齐九天和房间窗户之间，垂手而立，悄然间堵上通往窗口的路线。紧随其后，两个小伙子一左一右，守在门口。欧阳云开看着两人面熟，却叫不上名字，知道是惠安市纪委的同志，常抽调省纪委帮助工作的。

"九天同志，省委陈放书记请你去趟文昌，有事需要你说清楚。"欧阳云开边说，边冲杨帆示意。

两人一起工作已久，无须多言，一个眼神足够。杨帆立即打开公文包，将工作证递向齐九天："齐书记，我是省纪委第十审查调查室副主任杨帆。这是省监委对你采取留置措施的决定书。"

齐九天面色蜡黄，颤抖着接过来，上下仔细看过，轻轻摇了摇头，紧紧闭上了眼睛，两行泪水悄然流下。

"齐书记，请把手机交给我吧。"杨帆一伸手，"这是规矩。"

"我忘家里了。"

听齐九天说没带手机，欧阳云开便想到今早在崇山扑空的情形，点点头，然后给孙岱打电话："孙市长，齐书记请你转告他的同事,他有急事,需要立即赶到省城,不能与你们共进午餐了。"然后转回身来,"九天同志,收拾一下,咱们走吧。"

"我……我能去一下洗手间吗?"齐九天犹豫一下,压低声音。

"当然可以。"欧阳云开看杨帆一眼。杨帆立马靠过来,拉着齐九天的手,先他一步,走进卫生间,四下打量一番。另两个小伙子也靠过来,紧跟齐九天身后,在卫生间门口站立。

齐九天站在坐便器前,一动不动。

"齐书记,你解手就是。"杨帆柔和地说,"我在这里,是保证你安全的。"

"唉!"齐九天仰天长叹一声,轻轻摇一摇头,这才慢慢去解腰带。可当他见杨帆眼睛一眨不眨地盯着自己,又停下来,过了一会儿,才缓缓解开腰带,脸色却变得很不自然。杨帆见他磨磨蹭蹭,警惕起来,低头一瞧,只见齐九天的白色内裤、秋裤湿了一片,立即明白过来,肯定是齐九天吓得一时失禁,尿了裤子。杨帆办案无数,对此不以为奇,伸手扯过一摞卫生纸递过去:"齐书记,等解完手,垫到里边吧,路远。到文昌后再给你换新内衣。"

"谢谢。"好半天,齐九天挤出两个字来。

正是午餐时间,走廊内空无一人。杨帆在前,手拉齐九天行李箱。两个小伙子居中,一左一右,紧贴齐九天。欧阳云开跟在他们身后,密切注视周边。

齐九天早就知道欧阳云开,一直想以探望安大校友名义,过去认识一下,可阴差阳错地没去成。谁知第一次见面,竟是这种场合。"云开书记,刚才我态度不好,请您原谅。"齐九天低声道歉。

"九天同志,"欧阳云开一脸诚恳,"刚才你确实不怎么高兴。我让你回房间,是想避开那一屋子人,进来又拖这么长时间,也是不想当众带你,给你留点面子。可你,脾气真大。"

五人从酒店侧门走出,四辆车已等在那里。前面两辆银灰色商务车,后面两辆黑色轿车。挽着齐九天胳膊的小伙子,正要把他推上第一辆商务车,不料,齐九天身体绷紧,站在那里,一动不动。

"怎么了,九天同志?"欧阳云开走过来。

"云开书记,请稍等。"他仰望天空,大片大片的雪花,飞舞而下,不由长叹一声,"唉,没想到,我齐九天竟会栽在惠安!"

什么栽在惠安?本想春节前就要动手,在崇山拿下你的。考虑再三,毕竟你为党做了些工作,又是个孝子,才让你陪着老母亲安安稳稳过完年的。欧阳云开正想着,司机小马给他送来呢子外衣。他看着两眼含泪的齐九天,拍拍他的肩膀,轻声说:"我们走吧。"

齐九天上车后,身边两个小伙子一左一右,将他夹在后排中间,杨帆坐副驾驶座位。第三辆车内,坐着医务人员,以防路上出现意外。

个头不高却很健壮的江镇澜先前仔细检查了第二辆商务车,等齐九天上了第一辆商务车,又仔细察看一番,这才进了最后一辆红旗轿车,与欧阳云开一左一右,并排而坐:"二号张大志在第二辆车。另外仨,市纪委同志带到他们惠安的留置点了。"

欧阳云开轻轻一拍他的右腿,会意一笑。江镇澜曾任安海省检察院反贪局局长,办案能力、指挥能力超强。

车子缓缓启动。欧阳云开看着窗外,面色凝重,心情复杂。整个过程算是有惊无险,带人任务圆满完成,但齐九天接受审查调查,又让他倍感惋惜,"悲剧啊,家庭怎么办?他年迈的母亲怎么办?小小的私生子怎么办?"他像是自言自语。

"自己作死,怨谁?"江镇澜嘴里迸出一句。

欧阳云开也不争论,这不是一两句话能说清的。于是转了话题,转头看他笑:"镇澜,你这名字好啊!像是注定了,一辈子要干这行似的。"

"镇不住,镇住了还能出这么多贪官?"江镇澜摇摇头。

"江湖安澜,海晏河清,扫除腐败,政治清明。这恐怕便是镇澜之意吧?"坐在副驾驶位上的十室主任倪景行光头一闪,回头笑道。

大雪纷飞。四辆车朝省城文昌方向,徐徐而去。

2

崇山大学党委书记齐九天是个大腐败分子,叫校领导餐厅十八岁的服务员栾笑为他生儿子,寄养在亲戚家。

一个多月前,省纪委收到这封举报信。内容极短,加上举报人姓名、写信日期,一共没多少个字。关于举报人,案管室核实过,崇山大学确实有位离休老干部叫时启明。

江镇澜盯着那封信细看半天,对每一个字都琢磨了再琢磨:"有戏。"他不由得点点头,随即走进欧阳云开办公室。

欧阳云开的办公室在二楼,内饰色调略显冷峻,书橱、办公桌椅,包括木地板,都是胡桃木色。一眼看过去,哪怕角角落落,纹丝不乱,干干净净。那封举报信,他已经细细看过,此时起身站到窗前,眼望窗外晴空,沉思良久。举报信是他交给江镇澜的,字数虽少,可信息量极大。"我意见,可以启动初核程序了。如属实,这应该是安海省高校党委书记第一案。可以让倪景行靠上,杨帆和朱克坚配合,加强初核力量。你觉得怎样?"欧阳云开回身说。

"行,我安排。"江镇澜回到自己办公室,便电话叫倪景行过来。话不多,却直奔要害,"孩子要是真的,养活这个孩子的经济来源,便不会正当,齐九天背后的事儿就大了。云开书记嘱咐,顺瓜摸藤。"

"这倒是应了'事有必至,理有固然',走,先摸瓜去。"倪景行一听,顿时来了精神,轻轻拍一拍装满诗文辞赋的光亮脑袋,微微一笑。

他带上杨帆、朱克坚，立即驱车赶往崇山。到的时候，已是午后三点多。三人在崇山大学附近一家宾馆住下，夜色初上，方才起身，先去水果店买了两兜苹果、香蕉，遂打车向时启明住处赶去。

时家住址，是倪景行一个老同学提供的。这是崇山大学旧宿舍区。一楼，带个小院。借着路旁灯光，见院子里收拾得很干净。为防冻，几棵花用搭起的塑料布盖住。见院门半掩，三人于是推门走进去，来到房前，轻敲防盗门。不一会儿，屋檐下的灯亮起，门缓缓打开。

"你们找谁呀？"是位老太太，看上去有八十多岁，背有点驼。

"大娘您好，我们是文昌来的，过来看望时老。"杨帆笑着答道。

话音未落，老太太身后传来脚步声，一位满头白发的老者出现，"找我？啥事儿？"老人脸上写着警惕。

朱克坚忙递上工作证："时老，我们是省纪委的，想跟您了解一封举报信的事儿。"

老人接过工作证，借着灯光，眯着眼睛端详好一会儿，又抬头扫一眼三人，突然冷冰冰地说："找错人了。"

倪景行和杨帆迅速对视一眼，朱克坚忙问："您不是时启明同志吗？"

"我是，可与你们说的那个什么举报信，没关系。"说完，老人一伸手，把门咣当关上。

倪景行和杨帆面面相觑，朱克坚更一头雾水。倪景行低头想了想，冲门外轻轻摆摆手，三人便悄悄离开。

"咋回事儿？为啥老同志不配合呢？"朱克坚摸了摸额头。

"易中秘密穷天地，造化天机泄未然！"倪景行玄天玄地来了一句。他国学造诣颇深，言谈常引经据典。同志们根据他名字谐音，管他叫"你真行"。

"倪主任,都这时候了,说点儿叫人能听明白的。"朱克坚有点急。

"来,我看看你工作证。"倪景行站住。

朱克坚把工作证递给他:"能看出啥?"

倪景行仔细翻看:"原来如此。走,回去!"

门再次打开。这一回,是时启明开的门,脸上依旧冰冷。

"时老,我是省纪委第十审查调查室主任倪景行。这我工作证。"

时启明稍作迟疑,伸手接过工作证,细细端详,抬头瞧瞧倪景行,又探头向门外两边看一眼,这才露出微笑:"快进来吧!"他一边蹒跚走着,一边热情地吩咐,"老婆子,赶紧,给省里来的三位同志上茶!"

杨帆、朱克坚都不明就里,怎么回事儿?

杨帆忙把手中水果放到茶几上,帮老太太端过茶杯。时启明微微一笑:"对不起了倪主任,这是在崇山大学校区里面,小心点好啊。"

"哪里啊时老,是我们粗心。"倪景行忙说。

"这要是战争年代,那要出大事的!"

见时启明这般说,朱克坚仍蒙在鼓里,杨帆倒是估计工作证出了问题。

"我以一名老党员、老革命军人的身份,向你们保证:齐九天让栾笑生孩子这事儿,假不了!"

时启明直接切入正题,告诉他们,有一天,齐九天的司机喝醉了酒,无意中说出了栾笑为齐九天生孩子的事,说这孩子现在由齐九天妹妹抚养。栾笑与时启明的孙女年龄相近,十分投缘,所以也常来时家玩。栾笑从小没了爹娘,跟着爷爷奶奶,半路辍学,来崇大领导餐厅里当了服务员。时启明听了这事,赶忙打电话问,见栾笑回答支支吾吾的,也不否认,问她现在哪里也不说,老人就觉得这事假不了。

"他齐九天,有文化,有地位,知识分子啊,却搞腐败! 党性原则丢哪里去了? 别人知道了也不敢说,我时启明,跟共产党打天下,枪林弹雨走过来的,眼里揉不进沙子!"时启明越说越气愤,呼地一下站起来。

"慢慢儿讲嘛。"老太太一边给倪景行面前的杯子里加水,一边瞧了一眼时启明。

"我慢不下来,搂不住火! 那张大志,跟齐九天之间背后都啥猫腻? 教职工都议论纷纷的,不正常嘛。"

"时老,这张大志,又是什么情况?"一条新线索出现,倪景行便向杨帆、朱克坚看了一眼。

"一个建筑公司老板,跟齐九天天天黏糊一起,听说齐九天在青平教育学院时,便把许多工程给了张大志。他来到崇山大学后,这教学楼、图书馆、实验室,又都是姓张的干的,听说惠安建分校,这姓张的又要插手。国家投那么多钱,他齐九天,竟然把工程都给了张大志,你信他齐九天没得好处?"

与时启明聊至夜深,大致轮廓已然呈现。

"再次向三位道歉啊。"三人准备告辞,时启明对杨帆说,"一开始,我对你们态度不大好,请理解。"

"哪里啊时老,得感谢您才对。您对党的感情,对腐败的痛恨,让我们很受教育。这案子,离不开您的支持啊,只是——"杨帆稍作停顿,看一眼朱克坚,"请问,我们工作证有啥问题吗?"

倪景行一边微笑不语。

"倪主任的工作证是对的,"时启明指指朱克坚,"你那证过期了! 上面只有省纪委,没有省监委。我记得,省监委是去年二月份挂牌的,工作证一定得换新的才对。"

"我这工作证确是监委成立前的。因为一直在外头跑案子，还没顾上去换领新证。"朱克坚恍然大悟。

"省纪委省监委，大机关啊，代表着党的权威，内部管理一定十分严格规范，工作作风也一定严谨，怎么会使用过期的工作证呢？"

"时老您批评得对，回去后我马上去申领新证。"

与时老告别后，三人走出一段路，杨帆和朱克坚不停地感慨："时老真是严谨啊。"

倪景行告诉他俩，自己做过了解，时老是三级伤残军人，曾参加过苏中战役、孟良崮战役。老人家左胳膊不灵便，那是在孟良崮战役中受的伤。解放后，担任过崇山大学的前身崇山师专副书记。老人虽年迈，但头脑清晰，原则性强，容不得任何歪门邪道。所以齐九天从心底怵他，也防着他。

次日一早，倪景行打电话安排内勤，到省委组织部调取了齐九天档案，得知齐九天妹妹叫齐亚楠，任职于青平教育学院。于是，三人马不停蹄，直奔青平。在当地纪委协助下，一个叫齐宗远的四岁小男孩信息显露出来，户口本上显示，齐亚楠跟齐宗远的关系是"姑侄"。向江镇澜汇报后，倪景行决定近距离接触下这个孩子，只带杨帆去教育学院踩点，让朱克坚留下，整理在崇山摸到的情况。

齐宗远随姑姑住在青平教育学院，还没上小学，平日里，由一个保姆照看。倪景行和杨帆查清齐亚楠住址，次日上午，见天气晴好，便驾车去她楼外的花园旁边。杨帆看到楼前停着几辆私家车，通过查询电话，问清齐亚楠的车号。说来也巧，没过多久，只见一个不到五十岁的女人，被人搀扶着下了楼，扶上齐亚楠的轿车。

"看来齐亚楠身体不太好啊。"杨帆说，倪景行点点头。

车离开不久，小保姆一人带着孩子走出家门，进了小花园玩耍。

"要不，我去正面接触下？"杨帆问。

"带上这东西。"倪景行稍作思考,顺手递过一张纸。在宾馆前上车时,发现有人把这张英语培训班的广告压在雨刮器下,倪景行一把抽下来,顺手塞进兜里,还没扔掉,没想到此时派上用场。"去吧,你挺文静的,装扮个撒小广告的合适。我满脸褶子,头也忒亮。"倪景行笑了。

杨帆瞧他一眼,拉开车门,拐个弯儿,离花园稍远才又折回头,走到小保姆和小男孩身边,举着那张小广告,连比画带笑。有时还蹲下身子,仰着头跟男孩子聊几句。小保姆一会儿摇头,一会儿摆手。不一会儿,杨帆转回来,上车后便说:"这孩子真精神,好可爱。刚才拉出一条重要线索,孩子早晚要去东岛上小学。"

东岛是海滨城市,距青平市大约二百公里。

倪景行立即电话向江镇澜汇报。

"上学,必定有房子。再挖!"江镇澜说。

他们带上行李,立即驱车奔往东岛。果然,顺着"瓜",便拽出了"藤"来。这个小名果果、大名齐宗远的四岁男孩儿,居然名下有两套东岛的房产,属同一单元,对门,位于寸土寸金的东岛广场附近,而且还是学区房。更有价值的是,两套房子总价三百六十多万,出资方均是安海盛达建设有限公司,法定代表人正是张大志。

向江镇澜汇报后,倪景行立即安排杨帆、朱克坚主攻,拿死能动齐九天的关键线索。室内骨干配合策应,调取资料。在初核战果鼓舞下,大家一鼓作气,多地奔走,深挖细查,更多证据一一清晰浮出水面——

安海省近年来加大教育基础设施投入,崇山大学党委书记齐九天,更是彰显出实干家的魄力,瞄准时机,提出"外扩规模,内强素质"的响亮口号,紧锣密鼓,改造升级校园内基础设施,实施规模扩张,大力投资建设分院、研究院,目前已斥资五六十个亿。

张大志与齐九天关系密切。十多年间,齐九天从任青平教育学院院长、党委书记，到崇山大学党委书记，官当到哪里，他便跟到哪里。连非婚生子如此隐秘的事，齐九天都交由他张罗，足见两人关系非同一般。

如时启明所言，一些重要基建项目，尽管采取招投标方式，但最终中标者，均是盛达公司。通过调取银行数据和有关票据，张大志向齐九天利益输出的部分证据很快被掌握。齐九天获利数额特别巨大，仅张大志一人，便为齐九天购买房产四处。送栾笑一处，齐宗远名下两处，另有门头房一处，金额达八百余万元，另向齐九天亲属账户中，分批汇入资金六百余万。涉案总价值，超过一千四百万。

一号，齐九天。二号，张大志。三号，栾笑。三个关键人物，已形成一个完整链条。成案，确定无疑！

"我看，瓜也摸到，藤也拽出来，火候差不多了吧？"欧阳云开双手扣着，放在办公桌上，对坐在对面的江镇澜说。

"对，收网，挖根儿！"江镇澜很清楚，欧阳云开决心已经下定。

欧阳云开在和江镇澜议透后，便向省委常委、省纪委书记、省监委主任路达之办公室走去。路达之办公室也在二楼，秘书蓝天的办公室门开着。

"云开书记，达之书记正在接电话，请稍等。"见欧阳云开过来，蓝天赶紧起身。

欧阳云开刚在蓝天办公室坐下，路达之已打开门："云开啊，我听你说话声了，进来吧。"他中等偏上个头，儒雅中透着英气，略带江浙口音，"刚才接中纪委钟声主任电话呢，是说落实监督执纪工作《规则》的事。"

欧阳云开低头看时，见桌上摆着中共中央办公厅印发的《中国共产党纪律检查机关监督执纪工作规则》。

路达之翻开文件，推到他眼前："你看，这第四条。"

欧阳云开定神看去：

> 坚持惩前毖后、治病救人，把纪律挺在前面，精准有效运用监督执纪"四种形态"，把思想政治工作贯穿监督执纪全过程，严管和厚爱结合，激励和约束并重，注重教育转化，促使党员自觉防止和纠正违纪行为，惩治极少数，教育大多数，实现政治效果、纪法效果和社会效果相统一。

欧阳云开不住点头："文件我看过了，这条太重要了！"

"钟主任要求我们全面贯彻落实好文件，尤其要注意第四条。这一条，对做好执纪审查工作具有重要指导意义。他还特别强调，安海过去在加强思想政治工作方面，曾做过许多有益尝试，希望咱们再接再厉，创造出新的经验来。怎么落实好钟主任的意见，你再好好琢磨琢磨。"

"好，我会认真考虑的。"欧阳云开态度认真。

"只顾说话了，坐吧，有事找我？"路达之说。

"对齐九天的初核，有眉目了。"

路达之早就注意到，这些年高校投资很大，在管理监督上也可能存在一些漏洞，信访举报反映的这方面情况不少，很需要抓个反面典型，引起教育系统的警示。想到这里，他眉头轻轻一扬，看着欧阳云开："到啥程度了？"

欧阳云开简要汇报了初核的主要情况。听罢，路达之沉思片刻："这些证据，都拿死了？ 向省委报告，能写到什么程度？"

"三套房子、一处临街店铺的证据都已拿到，八百多万吧。当然还有其他线索，因为没动人，证据还不能完全坐实。"欧阳云开接着说，"建议你一起听听江镇澜、倪景行他们的具体汇报。"

"好吧。你们抓紧向省委起草报告，我一会儿到省委，向陈放书记当面汇报。"

3

省纪委监委的留置场所清水园,位于文昌东部山区。整个园区三面环山,树木繁茂,异常幽静。北山最高,东山稍低,南山最矮。西面一片平坦,是山坳出口,也是出入园区的正门。园内东南角几座楼,是工作人员住宿区。东北角,是武警楼。礼堂位于全园中心,楼前是不大的广场,广场前是半个足球场大的清水湖。院子西北角,是七号楼,为廉政谈话场所。西南方,是八号楼,为留置场所。

清水园山水相依。一股清泉,从北山山腰涌出,长年不断,环东山、南山,顺流而下,形成几股涓涓溪流,弯弯曲曲汇入清水湖,再经清澈狭窄的清水河,西出园区,南去注入浩浩文昌河。

这个看似幽静的方寸之地,却威震安海!

一行车队在大门口停下,一名身姿挺拔的年轻保安,手臂一甩,做出"请进"的标准姿势。进了大门,正面是座不高的假山,山后清水湖面已结冰。车子在湖前右拐,停在了八号楼前。这是留置楼,是对涉嫌严重违纪违法者采取留置措施的场所。

江镇澜迅速下车,指挥倪景行、杨帆等人,让坐在第一辆车上的齐九天先下车。坐在第二辆车里的张大志,一眼看到齐九天背影,暗暗吃了一惊:"啊?怎么会是大哥?"

随后,将齐九天送入八号楼一〇九号室。张大志被安排在一一二号室。

留置室内安放着长条桌,负责谈话的工作人员坐在后边,留置对象坐在对面,面前也有一张桌子。所有内饰、桌椅,全部软包装。

待齐九天坐下,案管室工作人员为他换上柔软舒适的加厚圆领绒衣,办案人员宣布纪律要求。

会议室内,大屏幕上切入几个小画面,从不同角度,显示出齐九天、张大志、栾笑在留置室内的情景。

欧阳云开、江镇澜走进二楼会议室,注视着屏幕上的影像。齐九天貌似镇定,努力保持崇山大学党委书记的沉稳。但欧阳云开、江镇澜这些经历无数硬仗的老办案人,早已练就犀利无比、直达内心的眼力。被留置人员任何一个细微动作,哪怕仅仅是飘忽而过的一个眼神,都会被他们敏锐捕捉到。只见齐九天偶尔两手一搓,或者,伸一只手无意间挠挠头。喝水时,双手紧捧纸杯,欲饮又止。这些细节,再清晰不过地显示出他内心的忐忑。欧阳云开说过,办案人是专业的,作案人是业余的。专业对业余,未等交手,胜负已定。

"突破齐九天,不难!"江镇澜向欧阳云开点一下头。

"进来就好办了。让伙计们慢慢谈就是。"欧阳云开直起身子,"可今天带他们的过程,还真不轻松啊!"

"一波三折!"江镇澜说。

欧阳云开哈哈一笑:"你以一敌四,尽显大将军气度!"

对于这位助手,欧阳云开打心里头认可。江镇澜原本就是检察系统办案高手,从省检察院转隶一年多来,对党纪条规掌握很快,能力更进一步。他精通法律,思维缜密,看似沉默寡言,实则言出必中。平日里总是面如冰霜,年轻人都不大敢跟他开玩笑。欧阳云开见他处事沉稳,指挥若定,便称他"大将军",重要事情也多交他处理。

二人正说着,倪景行身后跟着处级干部张浩,科级干部朱克坚、孙小雯和十几名借调办案的同志,依次走进来。不一会儿,两名负责后勤保障的同志送来一桶热气腾腾的姜糖茶水。大伙儿围绕一圈坐下,几个小伙子忙着给大家倒姜糖茶水。此刻,参与此案的工作人员全都聚齐。看上去,个个都精神饱满。一、二、三号均已带到，仗打得漂亮，得让大家高兴一下。于是，欧阳云开举起一杯姜糖茶，高声说道："安海高校一把手第一案，首战告捷！来吧，伙计们，让我们举杯庆贺！"

会议室内，响起一片欢腾声。

喝了几口姜糖茶，欧阳云开觉得身上暖和不少，更让他感到浓浓暖意的，是那一张张兴奋的脸庞。沉稳如岩的"大将军"，满腹经纶的"你真行"，还有机敏文雅的杨帆，阳光直爽的朱克坚，俏皮可爱的孙小雯，个顶个，都是经验丰富的办案好手。即便一听说案子便发怵的张浩，这次也主动请缨，去带三号栾笑。"现在你们倒兴奋啦，带人的时候可不容易，刚才镇澜常委说一波三折，概括准确！"

"云开书记，"江镇澜一脸严肃，"我办案多年，带人从没这么复杂过。"

确实复杂，一波三折，跌宕起伏。碰头会就此开始，几路人马分别汇报带人过程。

按带人预案，专案组兵分三路，同时展开行动。两路在崇山，一路在文昌。第一路，由江镇澜带杨帆等四人去崇大，带一号齐九天。因是全省高校党委书记第一案，欧阳云开决定亲自前往。第二路，倪景行带朱克坚等五人前往崇山贸易大厦，控二号张大志。第三路，原定由省监委委员叶音带孙小雯等五人，去文昌道德路步行街店铺，控三号栾笑。可叶音临时接到紧急通知，赴京参加培训。人手紧张，张浩主动提出参与行动。

"控人过程，手机通话时只称代号，不得提姓名。先拿一号，再拿二号、三号。一号未动，千万不可惊动了二号、三号，以免打草惊蛇。"出发前，江镇澜发战前令。

欧阳云开、江镇澜、杨帆傍晚到达崇山，立即安排人员到齐九天居住的崇山大学别墅区蹲点。第二天早上六点，待他们进入别墅区时,蹲点的办案人员却报告说,从昨天傍晚到现在一直没见一号进出。

"根据手机定位,应该在家啊?"杨帆说。

"得慎重,会不会人机分离?"江镇澜提醒。

欧阳云开点点头,沉思片刻后,电话安排党风室主任,让他通知崇山大学纪委书记,说省纪委党风室正在崇山调研,准备上午去崇山大学,与学校党委书记、校长、纪委书记座谈,问三人能否参加。很快,消息反馈回来:齐九天昨天下午已去惠安了,今天还在那里,具体干什么不清楚。

了解到这个情况,欧阳云开决定立即带江镇澜、杨帆直奔惠安。为稳妥起见,安排蹲点的两人继续盯守。

"到那边人手不够吧?"杨帆担心。

"去了便有办法,人好说。"欧阳云开回答。

"一号住哪儿? 我们到哪儿找他?"杨帆问。

欧阳云开笑而不答。刚离开崇山大学别墅区不远,他便在车上拨通孙岱的手机,尚未开口,脸上已堆满笑容,"孙大市长啊,昨天晚上你忙啥呀? 给你打电话,你也不接。"

"少来这一套。你个大忙人,还顾得上给我电话?"

"不信你查查通话记录嘛。"欧阳云开继续诈他。

"齐九天这家伙,为建分校,昨天下午就来惠安了。市委王书记去省里开会,我这市长能不出面接待啊? 人家齐书记给我们帮这么大个忙,我从家里带了酒,一高兴,晚上喝高了!"

"哦,建分校办成了?"

"唉,老同学啊,你高高在上,不知民间疾苦。你说,我当个市长容易吗? 找项目,抓进度,还得盯质量。这不,跑断腿,磨破嘴,好不容易才把分校这事儿促成。谢天谢地,今儿上午终于要签约了。"

"厉害呀,签约大事儿,得找个气派地方,整个大场面吧?"

"那当然,安排在惠安宾馆。"

"文昌这边,雪挺大,惠安也小不了。为了你们,齐九天还得顶风冒雪,跑去会场跟你签约,容易吗!"

"跑个屁!他就住在惠安宾馆。"孙岱像是刚反应过来,"云开,有啥吩咐你直说,没事儿你是不会给我打电话的。"

"这会儿还真没事儿。"欧阳云开认真起来,"我是见雪生情呗。还记得那年冬天,外面大雪纷飞,咱俩在你住的小屋子里,大白菜加豆腐,炖五花肉,一人干掉一瓶白酒。"

"那时年轻,现在老啦!"孙岱哈哈一笑。

坐在旁边的江镇澜,冲着欧阳云开悄悄竖起大拇指。不过三言两语,欧阳云开已将齐九天去惠安的意图、住地和行动路线,摸了个倍儿清。

刚上通往惠安的高速,倪景行便打来电话:"书记,这边儿情况有变,二号从崇山贸易大厦下来,直接钻进一辆黑色奔驰商务车。一号没动,我这里干着急。眼瞅着他们走了,看方向应该是往高速路口去。"

"盯紧喽!"欧阳云开要求,"不要太近,也不要太远,别让他发觉。"

不到半个小时,倪景行再次来电话:"二号坐的车,好像是朝机场方向去。他会不会听到什么风声,往境外跑呢?"

欧阳云开想了想,说:"注意观察!"

"边控?"江镇澜在一边提醒。

欧阳云开点头,马上给省边检总站杨政委电话:"老伙计啊,你在公安厅时就总麻烦你,眼下遇到一个急事还得请你帮忙。我这边有个涉案人员,突然向机场方向跑,我担心他要外逃。请协调一下立即实施边控,手续马上派人送到。"

二号张大志外逃的路堵上了。不料,张大志乘车下高速出口之后,并未去机场,而是又驶上了另一条高速路。

"书记,二号又朝惠安方向去了。"倪景行电话里舒了口气。

"这就对了。"欧阳云开微微一笑,"他准是去惠安见一号,奔惠安分校基建项目去的。镇澜,看来咱们得两组合一组了,人手还是少了点,得请惠安市纪委配合了。"

"我联系。"江镇澜打开了手机。

刚部署完毕,欧阳云开一行已赶到惠安宾馆。

站在一楼大厅,已能听到三楼会议厅掌声响起,签约仪式已经开始。欧阳云开安排,江镇澜留在楼下,等待惠安纪委援军到来,并指挥后面即将下高速的倪景行等人,控制二号张大志。随后,他跟杨帆悄无声息进入会场。

于是,出现开头一幕。

谁知,张大志快进宾馆时,倪景行却给江镇澜来电话,急促地告诉他,因为雪大路滑,他们的车一下高速便滑入路边沟里,正等市纪委派车去接。

江镇澜听了,稍稍一顿,只说了声:"别着急。先告诉我二号的车号,你们尽快过来接应我就行。"江镇澜历经无数硬仗,乱局之中,愈加沉稳。即使倪景行车辆抛锚,惠安市纪委援军未到,他依然成竹在胸。

黑色豪华奔驰商务车,车号"安 FA888A",缓缓驶进大门。江镇澜刚要迈步,不由得内心一沉,只见一侧车门打开,竟一下子下来四个人!原来,倪景行他们看着张大志上车时,也并不知道车上还坐着三人。更严重的是,楼上一号还没动静,这里仍不能动手,他要以一敌四!

江镇澜自有应付乱局之策。他仔细观察了一下,走在前边、微胖和蔼的一人举止从容,其余三人不停地点头迎合。前边那一定是张大志了。

"张总好!"江镇澜迎上前去,"我是崇大党办的,齐书记让我先接待您。签约仪式很快结束,咱们在茶室里稍等一会儿。"

"您贵姓呀,怎么看着不熟?"江镇澜没想到,这张大志面带微笑,略带佛相,谈吐文雅。

"我姓江。张总,咱们在学校见过面的。我到崇大也不长时间。"

"这三位,都是我生意上的朋友。"张大志转身介绍。

寒暄片刻,江镇澜引着四人向茶室走去。把四人安排坐好,江镇澜招呼服务员上了茶。

"谢谢,添麻烦了。"张大志一脸客气。

"哎,这个小杨,齐书记上边签约仪式怎么样了,也不说一声。"江镇澜埋怨了一句,便拿出手机,给杨帆发信息,告诉杨帆,下边只有他一人对付二号等四人!

"江老师,你们好忙啊。"张大志眯眼一笑。

"关键是省教育厅那边,连发三个通知,把我们忙得喘不过气来!"见张大志问学校工作,江镇澜担心露了馅,便根据前段时间自己参加省教育厅党风廉政建设会议掌握的情况,编排着说了起来。

正在这时,杨帆从电梯里疾步走来。

"小杨,你乱跑啥? 张总都等这么长时间了,仪式结束没?"江镇澜佯带怒气,边说边把杨帆拉到一旁,对他耳语一番,完了大声嘱咐,"告诉齐书记,仪式一结束,我马上陪张总他们过去!"

杨帆答应着离去。刚出大门,便给倪景行打电话,知道他们已被市纪委派人接上,正往宾馆赶,这才稍稍松了口气。正在这时,欧阳云开发来了房间号!

这如何是好? 这边江镇澜常委以一敌四,自己不敢离开,那边云开书记等待自己上去! 正急得原地打转,倪景行来了电话:"市纪委两部车已到宾馆门口，赶快去接一下。"

援兵终于到来！杨帆立即赶到门口，三言两语交代完任务。正说着，又见一辆车开进来，倪景行、朱克坚从车上下来。杨帆忙迎上去，对倪景行说："现在，楼上只有云开书记和一号周旋，他发给我房间号有一会儿了，我得赶紧带市纪委两个人上去。你和克坚快进大厅吧，茶室里，镇澜常委一个盯着四个呢。他意见，我上去，控制一号后，立即告诉你们，你们看镇澜常委眼色行事，立即控制二号等四人。"说完，杨帆立即招呼惠安纪委的两位同志跟自己走，他们赶到电梯口，偏偏电梯迟迟下不来，杨帆一挥手，"来不及了，快，上楼梯！"

三人直奔欧阳云开所说的房间，连敲六次房门。此时的屋内，欧阳云开正和齐九天进行着一场双人版的"智斗"。

过了一会儿，见门打开，杨帆立即站到齐九天身后，悄无声息将信息发给江镇澜、倪景行："一号已到手！"

这边，倪景行让朱克坚在门口组织市纪委同志，自己慢悠悠走进茶社，见江镇澜正跟张大志他们一边喝茶，一边八卦着安海大事，谈兴正浓。

"江主任——"倪景行面对江镇澜，叫了一声。

"齐书记让你来的？"江镇澜怕倪景行说错了，便有言在先。倪景行哈哈一笑："是啊主任，齐书记让张总过去，商量个事儿。"

张大志起身，对江镇澜和其他三位一拱手："你们稍等，我去一下。"

倪景行和张大志握握手，陪着走出大厅。刚下台阶，朱克坚立即带市纪委的两名同志围拢过来，把张大志领到一辆商务车上。张大志觉得不对头，正犹豫呢，朱克坚向他出示工作证："张大志，我是省纪委第十审查调查室朱克坚，这是省监委对你的留置决定书，请你配合！"

倪景行让朱克坚向张大志问清同来的其他三人情况,安排市纪委同志立即组织车辆人员,自己转身再入大厅。

茶室里,江镇澜与其他三人依然聊得有滋有味。"张总见齐书记了?"江镇澜问倪景行。

"齐书记说,和张总谈完,再见这三位。"见倪景行这般说,江镇澜说声好,心里更加踏实。不一会儿,朱克坚又进来,说车辆已安排好,请钱总过去。

"只叫我一个人?"钱总一愣。

"你去吧,别客气。"江镇澜一挥手。

很快,朱克坚又走进来,依样画葫芦,把剩余两人分别领走。

"妥了,走吧。"江镇澜一脸轻松,饮了口茶,慢慢站起身来,让倪景行和朱克坚先看好车上的张大志,对其余三人,则交代惠安市纪委同志:"把他们先带到市里谈话点,等我通知,告诉你们怎么处理。需要的话,会给你们发指定管辖函的。"

在惠安宾馆发生的事,从头到尾不到半小时,返回头梳理起来,却是环环紧扣,惊心动魄!

几个人兴致勃勃,讲述在惠安带人经历,处级干部张浩自始至终一言不发,看上去有点儿沮丧。

"怎么了张浩,顺利把人带回来,咋看上去不高兴呢?"欧阳云开问。

张浩性格内向,平时主要做外围取证工作,几乎没参与过带人。但欧阳云开知道,他十分渴望磨炼一下,便想给他争取锻炼机会。欧阳云开常说,办案经验、办案技巧,都是从实战中来,谁一开始也不是行家里手。十次培训,不如一次实战。屋子里这几位得力干将,哪个不是久经沙场?张浩同样得多加捶打。因此,当张浩主动请缨带三号栾笑,倪景行难免顾虑,欧阳云开则看得开,"让他去就是,何况有机灵的孙小雯配合。"不料,还真出了岔子。

一大早,张浩、孙小雯便带着几名同志,根据手机定位,赶到文昌市道德路步行街栾笑的店铺。因为一号未控制,他们只能按兵不动,在附近隐蔽。快到中午时分,倪景行打来电话,称一号、二号被拿下。孙小雯一边在僻静处接着电话,一边向离店铺不远处的张浩发出"OK"的手形。

张浩立即带着几个人,冲进店铺! 见里边只有一个女人,张浩便直接走上前去:"我们是省纪委工作人员,请你跟我们走!"说着,一摆手,亮出工作证,叫另几个人过来带人。原来,带人这么简单,他暗自高兴。

"你们干什么呀?"女人问。

"别问了,跟我们走!"张浩边说,边掏出手机打给江镇澜,"三号到手,请领导放心!"

"我为啥要跟你们走? 我又没干坏事儿。"女人"嗷"的一声,快要哭起来。

正在这时,中等个细长条、扎着马尾辫的孙小雯走进来,只打量女人一眼,赶紧把张浩扯一边儿,悄声说:"这不是栾笑!"

张浩猛地回过神来,这女人看上去已经四十七八岁,嘴唇抹得血红,厚厚的一层粉却难掩脸上的皱纹,哪是二十出头的栾笑?

"去,你们几个大男人到门口去,看把大姐给吓的。"孙小雯凤眼儿一转,走近那女人。她知道,一旦带错人,那可是一个大麻烦。"大姐,你跟栾笑很熟吧?"孙小雯单刀直入,让女人的思维一下子就转到了栾笑身上。

"是啊,"女人见孙小雯说话温和,很快就平静下来,"你们找她有事啊?"

"有点小事儿。她去哪儿啦?"

"去后院库房了。"

按照女人指点，他们很快将栾笑控制，带回清水园。

一听张浩错把一个年近五十岁的女人当成栾笑，会议室里顿时发出一阵笑声，也不知谁在旁边喊了一句："快五十的女人了，还能替齐九天生孩子？"

听着一屋子的笑声，张浩红着脸，双手不停地搓着，头狠劲朝下低去。

"不管怎样，人带回来就是成功！"欧阳云开担心给张浩增加压力，赶紧把话题岔开，"首战告捷，功在大家。这叫风雪传捷报，三路奏凯歌。呦嗬，我这顺口溜啊，景行，你整两句。"

倪景行站起身来，手摸光亮的脑袋，摇晃着，做出诗朗诵的样子："这叫作，飞雪平三路，轻骑踏九天！"

会议室一阵掌声，一片欢腾。

"言归正传。"欧阳云开扭头看着大屏幕，"大家今天都很累，早晨饭、中午饭都没吃好。先回房间休息一下，过会儿好好吃顿晚饭，再去分头谈话。记住，今天别谈太晚，尽量十一点之前结束。这仨人，一定也很疲劳，不要让他们太累。咱们初核工作砸得很死，不怕突破不了，不急。"

见大伙儿要起身，欧阳云开叫住江镇澜，让他把齐九天立案情况向高校工委、省委组织部通报，并通知惠安市纪委，让与张大志一同来的那三个人先回去，如果需要的话，再找他们。又安排倪景行通知齐九天、张大志、栾笑的亲属和单位。

安排妥当，所有人都站起来，兴奋地议论着，走出会议室。

欧阳云开站在大屏幕前，又逐一观察一遍三个人。齐九天发呆，张大志沉思，栾笑则坐在地上，腿脚乱蹬。"先让子弹在空中飞一会儿吧。"欧阳云开自言自语。他连晚饭也没顾得上吃，便离开清水园，赶往省纪委机关。此刻，路达之一定还在办公室等他。

风雪已停，夕阳西下，漫山遍野银装素裹，文昌的夜幕缓缓降临。

　　"飞雪平三路,轻骑踏九天。"欧阳云开不禁笑着重复,"倪景行,你真行,确实行!"

第二章 突 破

1

　　文昌市健康街三号省纪委大院，安静而庄严，与院外的喧嚣，形成强烈反差。在这里，欧阳云开已工作过整整三十四年，对院内的一草一木、一砖一瓦，都充满感情。每次走进大门，心底便涌出一股家的亲切感。此刻，院内主路两侧，粗壮的雪松身披厚厚的积雪，高大的银杏树和挺拔的法桐树冠，如同结出朵朵棉花。

　　下车后，欧阳云开抬头望向二楼。路达之办公室的灯果然亮着，整座办公楼大多办公室也都亮着，这是十八大以来的常态。从惠安返回文昌途中，欧阳云开已经向路达之简要汇报过情况。每逢这样的重大案件，人带进来再作详细汇报，已是惯例。

　　"云开，路上辛苦了！"路达之站起身来，笑着打招呼，"齐九天情绪怎么样？"

　　"回文昌路上，说是口渴，多次要水喝。进了留置室，明显紧张、慌乱，一个劲儿地出汗。从控他那会儿的反应看，他没有一点儿预感。我看，突破难度不大。"

　　"另外那两个呢？"

　　"比较难啃的应该是张大志，很镇定，是见过些世面的人。至于栾笑，别看她哭闹撒泼，其实心机就写在脸上，突破不难。"

　　"唉！"路达之叹息一声，"没想到，这个齐九天啊，为全省高校一把手开了个负面先河。今天省委开会，陈放同志还问我呢。"

"书记你放心。"欧阳云开语气平静而坚定,"只要留置了,我们就一定把案子办扎实。"

路达之轻轻点头。他完全相信自己这支队伍,尤其这位副手,不仅业务精熟,更难得的是,具有家国情怀,对党,有骨子里的忠诚。所以对案情,路达之并未多问,而是考虑相关后续问题的安排。

"明天上午,我去省委向陈放同志汇报。我考虑,你去一趟崇山大学,通报齐九天立案情况,从我们办案角度提些建议。毕竟全省首例高校大案,别影响了教学工作。"

"正好,按原计划,我明天下午还要去惠安,跟王伟同志进行廉政谈话。这样,我先去崇大,开完通报会再去惠安。"

"好吧,那辛苦你了。"路达之点点头,"云开,前几天跟你说的抓好《规则》贯彻落实的事,你考虑过了?"

"达之书记,我有些想法正想向你汇报。"

欧阳云开发现,最近这些年,虽说安海这支纪检监察队伍整体素质提升明显,办案能力都上来了,但忽视思想政治工作的问题还比较突出。办案过程中仍存在着单纯业务观点、方法简单生硬等问题。很多同志把惩治腐败零容忍,理解为对审查对象零容忍,冲着人去了,甚至冷酷无情,把治病救人抛到脑后了。殊不知,这样做的结果既实现不了纪法效果,也保证不了政治效果和社会效果,还把一些人推向党的对立面。欧阳云开在多个场合说过,每一个受处分的领导干部,至少和三十个家庭紧密相连,如果他对处理不服,产生对抗心理,那么,和他相关的三十个家庭、一百号人,便可能会对组织有意见。安海省一年立案四万余件,要处理四万人。极端点说,假定这四万起案件都处理不好,那会有四百万人对我们党有看法。

"书记,这阵子我仔细学习了《规则》,心里亮堂起来了,有了点

31

体会。我们对犯错误的人，要坚持治病救人，教育转化，促使他们真诚悔过；对没犯错误的人，也是警醒。这样，才能不断纠正党员干部队伍中的错误思想和行为，才能由纯洁思想，进而纯洁队伍，让老百姓对我们党的风气打心底认可！"

"对，我同意你的想法，不能案子办完，却给党树立了对立面。所以，办案就是要办成人心工程，让老百姓拥护，让被审查人服气，这样才能把千百万人拧成一股绳，画出最大同心圆。"路达之站起身，轻轻地敲着办公桌，"实现民族复兴需要万众一心，天下归心。我们纪检监察机关就应当为党赢得天下人心！"

"好啊书记，这观点太深刻了！"欧阳云开也激动地站起来，"我们的工作，必须是为党赢得天下人心！"

"云开，你没来前，我正在思考个事。近期，可以在纪检监察干部培训学院，举办一期全省审查调查工作培训班，你就以'为党赢得天下人心'为题，对实施《规则》相关问题，特别是总则第四条，给大家讲深、讲透，也要让大家悟深、悟透。下次常委会我们议一下。"

次日一早，欧阳云开在清水园用过早餐，便叫上江镇澜，一同走进会议室，站在大屏幕前，观察留置室内的齐九天。

"快崩溃了。"江镇澜像是自言自语。

短短一夜，齐九天像变了个人。头发凌乱，眼睛红肿，双目无神，双手互相揉搓。这哪是昨天还在一片闪光灯下神采奕奕的齐九天？尽管见惯了这样的场景，欧阳云开还是不免摇头，心生感慨。

上午九点，杨帆和另一名谈话人一前一后，准时进入留置室。落座后，杨帆双眼直视齐九天，一语不发，这与之前带齐九天时的机警已然不同。

足足过了十分钟，没人说话。室内空气如同凝固一般。齐九天猜不透杨帆意图，便移开目光，看向室内上方的窗口。突然，杨帆身子稍稍一探，缓缓地伸出右手，抓住齐九天的左手。

"杨主任，你啥意思？"齐九天不知其意，左手已被杨帆牢牢按在桌面上。

杨帆摆摆手。

"这小子，花样越来越多，他这是要望闻问切啊！"会议室内，欧阳云开不禁笑出声来。

"测谎。"江镇澜吐出俩字。

果然，杨帆让齐九天左手掌心朝上，像老中医那样，把食指、中指和无名指，轻轻压在齐九天左手腕的动脉上。与老中医闭目测脉或低头静思不同，杨帆一直紧盯着齐九天的眼睛。齐九天看一眼杨帆，便低下了头。

"果果，齐宗远，那个孩子，是二〇一五年二月出生的，到这个月，整四岁了吧？"杨帆说得不紧不慢，更像是自说自话。但猛然间，他手指上已经感觉到，齐九天的脉搏悬浮急促，像受惊野马一样狂跳起来，瞬间超过每分钟百次！

"我——"齐九天只说出一个字，便说不出话来。他脑海里瞬时浮现几个画面：张大志凑到他耳边，跟他提出那个建议；他面带微笑，痴迷地看着白嫩水灵的栾笑；手机里传来果果第一声啼哭，他流下幸福的泪水！

由于几乎是面对面，杨帆很清晰地看到齐九天额头上冒出一层细密的汗珠。"九天同志，"杨帆把手抽回来，"现在，我们是代表组织来跟你谈话的。不实事求是，藏着掖着，就是对党不忠诚。所以我提醒你，不要隐瞒，不要心存侥幸，一定如实讲清楚，组织在看你的态度。"

齐九天啊齐九天，一招不慎，全盘皆输啊！齐九天突然五指插进头发,同时深深地低下头,身子一耸一耸,哭出声来。

"给我……给我……再倒杯水好吗?"齐九天抬起头,说话有气无力。

杨帆将水倒满纸杯,慢慢递过去。虽然脸上不露声色,但内心清楚,齐九天的心理城墙已开始塌陷。多年办案的摔打,使得这位三十岁刚出头的省纪委最年轻的副主任愈加成熟。自进留置室之后,他的目光就没有一刻离开过齐九天的眼睛。

江镇澜曾说过,谈话过程中,会遇到各种挑战,但一位成熟的谈话人,最起码一条,自始至终,要直视着对方。目光与目光的对视,便如同战场上刺刀对刺刀的较量。你要在对方目光前挪开,那便是懦弱!正与邪,善与恶,泾渭分明,你心里有了这个底气,你还怕什么?此刻,杨帆已在这种较量中大获全胜,齐九天方寸大乱。杨帆喜欢读武侠小说,知道高手过招,最终拼的是内力。因此,他不急于出招,却像一个身怀绝技的剑客,仗剑而立,冷静地观察对手的破绽。

"我……我可以去卫生间吗?"齐九天把纸杯捧在手上,一口没喝,却又冲着杨帆问。同来谈话的小伙子一皱眉头,刚要开口,杨帆悄悄制止他:"当然可以,去吧。"

齐九天缓缓走进去,站在那里,环视一圈,再看卫生间内,从墙壁到马桶全身,包括洗手台上的水龙头,全都是软包,身子一下子哆嗦起来。齐九天啊,你纵马半生,一路拼搏,几十年来,辉煌事业已经织就,光宗耀祖的梦想业已实现,甚至,连传宗接代这块心病都已除去。昨天上午,在惠安的签约仪式上,你不是还发出"人生如斯,夫复何求"的感喟吗?怎料,顷刻成梦,欲死不能!齐九天浑身发软,一下瘫倒,伏在马桶盖上,竟自大哭起来。

杨帆知道,齐九天心理已崩溃了。他让身边小伙子走进卫生间,搀扶出已经泪流满面的齐九天。等他坐下,杨帆递过去一沓纸巾："九天同志,我理解你此刻的心情,这种落差,放谁身上都受不了。相信组织,说出来,心里就轻松了。"

2

"杨帆对付齐九天,没问题。看看张大志那边啥情况。"欧阳云开说。

江镇澜按下遥控器,张大志出现在大屏幕上。

"张大志,你的盛达公司,经营范围有哪些?"主谈的是朱克坚。

"主要房地产开发,另外有一块餐饮业务,做得也还可以。"张大志两只手平静地放在桌上,回答从容,丝毫看不出慌乱。

"你跟齐九天,是什么关系?"

"怎么说呢,场面上,我喊他齐书记。合适的人在一起,我叫他老师。私下里,我喊他哥。"

在惠安没跟齐九天见上面,来到这里,进门前远远地看到齐九天背影,张大志便已经猜出七八分:齐九天出大事了! 整整一晚上,他虽说紧闭双眼,静静地躺在床上,实际上毫无睡意。他在考虑如何应对当前局面,梳理跟齐九天交往过程中有可能出错的地方,想法堵塞漏洞,保护齐九天也保全自己。

观察张大志的神情,又听他如此回答,朱克坚便知道,这是块难啃的骨头。但他是经历过些大仗恶仗的,倒也不怕。凡进来的人,有的故作镇定,玩太极推手;有的咆哮如雷,大耍官威;有的一声不吭,试图对抗到底;有的装疯卖傻,胡搅蛮缠。有几个痛痛快快,不费吹灰之力就突破的? 当然,结局一样,待尘埃落定时,都会主动忏悔。对付一个老板,朱克坚还是信心满满:"哦? 要不,先聊聊这几层关系?"

"书记嘛,这好解释,对吧? 估计你们平时见面也这么称呼。"

张大志微微一笑，"为啥叫老师呢？当然，我们不是课堂上那样的师生关系。若说他是我的人生导师，可能更准确一些。为啥呢？我这一生，交往的人多了去，但没有几个能够让我打心里敬佩。那时候，他还在青平教育学院。我和他一接触，便感到他学识渊博，眼界开阔，格局大气。我就断定，这是一位难得的才俊，将来必成大器。你瞧，我没看错吧？这才几年，他便一飞冲天，由青平教育学院院长、党委书记到崇山大学党委书记，成为安海教育界的翘楚，知名的教育家、科学家！"

朱克坚有点惊讶。办案这么多年，遇见的行受贿双方，大都是赤裸裸利益交换，事发后甚至互相指责，哪有如此这般做情感讲述的？再者，张大志不但口才绝佳，逻辑缜密，而且用词准确，竟像大学教授。

"你们可能不知道，我当年就读的是安海建筑大学。毕业后的打拼经历，那叫一个艰难。可有句话说得好，爱拼才会赢嘛。一路打拼，多多少少，也攒下百八十个亿吧。可光靠我这脑筋，到了一定层面，再往上走，玩儿不下去了。要突破瓶颈，拓宽渠道，难上加难，怎么办？学习，向人家视野开阔的人学习啊。这些年，齐老师真的是对我全方位教诲。要不是他，我事业怎么能发展到今天！"

"这么说，他对你帮助很大？"

"那当然。从他那里得到的不光是视野，还有很多做人做事的道理。"

"我不这么看你俩的关系。任何想把事业做大的企业家，都渴望结识有权有势管钱管物的人物。这个，本质还是搞权钱交易。"

"不对，不对！"张大志连连摆手，"我跟他交往这么多年，没送他一分钱。你这么说，是对我和老师感情的误解。这么跟你说吧，一开始，我确实想那么做，逢年过节，给他送张消费卡什么的，十八大前，社会上都这样，不为过吧？可你猜怎么着，被他直接骂得狗血喷头！"

朱克坚试图收住话题，张大志却像撒开欢儿，四下里跑开来。

"他一边把消费卡给我扔过来，一边说，你这是对我人格的侮辱！听他说这个话，我从内心里更佩服了。他缺钱吗？一个大学校长、党委书记，能缺钱？所以，我觉着，你误解我们不要紧，要认为我送钱给齐书记，也是侮辱他。我再跟你说，为啥私底下喊他哥？因为我俩是结拜兄弟，是当着他家老太太的面儿，磕过头发过誓的！"

朱克坚本来性子就急，这回又有点耐不住了。欧阳云开曾在支部组织生活会上点评他，去掉张飞的"毛"，保留张飞的"智"。所以，在眼前紧张的对峙中，他依然面带笑容，告诉自己：戒急，稳住，千万别毛！"我不信，你和齐九天交往这么久，就没有经济往来？"

"有肯定是有的呀。"张大志伸手摸摸后脑勺，"我们这关系，逢年过节的，哪能没有几条烟、几瓶酒的？兄弟之间，人之常情，人之常情嘛。"

"哟，"朱克坚冷笑一声，"这么干净？"

"朱主任，君子之交淡如水，我们之间是惺惺相惜。对于齐书记的境界，我心向往之。"

"我不是主任，叫我朱克坚同志好吗？"朱克坚终于压不住火了，他张大志太高估自己了吧，以为他行贿的证据我们一点也不掌握？于是决定打击一下他的嚣张气焰，便投出第一束炸弹："张大志，东岛市太平路海景苑两套房子，登记在齐宗远名下，是从你盛达公司账户上走的款吧？"

这如同打乒乓球，需要压着对手，给他一个不舒服的角度，控制好力度，不能容许对手的快感一直存在，总跟着人家节奏走。

"你让我想想，想想哈。"果然，张大志神色稍微一紧，眼睛快速移向墙上的黑底红字电子表，眨眼之间，不易察觉的心理波动便平静下来,像是自言自语,"咳,你瞧瞧,都十点半啦。哦,我想起来了,确实有这么回事儿。你看我哥忙得哟,整天团团转。他想在东岛买两套房子,哪有时间去看? 便让我帮个忙,说好房款他自己付的。我去一看,地段儿不错,立马相中那两套房子,便让财务先打过款去。不就三百来万嘛,我先垫上便是。后来,我哥还给我的是现金,在家里还是公司,记不清了。"

"那文昌道德路步行街的门头房呢?"

两发炮弹出膛,一般行贿人必定趴下,可张大志却出奇地冷静。

"当时我大哥手头紧,借我钱买的,写了借条的。我想想,那张借条,放哪儿了呢? 你瞧我这记性,这我得回去找找。说实话,你别看我哥脾气不好,但他有知识分子清高的臭毛病,生怕和腐败沾上边儿,他从来不占我便宜。"

会议室内,江镇澜已经站起身,看着大屏幕,回头对欧阳云开说:"鸣金收兵吧?"

"两枪没撂倒人家,小朱急了。"欧阳云开点点头,"这家伙,不是一般的老板呐! 讲义气,也善狡辩,处乱不惊。让克坚出来吧。这么耗下去,一会儿子弹就打光了。"

朱克坚听到收兵的命令,虽心有不甘,但也知道一时半刻拿不下张大志。好在经历些案子,尚能克制,看上去,脸上仍是镇定从容:"张大志,今天先谈到这里。你说的所有话,我都不做任何评价。我给你布置一道作业,你好好琢磨,主要想一下,你现在,在什么地方? 你跟齐九天称兄道弟,目的是什么? 下次我们再谈。你应该知道,啥叫不配合调查。对于欺骗组织、对抗调查的,到最后,就知道什么叫后果严重。吃亏的是你,你得想明白!"

"我态度不错,没对抗啊。你这作业,我一定好好完成。我先说说思路哈,你看这样行不……"张大志刚开口,朱克坚摆手制止,狠狠瞪了他一眼："你先好好想想吧你！"朱克坚便与另一位谈话人起身，离开留置室。

望一眼他们的背影，张大志微微一笑，用手轻轻弹了弹衣袖。

江镇澜看着屏幕，轻轻摇头："张大志不简单，小朱用力过猛！"

欧阳云开笑笑："不急。"

画面一转，切入到栾笑所在的留置室。

"瞧，小雯这个机灵鬼，还晾着她呢。"欧阳云开微笑道。

只见两位看护的女同志分站一边，栾笑依然躺在地毯上，头发散乱，一把鼻涕一把泪地哭号着，翻滚着："我什么都不知道，你们把我关在这里干什么呀？你们凭什么无缘无故抓人啊？我不想活了！"

"小雯收拾这样的人，有招儿。"欧阳云开笑起来。

两人正说着，朱克坚推门而入。恰巧，那边孙小雯带着一个小伙子，一前一后走进留置室。朱克坚刚想开口，欧阳云开伸手示意他稍等："别说话，先来看小雯的戏。"

孙小雯连瞧都没瞧地上的栾笑一眼，任她表演，径直走到谈话桌后坐下，随手打开带来的笔记本电脑，摆弄起来。她知道，撒泼打滚的栾笑一定正偷偷地打量她呢。

"哎哟，起来起来，这么好看个女孩儿，长得花儿一样，你瞧瞧，成啥样子了？"过了好一会儿，孙小雯才语气柔柔的，像是开导不开心的闺蜜，"披头散发，满地乱滚，脸上的妆都雨水浇了似的，还不如个叫花子，难看死啦。人家有教养的女孩儿啊，都讲究举止优雅，没一个像你这样子撒泼的。"

栾笑人虽漂亮，可读书很少，平日里生怕别人说自己没文化，听孙小雯说她没教养，便像被电击了一般，立马不再滚动哭号，静静躺在地上，一时没了主意。

"栾笑！你要在地上躺一辈子啊？"孙小雯脸色一绷，伸手一指栾笑,突然厉声说道,"你再这样,我把这个视频发给你男人,看他怎么收拾你!"

栾笑慢慢从地上坐起,拿手背抹抹眼泪,擦擦鼻涕。

"傻妹妹,我来,是想让你出去的,还不快站起来说话。"孙小雯看透了栾笑心思,知道她愿听什么,怕什么。

"真的呀? 真让我出去?"孙小雯话音未落,栾笑一骨碌从地上爬起来,乖乖地凑到孙小雯桌子对面,身子前倾,讨好地看着她,还不忘伸手捋一捋凌乱的头发,居然破涕为笑。

"这里是有规矩的。愿躺便躺,想过来就过来,那哪行啊?"孙小雯内心好笑,脸上却很严肃,"去,那边坐下。把事儿讲完,我就让你回家。"

栾笑顺从地坐到谈话桌后面的软包椅子上。

"书记,这栾笑年轻,好对付。可那张大志,真是难缠。我刚才两拳打出去,像是打在棉花垛上。"朱克坚一看孙小雯轻松拿下栾笑,更没心思往下看。

"解铃还须系铃人。"江镇澜继续盯着孙小雯谈话,也不看朱克坚,不紧不慢来一句,算是给他支招。朱克坚不解,把目光投向欧阳云开。

"镇澜说得对!"欧阳云开一指屏幕,"别急,咱们先看看那个系铃人。"

画面切换,齐九天出现在大屏幕上。

"果果那孩子,虎头虎脑,胖乎乎,白净净的,倒挺像你的。"杨帆跟齐九天拉起家常。

"杨主任,你……见过那孩子?"

"见过,你妹妹齐亚楠不是住青平教育学院嘛。那天,她家小保姆带着果果,在花园里玩儿。"

多此一问了。齐九天轻轻一摇头,心说,他们能把我带到这里,功夫肯定已经做足。"果果,是个好孩子!"说到儿子,齐九天面露慈祥。

"栾笑生下果果不到两年,怎么又跟别人结婚了呢?"杨帆顺手甩出另一张牌。

"唉,说起来,是我害了她。"齐九天一摇脑袋。

你这么说,还算有点儿良心。杨帆心道。

"十八岁便跟了我,十九岁生下果果。"齐九天自知此事已无法隐瞒,"这么年轻,就跟我生孩子,也是我对不起她,说起来有些自私。毕竟我也是教书育人的,受党教育这么多年,这点儿觉悟还是有的。我不能再继续害她,是我主动劝她重建家庭的。"

"她就不喜欢果果吗?"

"哪个当妈的不喜欢自己孩子啊? 栾笑虽说年纪小,可当了母亲,也就不想扔下孩子了。可是……"齐九天像是意识到说得太多,要把自己绕进去,突然停下来。

"没啥不好意思说的。"杨帆就笑笑,"这也是你家老太太一块心结嘛! 生个儿子,传宗接代,也是你人生之树结出希望之果。果果,是这意思吧?"

"你算把我心思琢磨透了。"齐九天苦笑。

"要是让栾笑带走孩子,也对不起老太太吧?"

"可不是嘛,老太太一心想要个孙子。"

"说来,你也够意思。一个小女孩儿,为你付出了,你也安排得挺妥帖。张大志不是给栾笑买了套门头房吗? 这样她以后能够自谋生路,你也少了牵挂,对吧?"

张大志这名字一出现,齐九天顿时又闭紧嘴巴。

"看来,齐书记打算让孩子在东岛上学,"杨帆像朋友拉家常一样,"东岛在沿海城市中,算很好的。你给果果买的两套学区房,两户对门，很适合你退休后的生活，将来孩子大了，甚至结了婚，老少两代分开住，比住一套房子方便得多。"

齐九天看了杨帆一眼，迅速挪开视线，心底一声轻叹。

"东岛的房价可不低，还是学区房，现在都三万多一平了。张大志为你，为你孩子，真是用心啊！"杨帆语气诚恳。

果果、栾笑、张大志、房子，一连串炸弹依次轰响，已经把齐九天逼到墙角。这个温文尔雅的年轻人，看上去气定神闲，自然亲切，怎么好像一切尽在他掌握之中？

"齐书记，说实话吧，你的事儿，我们差不多了解透了。"杨帆像是看着心理透视镜一样，几乎严丝合缝地沿着齐九天的心路推进，一步步摧毁他试图构筑的堡垒，"你受党教育多年，应该有很高的政治素养。更何况，你可是一位高级知识分子，物理学家啊，学识渊博，历史、政治、经济，包括伦理、道德，都明白。所以，还是请你把对不起组织的事儿，原原本本地向组织说清楚好了。"

杨帆跟随欧阳云开办案这几年，潜心学习做思想政治工作的本领，跨越了办案的初级阶段，感觉内力大进，学到"上乘武功"，从一味强攻重击，转到"打吊结合"，凌波微步，轻盈腾挪。此刻他很清楚，像齐九天这样的人，在学问、仕途上都修炼了一辈子，靠简单生硬的方式，是摧毁不了他意志的，相反只会增加他的抵触情绪，甚至顶了牛，谈不下去。而把道理讲到他心里，适时把问题摆出来，他便会权衡利弊，选择如何对自己有利，从而主动配合你。因此，他跟齐九天谈话，坦诚透亮，推心置腹，同时又逻辑清晰，证据确凿，不容置疑。

果然，本是一个痛快人的齐九天，此时已经感到没有任何辩解隐瞒的必要："后生可畏！真没想到，杨主任你年纪轻轻，却如此干练通透。你们省纪委，像你这样的好手还有吧？"

"我可不懂办案，只是愿聊聊呗。"杨帆笑笑。

"咳,省纪委,藏龙卧虎啊,让人服气。"齐九天叹口气,"不管怎么说,党培养了我,对我有恩,我应该对党实话实说。我也看出来了,我的事儿,你们也都知道了,我没必要再隐瞒下去了。"

"拿下了!"大屏幕前,江镇澜轻拍一下大腿。

"没有打不开的锁啊。现在,只等张大志的证词了。"欧阳云开一笑。

"那张大志到底怎么办?"朱克坚忍不住问。

"先晾他一天,别和他谈了。"欧阳云开笑着解释,"让杨帆配合你一下,做做齐九天工作,录个视频给张大志看,隔室喊话。张大志看到齐九天都认了,必定会打消出卖大哥的愧疚感。这便是镇澜说的,解铃还须系铃人。"

"这一招妙!"朱克坚一摸后脑勺。

欧阳云开抬腕看表,对江镇澜说:"这里你盯着点儿,午饭后,我得去一趟崇山大学。"

"这边你放心。"江镇澜点点头。

"克坚你跟我一起去吧,调整一下心态。"欧阳云开对朱克坚笑笑。

<h2 style="text-align:center">3</h2>

"云开书记,齐九天这个家伙,不服不行,崇大发展成这样,他确实有功。"

红旗轿车驶离充满学术气息的崇大校园。朱克坚回望座座崭新的教学楼、实验楼、图书馆,不由得对欧阳云开感慨道。

"这正是让人痛心又需要反思的地方。"欧阳云开摇摇头,"看来,学校对警示教育很重视,对今后整改也做了周密安排。好啦,达之书记交办的任务已完成。咱们去惠安。"

车到惠安，已近下午五点。下了高速，直奔市委。市委书记王伟和市长孙岱并肩站在市委办公楼前，一起迎上来。

"云开书记风尘仆仆啊！"王伟跟欧阳云开握了握手。

"王伟书记，让你久等了！"欧阳云开一笑。孙岱站在他身后，并不说话，先狠狠捅一下欧阳云开的腰眼，然后才握手。孙岱的手微微有点凉，看来已在门口等待多时。

还在欧阳云开刚离开崇山时，孙岱就给他发微信："晓华同学安排艰巨任务，邀请她的云开同学今晚家宴。"另起一行，"我只负责传达，你看着办。"

欧阳云开想，刚在惠安带走齐九天，接着便和王伟在一起吃晚饭，话说深说浅都不便。廉政谈话是省委统一安排的，其他省纪委班子成员都已谈完，因为最近忙案子，便只剩自己了，不然这关口是不会来惠安的。孙岱的建议，倒合了他的心意。于是，没加犹豫，回复四个字："不胜荣幸。"

晓华同学，是指孙岱夫人詹晓华，三人在安海大学政治系同班。欧阳云开经常开孙岱玩笑，说他老谋深算，既学业有成，又抱得系花归，搂草逮兔子，哪一样也没耽误。

孙岱见二人要进小会议室，便说："你们谈正事，我回办公室。"向欧阳云开点点头，离开了。

王伟陪欧阳云开进了会议室，二人落座。

"时间不早了，我们开始吧。"欧阳云开说。

"书记真是雷厉风行！"王伟一笑，"我建议，咱先吃晚饭，饭后再谈。"

"晚饭我就不打扰王书记了。我跟孙岱，还有他夫人詹晓华，都大学同班同学。半路上，詹晓华给我打两遍电话，约我吃饭。老同学好久没见，我去他家蹭个饭。"

"按理说今晚应该陪您吃个饭，既然您有考虑，那就恭敬不如

44

从命。仨老同学，叙旧情，忆当年，重温激情燃烧岁月，我就不打扰了。"王伟笑着说。

"咱俩都老伙计，时间紧，直接进入正题吧。"欧阳云开打开笔记本，"王伟同志，你也知道，我刚从崇山过来。齐九天一案，触目惊心，也从侧面证明，腐败就在身边，谁也别侥幸。作为手握公权力的领导干部，要如履薄冰。作为负主体责任的党组织，一刻也不容马虎。这样来看我们的廉政谈话，有好处，没坏处。我根据平日观察到、想到的，又从信访、巡视、办案等渠道了解到一些情况，想实实在在谈点儿应该注意的问题。"

听罢欧阳云开的开场白，王伟不免吸了一口凉气。都说这人谈话，犀利辛辣，直击要害，谈完都睡不好觉。果然！

"总起来说，咱们在抓从严治党方面，在履行主体责任方面，在处理改革发展与从严治党的关系上，做得是好的。没有这条，就没有惠安当前局面。但需要瞪大眼睛注意的事，也不少。你瞧，我记了十几页，十来条吧。"

这场谈话，进行一个多小时。等两人合上笔记本，窗外已是万家灯火。

"云开书记，您谈得很诚恳，很深刻，也很尖锐。既辣味十足，又情真意切，我十分感动，很久没听到这样触及灵魂的话了。"王伟表情严肃，"这十三条，有些我确实没想到。有的虽然意识到，却不知道怎么下手。还有的呢，问题就在那里，我们却一丝都没察觉，对危害浑然不知。如果稍不注意，真是要出大乱子。您提醒我的廉政底线、红线，我会坚决守住，提出需要注意的问题，我诚恳接受，照单全收。我也表个态，今后在廉政上我个人一定把握好底线，请组织放心。接下来，我们市委专门召开一次民主生活会，让每个班子成员都对这些问题引起警觉，各自认领，一起整改。"

走出会议室，孙岱的公车停在门外。

欧阳云开对朱克坚说："你去市委食堂吃个工作餐,然后去宾馆住下。"回过头来,面对孙岱,"咱俩吃饭是私事,就不用公车了吧?"

孙岱做个鬼脸,让秘书开上私家车,拉上欧阳云开,朝他家走去。

"晓华好吗?"欧阳云开问。

"她很好,平时总念叨你,也想她秦月姐姐。"

秦月是欧阳云开的夫人,安海理工大学教授。

"时间过得真快。一晃,毕业快三十四年了!"欧阳云开看着窗外灯光,感慨一声。

门打开了,詹晓华笑眯眯地站在门口。她个头不高,身穿藏青色针织短款翻领毛衣,体态依旧轻盈,面色红润,似乎看不出岁月留下的痕迹。

"哟,专门去烫了头,蓬松短发啦?"孙岱盯着夫人,笑了笑。

"去一边儿!"詹晓华嗔道,"你还知道你老婆变了发型? 云开,快进来。"

"哎哟,老同学用的啥秘方?"欧阳云开笑,"岁月无痕,逆生长啊。"

"你看看人家云开,"詹晓华扭头面对孙岱,"学学他怎么夸人的。"

"秘方就是,我照顾得好,从来不惹她生气。"孙岱冲欧阳云开一挤眼。

"你还不惹我生气? 我都不好意思说你。"詹晓华一撇嘴,"你俩先坐,还有个菜,我去炒出来。"说罢,钻进厨房。

见书房门开着,欧阳云开便走了进去:"哟,倒是很有品位啊!"整整一面墙,是一排书橱,里面密密麻麻布满书。另一面墙上,是一张巨大的博古架,整整齐齐地摆着各类文玩。右边一片区域内,摆着器型各异的紫砂茶壶,有二三十把。左边两排,放着造型精美的玉石。地上大型瓷瓶中插着一轴轴书画作品。写字台上方挂的横联,是于右任的书法,"淡泊明志"。两行竖联,则是梁启超手书"读万卷书 行万里路"。中间是一幅山水画,陡峭高耸,尽显突兀之势。

欧阳云开环视一周,笑道:"好玩意儿不少,很值钱吧?你可别来路不正啊。"

"你职业病吧?你知道的,我喜欢这些东西,真品恐怕没有几件。"孙岱在身后招呼,"来,云开,咱们先坐。"

进了餐厅,欧阳云开见詹晓华做了一大桌子菜,便说:"太丰盛!"然后冲着厨房喊,"老同学,不要做啦,多了吃不了。"

"人家也尽个心意,"孙岱向欧阳云开打哈哈,然后也向厨房喊,"晓华同学,快过来吧。"

"马上好!"詹晓华在里边大声回着。这边两人刚坐下,詹晓华端一盘菜出来,"云开喜欢的。"

"酸辣土豆丝?"欧阳云开一瞧,笑着说,"我们原先过穷日子,能炒盘土豆丝下酒算不错了。你还别说,我就喜欢晓华炒的这道菜,口感没的说。还有水炒鸡蛋,味道也好着呢。"说着,便尝了一口,"嗯,是这味道,瞧瞧晓华这刀工,你秦月姐真应该来学学。"

詹晓华坐下:"酒呢?"

"稍等。"孙岱转身出去,一会儿,两手各提一瓶酒回来,"云开,这双沟大曲,我已藏了三十多年了,只结婚时喝了几瓶。"

"好啊,也庆祝一下咱们毕业三十四周年!"欧阳云开一拍手。

"可不,都三十四年了,真快!"詹晓华边说,边给二人斟满酒,也给自己倒上一杯。

"呦嗬,你也喝上喽?"孙岱在旁边来了一句。

"这不云开来了嘛,也高兴高兴。"詹晓华微笑。

"没出正月，还是过年。"孙岱举起酒杯，"再一个，云开，你这么忙，还来家里看看我和晓华，满满同学情！来，今晚一定开怀畅饮！"

三人举起酒杯一碰，刚喝下一口，见一年轻帅气的高个小伙子推门而入，是孙岱儿子孙詹。

"哎哟，大爷来啦！我没想到。"孙詹快步过来，还没等欧阳云开站起身，先张开双臂，热烈拥抱。

欧阳云开打量一眼："哟，比原来更高更帅了！"

"什么呀，这孩子永远都长不大。"詹晓华冲儿子看看，"你是闻着菜味儿来的吧？我们才刚坐下。"

"呵呵，心灵感应呗。"孙詹先打量一桌子菜，笑嘻嘻的，"大爷，我回来拿点东西，马上走，我先给您敬一杯。"说着，自满一杯酒，跟欧阳云开碰碰杯，一饮而尽，然后用餐纸抹抹嘴，笑笑，"大爷，您慢用。"

"滚滚滚，"孙岱一挥手，"别添乱。这小子，大学毕业后自己干，业绩还不错，只是不找媳妇，我们着急也没用。"

孙詹呵呵笑着走进一间屋子，一会儿出来："大爷，我爸又告我状了。等着我，呵呵，哪天给你们牵一个来——小狗！"说着，做个鬼脸，跟欧阳云开道别。

这边三人，不觉聊起大学时光。

"还记得当年咱们的毕业论文吗？"孙岱问。

欧阳云开未开口，詹晓华已接过话头："那时候，云开出题便显大气，我记得是《试论民心得失与中国封建王朝的兴衰》，真是胸怀天下啊。"

"我的呢？你还记得不？"

"你的？好像是什么外因内因一大串，题目太长，记不住了。"詹晓华笑。

"《外因在特定条件下对事物发展起决定作用之管见》。"欧阳云开一字一顿。

"厉害啊云开,一个字都不错!许多时候,外因的决定作用,不可小觑。诸葛亮还说呢,'谋事在人,成事在天,不可强也。'"孙岱认真地说,"正常情况、正常条件下,内因起决定作用。但许多情况下,外因足以改变事物的性质和发展形态,"他顺口举例,"比如说,要不是有老省长,有市委书记的爹,没了这个外因,咱们顾世言副省长,能有今天?"

"市长大人思维跳跃啊,怎么一下子蹦到人家顾世言身上了?"欧阳云开一边吃菜,一边回了一句,"哟,是不是,你常琢磨他的为官之道啊?不过,顾世言也确实有出众的才干,算是非常之人。他志向远大,洞察世事,只他那立说立行、杀伐决断的魄力,非一般人可比。"

"杀伐决断,对!"孙岱点头,"他身上确实带有这股狠劲儿。"

"说起来,我还跟他有个小过节。"欧阳云开想起一件旧事。

顾世言的父亲是崇山地改市后第一任书记,在安海很有影响。老人家去世时,丧事办得隆重,送葬的人排得有一两里路远。有人举报,说他大操大办,造成不良影响。那时欧阳云开任省纪委常委,负责组织调查,顾世言受到党内警告处分。

"这个处分,也没影响他的以后发展。"孙岱一摆手。

"当时你也去了,送多少?"欧阳云开就问。

"两千。"孙岱说完,像是突然回过味来,"你怎么知道的?"

"我哪知道?不是说闲话嘛。"欧阳云开轻叹,"那时候就兴这个。况且,他是曾经的省长秘书,当时又是省政府秘书长。"

"那时,我也是佩服这个人的能力,"孙岱稍稍低声,"我随那点儿礼,只是个意思吧,倒没图他帮什么忙。咳,如果我和别人一样,多送点,多跑跑,主动往他身上靠,也不会被他看成两路人,让他挤对成今天这样子。"

"云开呀，查齐九天，又是你干的吧？"詹晓华看孙岱收不住嘴，赶忙转了话题。

孙岱看着欧阳云开，心说，当然是这家伙干的，而且是在我眼皮子底下把人给带走的。

欧阳云开听她如此问，便知孙岱没告诉妻子，遂笑了："是我，具体细节，你家市长大人很清楚。"

"哼！"孙岱举起酒杯，冲欧阳云开一比画，"你得给我压压惊。吓着我了，一口干掉！"他扭头对着詹晓华，"你是不知道，他有多缺德。昨天上午，先是电话一通敲诈，后来又鬼魅一般，不知啥时候飘进了惠安宾馆礼堂，建分校协议刚签完，墨迹还没干呢，便当着我的面儿，带走了齐九天。在场的人都没察觉，我可吓了一大跳！"说着，孙岱就把昨天的事向妻子说一遍。

"你害什么怕？又不是抓你！"欧阳云开哈哈大笑。

"谁怕你了？这不是怕贼惦记嘛！"半杯酒下肚，孙岱开始微微露出当年恃才傲物的劲头，"齐九天再牛，不过是大学党委书记，他倒下，也就一阵风吹过。论才情，论影响，也算不上是大人物。"

"哎，对了云开，你还说人家顾省长杀伐决断，我怎么看你身上呀，也有这股劲儿，你们俩外形也都像呢。只是他比你还粗壮一些。"似乎又在不经意间，詹晓华再次转移话题。

欧阳云开不禁暗叹，老同学晓华越来越明白了，她是护着丈夫的，见孙岱开始有点狂，怕话多有失，便赶忙岔开话题。

"夫人，你别说，我以前怎么没注意，"孙岱笑笑，"他俩都仪表堂堂不说，能力也有得一比。"

"孙岱你喝多了，"欧阳云开轻点孙岱，"人家是省领导呢，我跟他比，叫用砖比量天。"

"那倒不是，我说的是能力。你看，他果然有魅力，崇山一帮子

50

人,省政府一帮子人,都崇拜他,整天围着他转。"孙岱打开了话匣子。

"你看你两杯酒落肚,嘴上就没个把门儿的了。"詹晓华瞅孙岱一眼,用手轻拽他袖子,提醒他别多说话。

"我是和云开说话,都自家兄弟,怕什么?"孙岱回了一句。

"哟,你知道的还真不少。"欧阳云开笑笑。

"你没听说?"孙岱说,"人家说他有四大金刚、八大罗汉,还有一批护法之类的。"

"都谁呀?"欧阳云开问。

詹晓华举起酒杯:"云开,咱喝酒,说这些传出去不好。"

欧阳云开笑笑:"对饮闲谈嘛,谁传?"

詹晓华便不吱声了。

"你刚抓进去的齐九天,也算崇山一派的。另外,吴剑雄、庄严、武来,还有张兵,还有一堆人呢,到底这些人谁是罗汉,谁是金刚,谁是护法,说不清。反正他们走得很近,在安海势力强劲。"

"你还越说越来劲了。"詹晓华白他一眼。

"可不,张兵是他之前的秘书,现在是省委宣传部的处长了,还效仿顾世言的行事方式,也只学到皮毛,其实没啥真本事。那时到市地来,对我们这些市委书记和市长,都呮三喝四的。"

"省长应该制止他们,年轻人有这些毛病,不利于成长。"欧阳云开摇摇头。

"看,这就是外因的作用。"孙岱喝了一口酒。

"咱别总说外因不外因的,也别议论人家大领导。你刚才说的那个吴剑雄,没学到省长的办事本领,只会像省长那样发脾气。"詹晓华说,"听说这位滨海市委书记,熊那些县长、县委书记,跟熊儿子一样,劈头盖脸地骂。"

"你还不知道呢,听说脾气上来,还动手打人呢!"孙岱补充。

欧阳云开心想,对吴剑雄的反映和举报可是不少,只是自己不能透露出来,便笑着对二人说:"你们对安海干部情况吃得挺透啊!"

"这是我听林小夏说的。"詹晓华笑了笑。

"林小夏?"欧阳云开问。

"是啊,就是咱那个漂亮的小师妹,在滨海干副县长呢。研究近代史的孙教授你还记得吧?他介绍给我的,比咱差了有二十级呢,她说也认识你,我俩经常在微信里聊。她说过吴剑雄好多事儿,说这个人能干、敢干,也挺胡来,不过管不了老婆。"

欧阳云开想起来了,林小夏三十多岁,身材、相貌、皮肤都绝对美女级的,只是有点不太大气,说话好像也不是很得体。过年过节的,还到过自己家。有一次,带了些礼品进了家门,说请在吴剑雄跟前替她多讲点儿好话。欧阳云开本就烦找门子这类事,心说你一个女人,到处钻钻营营的,不是愿吃亏,便是被吃亏,反正早晚得吃亏。他对这位所谓学妹的做派,内心硌硬得慌,可也不便表现出来。

"我看小夏,人还不坏,也特别要强,但就是功利心重了些。"詹晓华说着,摇摇头。

"这位小师妹,能力及格,心机一般,相貌优秀!这套配置,不出事儿都难。"孙岱和欧阳云开碰了一下杯,诡秘一笑。

"呵,孙岱你行啊,这概括,绝了!"欧阳云开伸出大拇指,转过头来,对着詹晓华,"晓华你看住你家孙岱哈,男人聚焦'优秀',肯定麻烦。"

"云开你挑事儿吧你。一个破市长,自己都顾不过来,市里这些乱事整得我焦头烂额的,还有那心思?"说到这里,孙岱像突然想到了什么,"云开你可别说,一说心思花在女人身上,我倒是想起庄严来。一个省高院副院长,被人起的外号,叫什么'矮脚虎',一点儿也不检点,都被公开议论了,那才叫聚焦'优秀'呢,身边'优秀'的,一个都不放过。还有武来呢,一个文旅集团总经理,也是这路货,听说花哨着呢。人品不怎么样吧,还整天想着干一把手。"

"你看你说的,还有鼻子有眼的。"欧阳云开笑笑。

"就是嘛,这两个人,都是围着石榴裙子转的主儿!"孙岱面露不屑。

"哎哟,你俩可别学这个哈。"詹晓华一举酒杯,"喝酒,喝酒!"

孙岱和欧阳云开碰碰杯,喝下了,便用手指指欧阳云开,"你这家伙,这些事儿,肯定早都知道了,只是嘴巴上了锁呗!"

"云开是干纪委的,还能像你这样信口开河啊?"詹晓华瞪了孙岱一眼,清楚欧阳云开对一些情况未必不知道。

"夫人有所不知,"孙岱说,"我算领教了,这家伙目的性强着呢。他跟你热情时,一定是想得到什么。那天抓齐九天,套我话,把我套得一愣一愣的。要是他不开口了,一定是心里在琢磨什么呢。对老同学也动心眼儿,你可害苦了我,以后,我还真得防着你呢!"

欧阳云开苦笑着:"冤枉啊!"

孙岱越发生气,抓过欧阳云开的酒杯,一下顶到他嘴边:"罚你一杯!"

"哎呀,晓华救我,晓华救我,孙岱来横的了!"欧阳云开做委屈状,只好张开嘴,任由孙岱把酒倒进口中。喝下后说道,"纪委消息闭塞,哪里像市长大人这般耳听八方的!"

"咳,"詹晓华叹口气,"纪委也该嘴巴严实些。"

见欧阳云开痛快喝下,孙岱却不好意思起来,也自饮了一杯。接着说道:"叫我看,最厉害的人还是郎子军,那可是顾世言的军师。"

"郎子军?他怎么了?"欧阳云开放下酒杯,看了一眼孙岱。

"早些年在崇山干过副市长,这你知道。"詹晓华接话,"我倒是听林小夏说过,这人心机难测,本事可大了,即便像自己也有点崇山情结,想见他都难。"

"郎子军不简单。"孙岱说,"当年在崇山,因为重大安全事故被问责。有人说是得到高人指点,弃官从商。不过十几年,已在安海鹤立鸡群,一跃成商界领军人物了!"

"哦?"欧阳云开眉头一皱,"高人是谁?"

"还能是谁? 顾世言呗!"孙岱看着欧阳云开,此时像是察觉自己话说得太多,"你这纪委书记的眼神,怎么觉着有点恐怖! 该不是又给我下套了吧!"说完,哈哈大笑。

欧阳云开也大笑起来,重转此前话题:"刚才一番话下来,我发现,晓华同学真是不一般,安海政坛,尽在眼中,秦月可比不上。"

"哟,"詹晓华换上柔柔的口气,"我哪比得上秦月姐好呀。"

"要是你比嫂子好,哪还有我的菜?"孙岱转换得也快。

"说什么浑话?"詹晓华脸上红扑扑的。

"你小子啊,"欧阳云开举起酒杯,指着孙岱,"咱们班,不,咱们整个那一级政治系,晓华可是一号美人,让你给抱走了,得了便宜还卖乖。"

"这一点我不否认,确实赚大啦! 话说回来,我们俩这身高,也挺般配的,不过孙詹倒很高,快一米九了。"孙岱哈哈大笑,"自罚一杯,云开你作陪。"

两人举酒杯一碰。喝下这口酒,欧阳云开笑着问:"齐九天有没有给你介绍张大志?"

"知道你是啥意思。"孙岱眯眼一笑,"哪能不介绍! 那张大志,也跟我见面详谈过。这人说来还算正经生意人,工程质量也不错。我跟他说,直接拿工程不行,得招标。他见我这样说,也就算了,说不麻烦了,他生意不少。你这是在提醒我,我心里有数,会把握好的。"

"你老同学啥人,云开你不知道啊?"詹晓华虽说不了解内情,但话音还是能听出来的。

"孙岱不是贪财好色的人,这个我不担心。"欧阳云开举起酒杯,"来,敬你两口子,谢谢老同学亲自下厨,这么盛情!"干了一杯,又说,"还是在家喝酒好啊,随意,轻松。"

这是真心话。欧阳云开的确很长时间没这么放松了。这阵子,忙得团团转,连最喜欢的钓鱼,都顾不上。偏偏一位钓友,在微信里又是发图片又是发语音的,告知他找到一个钓鱼的好去处,惹得他心里痒痒的,干着急。

这个夜晚,三位老同学放眼安海,尽情畅谈,不知不觉间,两瓶酒已经喝干。孙岱满面红光,晃着身子,又要去找酒。

"你俩还喝呀?"詹晓华急忙拦住,"都不是小年纪了!"

"喝!"欧阳云开一挥手,"今天破例,一醉方休!晓华,我和孙岱一定是前生知己!"

詹晓华脸也红红的:"那前生你就不认识我啊?"

"认识你,哪有我的菜?"孙岱的舌头有一点拧,"呃……喝得有些穿越了。"说着,又提了一瓶酒回来。

詹晓华看看孙岱,再看看欧阳云开,觉得这个夜晚无比美好,遂打开酒瓶,给二人各斟一杯,举起酒杯:"难忘今宵!来,我敬两位老同学,一生幸福,一生平安!"

欧阳云开已醉眼蒙眬,连连摆手:"不……不喝了,再喝,就醉了……"

这是他还记得清的最后一句话。一大早,当他醒来时,发现自己躺在客房的床上,连皮鞋都没脱。

第三章　推　进

1

尽管张大志神情沉静,但还是难掩憔悴,胡子也稍微长了些。这是朱克坚走进留置室后的第一印象。

"张大志,你和齐九天之间那些事儿,想清楚没?"

"不知道朱主任还有啥要求,我一定好好配合。你布置的作业题,我都思考了。"

"行了行了,我今天不跟你绕弯子。齐九天要对你说几句话。"

"我大哥?"张大志立刻朝门口看去,"他在哪儿?"

"这里。"朱克坚打开电脑视频,将屏幕对着张大志,"你自己看吧。"

张大志正琢磨朱克坚什么意思,怎么今天这么有底气,只见齐九天出现在屏幕上!

"大志啊,没想到,咱兄弟俩在这种地方,以这种方式见面。"刚说这几句,齐九天苍白的脸颊上,已然流下泪水。他停下来,用纸巾擦了下眼睛。

张大志的眼圈发红,双手紧攥,嘴角抽搐。

"兄弟,对不起,我跌倒就跌倒了,还把你也给拽进来。我的梦,已经碎了,你对我的期待,也注定烟消云散!这几天,在组织教育下,我已经认识到自己的错误,向组织如实交代了违纪违法的那些事儿。现在,我真是好后悔。"

张大志眼里的火焰，像突然被泼上凉水，一下子变得暗淡无光。

"大志，审查组同志跟我说，你不配合，还在兜圈子。我听说后，心情更加沉重。说句掏心窝子的话，这么多年你对我的好，对老太太、对我姊妹们的照顾，我都铭记在心。你是把我当亲大哥，这么做我很理解，是不想出卖我。这份情，我领下了！"说着，齐九天双手相扣，作揖答谢，"大志兄弟，尽管我犯了严重错误，不过目前还是一名党员，是党员便不能再欺骗组织。你也帮我个忙，把咱哥俩之间的金钱交往、你帮我办的那些事儿，包括栾笑、果果的事儿，还有给我钱的事，都跟审查组说清楚吧。你认错态度好，也是在帮我减轻处罚，能少判一年也好啊！"

张大志脸色惨白，神情绝望。

"大志啊！"齐九天突然大声哭起来，"今生今世，我欠你的，没法偿还了。来生来世，咱们再干干净净做兄弟，堂堂正正做人，好吗？"

几番哽咽之后，齐九天长叹一声，瘫软在椅子上。

"哥……哥啊！"张大志像是突然失控，发疯似的，离开椅子，扑通一声，对着电脑屏幕跪倒，哭了起来，"大哥啊，你跟他们说，那些事儿都是我干的，跟你没关系。咱们结拜的时候，不是说过吗，有难同当，有福同享？"

他歪头冲着朱克坚喊道："小朱……不，克坚同志，我跟齐书记，真的是磕过头的兄弟。我们哥俩，情深义重，他所有的错，都是我引唆他干的，没有我，他也不至于犯这么大的错。我进监狱，他就该没事了吧？他可是一个难得的人才啊！"

朱克坚绕过谈话桌，把张大志搀扶起来，让他重新坐在椅子上。

"张总，你够义气。我办这么多案子，还没遇到过像你这样，硬是替人扛着的,这让我很佩服。但你有没有想过,你对齐九天,都是帮了些啥忙啊?表面看,你们兄弟情深,实际上,你是非不分,一味投其所好,是在帮倒忙啊。正是你,给他开了个坏头,让他在错误道路上越走越远,最后一发不可收拾。刚才,齐九天也讲了,他已经如实交代。你俩要是真朋友,就该尊重他意愿,真心配合,把事情讲清楚。"

"克坚同志,我能不能……再看一遍,再看看我哥……"张大志毕竟老江湖,尽管已经声音哽咽,但慌乱中竟然还保持一丝冷静。他突然想,视频会不会有猫腻?

"好吧。"朱克坚点头,再次播放视频。他一边看着张大志聚精会神的样子,一边在内心里暗暗佩服江镇澜。一段视频,恰如一道诏书,令坚守内心城池的张大志放弃抵抗,举手投降。

再看一遍,张大志真的相信齐九天全招了,一时瘫倒在椅子上。

"你先喝口水,平复下心情再说。"

张大志接过水杯,喝了一口,然后把头深深低了下去,过了好一会儿,才慢慢抬起头来,已是泪流满面。

张大志刚认识齐九天时,齐九天还是青平教育学院的院长。当时,盛达公司在青平已是知名企业。张大志从进入建筑业,就坚定一个信念:没有过硬的质量,肯定走不到底。所以他一直把质量和信誉作为企业的生命,他们开发的地产项目,多次获得安海省级精品工程奖。

"当然,我还有个信条,那就是:没有铁打的关系,便办不成事。现在社会就是如此嘛。当时,青平教育学院正在加大投资搞基建,我很想接近齐书记,好承揽一些工程。你质量做得再好,也得有机会啊。"

"你打的主意,其实是围猎人家。"

"别这么说，想接近他倒是事实。"张大志摆摆手，"一开始，恐怕没有一个正经生意人是想去坑人的，不然还能在生意圈里混吗？当时我只是想，结交管用的人，对企业发展能帮上忙的人。"

在齐九天身上，张大志下足了功夫。

听说齐九天带有知识分子的孤傲，一般人不放在眼里，很难接近。共产党的干部，凡是起来的，哪个容易，谁不爱惜自己羽毛？只有以他们能够接受的方式，才能走近他们。于是，他想出个题目，以盛大公司名义，向青平教育学院捐赠研究专项基金三百万，赠送相关图书一万册，还提出不搞捐赠仪式，也没必要宣传。

副院长汇报这事时，齐九天感到好奇："给他打个电话，转达我的意思，仪式，还是要搞一搞嘛。"没想到张大志再次拒绝，只提了一个请求，请九天院长方便时，能到盛达公司指点一下。过了没几天，齐九天去图书馆，看到张大志捐赠的图书，没想到都是当今科学界特别是物理学界研究前沿的书目。这才觉得，张大志这个企业家不一般，决定去盛达看看。

一圈转下来，齐九天便对张大志刮目相看了。这盛达规模大不说，没想到围绕打造核心竞争力，内外兼修，尤其在优化科技创新生态上下了力气，引进人才、鼓励创新、整合资源、成果运用这些方面，都有自己独特的一套。齐九天本就是学者型干部，一眼便看出门道。这张大志，其志不小啊！原来说好看一圈就走，哪知二人相谈甚欢，张大志趁机邀请在餐厅吃个便饭。

"吃饭可以，AA 制，"齐九天说，"不能在廉洁上让人说闲话。"

公司餐厅的晚餐并不奢华，相反，过于朴素。张大志招待齐九天的，是清一色乡间野味、野菜、土豆腐，最好的是蘑菇炖山鸡。甚至，当齐九天喜欢的苦菜蘸酱端上来时，张大志说的一番话，齐九天也从内心认可："每年我都喜欢吃点儿苦菜。这会提醒我，我们是吃着苦走到今天的，不能忘了走过的那些艰苦的路。"

自此，两人开始交往，喝喝茶，吃顿饭，聊聊天。张大志更多时候是倾听者，总是向齐九天投去敬佩的目光，绝不求齐九天办一点儿事。齐九天也觉得，这才是君子之交。

但是，张大志却想把二人关系再向前推进一步。前些年一个中秋节，张大志打发司机给齐九天送去一箱茅台、十条中华烟。司机回来，说人家不要。张大志电话齐九天："院长啊，喝点酒，抽根烟，这还算送礼啊？您是我最敬重的人，都大过节的，您总得让我表达一下心意嘛。"

"心意领了，"齐九天态度坚决，"东西不要！"

张大志笑着说："理解，理解啊。"

春节前，他亲自抱着一箱丑橘、两盆鲜花，送到齐九天家里。那是他第一次进齐九天家门，只见家里除了书，见不到什么奢侈品。张大志不由得一声感叹，齐院长好清廉，"院长，这是我公司在南方承包的一片果园，自己种的。"张大志笑笑说。

趁齐九天犹豫，张大志拱拱手，告辞出门。齐九天夫人沙海霞走过来，打开箱子一看，橘子上边是个纸包，竟裹着一摞摞百元现金！齐九天看她神色不对，慢慢走近看了，便哼一声："我就说嘛，没那么简单！"他摸起手机打过去，"张大志，你把我看成什么人了？"

"院长，"张大志连忙解释，"过节了，一点小心意嘛。经常聆听您教诲，总得让学生表达一下啊！"

"别胡扯了！给你半个小时，你要不回来取走，我让院纪委的同志退给你！"

不到半个小时，张大志再次敲门。

"张大志啊张大志，我原以为，你还算有品位，没想到这么俗气！你这不是糟蹋我齐九天吗，我只值这几个钱？"齐九天声色俱厉。

张大志唯唯诺诺,抱起箱子,低头离开。

留置室内,齐九天也同样在回想这个时期,忍不住潸然泪下。

"那时候的我,没有这些烂事,没有怕纪委找上门的担忧,内心多平静啊!只是一门心思研究学问,脑子里,除了原子与分子物理、凝聚态物理这些,没有任何其他的私心杂念。"

的确,那时期的齐九天,成果卓著。在国内外权威刊物上发表论文上百篇,获得过教育部科技进步二等奖,享受国务院政府特殊津贴,被教育部、人事部联合授予教育系统"全国劳动模范"称号。三十四岁破格提拔为教授,四十二岁担任青平教育学院院长,成为当时安海省最年轻的大学校长。

另一间留置室内的张大志,同样很感慨。

"什么叫精英?他就是。都说精英在共产党内,这话一点儿也不假。也是从那个时候起,我暗下决心,一定要跟齐九天走到一起。"

2

孙小雯双手抱着材料,从栾笑所在的留置室走出来,走到门厅,正要去二楼会议室,一回头,见俏丽的叶音从车上下来,向八号楼走来。于是赶忙迎上去。

一连数日,天气晴好,气温渐暖。路两旁的簇簇迎春花,已经冒出微黄的花骨朵。叶音没有进门厅,而是几步走到迎春花前,蹲下身来,轻轻闻了闻。

孙小雯看叶音身着深蓝长款风衣,更显皮肤白皙,身姿轻盈,一点儿也看不出三十五六岁的样子,不由得夸道:"哎呀,才几天没见,委员更漂亮了!"

叶音忙回头:"你这小雯,吓我一跳!"

"叶音姐学习结束了?"孙小雯笑着迎上去。

"结束了。"叶音站起身来,边走边说,"离开文昌没几天,迎春花都要开了。"走进门厅,先瞅一眼孙小雯,见她眼圈有些红,"哟,小美女,怎么啦这是? 案子进展不顺利?"

"顺利。"孙小雯抿嘴一笑,一举手上的材料,悄声说,"是刚才看那个栾笑没心没肺的样子,替她心疼。这个齐九天啊,硬是把个小姑娘给糟蹋成了这样,真是缺德!"

"哼!"叶音嫉恶如仇,"叫我说,这丫头也不是省油的灯。她这叫傻吗,聪明过头了吧? 为啥为一个老头子生孩子,还不是想走人生捷径,图个不劳而获,荣华富贵? 还有那个齐九天,真给高校领导丢人!"

"叶音姐,咱进去吧!"孙小雯不料自己几句话,惹出叶音这么多话,赶紧转话题。

"什么高校书记,科学家,还政治素养,为人师表呢!"叶音愈加气愤。

孙小雯不再吱声。

叶音一直未婚,平日里言语犀利。能跟她开开玩笑的,也就只有欧阳云开。再就是倪景行,偶尔来几句诗词歌赋的逗逗她,比如"红豆生南国,春来发几枝"之类。至于她为何未嫁,没人说得清。大家只是照常规去推测,这位叶委员,自带江南女子韵致,风姿绰约,自是不愁嫁的。偏又是学霸,清华大学信息与计算科学专业毕业后,继续深造读研,最后戴上的,是会计学博士帽。一个女人读到博士,顺理成章,把自己熬成个老姑娘,学历增长,眼界升高,一般男子,哪能入她法眼?

欧阳云开倒是略知一二。叶音读研时,曾跟国家某部一位副部长的儿子恋爱。两人已到谈婚论嫁的地步,不料横生枝节,不知谁从中牵线搭桥,介绍一位部长之女。于是,这位副部长硬生生棒

62

打鸳鸯,逼迫儿子接受了这桩政治婚姻。据说,叶音咬咬牙,毅然与其一刀两断,一个看重势利的人,不值得留恋! 话虽如此,这对她内心的深深伤害,唯有自知。但能感到,她对领导干部以权谋私、利益交换、投机取巧的行为,深恶痛绝。

叶音刚卸任案管室主任,担任了省监委委员,尽管缺少办案历练,经验也不足,但工作不仅一丝不苟,而且事事不甘人后。

她与孙小雯一起进入会议室,欧阳云开和江镇澜正在讨论案情。

江镇澜站起身来:"欢迎!"

"呵呵,博士学成回来了?"欧阳云开也笑起来。

"归来是归来啦,学成不敢说。"叶音也笑,"跟云开书记和镇澜常委汇报哈,这次学习重点,是刚颁布的几个办案规定,包括新《规则》。我这个新手,收获还是蛮大的。"

"回来得正好,"欧阳云开说,"达之书记的想法,也是趁热打铁,最近办个培训班。等你先休息休息,麻烦你到培训班上盯一下。你心细,又刚学了这些规定,正当其时,叫别人去,我还不放心呢。"

"云开书记,让您一夸,哪里还感觉累?"叶音笑了,"不用休息了,就是个培训呗。不过书记啊,我在北京,你们可受累了,您看,齐九天的案子都快收兵了。"

欧阳云开笑了:"叶音,你这一口一个'您'的,我看,我们办案人,大家一个战壕的战友,都是同志,相互间叫'你'就很好啊。我对达之书记都直呼'你'了呢,不必客气。"说着转过身去,"镇澜,包括你和景行也应该这样才好。"

"好,也好。"江镇澜点头称是。

"也是出于尊重,"叶音笑笑,"既然书记说了,以后就'你'吧。"

几个人说笑着，欧阳云开回头看孙小雯："小雯，又熬夜了吗？眼圈儿怎么有点儿红？"

"没熬夜，"孙小雯有点儿不好意思，嘿地一笑，"刚才有点儿难过。"

叶音正要离开，听她这么说，一扭头："人家栾笑不傻，是小雯你犯傻。这样的人，有啥好可怜？"说完，转身向外走去。

欧阳云开和江镇澜对视一眼，不解其意。

"叶音姐是说我不该可怜栾笑。刚才，一看她那不知愁的样子，替她难过。"孙小雯急忙解释，随手将笔录递给欧阳云开，"我这边工作基本结束。"

不久之前，栾笑刚在笔录上签下自己名字，便一脸轻松问孙小雯："我能回家了吗？"

"你只想着回家，"孙小雯斜她一眼，"也不盘算一下以后日子怎么过？"

"还能怎么过？一天一天过呗！"

"你也不担心啊，你男人知道这些会怎样？"

"能怎样啊？顶多离婚。离就离呗，谁怕谁呀？不就一个小老板吗？三条腿蛤蟆不好找，两条腿男人满街跑。"

"我跟你说那么多，白费啦？"孙小雯盯着她。

"小雯姐，你是不是又不想让我走了？"栾笑嘴一撇，露出想哭的样子。

"哎哟，你都二十多岁的人了，咋还像个孩子，这么没心没肺的？"孙小雯忙制止她，"你听我说，咱们女人啊，要把自己当人，得学会自尊，自立。"

"嗯，自尊，自立。"栾笑忙不迭点头。

"我跟你说啊，"连孙小雯都觉得自己有一点儿婆婆妈妈，"出去以后啊,要抬起头来,好好过日子,好好经营自己的小家庭。你记住,咱女人啊,不干净的事情不要沾,不正经的事情不要干,不靠谱的门道也别再去琢磨。要是天上掉下馅饼,白捡了便宜啊,肯定会让你付出代价的。还有,走弯路,做没尊严的事,让人背地里笑话,会让人戳脊梁骨的!"

"记住啦!"栾笑连连点头。

孙小雯心说,你记住什么呀,一句也没往心里去,只想着快点出去。看着栾笑迷茫的双眼,她不由得叹口气。一个原本干干净净的女孩子,在人生的青春期,就这样给毁了,她自己居然浑然不觉。齐九天啊齐九天,你真是缺了八辈子德!

齐九天让张大志给栾笑买门头铺,一方面,感觉有点儿对不起栾笑,毕竟,人家黄毛丫头一个。更深一层,栾笑再漂亮,也怕夜长梦多,时间一长,哪有不透风的墙?传出去了,自己半生努力,岂不白费?所以,在栾笑生下果果后,齐九天便暗自琢磨,怎么甩掉这个包袱。

当然,栾笑不肯。她一根筋地认为,我一个大姑娘,给你个老头子生下个大儿子,为你齐家传宗接代,是你家的功臣呢。再有,自从张大志把自己介绍给齐九天后,她的生活,那真叫翻天覆地。之前,连想都想不到,还能过上这般富足的日子。吃穿不愁,生活还体面,一切张大志都会安排得妥妥当当。因此,当栾笑感到齐九天对自己有点儿不冷不热时,还天真地以为,只要闹一闹,齐九天就会心软。这样的日子,便一定会继续下去。于是,她给齐九天打电话,连哭带叫。她这一闹,齐九天更害怕,这要出事啊,于是坚定了跟她了结的决心。

留置室内,在朱克坚和自己谈话时,张大志也在继续追思过往。

"能不能直接送回农村老家?"齐九天跟张大志商量。

"老家不行。我去她家看过,破墙烂屋的。她现在再回去,绝对不习惯。"张大志摇摇头,"更主要的是,她回去,对我们不安全。始终控制在我们手掌中,哪怕有点儿风吹草动,我们也好处置。远了,便鞭长莫及,任何一丝风声透出去,便是麻烦。"

齐九天经他这一点,醒悟过来:"文昌她生孩子时住的那套房子,就给她住吧。不行你给她再弄间店铺什么的。以后生活也算有个保障,她也不会闹腾了。"

"哥,"张大志笑笑,"这思路才对,咱也别亏欠人家。只要她情绪稳定,咱们才安全,花钱买平安呗。这事儿你和她谈不方便,我来处理好了。另外,我再给她点儿零花钱。"

张大志还是有把握的。当初,栾笑是通过一个亲戚推荐,才跟张大志扯上关系,进了崇山大学领导餐厅。农村小姑娘进城,原先丑小鸭,一眨眼间,竟出落得亭亭玉立,变成美丽的小天鹅。

自从送丑橘未成,张大志辛苦经营数月的和谐关系,就此破裂。齐九天开始对他心存戒备,接下来很长一段时间,连约着喝茶、吃饭,都难了。怎么办呢? 张大志苦苦思索。

"打拼那么多年,我悟出个道理:认准的事情,只要不放弃,最后一定能成功!"面对朱克坚,张大志讲述道,"你仔细观察,其实每个人身上都有优点,也总会有缺点,或者说,总有柔软的一块地方。缺点,甚至优点,都可能是弱点。我大哥内心最柔软的地方在哪里? 在老太太那里,他真是个大孝子。只要有时间,一定回老家看望老母亲。听说还亲自给老母亲洗脚、剪指甲、梳头。所以我认为,这就是能接近他的地方。"

随后,张大志寻到昌庆县齐九天老家。

齐九天的母亲由大姐齐招娣照顾。张大志一开始去那里照样进展不顺。老太太虽然八十多了,可不糊涂,他带去的贵重礼品,都嘱咐齐招娣,一一归还。

"张总,以后不要去我老家。"为此,齐九天曾打电话给他,"别让我为难。"

张大志虽然嘴上说,只是顺路拜访老人,实际上,接下来专门去的次数更多。但带去的已不是什么贵重物品,而是山庄里自己种的绿色蔬菜、水果、鸡蛋之类。次数多了,这样的东西,老太太不忍心断然回绝。

另外两件事情,让张大志彻底走进老太太内心。

有一年,昌庆突遇台风。张大志看了台风经过地,便想,说不定老太太那里会有什么情况。帮忙一小步,走近齐九天就是一大步。结果,等他赶到后,果然发现老太太的屋顶被大风吹毁一大片,屋里开始漏水,一家人正在焦急。张大志一个电话,建筑队立马赶到,迅速把房顶翻盖一遍,顺便还把屋内粉刷一新。

另一次则是机缘巧合。他刚进老太太家门,发现齐招娣慌作一团,说老太太闷得不行,喘不过气。张大志心说,别是心肌梗死吧?一边让老太太平躺在床上不要乱动,一边迅速拨打120急救电话,等送到医院,还真是心梗!张大志安排老人入院,随后,调来公司几个女孩子,轮流在医院细心看护,感动得一家人谢天谢地的。当时,齐九天在英国参加学术交流,电话里听说消息,又难过,又感动,不禁对张大志重生好感。

回国后,齐九天立刻请张大志吃饭,表达谢意。

"齐院长,您不要谢我!"张大志连连摆手,"您是大孝子,我早有耳闻。'老吾老以及人之老,幼吾幼以及人之幼',这是传统美德。您职务这么高了,还这么孝敬老人,我从心底佩服!"

"大志,我是真感谢你,救老太太一命。"齐九天不忘嘱咐,"不过,以后记着,我们清清凉凉的就是了。千万别再送钱了,我钱足够花。"

由此，两人又开始频繁走动。有一年，春节过后，张大志去给老太太拜年。老太太拉起齐九天的手："九天，你爹死得早，我把你拉扯大不容易。盼你混出个人样儿来，我也能向你爹交代了。如今，我岁数大啦，还能活几天？可还是放不下心啊。外面世界这么大，一个人打拼不易，总得有人帮衬才好。人家刘备还有关张赵云辅佐呢。一个好汉三个帮，你一个人在外，也得有几个朋友才是。我看，大志这孩子不错，正儿八经大学毕业，大买卖人，关键是这孩子心眼好，对我，对咱们家，都一片真心。今天妈做主，你们俩跪下，当着我的面儿，结拜为兄弟。以后就是亲兄弟了，互相帮衬，互相扶持，这样我就是闭上这对瞎窟窿，也安心了！"

这样，两人成为拜把子兄弟。

从此内心亲近起来，遇到犯难的事，齐九天也找张大志商量。张大志虑事周全，许多时候，比齐九天这学者更老到，时间一长，二人感情愈加亲近。等齐九天到了崇山大学任党委书记，张大志索性在崇山建了分公司。

有天晚上，在盛达公司餐厅吃完饭，酒也喝多了，齐九天对张大志说起齐家往事。齐九天祖上，曾在乾隆三十一年考中进士，三十八年，任内阁学士兼礼部侍郎，如今已历十四代。从齐九天算起，往上却是四代单传。齐九天祖父在沈阳做印染营生，原本生意兴隆，买卖做到哈尔滨、佳木斯、海参崴。不想，后来家里等来的，却是别人传来祖父暴亡的口信。祖母带着年幼的父亲，历经坎坷，长途跋涉，找到祖父经营的兴盛染坊，见到的只是大火后的一片废墟，由此家道败落。说来也是天有不测，其父三十七岁时，竟一病不起，临终前，拉着幼小的齐九天，向妻子嘱托："把孩子拉大，千万不能断了齐家香火啊！"

"没想到，我齐九天事业有成，却没儿子，齐家香火断在我手里，对不住父亲在天之灵啊！"说至此，齐九天长叹一声，流下泪水。

"你不是有女儿吗?"张大志忙问。

"说起这个更生气!"齐九天摇摇头,"早些年,我这闺女去英国留学,后来竟然和一个老外结了婚。起初我跟你嫂子坚决不同意,恨不得断绝关系。可女儿铁了心,有啥办法?还生下个小黄毛儿,姓的是老外的姓,齐家真的无后了!"

"天无绝人之路,肯定有办法的。"张大志急忙劝慰。

"现在又不是旧社会,没法的。"齐九天还是摇头。

自此,张大志开始有意为齐九天物色人,最后把目标锁定在栾笑身上。张大志反复掂量过,认为她就是最佳人选。一者,栾笑除奶奶外,没有其他有牵扯的亲属,省去诸多麻烦。二来,栾笑跟他好几年了,应该对他心存感激。再者,这孩子虽说没文化,但人俊俏白净,身条又好,合适!

接下来,他开始做齐九天的工作。

起初,齐九天严词拒绝。张大志知道他心思,一是道德这个坎他过不去;再一个,当然是怕不安全,影响前途。

"现如今,婚外生子的多的是,只要运作得当,钱跟得上,不让任何人知道,不会有风险。"张大志劝他,"何况,往上看,你是大科学家,没有后人,优秀基因怎么遗传下去?这是国家的损失,不该。往下呢,有祖训的,你断了后,对不起家族,将来九泉之下不好见老人嘛。"

齐九天本来心里就打着这个结,也痒痒的,经不起张大志三说两劝,最终还是心动了。不过还是小心翼翼,反复叮咛:"兄弟啊,这关系我齐某人身家性命,咱可千万别办砸了,只要失手,我们俩都玩儿完。"

齐九天这一点头,一切水到渠成。

"唉!"此刻,会议室内的欧阳云开一声长叹,"人性自有弱点啊,你们瞧,张大志也是盯住了这一点,让齐九天越陷越深,直到万劫不复!"

"反正,我也不知道栾笑是真记住,还是假记住。"孙小雯扯回栾笑身上,"书记,我是根据您的办案理念考虑的。我跟栾笑讲,店铺、汽车,还有齐九天通过张大志给她的两百万,我们都要收缴。她住的那房子,要不咱们再研究一下,是收缴了呢,还是让她先交上房款?"

"还研究什么?追缴赃物是法定的。"江镇澜说。

孙小雯看一眼欧阳云开。

"小雯说得有道理,总得先让她有个地方住啊。"欧阳云开像是自言自语。

"是啊,"孙小雯叹气,"她那男人生意也不咋地,让她住哪?"

"累不累?"江镇澜问。

"累倒是不累,"孙小雯顺口回答,"只是哀其不幸,怒其不争。"

欧阳云开看看孙小雯,又看看江镇澜,微笑不语。

"我说错话了?"孙小雯迅速反应过来。

"小雯,你想得没错。"欧阳云开说,"只不过不是镇澜常委的意思。"

孙小雯吐了下舌头,偷偷向江镇澜扮起鬼脸:"嫌我管闲事儿了?"

欧阳云开叹口气:"都不管闲事儿,弄不好,案子办完了,社会问题却出来了。"

江镇澜见二人一问一答,心里不舒服,便不再作声。

欧阳云开也没说话。心想,对这种事,镇澜尚且这种态度,那更多的执纪审查人员,会是什么观念?别说,这些,在培训班上还真得好好讲一讲。

3

安海省纪检监察干部培训学院报告厅内，省纪委机关监督检查、审查调查部门全体工作人员，各市纪委和省直派驻纪检组、省直机关纪工委、省属高校和省属企业纪委分管领导，济济一堂。

主席台上方大电子屏上的红色会标是："安海省纪检监察审查调查工作培训班开班式"。下边屏幕上显示的，是监督执纪工作《规则》第四条的完整内容。

与以往开班式主席台坐满一排领导不同，这次，台上只有一张桌子。

欧阳云开独自一人，提着包，走向讲桌。坐下后，打开包内的笔记本，目光投向台下。

"还差十分钟才到开班时间。我看，人都到齐了，别辜负了宝贵时间。"他指指台上，"本来，这上边儿，还应该有好几位陪会的同志，办公厅啊，组织部啊，宣传部啊，培训学院啊，这些单位的头头们说好都要来的。再加上几位委领导，台上也会坐一大溜呢。我跟他们说，你们忙，都免了吧。他们不来，我正好自拉自唱。反对形式主义，提高效率，也应该体现在这个开班式上。"

为办好培训班，路达之在常委会上专门做安排，由案管室主任高辉牵头，抽调几个笔杆子，组成起草组，为欧阳云开准备一份讲稿。一共四十多页，完全可以读两个半小时。

欧阳云开心里感慨，现在的秘书们，真是不易，为让领导满意，动了多少心思，领导什么身份，习惯爱好是什么，愿意讲什么，讲多长时间，都得考虑周全。讲稿不能太长，也不能过短，别不到位，也不能越位。这些，都得拿捏得分毫不差。

"高辉他们给我写了份讲稿，业务性、可操作性都非常强，时间关系,我不在这里念了。会后发给大家,人手一份。请大家一定要好好读一下,供大家参考吧。"

说到这里,欧阳云开话锋一转,切入正题。

"最近,我反复考虑几个问题:为什么,我们要学习贯彻《规则》?"他回身用手指指屏幕,"大家看,《规则》第四条,为什么特别强调,惩前毖后、治病救人,注重教育转化,惩治极少数,教育大多数,强调三个效果的统一? 监督执纪与做党的忠诚卫士,是什么关系? 我想,这需要我们从政治上,来看待这个问题。"

他看着台下。

"在座的这二百多号人,都战斗在安海反腐败斗争第一线,你们是战斗员,还是指挥员。你们的战略战术、政策运用、对问题的处理和把握,不光是办多少案、处理多少人这么简单。不到二十万平方公里的安海,能否海晏河清,政治天空是否晴朗,共产党能不能获得这片土地上老百姓的衷心爱戴,你们不仅责任重大,而且责无旁贷!"

他稍稍停顿一下,看着大家。

"为什么? 因为纪检监察机关,是政治机关,纪检监察干部,是党的忠诚卫士,这就决定了我们的基本政治属性。不能只当枪手,还要当旗手;不光当办案人,更要做政治人。同志们啊,我希望大家别只低头办案,还要迈开四方步,摇起芭蕉扇,动起脑筋来,都能从政治上,把办案的相关问题,捋得明明白白。"

欧阳云开端起水杯,扫视一下会场。

"做党的忠诚卫士,不仅仅是遵守政治纪律问题,不是个强迫的问题,从根本上讲,是感情认同问题。说白了,不把自己作为党的人,不是设身处地为党的利益着想,没有心甘情愿为老百姓当差的理念,只想着拿工资,便不会有行动上的自觉,你还只是个糊涂人,摇摆人。大家都在学党史,你有没有考虑过、比较过,中共治国和历代王朝相比如何？和近代三百多个政党包括国民党的作为相比如何？放眼当今世界，和发达国家、发展中国家、欠发达国家的政治集团和执政党的政绩比，又如何？"

说到这里，欧阳云开轻轻敲敲讲桌。

"同志们，我们都为拥有上下五千年的中华文明而骄傲。儒家更是把仁政作为国家治理的理想目标，孔夫子甚至深刻认识到，只要施行仁德，便可以天下归心，说'为政以德，譬如北辰，居其所而众星共之'。可我要问，中国历代王朝，真有过彻底的仁政吗？包括那些所谓盛世，老百姓过了几天好日子，吃过几顿饱饭？现在不都说梦回大唐嘛，天宝年间，也算作封建王朝一个顶峰吧，可还不是照样'朱门酒肉臭，路有冻死骨'？清朝之前，中国人口总过不了亿，什么原因？除去战争、瘟疫等这些因素，我想，主要还是穷，没饭吃啊，这片土地，养活不了这么多人啊。中国历史上也出现过游牧民族侵扰中原这样的痛苦时期，可那毕竟是兄弟之争，家务事儿，内政嘛。鸦片战争后，我们遭遇的就是另一种情况了，不仅是割地赔款、丧权辱国那么简单，最可怕的是，面临着亡国亡种的危机，面临着历史悠久的中华文明的中断！国难当头，多少仁人志士，多少党派，都登台亮相，可哪个成功了？只有中国共产党，真正代表着人民利益和愿望，付出巨大牺牲，建立起新中国。新中国的建立，如喷薄而出的朝阳，展现了一种崭新的社会制度，一种全新的、真正造福全体人民大仁大爱的社会治理理念，这就让一切历史上的、现实中的政治制度，黯然失色！"

欧阳云开对历史的研究，始于大学。中外历史知识的不断丰富，加之自己的潜心研究，使他深切感受到共产党的非凡。他庆幸在大学里就成为一名党员。那时候他就坚信，党和人民、国家的利益，已经紧紧捆绑在一起。

所以他给孙岱的毕业临别赠言是："做党的人！"

"共产党为什么如此强大？因为我们的党，体内流淌着的，是马克思主义血液。马克思主义与中华优秀文化的结合，使中共形成与中国历史上、当今世界上的任何政治集团、任何政党，都完全不同的内在的科学品质，形成遇挫弥坚、无坚不摧的强大内力！"

欧阳云开深情回忆——

二〇〇二年的春天，他因公去英国。公务结束，自费去伦敦北郊的海格特公墓，到那里瞻仰马克思墓，拜谒这位科学共产主义理论创始人。他清楚记得，那天，是三月十五日，马克思逝世一百一十九周年纪念日的第二天。前去悼念的人，络绎不绝。欧阳云开站在马克思墓前，默默祷念："您是真正希望地球村上的每个人，都能过上自由、平等、富裕生活的人。您最痛恨剥削、压迫和贫困。您的理论，使遥远的东方文明，焕发出勃勃生机，使古老国度实现空前繁荣！"当时，他就向长眠的伟人发誓，"我欧阳云开，可能难以成为一名真正合格的马克思主义者，但我必定是您的忠实信徒，终生不渝！"

就在这天上午，齐九天的老母亲突然晕倒，被大女儿齐招娣紧急送往医院。

齐九天被查，对齐家来说，无疑是晴天霹雳。其小妹齐亚楠，本已癌症晚期，倪景行和杨帆去教育学院暗访果果时，正巧遇见她去化疗。哥哥被立案的消息在网上发布当天，齐亚楠一下子瘫倒，随即住进重症监护室。

不管齐九天被查，还是齐亚楠入院，齐招娣她们都统一口径，对老太太一概隐瞒。最初两天，都不敢让老太太看电视。连老太太经常会接触到的几位邻居、亲戚，也尽可能嘱咐到。偏偏村里有个中年妇女，一时嘴快，把这事跟老太太说了，老太太一听，扑通一下栽倒在马路上。

当初,齐亚楠住进重症监护室,欧阳云开听说后,立即安排青平市纪委同志,协调医院全力救治。后来得知齐九天老母亲身体不好,也嘱咐昌庆纪委同志:"一定多加照顾。齐九天在接受组织调查,权当是领导干部正在我们这里接受特殊的教育。他的家人生病,他本人肯定不能回去照顾,只好拜托你们了。我们伸伸手,帮帮他家人,这体现的是人性,是组织对犯错误同志的关怀!"

这些话,让纪委的同志们十分感动。但江镇澜、叶音知道后,都觉得云开书记揽事太宽。

不知是否真的母子间心有灵犀。此日上午,清水园八号楼留置室内的齐九天,看上去明显有些急躁不安,"我……能不能跟云开书记单独谈谈?"他突然提出。

"单独谈,不符合规矩啊,"杨帆回绝,"再说,云开书记正在参加一个重要会议。"

"那我等他。"齐九天不再开口。

杨帆看齐九天的神态,知道不愿和自己讲。可能事关重大,也可能另有隐情。于是,他回到会议室后,电话向参加省委会议的江镇澜汇报。江镇澜判断,连坐牢的事都吐出来了,再交代,很可能涉及"深水大鱼"。

培训学院报告厅内,欧阳云开完全沉浸在他阐述的观点之中。

"我对马克思主义的真理性,坚信不疑,对党,坚信不疑。我相信,在座的也一定坚信不疑。那好,既然如此,那大家想到没有,我们应当为我们的党做点什么呢?或者,我们能不能做点什么呢?我说,能,而且,可以大有作为!"

欧阳云开停顿好一会儿。报告厅内,一片寂静。

"党赋予我们多大的权力啊,监督检查,审查调查,责任重大!所有被审查调查人的政治生命、政治前途,老百姓所期待的海晏河清，党心民心，这些，不都和我们的工作紧密联系在一起吗？只要我们的工作，能让老百姓真心说好，让被审查调查的人心服口服，那就是真的做好了。可能有人会问，你不是说笑话吧？我们查办人家，把人都送进监狱，那是得罪人的活儿啊，怎么可能让人说好？"

欧阳云开呵呵一笑。

"这得怎么看、怎么干了。一个是，要从严治党，严惩腐败，与腐败作斗争，必须势不两立，绝不能后退半步，必须坚持无禁区，全覆盖，零容忍，发现一起查处一起，让老百姓感到共产党天下为公，公心公平公道。另一个是，要对犯错误的人进行教育挽救。我们办案人，还是要讲霹雳手段，菩萨心肠。霹雳手段是职责所在，公正所系，菩萨心肠是治病救人，医者仁心。所以，我们应当怀有仁爱之心，设身处地为被审查调查的人着想，让他们认错悔过，而不是感觉到我们在整他们。这样，他们就会理解我们，理解组织，甚至感谢组织，感激党而不是记恨党，化消极因素为积极因素，实现三个效果的统一。大家看看，这就是《规则》总则第四条告诉我们的基本道理！"

台下有人频频点头，也有人窃窃私语。欧阳云开继续将这个题目引向深入。

"我不得不纠正一个观点。有人认为，不是说人民民主专政吗？那这些有严重错误的人，进监狱的人，不是专政对象吗？对他们，不是应该冷酷无情吗？我看这得商榷了。人民民主专政，既是法治也必是良治，必然是法治与德治的统一，必然比封建社会、资本主义社会更加尊重人性、尊重人权，根本目的也必定是维护人民利益，维护人民政权，有利于人民政权的长治久安。"

他抛出一连串提问。

"要达到这样的目的，要实现伟大民族复兴，是我们队伍的人多好呢,还是少好?是万众一心好,还是离心离德好?是把敌人改造成朋友,还是把朋友变成敌人好?是我们对面黑压压一片敌人好,还是没有敌人或者零星的几个敌人好?同心圆画得越大越好呢还是不怎么大好?这个极其简单的道理,不是所有人都能想明白、想透彻的。历史上,我们吃阶级斗争的亏吃大了,搞残酷打击那一套,国家都被整到了崩溃边缘了。今天都进入新时代了,怎么还有人用这样的观点、这样的思维,去处理问题呢?"

台下又是一派寂静。

"我们是政治机关,而不是司法机关,我们审查调查的对象是犯错误的党员干部,而不是刑事犯罪分子。对象的不同,决定了处理方式的不同。我讲过,对于被审查调查人,我们要充分尊重,充满温度,有人不理解。"欧阳云开继续揉开这个话题,"说他们都犯了错误,有的都快要进监狱,对他们还需要什么同情,讲什么客气?我问大家,重处分、进监狱的有几个?受处分的,绝大部分,百分之九十以上的,都是党内问题,对党内同志尊重,带着同志间的感情去做思想工作,怎么就不行?退一步讲,即使将来要进监狱的,他们中除极个别的,总有出来的时候吧?改造好了,出来以后,不还是中华人民共和国的公民?不还是社会主义事业的建设者?哪怕他们再有错,毕竟受党教育多年,他们中的绝大多数,对党是有感情、对社会是有贡献的。尊重他们,难道不是对历史的尊重?同样是罪犯,他们与其他刑事犯,不是一个概念。即使那些十恶不赦的罪犯,不还是人嘛!是人,便有个人权问题。我们党,有比历史上任何明君贤臣更宽广的胸怀,有比菩萨更仁慈的心肠,有比西方社会更高的政治文明,为什么不能善待有过错的人呢?为什么不能去教育挽救一个个失足甚至堕落的灵魂呢?让我说,我们共产党的党性,一定是最高、最完美的人性!"

报告厅内猛然爆发出热烈的掌声。

很好,这说明大伙儿听进去了,思考了,认可了。

"有办法治病救人吗?怎么没有!总书记说得太好了,'好的思想政治工作,应该像盐,但不能光吃盐,最好的方式,是将盐溶解到各种食物中自然而然吸收'。我们是政治机关,应该把思想政治工作,融入到监督和执纪全过程。只要抱着对待亲人的亲劲儿,对同志的真情、严管和厚爱相结合,必定能人心换人心,不信春风唤不回!"

欧阳云开当然也明白,大多数同志会接受自己观点,但恐怕确实也有人一时间转不过这个弯儿来。不要紧,慢慢来,正确的东西接受起来,也会有个过程。转变观念,不能齐步走。

此时,坐在第一排的倪景行注视着欧阳云开,发自内心地敬佩,同时心有感慨,可惜镇澜常委、叶音委员没来,他们真该听听才好。

坐在后面的朱克坚、孙小雯等几个人,也都内心激情澎湃。等欧阳云开继续讲下去时,倪景行扭头,对着孙小雯悄悄竖起大拇指。孙小雯用双手做个眼镜,开心一笑。

"可能有些人还不理解。一个腐败分子,一个罪犯,还要对他们充分尊重?哦,他违纪违法,还有功劳了?那我再问大家一个问题,接受审查调查的人,走到这一步,当然,主要是内因,是他自身出了问题,但同时,组织上有没有责任?有啊!"

讲到这里,欧阳云开打一个形象的比喻。

"假如,三十年前,我们党,这个由先进分子组成的部队,军容严整,斗志昂扬,经过一个村庄。一大群孩子站在村口,羡慕地望着这支受人拥戴的队伍,他们都渴望,成为这支光荣队伍中的一员。部队便从他们当中挑出一个最优秀的孩子,批准他加入到队伍中来。队伍上跟孩子母亲说:'您放心,这个好孩子,跟着我们,一定会比在您身边更有出息!'等三十年过去,当我们的部队再次经过这个村庄时,孩子的老母亲已经白发苍苍,站在路边,焦急地盼望着自己那个更优秀的孩子出现。可队伍上却告诉老人家:'您的孩子,已经变成一个罪犯了!'哎呀,老人家怎么能接受呢?哦,当初,交给你们时可是村里最好的孩子,街坊邻居人人夸呢,怎么你们领走了几十年,就变成罪犯了呢?那部队上怎么向这位母亲交代?"

欧阳云开停顿下来,目光缓缓扫视台下,好一会儿,猛然提高声音:"个人犯错误,组织有责任!我们教育、监督、管理没跟上嘛。所以,我们办案人,既然都是党的人,便应当为党分担这个责任。共产党人是讲信誉的,我们绝不欠这个账,一定要把教育挽救这一课给他们补上,让他们知错悔过。这个感情,我们要讲。"

欧阳云开更加严肃起来。

"当然了,我们讲的是辩证法。世上没有绝对的事,教育也不是万能的。我们要治病救人,如同病人进了纪委这家医院,我们这些党内医生,哪怕再出于诚心诚意,去还这个账,也难免他们中间还有不认账,甚至赖账的。那,他便是不可救药,真的是混账!我们从善良的愿望出发,最终有人怎么也争取不过来,与共产党离心离德,甚至怀有二心、野心,企图和共产党争夺人心,那我们一定毫不客气,坚持斗争性,坚决拿起斗争武器,和他们斗到底,最终让他们不得人心!"

报告厅内再次响起雷鸣般的掌声。

欧阳云开明显感觉到,台下几乎所有听课的人都神色凝重、精神振奋,完全与他进入同一个思维频道。可他同时也觉察到,还有几人在低头思索,有的在窃窃私语。他敏锐地意识到,他们一定是被哪个问题困扰住了。对了,有个心结,必须和大家解开。

"还有一个问题,我们不能回避。我们这样做,是不是贯彻从严治党不力呢?人民群众会不会觉得,我们对违法乱纪行为过于宽容和放纵呢？不是的，也不会的。老百姓痛恨什么？是腐败，是法律面前不平等，是搞什么刑不上大夫那一套。庶民问罪，王子却逍遥法外，搞睁只眼闭只眼那一套，没有真事！恰恰相反，我们坚持的是有案必办，违纪必究，违法必惩，对犯罪行为零容忍，绝不法外开恩，绝不放过任何一起腐败案件和任何一个腐败分子！区别在于，我们严惩腐败，是坚决惩治他的腐败行为和问题，不是对他的肉体和精神进行折磨，而是充分尊重他们的人格，保护他们的正当权益，让他们迷途知返，改正错误，重新走上正路。所以我们依法办案时，坚决反对冷酷无情，反对只治人、不治病，更加注重文明办案，更加尊重人格人权，更重视政治、纪法和社会三个效果的统一，更要经得起历史的检验。"

欧阳云开又举一个例子。

"大家都知道刘青山和张子善吧？因为贪腐、堕落，一九五二年，两人被枪毙了。可对他们的善后处理如何，有些同志恐怕不一定清楚。我看到一份资料，行刑之前，省委派人去现场，当着两人的面，宣布中央四条指示：一，子弹不打脑袋，打后心；二，枪决后，妥善安葬，棺木公费置办；三，家属不按反革命家属对待；四，子女由国家抚养。张子善没有子女，刘青山长子和次子，从即日起由国家供给每人每月十五元生活费，老三由刘青山的结发妻子抚养。同志们，十五元什么概念？在当时，等于一百五十斤小米，或者三十斤鸡蛋，或者，三十斤羊肉。完全可以满足一个普通人的生活需求。"

讲到这里，欧阳云开加重语气。

"照有些人的逻辑，枪毙不就完事啦？让家人收尸，拉回去埋掉。家属子女，愿咋就咋，对罪犯嘛，讲什么人道！但我们党、我们的毛主席，不是这样考虑问题的，是想到他们历史上的功绩，想到的是人性，想到的是政治文明！喔，想到这些，难道不算从严治党？

80

都枪毙了,人都没了,够严的吧?但心却不狠毒,充满人情味儿,充满着党的关怀,情义浓浓!"

昌庆医院的病床上,经过紧急抢救,齐九天的老母亲终于醒过来了。她脸色灰暗,两行泪水流了下来,渗入苍白的头发里。

"我实在想不明白,"老太太紧抓住床边齐招娣的手,嘴唇抖动好半天,才又说出一句话,"九天,他……他怎么就变成这样了……"

"是不是遇上坏人了?要不也是因为他太能干,得罪人了,"齐招娣"哼"一声,"当官儿的,哪个不这样?为什么偏偏抓他?"

"不能这么说,"老太太一皱眉头,抓住女儿的手更加用力,"肯定是你弟弟有错啊。我活这把年纪,什么没经过?国民党,共产党,都经过。我是亲眼看到的,共产党从来不冤枉人,错了,早晚也会给平反。我是生你弟弟这个冤家的气,他怎么这么糊涂呢?我看哪,人是出不来了,恐怕再也见不上喽!"

留置室内的齐九天,此时呆呆地站在墙边,从窗户向外看,两行泪水顺着脸颊流下来。他在想念年迈的老母亲,担心年幼的果果。

欧阳云开端起水杯,再次扫视整个报告厅。

"我今天要讲的主要内容,就这些。零零散散,拉拉杂杂,不过,中心还是达之书记点的讲授题目:为党赢得天下人心!讲的一些内容,可能不好记,记不住,也不要紧。请记住毛主席的话就行,'什么是政治?政治就是把敌人的人搞得少少的,把我们的人搞得多多的。'从这个高度来看,只要案子办完,所有涉及的人都能真心实意拥护党,便证明我们的工作做对了、做好了,就这一个标准!"

最后,欧阳云开站起来。

"同志们,中国共产党立志于中华民族千秋伟业。我们要在推进从严治党、严惩腐败的过程中,坚持惩前毖后、治病救人,强化思想政治工作,让那些接受审查调查的党员干部,从内心感受到组织的温暖阳光。让那些受到处分甚至走进监狱的人,从内心感受到共产党的至诚厚爱,知错悔过。让老百姓从内心感受到党性体现着最高人性,感受到前所未有的政治廉洁、社会清明。要为我们的党,赢得天下人心!"

台下先是一片寂静,继而,掌声雷鸣。

第四章 纵 深

1

授课结束,欧阳云开回到省纪委机关,刚进办公楼门厅,迎面碰到高辉,手里拿着厚厚的文件夹。他是在叶音升任监委委员后接任的案管室主任,从事案件管理已经多年,认真细致,责任心特别强。说来还不到五十岁,却已满头白发。

"老高,你这发型挺酷!"欧阳云开不待高辉开口,便拿他开涮,"染的吧?现在年轻人都喜欢把黑头发染成白的,时尚!"

"原装,都原装。"高辉推一推近视眼镜,嘿嘿一笑。见欧阳云开打开办公室门,紧跟进来,"书记,听说你从学院回来,我便在这里等了。"

"看你抱这一摞,知道一定是给我安排活儿了。"欧阳云开见他跟进来,便看了一眼他手上的夹子。

"哪敢,哪敢,"高辉收起笑容,"是达之书记让我抓紧向你报告。"

案管室,是省纪委监督和执纪审查工作的核心部门。案件线索、办案监督和安全、线索拟办建议都归该室管理。因此,由路达之直接分管。

"凌云一案,又突然冒出个重要线索。"

"哦?什么情况?"欧阳云开想,今年以来,对省文化产业集团董事长凌云的举报,比较集中。凌云曾担任过省文化厅党组副书记、副厅长,两次主持文化厅工作。此前,案管室根据路达之批示,将这些举报线索移交过来,要求组织好初核。他细细分析后,觉得问题线索具体扎实,肯定是知情人举报,极有可能成案,可以交给叶音,让她带领十四室办理。再说,十四室主任燕飞尽管高高瘦瘦、谦和文雅,但办案能力超强。有他协助叶音,欧阳云开也放心。

高辉向欧阳云开报告,昨天晚上,有人将一包东西放到传达室,即匆匆离去。传达室的同志一看,是个密封的纸袋,便交给办公厅,最后报给了路达之。今早一上班,路达之叫来高辉,说是急件,让高辉先看,等欧阳云开上完课,抓紧交给他。高辉回办公室一看,纸包里有个光盘,外加一封举报信。信里的内容,跟此前的几封倒是差不多。但光盘里的内容可不简单了,是两个男子正进行现金交易。他俩坐在茶几两侧,茶几上有个黑塑料袋,其中一个男的问:多少?另一个答:六十个数!高辉确认了一下,问话的那个人,正是凌云!

送走高辉,欧阳云开给蓝天打电话,得知路达之在省委那边还没回来。于是,欧阳云开不再等,直接去了清水园。一进会议室,发现江镇澜已经坐在那里,低头研究材料。

省纪委一至八室是执纪监督室,九至十四室是执纪审查调查室。根据常委会分工,欧阳云开分管审查调查工作,下辖六个审查调查室。其中,江镇澜主管九、十、十一室,叶音主管十二、十三、十四室。按说,第十四室由叶音主管,凌云一案可不必跟江镇澜商量。可欧阳云开考虑,江镇澜精通法律,办案能力强,而刚主管办案的叶音,工作还在熟悉阶段。所以他打破常规,办理案件时,从分析线索到结案移交的所有环节,都和两人一起商量,再根据各自分工,分头执行。遇到特殊情况忙不过来,他俩还可以互相搭一下手,不仅可以减少工作纰漏,相互关系也融洽。都是纪委监委领导,不会透风撒气,更不必怀疑他们对组织的忠诚。

"看得这么认真?"欧阳云开笑着坐到江镇澜旁边。

江镇澜这才看到他:"听他们说,你课讲得好精彩。这么快就过来了?"

欧阳云开一笑,便跟江镇澜讲了光盘和举报信的事情。

"这个光盘,来路蹊跷。"江镇澜一听案情,马上进入状态,一改惜言如金的习惯,"你的判断对,凌云这案子准成。从检举的工程项目、行贿人到赃款数额和去向,十分清晰,肯定是知情人。我原来怀疑,是凌云的身边人出于义愤,可这光盘一出现,感觉恐怕不是这么回事儿了。这举报人,分明是凌云死对头,是下了死手的。"

"对,是想置凌云于死地。"欧阳云开点头,"手法龌龊。"

"这种取证方式,首先便违法。再说,行贿受贿都暗中进行,见不得人、见不得光的,怎么录下来的? 谁装的摄像头? 怎么潜入室内的? 又是谁指使的? 摄像头安在什么地方? 安了多长时间? 所以,我建议,让办公厅马上调取传达室录像,查看送光盘的人,只要找到举报人或车辆,情况就明了了。当然,能潜入私密房间安装摄像头,说明举报人思维缜密,送光盘的人肯定会注意隐蔽。建议请公安机关介入,从传达室的录像查起,盯着送光盘人这根线,走到哪,查到哪,只要将其确定,后边就好办了。"

"大将军,一次说这么多话,难得!"欧阳云开笑过又严肃起来,"凌云贪得无厌,不能容忍,可举报人不择手段,也不能放过! 我同意你意见,请公安介入,既查凌云,也查举报人违法取证行为,看到底谁干的。"

"这是明摆着的非法使用窃听、窃照专用器材罪。如果是凌云住所,又是非法侵入住宅罪。假如他还敲诈钱财,那还再加一条,敲诈勒索罪。"

"要不你辛苦一下,和叶音、燕飞一起,商量一下这事儿。光盘给你,举报信都在燕飞那里,你再问问高辉那边有没有新线索。你们先拿具体意见，包括请公安厅介入，怎么坐实凌云几笔证据等等，把初核工作做扎实。我去见见齐九天，他想见我，都好几天了，不能再推。"

"好，"江镇澜点头，"我现在就跟叶音对接。"

欧阳云开喜欢江镇澜的敏锐，也欣赏他从不拖泥带水的作风："这案子，你多靠靠吧，我怕叶音刚接手，榜不开茬子。"

"叶音肯定能行。她对案子很上心，也敢下手。"

两人正说着，杨帆走进来。

"齐九天说啥事了没？"江镇澜问。

"不和我说，"杨帆摇摇头，看到欧阳云开，忙说，"云开书记，您上午的课讲得太好了，培训班反响强烈，我虽没去现场，就是听在班上的伙计们议论哈，都说从来没听到这样的授课。说是专业课吧，又完全超出业务范畴和容量，是从思想上、大局上、方向上，给我们大家打开天窗，许多长时间困惑我们的问题，一下子想明白了。原来不知道什么叫醍醐灌顶，今天算是领教了。学员们在讨论时，都盼着尽快能拿到这个稿子，回去好好学习。"

"哟，你小子，啥时候这么会奉承人了？"欧阳云开笑。

"杨帆这一说，把我好奇心勾出来了。"江镇澜一伸手指，"稿子出来，也给我一份看看。"

"你们感觉齐九天急于见我，会是什么事儿？"欧阳云开岔开话题。

"恐怕是有深水鱼。"江镇澜判断。

"好，那我和杨帆去见见他吧。"欧阳云开朝江镇澜一点头。

走进留置室，欧阳云开与齐九天握握手："九天书记，这段时间还好吧？"

"云开书记，您这么忙还来看我，真不好意思。"齐九天说着，眼圈一红。

见齐九天要流泪，欧阳云开忙把他按到椅子上，自己也随手拉过来一把椅子，坐到他身边。自打他进清水园后，欧阳云开还是第一次近前接触。齐九天显得瘦了，老了，脸上写满憔悴，眼里布满血丝，嘴唇干裂。

"云开书记，其实我从惠安来文昌的路上，一直到现在，都感到对不住您，真是后悔。那天在惠安宾馆，您看我搞的是哪一套啊，不光不礼貌，也有失体统。您给足我面子，而我，真是不懂事儿啊！"

－"别……别提这个吧，都过去了。"

"您大人大量，可以不计较，可我心里过不去。每当想起那天的事儿，我都替自己难为情。今天，郑重向您道歉，对不起了！"

"老伙计，你如果能谦虚谨慎，不把自己这官儿当成个官儿，能对一个陌生人大发脾气吗？这也是许多领导干部到一定位置后的通病，掂不出自己的斤两，除了发脾气熊人，便不会说话，不用说初心，连本色都丢了。"

"云开书记，您的话，让我羞愧！您对我这样负罪在身的人还彬彬有礼，想想我齐某人都做了些啥啊！"

"你也别责怪自己，"欧阳云开再次紧握着齐九天的手，话语诚恳，"你是科学家，还是能力出众的高校领导，你的贡献不能抹杀。将来你从监狱出来，还得为社会做大事呢！"

"您这样看我的？我还有希望、有奔头？"齐九天终于忍不住，眼泪顺着脸庞流下来，"都说云开书记心地善良，这次，我算是彻底体会到了。除向您当面道歉，我还有件事，想向您汇报一下。"

杨帆闻言，立即看欧阳云开一眼。

"啥事，请讲就是。"

"我……能不能单独跟您谈？"齐九天抬头看一眼杨帆。

"没关系，你跟我谈，和跟杨帆谈，都一样。"欧阳云开说得坦诚，"我们都忠诚于组织。另外也有规定，这里的谈话，必须两人以上。"

稍作沉默后,齐九天说出自己的心事。

没想到,他说的,根本不是什么"深水鱼"。

齐九天告诉欧阳云开,最近连续几天,只要一躺下,闭上眼睛,便梦到昌庆老家宅子起火,房倒屋塌。他母亲在那废墟中,飘飘悠悠,飞向天空。紧接着,他便会哭醒。只要他睡下,一定是做这梦,一样一样的,吓得不敢合眼。他是怕老太太知道自己出事,受不了打击,过不去这道坎,毕竟快九十的人了。不然,为什么总做这样的梦? 齐九天说着,双手抱头,浑身一耸一耸地颤抖起来。

"梦里的事,多是白天琢磨的。"欧阳云开轻轻拍拍他的肩膀。

"我是搞物理的,我不迷信,可这梦挺邪乎的,每天都做,这不是心灵感应吧? 娘啊,儿子不孝啊!"齐九天突然仰天大叫一声。

"九天,你不要太激动。"欧阳云开接过杨帆手中纸杯,递过去。

"云开书记,"齐九天擦一把泪,"我娘,毕竟有我大姐在她身边。我最放心不下的,还有果果啊。我妹妹得了癌症,多年来身体一直不好,能撑多久不好说,以后,恐怕也没法照顾这孩子了。我老婆沙海霞是个要面子的人,现在我进来了,她一定羞愧难当。栾笑为我生孩子这事儿,她过去一直蒙在鼓里,现在恐怕也知道了,她怎么会接受这个结果? 千错万错,都是我的错,可孩子没错啊。栾笑现在已经跟了别人,又有了自己的孩子,肯定不会养活果果。哪怕是她想,后来的男人也不会接受啊。那我的果果,以后咋办啊? 他还这么小,孤零零的,总不能流浪街头吧?"齐九天号啕大哭起来。

"九天啊,我们党治理社会,施行的是仁政。共产党能为全中国老百姓服务,你家里遇上困难,还能袖手旁观吗?"

"可我是有罪之人,是罪犯啊,我有什么资格?"

"你这就错了。"欧阳云开正色说道,"且不说你现在还是党员,还是我们的同志,即便进了监狱,不还是中国的公民吗?况且,你还有做人的权利。你遇上困难,你家老太太有困难,组织也会力所能及地帮你解决。"

"真的吗?这是您个人的看法,还是党的政策?"齐九天突然两手紧握欧阳云开的手,眼巴巴地看着他。

"党,是共产党!"欧阳云开深情地说,"党,不会放弃任何一个走向迷途的人。你做了对不起组织的事儿,但组织不会对不住你。我们的方针是治病救人,治的是你的病,救的是你这个人,组织就是盼着你真诚悔过、改过。佛家都讲,放下屠刀,立地成佛。我们党,有比这更宽广的胸怀!"

"云开书记,我现在真想向您磕个头,向党组织磕个头!"齐九天突然起身,要给欧阳云开跪下。欧阳云开赶紧起身搀扶住他。

"云开书记,我还想,反正我的事社会上也都知道了,不需要再去保密。老太太还没看到她这个孙子,能不能想个办法,趁着老太太还明白,看上一眼?这样,也算给我娘一个安慰。我真有个预感,老太太在世的时间,恐怕不会长了。"

欧阳云开不免长叹一声,像"无后大不孝"这些陈腐观念,害了多少人啊。错误的观念一旦钻进脑袋,再不及时清除,只要遇上合适的土壤,定会发出恶之芽,开出恶之花,结出恶之果!一般人会觉得,是张大志把齐九天引上邪路,可若齐九天自己没这念头,哪会有这一错再错的结局?哪里会给组织和家人添这么多麻烦?欧阳云开心想,等合适的时候,这些话还是要给他说清楚。眼下,不能负了他的一片孝心:"这你放心,老太太见果果的事儿,我们想想办法。"

"谢谢,拜托了!"齐九天看着欧阳云开,眼含泪水,脸上满是希望。

见齐九天心结打开,可以敞开心扉,欧阳云开想起张大志来。

据朱克坚讲，尽管张大志已经开始交代问题，可并未和盘托出，底子还没清出来。于是，他将话题转向张大志。

"对你家老太太，我看张大志挺上心。这个人，仗义。"

"是啊，"齐九天叹息一声，"说实话，最近几年，我都没有大志到老太太跟前孝敬的次数多。"

"说起来你们俩也都很有本事。如果走在正路上，也算珠联璧合。"

"云开书记，"齐九天摇摇头，面有愧色，"以前我确实是这么认为。您还不完全知道，我跟张大志，感情不是一般的深，真的与亲兄弟一样。一开始，我想工程叫谁干不是干？再说，盛达公司信誉的确好，质量过硬，让他干，我还真没想从他那里去拿钱。后来，我遇上难事急事，他都出面替我摆平了，这是兄弟感情啊，我们之间，哪能叫利益输送呢？这段时间，我才转过这个弯儿来，我让他拿工程，是凭我手上的权力，我让他出钱，是受贿。别说拜把子兄弟，哪怕亲兄弟也不行啊！"

"你能想通这点就对了。一开始，你不也严词拒绝过他吗？这说明，那时候的你是清醒的。我设想哈，如果你们仅是惺惺相惜，你佩服他的为人，他佩服你的才干，因此结为兄弟，也是纯洁啊。尽管，我不赞成结拜这种事儿。"

"哪有这么纯粹啊？"齐九天苦笑，"我知道，大志刚开始接近我，是冲我位置来的，所以，对他也有防范之心。但后来，真正接触，我发现这人很有见地，也讲信誉，心术也不坏。所以，时间一长，我不仅不再防范他，而且还很依赖他。我把工程交给他，这也是人之常情。"

欧阳云开又叹口气，什么人之常情？本想和他说，建立新型政商关系，要害就是"亲""清"二字。可多少人都没搞清楚，"亲"，就是讲真情，办实事；"清"，就是讲原则，不拿钱。你齐九天，不仅办了不该办的事,还拿了不该拿的钱! 只是怕影响这难得的谈话气氛,便没再往深里讲这道理。

齐九天感到自己的请求得到满足,于是,多日来心头阴云散去大半,情绪慢慢高涨起来,不由得打开话匣子:"还有件事儿,让我对大志刮目相看。"

2

有天晚上,齐九天接待一批省外高校客人,酒喝得有点高。回到宿舍区,发现自己所乘公车的车位居然被占。再四下一瞧,私家车到处乱停乱放,混乱不堪。齐九天火冒三丈,叫来院办主任,大发雷霆:"你瞧瞧,都乱成什么样子? 还建设文明校园呢,狗屁,建垃圾场吧!"于是,先开会,后整治车位,整个宿舍区,一整夜人声鼎沸,灯火通明,鸡犬不宁。

"酒啊,真是害人! 我当时也是情绪失控。"齐九天连连摇头,"第二天起床,我便后悔了。可有什么办法呢? 洋相闹出来了,影响是没法挽回了。"心里窝囊,有失体统,干脆上班后把自己关进办公室,不管谁敲门,索性不开。没想到,张大志很快就过来了。

"哥,不是我说你。古之成大事者,无不是驾驭自己情绪的忍者,谋定而后动的能者,精准估量后果的智者啊!"张大志突然变成一个语重心长的长者。

"你是要干大事的。眼前只是一院之长,在仕途上,你这才走多远? 青平,不是你的终点,而是一个小小的起点! 昨天晚上这事儿,不该发生啊! 您别怪兄弟我实话实说,在别人眼里,这叫耍酒疯,鲁莽,哪有院长的气度? 失态事小,让师生瞧不起、影响形象事大。民心事关国运,而民意事关个人官运啊!"

齐九天几乎被张大志说的这番话惊呆,这哪是个建筑老板?

他接触的学者多了去,有几人能说出这番话来?

"事已至此,还有啥办法?"齐九天问。

张大志还真有办法。停车难,是困扰青平教育学院的老问题。此前,为占公车位吵闹,甚至大打出手的事儿,时有发生。后勤管理部门出了好多招,画线啊,发卡啊,甚至限制购车都用上了,却一直没能解决。齐九天对此很清楚,却拿不出更好的办法。见齐九天之前,张大志仔细察看过了,学院宿舍区跟图书馆之间,有块面积很大的草坪,他了解了一下,下面没有任何设施。可以到国土规划部门跑一下工程许可手续,完全能建个大型地下停车场,上下两层,五百个车位没问题。这样一来,不仅能解决地面停车杂乱无章的问题,也能为齐九天昨夜发的无名火正名!

"好主意!"齐九天眼前一亮,"这由你们盛达来做,要快,还要保证质量!"

"公开招标就行,形式还要走。"张大志嘱咐。

不到三个月,崭新的地下停车场建成,宽敞气派,停车难问题一举解决。全院教职工舆论大变,交口称赞:"还是院长有眼光,有魄力啊!"

"就是,人家发发火怎么了? 干大事的人,哪个没点儿脾气?"

"不得不说,张大志这个点子,了不起啊!"欧阳云开微笑,"难怪你如此信任他。"

"是啊云开书记,随着关系越来越近,我越来越觉得,他真的是对我太了解。我心里想什么他知道,我还没想到他也能想到。越这样,我越离不开他。那年,在重庆,我碰到个丢人的事儿……"齐九天说至此,突然刹住车。

"九天,我们之间,还有什么不好说的?"欧阳云开瞧他神情,心里已猜出大概,于是笑着看他,"其实你的事,我也差不多都知道。"

"咳,"齐九天低下头,表情难堪,"说起来,真是丢人!"

原来,有个做室内装修的小老板,姓牛,和张大志生意上有过往来,当地人都叫他牛胖子。有次齐九天和张大志一起吃饭,牛胖子也不知怎么就摸了进来,恭维着敬了个酒,算是认识了。齐九天本就心高气傲,哪能看得上这样浑身上下透着俗气、流气的人?张大志也曾私下里跟他说,这人做事没底线,要防着点才好。可有一年他到重庆参加完一个学术会议,也不知牛胖子怎么就找到了他住的酒店,说是正巧来重庆出差,听说他在这里刚开完会,便特意赶来看望,劝他先别急着返回安海,恳请他一起乘船,观赏一下江上夜景。

齐九天轻轻摇头:"这世上的事儿,有时真是怪,窝囊事儿找上门,躲都躲不过。说来也怨我,那次学术会议上,我做重点发言,博得一片喝彩。教育部的司长一个劲地夸,我心里十分得意。一见牛胖子,也算他乡遇故人嘛,还在兴奋头上,便向人家炫耀起自己的发言如何精彩,牛胖子嘴上像抹了蜜,把我吹上天去。我当时晕晕乎乎的,见他提出这个请求,反正晚上没啥事,顺嘴便答应下来,把平时里对他的防范,全抛到九霄云外。"

那日下午,由牛胖子陪同,到江上一游。晚餐便安排在船上,江上豆花鱼、纸包鱼,再配上重庆小面、麻辣烫、九园包子、担担面,饭菜很有特色。牛胖子一旁阿谀奉承,尽心伺候,不停斟酒,还不时亲手添加些饮料。加之船外水波粼粼,江火点点,齐九天把酒临风,兴致盎然,酒便控制不住了。回到酒店,牛胖子将他送至房间门口,悄然离开。

齐九天进到房间,一时浑身燥热,口渴心慌,觉得脸也发烧,浑身发红,心说,这酒果然与众不同,劲头不小,根本没琢磨饮料的事!三下两下脱光衣服,想去冲个澡,哪想到,推开浴室门,发现里面居然站着一位年轻貌美女子,恰巧刚刚出浴,浑身赤裸,体态丰腴,胸部饱满坚挺,雪白的皮肤微红中透亮,一头乌发水汽尚未褪去。一见齐九天，慌忙展开浴巾遮挡。那时，齐九天头昏脑涨，哪顾多想，上前抱起女人，转身走出浴室，紧走几步放到了床上……

也不知过了多久，齐九天蒙眬中听到女人嘤嘤哭声，才猛然清醒过来，慌忙问："你……你怎么还没走？"他一瞧身边被窝里的女子，一时发蒙，刚想掀起被子，发现两人都是赤身裸体。

"你……你欺负人！一见到我就往床上拖，怎么求你也不管不顾，你……你这是强奸！"

"你进来，不是专门等我的？那你……怎么……怎么在我房间里？"齐九天顿时慌张起来。

"我是牛总朋友，本来是过来见他的。他打来电话，让我先给你准备点儿水果，说你们晚上十二点才回来。我便请服务员开了门，摆好果盘，因为天热，浑身是汗，就想趁你没回来冲个澡。没想到不到十点你就回来了！你……你一进来，也不问青红皂白，就像野兽一样扑上来，欺负了我！"女子大声哭起来。

正乱着，齐九天突然听到有人敲门，心里更慌，便将食指竖放嘴边，示意女人别吱声，有事好商量。哪知那女人几步冲过去，一把拽开房门，进来的，竟是牛胖子！

齐九天脑袋里嗡地一下子猛然醒悟过来，齐九天啊齐九天，百密总有一疏，你被这胖子算计了！

"齐院长，别不好意思，男人嘛。"牛胖子笑嘻嘻的。

"你想干什么？"尽管狼狈不堪，但齐九天努力保持镇定。

"院长，没别的意思。"牛胖子仍然脸上挂笑，"俺牛某人不喜欢兜圈子，只想和您拉近一下关系。话挑明了吧，咱学院那么多工程，张大志，张总，他尽可以吃肉，我知道你俩老铁，咱也不眼馋，院长您也分一勺汤给我，行不？"

女子趁机钻进卫生间穿上衣服，梳妆打扮。牛胖子坐在床边，面带微笑。齐九天呢，光溜溜的在被窝里。这场面，着实尴尬。

"学院的工程,不是我一个人说了算。"尽管,齐九天感受到牛胖子的咄咄逼人,但头脑还保持着清醒。

"您这么说就见外啦。"牛胖子一收笑脸,站起身来,"其实,我不贪心,您给我个五千万的装修工程,我再返你几百万,不就得了?"

"牛胖子,你用这样的损招,便想让我就范?我跟你说,学院所有工程,不是我想给谁就给谁,是经院长办公会研究,还得经党委会批准,然后进行招标才确定的。"

"齐九天,你觉得我是在求你吗?"牛胖子终于撕破嘴脸,"你要不答应,我让你的裸照,天一亮就出现在网上。不管如何,只要这女人嚷嚷出去,准够你喝一壶的!"

齐九天浑身哆嗦着,不知是出于害怕,还是气愤。但他毕竟是院长,稍作沉默后,掀起被子,一边穿衣服,一边琢磨,如若答应了他,以牛胖子为人,工程不知糊弄到多烂的地步,以后迟早会出事。更可怕的是,这号赖皮,哪有诚信可言?一旦得逞,落到他手里,今后肯定没完没了。与其这样,不如干脆来个鱼死网破!

"你的要求我满足不了!"他坚定地说,"你也忒小看我。凭你那工程质量,我不能答应。哪怕让我颜面扫地,我也不能等房倒屋塌那天,丢人现眼,再被追责,被查处!"

"呵,老齐,你行啊,"牛胖子没想到他如此强硬,倒是一时没了主意,"你牙倒是挺硬,你这叫违背妇女意志,叫强奸,你知道不?"

"胖子,你用这一招对付我,太下作!"齐九天穿好衣服,好像穿上盔甲,顿时挺起胸膛,"大不了,一起完蛋!我告诉你,我不当这个院长,还是科学家,有法儿吃饭。可你设套围猎,这里的监控都录下来了。我进局子,你敲诈我,那是犯法,也别想跑了!到时候自然有人会收拾你的,你连活着都困难!你要再胡闹,我马上报警!"

"哼!"牛胖子尽管咬牙切齿的,话已软了下来,"那你就报警。反正,我是混社会的,出出进进看守所,那都家常便饭。"

两人陷入僵局。

"牛总呀,有句话,我不知道该不该说。"女人此前已经站到桌前,拿一把小梳子,有一搭无一搭地梳着头发,开口说道,"按说呢,吃亏最大的,可是我。真没想到,齐院长这么大知识分子,会这么把持不住自己。不过呢,事情到这份上,总得拿出个办法来呀。我觉着,就这么大肆张扬出去,对谁也没好处,对吧?院长,我要去告你强奸呢,你得坐牢,我也免不了被人指指点点的,也不好做人了。牛总,您也退一步,考虑个折中方案行不行?"

齐九天像吃了个苍蝇。

"一百万,私了!"牛胖子恶狠狠地盯着齐九天。

"你杀了我,也没这个数。你去查查,我一个月工资才多少?"尽管齐九天这么说,但也开始考虑牛胖子的话了。只要这事不张扬出去,工程不给他,也说得过去。其他的事,以后再说。人不都说吗,钱能摆平的事,就不叫个事。只要熬过这道坎,便是过来人!

经过几轮磋商,最后敲定数额,五十万。五十万也不是小数目,齐九天身上没几个钱。牛胖子要齐九天打借条,齐九天坚决拒绝,决不能给牛胖子留下把柄,任其揉搓。犹豫再三,他还是想到张大志。于是,当场打电话,说我过去借过牛胖子五十万,今天人家急用,请帮我直接打到牛胖子账户上。张大志何等聪明,顿时明白,齐九天遇到难题了,否则,也不会夜半三更打这样一个电话。

齐九天返回安海,张大志已在飞机舷梯旁迎接,弄清前因后果后,张大志说:"大哥,吃一堑长一智吧,只当五十万买个教训。虽说我想个办法,肯定能叫牛胖子吐出来,可咱不值得。对这种无赖,真是不能不防。一旦他像狗皮膏药一样粘上,还真不好揭。后续的事儿,你不要管,都交给我,你也不用担心他说出去,这笔款也会转换成我们两家公司间经营上的来往。从今天起，我定叫他闭嘴。"说完，张大志顺手掏出一张银行卡，递给齐九天，"这一百万，大哥你收着，手头总得带着点儿钱啊。男人闯世界，手头缺零花钱哪能行？"

齐九天被牛胖子整得丧魂落魄，心乱如麻，经张大志这一说，便像见到亲人，竟如孩子般哭了起来："大志，这钱我哪能再要？昨晚你已打了五十万，以前也没少花你的。你的钱，也是辛苦钱。"张大志硬把银行卡塞进他衣兜里。

"大志待你，也是尽力。"欧阳云开轻轻摇头，"不过，在你堕落过程中，他和牛胖子的作用都一样的，一个刀刀见血，一个脉脉温情，最后呢，都是在绝路的尽头等着你。"

"唉！"齐九天双手紧搓，长叹一声。

"据我所知，你很重视自己物理学家的身份。为此，张大志也没少给你出力吧？"

"唉！云开书记，您人好，坦坦荡荡的，我也愿掏心窝子。"齐九天又是长叹一声，"我已到这地步，还有什么好隐瞒？我的那些所谓光环，多是自己打拼的，当然也有他们帮着跑的，像安海学者，大志就没少帮我的忙。"

"我有点儿好奇，"欧阳云开问，"一个安海学者，得花多少啊？"

"八十万。"齐九天低下头。

"有敢收的？"

齐九天突然闭上眼睛，陷入沉默。谈到这里，杨帆也是暗暗佩服欧阳云开，不知不觉间，在齐九天受贿数额上添加一百五十万，在行贿数额上加了八十万。不对，这八十万，同时还属于齐九天受贿呢！

"说吧，我听听看。"欧阳云开突然想起江镇澜说的"深水鱼"来。

"省委宣传部的张兵。"

"他能管用?"

"这事儿当时业务上归科技厅,他和那边人熟。"

"怎么给的?"

"张大志给张兵送的银行卡,我觉得又让大志破费,也提出把钱还给张大志,他没要。"

"齐书记,"一直在一边做谈话记录的杨帆,这时抬头向齐九天笑了笑,"你今天主动交代的这三笔,共二百三十万,属于组织尚未掌握的问题,按规定是可以从轻减轻处罚的。"

"谢谢!"齐九天拱拱手。

"书记,您谈话好像拉家常一样,没想到效果却更好。"离开留置室不久,杨帆对欧阳云开说。

"杨帆啊,"欧阳云开边走边说,"我不同意谈话时严词相逼,也反对设套诱供。这样做,违背被审查调查对象的意愿。事后,人家总会觉得窝囊。这便为以后可能翻供甚至对抗,埋下伏笔。凡是到这里来的,哪有智商低的? 我们绕圈子也不一定能绕过人家。我们立于不败之地的武器,是正道。刚才你也见到,咱明着来便是,以诚相待,把话说在明处,让他心服口服,让他回到做人诚实的起点上。"

"书记,您今天的谈话,不用说齐九天,我在旁边听着都感到情真意切。原来可以这样谈话!"

"对了杨帆,他刚才说那牛胖子,这号人不能留着了,要是留社会上,还不知会祸害多少人! 你让齐九天做个笔录,再让朱克坚把张大志那边情况问清,把打款五十万的证据取全,将线索交给公安机关。"

"好,我立即办!"

"跟倪景行也说一下,让他紧盯着。看这家伙的套路,挺熟练,一定还做过其他坏事,告诉倪景行,让公安务必把他办进去!"欧阳云开像是自言自语,"围猎我们的干部,获取不义之财,一定让他付出惨重代价!不管何人,敢于冒犯党、冒犯社会,必须露头就打,得而必诛!"

"书记对犯错误的干部尽显仁爱,对这样的人却这么狠,"杨帆抿嘴一笑,"连'得而必诛'这样的话都说出来了。"

回到会议室,还未落座,欧阳云开看到江镇澜和倪景行都在,便跟他俩说了牛胖子的事。

"敲诈罪,杀无赦!"江镇澜一向嫉恶如仇,一听这个,便蹦出一句。

杨帆把欧阳云开的意见和他俩一说,江镇澜立即竖起大拇指,连声说:"好,好!"

"'犯强汉者,虽远必诛!'大汉陈汤的千古豪言!"倪景行笑。

"齐九天的老婆沙海霞,有没有牵扯进来?"欧阳云开突然问。

"没有。"江镇澜摇头。

"看来,齐九天做这些事,都瞒着沙海霞。她能干干净净的,也是难得。"欧阳云开坐下,"齐九天提到,为安海学者的事儿,张大志给宣传部的张兵送过八十万。"

"哦?"江镇澜眼里亮光一闪,转头对倪景行说,"你马上安排人,深挖张兵。"

"对,紧盯不放!"欧阳云开点点头,"很有可能,老鼠拖木锨,这才出来个木头把儿。"

"这个张兵,好像给顾世言副省长干过秘书。"倪景行脑袋一亮,"云开书记,考虑到这个人身份敏感,是不是打个报告,请达之书记审定?"

"必须的,不是秘书也要报。"江镇澜说一句。

"你们说得对,顾省长的前秘书嘛,省长倒不一定有事,但确实敏感。"欧阳云开说，"不光要按正常程序报，最好请达之书记向陈放书记也汇报一下，让他知道有这么个情况。"

正谈着，杨帆走进来说："今天上午，齐九天的老母亲突然病倒，住院了。好像不是很乐观。"

欧阳云开一皱眉头，在这节骨眼上，老太太一旦出事，对齐九天来说，将是个沉重打击。他是个心思细腻的人，知道这事，恐怕情绪起伏会很大，会影响思想转化，对案子的推进十分不利。

"你们觉得，动员沙海霞领养那孩子，可行不？"他看一眼两人。

杨帆咬咬下嘴唇，没吭声。心里却想，这怎么可能？江镇澜更是一语不发。这样的事儿，他觉得已经超出办案范围，于是也不言语，伸手拉过一个文件夹，准备打开研究材料。

"镇澜，要不，你处理一下这事儿？"欧阳云开笑着看他。

江镇澜迟疑一下，点点头："行啊！"对于办案，两人早就彼此信任，配合默契，但对这些"虚不拉叽的东西"，江镇澜真不感兴趣。审查调查室工作千头万绪，忙得没白没黑，哪有心思和精力管这个？欧阳云开安排的事，他不便拒绝，答应是答应下来，可压根儿也没想去崇山。于是便联系崇山市纪委的同志，让他们配合沙海霞所在的崇山医院，一起想法解决，并嘱咐说，"云开书记很关心这事儿，一定要办好！"

与此同时，朱克坚那边的谈话继续推进。齐九天所说的，送张兵八十万，送齐九天一百万、打给牛胖子五十万两件事，张大志都做了详细交代。

当晚，正在欧阳云开与江镇澜、叶音、燕飞一起研究凌云案时，江镇澜接到外查组电话，通过调取银行数据和有关票据等等，发现张兵有几笔可疑资金往来。

"我觉得，可以带人了，需要张兵说清楚。"江镇澜说。

3

次日一早,欧阳云开、江镇澜、叶音走进路达之办公室。欧阳云开报告对张兵的初核情况,张大志为齐九天跑安海学者,送给张兵八十万的问题已经初步核实,另外还掌握了其他几个问题线索,"倪景行他们起草了个报告,你先审一下。考虑张兵的背景,是不是你向陈放书记汇报一下?"

路达之点点头:"你们考虑得对,应该慎重些。"

随后,欧阳云开简短介绍了凌云案情。

路达之听罢:"我同意你们意见,由叶音带十四室主办,把初核工作进一步敲实,形成向省委的请示报告,做好立案相关准备。等我去陈放同志那里时,一并汇报。"

离开路达之办公室,三人分头行动。叶音立即与燕飞一起,商量凌云案初核的相关事宜。江镇澜赶回清水园,继续紧盯齐九天案。

欧阳云开正在办公室翻看近期传阅文件,桌上的座机突然响起,他迅速抓起来。

"云开,我在省委这边参加五人小组会议,一时回不去,先给你说一声。陈放同志意见,凌云一案,照我们的建议,抓紧初核,他已签字,不必再等。关于张兵,可以带人了。报告让蓝天马上送你。"

"好,我立即安排。"欧阳云开停了停,接着请示,"书记,带张兵时,我是否向世言省长报告一下?"

"好的,只说是齐九天案件的涉案人。"路达之提醒。

放下电话,欧阳云开立即通知江镇澜:"你指挥,由倪景行带队,朱克坚等一起配合。"刚要起身,突然沉思片刻,又迅速给江镇澜拨回去,"这样吧,带张兵,我去一趟吧。你让倪景行他们一起过来,带上两名同志。我在办公室等他们。"

欧阳云开做事很少瞻前顾后,带正厅级干部,也不过是谈笑间的事。这次如此谨慎,当然还是因为顾世言。最近省委宣传部长住院,省委决定由顾世言临时代管宣传部工作,自然也要向他报告。

经了解,省政府下午在省文化产业集团召开以弘扬优秀传统文化、促进安海文旅融合发展为主题的研讨会。顾世言出席并讲话,张兵与会。

欧阳云开本来还想,控住张兵后再去省政府向顾世言汇报。现在看,事情巧合,二人都在会上,省去这一档麻烦。不一会儿,倪景行来到欧阳云开办公室,说朱克坚和另两名借调人员已在楼下等候。欧阳云开下楼,直接上了倪景行他们的商务车,前往会议现场。

"我只管去向省长报告,你们控制住人后告诉我。"

一切安排妥当。倪景行跟欧阳云开说:"我下楼的时候,碰到张浩。他猜出是去带人,要求参加,我没同意。书记,其实老张对办案很上心。"

"我知道,"欧阳云开一笑,"可能前几天带栾笑,受了点儿刺激。现在,更想证明自己。"

"张浩性格有点儿内向,有什么事情都好憋在心里。最近,我发现他脾气有点儿怪。"昨天晚上,倪景行从八号楼出来,刚好看见有个人,黑灯瞎火的在小湖边儿上蹲着。走近一瞧,竟然是张浩。就问他天这么冷,在这里干啥?他说喂鱼。倪景行心想,大冷的天儿,喂什么鱼啊?

欧阳云开听了,叹了口气。

欧阳云开他们赶到省文产集团礼堂时,会议已经开始很长时间了。欧阳云开进门顺手拿过一张座次表。

"张兵在这里,"他向朱克坚伸手一指,悄声道,"你们三个盯紧他。会议一结束,克坚你马上叫住他,把他引到一边,等参加会议的人都走了,再带他。等你们控住人,我跟倪景行去向世言省长报告。"

"好的。"朱克坚他们悄悄答应。

五个人进入会场,在后面角落找空位坐下,很快锁定目标。

前方中心位置,省委常委、省政府副省长顾世言正在讲话。看来,与会专家和代表发言已告一段落,会议进入最后阶段。他向以思想深刻、魄力非凡著称,讲话声若洪钟,底气十足。

"关于文旅融合的问题,我就讲以上意见,请你们考虑。另外,我想借今天的机会,特别强调一下弘扬安海优秀文化的问题。在座的都是从事文化和旅游方面研究的专家和领导同志,弘扬安海优秀传统文化,是我们的责任,是我们的使命。现在摆在我们面前最大的阻力,不是资金,不是资源,而是思想,是观念,是思想不统一,观念要更新。我的观察,有相当一些人头脑中还存在着不少模糊认识。这些模糊认识不廓清,我们何以谈弘扬安海文化,更遑论文旅融合了!"

尽管坐在最后面,依然能感到顾世言讲话的感染力。

"第一是对立论。把海东文化与海西文化对立起来,非要分出个高下轻重。比如,在分量上到底谁重要,谁次要。在排列上谁先谁后。在取向上谁保守谁开放,甚至,是谁妨碍了今天安海的发展等等。第二是狭隘论。将安海文化凌驾于其他文化之上,甚至排斥、忽视、冷落其他文化。事实上,春秋战国时期的海东与海西文化,只是安海历史上一个时期、一个历史阶段的文化,此前、此后,甚至即使在当时,还有其他文化、其他文明并存。在广袤的安海土地上,诞生、形成了灿若繁星的古代、近代、现代文明和文化。那个特定时期的文化,并不是安海文化全部,只是这片土地上特定时期的历史文化而已。"

世言省长的格局、视野非同一般。欧阳云开不禁暗叹。

"第三是割裂论。把海东与海西文化、古代与近现代文化包括革命文化、红色文化，割裂开来，忽视各种文明的融合、同化和发展，甚至厚古薄今。第四是自大论。盲目自大，以偏概全，以为安海文化源远流长，能够替代其他文化。事实上，中华文化博大精深，流派纷呈，安海文化只是其中的一部分，至多仅是其中的重要组成部分。"

顾世言扫视台下，微微停顿。

坐在后面的欧阳云开远远地看着他，不禁再次想起多年前，第一次跟顾世言的正面接触。那时，顾世言还是省政府秘书长，因老父亲去世，大操大办，受到党内警告处分。立案后，也是他与顾世言谈的话。还别说，顾世言真有气度，谈话时，当场诚恳接受调查，还对欧阳云开表示感谢："云开常委，你这是给我敲响警钟啊，从心里感谢组织的提醒。"他紧握欧阳云开的手，很长时间都没松开。

顾世言如此诚恳，让欧阳云开觉得多少有点儿过意不去。后来，顾世言成为省领导，欧阳云开始终感觉欠人家一个情。可顾世言从不介意，见到他总是很热情，说如果当时没有引起警觉，不一定能走到今天。

欧阳云开感叹，顾世言这胸怀、气度，非同一般。听他台上讲话，见解深刻，视野宽阔，既有学者的严谨，又有领导干部的眼界，真的是难得的帅才。

讲到如何充分发掘安海文化的时代价值，顾世言又提出四条："首先要态度科学。我们必须看到，安海文化中，有精华也有糟粕，有文明也有愚昧，有适时也有过时。唯有坚持辩证法，实事求是，不盲从，不固执，才能取精华，弃糟粕。其次，是重在实用。坚持古为今用，坚持理论联系实际，着眼于解决当代、目前和长远发展中的问题,为安海经济社会发展,提高人民群众文化素养,引导社会文明行为服务。"

讲到这里,顾世言拿起杯子,却没有喝水,只是眼睛依旧看着台下,"不是这样吗?有的人研究文化,只是停留在本子上,停留在书斋里,与安海发展和人民群众对文化生活的实际需求脱节,这本身就不是马克思主义的态度。"

他继续讲道:"三是视野宽阔。立足本身文化,着眼诸子百家、各类各地优秀文化,正确把握和处理海东文化与海西文化的关系、传统文化与现代文化的关系、安海文化与中华文化的关系、安海文化与世界其他文化文明的关系,使安海文化研究和挖掘,把握更全面,视野更宽广。四是宣传有力。在内涵上要使人准确理解,在外延上要使更多的人,使全省、全国、全世界更多的人认同、接受安海优秀文化。"

讲到最后,顾世言轻轻敲了敲桌子。

"只要我们这样用心做了,真正做好了,安海优秀文化就一定能够传播出去,弘扬起来,就一定能够大大推动和促进新时代安海经济社会高质量发展!"

掌声响起,顾世言微笑着站起来,与大家共同鼓掌。

欧阳云开见朱克坚起身,慢慢向正在鼓掌的张兵靠过去,便与倪景行悄然绕过走廊,稍稍等了一会儿,待与会者散去,才从后门进来,走向前方小会客厅。此时,顾世言已在那里休息。

小会客厅门开着,顾世言的秘书周翔宇立于门外,欧阳云开事先和他电话说了会后有事向省长报告。小伙子站姿笔直,浑身透着严谨利落。欧阳云开刚要开口,突然听到里边传来顾世言的声音,似乎不太高兴。同时,周翔宇暗暗做了一个动作,示意欧阳云开悄悄过去。

"云开书记,您来得正好。"周翔宇向他耳语,一指厅内。

顾世言在冲谁发火呢？欧阳云开心想。

"老凌啊，怎么能提这样的要求？你看，好好一个省文产集团，在你手上也就几年工夫，弄成什么样子了，都成烂摊子了！不用我说，你自己掂量掂量，是不是适合当这个文旅厅长？"

原来里面挨批的，竟是凌云！

"凌云同志啊，你在哪个岗位上，应由组织上决定，我也定不了。你提这要求，叫跑官、要官，这你应该懂。我劝你，还是把心思用在干事创业上，用在团结班子成员上，用在廉洁自律上。"

屋里出现片刻寂静。

欧阳云开和倪景行对视一眼，若现在进去，有点儿不识时务吧？可副省长事情太多，如果转身离开，再见他恐怕很难。正犹豫着，听顾世言下了逐客令："行了行了，快去吧，你还等什么，回去好好想想去。我还有事儿。"只见凌云灰头灰脸、慌里慌张地走了出来。

要在以往，照凌云的做派，看到欧阳云开，一定是靠过来，嘻嘻哈哈和欧阳云开亲切说上几句。但此时，他脸色铁青，神情沮丧，面对欧阳云开和倪景行，挤出一丝尴尬的笑。

这时，欧阳云开手机传来一声振动，"书记，'货'到手，请示。"朱克坚发来一条微信。"好，你们回清水园吧。"欧阳云开回复完毕，转身一敲门，走进休息室。

"云开来了，"坐在沙发上的顾世言脸色绷着，见欧阳云开进来，语气却一下子缓和了下来，"喔？你这大忙人，找我有事儿？刚翔宇说你要过来的，这不，我把凌云撵走了。"

"省长，这是我们省纪委十室主任倪景行。有个事儿，达之书记让我们向您汇报一下。"

"来，来，坐！"顾世言随即一脸微笑，指指沙发，"你们是不是来了一会儿了？也一定听到我批评凌云同志了吧？会议一结束，我还没坐下呢,他就跟进来了。"

欧阳云开坐在他对面沙发上,不便说什么,只好笑笑。

"咳,"顾世言叹口气,"职位是干上去的,是群众评判出来的,也是组织考察出来的。都靠着跑,想着要,那谁还有心思干工作?导向不就偏啦?此风不可长啊。"

"省长说得对啊。"欧阳云开不便过多评论,而是直奔主题,"向您汇报个事儿,经过我们核查,齐九天案件涉及宣传部张兵同志。经批准,要对他采取留置措施。"

"张兵?"顾世言不经意间一愣,很快平静地说,"刚才,我看他还在台下开会呢。"

顾世言脸色由紧绷到轻松自如,和蔼可亲。

"刚才会一开完,我们就把他叫住了。"欧阳云开说着,不由得暗暗赞叹,不管怎么说,张兵可是他前秘书啊,一个曾经天天在自己身边转悠的人。

"云开,"顾世言突然脸色凝重,"你们来跟我说这个事儿,是不是心里有顾虑?是不是因为他曾经给我当过几天秘书?"

欧阳云开笑笑。

"法律面前人人平等!"顾世言手轻轻一挥,"别说给我干过几天秘书,哪怕亲兄弟,只要违纪违法,也不能袒护啊。我全力支持你们!"

"省长,这样我心里可踏实多了,不然,我还不会急着来向您报告呢。"

"有啥不踏实的?"顾世言先反问一句,继而一笑,"你老兄办事公道,点子也多,安海谁不知道?"

"哪里啊,和您的要求相比,差距太大了!"欧阳云开态度诚恳。

"云开啊,整治那些为官不正、为官不为、为官乱为的现象,不下大力气、不出重拳不行。宣传文化领域,当然也存在这种害群之马,对这种人,坚决不能手软,必须零容忍,我们党的队伍里,绝不允许这样的人存在!"

走出会客厅时,欧阳云开不由得舒了一口气。

自始至终,欧阳云开一直紧绷一根弦,但顾世言的话语、表情、举止之间,没有任何迟疑、犹豫。看来,自己多虑了。"厉害吧?"他扭头看看倪景行。

"苏轼说,'士临利害之际而不失故常,鲜矣。'"倪景行一摸铮亮的额头,"今天算见识了,临大事而不乱,大领导之风也。"

第五章 变 奏

1

崇山市区路边的苏州餐馆,一辆黑色轿车缓缓停下。叶音推开车门走出来。司机小谭从另一侧跟过来,问:"委员,早上天不亮就赶路,饿了吧?这个餐馆您肯定喜欢。"

"你挺会猜摸人啊。"叶音笑道。

"您的家乡菜,看看地道不。"小谭随后轻声说,"其实,我看也不用到这样的地方来。"

"怎么?我看倒蛮好的啊。"

"我不是这意思,"小谭嘿地一乐,"您这么大领导,又爱干净,哪能在这种小店里吃饭?随便往哪里打个电话,人家不都给安排得妥妥的?"

"没想到你年纪轻轻,点子倒不少。"叶音悄声说,"我算啥子领导?"

小谭一伸舌头,不再说话,赶紧喊过服务员来,请叶音点餐。不一会儿,服务员就把餐盘送上来,一个生煎馒头,一包粽子,外加一碟鑫丝雪菜。

"委员您看还想要点什么?"

"这饭店蛮好,合我口味,那就再来一碗糖粥吧。"

小谭点了四根油条,外点一碗辣乎乎的崇山油粉。见叶音吃得津津有味,他不禁暗赞一声。没想到,叶委员看上去像个大家闺秀,文文静静的,在路边小饭馆里,竟也能吃得有滋有味。

崇山市纪委的同志反馈回信息,做齐九天夫人沙海霞的工作进展不顺,她对抚养果果一事,断然拒绝。

江镇澜心里知道这事情难办,又从内心不愿捣鼓这类事,只是觉得若不安排,对欧阳云开也不好交代。有天晚饭后,和欧阳云开、叶音、倪景行几个人一起在清水园散步,江镇澜说:"看来,想让沙海霞接受这孩子,难了。"

"镇澜,不会是你特意交代崇山同志,不用管他吧?"欧阳云开一笑。

"冤枉,云开书记安排的事儿,我哪敢走样?"

"那怎么办呢?"欧阳云开停下脚步,"你说崇山纪委那边办不成?"

"办不成。"

"不行的话,劳驾你跑一趟?"欧阳云开好像认真起来。

"别难为我,我只办案。这个,我外行。"江镇澜面露难色,便转了话题,"张兵进来后,特别狡猾,一个处级干部比厅级还难缠,我得想点儿招儿怎么拿下他。"

欧阳云开也知道,让江镇澜去做沙海霞工作,确实用人不当。见倪景行在身边一晃,心说这倒是个合适的人选。

"景行,一见你,我心里就亮堂。"

"'白日一照,浮云自开'!云开书记,我常常想,苏东坡怎么能把我这光脑袋和您老人家连到了一起?所以你看到我,心里自然亮堂。"倪景行顿时反应过来,却笑嘻嘻的,朝叶音挤眉弄眼。

"穷酸!"叶音斜了他一眼。

"好好,那,老倪你去崇山,一定行!"欧阳云开大笑起来。

"'丈夫皆有志,会见立功勋。'美人之美,美美与共。再难办的事儿,我老倪可也从不退缩啊。可是书记啊,这首出塞曲我想唱也唱不得了。组织部安排我,明天去省委党校培训,晚饭前报到。"倪景行说完这话,见欧阳云开不再吱声,知道他为做不下沙海霞工作,心里犯难,便顺口吟道,"'扫眉才子知多少,管领春风总不如。'"

这明显是举荐叶音了。叶音闻言,本来白皙的脸一下子铺满红晕,软软地一拳打在倪景行后背上:"多嘴吧你!"

"这可不关我的事哈,有人举贤,那请你出阵吧?"欧阳云开又是大笑。

"书记,我倒真不是怕累,不过跑一趟。可我实在不愿去,想想都烦。沙海霞那么要强的人,本来心里已经够窝囊了,再让人家收养个私生子,谁愿意?"

"不能这么说,叶音,孩子没爹没娘,姑姑又重病在身,你不觉着可怜? 要是我们这案子办完,却让孩子流落街头,老百姓背地里肯定说,你看这案子办的,家破人亡! 这些议论和埋怨,却一定是落到共产党身上。"欧阳云开严肃起来,"你就跑一趟,女人间说话,能说得开。再说沙海霞这人,有文化,心眼不错,你们有共同点,你去准成。你如不去,只能我去了。"

"别,别,我去好了。你这话压得我喘不过气来。"叶音说完,狠狠朝着倪景行瞪一眼。倪景行扮个鬼脸儿,伸了伸舌头。就这样,叶音有点儿不情愿地今天一早赶到崇山。

吃过饭,二人朝崇山医院而去。叶音是大学老师出身,打心里厌恶呼呼隆隆那一套,有事没事一圈儿人陪同的。所以,她早已悄悄跟崇山医院纪委书记马行嘱咐好。马行先前曾任市纪委案件室副主任,经常借调省纪委帮忙,因此跟省纪委同志大都熟悉。

"一定安排好,叶委员长放心。"电话里马行说得坚决。

"别惊动其他人。"叶音突然反应过来,"老马,我是委员,不是啥子委员长。"

没进大门，马行早已等在门口，见叶音车到，立即跑过来。

"欢迎欢迎！美女领导下凡医院，这是要普度众生啊！"

"什么普度众生，我可不愿干这档差事。哟，老马，你真是找了个好地方啊！"两人一边聊着，一边乘电梯来到马行办公室。

站到窗前，向外看去，视野开阔，楼房鳞次栉比，远处群山连绵起伏，半个崇山市区尽收眼底。

"说实话，这样的好地方，我还真不习惯。"马行一边倒水，一边说，"叶委员，您帮我跟市纪委领导说说，让我再回去办案吧。"

"这个忙，我可帮不了。"叶音一摆手，"你也没离开老本行嘛，医疗卫生系统的纪检监察工作，蛮重要的。再说，级别也提了，也不用老惦记办案子了。"她嘴上虽这么说，心里也理解，马行的话不假。在纪委工作时间一久，特别是办案时间长了，一旦真正离开这个阵地，即便是级别再高，工作环境再舒适，也依旧恋恋不舍。战士的心在战场啊！

"我也明白，安排我来这里，是照顾我。不怕叶委员笑话，我好几年睡不好觉，案件拿不下来，一帮子人都大眼瞪小眼的，真有点儿抑郁。那时候，不愿意跟外人打交道，整天皱着眉头，悬着颗心。地市级，巴掌大的地方，抬头不见低头见的，拐来拐去都会扯上点关系，甚至是亲戚关系。我老婆都说，瞧你这工作干的，干成神经病了。"

"这我理解。"叶音点着头，不由想起张浩来。唉，我们在治病救人，谁来为我们疗治心头的伤痛啊？叶音心底一声轻叹，办案人员心理压力太大了。不是有句话嘛，我们留置了人家，自己也被留置了，等被留置的人走了，办案人又接受了新一轮留置，我们是常年被留置！

"听说沙海霞的工作不好做？"叶音切入正题。

马行告诉她，沙海霞跟齐九天感情不错，女儿在国外，也没牵挂,两口子精力都放到事业上,在各自的专业领域,都是顶尖人才。沙海霞人称"崇山一针",几年前破格评上了正高。如果齐九天不出事,夫妻俩真可谓比翼双飞。接到江镇澜交代的任务,马行跟市纪委一位同志,直接把沙海霞叫来,做她的工作。谁知道,才刚起个头,她便火冒三丈,说,他齐九天坑得我还不够啊?你们还来羞辱人,还让我跟着丢人现眼?我没有责任,也没有义务,来配合你们做这样的事。二话不说,摔门而去。

不一会儿,沙海霞敲门而入。

叶音抬头一端详,与自己勾勒的形象稍有出入,个头有点儿矮,稍显胖一些,尽管显得憔悴,可浑身收拾得干净利落。

"马书记,你要还为那事儿,没必要再谈。"沙海霞冷冷的口气,叶音想得到。

马行简单介绍叶音。沙海霞这才仔细端详叶音,哟,省纪委来了个年轻俊俏的女领导!

"你俩先聊。"马行站起身离去。

"来,海霞主任,请坐吧。"

"叶女士,"沙海霞一开口,叶音有些意外,极少有人这样称呼她。不过,沙海霞这南方口音,倒让叶音觉得很亲近。沙海霞随后流露出的关切之情,更让她意外,"老齐身体现在啥样子了?他有高血压的。"

"你放心,医务人员为他提供了降压药。"

"唉!"沙海霞叹息一声,在沙发上坐下来。

"我喊你大姐吧,"叶音知道接下来困难重重,但任务还是要完成的,所以说话尽量亲切些,"你也不要有思想压力,咱姊妹俩好好聊聊。我跟大姐说哈,我今天可没有调查取证任务。"

"我知道你为啥来。"沙海霞一摆手,"那个事儿,不要再提!"

"大姐呀,从你刚才的问话我就知道,你跟齐九天是有感情的。

作为女人，谁也不希望自家男人出事儿。我知道，这事儿对你伤害很大。"

沙海霞低着头，一语不发。

"可不管怎么说，孩子是无辜的，对吧？你看齐九天老家那边，谁能管啊？咱总不能让这孩子流落街头吧？"叶音小心翼翼地试探着。

"妹子，我一听这个，气就不打一处来。让那骚女人去管啊？不要脸皮的东西，只生不养啊？世上哪里有这档子道理嘛！"沙海霞气呼呼地说。

这话，叶音听着也是句句在理，便说："那女的，叫栾笑。现在跟别的男人又生了孩子。让她再抚养这个孩子，恐怕很难。看在你跟齐九天是夫妻的面上，你委屈一下呗。"

"你不提他还好，一提我更恨他！"沙海霞抬起头，"要是我对他不好，也算了。我什么不依着他？他还一直在骗我，瞒得我这么紧，这么久！这段时间，我被别人指指点点的，还有什么脸面？只硬撑着罢了，好几次都不想活了，也想从楼上闭眼一跳，一了百了！我还给他养私生子？美的他！"

"哎哟大姐，又不是你的错，你可不能往短处想！"叶音想，总得说服她呀，"毕竟，你俩生活这么多年，齐九天是啥样的人，你最了解。他现在最担心的，也是怕伤害你啊。"

"他怕伤害我？"沙海霞突然低下头，抽泣起来，"他要是心里还有我，能干出这种丑事？"

叶音掏出一张纸巾递给她。

"你说他傻不傻？好好做研究呗，做个物理学家，不好吗？一个学者，还偏要从政，这就免不了跟社会上那些不三不四的人接触。那些弯弯绕，他对付不了的！"沙海霞是个爽快人，"不过说实话，老齐一开始有防备的，张大志送东西送钱，他都拒绝的。"

"这个,我们知道。"叶音点点头。

"他经济上出的事儿,我确实知道不多。不过问题既然出了,还得面对,只盼他少判两年。对了,叶女士,我能问一下吗,老齐到底陷得有多深? 能判多少年?"

"案子还在调查中,具体我不便回答你。"叶音摇摇头,"不过,按我们掌握的情况,判刑是肯定的。"

"咳,这该死的,自作自受! 这辈子,他被一个奸商、一个骚女人毁了!"沙海霞叹息一声,"说实话,我最近也反思,作为他妻子,怎么一点儿都没警觉呢? 也怨我,心思没在这儿,要是早有察觉,拼了命,也会拦着他的。"

叶音暗想,夫妻情长啊,齐九天都这样对她了,她还怨自己,不免一声叹息。

"叶女士,你也是女人,肯定能理解我心情。女人最怕什么? 不就是男人在感情上背叛自己吗? 我不管外界怎么说,什么传宗接代呀,冠冕堂皇的,现如今啥年代? 男孩女孩不一样吗? 我一个儿科医生,这辈子见过多少孩子,有几个家长,因为生下女孩子就心里不高兴? 哦,你齐九天,堂堂大学书记,怎么这么封建? 要我看,什么想要个男孩,还不是看着那骚货水灵,拔不动腿了,最后弄出个孩子来,没法了,又要我来给他养着,天底下有这种事情吗?"沙海霞越说越气。

叶音咬咬下嘴唇,没吭声。

"这不明摆着欺负人?"沙海霞愈发激动,"我大小也算个主任医师,哪怕整个崇山,整个安海,打听一下,也是有脸面的人! 哦,你拿我当傻子来耍?"

"这事情,齐九天做得确实不对!"叶音点点头,"不过,大姐,事已至此,咱得换位思考。"

"我不是不明事理。"沙海霞看着叶音,"老齐被抓进去,我婆婆进了老家那边的医院。可我离老家远,还要上班,不能像人家儿媳妇那样,整天在跟前伺候,只能隔三岔五去看看,吃的用的能带都带去,不能尽力,总得尽尽心吧。毕竟,那是我婆婆。"

"你做得对。"

"他母亲我可以赡养,但那个小杂种,我绝对不管!你也换位思考一下,咱都是女人,怎么去见那孩子?让他天天在我跟前喊我妈?天天晃荡,像锥子一样时时扎刺我?随时提醒我,看啊,你做女人有多失败?随时告诉我,看啊,这就是你老公跟另一个女人的孩子?出了门,让别人围着看,像游街示众一样?让人家说,还有这样的女人呢,老公背叛了自己,还觍着脸哄小三的孩子!"

刚才沙海霞已说过一次男人背叛了,这又说了一次。"背叛",再一次刺激到叶音,她浑身一阵痛!

"叶女士,你这么漂亮,老公肯定会对你好,你可能体会不到。我现在,心都凉透了。这些日子我总琢磨,权啊,钱啊,把男人的心都熏黑了,把感情都蒸发光了。外头有个女人一勾搭,他腿就软了,魂儿就飞了,感情也没了,便把原配甩到一边儿了!遇上个坏男人,受伤害的一定是他的女人!"

几句话下来,像精准的子弹,环环打进叶音的靶心,打透了叶音几年来苦苦筑起的内心堤坝。

"对,大姐,这孩子,怎么也不应该咱来管!"她的泪水一下冲出来,"凭什么男人薄情寡义,忘恩负义,女人只能忍受着?"

"就是嘛,这么多天,总算听到一句公道话!"沙海霞站起身来,握着叶音的手,"还是省纪委领导讲道理。妹子,你知道这阵子我是怎么过的?表面上,假装昂头挺胸来上班,不能叫人看笑话,可这心里,刀子天天割啊!那个家,我都不想回。一回去,灯不敢开,窗帘不敢拉开,一个人窝在床上哭。我只好拼命地工作,哪怕去医院看我婆婆,人家一说我是谁的老婆,我的头就没处扎,可丢死人了!"

"大姐,你也真是不容易。"叶音擦一把泪,忍不住又靠近一点,拉拉沙海霞的手。

"妹子,谢谢你!这些话憋在我心里都多少天了,也没个人说!"沙海霞嘤嘤地哭起来。

坐在对面办公室里的马行,见沙海霞推门而出,临走前跟叶音紧紧地抱在一起,相拥而泣,叶音也轻拍着沙海霞的后背,看来工作做通了!马行不禁暗暗佩服,省纪委领导水平的确高。

可当他回到办公室,刚夸了一句,叶音便一摆手:"我看这事儿只能这样了,人家沙海霞做得对,她真不该收养这孩子。"

马行眨巴着眼睛,好半天愣在那里。

车子向文昌方向行驶时,叶音回顾跟沙海霞见面的整个过程,突然又想,叶音啊,你到崇山干啥来的?怎么说着说着,便跑偏了,跟沙海霞走到一条道上了,这回去怎么向云开书记交差?又一转念想,他齐九天自己干坏事,应该遭报应,他不难受谁难受?

"云开书记,我没完成任务。"她给欧阳云开打电话。

欧阳云开听了,便自责本不该让她办这趟差。当时只顾女人之间好沟通,可没想叶音的遭遇啊,弄不好还刺痛了她尚未愈合的伤痕,那便更不该了。于是安慰她:"没关系哈,再想办法,别太在意,路上注意安全!"

接叶音电话时,几个人正在清水园商量如何跟张兵谈话。跟随顾世言多年,张兵身上显然打上了领导的烙印,至少霸气十足、不甘人下这一条,倒是有三分像,这给谈话增加了难度。朱克坚是张大志的主谈人,张兵跟张大志又是行受贿双方,由朱克坚去谈,顺理成章。江镇澜正要再嘱咐朱克坚几句,没想到,张浩突然走进来。

"书记、常委、克坚都在啊。"张浩跟三人打招呼。

"张浩来啦,坐吧,有事儿啊?"欧阳云开问。

"书记,我听说张兵进来后不配合?"

"是啊,我们几个这不正在讨论嘛。"

"我跟张兵很早就熟,"张浩落座,"我儿子跟他儿子,从小学到初中都在一个班。"张浩搓搓手。

"怎么拿下张兵,你有好办法啊?"欧阳云开看着张浩。

"我想进去跟他谈谈。"张浩此话一出,会议室里几个人顿时互相对视。

"主动请缨很好。有把握拿下张兵吗?"欧阳云开问。

"把握不敢说,我只想试试。我对张兵这人,还是了解一些的。"

欧阳云开看看江镇澜,再看看朱克坚,二人都不说话。他倒是很理解张浩,作为办案室二级调研员,已不算年轻,渴望冲到一线,成为行家里手,拿出点成绩,也能在年轻人面前抬起头来。反正,张兵态度还没转变,让张浩进去聊聊,说不定熟人相见,有信任感,或许他还能听进去。如果能谈下来,对张浩心态也是一个很好的调整,谈不下来,也没啥不好。便说:"我看,可以试试。"

江镇澜也没表态,他知道欧阳云开又要发慈心了,想成全一下张浩。想了想,对朱克坚说:"待一会儿,你把相关情况,还有进去谈话需要注意的事儿,单独跟张浩说说,让他心里有个底儿。"

"张兵很横,狡猾,刁钻,你进去说啥,得先琢磨好。实在谈不动,尽快退出来,再想办法。"欧阳云开嘱咐。

见张浩跟朱克坚出去,江镇澜说:"他去谈,还是觉得不踏实。"

"其实,我也担心。可他一腔热情的,不让他去,会不会打击他积极性?我是怕影响他情绪,如果觉得我们对他信不过,钻进牛角尖里出不来,那还不加重病情?反正试试呗,至多没用。"

"这可是真刀真枪,别让张兵给倒捅一刀子。"

"咱在视频上盯着点,不行就让他撤。"

江镇澜想了想说:"要不,让朱克坚一起进去带带他?"

欧阳云开不得不佩服江镇澜的严谨和老到。

正说着呢,张浩领着一名借调的同志走进来,让江镇澜签字,走谈话手续。他很少这么兴奋,满面红光的。江镇澜担心他谈砸了,伸手晃晃审批单,再三叮嘱:"云开书记不是嘱咐了嘛,行就谈,不行咱就撤,千万别恋战。但有一条,不能露了我们的底牌,不然拿不下来不说,后面也不好谈了。"

"常委放心。"

"不行让克坚和你一起进去?"欧阳云开也是不放心。

张浩一摆手:"没这个必要!"

欧阳云开知道,张浩怕身后跟着一个比自己年轻、能力又比自己强的人进去,谈话放不开,显得尴尬。于是,便不再多说。

2

会议室里几个人,都紧盯大屏幕,关注张浩这场实战。

画面上的张兵,看上去十分镇定,他抬头一瞧,见张浩走了进来,眼睛不觉一亮,嘴角浮起一丝不易察觉的微笑。张兵心想,莫非,一颗救星送上门来?看情况吧,如能抓住机会,将计就计,说不定峰回路转。

"张兵同志,我是省纪委第十审查调查室二级调研员张浩。今天代表组织,来跟你谈谈心。"张浩走进留置室,一边说,一边径直在谈话桌后面坐下。尽管心里忐忑不安,但这开场白,却有条不紊。

"张哥你好!真没想到,咱哥俩儿能在这里见面。你看你,多场面,成了决定我命运的大救星了!"张兵双手交叉放在桌面上,面带微笑，"你一来，我就放心了。"

"是啊，都老熟人了。领导安排我来跟你谈，也是因为咱俩熟。我先强调下，今天咱们谈话整个过程，都有音像资料记录下来，要存档的。所以请你慎重回答我的问话。"

"我知道。"张兵伸手一指，"瞧，这里，那里，不都摄像头嘛。"

"知道就好。你看，既然把你带到这里，便说明我们对你的事儿都掌握了。你也别隐瞒，如实交代，争取个好态度。我今天来，是想咱都老朋友，你能听劝的，对吧？"

"张哥，我是啥样人，你还不知道？"

"纠正一下，我是代表组织的，称兄道弟不合适。"张浩用手一指。

"好，张处长，我意思是说，咱俩这么熟，孩子从小是同学。你是了解我的，我这人虽说有缺点，也得罪过人，可违法乱纪的事儿，咱是绝对不会做的。老伙计，我真不知道为什么把我弄到这里，这几天我心里憋屈死了。希望你主持个公道，帮我说说话。我估计，一定是哪个地方有误会，搞错了。"

"张兵同志，这就你不对了。既然你被带进来，必定是掌握真凭实据的。我是为你好才来的，是想提醒你，别心存侥幸，该说的都说出来，争取组织上的理解，这对你好。"

张浩说话的时候，欧阳云开和江镇澜不约而同地凑近大屏幕。欧阳云开心想，这几句，说明张浩行啊。

只见张兵眉毛一抖，冲张浩轻轻一点头，两只手掌沿水平方向来回平滑移动，然后右手朝前，伸一根指头指指窗外，最后是扣手一拜。

"这小子要耍花招！"江镇澜说道。

"他暗示张浩，帮他抹平，放他出去，必有重谢！"欧阳云开眉头一皱。

"手语都用上了!"江镇澜冷笑一声。

"你做什么小动作?"张浩显然看懂了张兵手势,"我进来和你谈话,是主动请示领导批准,过来帮你。但是,我不会帮你摆平任何事儿。咱俩都认识快二十年了,我不能眼看着你犯了错误还执迷不悟,不知悔过,最后加重处罚。我跟你说,跟组织对抗,后果很严重!"

见张浩说得斩钉截铁,张兵十分失望,他想了想,便瞬间调整了思路。只见他眼珠向上翻了翻,然后慢慢弯下腰去,头低到他面前桌子下面,呻吟起来。他仔细观察过,整个房间里,只有桌子底下是监控死角。

"你怎么了你?"张浩问。

张兵也不回答,呻吟声却更加厉害了。

张浩一惊,我过去没谈过话,这还是第一次,千万可别出什么岔子,他不会出啥症候吧?见同来谈话的小伙子正在专心整理谈话记录,自己便离开谈话桌,到张兵跟前看个究竟。

"哎哟哎哟!"张兵把头塞到桌子下,皱着眉头,"我这只脚,怕是骨折了。"

张浩一听,吓了一跳,赶忙把头探到张兵的对面,想看个究竟。当他从桌子下看到张兵的脸时,却见他正挤眉弄眼,声音压得很低,语速急促,悄声说道:"张哥,我知道你是来救我的。你家里不宽裕,孩子结婚也需要房子,我文昌、东海有两套闲房,出去就都给你,绝不食言!"

张浩哪见过这等场面,顿时慌作一团。

还没等他反应过来,张兵又急切地问:"纪委这里都掌握我什么问题?另外,你替我去找赵顾省长,告诉他,我什么都没说,让他抓紧捞我!"

"我不能帮你!"慌乱中,张浩来了一句。

"你先听我说完！反正咱俩在这桌子下嘀嘀咕咕也被发现了，他们肯定怀疑咱俩做啥交易。既然如此，你不如帮我个忙，冲我和顾省长的关系，保你过上富豪一般的日子。"

事发突然，张浩彻底蒙了。我俩在这桌子下边捣鼓的啥？领导们正在指挥室里盯着呢，让领导怎么看，我能说清楚吗？真是有口难辩了！张兵啊张兵，你真是坑人啊，你怎么这般阴险？"张兵，你真不是个玩意儿，世界上咋会有你这号孬种！"

"你不答应，我弄死你！"见张浩刚想抽身，张兵猛地伸过手，死死抓住他领口，面露狰狞，"我外面有帮兄弟，让你、让你家人缺腿掉胳膊的，那很容易！我把你的事儿都抖搂出来，也够你喝的！"

"我不怕你诬陷！"张浩瞪着张兵，大声喊了句，"你想陷害我，也没有什么证据！"

同来谈话的小伙子正低头整理着谈话记录，听张浩一声喊，又见二人在小桌子下边，忙问："张处长，怎么了？"

张兵听了，才松开手，慢慢从桌子底下抽出头来，稍微直直身子，竟然笑了起来，完全没了桌下的凶相："哎呦，疼死我了！张哥，谢谢你哈。你别说，你给我揉这几下，我的脚真不疼了，这么神奇！"

"耍这些花招，有意思吗？"张浩直起身子，还没从气愤中缓过神来。

"你只是给我揉揉脚，我们俩在桌子下边什么都没说，是吧？"张兵嬉皮笑脸。

会议室里，欧阳云开和江镇澜对视一下。

"好歹毒啊！"欧阳云开轻叹一声，"这一连串设计，足见阴毒功力。这号人不拿下，将来如果到重要岗位，还不知祸害多少人呢！"

"死到临头还想拉个垫背的。"江镇澜面带怒气。

"我最怕的，是张浩被他算计。"欧阳云开担心起来。

"这也是我最担心的。"江镇澜摇摇头。

只见张浩此刻也一点点平静下来："你规规矩矩回答问题,别装神弄鬼!"

"哎哟,刚才疼得我,后背都湿透了。对了老伙计,你刚才问我什么来着?"

"你跟张大志熟悉吗?"张浩回到谈话桌后面,觉得张兵真是龌龊,竟用这样的方式收买、敲诈自己。经过刚才一番折腾,张浩只觉得气炸了肺,哪里还记得欧阳云开和江镇澜的嘱咐?干脆给他点厉害尝尝,打出一发炮弹,给他个下马威!

"熟啊。"

"张大志是不是送你钱了?"

"他送我钱干什么?我个小处长,他是包工头儿,八竿子拨拉不到一块儿,他能求我什么事?"

"齐九天评安海学者,不是他找的你吗?"

"安海学者,安海学者?我想想哈……"张兵眼睛一眨,"你是说他找我,那不是跑偏了?评安海学者,这是全省学术界多大的事儿,那归科技厅管,与我何干?我就一个芝麻粒小官儿,能长臂管辖?你把我看成如来佛了吧?"

"你开的那辆车,是怎么回事儿?"张浩继续问道。

"那车?你要说这,我承认,这确实不大符合规定,有点儿违反廉洁纪律。对,车确实是盛达公司的,可那是在一次活动中,张大志借给我们用几天的。用完后我打好几遍电话催他,叫他派人来开。反正,租借费用都付了,他知道的。难道,张大志说是送给我个人的?他这不胡说八道嘛!"

"张兵,你不要再狡辩,证据我们都掌握!"张浩开始心慌,"我可是作为朋友,好心好意来劝你。"

"咱们算朋友吗?"张兵反问,"朋友会见死不救吗?朋友会落井下石吗?"

"我是为了帮你,不然,我才不进来管你闲事!"

"张浩,你是啥人,我多少也了解。"张兵哼一声,"在省纪委,就是个边角料的货,啥也干不成,都五十岁了连个实职都没搞到,还想拿我开刀立功,可笑吧?"

"我可是看在孩子们是同学分上,才进来帮你的。"

"算了吧!那俩孩子,现在还能玩到一块儿吗?"张兵冷笑,"我儿子,就读京城名牌大学呢。你儿子干啥?连个正经高中都考不上,大学的门儿都摸不着边儿,整天在家打游戏吧?"

"张兵你啥意思?"张浩一拍桌子,"你都腐败了,都到这里来了,还口臭牙硬,狂什么狂?"

"张浩同志,淡定,淡定!"张兵不动声色,身子稍稍后仰,仰起头来,脸上挂起微笑,"你得像我这样平静,不能动怒,你应该叫我张兵同志!"此时,张兵倒是像一个老练的剑客,早已看穿张浩身上展露无遗的破绽。

"我淡定?笑话,你不知道你在什么地方吗?你想顽抗到底,一定会受到法律的严惩!"

"收兵!"江镇澜叹口气,"张浩扛不住了。"

没等欧阳云开开口,留置室内的张兵突然绝地反击:"张浩,你有啥资格教训老子?论级别,你比不过我。论身体,我哪怕将来出去也比你强。起码,我脑子正常啊,你神神道道的,十足的精神病!弄不好,我出去以后,你早就不在人世。论孩子,我儿子甩你儿子一百二十条街,我死可瞑目!要不,咱再论论老婆?我老婆在银行,一个月挣的,顶你一年工资奖金!你老婆干啥?哎哟,常年在铁路上跑,一年回家几天?说句不该说的,早被别人睡了,你就是个王八!"

"你……你……"张浩气得浑身哆嗦,说不出话来。

"张浩,我现在郑重向组织举报,以前你领着孩子,到过张大志私人会所,接受宴请。刚才,你示意我到桌子下边儿,说只要我给你一套房子,便立马放我出去。你问我钱和车的事,意图就是把纪委掌握的线索捅给我,我这里心领了。你冒着风险,把这些透露给我,让我知道接下来怎么应对! 不过,我也提醒你,领导们肯定都在指挥室看着我们谈话呢,这些证据被他们发现了,一定会对你进行调查的,万望你多保重。说不定,你很快就进了我隔壁留置室,成了同案犯了! 谢谢你,难为你了,咱们留置室里见!"

"收兵,收兵!"欧阳云开一摆手。

没等江镇澜发指令,张浩已经站起身来,摇晃着走出留置室。

"克坚,快! 快去瞧瞧张浩。"欧阳云开赶紧转身。

朱克坚快步走出会议室,来到一楼,没见到张浩。走出门厅,才看到张浩双手捂脸,蹲在湖边一块石头上,嘴里嘟囔着:"我没跟他要房子,我不是故意给他透信儿,我接受宴请是错误的……"

朱克坚安抚他一会儿,又叫来杨帆陪张浩去房间休息,自己快步走回会议室,抓起桌子上的笔记本:"我进去收拾这王八蛋!"

"克坚,不急。"江镇澜一摆手,"这会儿,人家士气正旺,先晾着他。"

欧阳云开对江镇澜说:"可以,张兵这边先缓缓。对付这样的人,有的是办法。只是张浩我不放心,还是你分析得对,刚才不该让他进去谈。"

"你也是用心良苦。"

"镇澜,咱都找时间和他好好聊聊,注意观察着,别真的让他精神崩了。"

几天后,对凌云案的初核工作完成,几个关键证据都已抓牢。欧阳云开有个原则,对涉嫌职务犯罪问题的初核要做到"三定":定向,就是把准这个案子的政治方向,服务大局;定性,就是对属于哪方面的问题、什么性质的问题要搞准;定量,就是对数额大小要心中有数。证据没拿死,数额达不到一定的量,绝不轻易动人。现在,动凌云的条件已经成熟。

省纪委小会议室内,路达之正在听取欧阳云开、江镇澜、叶音关于凌云案初核进展情况的汇报,研究对凌云立案留置问题。正在这时,蓝天敲门进来,悄声说:"书记,省公安厅张震副厅长来了,说是向您汇报一些情况。"

"看来,录像带的事有进展了。"路达之点点头。

不一会儿,张震带着另一位民警,一前一后走进来,"路书记,开会啊?"张震一瞧,几位省纪委领导都在,赶忙向外退,"要不我们先在外边等等?"

"没事,"路达之忙说,"我们研究得差不多了。张震啊,你为录像带的事来的吧?"

"对,已经侦查清楚,特来向您报告。"张震回头介绍,"这是文昌市公安局刑侦支队支队长何波。"

何波一开口,声音清晰干脆,不疾不徐,再加上绷直的身子,板寸发型,透着一股子精干。

刑侦支队通过调取省纪委大院门口几个摄像头资料,发现举报人做过精心伪装,戴着帽子、墨镜、口罩,徒步来的,无法确定身份。于是,进一步扩大检索范围。结果,在两公里之外一个停车场,发现举报人钻进一辆灰色面包车。通过调取该车信息,很快查清,该男子叫王大富,外号"黑豹",文昌市文峰山下一个书店的老板。经大数据比对发现,这辆面包车在此前半个月之内,先后五次出现在凌云住所附近。那人装束,跟这次举报人一模一样,显然是同一人。刑侦人员分析,这个人十分谨慎,一定对周边情况做过精细观察,确实避开了几个摄像头,但他显然没有发现树丛中的摄像头。他们的结论是，此人正是黑豹。

凌云与妻子长期分居，在文昌买下了这套房子，一人住在这里，通常晚上回去也很晚，这给黑豹提供了充裕的作案时间。经过几次踩点后，趁凌云白天不在家，偷偷开锁入室，安装了监控设备。录像带上的现场，便是凌云家客厅。昨天下午，市公安局抓捕了黑豹，他对此供认不讳，可对背后的指使者，却一口否定。说凌云曾经为难过他，不肯供货，影响了自己生意，所以采用这招报复。何波他们感觉，这理由不符合逻辑，一个国企老总不太可能去为难一个书店小老板，何况据他们了解，他俩此前根本没有交往，不可能存在冲突。经加大审讯力度，黑豹最终交代，幕后指使者，是文产公司总经理，武来！

"武来？"欧阳云开点点头，"这就对上号了。这个人我听说过，倒真有些无赖习气！"

"他找的这黑豹，也是标准无赖！"何波面带微笑，"武来跟他密谋的时候，他竟然都录了音，正好，证据确凿！"

"一个二把手，用这种卑鄙手段来对付一把手，都是想'官儿'想疯了。"路达之用手指一敲桌子，"两个厅级干部，一起摔下悬崖！"

"他的目的可不是反腐败。强盗是谋财害命，他是谋官害命！"欧阳云开一脸严肃。

"从目前掌握的情况来看，武来已经涉嫌犯罪。"张震说，"我们今天过来，就是向达之书记汇报案情。同时也请示省纪委，下一步我们该如何配合。"

"张震同志虑事周全啊，"路达之点头，"你们先把黑豹的犯罪证据和罪名搞扎实。武来毕竟是省管干部，又是省属国企正职，下一步侦查工作，应该格外谨慎些。刑事犯罪问题，由你们按程序处理。如发现职务犯罪问题线索，建议你们先不要动，可以移交给我们。纪委监委这边的工作怎么做，还要看是否存在职务犯罪问题。对于凌云、武来涉案，更不能透露出任何信息。何波同志，此事，需要严格保密。"

送走张震他们，几个人继续研究案情。

"凌云案，大致脉络已经很清晰。"路达之说，"凌云，武来，一个董事长，一个总经理，竟然为了权力和利益，搞内讧。镇澜，你怎么看？"

"武来已涉嫌犯罪，这毫无疑问。当然，凌云看起来是受害者，但同样涉嫌职务犯罪。"江镇澜缓缓说道，"现在黑豹被抓，武来难免会有察觉。我认为，宜快不宜迟，咱这边，尽快请示省委留置凌云。然后建议公安机关，立即启动程序，将武来拘留，防止意外发生。我分析，武来行事如此歹毒，这人应该不会干净。建议也向省委报告，抓紧时间对他进行初核，如发现职务犯罪线索，请公安机关按照管辖权，移交给我们。"

路达之点点头："那行。"

"这样的流氓、渣滓，绝不能让他继续留在领导岗位上！"欧阳云开恨恨地说，"腐败固然可恶，但这种搞阴谋，使阴招，靠不正当手段害人上位的，更可恶，务必严惩！"

"同意云开书记观点。"叶音紧跟一句，"对这种人一定要往死里查，太气人了！"

路达之看看叶音，再瞧瞧欧阳云开，笑道："叶音没变。可云开怎么风格突变？"

"得分对谁呀书记，同样犯错误，人品也有高下之分，不一样的。"欧阳云开笑笑。

正在省纪委紧锣密鼓推进凌云案的时候，涉案关键人物武来，出现在顾世言办公室。

顾世言曾经在崇山大学教过几年书,武来正是他的弟子。对这个学生,他说不上喜欢,但至少觉得他对自己尽心。

"怎么了?"顾世言问。

武来挠挠头,犹豫片刻,才悄声说:"老师,有个事儿,我可能办砸了。我反复琢磨一晚上,觉得该来跟您汇报一下。"

"闯祸了?"顾世言直盯武来。

"老师,您知道的,我跟那姓凌的,水火不容。最近听到一个消息,姓凌的参评全省优秀企业家,省纪委没有回复廉政函。我估计,省纪委应该在查他。"

"你怎么整天净琢磨这个呀?"顾世言十分不满,"我跟你说过的,在政治上想往上走,需要显示高出一头的硬实力。我不是讲过了嘛,做人要让人称道,做事要让人服气,说话要让人舒服。你做到了没有?"

"老师教得对。"武来不敢抬头,"我也是有些心急,便顾不上这些了。将近一年了,几封举报信过去,居然没啥动静,没把这家伙整趴下。于是我就想个办法,给他整了个炸药包。"

"炸药包?"

"我有一个小兄弟叫黑豹,是个开书店的。我叫他偷偷在凌云家装了一个摄像头。"武来见顾世言皱着眉头盯着自己,不由得伸手擦一下额角,"老师,结果还真拿到硬货了,前几天有个给凌云行贿的,当场送现金六十万,被我们全录下来了!我赶紧打发黑豹,送到省纪委。"

"这种龌龊事儿,你也能做得出来?"顾世言一拍办公桌,气得站了起来,"送省纪委? 这不是作死,自投罗网啊? 你能保证不露马脚? 顾头不顾腚,这不就同归于尽了吗?"

"我……我没想到会是这结果。昨天下午,黑豹被文昌市公安局给带走了,到现在没回来。"

"愚蠢，愚蠢！"顾世言伸手指着武来，"我怎么会有你这样的学生！"

武来吓得低着头，哪里还敢说话。

"人都被抓进去，你还跟我说'拿到了硬货'？我一直告诫你，做事要稳字当头，着眼长远。你这是违法呀你！那种证据，能算证据吗？关键是，你把自己给暴露了，连自己都保护不了，怎么谈得上打倒别人？他凌云，两次主持文化厅工作，都没转正。为啥？他身上有毛病，我能让这样品质不好、不廉洁的人上去吗，那还对得起组织？文产公司，迟早会交到你武来手上，你急什么呀，我能不管你吗？现在倒好，你自己把事情办砸了，蠢啊！"

武来额头冒汗，大气也不敢出。

"我告诉你，省纪委的人刚带走张兵。他进去，我倒也不担心，反正，我们之间又没啥事。可他毕竟是给我干过几天秘书的，省委省政府，里里外外的，怎么看我？你是我学生，这谁人不知？在这节骨眼上，你再给我闹出点儿动静来，这不是接二连三打你老师的脸吗？"顾世言瞪着武来。

武来一遍一遍地擦汗："老师，我觉得，黑豹不会出卖我。我没少帮他，他也没少从我这里赚好处。我跟他反复说过，一旦被发现，便一口咬定，姓凌的断了他财路，他才报复他的，与别人无关。"

"你以为都和你一样没心没脑的？文昌公安那帮警察也傻吗？"顾世言冷笑一声，"欧阳云开他们，一个个的，都猴精！你编造的故事，根本没逻辑可言，那黑豹说不上三遍，便接不上茬了，准会露馅儿。一个书摊卖书的，跟一个厅级干部，用这种手段来叫板，你掰着脚指头想，合乎情理吗？得多大的仇恨才会下这等死手？平时看着你心眼儿也够用，到了关键时候，怎么像掉了魂？"顾世言停了停，突然厉声问，"那个什么黑豹，知道咱俩关系吗？"

"他知道咱们是师生，别的啥也不知道。"武来坚定地说，"老师您放心,即便黑豹顶不住,把我供出来,我也绝不会吐出老师的!反正,我老婆也死了,光棍一条,有啥可怕的!"

"哼!"顾世言瞪他一眼,"吐出我?我怎么了?我能有啥事儿?"

正在这时,秘书周翔宇敲门而入,先看一眼武来,才说:"省长,郎总打电话来,问您啥时候有时间,想见个面。"

"对他说,过会儿给他电话。"

周翔宇退出,随手把门带上。顾世言抬头瞧武来半天,一字一顿地说:"这阵子,你给我老老实实地待着。"在屋里转了三圈,又猛地回过头来,"记着,好汉做事好汉当!不管遇到什么情况,你这嘴,都给我用钢丝缝上!"

武来连连点头,用手擦着额头上的汗珠。

3

已是周五下午四点半,欧阳云开心情不错。他把需要保密的文件,分类放入保密铁橱,将其他报刊资料,放入书橱下面木质门内的隔层。办公室保持得干干净净,这是他的习惯。

看离下班还有半个小时,便用水涮了拖把,拧到半干,仔细把地板拖了一遍。又将花盆表土松过,把土杂肥埋到周边,用小铲子盖上松过的表土,拿手轻轻按实,然后用晒过的熟水分三次浇过,确保既浇透,又不至于淌出底盘。里里外外地干完,看着到处明明亮亮的,欧阳云开这才满意。

他已跟钓友约好,今晚夜钓。这些年,只要不是忙得喘不过气,天又暖和,周五下班后必定行动,已成固定动作。晚上少有人打扰,尽可放松心情,缓解压力。近期案子上的事确实太多,已连续几周没去钓,心痒难耐。

三点多钟,一位钓友发来微信:"桃花流水鳜鱼肥,大好时节,岂能虚度?前几天在一个湖湾处,我发现一钓鲫鱼的绝佳所在。坐岸面水,背后树绿草青,钓上的都清一色土鲫,斤数重,漂相清晰,顿口标准,中鱼频率特高,一夜必过百条,直累得手臂抬不起来。带你到这好去处,保你惊喜无限!"发信息者,是自己几十年钓友,自是久经沙场,和欧阳云开一样,绝顶野钓高手。

　　"六点半,加油站集合!"欧阳云开迅速回复。

　　于是敲定,饭后出城南行三四十公里,夜钓文昌湖。

　　正在此时,手机响起:"亲爱的师兄,忙什么呢?"来电的号码有点陌生,未曾保存。欧阳云开一听,女人声音有点熟,可一时没听出是谁来。

　　"正准备下班,你是……?"

　　"哎呀,师哥贵人多忘事啊!"电话里女子声音甜腻,"也是,安海这么大,我不过也就一棵小草。听孙岱市长说,你净钓美人鱼呢。"

　　喔,这才听出来,正是那晚跟孙岱、詹晓华聊起的小师妹,林小夏。

　　"啥鱼都不好钓,猾口鱼太多,光咬食,不上钩啊。"欧阳云开应了一句。

　　"还有这样情况?"女人咯咯一笑,"猾鱼不好钓,美人鱼倒是好钓,凭师兄的钓技,想钓多少有多少呀,愿上钩者多着呢!"

　　"你才不知道呢,美人鱼更猾。还不知多少人惦记着,说不定都被钓过了呢。我智力不够,向来不把美人鱼作目标鱼。我钓的,都是碰钩子上,不得不钓的。"欧阳云开不再开玩笑,遂问,"林县长日理万机,怎么会想起给我打电话?"

　　"师哥又在逗我。我一个小小副县长,能有多忙?"林小夏也不敢玩笑太过,"哪比得上您啊,稳坐钓鱼台,人人都怕的。一想到这,师哥高大无比的形象便立马浮现在我眼前,小师妹万分钦佩。我特别想见您,请您面授一点儿当官成功的秘诀。您功成名就了,可不能秘不授人啊。"

欧阳云开听了,心里感到不舒服,只好应付了句:"哈哈,没啥秘诀。"

"我知道师哥也不会轻易传授的,哪怕来到我们小县城,小师妹也没法儿往跟前凑。仰慕之情难以表达,怎么办呢?我已经到文昌,知道你今夜在水边,天明肯定身披朝霞归来。你稍事休息,正好我们共进午餐呗?"

"哎哟,你远道而来,按说我得设盛宴接待,可定好了的,今夜是观文昌湖天象,明天与钓友共赏湖光山色呢。实在不好意思,真回不来。"欧阳云开婉拒。

"咳,不就是玩嘛,干吗那样投入?"林小夏有点执着,"我不会耽误您太多时间,只想和您聊几句。"

"我明天真回不去,有啥事在电话里说就行。"

"那只能以后再说了。"林小夏不再坚持。

放下电话,欧阳云开放眼窗外。院子里,广玉兰绽放许久,几行樱花也已灿烂如烟。心说,一个貌美如花的女人,怎么却让人产生不了美感呢?这林副县长说话半掩半遮的,不知想让我帮什么忙呢。

正在这时,桌上的红机猛然响起。欧阳云开一惊,麻烦了,来事了,不会影响去文昌湖吧?

"你在办公室稍等,我就过去。"是路达之。

不一会儿,路达之推门进来,将一份材料递给欧阳云开:"凌云的留置报告,陈放同志已批准。明后两天是周末,我看,今晚就行动!兵贵神速,拖则生变,把人早拿住早安心。辛苦你了。"

什么,今夜行动?这鱼,钓不成了?办案多年,欧阳云开岂能不知路达之说得有理？不管心里怎么想，嘴上只能言不由衷地应着："对啊，我抓紧！"

可此刻，钓意正浓，心早已飞到湖边，都攒好几天的劲了，满脑子都是夜光漂在平静的水面上起伏的顿口。突然来个特急任务，把今天的节奏完全打乱！

"云开，说好了，一会儿老地方见！"偏偏，手机叮当一响，另一位钓友又是一条微信。

都周末了，你路书记偏偏交代这么个任务！欧阳云开一屁股坐在沙发上，捏着那份报告，看着陈放书记的签名，又心道，陈放书记啊，你不是到滨海调研去了吗，咋这么快就回来了？可转念一想，路达之说得对，兵贵神速。情况瞬息万变，跑了人，死了人，责任就大了。这时候，你哪怕再手痒心痒，也是你个人爱好，军令如山，不是闹着玩儿的。既然必须干，干脆别想三想四。不光得坚决执行，而且要快，要利索，要干得漂亮！

欧阳云开迅速站起身，抓起电话，让叶音和燕飞立即到他办公室。

他脑子又在飞速运转，能不能兼顾一下，抓人、垂钓两不误呢？辩证法告诉他，世界上没有绝对的事。矛盾从产生的那一刻，便已孕育了破解办法。

不一会儿，叶音和燕飞敲门而入。欧阳云开先让二人看过陈放批示过的报告："你们收好存档。达之书记意见，立即动手！怎么办好？"

"燕飞，马上做带人方案，"叶音一听，顿时兴奋起来，"赶紧组织人员、车辆，多少人你都有数儿。我让案管室高辉联系看护，最好今晚到位，实在到不了我们办案的同志先顶上。麻烦云开书记给省公安厅去个电话，先给凌云定位，搞准凌云人在哪里，不然来不及了。"

"好!"燕飞转身就走。

"慢!"欧阳云开摆手制止。

叶音和燕飞都看着他,困惑不解。

"叶音,你想得非常周全,能想到的,都已想到。"欧阳云开点点头,"可有一点,这得花多长时间?现在都快五点啦,等调集人员车辆、手机定位、看护到位,都办利索,今晚上,你是带不回人来了。万一哪个地方出差错,凌云有所警觉,出现意外,麻烦更大!"

"那书记你意思是……?"叶音眨巴着眼睛。

"照毛主席说的,灵活机动的战略战术。"

"哎哟,书记,咱就别卖关子了!"

"你俩看着,我也不用这么复杂,照样把人拿到手。燕飞你现在去组织两辆车,一辆商务,另一辆备用,同时跟我驾驶员说好,立即楼下待命。再是,嘱咐清水园那边做好准备。"

燕飞应声出去,叶音坐在对面沙发上,看欧阳云开出什么怪招。只见他抓起电话,给广电厅的李副厅长打了过去:"亲爱的厅长老弟,忙啥来?喔,没啥急事儿。这不周末嘛,有点儿时间,想管点儿闲事。你跟文产集团凌云不是同学嘛,想请老弟你帮个忙,这一两天约凌云吃个饭,我做东。是这样,有个跟着我干的小伙子,媳妇在青平新华书店工作,想请他帮个忙,看能不能调过来。小两口一直两地分居,是个麻烦事儿呀。"

"云开书记真是体恤部下。好,我跟他联系下。只要条件符合,该照顾就得照顾嘛。他要不办,我熊死他!"

"你看,求对人了!凌云这兄弟不会出远门吧?要不咱干脆定明天晚上?"

"就明天晚上,他在文昌。昨天还说要和我聊聊,说最近心里别扭,也不知为啥。他要出远门,总得给我打个招呼吧?我现在便联系他。"

"老弟,我这工作性质,太敏感,你先别说我找他。凌云这小子,心眼儿小,窝窝囊囊的,别胡乱琢磨出事儿来。等明天晚上见面再说。"

"哈哈,我倒没想到这层。对,不能说你见他,太敏感,免得他想歪,弄根绳挂了。我只说,我请他坐坐,给他解解闷儿。"

燕飞推门进来,低声说:"车到楼下了。"

叶音和燕飞耳语着刚才打电话的事儿,欧阳云开也不说话。不过两三分钟,那边回过电话来:"妥了,他说这两天都在文昌,还想今晚见面呢,我说今晚上我没空。云开书记,明晚见!我定吃饭的地方了。"

"好,你定地方,我请客,说好了。"

这边挂掉,紧接着欧阳云开又拨通文旅厅崔厅长电话。

"厅长老哥,周五了,还不回家?哈哈,那么多事儿啊,谁叫你是一把手呢,能者多劳。哎老哥,有个急事儿,必须得麻烦你。"欧阳云开呵呵笑着。

文旅厅原来叫文化厅。这位崔厅长马上到龄,已是省人大常委。带张兵那天,顾世言熊凌云,估计是凌云想争取老崔这位置。

"别,老弟,有啥事儿你尽管吩咐。你一说麻烦,我眼皮子直跳。"老崔也哈哈一笑,稍压低些声音,"抓张兵那天,我可是亲眼所见。虽说你们悄无声息,但我一瞅那架势就不对头。你现场指挥的吧?"

"我怎么没看到你?时间挺紧,这事儿不多说哈。省纪委要建个警示展览馆,请你协调一下,提供些相关资料。我正走在半路上,一会儿到你办公室,请老哥稍等。"

"这点儿小事,我去省纪委呗,哪能劳你大驾?"

"火烧眉毛,不过去我不踏实啊。一会儿见!"

"好,不用急,我泡好茶等你。"

"云开书记，真是太佩服你。"叶音一拱手，"你这些怪招，都从哪学来的呀？而且，你把统筹法运用得炉火纯青！"

"叶博士，你先别给我戴高帽子。走，带人的车来了没？"

"三辆车都在楼下，书记。"燕飞报告。

三人出门到楼下，见一辆商务车、一辆轿车和自己的红旗车一字排开，六个小伙子齐刷刷地站在车旁。

"叶音、燕飞，你俩坐我的车。其他人坐那两辆，跟在后面，多个心眼儿，不要进文旅厅院子，就近待命，别呼呼隆隆太扎眼。"说完，欧阳云开和叶音、燕飞钻进红旗车。刚进车，欧阳云开就给夫人秦月打电话。"亲爱的教授，我这会儿有点事儿，回不去，麻烦你把我的钓台、竿包、帐篷放地下室门口，然后把我钓鱼用的保温壶灌满水。对了，再给我准备一桶方便面。一会儿有人去拿。谢谢哈，没事没事，肯定注意安全，请放心吧！"

"我的个天，都这时候了，云开书记还挂着去钓鱼？"叶音用手捅捅副驾驶座上的燕飞。

红旗车进文旅厅院子里，崔厅长已远远等在楼下。

"你们都别下车，在车里等，人多眼杂。我先上去，一见到凌云，立即给你们发消息。"欧阳云开让司机把车子停了，远远下了车。

"怎么不到楼前就下车？"崔厅长看欧阳云开从远处走来，忙迎过来。

"这叫见了兄台，滚鞍下马！呵呵，开玩笑，我也是想多走两步，今天步数没凑够呢。"说着话，二人直接去二楼办公室。

进门前，欧阳云开顺便看一眼腕上的手表：五点一刻。

距离叶音和燕飞走进他办公室，已半个多小时过去。

"哎哟我的云开老弟，"崔厅长赶忙说，"这么大官儿，还亲临我这小地方。茶我早已经泡好。"

"没办法啊,事情太急了。"欧阳云开不再绕圈,一脸郑重,"我今天来,是另有任务,传达省委陈放书记的批示。请你现在立即把凌云同志叫到这里来。要以你的名义、你的理由,而且是不可抗拒的理由,马上!"

崔厅长心里顿时一声雷响!

"厅长同志,这是政治任务,人没叫来,人跑了,都追你的责,这可真不是开玩笑。"

见欧阳云开说得这般严肃,崔厅长也不再说笑:"好,云开书记,你先喝茶,我打电话。"只见他稍作思考,便摸起桌上电话,打给厅党组副书记、副厅长老胡,"老胡,省里领导明天上午要听取文旅产业发展情况汇报,你这就和凌云同志马上来我办公室,我们研究一下。"扣掉电话,转过头来,问欧阳云开,"不知道凌云在文昌不?"

"在。"欧阳云开微微点头。

于是,他用同一部电话打给凌云,把给老胡说的原样重述一遍。

欧阳云开心说,老崔办事果然老到,先后顺序一点儿不差。如果凌云起疑,肯定会问老胡。

"凌云事儿大吧?"放下电话,崔厅长才问。

"嗯,进来,就出不去了。"欧阳云开答,"文产集团那边,你得有个预案了。"

"我说呢,看他总是心事重重,无精打采的。我还以为他是让集团内部那些狗撕猫咬的事儿闹的。我反正快退了,睁只眼闭只眼吧,也没多问。"崔厅长无奈地摇头。

"集团那边,怎么不想点办法调整一下呢?"

"那里的水,深着呢。"崔厅长苦笑一声,"算了,说不清,不便说。"

两人正说着,老胡敲门进来,见欧阳云开和厅长说话,便问:

"云开书记在啊,崔厅长,那我在办公室等会儿吧?"

"来来来,老胡,都老伙计,进来说几句呗。我只是路过,来拜见崔老哥。"欧阳云开心想,不能让他离开,万一凌云打电话问他,他再说我在这里,凌云肯定起疑心。

崔厅长一看老胡来了,摸起手机,又给凌云打过去:"老凌,老胡都来了,你咋还没到? 事儿挺急的。"

"崔厅长,我马上到。"凌云在电话里说,"有点儿堵车。"

其实,此刻凌云的车,正在附近一条小胡同里停着。他正在为进不进文旅厅大院,做着艰难选择。两次主持文旅厅工作,都没顺利转正,凌云的心态发生改变。既然强求不得,那就抓住现有平台,尽可能多捞好处。他也知道,死对头武来正紧盯他不放,难保他不会往纪委发举报材料。所以,他天天提心吊胆,唯恐纪委找他。刚才,一听崔厅长说让马上过来,他心里便一咯噔,别是省纪委找自己吧? 他立即给老胡打电话,得知他也正往厅里赶时,这才稍稍放心。快进文旅厅大院时,觉得还是不踏实,便让驾驶员下车,从小胡同步行进院儿,探探虚实。

"这是凌云的司机。"在红旗车里等动静的燕飞,扭头告诉叶音。

"你咋知道的?"叶音好奇地问。

"初核时,他身边的人,都需要摸透。"

"你们真细致啊。"叶音点头称是。

"云开书记说得对,办案功夫在初核。初核越扎实,立案后越顺畅。"燕飞正和叶音说话,却见凌云司机向自己的车走过来,"哎哟,他不会是来侦查的吧? 得向云开书记报告。"

欧阳云开一听,心里一愣,坏了,这才叫百密一疏! 自己的车,明晃晃地停在院子里。那些犯事的,心里有鬼的,恐怕没几个不知道这个车牌号的。这不等于向凌云摆放警示牌吗?"燕飞,你想个办法,让凌云司机认为我不在文旅厅,最好让他知道,我根本不在文昌。"

燕飞会意,马上推门下车,举着手机,在凌云司机不远处大声说:"云开书记啊,哦,鱼竿儿拿到了,崔厅长说,这一根最好,我们马上给你送过去。你在哪儿?哦,高速路入口啊?我们马上到,绝对不耽误你今晚文昌湖夜钓!"接着,他对司机小马喊,"小马,你赶紧去送吧,书记都等急了。"

小马见燕飞冲他使眼色,迅速反应过来,立刻猛地踩响油门,拉上燕飞,急驰而去!

眼看着红旗车离开文旅厅大院,凌云司机才掏出电话,给凌云报平安。

这时,崔厅长又来电话催。凌云接了司机的电话,暗笑自己胆子太小,这才叫做贼心虚呢。纪委要抓人,怎么会跑到文旅厅?得去文产集团才是。崔厅长喊我,我若不过来,反倒显得心虚了。于是,也不等司机过来,自己步行,拐出胡同,走入文旅厅大院。

一进崔厅长办公室,抬头一瞧,欧阳云开坐在那里,凌云一下子蒙了,两腿一软,本想坐沙发上的,却直接坐到地上。

"别紧张,老兄。"欧阳云开见状,笑嘻嘻地过来,把他扶起来,坐到沙发上,"老兄啊,今天我是奉命办差,是省委决定让我来请你啊。"

"云开书记,"凌云脸色灰白,"上……上哪?"

"清水园。"

"那……那我……我……问题严重吧?"

欧阳云开依旧笑着,只是点点头,却没有回答。

看凌云走进办公楼,叶音、燕飞和另外两个小伙子便紧跟上来,敲门而入。

"崔厅长,给你添麻烦了。胡老弟,你也自由了。"欧阳云开转身对凌云说，"凌云老哥，这是我们叶音委员、燕飞主任，你跟他们走吧，我不陪你了哈。"

"凌云同志，我们走吧。"燕飞把留置决定书递了过去。

"老凌啊，一定要好好配合组织调查啊。"崔厅长关切地嘱咐了一句。

只见燕飞在前，两个小伙子陪着凌云在中间，一起往外走。

欧阳云开跟崔、胡二人握手道别。

"云开书记，需要我们做点什么？怎么配合？"崔厅长不免惊魂未定。

"接下来，叶音同志会和你讲需要注意哪些事儿。老哥，今天麻烦你了。改天到我办公室，我给你泡一壶好茶道歉。"欧阳云开伸手使劲一攥。

崔厅长嘟囔说："你们纪委的茶，我可不去喝！"说着，便陪欧阳云开下了楼。

从接到路达之指令，到带凌云前往清水园，前后不到一个半小时。

"老张，麻烦你和我家属联系下，到我家地下室门口，把我钓鱼的家伙装你车上。别忘了带上水壶和方便面。请你在我们宿舍门口等我，我的车一会儿便到，再坐你的车到加油站，去跟那些家伙们会合。"欧阳云开向钓友交代后，紧接着拨通路达之手机，"达之书记，叶音他们已经带凌云进入清水园。请放心。"

钓鱼队伍在加油站集合后，向文昌湖出发。时值暮春，路边海棠、丁香姹紫嫣红，远处桃花、杏花铺满高高低低的山岗。

"桃花流水鳜鱼肥。"文昌湖里，春天的鳜鱼肯定是肥的，其实，黑鱼、鲇鱼也很多，对付这些食肉的凶猛鱼种，用路亚钓法更合适，但那需要沿湖边转悠。因为自己太累，欧阳云开选定的目标鱼是鲫鱼。他本就喜欢台钓，不用走路，稳坐台上，静静地观察就是。

尤其是钓鲫鱼,甚至偶遇鲤鱼,同样是漂相沉稳,顿口漂亮。

这个夜晚,文昌湖畔,繁星之下,微风吹拂,欧阳云开尽情享受着高频率上鱼的快乐。

第六章　交　锋

1

张浩谈话,非但没能放倒张兵,还遭反击,内伤加重,心里愈加抑郁。要不是江镇澜压着,朱克坚早就冲进留置室,和张兵接上火。怎么也得为战友出这口窝囊气!

江镇澜异常冷静。他考虑的是,如何有利于整案推进。张兵算个啥?办案不能意气用事。齐九天一案正在扫尾,如果张大志向张兵行贿的八十万难以认定,会拖全案的后腿。想到这里,江镇澜走进清水园十室办公室,见倪景行正研究案卷,便说:"老倪,张兵总晾着,不是个法儿。"

"常委有啥安排?"倪景行站起来。

"我看这人自以为聪明,刁钻狡诈,靠强攻不行。朱克坚是急脾气,不大对路。"

"克坚他们都憋着股劲儿,想给张浩报仇呢。"

"报啥仇?办案就是办案,不是小孩子怄气。"

倪景行听江镇澜说这话,心里顿时明白,笑道:"大家同情张浩,这是战友情,也是立场,应当理解。依常委的意思呢?"

"要不,用宰牛刀杀鸡?"

"呵呵,你一进来,我就知道了。确实,该我上了。"倪景行请江镇澜坐下。

"你拿不下,我上。"江镇澜拍拍倪景行的肩膀,"这小子鬼点子不少。"

"镇澜常委,张浩没谈下来,我也考虑怎么破解。张兵玩的是 '反客为主',要的是小聪明。"倪景行晃着亮光光的脑袋,"其实以 毒攻毒不可取。'凡战法必本于政胜',我不与他玩那些小技巧,就 以正压邪。王道荡荡,总胜霸道。堂堂正正地和他谈,看他怎么对 付我。"

倪景行、朱克坚自信地走进张兵的留置室。

张兵抬头一瞧,走在前头这人有点儿陌生,头上几乎绒毛都没 了,额头微微突起,双目明亮。正琢磨来者是谁呢,对方已和颜悦 色自我介绍:"张兵同志,我是倪景行,省纪委第十审查调查室 主任。"

哦? 规格升级,把室里一把手逼出阵来了。张兵心说,看来, 对方有点着急啊,那我不妨再会会这秃子。

"倪主任,幸会,幸会!"

"好家伙,幸会? 你以为会所里吃菜喝酒呢,这啥地方? 接受 审查的地方!"倪景行脸上不挂笑容的时候很少,这时却不怒自威。

"那我能说啥呢?"张兵透着一股子玩世不恭。

"按党的规矩说!"倪景行双目直视张兵,见张兵眼睛眨着,不 再说话,遂放缓语气,"张兵,你吃亏就吃亏在耍小聪明上。"

"倪主任明示。"

"'兵虽诡道而本于正者,终亦必胜。'反过来说,就是你张兵有 些点子,脑瓜子也好使,但动机不正,目的不纯,玩的是邪术,最终 必败。"

"说得好! 那我怎么个就必败无疑?"

"人处困局,当思对策。你被留置在这里,是在困局中吧,你的 对策是啥?"

张兵一时语塞。

144

"不过是意气用事,逞一时之能,图一时之快,你能得到啥?"倪景行双手一分,正色道,"人家张浩没有任何恶意,完全念及旧情,专门请示领导,进来和你见面,想拉你一把,让你认识到自己的错误,不想让你因对抗审查而加重处罚。你不领情,倒也算了,反而恶语相加,以伤人为快。你说,这对解除你目前的困境,有啥好处?这是小聪明,还是大智慧?是正,还是邪?"

"我是看不上他幸灾乐祸的样子。看我成了阶下囚,他居高临下地得意?"

"你走到今天这地步,还不是因为这不低头、不吃亏、心软嘴不软的脾气?这毛病,让你过去吃亏还不够啊?你在领导身边服务过,见过世面的。这人,哪能只进不退,只抬头不低头?恕我直言,你的处世哲学出了问题。为人要大气,识时务者为俊杰。为正当的事儿用点儿计谋,可以。可你明明错了,心里也知道自己错了,人都被关在这里,还使阴招,行诡计,损人不利己。你自己说,这是傻还是聪明?"

这一连串话,点到了张兵痛处、短处。他顿时明白,眼前这秃子,功夫不知高出张浩多少倍,光亮的脑袋下边装着不少学问,自己得小心应付:"那我也不能让他舒坦。"

"又来了。你不让张浩舒坦,可张浩想让你舒坦呀。在德行上,这就高下立判。他已经够难,够苦,你看他家里家外,糟心事有多少?你非但不同情,还给人家伤口上撒盐!不知反省自己,反倒强词夺理。心存妄念,安有晴天?"

"你……你说什么?"张兵突然眼睛一闪,张大嘴巴。

一直在旁边记录的朱克坚,也感到张兵异样,一时不明就里,便抬起头,看看倪景行。

"我是想起一首诗来:夜来一场雨,长空万里蓝。幡然除妄念,心净自晴天。"

"你……你是从哪里知道的?"张兵急切地问。

"是你父亲诗词集里的。多年前,崇山一位老同学送我的。"

"我父亲写了一辈子材料,晚年时和我说,自己写的那些材料,最后都成了别人的,只有这本诗词集,才属于他自己。"张兵眼里已含着泪水,"谢谢你,倪主任,还能记得我去世的父亲。"

"当年,老人家在崇山市委,真是一支笔啊,算得上几任领导的文胆吧。听说世言省长的父亲,就对你父亲很是欣赏,很是倚重。我也听说,老人家才华横溢,却又谦和中正,清廉一生,好像和你截然不同。'幡然除妄念,心净自晴天',这一句,就能感受到他内心的洁净,他认真反省自己。我不敢说,这首诗文学成就有多高,仅在内心修养上,绝对上乘。"倪景行侃侃而谈。

"你能这样评价我父亲,我很感动。他老人家确实清廉一生,反倒是我,有辱家门啊!"张兵流下泪水。

"对照老人家的反躬自省,张兵你的确有负老人家。我刚说一句'心存妄念,安有晴天',你便立马知道,这是你父亲的诗,说明你对这首诗了然于胸,可你怎么没入脑入心呢?"倪景行语气虽舒缓平常,但句句绵里藏针。

张兵不由得低下头,沉默不语。

"你既然不能反省自己,改正错误,组织上就只好帮你治病。即使你病到这样,组织上也还想挽救你,希望你能认识到错误,真诚悔过。"

"悔过怎样,不悔过又如何? 人都进来了。"

"这就错了,两者哪能一样? '坦白从宽,抗拒从严',不管人们怎么评点这句话,但道理是对的。我们云开书记有个观点,说纪委是党内医院,我们这些党内医生,不会整治病人的,不会冲着病人去,但对病毒、毒瘤,绝对零容忍。得了病,我们要狠下心来把你身上的病毒坚决清除掉,这样你身体就健康了!"

"都进重症监护室了,还指望健康?"张兵又露出刻薄一面。

"任何人生病,都会使身体受到伤害,程度不同而已。大多数人,小病小灾的,打一针,拔个罐,针针灸,红脸出汗,出院了,病好了。有的人病得厉害,得做大手术,去一叶肝,割一条腿,受个重处分,也会出院的。虽说痛苦,但能保命啊。"

"那……救不过来的,不就进太平间了?"

"这话也不准确。在我们党内医生看来,根本没有'死亡'这个说法。虽说教育不是万能的,但我们不会放弃任何一个犯了错误的人,不会放弃任何一个病人。即使那些重病缠身难以医治的,我们也会把他们转院,去专科医院,继续治疗,去了监狱,也是继续改造。在接受审查调查的人中,需要追究刑事责任的,数量其实很少。"

"哪里啊,我看新闻媒体公布的,多了去!"

"这是你的感觉。"倪景行缓缓地说,"进监狱的,极少数。安海一年处理四万多名党员干部,进监狱的,也就占百分之二三吧。不是医生心狠,没这'极少数'付出'强制性改造'的痛苦,他们不会认识到错误的,也难以唤醒那些正行走在歧途上的迷路人,不会给党员干部一个清晰的导向,也不会给社会一个公正的交代。这些人用反思改造几年,甚至多年的炼狱生活,来填埋自己犯罪时所挖下的深坑,也难说能够扯平。但他们作为一个社会人,生活还要继续。所以,我们这些医生,还有后面专科医院的医生们,仍然得做最后努力,使他们悔过自新,涅槃重生。"

"怎么涅槃重生?"

"惩前毖后。对过去犯下的罪过,用纪法去惩罚,让他们痛改前非,幡然醒悟,获得新生,将来出来做个好公民,做有益于社会的事儿。"

"那,我是啥病,到什么程度?是出院,还是转院?"张兵开始联系到自己,思考人生了。

"这得望闻问切。我们审查调查是一个,还得看我问你答的情况,是不是能把病状说清楚。"

在朱克坚看来,倪景行的谈话,真的是高山流水,既感觉是水到渠成,又感到不可抗拒。

"如果我说出来,能出院吗？能做个大手术,然后出去也行啊!"张兵从进留置室以来,第一次认真琢磨以后的出路。

"你说说看,我可以帮你分析一下。"

"我父亲,既干净,又有骨气,而我,是既不干净又没骨气,给他老人家丢人了!"张兵叹口气。

接下来,他开始面对现实,交代具体问题。

大学毕业后,张兵进入省城工作,常去顾世言家里或办公室坐坐。那时,顾世言在省政府办公厅任副主任。因父辈关系,觉得崇山情结比其他关系更亲近,后来便成为顾世言秘书。等够了提处长条件时,顾世言觉得他虽能替自己办事,但性格桀骜不驯,偏激好胜,时间长了,怕惹出事端来。张兵提出去省委组织部,顾世言想了想,组织部那边有自己的人进去,也是不错,便向组织部打了招呼。谁承想,过了几天,刚任安海省委书记的陈放对顾世言说,领导秘书最好别放到敏感的岗位。顾世言只好把他安排进宣传部。为此,张兵大发牢骚,很不满意,以为是顾世言不尽力,觉得为顾世言鞍前马后地忙活,最后却被一脚踢到了一边。

"事儿都是你自己搞砸的。"顾世言批评他,"平时阴阳怪气,招人烦,谁会用你？这些反映都传到陈放书记耳朵里了。"

听了顾世言这话,张兵更觉得是顾世言找借口,不为自己前途着想,什么陈放不同意,分明是顾世言漠视自己的前途。虽然心里对顾世言不满,但毕竟还用得着他,所以平时也克制着,不能表现出来。

前些年评安海学者，齐九天在科技厅便被拿下来了。张大志为此找张兵帮忙，张兵私下里托人问了问，条件是够了，只是材料整得不充分，成果没体现出来。张兵那时已经不是顾世言秘书，觉得自己讲话分量不够，只好去求顾世言。没想到顾对此倒很热心，说何必转个弯儿呢，直接找他就是了。结果他亲自操办，很快便办成了。张大志送来一张八十万的银行卡，说是感谢省长的。张兵把卡送过去后，顾世言看了一眼，并未表态。张兵退也不是，拿也不是，只好去找郎子军商量，郎子军说："先放你那里吧。"

"郎子军？安大集团董事长？"朱克坚问。

"是。"张兵点头，"顾省长很信任郎哥的。那天，张浩也问了，盛达公司那辆车，放我们处里一年多了，主要是我开，有时候处里年轻同志也开。我付了点儿款，这样也好对外讲。"

"张大志给你房子是怎么回事儿？"朱克坚问。

"安海学者的事儿办成，张大志说，'你帮齐书记这么大个忙，给你套海岛市的房子吧。'不过，我老婆在那里已经买过一套房子。所以，他交钥匙给我时，我没接。我倒是提出来，能不能在文昌湖边给弄一套。他说他先问问看，以后再没提这事。"

"张大志海岛的房子，你没接钥匙，也没说给你留着这类话？"好半天没说话的倪景行，一直听着朱克坚的提问，中间也没插话，但关键处还是追问了一句。

"我根本就没想要。要了又不能住、不敢卖，没意思。"

倪景行不再多说什么，示意朱克坚继续问。

"前些年清理小金库，你少交二十万，现在放在哪里？"朱克坚紧盯张兵。

这个问题，张兵显然没想到。他犹豫一下，咬咬嘴唇："说来不怕你们笑话，我老婆平日里对我看得很紧，自己怕没零花钱，就把这二十万放到张大志的盛达公司驻文昌办事处了。"

"是这个包吧?"朱克坚从桌子下边的包里拿出一个黑色布包。

"是。"张兵微微一惊,声音低得连他自己都听不到。

"你和张大志的其他经济交往呢?"朱克坚问。

"这个……这个……倒没有。"张兵想了想,看了二人一眼,赶紧回答。

倪景行见主要问题都说得差不多,便说:"你把自己去张大志这几个老板那里接受宴请,收受钱啊、卡啊这些事儿,都写清楚,一点儿都别隐瞒。特别是,要把张大志那八十万元银行卡的来龙去脉写清楚。这对你很重要,关系到你将来处理到什么程度,是'出院',还是'转院'。写好后,交给朱克坚同志。"

"好,我一定写清楚。"张兵连连点头。

从留置室出来,朱克坚仍沉浸在激动和敬佩之中:"主任,什么叫正义即王道,什么叫王师伐无道? 今天算是真领教了! 你这才叫泰山压顶呢。他们都管你叫你真行,我这次从心里觉得,你真行!"

"'早成者未必有成,晚达者未必不达。'你还年轻,只要用心,到了像我这样头上没毛的时候,必胜于蓝。"

"张兵他爹的诗词集,你读得挺熟啊。你提到的那首,用得恰到好处。"

"因为我喜欢诗词,人家便把这集子送我了,也好些年了,一直都没看。这几天我想,他儿子走到今天这个地步,会不会与家风有关? 便找出来看了下,觉得老头挺干净的。我又找同学了解了一下,对老人家的为人更加敬重。"倪景行说这些,也是意在提醒朱克坚,谈话既要靠思维敏捷,还要靠备课充分,不打无把握之仗。

"那八十万,看起来张兵并没有控制权。从目前掌握的证据看,张兵说的是实话。"回了办公室,倪景行向欧阳云开和江镇澜报告了这一情况。

"张兵没有实际控制力,这一笔就定不到他头上。"江镇澜肯定地说。

"涉及中管干部,我们也不便就此找郎子军核实啊。不行便按倪景行所说,先让张兵把情况实事求是地写下来。我向达之书记请示下,是否把这个线索按程序上报。"欧阳云开想了想。

路达之听罢欧阳云开的汇报,在办公室里来回走着,好半天没说话。齐九天评安海学者一事上,顾确实为他说了话,张大志送钱又确实是为感谢顾,张兵又不能动这笔钱。这线索,安海省纪委不能再往下查了,只能到此为止,按规定上报。另外,凌云一案,也同样牵扯到顾世言的学生武来,又一个崇山人!咳,顾世言身边,怎么总不清净?这些事,不会真与他有什么瓜葛吧?想到这里,便叮嘱欧阳云开:"云开,一定和咱们办案的同志嘱咐好,注意办案纪律、保密纪律。只要涉及中管干部的线索,与顾相关的线索,不拓展,不核实,不隐瞒,原样上报。这是纪律,也是规矩。"

2

上午刚上班,蓝天就敲门:"书记,顾世言省长秘书周翔宇来电话,说看您现在有没有时间。如有时间,顾省长想过来跟您谈点事儿。"

"顾世言?"路达之稍作思考,"告诉他吧,我在办公室等他。"顾世言过来,会是什么目的?莫非,凌云进来后,他怕涉及武来?还是作为分管领导,提醒我们,在查处凌云案时,需要注意些什么?

过了不长时间,蓝天把门打开,顾世言紧随身后走进来。

"达之书记,一进你们省纪委大院,到处干干净净。这能看出你们的管理水平,也体现了你们的严谨作风啊!"顾世言身材高大,嗓门也足。

"世言同志这么忙,今天怎么有空了?"路达之笑着站起身,和顾世言握手。

"这阵子乱事儿多,早就想来看看你,总没来得了。今天过来,是向你、向省纪委表个态。昨天,向陈放同志也汇报过我的想法,我完全拥护省委、省纪委决定,完全拥护对凌云问题严肃查处。分管范围内出了这样的事儿,我很内疚,是我教育不够,管理不力,得做深刻检讨。今天过来,还有个意思,就是不要因为张兵给我干了几天秘书,你们就有顾虑。也请依纪依法,严肃查处,即使他进监狱,也是他自己胡作非为的结果!"

坐在沙发另一边的路达之,轻轻咬着唇边儿,点点头:"谢谢理解、支持。"

"省长,请用茶。"蓝天端一杯茶进来,放在顾世言面前,便退了出去。

顾世言笑笑,接着说:"一岗双责啊。出了事,我要负责。发生了凌云案,再次给我们敲响警钟啊! 我真得感谢省纪委,为文产集团挖出这条蛀虫来,为文产事业的健康发展铺平了道路。"

"世言同志,净化安海政治空气,促进经济文化产业发展,是我们的职责。"路达之语气平和。

"达之书记说得对,咱们都是省委常委,彼此理解。文产集团现在正是爬坡过坎的关键时候,亟须稳定下来。凌云进去是坏事,也能变好事儿。昨天,我召集集团领导成员开会,对他们讲,要抓住这个反面教材,用身边的事儿教育身边的人,让干部职工吸取教训,改进作风,重整旗鼓再上路,调整思路谱新篇。集团现在还没董事长,这担子,可就压到武来一人肩膀上了。我也鼓励武来,现在,是党考验你的时候了。"顾世言慷慨激昂,该表达的意思滴水不漏。

路达之却清楚,这态度坚决的背后,是投石问路,探听虚实。

同时还有一层深意,是提醒省纪委,文产集团的工作离不开武来。

"世言同志,你这样看问题,很难得的。"路达之平静地回答。

"说到武来,这位同志身上缺点是有的,可人无完人嘛,谁身上没点儿这个那个的?这才是辩证法嘛。把有本事的人用起来,党的事业才能兴旺起来。"顾世言更进一步,"这人大局观念还是很强的。能干,关键时刻也能豁得出。从现在情况看,没武来这么个人,文产集团以后发展,还真会受影响的。"

把主题点出来了,此行目的是保武来。路达之虽然面带微笑,心却说,武来的确能豁出去,那是为上位而不择手段。文产离了武来不行?没毁在他和凌云手里,算是不错了!

顾世言边说边留意路达之的反应,此番试探,必须拿捏得自然得体。对严查凌云、张兵,态度坚决。张兵收钱,虽与己相关,但钱在张兵手上,尚可推脱。对于武来,则要倍加慎重。既透露出想使用武来的意思,让省纪委在调查文产集团问题时便于把握,又敲锣听音,看省纪委对武来的事儿是否掌握。可察看路达之的脸色,除了平静和微笑,什么都没读出来。

"我的意思,为了安海文化产业发展,还是要尽量保护干部。"尽管,顾世言还摸不透路达之的心思,但话已至此,索性再推一步,"凌云在文化厅两次主持工作,在文产集团干一把手也有段时间,关系盘根错节啊,一旦查起来,牵扯人过多,我也担心集团稳定,影响将来发展啊。"

"世言同志,"路达之依然微笑,"你对文产集团,对安海的文化工作,真是挂在心上。你的心情,我能理解。放心好了,省纪委不会闭着眼睛办案,不会脚踩西瓜皮,滑到哪儿算哪儿,一定会强化服务意识,处理好保护和惩处的关系的。"

"达之书记,我也就说说想法而已,请省纪委参考。因为你人好,平时我们彼此尊重,话也投机,才冒昧地说这些。这还不都是为了安海文化产业发展吗？不然，咱才不操这个心呢。你看，分管这摊子活儿，难啊。"

"理解，理解，谁在这位置上，都会这样考虑的。"路达之谦和地回答。

对于路达之的表态，顾世言听着好像托底，又有一丝丝模糊，怎么理解都行。干纪委的可能都这样，说话都把握着度，不把话说透吧？

差不多与此同时，惠安市市长孙岱敲门进入欧阳云开办公室。

他是前一个下午到文昌来开会的，本想会后来看欧阳云开。临行前，詹晓华听说他要到省城，嘱咐他把本地新产的春茶带给欧阳云开一点儿。可刚出会议室，正要联系欧阳云开，突然接到文昌一位搞收藏朋友的电话，说手头有幅黄宾虹的山水真迹，请他品鉴。近来，孙岱对黄宾虹晚期各种墨法山水十分着迷。那浓重黝黑、淋漓氤氲的笔墨挥洒中，映现出的是一个苍茫莫测、浑厚华滋的宇宙天体。尤其是他的积墨笔法，更是妙笔贯通，技法深邃，浑然天成，呈现出一派勃勃生机。

一听黄宾虹的珍品，孙岱立即让司机掉头赶去。品鉴完毕，晚上便住在文昌，早饭赶往省纪委。路上还想，自打上次与欧阳云开在家里喝酒喝大了，虽说省里开会也常见，但还没正儿八经地和老同学在一起聊聊呢。

孙岱进了办公室，随手带上门，也不和欧阳云开握手，顺手把带来的纸袋往桌上一放，"看好了，你詹妹妹捎来的惠安春茶。"

"哎呀孙同学，话里还有点儿酸溜溜的味道呢。人家晓华同学确实比你强，年年想着我。"欧阳云开把用牛皮纸包好的六袋春茶拿出来，摆好了端详。

"看什么看，里边还会有金条不成？"孙岱直往沙发上一坐，顺势靠后半躺，"干纪委的，都神经病。"

"胡说吧你,这就不厚道了。我防着别人,还能防你啊?"说着,欧阳云开小心打开包装袋,取出茶叶,把两个玻璃杯用温水洗干净,再用开水烫过,"我这可是清水园的天然泉水,正好八十多度,冲绿茶,口感特好。"开水冲进杯子里,鲜嫩的春茶,饱满翠绿,上下轻轻摇曳,最后,一根根地立在杯底,顿时散发出阵阵清香。

"代我谢谢詹小妹哈!"欧阳云开闭上一只眼,睁着另一只眼看着孙岱,朝他不怀好意地笑。

"呵,成你小妹了? 美的你!"孙岱问,"你说,你贵为副书记,怎么总喝这惠安茶呢?"

"喝茶,抽烟,饮食,都讲究个口味,讲究个口感,其实也是个习惯。你研究了没,十几岁前吃啥饭吃习惯了,到老也还是喜欢这口味。烟我没抽过,不好说。可这茶,咱们小时候饭都吃不饱,谁喝过啊? 等到了省纪委,当时每年发给每人一包防暑茶,便是惠安茶,好家伙,像深秋的柳树叶子,又大又厚实。你猜怎么着,这一喝不要紧,时间长了,再喝别的茶,口味就对不上了。像龙井,我喝着糊不郎当的,享受不了。"欧阳云开为他杯里续上水,一边说,"惠安茶厚重、朴实,挺适合我。对,你这大市长,整天有人送名茶,肯定看不上本地茶了吧?"

"你又想哪去了?"孙岱用手指点着,"云开你这家伙,你明说就是了,孙岱你要廉洁自律就得了呗! 防火防盗防纪检,真是的!"

"这可你自己说的。"欧阳云开突然记起什么似的,"咦,你不是昨天来开会吗,咋散了会没走?"

"咋了,我住一晚上不行?"孙岱先是怼欧阳云开几句,随即直起身子,眼睛里熠熠闪光,"你知道昨晚上我见到谁的画? 黄宾虹大师! 你是对这个不感兴趣,说你也不懂。那山水,超凡脱俗,独具神韵,让人惊叹。清代王昱曾经说过,'有一种画,初入眼时粗服乱头,不守绳墨。细视之,则气韵生动,寻味无穷',就这个味道。"

"你这家伙,上次和我谈玉石,这次又论画,可别玩物丧志哈。"欧阳云开盯了孙岱一眼。

"你是手按尚方剑,不知郡县苦啊。基层压力太大,还真得自己寻点乐子。何况,像我这样,姥爷不亲,舅舅不爱的,没点爱好,弄不好,会精神病了。"孙岱一挥手,"其实自古及今,文学艺术大家,身居高位者不乏其人嘛!苏轼、欧阳询、米芾、董其昌、王渔洋,哪个不是才华横溢?"

"老同学啊,在我看来,文人当有风骨,至于出将入相,更须有家国情怀,居高忧民、处远忧君才是。唯有把功名才智融入所处时代,顺势而为,造福社会,才是真英才。有时代这大格局,有天下苍生这大慈悲,才会有大智慧、大作为。我倒不同意,一旦失意就逃避时局,消极避世,纵情山水,自得其乐。更不能成为愤青,徒发牢骚。这种人说是偷生有点儿过,但那份无奈、逃脱,无益于国、无益于民,最终也无益于己。"

"哟,还来劲了?我一句话,惹出你这些话来,"孙岱倒笑了,"厉害啊云开,把艺术与政治糅到了一起。"

"你这话不对。任何艺术,都是时代的产物,都要回报社会的。哪个有造诣的文学家没有深刻的政治思考和满腔的为民情怀?"欧阳云开兴趣来了,"咱也别谈政治跟艺术的关系了,我是觉得就为人来说,王渔洋嘛,倒还好,一生清廉,算一时文坛领袖。哎对了,你肯定知道,他和蒲松龄关系不错,如果不是因他为《聊斋》点评注批,《聊斋》哪里会有这么大的名气?至于董其昌,在书画艺术上算是大家了,但其为人为官,品行修养,便不值得称道了,至少不太廉洁,充满争议,还有些肮脏!"

"打住,三句话不离本行!"

"我这不是和你磨牙嘛。你爱好古玩字画,只是个爱好,倒也没啥,我是怕你陷得太深,千万别让人家说你这个那个的。"

"我知道你的意思，不会的，我会把握好。"孙岱摆摆手，"我陷不进去。就我那俩钱，打水漂都不响。你知道黄宾虹这山水，人家多少钱拍来的？六千八百万！"

"我不知你听说了没，一个省直机关的副厅长，让老板拿钱，整了一屋子假古董，最后还进了监狱。我是办案的，这样的事儿，见得太多了。你还真要小心了。"

"你想到哪儿了？你放心，你老同学只是喜欢而已。"

从上大学开始，俩老同学就经常争论，谁叫两人是班里最具才气的呢？

"咱不说这个，字画我确实也不懂，就是办案中收缴的那些，我也分不出个真假来。有时候，倒是觉得有些领导干部挺傻，为一幅画，背个处分，可悲吧？"欧阳云开对字画不感兴趣，便转了话题，"对了孙岱，我问你，那个林小妹，最近有没有继续骚扰你？"

"你别提她，"孙岱一摆手，"说话腻腻歪歪，我感到不舒服。"

"那说明，骚扰过了？"欧阳云开追问。

"啥骚扰啊？在微信上撒个娇啥的，倒是常有。"孙岱突然正经起来，"你别说，那次她专门跑到惠安找我，带着两盒海参，当着别人的面，一下子放到了我办公桌上，让我的脸都没处搁。你猜她想啥来？是让我做做工作，把她提拔到惠安来任正县实职，你说这可能吗？"

"你小子可得当心啊，詹晓华可是火眼金睛。你给她办了？"欧阳云开问。

"办什么办，她想提拔着过来，惠安只那么几个位置，都大眼瞪小眼的，那可能吗？"孙岱摇摇头，"再说，我一个市长，也不好说。人家王伟是一把手。"

"她就这样，我也劝过她，在个人发展上，总不能一路绿灯，遇上红灯，停一停，喘口气，也挺好，急功近利，要出毛病的。如果心急,弄不好闯了红灯,还要受罚的。"欧阳云开突然想起前几天林小夏来电话的情形,便跟孙岱讲起二人关于钓鱼的对话,活灵活现模仿林小夏的口气,"她说,'猾鱼不好钓,美人鱼倒是好钓,凭师兄的钓技,想钓多少有多少呀,愿上钩者多着呢!'"

"对对对!"孙岱一拍大腿,"是这味儿,酸掉牙。你咋回答的?"

"咳,老同志嘛,便用饱经沧桑的口气说,'美人鱼更猾。还不知多少人惦记着,说不定都被钓过了呢。我钓技不行,向来不把美人鱼作目标鱼。我钓的,都是碰钩子上的,不得不钓的。'"

欧阳云开说完这句话,乐得在屋子里转一圈儿,孙岱也笑得前仰后合,一下子躺倒在沙发上。

"哈哈,'还不知多少人惦记着',精彩,精彩!"

正在此时,路达之推门而入。

孙岱一个鲤鱼打挺,从沙发上站起来:"达之书记,你看我这样子,站不像站,坐不像坐的,太放肆啦。"他不好意思地晃晃半秃的脑袋,向路达之伸过手来,"我来省里开会,顺便过来看看云开。"

"老同学嘛,就该这样子的,"路达之笑着,跟孙岱握手,"同学之间还讲礼数,那还不怪怪的?"

欧阳云开脸上似乎仍然憋着笑,意犹未尽。

对于顾世言来意,路达之已了然于胸。待他走后,便起身向欧阳云开办公室走过来,想跟他聊聊。

见路达之有事,孙岱弯腰抓起茶几上的手机,一本正经:"达之书记,我代表我们市委王伟书记,郑重发出邀请,盼您百忙之中一定抽个时间,到惠安指导工作。"

"惠安好地方啊,历史悠久,文化底蕴深厚。我还真想抽个空,去一趟好好看看。"

"您去,请批准我陪同哈。"

"只要时间允许,会去的。"路达之一笑,"你要走啊? 别呀,让老同学请你，云开可不能铁公鸡，一毛不拔。"

"达之书记，您说对了，知他莫若您，我这老同学小气着呢。"

"是吗?"路达之冲欧阳云开一笑，"不至于抠门吧你?"

三个人哈哈大笑。

孙岱走后，路达之便与欧阳云开说了顾世言来找他的事儿，然后嘱咐："所以，要慎重，严格保密，向大家把话说得死一点儿，一个字都不能透出去!"

"好，我再跟大家强调一下。"欧阳云开又想了想，"我觉着，公安那边，可以对武来采取措施了。燕飞他们经过紧张初核，已发现武来大量涉嫌违纪和职务犯罪的问题线索，立案条件成熟了。"

"按我们商量的方案，你安排就是。也请公安把移交监委的报告写好，与我们的立案、留置报告一起，报省委批准。另外，你与公安厅张震同志沟通一下，属于公安那边的罪名，由他们负责做下来，然后再移交，并请他们派几名经验丰富的同志过来，编入审查组，便于工作衔接。"

"书记考虑得真细啊。"欧阳云开点头。

"还有个事儿。"路达之转身刚要走，又转回身，"那天，崇山大学新任党委书记找我，说齐九天案涉及学校几名中层党员干部，在处理时与市纪委意见有些分歧，想请我们过去协调一下。我想，如果最近你能拿出点儿时间，可以带上审查组和审理室的同志，过去听听，帮助研究一下。"

"好，等把凌云和武来的案子理出个头绪，我去趟崇山。"欧阳云开点头。

路达之走后，欧阳云开看一下表，见还有时间，打电话请张震过来一下。半小时后，张震和何波到达省纪委二楼小会议室，欧阳云开和叶音、燕飞已等在那里。

"客套话就不多说了。达之书记委托我召集大家碰个头，"欧阳云开说，"我们两家起草报告和具体行动方案的事儿，达之书记向陈放书记口头汇报了。他同意我们的意见，让尽快把书面报告送去。对武来采取措施前，我们两家一起，再商量商量，分分工。"

"这样好，我们通通气儿。"张震说，"我这边，根据黑豹供述，武来虽未直接进入凌云住所，但他是主谋，涉嫌犯罪已确定无疑。鉴于他是省管干部，还涉及职务犯罪，我考虑，还是省纪委这边为主，我们一定配合好。"

"我们意见，公安机关先行拘留。凌云、黑豹相继落网，极有可能已经引起武来警觉，必须马上动手。等你们取完证，咱两家再办理移交手续，我们把人从你那里带到清水园，转为留置。"欧阳云开说。

"同意。"张震点头。

3

次日上午，燕飞带一个同志走进留置室。凌云呆呆地坐着，正在冥思苦想，省纪委到底掌握了他哪些事。

"凌书记，怎么样，昨晚休息得好吗？"燕飞举止儒雅，一脸温和。

"在这里，哪能睡得好？"凌云红着眼睛应道。

"为什么？"

"想不明白，为什么进来。"

"怀疑省纪委？"

"哪敢！我是想，肯定哪个坏蛋在陷害我！"

"自身正，谁陷害得了？"

"一代名将岳飞，还不照样遭人陷害？"

"你自比岳飞，也不脸红？"燕飞一笑。

凌云忙不迭地解释:"一时失言,我的意思是说,没人陷害我,我也不会到这里。"

"岳飞精忠报国,你都干了些啥?"燕飞依旧平和,但问话已严肃起来。

"我不敢说精忠报国,但从我爷爷起,几代人都为党为国家工作。爷爷是老红军,牺牲在抗日战场,父亲参加过解放战争。只我不争气,没把党交办的任务完成好!"

"敬佩!"

"所以,我特恨陷害我的人。你们一定知道是谁吧?"

"好吧,满足你要求,先看个视频吧。"燕飞示意助手,将笔记本电脑轻轻转过去,面向他。凌云看着电脑,起初迷惑不解,慢慢地瞪大了眼睛。留置室内,响起两个人的对话声音。

——"这是多少?"

——"六十个数。"

看着视频中的自己,凌云霍地一下就站起来:"这谁干的? 怎么能到我家入室偷拍? 你们从哪得到的?"

"别生气嘛,"燕飞说,"你怎么不问,这里边的,是不是你? 你收没收过这钱?"

"是我倒是我……我就是想知道,谁这么缺德,这么流氓?"凌云头像拨浪鼓似的晃着。

"缺不缺德,那是另一回事儿,我只问你,这怎么解释?"燕飞紧追不舍。

凌云顿时眼睛紧闭,呆呆坐在椅子上:"这不陷害吗? 龌龊!"

"陷害? 你自己没这事儿,能陷害了你?"燕飞儒雅中略带威严,"凌云同志,刚才你总在讲自己被陷害,显得好像有多冤。可怎么就不反省自己的问题呢? 退一步讲,知道有人陷害你,怎么还不收敛、不收手?"

"我……我确实有问题……"凌云吞吞吐吐,语无伦次。

"就是嘛!"燕飞语气缓和下来,"一个领导干部,特别像你这样出身于红色家庭,革命后代,更应该有这个觉悟。都走到了今天,越过了红线,还假装无辜,怨别人陷害你,苍蝇能叮无缝的蛋?还自比岳飞呢,还提你爷爷、你爸爸,就一点儿都不惭愧?说句刻薄的话,你,背叛了这个光荣家庭!如果你爷爷、你爸爸知道你干这些事儿,还能容你?"

"我是对不起爷爷、父母,不过……不过我对党是有感情的,对党是忠诚的。"

"忠诚?没二心?那我问你,你让那李老板出一套丛书,便收人家六十万,还让人家录了像。建文产大厦,光一个土建工程,你就收那姓邢的二百六十万,室内装修,你收姓张的五百七十万!这也叫对党忠诚?"

听到这里,凌云立刻明白了,自己的事是被人家摸透了。看来,纪委盯着自己很久了。

这几年,自己上边被顾世言压着,下边被武来顶着,家里又不顺心,如今又被留置,背地里干的这些事全被揪了出来,一时说不上是后悔还是愤恨,顿时又是悲伤又是窝囊,竟趴到桌子上,绝望地哭了起来。

"别难受了,"燕飞拉了拉他,让他用纸巾擦擦泪,喝口水,"别净怨人家陷害你,还是自己不干净。"

过了好一阵,凌云才抬起头来,擦把泪,哽咽着说:"燕主任,别再说了,你说的这些事儿,我都存在。这几年,我丢了魂儿似的,就像行尸走肉,做了不少对不住组织的事儿。我知道的,早晚会有这么一天,必然会落到你们手里的!"

燕飞见凌云悔恨不已,话锋便不再像刚才那样犀利:"凌云同志,我搞不明白,你从清河新华书店干起,一直兢兢业业,要求自己也很严,怎么这几年竟变成这样了呢? 究竟什么原因?"

凌云不再哭泣,停顿一会儿,叹口气:"我走到这步,完全是让顾世言和武来这俩王八蛋害的!"

凌云说出这话,出乎燕飞的预料,没想到凌云一上来,便扯到顾世言:"你怎么把自己的错推到人家身上?"

"不是推,他顾世言貌似亲和,但内心狠着呢。"随后,凌云缓缓讲述他与顾世言之间的往事。

凌云从清河来省文化厅,任副厅长,几年后,任党组副书记。那时候,他心比天高,也心生豪情立下壮志,决不负组织,不负凌家先辈期待。后来,他两次主持文化厅工作,两次都没能转正。凌云这才一点点明白过来了,自己是得罪了顾世言。按凌云的说法,顾世言喜欢那些明里暗里往他那儿跑的,和他抱团儿的。凡是进了他圈子,搂着他腿的,他都会以各种方式帮忙说话。可凌云也有点儿清高,觉得你顾世言不就父亲是崇山书记,我爷爷还抗战时的县委书记呢,谁怕谁?

凌云原本有机会靠近顾世言的。他第一次主持文化厅工作时,顾世言还把他叫到办公室,十分亲切地嘱咐他,机会难得啊,这是组织的信任,千万别辜负了组织的期待,如果工作中有想不明白的时候,多过来商量商量,也可以帮着出出点子。这些话,确实让凌云感到特别温暖,可凌云却没琢磨透他话中的深意。反倒以为只要自己干好工作,让群众都说好,职务上的事儿,便顺理成章了。越到这样的关头,越要自己顶起来,干出个样子来,尽量少给领导添麻烦,没大事儿,别净往领导那里跑,不能让大家说自己是官迷,拉天线。

直到后来有一天,顾世言把凌云叫到办公室,问徐省长对文化厅工作有什么指示。凌云这才想起来,有次列席省长办公会后,徐省长把自己叫到办公室,问了文产集团的有关情况,也问了群众对武来的反映,凌云便如实汇报了文产集团那边对武来的一些议论。这时见顾世言问,凌云担心如果在领导间传话,弄不好会引起矛盾来。于是便说,徐省长只问了问文化厅工作,没说什么。事后证明,顾世言早已知道了徐省长问武来的事,见凌云没交底,当时便冷冷地说了句:"喔,落实好省长的指示就行,听省长的话,没错。"

凌云两次主持工作,都没有扶正,一时感到心里憋屈,加上厅里上上下下都议论纷纷,凌云只想给自己个台阶下,便想找顾世言给个说法。谁知约了几次都没约成,干脆自己直接到了顾世言办公室。见门敞开着,只听顾世言在里边正朝周翔宇大发雷霆。正在这时,周翔宇偷眼看到凌云,转身便溜出来,反把他叫了进去并随手带上门。顾世言绷着脸问,你来干啥?凌云连忙说,您不是嘱咐我,遇事多来向您汇报吗?眼下我遇到这个情况,想请您指点迷津,我哪里做得还不够。

"顾世言见了我,可能也猜出了我的来意,便也不说话,只是双眼盯着我看。过了好一会儿,转身从书橱里拿出一本党章。这才说,入党誓词你都背过的,这履行党员义务,执行党的决定,遵守党的纪律,你是怎么理解的?咱们都是党的人,能向党提条件,要待遇,伸手要职务吗?今天,我以省委常委的名义和你谈谈心,你的职务安排,是省委研究确定的,新厅长是省委任命的,你对省委还有意见吗?你看你,哪里还像个党的干部,哪里像个红军后代,你心里还有党章吗?还有服从组织决定这一条吗?你不光摆不正个人和组织的关系,还背后说是谁谁害了你,谁谁故意不用你,不用说党性,就是说做人,你还有良心、有人性没?"

"顾省长说尖刻了点儿,但也是有些道理啊。"燕飞说。

"什么啊,这都套路,什么对党不忠,他才是对党不忠!我和他本就不是一条船上的人,平常看着我就不往他跟前凑,他难免感到与他离心离德,特别是我向徐省长报告了群众对武来的看法,一定

164

被看作是背后向他捅了一刀。他心里憋着火,明面上说是和我共同学党章,其实比骂我八辈祖宗都狠,等于断了我今后的一切念想,宣告了我的政治死亡。当时,我那个窝囊啊,本来是去找宽慰的,结果,自取其辱!"

那天,凌云也不知怎么走出省政府大院的。他脑子里一片空白。提着包,顺着文昌大街,走出市里,沿着大路,漫无目的向前走,一直走到夜里十二点,恍然惊醒,扭头看看四周,面前出现一片湖水。老天爷,竟然走到了文昌湖,走出三四十公里!坐在湖边,看着哗哗啦啦响的湖水,望着夜空中的星星,一瞬间,凌云真想一头扎进湖里。

"我坐在那里,把一包烟都抽光。心想,不公平啊!我勤勤恳恳干几十年,能力虽然不强,但都是尽心尽力。你分管领导怎能这样对我?再干下去,有啥意思?一点儿奔头都没了。等我顺着原路返回,天都快放亮了!"

"这就是你开始堕落的起点?"燕飞问。

"是的。以前,我想的是拼命干事儿,从这以后,我觉着吃大亏了。反正我把你得罪透了,你也把我的路堵得严严实实。"凌云拿过纸杯,喝一口,继续说,"我寻思,文化厅长不让干,干脆跟组织部门提出,调出文化系统,不然还是跳不出他顾世言的手心。也巧,文产集团董事长因为心肌梗死,突然去世。谁知,集团总经理武来早已盯上这位置,据说,顾也帮他前后运作,但省委组织部甚至包括徐省长都感到,武来的争议太大,反映不断,最终还是用我担任了董事长。说实话,我还真的不想来这文产集团,没跳出顾世言的手心不说,那武来也不是盏省油的灯,肯定知道我还反映过他的问题。这可麻烦了,安海不是流行一句话嘛,'不怕炮,不怕枪,千万别碰崇山帮!'"

"凌云同志,这话有点儿出格。""崇山帮"这词一出,燕飞心里一顿,遂提醒道,"共产党天下,什么这帮那派的?"

"就是崇山帮嘛!又不是我原创的,安海谁人不知?武来是顾世言的学生,谁人不晓?"凌云很激动,"武来,武来,真是无赖!我一到文产集团,他就跟我干上了。报到那天,我跟他握手,他却把手背起来,把头拧一边儿,这起码的礼仪都不讲了。后来我才知道,此前集团早已传开,老董事长一退,他接呢,说他老师都告诉他了,没想到最后组织上却把我给派来。他便认为,是我坏了他好事,争了他的位置。"

燕飞心想,自己办过的案子中,确有许多人是被对手、被反目的女人们,折腾得焦头烂额,死的心思都有,只是为了面子,为保住一时外表光鲜,强作欢颜,其实内心早已苦水横流,可哪里有个流淌的去处?看来,今天他把我当作倾诉对象了。

"你是一把手,总有点儿办法吧?"燕飞有点同情他。

"一把手?第一次召开集团领导班子会议,我坐会议桌主持人位置上等老半天了,他不光姗姗来迟,进了会议室,竟一把将自己椅子拽过来,和我并排而坐,嘴里说,'我也是一把手!'我想,第一次开会,也只表表态,走个形式。你猜怎么着,我讲三分钟,他却讲了半个小时,大讲他的远大设想!哪有这样不讲规矩的?后来,在一次开会时,我向顾世言汇报了几句,谁知他看了我一眼,'集团内部的事儿,你自己理顺去。'"

"所以你就心灰意冷,破罐子破摔?"燕飞语气柔和地问。

"没办法,到了这份上,怎么干都不行了,还不知干几天。堤内损失堤外补吧,文产集团工程不少,弄点儿花花就是嘛。"

"你就不怕在武来那里留把柄?"

"我千方百计地躲着他。他熟悉的老板,我离得远远的,不露痕迹。话说回来,我也紧盯着他呀。至少有一点,我没女人。武来无所顾忌,还明着来!如果他敢发难,我便用这个拿他,鱼死网

166

破呗!"

"你还不露痕迹呢,这六十万,还不被人家抓个现行?"说到这里,燕飞觉得是时候把武来、黑豹的事透给他。

关于视频,此前燕飞跟江镇澜、叶音讨论过,是否在谈话过程出示。叶音认为,非法采集的证据属无效证据,没必要由凌云印证。江镇澜不这么看,他认为,让凌云知道是武来干的,必然会一怒之下揭发武来,有利于我们掌握更多线索,可能对推进整个案件,有意外收获。

"弄得狗咬狗似的,这有点儿损,不大正派吧?"叶音轻声说。

"武来也不是什么好鸟,请君入瓮,以毒攻毒,有何不可?"江镇澜态度坚决。

此时,燕飞盯着凌云,问:"你一定想知道这视频是从哪里来的吧?"

凌云不再说话,低下头,刚过没几秒钟,才像是突然醒悟过来:"燕主任,肯定是武来那个王八蛋!"

"是,"燕飞点头,"他安排一个外号叫黑豹的人,在你家里安了摄像头。"

凌云呆呆地坐在那里,浑身颤抖。突然,他站起身,挥起拳头猛砸在面前桌子上:"这个无赖,他竟然用这种下作手段对付我!"

燕飞起身走过去,拍拍凌云肩膀:"不要太激动,坐下谈吧。"

"哼,你武来也忒小看人。你觉得,我就是板子上的肉啦?你也有小辫子在我手上。以前我也想举报他,但下不去手,总觉得不是君子所为。人与人之间,只要明着顶起来,便不可收拾了,非两败俱伤不可,谁也好不到哪里去。好,既然他耍流氓,我也别充什么君子了。燕主任,他真有不少事儿。"接着,凌云便爆出武来的猛料——

刚到文产集团没几天,凌云就听说,武来跟好多老板关系不正常,好几项工程都有猫腻。前年八月,武来兼任第三届安海文产博览会组委会办公室主任,协调安排过一场京剧演出,由安海矿业集团冠名。武来曾打着组委会旗号,以广告费的名义,让矿业集团向他指定的账号上打款一百万。还有,他为广州绿化树图书公司在安海发行图书,提供便利。他购买绿色花园的别墅,按揭贷款两百万,其实是绿化树给他还的。武来不仅无赖下流,而且贪婪成性。党办副主任亲耳听一个书店的小老板说,他通过别人介绍,来求武来业务上帮点儿忙。武来也不客气,一下就给了他三部用过的旧手机,说是让帮忙处理掉,一次要了人家三万块钱!

清水园办公室里,欧阳云开听着燕飞汇报,轻轻叹口气:"凌云也不是没心机,细节掌握如此仔细,也下足了功夫!"这让他痛心。堂堂省文产集团,两个主要领导,同时贪腐,且互相攻讦,手段无所不用其极,精力都用在恶斗上,哪有心思搞好企业?

"凌云也是被武来给逼急了,"燕飞摇摇头,"他自然咽不下这窝囊气,便紧盯武来,不信他不露马脚。武来呢,仗着有后台,飞扬跋扈惯了,打压过不少人,他们敢怒不敢言,只能忍着。等凌云到文产集团,武来得罪的那些人,看出二人不和,纷纷跑他这里告状。凌云毕竟是一把手,有些人也愿意向他靠拢。领导层坐不到一起,下面自然会选边分派。"

欧阳云开平静地听着。

"这武来,生活作风,简直都不能只用糜烂来概括!"燕飞难掩气愤,"办案这么久,我也算见过一些作风不检点的,真没见武来这样恶心人的,光集团总部,就有十几个女人!凌云没去之前,一段时间没有董事长,公司管理一片混乱,进人、用人,也不走程序,不经集体研究,只武来一人说了算,毫无规矩。那些进来的女孩子,也不知道怎么的,就跟武来搞到一起。老婆病逝后,武来更是肆无忌惮。据凌云讲,武来经常在他别墅里,组织什么'群芳宴'呢!"

"给领导干部丢人!"欧阳云开很少动气,听到这里,也不免气愤,"这样的人,怎么混进干部队伍来的?"

"凌云现在态度转变得不错,他举报武来一些线索之后,也开始交代自己的问题。"看欧阳云开低头不语,燕飞便说,"云开书记,目前他交代的,涉案价值已经过了两千万!他说,还有些问题,一时整不出头绪,得好好想想,等理出来再报告。"

"凌云没说假话,他对党还是有感情的。"欧阳云开叹息一声,"走到这步,原因也复杂。"

长期办案过程中,欧阳云开观察到,那些出问题的领导干部走向腐败的起点,各有不同。像武来这样,骨子里就不本分,一上来就捞,还是极少数。绝大多数人,基本都像齐九天那样,一开始对腐败行为是排斥的,即便以后犯错误,滑向深渊的线路也不是笔直的,往往是走走停停,一步三回头,欲罢不能。如果此时有人当头断喝一声,他有可能回头猛醒。当然也有的如同在岔路口犹豫徘徊,如果这时拉上一把,他便可能走向正路,而如果有人用了反劲,向相反方向推一把,他就可能自由落体一般,加速坠向深渊。凌云恐怕属于后者吧?

欧阳云开跟凌云认识多年,不好说他魄力多大,但还算老实能干,把清河市文化工作搞得有声有色。到省文化厅后,大家评价也不错。可后来,也不知什么原因,便像霜打的茄子,蔫了。据说在家里与老婆也不和,人家干脆不来文昌,夫妻俩说是分居两地,婚姻已名存实亡。去年,更是爆出凌云老婆大闹文产集团办公楼,一时传得沸沸扬扬。

文产集团办公室主任叫潘雨菲,老家也是清河。凌云到文产集团后,做了大量工作,才将她由企管部副部长,提拔到办公室主任位置。对此,武来起初坚决不同意,这摆明是凌云在培植自己势力。可据武来身边人讲,武总表面上是送个人情给凌总,心里却另

169

有盘算。办公室主任是集团机关最忙的人，必然经常没白没黑地加班，在凌总身边出出进进，时间一久，哪能不出点儿绯闻？

机会终于来了。年终表彰大会筹备工作最紧张的时候，凌云、潘雨菲必须加班，都睡在机关。武来拿出一个备用手机，给凌云夫人、省文产集团清河分公司副经理杜秀玲打电话，添油加醋描述一番。

杜秀玲一听这个，顿时火冒三丈，哪辨真伪？风风火火赶到文昌，进机关大楼时已是晚上十点多。凌云和潘雨菲还在办公室，商量会议筹备工作。杜秀玲见两人交谈间很是亲密的样子，顿时怒不可遏，大闹起来。

武来闻声而至，把杜秀玲拉开，转过身来就训斥潘雨菲："你这不明摆着坏董事长名声吗？还不快滚，这叫董事长今后怎么做人？"惊魂未定的潘雨菲哭着跑了出去。

次日，不仅整座文产大厦炸了锅，省直机关也很快传得沸沸扬扬。

杜秀玲大闹文产大厦不久，欧阳云开跟凌云会上偶遇，饭后在院子里散步，说着说着，凌云止不住唉声叹气。见他那样子，欧阳云开既有些同情，又觉得好笑："老凌，你可得管住自己。不该占的便宜，不能占啊！"

"占啥便宜？"凌云灰头灰脸，"要真占了还好呢！"

"没占便宜，怎么闹成这样？"

凌云继续唉声叹气，一声不吭。

"看，叫我说准了吧？"欧阳云开呵呵一笑。

"云开书记，我跟你说实话，"凌云站住，又憋老半天，四下里看看没人，才凑近欧阳云开耳朵，压低声音说，"我那方面早就不行了！"

欧阳云开停下步子，侧头瞧着他，不便再往下问。

"咳,跟你直说吧。一个男人,张不开口啊。其实,我十年前就不行了。看我总是不行,老婆疑心更大,好像抓住我把柄似的。说什么,你要证明外面没人,心里还有老婆,你便做个真正的男人给我看! 你说怪不,我也是真想证明自己,可哪知道,越急,越是不行! 每次都忙活得满身是汗,结果还是一塌糊涂。后来怕老婆埋怨,又解释不清,还没了尊严,干脆不回清河算了。我们的夫妻关系,也开始一点点地有名无实了。"

平时,欧阳云开兴许会开个玩笑,可一瞧凌云那一脸痛苦的样子,觉得不合适,便说:"老凌,你才多大年纪,得找个医院去治治啊?"

"还治个鸟啊? 时间一长,我对这个也没啥兴趣了。"凌云泪水都快流下来了,"啥便宜没赚到,还弄得无人不知,你说我窝囊不窝囊?"

想至这里,欧阳云开对燕飞轻轻摇头,既对凌云违纪违法觉得可恨,又对他的人生觉得惋惜。"唉,说起来,凌云也是老革命后代,怎么会把好好的日子过成这样? 窝囊事儿都摊到他身上。一把好牌,打个稀烂!"

报告完凌云案进展,燕飞接着汇报对武来的初核情况。根据问题线索,室里安排了几名核查能力强的同志,对相关问题展开审查。然后他亲自去拘留所一趟,向黑豹了解了一些详细情况。

"你身体有些虚,别太累了。"欧阳云开嘱咐。

"哈哈,死不了的,能多累?"燕飞挺了挺身子。

初核结果基本出来了。武来通过建设工程提成、安排绿化项目、帮助外省图书商开拓安海市场等等,收受好处费以及贪污冠名费,涉案数额三千余万元!

"只猜想是条病鱼,没想到还是条肥鱼,该收进'鱼护'了!"欧阳云开自言自语。

文产大厦总经理办公室，武来正手忙脚乱收拾东西。

黑豹落网，去见顾老师被责骂，武来寝食难安。尤其凌云被纪委带走调查，他突然觉得情况不妙。放在以前，他恐怕高兴都来不及。自己一手导演的这出折子戏，演出成功，真是超天才！可转念一想，顾老师说得对呀，真是"顾头不顾腚"。在警察面前，黑豹哪是个可靠的？老师骂我，太对了，真他妈的一头蠢猪！再一个，别看凌云软不拉耷，可一旦知道是我给他下套，兔子急了还咬人呢，一定会把气撒在我身上，把知道的事全盘托出。思来想去，怎么都感觉大祸即将临头。三十六计，走为上！

即将离开办公室时，武来还保持最后一丝幻想。毕竟，对办公桌后面那张椅子，仍然依依不舍。绿色花园小区那栋别墅，也没住够。于是，他给顾世言打电话，再探探口风。

"还问什么？我刚去见路达之，风向不好判断。你的处境，你最清楚。看着办吧，还是那句话，管住嘴，别牵连别人就行！"顾世言显然很生气。

听了老师的话，武来更加坚定了逃跑的念头。他也想一死了之，又下不了决心。于是便立刻驱车回家，将几件衣服胡乱塞进行李箱，又进了卧室，拉开衣橱，打开橱后隐藏的一个保险柜，将里面的现金划拉出来，一股脑塞进个布兜里，提到外屋，放进箱子。站在屋子中央，四下一番打量，不由得叹口气，拉起行李箱，向门口走去。

武来是有心机的人。心说，弄不好，纪委现在已经立案，欧阳云开此刻正在门口堵着自己。眉头一皱，想出一条摆脱纪委的妙计。他把行李箱用绳子从别墅窗户上放下，然后顺着绳子下了地。看周围没啥动静，便沿着山体公园，绕道后山，越过栏杆，走到路边，叫上一辆出租车，离开宿舍区。到了高速路口，先是用现金交了打车费，然后用电视剧上学到的办法，快速把手机塞进出租车坐垫的夹缝中,反正手机里的内容,该删的都删除了。随后提着箱子下了车,打乘另一辆出租车,直奔崇山。

武来判断得不差。不过,准备带他的不是省纪委,而是公安机关。由省公安厅副厅长张震亲自指挥,市公安局刑侦支队支队长何波带队组织,开始对武来采取抓捕行动。

到绿色花园,武来不在家。何波他们只能根据手机定位,驱车追捕。可跟着那辆出租车跑了半个文昌城,等拦截下来才发现,车里哪有武来?手机搜出来后,何波才认定,武来金蝉脱壳!经省公安厅协调,对车站机场、宾馆住宿,以及武来私家车出行情况,查一个遍,没发现其踪迹。张震只好将这一情况向江镇澜通报,商量对策。

"用这个号码,再定位试试。"江镇澜把一个电话号码发给张震。原来,听燕飞说杜秀玲大闹文产集团大楼情况后,江镇澜敏锐地觉察到,给杜秀玲送信的神秘电话,一定会与武来有关。于是便通过公安机关,拿到了这个神秘号码。由此,何波他们很快锁定,武来躲在崇山宾馆的房间内。

刚用罢早餐,武来拉起箱子,准备向省外逃跑时,一开门,门外站着三名警察。"武来,我们是文昌市公安局刑侦支队民警,你涉嫌非法侵入住宅罪和非法使用窃听、窃照专用器材罪,我们依法对你进行拘留!"为首的一名警察,先是出示警察证,然后出示拘留证。

武来手中的行李箱啪的一声,倒在地上。

"我认识黑豹不假,但他干的事儿,和我没关系。"进了拘留所,武来百般狡辩。他还心存侥幸,抓自己的是警察,又不是纪委。退一步讲,即便指使黑豹安装监控的事情坐实,无非一件普通刑事案件。假如顾老师出面捞人,说不定能蒙混过关。

"真没关系?"问话的民警嘿地一笑。

"是不是黑豹说我指使的？王八蛋,他这是报复我。就因为我带队去检查过他的书店,查出一批非法出版图书。"

民警根本不和他啰嗦,伸手摁开一个录音笔,他和黑豹密谋安装监控设备时的对话,在讯问室内响起。

"狗日的,他居然跟我来这一手!"武来顿时像泄气的皮球。

"行啦,"民警轻蔑一笑,"你们彼此彼此吧。"

铁证面前,武来只好交代了自己的涉嫌违法犯罪事实。公安机关任务顺利完成。江镇澜和燕飞带几名同志赶到拘留所,办理了将武来移交省监委的相关手续。为稳妥对接,张震早早赶来,见燕飞他们办完交接手续,才对着江镇澜双手相合:"交办任务完成!"

江镇澜一拱手:"多谢!"然后拉开商务车门,坐到了副驾驶位置。

随后,武来被燕飞他们带到了车上,一边一个办案人员,把他夹在后排中间。车子缓缓驶离拘留所,向清水园而去。

武来晃了晃身子,嘟囔一句:"夹这么紧,我都喘不过气来了!"

"凑合凑合吧。一会儿就到。"身边办案同志看他一眼。

"去哪儿?"武来斜楞着眼问。

"清水园。"

"呵呵,从拘留所到清水园,这是旅游热线吗?"武来不阴不阳地来了一句。

坐在武来前排的燕飞,见他无理取闹,便郑重告知:"武来同志,我是省纪委第十四审查调查室主任燕飞,你涉嫌严重违纪违法,经省委批准,由省纪委监委对你立案审查调查,并采取留置措施。"

武来听燕飞说这一套,只觉得像小学生背课文似的,又见燕飞文雅,心里便看轻了燕飞,愈加放肆。

"什么留置,我看倒像击鼓传花啊!"

燕飞瞪他一眼:"你啥意思?"

"我怎么觉得,你们这是猫玩老鼠呢?"武来冷笑一声,"公安玩够了,又交给纪委玩,折腾人折腾出花样来了!"

"武来你嚷什么嚷?"燕飞真没见过素质如此低劣的干部,"我告诉你,刑事犯罪由公安机关管辖,职务犯罪由监委管辖,明白了没?"

武来怎么能不知道这些? 他突然发难,自有他的盘算。在公安那边刚做完笔录,立马便交给了纪委,说不定纪委还没考虑怎么应对呢。所以,便想在路上先试试火力,看纪委都掌握些什么线索,打他们一个措手不及,搞乱他们的部署。

"不明白!"武来更加猖狂,"肯定是因为我揭发犯罪分子凌云的罪行有功,你们请我去领奖吧?"

"武来,"燕飞虽然很气愤,但语气仍不温不火,"你要真不懂,等咱进了清水园,我会好好告诉你什么是规矩!"

"现在你都说不清,还等什么进清水园?"武来一阵狂笑,他以为目的达到,燕飞他们根本没掌握他什么问题。

坐在副驾驶位置上的江镇澜,一直没有说话。他调查过数不清的职务犯罪案件,像武来这样集贪婪、狡诈、流氓、低俗于一身的无赖,绝无仅有。便缓缓回过头来,冲着武来大声咳嗽了一声,虎目圆睁。

武来这才猛然抬头,发现前排怎么还坐着江镇澜! 早些年,武来还是文产公司中层的时候,他的同事因贪污犯罪,被省检察院调查起诉,最后判了有期徒刑。当时省检察院把他叫去取证,和他谈话的,便是反贪局副局长江镇澜。从那时起,便已领教了"江局"的厉害,心里难免惧怕。

"江局,你也在啊?"武来一惊。

"规矩点,武来!"江镇澜声色俱厉,"别这局那局的,该叫啥叫啥!"

"那……叫你常委?"武来还没缓过神来。

"武来啊,几年不见,长本事啦?"

"我不知你在车上。"武来装得不好意思。

"所以你就放肆起来了?"江镇澜冷笑一声,"呵,偷鸡摸狗的本领学了不少啊,连监控这种下三烂的手段都用上了?"

"以其人之道,还治其人之身呗。凌云又不是啥好鸟儿。"武来狡辩。

江镇澜目光如电:"这么恨凌云?"

"我也对你说实话。老凌这人,说起来,工作能力还凑合,但他太贪啦。所有项目都抓手上。你吃肉行啊,他妈的连汤都喝光了!"

"算了吧,老凌到你们那之前,你吃肉、吃独食也不少。"

"喝汤吃肉,那倒是次要的。我最恨的,是堵我的路。"武来突然变得可怜巴巴的,"江常委,你早年也办过我们公司的案子,也知道我的为人。我辛辛苦苦卖这么多年力,老董事长不在了,轮也该轮到我了吧? 没想到,他横插一杠!"

"可笑,你都腐败透了,还这么大官瘾?"江镇澜厉声说。

"江常委,你这是什么话? 你过去也了解我,我身上毛病是有,可你不能糟蹋我,我怎么就腐败了?"

"糟蹋你? 你没腐败?"江镇澜怒不可遏,像喀秋莎火箭炮似的开了火,"那我问你,矿业集团给光明文化公司打的那一百万,落谁名下了? 绿色花园,你那别墅的按揭贷款,绿化树给支付两百多万,咋回事儿? 滨海市橡树湾文化公司,打你妹妹账户上三百多万,你以为没人知道? 靠着瞒天过海这套把戏,要要流氓,事儿就完啦? 装摄像头这样的无耻勾当,你都能干出来,还有什么你干不出来的?"

武来一上车,误以为燕飞像个书生,必定文弱可欺,本想虚晃一枪,火力侦察一下,摸摸底细。哪知平日一向寡言少语的江镇澜横空杀出,一阵劈头盖脸狂轰。武来本就对他心里打怵,现在犯罪事实又被抓得死死的,顿时乱了阵脚。这一幕,就连燕飞也没想到。

"是不是这回事,嗯?"江镇澜逼问。

"这个……这个……有是有,不过,那是……"武来语无伦次起来。

"什么这个那个的,都人赃俱获了,还狡辩。不是我说你武来,瞧瞧你办的那些事儿,公司那些个小女孩儿,都怎么进来的?我说你不是人,那是骂你,难道你心里还不清楚,自己都干了些啥?还搞什么群芳宴,哪里像个国企领导?你还说凌云挡了你的路呢,组织上能让你这样的人,到董事长的位置上去胡作?"

"我……我……"武来哪里还敢狡辩?

江镇澜见武来不再说话,语气稍有缓和:"按原计划,也没准备在车上说这些,是想进了留置室,再和你心平气和好好谈谈,可你却来劲了,没完没了的。你那点儿心思,我还看不出来?即便算你早打探明白了,知道了我们掌握了你哪些事儿,你就不用进监狱了?你心里的鬼就藏在那里,早晚还不都给你揪出来?聪明还是糊涂,啊?"

武来哑了火,也不回答。

"怎么不吱声了,嗯?"江镇澜盯着武来。

武来只顾低着头。

江镇澜这才回过头去,说了句:"心思用偏了吧?现在你该琢磨的是,怎么好好配合,能少判两年,这才是正道。"

进入清水园留置室后,武来已被江镇澜在路上撂倒,基本没啥对抗,燕飞便将他的受贿事实基本敲实。

"我怎么觉着这笔钱有问题呢。"几个人正进一步研究材料时,叶音突然指着一份材料说。

江镇澜和燕飞同时抬起头看着她。

"这家公司老板直接打三百六十万,给武来购买北京好风光小区一套一百四十平米的房子。武来说是他自己买的。我在北京待过几年,这三百六十万,在北京哪能买到这么大房子?房款究竟多少?哪里来的?剩余的钱,谁支付的?"

"你意思,这套房还隐藏着来源不明的款项?"燕飞问。

"应该去北京进一步核实。"毕竟会计学博士,叶音对数字与数字之间的逻辑关系,极其敏感。欧阳云开说过,将来一旦叶音情况熟了,走进了办案门槛,她分析案情尤其经济犯罪,必定是恐怖级杀手!

"让武来讲清楚,"江镇澜对燕飞说,"除刚才叶音提的这几个问题,再问他,房产证上谁的名字?水电费、物业费谁交?现在那套房子里头住着谁?房子实际掌握在谁手里?"

"对,这房子不那么简单。"燕飞说。

正在这时,工作人员报告,说武来要求见谈话人员。

第七章　攻　心

1

早饭后,欧阳云开走进清水园八号楼二楼会议室,见江镇澜坐在那里,低头看材料,便说:"镇澜,这么早?"

江镇澜抬起头,顺手抓起那份材料,面带微笑:"和你对对表!"

"对啥表?"欧阳云开走过去,低头一瞧,竟是自己在审查调查工作培训班开班式上的讲话稿。于是呵呵一笑,"我以为啥呢,你怎么也看这个? 有些观点,怕是和江大将军看法不太一致吧?"

"老倪、杨帆他们一个劲儿夸,把我胃口吊起来了。我读了一遍,觉得倒也确实是这么个理儿,只是管得有点宽,揽活太多。"

"我个人是这么理解的,也不一定都对。"欧阳云开一笑,换了话题问,"齐九天这几天怎么样?"

"事儿倒是讲清了,不过还是忧心忡忡。杨帆安排他写份忏悔录,总是深入不进去。又让他学习党规党纪、法律法规,也看过几个警示片,到现在也没看出有'灵魂深处闹革命'的意思。来,你看看他。"

江镇澜起身,走到大屏幕前。齐九天站在墙根,仰头向窗外看着,好半天一动不动。两个多月过去,整个人瘦掉一大圈儿,头发几乎全白,个头也显得矮了,贴身的秋衣秋裤,看上去像是松松垮垮挂在身上。

"可怜天下父母心! 快进监狱了,放不下这个心哪。"欧阳云开叹口气,转回身来,像是自言自语,"那孩子太小,现在还没着落,他哪有心思写忏悔录啊?"

江镇澜没吭声。心想,为这孩子,前前后后忙活这么长时间,该做的,不该做的,都做了,还能怎么着?

"今天我得去一趟崇山。"

"你要亲自出马? 只为一个被审查人的私生子?"江镇澜问。

"倒也不完全为那孩子。主要是对齐九天案涉及的几个学校中层,学校和市纪委处理意见不一致,达之书记让我跑一趟。既然去了,也别浪费了这个机会,可以见见沙海霞,再做做工作看。"

"云开书记,"江镇澜劝道,"别怨我多言,你对这事儿,太过上心。咱们办这么多案子,有哪一家是欢天喜地的? 让每个被查办的人都说咱好,那怎么可能? 咱干的就是得罪人的活儿。再是,我们天天加班加点,工作都干不完,哪有时间、精力去捣鼓这个? 真没必要尽善尽美。"

见江镇澜很少敞开心扉谈自己的看法,欧阳云开本来真想和他畅聊一番,又感觉这是理念上的不同,不是几句话便能聊透的,等他见到实际效果便会明白,于是便说:"我还是想再试试。毕竟,孩子无辜,总不能没人管啊。"

"好吧,家里头,你不用牵挂。"江镇澜突然想起武来检举凌云妻子杜秀玲的事,刚想向欧阳云开汇报一下,见他已经准备向外走,心说,真是个热心肠,看他忙得一刻不停,也是怪心疼。杜秀玲的事儿,等他回来再汇报吧。遂问:"你想带谁去?"

"让克坚去吧,他最近内谈的事儿忙得差不多了。"

"他痔疮又犯了,你可能不知道。"

"这小子,怎么不吱声呢?"

"他就是个拼命三郎。齐九天案开始的时候,说没时间去。后来,张大志啃不下来,也着急。现在正扫尾,更不能马虎,谈话笔录和外调材料都得整理。这么着拖拖拉拉的,没去住院,这几天更厉害了。"

"那得赶紧去医院做手术!"

"这不,凌云和武来又被带进来。燕飞那边人手紧,他也过去搭搭手,就更顾不上了。"江镇澜低头看材料时,又加一句,"你看,咱自己人都关心不过来,还替别人操那份闲心。"

欧阳云开用手点点江镇澜,一笑:"那别让克坚去了,你通知杨帆,让他和审理的同志在机关等我。"

去机关路上,欧阳云开心里头很不是滋味,不光是因为江镇澜说的那几句。这些年,干活的人基本没增,办案数量却成倍增加,质量要求更高,伙计们只好没白没黑地拼。组织上安排自己带这支队伍,可自己呢,确实对大家关心不够。张浩都抑郁了,朱克坚又犯这个病,还不知道有多少人也像他们一样,出这样那样的情况。

有天晚上商量案子,已经很晚,欧阳云开见朱克坚几次进进出出,有点奇怪,便跟着他出来。在走廊里,朱克坚正举着手机低声说着,一边却朝自己摆手眨眼睛,欧阳云开一把将他手机抓过来,里面分明传来他媳妇的哭泣声:"老人病成这样,孩子到六月就中考,都几个月啦,连你个人影子都见不着,你再不回来,我也不要这个家了,我……我一把火把家烧了!"

欧阳云开忙给朱克坚解围:"哈哈,弟妹火气挺大啊,还要纵火啊?我替克坚道个歉,都是我把工作安排得太紧了。"

也不能怪江镇澜刚才话里有话,连讽带刺。实际上,自己这方面想得确实不周全,再忙也不该让跟着自己拼杀的伙计们如此委屈。欧阳云开想,等从崇山回来,一定抽个空到张浩家走一趟,看看到底是个啥情况。车子到机关大门口,就瞧见杨帆和审理室的小郭在办公楼下等着。

"咱走吧。"欧阳云开招呼二人上车。

崇山大学办公楼前,新到任的党委赵书记,以及校长、纪委书记和崇山市纪委的同志,都在那里等候。进二楼党办会议室,欧阳云开说明来意,然后大体了解一下查处齐九天案的反应和学校整改的情况。

"发生齐九天案,是个坏事,可你们认真整改,就变成好事了。"听罢汇报,欧阳云开点点头,"惩前不是目的,关键是毖后,把漏洞堵上。"

接下来,崇大和市纪委同志分别谈了各自看法。

"看来你们两家的分歧,是学校要当菩萨,市里要当包公。"欧阳云开笑了笑,便谈了几条意见,见大家都同意,就说,"考虑到这是齐九天案所涉及的问题,请在初步意见形成后,报省纪委齐九天案审查组和审理室,帮你们平衡一下,也统一把把关。"

告别众人,轿车驶出崇山大学。此时,已是春末,车内不开空调,微微有些热,欧阳云开便脱去西服上衣。

"咱还是找家水饺店?"小马扭头问。

"行啊,别忘了给我点盘素三鲜的。"欧阳云开一边整理衣服一边说。

"没想到,书记对自己要求这么严,工作餐也拒绝。"同来的小郭说。

"你没跟书记出发,不理解他的想法。"杨帆接过话题,"书记倒不光是从廉洁方面考虑,反正是工作餐,不存在搞特殊。主要觉得咱来了,下面领导们再忙也要陪着,还得说些言不由衷的话,没劲。再是咱时间有限,不如在小店里随便吃点,效率高。是这意思吧书记?"

"'以上跟我说的相符',我们做笔录时,最后被审查人签字,不都是写这么一句话吗?"欧阳云开说完,四人都大笑起来。

车在路边一家"山里人家水饺店"前停下。欧阳云开问小马："这里离崇山医院多远？"

"不远，过了前边那条河就是。"小马一指。

走进小店，里边倒是干净。

"我工资高，我请客哈，谁也别争。"欧阳云开说，"交小马办便是。我的零花钱都放他那儿，他是我的出纳兼会计。"

杨帆冲小郭一笑："我们出来，都是书记请。"

四人正在吃饭，突然身后桌上两个人的谈话吸引住他们。

"齐九天，肯定出不来哩。"背对着欧阳云开的秃顶男子哈哈一笑，"收那么多钱，有屁用？人都进监狱了，没地方花哩！"

"就是嘛，人为财死！"另一个年轻人接话。

"我听说，光在家里头翻出的现金，盛了好几麻袋！"

"哎呀我的天，那不得装一拖拉机啊！你说，这得藏在哪里？专门弄个宅子放现金吗？对了，我听说，齐九天那相好的好出挑嘞，不过就是个破鞋，见了男人就上炕哩。"

杨帆看欧阳云开一眼，偷偷一乐。

"你他妈的肯定也想美事儿，我还不知道你小子，满肚子花花肠子！"秃顶瞪一眼年轻人，"这个破鞋，又跟了俩男人，前后生三窝了。和齐九天生的这个，早不管了！齐九天老婆一直不知道有这么个野种，一直在他老姑家里养着哩。听说，他老姑已经九十多，还得了要命的病。齐九天他妈也进了医院，快不行哩。这野生的孩子，谁养？"

"那天我去村南大棚摘樱桃，狗剩老婆和几个娘们儿一块儿正唠这事儿哩。说，反正大流氓耍破鞋，没一个好东西。就可怜了那孩子，听说长得哪吒似的，怎么就投胎进了这破鞋怀里？"

"等着瞧吧，这出大戏，还不知最后怎么拉上幕呢，说不定得家破人亡！"

杨帆再次抬头，见欧阳云开神情严肃，心说，这两人的对话，必定触动他心思。果然，欧阳云开先示意小马去结账，自己走出小店，到马路对面一棵满头盛开着紫花的梧桐树下站着。

"你们瞧，尽管老百姓不知道具体案情，传得也走了样儿，但有一点儿，对齐九天的家人非常关注。"

"书记，我很理解您。"杨帆像学者似的，微微皱起眉头思考着，"霹雳手段，菩萨心肠，您理解得最透。您一直坚持这么做，主要是想展现我们党的崭新治国理念，展现全新的政治文明。"

"杨帆知我！"欧阳云开点点头，拍拍他肩膀。

来崇山路上，小郭听杨帆说了果果的事。刚才，在水饺店听人们的议论，现在又看欧阳云开亲自去做齐九天夫人的工作，难免大发感慨："书记，我们审理室的同志没办过案子，只是审核证据和程序这些事儿，真不知道你们在办案之外还操这些心，额外承担这么多工作。这些，在审查调查报告和证据链条上都见不到的。"

"这就感动啦？"欧阳云开一笑，"这些事儿，可管，也可不管。从单纯业务角度说，案了人走，确实没必要操这个心。可从扩大办案效果看，把这类事情处理好，老百姓便会感受到共产党的仁爱之心。处理不好，说啥闲话的都有，这不刚才那两个村里人还说，齐九天要家破人亡吗？要是没人管了，那真的是给党抹黑。说得再远点儿，西方不是老在攻击我们人权吗？咱一定要让他们看看，我们党才是真正尊重人权！"

"云开书记给我们讲过以前发生过的一件事，"杨帆说，"有个市公安局，抓到一个贩毒女，是单亲家庭，家里还有一个正哺乳着的婴儿，没人照顾。办案民警也是粗心大意，把这事给忘了，十多天过去了才想起来。多亏邻居先前听到孩子哭，从窗子爬进去，救下孩子。不然，早饿死了！这事儿，造成很恶劣的社会影响。"

"所以，办案不能光盯着涉案的几个人，还要想到案件带来的影响。杨帆刚才说的那婴儿,如果死了,社会上不仅会对办案警察有议论,还会议论整个公安部门,甚至会说共产党怎么样。"

不一会儿,小马结完账走过来。欧阳云开这才掏出手机,给马行打电话。

"哎哟,云开书记,您怎么亲自给我电话?"马行有点儿意外,"我刚才还琢磨,也不知您在崇大那边的事办完了没。杨帆主任电话里说,那边事一结束,他会立即跟我联系。"

"哈哈,五分钟后到。"

过了桥,便到崇山医院。马行已等候在门口。

"书记,中午也不给我们基层同志个机会,我们能陪吃个自助餐多好!"说着,便往办公楼里请。

"沙海霞在医院吗?"欧阳云开问。

"书记要亲自跟她谈?"马行更感到意外,"真没想到,对这孩子,省纪委领导这么上心。我这就给她打电话。上午我和她联系,她说休班。问我啥事儿,我说省纪委要来人,她好像不太高兴,说怎么没完没了的。"

"沙主任有性格。这样,我们还是直接去崇大宿舍吧。"欧阳云开没让马行打电话,"你这大书记,光知道发号施令,没看人家不愿见我啊?还是登门拜访吧。"

"这哪行,您是省纪委副书记,哪能这么委屈?"

"狗屁委屈!别讲究这个,怎么能做通工作,咱便怎么办。你把她叫到办公室,人家心里别着劲儿,来了也是白搭。一切服从做通工作吧。"

"书记,您在安海纪检监察系统也是有名的领导,"马行轻轻摇头,"没想到为一个孩子,会像居委会老大妈一样。"

"千万别说这个。"欧阳云开一笑,"对了,你不用去,我们也不进你办公楼了,就去她家单独谈,说深说浅的都行。她的别墅我知道在什么位置。初核齐九天时，我围着她家房子转过好几圈呢。你把沙海霞手机号给杨帆就行。"

"我有她电话。"杨帆忙说。

轻车熟路，欧阳云开二进崇大，绕过一道小山，便是齐九天的别墅。欧阳云开和杨帆步行到沙海霞门前，杨帆按几次门铃，没人回应。于是，给沙海霞打电话："我是省纪委杨帆。哦，你不在家啊？不，不是，马行书记不知道我的来意。不是来说孩子的事儿，是齐书记有话让我转告给你。"杨帆扭头朝欧阳云开笑笑，"你在后边山上浇菜？那你不用回来，我们过去。"

"聪明！"欧阳云开拍拍杨帆肩头，"真进她家，还挺难堪呢。搜了她的家，再来做客？到山上，倒是挺清静。"

顺着山路，转过两道弯儿，在一片红绿相间的石楠树前，远远一个女同志等在那儿，身边放个水桶，背后是一片盛开的槐花林。

"沙主任，你好啊。我是杨帆，你还记得我吧？"杨帆快步走过去。

"记得，杨主任你好！"沙海霞勉强笑笑，顺手把水桶往路边提了提。

"这是省纪委副书记欧阳云开。"

"云开书记？"沙海霞似乎吃了一惊，急忙搓搓手上的土，"你看这怎么得了？让您跑山上来。"

"沙主任好啊！"欧阳云开忙与沙海霞握手，"这山不高，可挺幽静的。"

"老齐让你们叫走后，我一直藏家里掉泪，不敢见人。后来，马书记劝我，又不是你的错儿，即使憋屈坏了也不能解决问题。家里家外，还得你照应，一定得出来转转才行。所以这阵子我便常过来，说是浇菜浇花，其实是散散心。"

"云开书记总说呢，齐书记的事儿，与沙主任一点儿关系都没有。"

"咱们还是到家里去吧。这次可别再是搜查吧?"沙海霞叹口气。

"哪里啊,"杨帆应道,"云开书记专门来看你的。"

"前边那小亭子就很好,我们到那里坐坐吧。"不等沙海霞说话,欧阳云开向前一指。

"那行吧。"沙海霞稍稍犹豫。

爬上几道石阶,进了亭子里面,三人分别坐到木条凳上。欧阳云开放眼望去,周边树木葱茏,花儿五颜六色,没一丝闹市的喧嚣,不由感叹一句:"这里真美!"

"云开书记大老远从省城跑来,不是为欣赏风景的吧?老齐有什么事,能劳您大驾?"一接马行的电话,听说省纪委来人,沙海霞心里就别扭。心说,别又是为那孩子吧?如果为这事,对不起,算您白跑了。

"上午,我到崇大办了点儿事。"欧阳云开向前一躬身子,"午饭后,看还有点儿时间,就想过来看看你,跟你说说话。"

"我是罪犯家属,哪里担当得起您来看我。"

"正是这个原因我才来的。我是来跟你道歉的。"欧阳云开非常诚恳。

"向我道歉?道什么歉啊?"沙海霞一听这话,觉得奇怪,搓着的手突然停住。

"是的。我是齐九天案的具体负责人,得向你道个歉。你本来与齐九天一案没啥牵连,我们调查中也没发现你做过什么不该做的事儿,却让你跟着担惊受委屈,我很难受。"

"云开书记,您——"沙海霞泪水一下就涌出来,好一阵才说,"书记您不知道,老齐进去后,我有多窝囊。这人前人后,一个个指指点点的,我都没地方钻啊。我的脸,都被这个老东西丢尽了,谁能知道我心里的委屈,知道我的苦楚啊!"

"我能理解。你是个要强的人,出了这样的事儿,真是委屈你了。"

沙海霞从裤兜里取出手帕,擦擦眼泪,朝亭外望了望:"咳,说起来,也是我家老齐犯浑,给你们添这么多麻烦,您还这么说,我很惭愧!"

"我说道歉,还有一层意思,"欧阳云开摊开双手,"九天同志不仅是优秀的物理学家,还是党培养多年的领导干部,为几所高校的发展,做了贡献。从我们掌握的情况看,他在犯错误时,也在挣扎,一步三回头的。可当他慢慢落伍、开始掉队的时候,党组织没及时察觉,教育监督也都没跟上,没人伸出手,实实在在地拉他一把。这才让他在错误道路上走这么远,在犯罪泥潭中陷这么深。最终,让党辛辛苦苦培养起来的一名优秀科学家,一个有才华、有作为的领导干部,就这样给毁掉了!所以,齐九天走到这一步,组织上是有责任的。退一步说,如果组织上能管得住他,齐九天现在不还依然在书记岗位上,继续为党、为人民做事儿?不还是你们家顶梁柱吗?沙主任,我一直想过来,就是想给你道这个歉。"

说着,欧阳云开站起来,冲着坐在对面的沙海霞,深鞠一躬。

这番话,这个动作,无论如何沙海霞都没想到。纪委办案人向被审查调查人的家属道歉,向罪犯家属鞠躬?这是电影中都没有的事!"哪里啊,都是他自己作的!咳,我也是粗心,没看出他能闯这么个大祸!"沙海霞嘴唇抖动半天,才说一句话。

"九天同志虽说犯了错,但他身上仍然有很多闪光的品质。好多人一说起犯错误的人,便觉着他们一无是处。这既不符合辩证法,也否定了各级党组织长期的培养教育。要真这样,那不是一级一级的党组织,都看走眼了?"

"您能这样看问题,这样公正地评价老齐,评价一个落难的人,敢讲真话、实话,真是……真是让我感动——"沙海霞不由得动容起来,"按说我也恨他,把家糟蹋成这样。但您能这样说,我没敢指望过。"

"沙主任,最近我跟九天同志深谈过几次,他对你有很深的感情。他对我说,将来我有机会见你时,让我转达他对你的歉意,请求你的原谅。"欧阳云开想起不久前在留置室里与齐九天谈话的场景。

"对我有感情?他在外边养小的,都生出个野种,还好意思说有感情?"沙海霞又气得哆嗦起来。

"我开始也不信。可我们谈了几次后,我便确信,你们感情的确很深。你知道的,你公公临死前有过交代,不能在九天这里断了香火。齐九天有这个心思,可他真的不敢。后来遇上张大志,觉得条件成熟,也不会出事儿,这才忘乎所以。可实话对你说,他对栾笑没感情,想的是让她生个孩子。说句不该说的话,那天齐九天对我说,男人嘛,这风月的事只寻个刺激,过日子还得靠老婆!"欧阳云开看着沙海霞。

"这死东西还有脸说这话,也不害臊。"沙海霞掉下泪来。

"沙主任,九天让我给你传个信儿。"欧阳云开让杨帆把他手机中的视频调出来。杨帆将手机递过去,沙海霞先是将脸扭向一侧,但仅仅过了几秒钟,忍不住转回头来看。

手机里,齐九天呆呆地靠墙站在留置室里,抬着头看窗外。手里拿着一张复印纸,上面用软笔写着几行大字:"我齐九天愧对敬爱的党,愧对亲爱的妻子沙海霞!"

"老婆啊,我错了!到了如今这地步,我不怕进监狱,只怕你不原谅我!"只听齐九天撕心裂肺地哭喊一声。

沙海霞举着手机的手在发抖,泪水霎时间夺眶而出。盯着画面,观看良久,沙海霞突然捂着脸,低下头,身子一起一伏哭出声来。

"我跟九天谈过。他心里从来没产生过脱离开你们家庭的想法。他说得最多的,就是对不住你。说你对他多么好,特别是年轻的时候,生活清贫,他工作也是刚起步,你为他做出太多牺牲,连好吃的都先让他吃了。后来有这些事,觉得更对不住你。他特别牵挂你,说他要进了监狱,你怎么过呢?"

"他心里肯定挂着那个臭不要脸的狐狸精!"

"不不,不是这样,"欧阳云开摆摆手,"九天早已和栾笑彻底分开了,栾笑也已和另一个男人结了婚,生了孩子。这不,孩子已经让你小姑子齐亚楠抚养两年多了。"

"他肯定是感到不安全,才让这个狐狸精离开的。"

"有这因素,但也是觉得将来不好向你交代。你没办过案,肯定没我体会深,多少人也有男女这些事儿,都知道对不起妻子儿女,也想保住家庭,但就是管不住自己。"

"他还是感情不专一。"

"这个,肯定是。"欧阳云开看着沙海霞,"可你也该知道,像齐九天这种情况的干部,有些也是离了婚。栾笑年轻漂亮,又有儿子,如果九天硬是不管不顾,一咬牙,反正都正厅级了,也是物理学家,和你离了,去和栾笑一起生活,谁还挡得住?他没有这样干,一个是怕影响不好,另一个也是心里有你,还是老夫老妻啊!"

听欧阳云开说得确实有道理,沙海霞便不再说话。

"实话说,对于那个孩子的归宿,九天做过反复考虑。"看到沙海霞心态起了变化,欧阳云开继续说,"他最希望你能把孩子视为己出,将来你们三口,过上一家人的生活。当然这话我不该说,齐九天马上要服刑,我看,至少得十二年以上吧,将来你女儿不在身边,独自一个人,家里冷冷清清,能不孤独吗?如果养个狗啊猫的,还不如收养这孩子呢。至少这是你男人的亲骨肉,比领养个别人的孩子强吧！有个孩子在身边，不也能解解闷？"

"亚楠不是养着吗？"

"齐亚楠的病情你肯定知道，时间不会很长了。九天知道亚楠身体不好，所以特别希望你来抚养，可他张不开这个口啊，已经伤害过你一次，怎么能再对你继续伤害呢？"

说到这里，欧阳云开分明地看到沙海霞身子一动。

"我思前想后，也是觉着你抚养这孩子好些，"欧阳云开双手相扣，放在膝盖上，"只有你，能让九天放下这个牵挂。今天我来，不是以纪委办案人身份，也不是什么领导，而是作为九天的朋友，九天的兄弟。"

"还是不行！"沙海霞直起身子，满脸泪水，沉默良久，"云开书记啊，我知道您的好意，道理我也懂。可我心里，就是过不去这坎儿。"

"我知道，这道坎，迈过去太难啦！可沙主任你想，不管怎么说，这是九天的后代。一个小孩子无父无母，孤苦伶仃，以后怎么办？咱能让他到大街上和流浪狗为伍不成？"

"老齐啊，你真作孽啊！那个栾笑还算人吗？就只生不养吗？"沙海霞嘴上这样说着，心已软了。

"九天同志想要个孩子，连前途都搭上了。他是不想让栾笑碰果果的，不然怎么可能让她离开？何况，当时栾笑也刚二十，还是个孩子，连自己都照顾不好。孩子交给她，能教育成啥样？现在，她更是有了自己的家庭，生了自己后来的孩子，即使想抚养这孩子，也没精力。你们夫妻俩都是杰出人才，知识分子，九天的孩子跟着你，肯定更加优秀。"

"这个该死的老东西！"沙海霞摇摇头，轻叹一声。

"当然，我说这一切，是建立在你跟九天有深厚感情基础之上的。毕竟，他在里面挂念你，你在外面担心他。将来，等他出来，这孩子你也拉大了。不用说，他会万分感激你。眼看你女儿在国外，不会回来了，有了果果，你们老两口晚年也有人照顾啊。"欧阳云开看一眼杨帆。

"沙主任，要不，你先看一眼那个孩子？"杨帆忙说，"虎头虎脑，挺可爱的，跟九天书记真的很像。"

"我不看。"沙海霞痛苦地摇摇头。

确实是一道坎啊！欧阳云开心说。但这道坎跨过去，兴许就豁然开朗起来。

杨帆看她不是很抵触，便从手机中找出果果照片："长得又白又俊，人见人爱的。真是好孩子，你还是看看吧。"

沙海霞见杨帆把手机递过来，犹豫片刻，最终还是接过手机，仔细端详起来："跟老齐小时的照片，倒真是一模一样。"

见沙海霞的心态已经渐渐平和下来，欧阳云开就说："确实挺可爱，关键孩子是无辜的。你是婴幼儿方面的医学专家，能在这个领域取得这么高成就，说明你肯定有爱心，肯定喜欢孩子的。"

"书记，您苦口婆心说这么多，图个啥呢？也不是为自己。我内心真是很感动，但我还是难以接受。现在我已承受着巨大压力，不敢在人群里露面儿。要是再接受这孩子，人家还不更耻笑我？还有这样的女人，男人在外面养小的，生下孩子她还心甘情愿给人家养，还有点儿骨气没，傻不傻？人家明明卖了你，你还帮人家数钱？"

沙海霞的话，欧阳云开也理解，女人啊，把面子看得比命都重。所以，便给了她更大的鼓励："如果有人这么说，说明他无知、肤浅。不用说收养丈夫的子女，就说把没人管的孩子抚养成人，寸草春晖，也是大爱无疆！乔布斯、克林顿、曼德拉这些名人，儿时不都有被收养的经历？邓颖超邓大姐，收养过多少烈士后代？如果你接受这孩子，从人性上说，不也一样伟大吗？人心都肉长的，九天会因为你这一选择,而感受到家的温暖,也一定会对你倍加感激。果果也必然把你当成亲娘,回报你的养育大恩。社会上更多的人,不但不会小看你、耻笑你,反而更佩服你,敬重你这个了不起的伟大母亲!"

"您……真是这么看?"

"我就是这么看的,别人也会这么看。沙主任你想,这是个多么了不起的决定!难,的确很难,但你一旦做了,你就选择了人间大爱,这是功德无量的大慈悲,善莫大焉!"

沙海霞双手使劲儿地搓着:"您……真觉得我能行?"

"一定能行!"

沙海霞再一次热泪盈眶。但这次的泪水,已经不是憎恨、悔恨,更多的,是一种精神洗礼和由恨转爱升华后的激动,"好,云开书记,我答应您!让我先试试。下午,我便去看看孩子。"

"海霞同志,我个人,同时也替齐九天同志,更是代表党组织,衷心感谢你!你不但了却九天的最大心愿,也为我们的社会安宁和谐,奉献一份别人难以替代的力量!"欧阳云开站起来,冲着沙海霞,再次深鞠一躬。

"您千万别这么说,"沙海霞急忙站起来,"我不是不通情达理的女人。您这么做,也完全是为我们这个家庭着想,您这才是大爱呢。我得感谢您的开导才对!"

"沙主任,还是因为你善良啊!"欧阳云开也很激动,"九天最大的心结,便是这孩子,只盼着这孩子能够堂堂正正认祖归宗。孩子的奶奶,还没见过他呢。将来孩子落户口的事儿,我帮你协调。"

"谢谢您想得周到。您放心,我既然答应下,便一定做好。我会带好果果的,这我有信心。这两天我便领孩子去看他奶奶,让他认祖归宗!"

夕阳西下。一阵爽风,一阵花香,向亭子中的三人袭来。

2

　　昌庆县人民医院一个单人病房内,齐九天母亲躺在病床上,脸色苍白,两只眼睛呆呆看着房顶,眼角两行泪水,正悄然溢出。

　　齐招娣在床边坐着剥香蕉皮,见老人流泪,忙抽出一张纸巾给老太太擦拭,一边劝了一句:"娘啊,你别老瞎琢磨了。"

　　"到那边,我怎么跟你爹交代?"老太太嘟囔说。

　　"你看你都想些啥? 什么这边那边,早着呢,住几天院咱身体就好了。"

　　"唉!"老太太长叹一声,"没几天活头了。我只是犯愁,见了你爹我该咋说呢? 老头子,你嘱咐我的事儿,没办到啊! 你们老齐家,到九天这代,就没后啦?"

　　齐招娣欲言又止。妹妹齐亚楠倒是领养了个孩子,虽说她守口如瓶,但齐招娣也能猜个大概,极有可能便是弟弟的孩子。此时,齐招娣想跟老太太说,又没有确切把握,到嘴边的话,硬生生咽回去。

　　"不光香火断啦,九天……九天他还进了监狱啊!"老太太哭出声来。

　　"啥监狱啊?"齐招娣一皱眉,"还没到那步。说不准纪委办错了案,哪天把九天放出来了呢,你没看,到现在也没个说法呢。我说娘啊,都啥时候了,各人顾各人吧。你哪怕把眼哭瞎,能把人哭回来? 人得往好处想,日子得继续过,是不是?"

　　娘俩正说着,有人敲病房门。齐招娣抬头一瞧,急忙站起来。只见先进来的是一个精瘦笔挺、年龄在五十上下的中年男子,戴一副金边眼镜,脸色阴沉,面部有些僵硬,手里提着一个果篮。他身后的小伙子,双手捧着一个大花篮。

"请问,这是齐书记家老太太的病房吗?"中年男子彬彬有礼。

"是啊,您是……?"齐招娣满脸疑问。

"我是齐书记的好朋友,郎子军。"中年男子说着,将果篮放在病床旁边的桌子上。小伙子也将花篮放在另一边。

"哎哟,你们都这么忙,不用来看我这老太婆了。"老太太忙说。

齐招娣拿纸巾给老人擦眼角。

"大娘,我也道个歉。我们安大集团在文昌,平日里,确实顾不上来看您。这次是到昌庆来办点事儿,顺便过来的。"

"我还好,不用来看我。"老太太忍不住又流出眼泪,"九天都出事了,你们还来看我。这时节,谁不嫌弃?只有真心朋友才来啊。谢谢啊!"她喘着粗气,"招娣,快给二位拿水果。"

"不用客气。顾世言省长很讲感情,凡是崇山人,在崇山工作过的,他都让我们代为看望。"郎子军嘴角一动,算是微笑,抓住老太太一只手,"大娘,您把我当成自己亲儿子就行。对了,这位叫周翔宇,是咱们顾世言省长的秘书。"

"哎哟,省长秘书?这么年轻啊。"老太太看一眼那帅气的小伙子。

"大娘,我也不年轻了。"周翔宇向前一步,俯下身子,笑着说,"是顾省长让我来看望您的。"

"你们来看我,我高兴。"老太太眼角含泪,"看来,九天还是……交了些真正的朋友。"

"大娘,"郎子军稍低些声音,"顾省长让我们向您问好。九天是崇山的优秀人才,顾省长很赏识他。省长不方便亲自来,我们临来时他还专门嘱咐,问你们需要帮什么忙,尽管说就是。"

"回去替我捎个好,谢谢他。难怪啊,崇山人都说他好。"老太太轻轻点头,"我快咽气的人了,只能来世报答他!"

郎子军说着,便拉齐招娣到一旁床上坐下,问老人的病情,住院后的情况,都谁来过,有没有人找过她。

正在这时,只见沙海霞牵着果果的手,走了进来。身后跟着一个女孩,是杨帆去青平学院时见到的那个小保姆。郎子军和周翔宇一起抬头看去。

"海霞来了。"齐招娣喊了一声,立刻冲着老太太说,"娘啊,是海霞来了。"

听说是沙海霞,老太太竟然挣扎要起身,齐招娣赶紧将病床摇高一点儿。沙海霞牵着果果的手,在房间中央站住。

"海霞,你来了。"老太太刚说完这句,昏花的眼睛突然明亮了起来,老太太分明看到一个活脱脱的小九天!这……这……这开天眼了不是?顿时,她一阵恍惚。

病房内一片寂静,几乎没人注意,站在稍远处的那个小保姆,悄然举起手机,正给他们录像。一见有人录像,郎子军站起身,跟周翔宇几乎同时往后撤了撤。

"对,你录好,也发给省纪委那边看看,不然人家还挂着呢。"沙海霞转过身来,对老人说,"妈啊,我把您亲孙子带来了!"

沙海霞这句话,让病房里的所有人都惊呆了。老太太嘴巴张开,双手抖索着,一句话说不出来。齐招娣瞠目结舌,手足无措。郎子军和周翔宇一边一个,一听说录像给省纪委看,对视一眼,忙转身退到墙角。

"果果,这你奶奶,快跪下磕个头吧。"沙海霞低头对那孩子说。孩子先是看看老太太,又抬头看看沙海霞,再回头望一眼小保姆。

"果果,快跪下给奶奶磕头!"小保姆一边举着手机,一边哄着他。

郎子军和周翔宇看小姑娘还在录像,便缓缓挪到靠门的位置,躲开镜头。郎子军朝齐招娣招招手,向外指指,做了个"走啦"的口型,趁着大家都不注意,悄然离去。

小男孩跪在地上，冲着老太太磕了个头，站起身来，脆脆地叫一声："奶奶！"

"海霞，"老太太嘴唇哆嗦老半天，"这……这到底咋回事儿啊？"

"妈，这是您亲孙子，九天的儿子，小名叫果果，大名叫齐宗远。"沙海霞领着果果，走到床前，"您不是一直想要个孙子吗？这不，我带他来，给您磕个头，算是认祖归宗了！"

"这……这是真的？"

"妈啊，孩子一直是亚楠拉扯着呢，她身体不好，以后就我带了。"

老太太一把抓住齐宗远的手，仔细端详，眼含热泪："果果，果果，真是我的孙子，和你爹小时候，一模一样！没想到，没想到啊，我不是做梦吧？"

果果有点儿不情愿，想把手往回抽，但老太太握得很紧。两只手，一只像枯树老枝，另一只像新生嫩芽，枯枝新芽，对比鲜明。

"九天他爹啊！"老太太突然叫喊一声，"咱们老齐家，有后了！"

她两手伸出，想要抱抱孩子。小果果则像是被老人吓坏了，趁机抽出手，转身向小保姆那里跑去。小保姆关掉手机，抱起孩子，到老人跟前坐下。此时，沙海霞已经低着头抽泣起来。齐招娣手忙脚乱，给沙海霞递过纸巾。

"海霞，跟我说，这咋回事儿？你妹妹咋也藏着掖着不说呢？"从那孩子进屋，老太太眼睛几乎没离开过他。终于，她回过味儿来。

"妈，您别问了，知道您有孙子就行了。"沙海霞哽咽着。

老太太顿时明白了。沉默良久，她伸出一只手，沙海霞赶紧握住。老太太紧紧抓住，又使劲一攥："媳妇儿啊，你受委屈了，九天，肯定是九天在外面做了对不起你的事儿。我们老齐家，对不起你啊。"

"妈!"沙海霞放声大哭起来。

婆媳抱头大哭,旁边的齐招娣和小保姆也忍不住擦眼泪,只有果果,看看这个,瞅瞅那个,迷惑不解。

停车场上,郎子军和周翔宇钻进一辆黑色奔驰轿车。

"没想到,沙海霞竟然带着齐九天的私生子来认祖归宗。"车子启动后,郎子军才说话,像是自言自语。

"我都看傻眼了。"周翔宇一笑,"别说,这沙海霞还真有涵养。"

"不不,"郎子军把脑袋向后一靠,左手指轻晃,"应该说欧阳云开有本事!"

"欧阳云开?"周翔宇有点儿迷惑,"这跟他有什么关系?你是说,沙海霞这么做是他出的主意?"

"不是他,谁会做这件事?"郎子军叹息。

"我还是想不通。"周翔宇摇摇头,"你为啥一下便想到欧阳云开?他这么做的目的是什么?"

"齐九天一案,谁负责?欧阳云开啊。齐九天这一家人,谁会去动员沙海霞领养这孩子?他老母亲,根本不知道,今天不是瞧见了吗?齐招娣?一个农村妇女,她办不了这事儿。齐亚楠?现在住院呢,自顾不暇。那你说还会有谁?沙海霞自己想到的,可能吗?哪个女人,肯去抚养自己丈夫的私生子,丢人现眼的。所以,只能是纪委。你没听刚才沙海霞说把录像发给省纪委吗?省纪委里头,谁能想到做这工作?只能是欧阳云开。"

"这么肯定啊郎总?"周翔宇不解地问。

"那江镇澜,能管这些?铁腕办案,冷酷无情,曾经的反贪局长嘛!那叶音,整天一副与腐败分子势不两立的架势,怨恨恰似一江水,她烦这些,能管这个?其他人,要说那个秃子倪景行,平日里舞文弄墨,干这事儿比较合适。但这阵子,清水园里抓不少人,够他

198

们忙的。再就是燕飞,体型和我有一比,能力倒是不弱,但这案子不属他管。还有杨帆他们,这一干人都忙得昏天暗地,谁顾得上往这里想? 具备这份境界的只能是欧阳云开!"

"郎总,你对纪委这拨人,真熟啊。"周翔宇不由面露敬佩之情。

"翔宇,不熟能行吗?"郎子军意味深长地看着远方,"江湖险恶,不定啥时候会碰到些什么事儿。你是省长身边人,领导左右手,中军帐里的参军,更应尽知天下事呀。尤其纪委、公、检、法,再就是两个办公厅、组织部,这些要害部门的骨干,都得做到心中有数才行。我是把这些人都拉了单子的,每个人的特点、爱好和亲近关系,都要注明,还得随时掌握变化。功夫没白下的,关键时候都能用上。"

"说实话,除了顾省长,我就服你郎总。那欧阳云开这么做,目的何在? 光办案就够他们忙的,做这个干吗?"

郎子军微微摇头,闭上眼睛。

"我年轻,不懂你的深意。请郎总指点。"

"我们今天来探病,目的是什么?"

"省长惜才,讲老感情嘛。毕竟齐九天也是难得的人才,省长一向很赏识。"

"此其一。还有一层,我们这么做,是给别人看的。当然,还有个更直接的目的,要不是沙海霞这一来,我可能便已打听清楚。"

"还有啥事儿?"

"翔宇,"郎子军侧过头去,"纪委找齐招娣她们,总会问一些事儿的,有些,省长也感兴趣。咳,我们也该眼观六路的。"

周翔宇眼睛眨眨,没接着再问。

"任何一个体系,或阵容,都有一种内在的力量来凝聚。太阳系,银河系,看似散乱无章,但都有股强大内力吸引。梁山泊一百零八将,单个挑出来,都是混世魔王。把这帮人聚一起,也要一股凝聚力,那便是义!按正常推理,齐九天到了今天这地步,别人避之唯恐不及,咱们为啥来,为了让齐九天感恩吗?荒唐。在齐九天落难的时候,省长派他秘书和我郎子军来,他家人肯定会对此感激或者炫耀。人都势利,谁有用就向谁靠。这件事儿,很快便会传开,崇山人知道了,还不对我们省长竖大拇指:看,省长真是重感情,讲义气,关键时候能靠得上。有这个印象,崇山人还不围拢过来?再往深一点说,此行,就是为收获更多人的心。"

"明白,明白了!"周翔宇点点头。

"欧阳云开境界之高,实不可测。唉!"郎子军叹息一声。

"郎总为何叹息?"

"此人可怕啊!"郎子军面部冷峻。

"郎总对云开书记这样评价?"周翔宇不禁问。

"翔宇啊,古今成大事者,无不立于绝顶,放眼看这云起云落。咱们是为人心,欧阳云开为什么?咱们眼在一域,他们却心在天下!"

"同样是人心,为啥他更厉害?"

"因为他站位更高啊!此人既有古士大夫情怀,又有现今公职人员的情操。我看过他的文章、讲话,文由心生。他的忧党忧民,不是装出来的,是真正的'忠诚派',是真的有信仰。只要有利于巩固共产党政权,能为共产党赢得人心,他不会顾及那些清规戒律,坚决地干。他是认定了这条道了,把信仰真正付诸了行动。这点,我很佩服的。"

周翔宇一时不语。

"我们这些人都是想围着省长,指望能在安海成点气候。原本,井水不犯河水。"郎子军沉默片刻,突然冷冷地说,"可你看,齐九天、张大志进去了!张兵、武来进去了!将来,难保不再涉及我们身边什么人。"

"不会这么严重吧?"周翔宇有点紧张。

"你还是有点儿孩子气。"郎子军一脸严峻,"崇山人都把省长当成'崇山一号',崇山人也已在安海成势。这不,路达之大会小会批判'码头文化''圈子文化'。欧阳云开也在不同场合讲,要重点整治政治问题与经济问题相交织的腐败。我倒是真担心,不知哪一天,革命会革到我们头上!"

"不至于吧? 我们又不反党。"周翔宇仍是不解。

"你没听省长说过?'反对共产党? 那是纯粹作死! 不过,江湖有码头,人群有圈子,党内有派系,历来如此。我们是坐在共产党这趟列车上的,但总应该有个车厢归我们吧?'这话讲得极妙,极有味道!"

"那不要这车厢呢?"周翔宇问。

"活得没意义,毋宁死!"郎子军以掌化刀,做出自尽动作。

欧阳云开坐在清水园八号楼会议室,与江镇澜讨论武来举报一事。

没想到,武来讲了自己几个问题后,竟掉转枪口,拿凌云的夫人杜秀玲开刀。他说,凌云在来文化厅前,曾担任清河新华出版集团董事长。当时集团成立一个少年读者分公司,几年后,被工商部门注销,剩余资金尚有五十五万,凌云安排会计多次转账,最后,转到他老婆杜秀玲的妹妹杜秀娟名下,据说,钱都被杜秀玲花掉了。另外,凌云在清河新华书店时,以职工出资、公司配股方式,注册一家文化公司,调任省城后,也没把一百五十万期权股转给新任法人代表,同样空转过户到杜秀娟名下,其中,杜秀玲分红七十万。

"细节详实,靠谱。"江镇澜点头。

"杜秀玲的情况,还了解多少?"欧阳云开问。

"这些线索,我们原来知道一点儿,可没这么清晰,杜秀玲现在还住在清河照顾女儿。听说她女儿产后抑郁,很厉害,都自杀过好多次。不是杜秀玲看得紧,早跳楼了。"

"这么严重?"欧阳云开皱皱眉头,"咋抑郁成这样?"

"有这样的爹妈,能好到哪里去?"江镇澜哼了一声。

"这么看,"欧阳云开皱皱眉头,"现在动杜秀玲,倒有点儿麻烦。"

江镇澜眨了下眼睛,没接话。这一层,他倒没想到。

两人正聊的时候,欧阳云开的手机突然响了,他一瞧,是沙海霞通过微信发来一条视频。画面上,正是沙海霞带孩子在病房里的场景。

"镇澜,你看。"两人靠在一起,一起看着视频。

"云开书记,我真服你,能让沙海霞收养这孩子,我是不敢想!"

"哎哟,两位领导对着脑袋看啥呢?"江镇澜话音未落,一阵清香袭来,叶音走进门。

"来,叶音你也来看看。"欧阳云开将手机举远一点,再次回放。

"沙海霞?书记,你怎么做通她工作的?"叶音也十分惊讶。

"'只要功夫深,铁杵磨成针。'"欧阳云开微笑,"沙海霞毕竟心地善良,又有文化,会通情达理的。"

"云开书记,你再倒回去,"江镇澜突然说,"我怎么瞅着里头有个人眼熟?"

"哦?"欧阳云开也注意到,一开始确实有两个男人一闪而过,但他的关注点,在沙海霞和孩子身上,没怎么注意。他将视频再次播放,然后,按暂停键。"周翔宇?"尽管画面左侧的男子一闪而过,暂停时脸色有点模糊,但他一下子就认出来,"他怎么会去医院?"

"我注意到的,是右边这一位。"江镇澜停顿了一下,"你看,那是郎子军,安大集团董事长!"

"确实是他。"欧阳云开又调整一下画面。

202

"哼!"江镇澜一声冷笑,"崇山帮,果然厉害!"

"说得对啊!"欧阳云开看着画面,不由得陷入沉思。郎子军、周翔宇二人身份非同一般,他们去探视齐九天母亲,什么意思?

"你俩说什么呢?"叶音问。

3

文昌东南,一座小山郁郁葱葱,山前一条小河蜿蜒而过。

早饭后,半山腰一栋别墅楼顶的露天平台上,顾世言和郎子军正享受着周末的美好时光。二人坐在围棋棋盘两端,手谈兴致正浓。周翔宇站在一旁,为二人沏上春茶。

顾世言手拈一子,看着棋盘,沉默不语。郎子军放眼望去,远处群山叠翠,便吟道:"孟夏之日,天地始交,万物并秀。"

"子军,你别影响我思路。"顾世言手中黑子,欲落大角,又看中腹。

郎子军推推眼镜,看他一眼,微微一笑:"省长,我还是忍不住要打扰你。举棋不定,内心不静。是不是我跟你说的欧阳云开的事儿,影响到思绪?"

顾世言右手食指、中指和无名指紧扣一枚黑子,砸向棋盘:"你说什么来?"

"欧阳云开。"

"不是,最开始那句。"

"'孟夏之日,天地始交,万物并秀。'今日立夏,北斗星勺柄在东南。"

"时间如白驹过隙啊!"顾世言说,"我记得齐九天被抓那天,文昌还下大雪。"

"对,阴历正月十六,阳历二月二十号,现在快三个月了,应该快结案了吧。"

"我的心是不太静。齐九天,张兵,武来,包括张大志,这几个人进去,总觉得心里不踏实。"顾世言将棋子放回盒子,微微转身,看着山下的文昌城。

郎子军见他无意下棋,也转过身来说:"看来今年不平静啊。"

"凌云进去后,我到陈放和路达之那里去过,"顾世言没正面回应郎子军,"得到的信息很不明朗。在路达之那儿,我虽没明说,却也有意推荐武来。现在看,有些草率了。"

"若我事先知道,不建议你去。"郎子军原来总称"您",现在改叫"你"了,"你这学生,虽说对你没二心,但他身上毛病太多,品行过劣,难免惹人烦,辫子也容易被人抓住。"

"成事不足,败事有余啊!"顾世言站起身,眼望远处,"欧阳云开去做沙海霞工作,我觉得你分析是对的。这本身与我们无关,但在争取人心上,却和我们反方向。我们要拉一批人,他们要打一批人,这其中便难免冲突了。我们俩都吃过他的亏,还真得防着点儿。"

他说得没错。多年前,郎子军担任崇山市副市长并主管安全生产,一家炼油厂起火爆炸,发生重大责任事故,造成人员伤亡,为此,郎子军受到党内严重警告处分,并免去职务。而顾世言,大操大办丧事,也受到党内警告处分。给二人处分,参与组织调查并与二人谈话的,都是欧阳云开。

说起来,郎子军当年接近顾世言,还是张兵牵针引线。郎子军跟张兵父亲是忘年交,一老一少,走动频繁,而且因为均极富文采,是崇山政界著名的两支笔,惺惺相惜。不同的是,张兵父亲写了一辈子材料,喜欢从诗歌词赋中,寻求精神寄托,晚年更倾向于佛家,无欲无求,图个清静。而郎子军呢,年轻气盛,野心勃勃,尤其青睐兵家,在深研历史文献、典籍中寻求韬略,期待时机,未来一展宏图。

那时,顾世言是省政府秘书长,身为崇山副市长的郎子军曾拜见过他。都是崇山人,本就自然而然有亲近感,可当顾世言见过郎子军后,发现他办事沉稳老辣,是个难得的人才。

因炼油厂爆炸事故受到处分后,郎子军心灰意冷,感觉前途渺茫,遂请顾世言指点。顾世言对郎子军说道:"你受党内严重警告,虽属轻处分,但被免去职务便不一样了。你背着这个包袱,即使重新启用,在今后激烈竞争中也优势尽失。既然如此,不如弃政从商,充分利用自己的能力和崇山人脉,我这里再帮你一把,必能闯出一片新天地。"果然,靠着超强的大脑,又兼顾世言鼎力相助,郎子军很快在安海商界风生水起。

郎子军把目光移回棋盘:"省长不必过虑,只要谨慎从事,应对得当,我们绝不会第二次掉进同一条河里。齐九天是被举报的,导火索是那孩子,由此才把张兵拖进去。武来呢,则是跟凌云恶斗,选择了极其愚蠢的自杀式进攻方式,后果是两败俱伤。这几人被抓皆属意外,并非欧阳云开他们事前刻意设计。安海一年内落网那么多人,只几个崇山人,不能视为枪口对谁。况且,路达之和欧阳云开不可能针对你。毕竟你是中管干部,省纪委不可能越权行事。"

"这我倒不担心。"顾世言摇摇手,"倒下这几个人,虽然对我造不成什么大影响,可毕竟那都是咱的人,张兵过去也是我的秘书,一些事还是有些关联的。"顾世言伸手向山下指了指,"再有,眼看着这几个人进去,我这里也不伸手,怕一些人觉得我顾某胆小如鼠,靠不住。所以,也试着在陈放、路达之他们那里说几句。你知道的,他们都警觉着呢。"

"虽当远虑,但无近忧。"郎子军稍加沉思,"十八大以后,北京决心如此之大,动作这般密集,若有不慎,必遭不测。我对着公布的二百余人的案情,一一量化,落马之人,九成比例祸起财色。而据我看,省长你一不爱财,二不好色,只是爱惜人才,提携后生,广积人脉,图的是大家念你个情,说你个好,说得更俗些,愿意大家拥戴你。中纪委也好,省纪委也罢,你都是标准好干部。你的才气和成绩摆那儿呢,有这口碑,谁奈你何?"

"我正是怕别人议论,说我有野心啊。"

"进去的,都是财色把柄被人抓住,还真没听说抓过'野心家'呢!"郎子军抿口茶,"你总是热心为人的,这违纪违法,哪一条与你相干? 你能想到这一层,是你政治上的谨慎。兵法云,'有备则制人,无备则制于人'。又云,'善守者,藏于九地之下。善攻者,动于九天之上。'在这节骨眼上,清醒、谨慎是必要的。行棋如布阵,不能下随手棋、废棋,更不能下臭棋。总之,谋定而后动,凡事方能尽在掌握中。"

郎子军说的"节骨眼",是指顾世言谋求省委副书记一事。

"人心可畏啊!"

"你放心。人心的事儿,我会留意。"

"有你在身边,我当然心里踏实。"顾世言微微一笑。

"是你高看我。"郎子军说完这句,突然问,"省长你还记得前些年,咱们俩也在这里下棋,我曾经跟你建议过的'布局七策'吗?"

"怎不记得? 当年,你那番话一出,刹那间唤醒我这梦中人!当时我便一声惊叹,'岂我张良张子房乎?'这些年来,依计而行,受益良多。谢谢你子军!"

那时候,心高气傲的顾世言尽管看出郎子军是个难得的人才,但并未对其太过看重,毕竟他见过的人才多了去。但有一天,二人谈论起围棋,顾世言也是自负鲜有对手,一时兴起,想杀上一盘,过过手瘾。于是便在这平台之上,摆开棋盘,与郎子军在黑白世界间,对弈起来。起初,他并没把眼前骨瘦如柴的对手放在眼里,可几招下去,方知道,哪里是这回事?

于围棋之道,顾世言虽说没下苦功夫,但凭自己的敏锐和格局,在大学时已是业余高手。他棋风彪悍,势大力沉,攻势凌厉,尤擅搏击,常屠对方大龙于中盘,尚未收官,胜负已决。可首次跟郎子军对弈,却丝毫难觅破绽。

郎子军棋风稳健,并不一味追求凶狠搏杀,而是紧盯胜负。所以行棋思路清晰,算度精准,布局均衡,边角控制有力,子与子间形断意连。未至中盘,已成厚势,若对方再行攻击,已难发力,尽管左冲右突,也逃不出他四方合围。侥幸逃出大龙,实地已归对方所有。甚至,他的几颗散子,看似孤棋,当你展开攻击时,散子孤棋遂成伏兵,风云乍起,顿时成阵,己方反成孤棋,非死即伤。郎子军又偏偏不行杀招,你走你的,他走他的,始终保持胜你五六目的优势,极少主动攻击。当你眼见实地落后,不得不战,他却利用布局优势,闪转腾挪,或围而不攻,或攻而不歼,让你处处受制,满盘被动。不管如何追赶,直到终局,也难以挽回劣势。

三盘下来,顾世言不光有力使不上,连对方弱点也找不到,不知从何处攻击。

第一盘贸然进攻,结果大龙被困。如不是郎子军关键时刻缓一手,自己必然全局崩溃,小负已是侥幸。第二盘,吸取教训,稳打稳扎,本想先抢占实地,把边角捞足,再挺进中腹。可待布局将成,欲向大场用力时,要点竟然早被郎子军尽占,甚至天元都已被他派兵把守。至此,收官便只是走走形式。第三盘,顾世言又变战术,不再只抢实地,而是势地兼顾,追求全局均衡,可郎子军又在顾世言边角投子。经奋力围堵,终于追杀成功,还没高兴起来,放眼外围却得不偿失。耗尽全力攻击所得实地,反不及郎子军弃子转换不战而获!

连折三局,顾世言不禁暗叹,这郎子军好生了得!不管自己如何攻击,对手始终掌控局面,稳操胜势,且心态沉静,进退有度,绝不意气用事,分明是淡定从容。顾世言倒是败得爽快:"子军,你的棋下得确实好。我从小学开始学棋,也算小有名气。大学期间,因为受中日围棋擂台赛的影响,围棋在校园大热,几次全校比赛中,都获得冠军。没想到,你行棋如此老辣,棋力远在我之上!"

"秘书长客气。"郎子军静如止水,"以秘书长的格局、视野和才智,安海难有出您之右者。行棋,无非是将这胸中格局、视野、才智摆上棋盘而已。秘书长整日操劳省政府大事,心思不在这黑白之间,又没下我这功夫。真论起来,我三盘皆输。"

"这怎么说?"顾世言觉得奇怪。

"古往今来,棋圣难成帝王。成就大事业的政治家,有几人是围棋高手? 行棋如人,指的不是胜负结果,而是对弈过程中体现出的思维和行为方式,体现出的意志品质、格局境界。都说棋局如人生,看您走出的棋,许多都是惊世骇俗的好手,非等闲人。这些,我根本想不到,也下不出来。只有心胸豁达之人,才会如此高瞻远瞩,才会如此破釜沉舟。我所以能勉强小胜,主要是看到您下出好点后,其他子力配合不够,联络不畅,才有机可乘。我赢的是套路,是联络,是小技巧,而秘书长您展示的是高点,是雄心,是气概。或赢在棋盘、胜于局中,或心逾棋盘、胜于局外。这便是棋手和政治家的差别,亦是我与您的差距!"

话到此处,顾世言哪还敢小看眼前这消瘦阴沉的男子,那金丝镜后面,隐藏着多少智谋?

尽管郎子军谦称"棋手",玩"小技巧",可他行棋沉稳缜密,见识深刻独到,分明是谋略超人、看透世间的奇才! 于是,顾世言一收平日里的傲气,笑道:"子军这一席话,顾某闻所未闻。所以,我应该称你先生才是。你若得其时,必又一张良张子房!"

"承蒙嘉许。"郎子军淡淡地说,"时势不可强求,人生自有定数。活在当下，便说当下的话，办当下的事，此谓，在什么山上唱什么歌。我郎子军，当初志在仕途，也想过一飞冲天。等有了瑕疵，遂心灰意冷，亏您点化，让我转身商海，这才幸有小成。说实话，我生性孤傲，患得患失的，本不适合忧国忧民。当初，靠写文章这支笔，勉强走到副市长位置，已是力竭能尽。谁知身负处分，如芒刺在背，弃官从商，也算明智。我心虽狂傲，但自遇到您后，才知人外有人，能认识您，是我缘分，更是福分。我生意做到今天，再多三个瓜、少两个枣的，只做这数字重复，对于这世界或对于我自己，都已没意义。若能为您出点儿力，助您直上青云，也算实现我的政治抱负，这辈子，才没白活。"

"子军老弟，棋如人生。经今天手谈、心谈，算真正见识你的才华和真心，让我刮目。看来，以后得请你多指点。"

"既然话到这里，能否听听我为您的设想？"

"哦，愿闻其详。"顾世言诚恳起来。

"目前局势，您比我清楚。"

"目前，局势？"顾世言微微一怔。

"对，目前局势。都说，天时地利人和，其实被人说俗了，即使挂嘴上的人，也没几个人曾往实处想。这天时，现在正逢盛世，也是用人之际。您看安海，在您这级官员中，论才气魄力，能和您比肩者几人？等换届时，和您资历差不多的，按年龄基本被一刀切，除一两个女干部配班子，便秃子头上的虱子，明摆着的几个人。恐怕不久，您这省政府秘书长，将成过去时。而那副省长，也只是您未来的一个台阶，等上到这台阶，便天高任鸟飞。这地利呢，您父子两代与崇山有缘，如今在崇山的人，或从崇山走出来的人，在安海势头最旺，您若把崇山和省政府的桥梁搭建起来，那人气还不排山倒海？即使将来您不谋高位，也必然众星捧月，在安海一柱擎天！"

"我确实有崇山情结。"顾世言笑笑,"我生在崇山,长在崇山地委大院,对那块土地充满感情,对那里的人倍感亲切,这就叫感情认同吧。所以在我心里,也觉得对崇山人放心。"

"这自然。像刘邦、朱元璋都靠同乡起家,有何不可?"郎子军说到这里,看一眼顾世言。

"别说这样的傻话,"顾世言摆手制止,"请继续讲。"

"再是人和,以当下论,您名望、才气都有,只差纽带。"

"什么纽带?"顾世言问。

"归心。用纽带,把大家捆绑起来,让大家心悦诚服,都愿意靠着您,围着您,听您的。刚才说棋局时我曾说到,凭您直觉和视野,占据高点、要点并不难,但仅此还不够,还不能说便已构成胜势,即使有了胜势,还不一定成为胜局。您刚才不胜,主要是子力分散,要形成力量,则需要联络、技巧、套路。"见顾世言听得投入,郎子军继续说道,"天时、地利、人和,这布局三要点,您都具备,很好。那技巧呢,也就是策略呢? 恕我直言,您尚显不足。所以,我给您提几条建议,权且叫作'布局七策'吧。"

"'布局七策'?"顾世言眼睛一亮,"请讲。"

"您听我说,看有没有道理。"郎子军掰着手指,"一,营厚势。我行棋不喜进攻,常置守于攻上,先营厚势,即可立于不败之地。棋事相通,万事一理。只要声望、人脉、口碑、信誉等要素获得广泛公认,厚势既成,即便无功,亦可避过,以后便进退自如。要成厚势,必不能图一时之得失,不能盯眼前之小利,不意春华,而重秋实,一切得失皆以秋后收成来衡量。为此,务须启动脑筋,虑必周密,开动机器以造声势,脚踏实地以免空谈。"

顾世言不由得正一正身子,看着郎子军。

"二,谋要职。唯有居要职,方有话语权,方能有更大腾挪空间。您现在年不过五旬,拿下副省长已是指日可待。再往后,便是省内'巨头'。每届五年,中间变化几多,人似流水,若一切顺利,等下次换届时,您已水到渠成。话虽如此,可天上难降喜事,还需要您筹划得当,运作得法,依靠谁,通过谁,谁出钱,谁出力,道路沟坎,都要想得明白才好。

"三,聚人才。打仗靠兵,成事需人。各个领域顶尖人才,均应为我所用。凡人不管优劣,均有可用之处,但用处各有不同。只要看准的,唯才是用,尽可以诚待之,以情动之,以利诱之。如布局得当,这些人四面八方,各守一摊,各把一关,您在安海,便可成呼风唤雨之势。

"四,防敌手。世人只知交友益处,却忽视树敌的害处。以利益论,交十个朋友,抵不住一个敌人。一个敌人挖的坑,十个朋友填不满。故不到情不得已,绝不轻易树敌。我们与欧阳云开他们,本车行两轨,水流两渠,但他们肃风正纪,虽不至于拔剑向我,但剑锋所及,难免受其所伤。所以,我们行棋时应当远离厚势,小心盯防,避其锋芒,不与之争。避开他们厚势,便是我们平安。

"五,稳保障。承蒙关照,这几年我有些积累,您在这样的位置,办事也要费用。别看您当家省府,其实公款不便,不得已用了总会有后患。所以,今后如需花费,尽管吩咐便是,不需客气。对我来说,都是小钱儿。

"六,隐馆舍。您现在或者将来,总需要个地方,大家坐坐也方便。这个我负责。顺着眼前这条河,往山里走,有个村庄叫望河村,三面依山,南面是水,是块绝佳之地,再做点儿工作,想点儿办法,便能把这块地征下来。您若出手,便更有把握。我邀请国内顶尖设计师,做好规划,准备建成一康养休闲度假村。尤以东山脚下小片空旷山谷,异常幽静,可建一处独立院落,将来,可当作您的'群英馆'。

"七,得人心。玩政治,玩的是人心。欧阳云开他们,是为共产党争取人心。这是大人心，我们诚不可与之争。他们干他们的，我们可以干我们的。我们就争取小人心，让您'车厢'里，人人归心、真心，这总可以吧？我们一无组织，二无纪律，唯一能拴住他们的，便是这向心力，让他们感到您管用，关键时候足可依托，这才能死心塌地跟随您。没有这条，哪里聚得起人气？即使有了队伍，也会散去！"

好一个"布局七策"！

"朗子军，岂我张良张子房乎？"顾世言脱口而出。

从那以后，郎子军成为顾世言的得力智囊。随后凡走一步，便请他出谋划策。

此时，郎子军再回想当年所提"布局七策"，便微微一笑："省长刚才所说，不正是第七策——得人心吗？"

"是啊，都是行家。"顾世言感慨道，"你说得对，他欧阳云开争的，是大人心。"

"各走各的棋，各占各的地。尽管相比之下，我们做的是小买卖，可就怕棋到中局，难免冲突啊！"

顾世言沉默良久，方说："走着瞧吧，真逼到那份上，也不能坐以待毙。你说的第三条，聚人才。依你看，这个欧阳云开，能不能拉过来？"

"难！他不屑沟河，志在大海。"郎子军轻轻摇头。

"你好像还曾说过，"顾世言叹口气，"'人才如不能为我所用，便须防范。'"

"咳！"郎子军长叹一声，"我的意思，静观其变，可用之人则用，不可用之人则防，心中有数便是。"

顾世言沉默不语。

"我在提到'聚人才'之后，还提到'防敌手'。友虽益，但不抵敌害。所以,人才不能为我所用,最好别去招惹。惹翻了,便是敌人。所以,凡事撕破脸皮,便没了回旋余地。"

"我不这么看,"顾世言冷笑,"人立天地间,岂能苟且? 明知是心腹大患,便当果断出手。没了敌手,天下岂不尽是朋友?"

见顾世言执意用强,郎子军也不争辩,只是重复:"避厚势,得平安。"心想,世事茫茫,如愿几何? 至于敌手,要想防得住,已是艰难。即使个别必须除去的,亦是万不得已,而欲尽除,雄心固然难得,但真的操作起来,岂非枉然?

于是,便转了话题。就说:"省长,咱们的群英馆,已经装修得差不多了。有了这个去处,咱们崇山的同志也好,你信任的人也好,便有个相聚的地方。"

"群英馆这说法,哪怕私下里,也断不可讲。现在都盯着呢,传出去就是麻烦。这叫'避厚势,得平安'!"

"所虑极是,只做不说,应该如此。"郎子军压低声音,"你放心,外边是休闲康养'度假村',且中间又有一道山梁相隔,闲杂人等一律进不去。这里原是一处古刹,后来被破坏了,但古树尚存,神韵依旧,是一处难得的幽静所在。等装修好了,请你过去看看。"

这时,周翔宇快步走过来:"省长,吴剑雄来了。"

顾世言和郎子军对视一眼。

"刚还说'聚人才'呢。这位滨海市委书记,也算个人才。"郎子军微笑。

顾世言在前,郎子军和周翔宇跟在后面,从平台一角的门口沿级而下,顾世言径直走进三楼一个房间。郎子军和周翔宇则一起向楼下走去。

个头不高却粗壮有力的吴剑雄,人如其名,给人一种刚猛霸气之感。此时,胳膊下夹一个黑色小包,站在一楼大厅内,由服务人员陪着,欣赏墙上悬挂的几幅名人字画。

"哎哟，吴书记驾到，蓬荜生辉!"郎子军还没走下楼梯，便远远地打招呼。接着，快步上前，跟吴剑雄握手，压低些声音，"世言省长在三楼。"

"郎市长，大手笔啊!"吴剑雄嘿嘿一笑，冲着室内豪华装饰，竖起大拇指。

这座山间别墅，虽然只有三层，从外面看也并无奇特之处，但一走进来，立马便可感到逼人气派。每一层，都宽敞典雅，装修精细，用料考究，但又各具特色，格调和谐。进入中厅，只见天花板为电子屏幕，蓝天白云，地面绿草如茵，四周树木茂盛，远处山岚起伏，清澈河水由远而近，奔流而过，这一切宛如置身草原，辽阔无际。

"晚上，必是星光闪烁吧?"吴剑雄问。

"对，与室外日月运行同步，只是，外面风雨交加时，这里仍是万里晴空。"郎子军不温不火，"让吴书记见笑，小地方不值一提。千万不可叫市长，就一个小个体户。"

"周秘书，好久不见。"吴剑雄见周翔宇在侧，转过身来跟他握手。

"主要吴书记您忙。"周翔宇谦和一笑，"请! 走这边电梯。"

张兵出事后，周翔宇生怕哪里错了，挨顾世言批评，处处格外谨慎，待人更加谦恭。三人一起到了三楼，周翔宇刚出电梯，便停下脚步。

郎子军陪同吴剑雄，转到最里面一个房间，轻声敲门:"省长，吴书记来了。"

顾世言正坐在一张宽大的海南黄花梨写字台内侧的椅子上，他身后则是巨大的紫檀木博古架。两边分挂着康有为书写的对联:"苍松拔地迎云汉 梧叶飞天贺有秋"。房间靠墙迎门处，摆着一件大型三足鼎。

抬头一瞧吴剑雄进来，顾世言缓缓起身，招招手："剑雄，你来得正好。刚才郎子军跟我吹，说这青铜器器型，属于战国时期的，你也来鉴赏一下。"

"哎哟，省长这可难为我。我个大老粗，哪懂这个？往事越千年，战国时期的东西，我哪里见过？"吴剑雄一边走近，一边连连摆手。

"吴书记，你没听清楚呢，省长说，是战国时期的器型，其实是清代仿品。"郎子军面无表情，"要是原件，那我哪敢放这里？"

"战国也好，清代也好，都是遥远的古代，历史都够悠久。"吴剑雄打着哈哈。

"这说法，倒也新颖。"顾世言便看一眼郎子军，"要真的，谅你郎总也不会摆这里。"

"放个铜家伙搁这里，倒很有气势。像摆几个炮弹壳放身后一样，有震撼力和冲击力！"吴剑雄神态庄严。

顾世言忍不住笑："剑雄啊，对古代文化，我虽然没研究，多少还懂一点儿。鼎，是器物，也是礼器，本身便被赋予显赫、尊贵的含义，当然它也象征着权力，不然说'一言九鼎'呢。子军把青铜鼎放这里，是对我们的激励，也是用心良苦啊。"

"省长一席话，胜读十年书。"吴剑雄嘴上这么说，心里已经敲起鼓来。顾省长这话啥意思？一言九鼎？这些年，他看顾世言势力强劲，所以，只要一有机会便往顾世言那里跑，但他对顾世言的心思，却向来琢磨不透。

"两位领导说话，我下边还有点事儿。"郎子军带门而出。

"剑雄，坐吧。"顾世言一指对面椅子，"这是人家郎子军的私人地盘，不是省政府，咱俩都是客人。"

吴剑雄在椅子上坐下，便将手里的包放在桌面上。

"剑雄啊，你这几年，净搞大动作，把个滨海治理得有声有色。"

顾世言扫一眼吴剑雄放在桌上的包,脸色变得庄重起来,"咱们安海,需要你这样有魄力的实干型干部啊。"

"顾省长这么说,我有些惭愧,离省长您的要求还差得很远。"

"我也听到些话,说剑雄同志有思路,有魄力,只是工作方法粗糙点儿,有时候也不拘小节。"

听了这话,吴剑雄一时不自在起来,仿佛短处被抓住,赶忙说:"在下边,光文绉绉不太行,不过我可不敢踩线。尽管我小心翼翼,也难免会出杂音,再说我任职时间也不短了,这些,都得请省长给予关照。"

顾世言微微一笑:"党的事业发展离不开人才,像你这样的人起来了,党的事业才有希望。保护好使用好你们,这也是我的责任。"

"谢谢省长,谢谢省长。"吴剑雄不停地搓着手。

"干事业哪能不得罪人?有杂音怕什么?前怕狼后怕虎、畏首畏尾,必然一事无成。我也说过,如果让下边的干部戴着镣铐跳舞,哪来的经济腾飞?哪来新旧动能转换?基层工作千头万绪,容易吗?"

"省长!"吴剑雄腾地站起来,"有您做主,我干事业就有了底气!"

顾世言亲切地拍拍他的肩膀,话题一转:"剑雄,来文昌,有事儿啊?"

吴剑雄赶忙说:"专程来拜访省长您的。我吴剑雄是个知恩图报的人,没您提携说话,我哪能一步步走到今天?所以过段时间不见您,心里就没底儿。这不,离上次向您汇报,有些日子了。您看,省长这么肯定我的工作,又在这会议那会议上多次表扬我,我很感动,从心里认定您了。对比领导的厚爱,我汇报工作太不及时,请批评。"

"别这么说,党的事业还不靠人才?"顾世言一挥手,"再说,主政一方,重任在肩,忙啊,这我理解。你看我的次数,不少啊!"

接下来,顾世言问了些滨海工作上的事,吴剑雄一一作答。

"走吧,中午饭时候到了,"聊过一阵儿,顾世言站起身来,"咱去看看,郎子军给咱准备了些啥好吃的。"

"哎哟省长,给您添麻烦。"吴剑雄赶忙起身,跟在顾世言身边。

"带上你的包,吃完饭咱直接走。"顾世言走几步,回身说道。

"省长,"吴剑雄悄声说,"给您带了点儿小礼品,心意吧。"

"喔,"顾世言站住身子,"滨海能有啥礼品?"

"没啥好东西。"吴剑雄嘿嘿一笑,"一会儿您别忘了带就行。"

顾世言却转回身,走到桌边,伸手一提那个包:"这么沉,滨海也产金货?"说着,一下子拉开拉链,里面是一摞摞百元现钞!

"世言省长,一点……一点儿小心意,没别的意思。"吴剑雄难掩慌张。

顾世言没吭声,却将那包钞票哗啦一下,全倒在桌子上。吴剑雄一愣,搓着双手,紧张得不知说啥好。只见顾世言一摞一摞撕开捆绑的封条,将散开的现金抓起来,竟嗤啦嗤啦全扔进那个硕大的青铜鼎内。

吴剑雄满头是汗,也不敢问是何意,直吓得呆在那里。

顾世言也不理身旁人,从桌子上抓起一个金色打火机,啪一下打开,一簇火苗蹿起来。

"省长,您……您这是……"吴剑雄大惊失色。

只见鼎内的钞票被点燃,慢慢地,火苗升起来。火苗最里层竟是绿色,再往外是蓝色,外圈才是黄色和红的。顾世言站在鼎的另一边,手握青铜剑,轻挑正在燃烧的钞票。吴剑雄透过火苗,能模模糊糊看到顾世言嘴角那丝冷笑。这时,顾世言伸出双手,在火苗上面烤着,如同严冬在柴火上取暖。而他冷酷的目光,剑一般穿过火苗,穿过烟雾,直刺过来。吴剑雄顿时感到,那是一股从未遭遇过的、直抵心底的、冷冰冰的力量!他忍不住摇晃一下身子,顿时浑身无力,满头虚汗。

最后一丝火苗完成终极一跳,化作一层灰烬,缓缓升起一股白色烟柱。

"我顾世言,不爱钱财,视金银如粪土。"顾世言慢慢走近,目光直逼吴剑雄,声音不高,一字一顿,威严无比,"你给我什么了?什么都没有,可在我心里,什么都有,什么都收下了。我看重的,是你,对我的这份心。"

"您放心,以后,我吴剑雄都听省长您的,您指哪我打哪!"吴剑雄擦一下额角的汗,也从慌乱中挣扎出来,"省长,我从没看到像您这么豪气的人!"

"同舟共济,扬帆远行。你需要我,我也需要你。"顾世言扔下手中剑,伸手拍拍吴剑雄肩膀,哈哈大笑,"剑雄啊,走,下去吧。"

第八章 忏 悔

1

文昌城北,有片老居民区。隔一条窄窄的马路,便是安海肿瘤医院。马路两侧,密密麻麻排满小酒馆、小旅社、水果鲜花店,还有寿衣花圈店。不管白天夜晚,这条街上都十分热闹。已是傍晚,路灯还没亮,加上买晚饭、吃晚饭的,更显得人多。

眼见道路拥挤,欧阳云开便与叶音下车,让小马把车停在外面。叶音从车上提下一篮水果,欧阳云开伸手夺过来:"让你来这里,已是委屈,哪能再让你下这力气。"二人边说,边走向胡同深处。

"这哪里是省城? 倒像乡镇的小胡同。"叶音从来没到这种地方来,哪里想到同在一城,竟还有这等地方,有点儿不可思议。

"你生在南国,青砖灰瓦,小桥流水。大学在北京,工作到文昌,很少来老旧小区。"欧阳云开笑道,"实际上这些年创卫生城,治理整顿力度够大。再往前推十年,这条道路中间都摆着摊儿,连骑自行车行走都难,蚊蝇扑面,你更进不来。"

"唉,如果让我住这条街上,说不定我也会崩溃的。"叶音叹息。

"是啊,"欧阳云开轻轻摇头,"在这条街上走的,住在这些小旅馆里的,好多都是癌症患者的家属。你想,都是啥样心情? 可张浩就住这里。"他心里也一声叹息,没继续说下去。

张浩等候在宿舍大门口,两眼直勾勾地向远处张望着。见欧阳云开和叶音走过来,便冒出一句:"书记,只来了你们两个?"

"我们俩还不够分量，你还想来多少人？"叶音拿他取笑。

张浩不回答叶音的话，还是向他俩身后的远处看。

"张浩，快把书记手里的水果接过去，你在前边带着。"

"怎么'带着'，那谁带我？"张浩朝着欧阳云开说，"书记，我真没泄密，都是张兵陷害我！"原来，张浩把二人来看望他，误以为是来带他去接受调查。

"张浩，我和叶音是来看你的，你提着水果吧，咱到你家去。"欧阳云开没想到他病情如此严重，心情一下子沉重起来。

张浩这才接过欧阳云开手中水果篮，恍恍惚惚，走在前边。他的家在紧挨街道的一栋楼上，住楼顶，也没电梯，等爬上六楼，欧阳云开倒没什么感觉，叶音中间歇过两次，却还是气喘吁吁。

"快，开门，领导来了！"张浩猛力踹门。

一个头发灰白、身材瘦小的女人把门打开，站在门内招呼："请进！"

"这你媳妇吧？"见张浩自顾自地往屋里走，也不介绍，欧阳云开忙问。张浩这才回答："嗯。"

叶音比张浩夫人小不过十岁，可两人站在一起，说是母女甚至祖孙，都有人信。欧阳云开又是一阵难受。

"大姐好！"叶音忙叫一声。

"张超呢？领导来了，他躲哪里去了？"还没等妻子说话，张浩便大声喊起来。

"领导你们先坐，我给你们倒茶。"张浩妻子赶紧让两人坐到门厅的沙发上。刚走一步，又回头来说，"家里乱，别嫌弃啊。"

见室内光线有些暗，欧阳云开让张浩把灯拉开。等门厅上方的节能灯亮起来，欧阳云开和叶音环视四周，只见屋内家具都已陈旧，空间本来就小，家里物件摆放乱七八糟，塞得到处满满当当。墙壁上，黑乎乎的地方一片一片的，白色的仿真皮沙发后面，还用彩笔画着一些小人、小动物,肯定是孩子小时候画的。欧阳云开往沙发上坐下去,顿时感觉人一下子都要陷进去。叶音落座前,先打量一下沙发靠背,不经意间皱皱眉头。

"原来,我们住监察厅老宿舍的,那里房子好些。"张浩妻子把两个茶杯放到茶几上,飘过一阵陈年茉莉花味道,似乎还有点霉味,"后来孩子的爷爷生了大病,费用不够,便把那套房子卖了,换成这套小的。"

她正说着,见张浩拖着一个男孩子的手,从靠里边的房间出来,站到客厅。孩子头发蓬乱,眼神无光,像是没睡醒。"喊大爷,叫阿姨!"张浩的嗓门挺大。

孩子嗓子里也不知嘟囔声什么,未等欧阳云开回话,他一扭头,又钻回屋里。张浩觉得儿子张超不懂事,呼啦一下靠过去,要去训孩子。欧阳云开一把扯住他:"我们说话,让他自己玩儿去。"

张浩妻子很不好意思地走过来。

"大姐,今天没出差?"叶音怕场面尴尬,赶紧问。

"没……没。"张浩妻子有点吞吞吐吐,"家里开支多,我就在铁路上多跑跑,多挣一个是一个。这段时间,他俩这样子,也出不去了。"

"我什么样子了,这不挺好吗? 你非要说我病了,哪有这样的老婆!"张浩回头面对妻子说了句,突然咧嘴一笑,"刚才云开书记说了,不是来带我的。"

"张浩你真会开玩笑。我和叶音委员只是过来坐坐,看看你和弟妹。"欧阳云开微笑着,对张浩妻子说,"感谢你,一直对张浩工作这么支持。十八大以后,我们工作任务重了,案子也多,同志们忙活起来,有时几个月回不了家,这家里家外的都扔给了你,让你受累了。不光我这分管案子的,达之书记也总说,对不住你们家属呢。我和叶音今天来,也是从心里感谢你。对你家情况了解不够,关心不够,请你谅解。"

"其实,我也知道,知道领导的好意。就是……就是……这些事儿……"张浩妻子抽泣起来,"怎么都让我给遇上了!"

"你哭什么,怎么这样不懂事,我又没被抓走。"张浩朝妻子大吼,"书记这不都来了,不是抓我的,我是被陷害的!"

"嫂子,走,咱到里边说话。"

叶音见欧阳云开示意自己,便起身拉着张浩妻子到了里屋。张浩看她们离开门厅,一转身迅速拉开靠着墙的书橱,抽出一沓纸来,凑到欧阳云开身边:"书记,这几天,我深刻反思了自己的错误,向组织写了几份检查,什么处分我都接受!"

"为什么处分你?"欧阳云开心里一阵紧。

"那天,张兵不是说了嘛,在张超上小学的时候,我的确去张大志公司里吃过饭,酒也喝了,我和张兵都领着孩子去的,我记得那时俩孩子还扎着红领巾。张超的红领巾,一定是那时候被张兵拿走藏起来了,恐怕是要作为举报我的物证,这些日子他肯定把红领巾交给你了,不然我怎么会找不到了? 我也明白,我违反廉洁纪律,确实错了。还有,我孩子也大了,如果结婚还真得有套房子,这件事我反复想过。可张兵那天说要给我房子钥匙,我真没答应他,那不成了以案谋私? 还有,那天和张兵谈话前,领导嘱咐我,不让我向张兵透露他受贿八十万的事儿,包括用盛达公司汽车的事儿。我一看镇不住张兵,本来是想用这个炮弹炸他一下,没想到便把线索透露了,这确实是违反工作纪律。另外,那天张兵在桌子下边,和我说好多话,我被他揪住衣领出不来,您肯定怀疑我和他做什么交易了。还有——"

"张浩,别说了。"欧阳云开制止他。

"不,书记,我一定要说清楚。以前我没把这些情况及时向领导报告,是对党不忠诚,不老实……"张浩说着,把检查递给欧阳云开,眼里流下泪水,"书记,您是好领导。我对不起您,辜负了您的期望。不过,我真是清白的!"

看着那一份份检查,欧阳云开强忍泪水,心里念叨,都说反腐败是一场没有硝烟的战争,可在取得一个又一个战果时,同志们却付出了多么大的牺牲!家成这样,老婆这样,孩子这样,而我的战友,竟又变成这样!张浩,难道不是从战场上抬下来的精神伤残的战士?

"好兄弟,"欧阳云开拉过张浩的手,轻轻拍着,"你是敬业又廉洁的好干部。领导们都充分肯定你,怎么会有错误呢?你刚才说的这些,一点儿也不能说明是你个人有问题,你是在努力工作啊!"欧阳云开给他一一做分析,解除他的疑虑,最后说,"到盛达公司吃饭,已是十几年前的事儿,多长时间了?再说,你也没帮盛达什么忙啊?"

"这么说,我没大事儿啊?不会留置我?"张浩情绪好转,眼睛明亮了起来。

"谁敢留置你?你是组织上信任的人!"

见张浩脸上露出笑容,欧阳云开再次拍拍他的手。两人正说着,突然屋子里传来张浩妻子的哭声。张浩一听,正要起身,又被欧阳云开拉住:"你去看看孩子,他进房间有一会儿了。我看叶音跟你媳妇干啥来。"

欧阳云开在门外咳嗽一声,然后走进去。只见叶音和张浩媳妇坐在床沿,手拉着手,四只眼睛都哭得红红的。看欧阳云开进来,都用纸巾擦擦眼。

"张浩病情挺重,真得抓紧治疗。"叶音起身轻轻把门掩上,压低声音,"刚才大姐说,这段时间,不是您和镇澜让他在家休息么,他却每天都在家里熬夜。大姐原来以为他在加班写办案材料,后来等他睡着了,见他老是说梦话,大喊自己犯了错误,纪委要留置他,大姐这才开始留意,后来发现他天天在写检查……"

"天天折腾人,真的让人受不了。"张浩妻子哭得更厉害,"他还一次次逼问我,我跟哪个野男人好了?说张兵都看见了……呜……"说到这里,她低下头,肩头哭得一耸一耸的。

"弟妹,你受委屈了。"欧阳云开说,"张浩现在是病人,是受了刺激,才说这样的话。其实他很善良,很老实,追求进步。只是发病的时候,自己也不知道做了什么,说了什么,很容易把现实和幻觉混到一起。你千万别当真,别生他气。当务之急,马上联系医院,全力救治。"

二人下楼出了胡同,小马已把车停在路旁。"云开书记,"上了车好一会儿,叶音突然开口,一下子哽咽起来,"这么多年,我心也硬了,很少掉眼泪。真没想到,张浩家里会是这样子,要不是亲眼所见,我都不相信。张浩家大姐,怎么过?"

"我也没想到。"欧阳云开看着窗外。

"大姐跟我说,这阵子她休假。家里一大一小,都出了问题。大的,脑子时好时坏,小的,整天窝在家里不出门儿。她出差回来,一进门,满地都是空方便面桶。"

"今天,本来是想和镇澜一起过来的,看他正和十一室他们商量案子呢。请你来,是想你和张浩媳妇说话方便些,也可以了解些纪检人的家庭状况。我打听过,治这类病,安海最好的是文昌精神卫生中心。我跟卫健委联系过了,请他们安排。对了,我记得,倪景行有个同学是文昌科技职业学院的院长,让他想想办法,看能不能让孩子有个学上。你说得对,总窝家里,也不是个长法儿。"说着,欧阳云开便给倪景行打了电话,末了嘱咐一句,"这两个事儿,请抓紧办。"

不一会儿,倪景行打回电话来,说中心那边已联系好,明天一早,可去办理住院。孩子上学的事儿,也问过了,"我跟院长同学说,你能不能让孩子到那里去学两年技术?这孩子喜欢玩电脑,要不,学个计算机专业啥的?我同学建议,先让孩子参加今年高考,能考上个好学校最好,如没有好学校上,可带上高考成绩,再参加一次学院自己组织的考试,便可以了。我已把张浩夫人的电话给他,他们随时接头。"

次日一早,欧阳云开赶到清水园。会议室内,江镇澜、叶音、燕飞正讨论得热火朝天。

"云开书记来了?刚才,景行来电话说,接张浩去卫生中心了。"江镇澜看着欧阳云开,"我们正在讨论武来在北京那套房子的事儿,叶音的判断是对的。"

昨天下午,燕飞与武来谈话。

"武来,再考虑一下,还有什么事情没向组织说清楚。"燕飞单刀直入。

"燕主任,所有问题,我都说清了。"武来一脸媚笑,"而且,我还检举揭发了凌云和他老婆杜秀玲,算是戴罪立功吧?"

武来原以为燕飞文文雅雅的,没啥道道儿,等进了留置室,没几个回合,哪里是燕飞对手?这才知道这家伙外柔内刚,逻辑缜密,事事看得透彻,自己一见面时的判断,真他妈的大错特错。

"这样才对。不过,你自己也清楚,你个人的事还隐瞒不少,"燕飞把话题挑明,"北京好风光小区那套房子,到底怎么个情况?"

"那房子?那房子不都已经说过了,我自己买的。"

"先别急于表态,你还真得好好想想。"燕飞话语中透着威严,"我既然来向你核实,那便已经了解到了详情。我提醒你,别自以为聪明,更不要妄想欺骗组织!"

"燕主任,上一回,我连那老板给我垫付三百六十万的事儿都说了,你说,还能有什么好隐瞒的?这套房子,实话说,我是想买下来给儿子结婚用的。本来我想让他在安海，跟在我身边，以后老了也好有个照应，可孩子不听啊，非要去北京发展不可。"

"别扯太远，说房子的事儿。"

"房子就这么回事儿啊。"武来两手一摊。

"在北京，这地段儿，一套一百四十平的房子，三百六十万能买下吗？除了老板给你垫上的三百六十万，其余房款还有多少？怎么支付的？"

"那是郊区，位置偏，值不了几个钱。"

"武来同志！"燕飞双眉倒立，突然提高声音，"那我问你几个问题，这房子，房产证上，房主是谁？水电费、物业费、暖气费、有线电视费、宽带费，都是谁在交？现在，那房子里到底住着谁？要处置这套房子，谁能做主？"

这一串问题，武来哪里能准备这么细致？他没想到，办案人员会对一套房子，抠得这么深。"我想想，想想哈。"武来张张嘴，便低下头，不再吭声。

"呵呵，是得好好想想。"燕飞直视武来，冷笑一声。

"房子，确实是我买的，当然，钱是别人送我的。"武来轻声狡辩着。

"那你把刚才我问的所有问题，一一回答。"

"记不清了。"

"既然你的房子，谁办的总该知道吧？"

"这个……"

"别这个那个的了，你骗不了人的。你夫人去世了，她不会办这些事，可你别忘了，你还有儿子啊？"

"我儿子怎么啦？"武来一惊。

"你儿子说，那是别人的房子，房主不是你，也不是他！"燕飞突然严厉起来，"武来，不要以为做得天衣无缝，便可以瞒天过海。"

226

武来再次张张嘴，想说什么，最后还是没开口。

"怎么不说话了？别耍小聪明了，和组织比，再聪明也是笨！"燕飞厉声说道。

"好吧，我说。"武来双手搓来搓去好一阵子，叹息一声，才说出了房子的情况。前些年，武来曾听顾世言说，女儿顾舒怡要在北京买房子，正在筹款。他听了，便让装修公司老板把三百六十万打了过去，其余房款怎么支付的，武来说他也不清楚。房产证上的名字还落在那装修公司老板的名下，真实户主其实是顾舒怡。

会议室里，听了燕飞汇报，叶音皱皱眉头："那会是顾世言女儿的房产？"

"如果涉及顾世言，也只能查到这里，不能再往下深了。"欧阳云开提醒。

"就目前已掌握的情况，"江镇澜看看大家，"从定性上说，武来这三百六十万，性质有点复杂。他收老板三百六十万，这是受贿。再把房款送给顾世言，又构成行贿。当然，按照权限，行贿的事儿咱们管不着。我的意思，应该向上级报告。"

"佩服啊！"叶音一笑，"难怪云开书记让我拜镇澜常委为师，专家就是专家啊，细腻啊！"

"那当然，江大将军呢！"欧阳云开说，"镇澜说得对，这三百六十万到底能否认定为行贿，甚至后边顾舒怡的余款到底怎么回事，最终只能由上边儿定。还是按达之书记提出的'三不'要求办，'不拓展，不核实，不隐瞒'，发现的中管干部的线索，汇到一起，按程序上报。"

"还有一件事儿，武来的侄子，报考了文产集团下属二级公司。"燕飞继续汇报，"现在正在考察阶段。"

"哼，'一人得道，鸡犬升天。'"叶音冷笑一声，"这其中，必有猫腻。"

"叶音,这还真得具体分析一下。"欧阳云开笑笑。

"云开书记总是心善,"叶音气哼哼的,"叔叔流氓,侄子也好不到哪去。辞退得了!"

"如果他侄子走的是正当应聘程序呢?而且成绩合格,又没发现违规操作问题呢?我看,怎么处理,那应是集团内部的事儿。"欧阳云开又补充一句,"当然,如果违规,另当别论。"

听欧阳云开这样说,叶音觉得也有道理。燕飞看一眼江镇澜。

"云开书记,这类事,叶音和我看法差不多。"一向严肃的江镇澜,居然抿嘴一笑,"你看,武来的问题,现在基本差不多了。既然说到他侄子,不妨研究一下。包括他的生活作风问题。据他自己讲,跟集团内部十几名女性有男女关系。"

"道德败坏,这算啥玩意儿!"叶音恨恨地说。

"这十几个女人,都什么情况?"欧阳云开问。

"两个已婚,其余都未婚。集团总部有三个,其余都在下面二级公司。这些人中,有的是大学毕业,应聘参加工作多年。有的是通过武来,最近几年应聘进来的。"燕飞汇报。

"明摆着是玩弄女性!还有,这些女人,为什么心甘情愿?她们怎么进来的?武来为她们升职、加薪,说过话没有?她们从中还得过什么好处?"叶音越说越激动。

"云开书记说过,叶委员杀气不让须眉,还真是!"江镇澜一边打趣。

"所以,要我说,"叶音是真生气,"既然他自己讲出这么多女人,那我们也别客气,查透,坐实,将来对外通报他。也让党内外看看,这人何等肮脏,腐败堕落到了何等地步!还有,与武来发生不正当关系的女人,该处理的处理,该清退的清退!一定要让人民群众看到,我们党反腐败,是动真格的!"

"要在以前,我可能比你还狠些。"见欧阳云开正在沉思,江镇澜便说,"最近,我仔细读了云开书记的讲稿,也觉得有道理。具体问题怎么处理,还真是不能单纯从纪律和法律一个角度去看,除纪法效果,还有政治效果、社会效果。三个维度看问题,比一个维度看问题,更全面。"

"哎呦,镇澜常委,你说话有点儿云开书记的味道了!"叶音没想到江镇澜会有此一说,"依你看,怎么处理?"

"有几点,应该考虑到,"江镇澜恢复他往日的严肃,"这些女人,是否从武来那里获得超出纪法允许的利益?如果没有,两性关系是否造成恶劣影响?这是党纪处分两个要件之一;即使是有影响,还要考虑到,目前武来是单身。当然,女方那边是否单身,也得考虑;而且,核查工作目前还没进行,如果核查,会给那些未婚女性带来什么影响?给已婚的家庭,造成什么影响?这些,都要想到。"

"好!我们的法律专家,开始从政治效果和社会效果上考虑问题了。"欧阳云开鼓起掌来,燕飞也伸出大拇指。停顿片刻,欧阳云开冲着三人说:"镇澜讲这几条,让我想起个事儿。我有一位中青班的女同学,比我小五岁吧,人长得也蛮秀气,在担任一个地级市教育局长时,被纪委'两规'。也不知怎么着,她与多名男下属通奸的事儿,传到她女儿所在的大学。同学间免不了议论纷纷,指指点点的。女孩子还谈恋爱呢,男朋友一听这个,散伙了!理由则是你妈作风不好,女儿肯定也干净不了。女孩子回到宿舍,大哭一场,写下遗书,跳楼自杀了。"

听罢这个故事,叶音顿时沉默。她这才意识到,原来惩治腐败把握不到位,还真会带来社会问题,伤及无辜。

"叶音憎恨武来,完全可以理解。这种趋炎附势、祸害同事、败坏党的声誉的无赖,情法不容,必须严惩!但我们是为党和老百姓办差,我们手里的刀把子,要服从党和人民根本利益,听党和人民的使唤。使用的过程中,务必把政治效果和社会效果考虑进去,一定要维护涉及人员的正当权益,维护社会稳定。不能完全出于我们个人好恶,由着我们的性子来。"

看叶音听得认真,欧阳云开继续说下去:"你们看这样行不行?男女作风上,请燕飞再向武来核实,违反纪律处分《条例》的绝不放过,但要注意保密。对获得不正当利益的,决不放过,该收缴收缴,该处理坚决处理。对与武来相关的聘用、招考进入集团的人员,包括他侄子,由我们提供名单,责成集团党委依据相关规定调查研究,决定留退转续。如发现违纪违规问题,由他们根据权限做出处理。"

"这意见好,"江镇澜点点头,"把各种因素都考虑进来,比我想得更周全,我赞成。"

"书记,我也同意。由文产集团根据自己权限去处理,更稳妥,应该这么办。"燕飞说。

"怎么经你们三个这样一说,我也觉得云开书记说得有道理了呢?"叶音轻轻含一下食指。

"武来的事儿就这样。"欧阳云开说,"杜秀玲带进来没有?"

"已经到位。"叶音回答。

"带杜秀玲时,杜秀娟到她姐家了没有?"

"放心吧书记,"叶音忙说,"我专门给带人的同志打电话,一定等杜秀娟到了,让杜秀玲向她嘱咐好,应该注意哪些事儿。等她女儿安全有了保证,这才带走的。刚才我又让他们问了杜秀娟,说她外甥女挺好的。"

"叶音考虑事儿,挺周全啊,"欧阳云开朝江、燕二人笑笑。

"滴水不漏!"江镇澜来了一句。

"大将军,别光说没用的,"叶音就说,"借你手下美女小雯一用,可否?"

"都是云开书记的人,"江镇澜看欧阳云开一眼,"书记同意,我没意见。"

"书记大好人，能不同意吗？燕飞，你通知孙小雯，到我房间，咱们再讨论讨论，怎么跟杜秀玲谈话。"叶音朝江镇澜眨眼一笑，"不然，大将军一会儿该反悔了呢。"

"如果你让我去，我也遵命。"江镇澜双手一抱拳。待叶音二人出门，方微微一笑，对欧阳云开说，"叶委员要亲自上阵谈了！"

"将来，她真的会成为一把锋利之剑！"欧阳云开点头，"办案的人，最怕未战先怯。你看叶音，虽一江南女子，性格倒像咱北方人。"

"爷们儿！"

"哈哈，你老江！不过，叶音作为一个女同志，不躲事儿，也不怕事儿，难得。有这股冲劲儿，再加上她知识底子厚实，假以时日，必成大器。"

"你说过，她会成为一个杀器，没错。她上阵谈话的想法，也有好长时间。这次调小雯过去，正好帮帮她。"

"很会挑人，别看小雯年轻，也算老办案的，程序和临场能力都可以的。"欧阳云开微笑着点头，"叶音，小雯，杜秀玲，三个女人，一台大戏，一定好看。对了镇澜，你让燕飞带上个同志，同步跟凌云谈。这样，可以互相印证。"

"好，我跟燕飞说。"江镇澜点头。

果然，留置室里这台戏，一上来便紧锣密鼓，异常精彩。

"凌云，你自己作死，还不让我安生！你要进监狱了，还连累我们全家！"自从杜秀玲被带进留置室，便像疯了一样，嘴里不停地骂凌云。

叶音和孙小雯刚推开门，只听她还在大喊大叫。

"哎哟，杜秀玲，这么大火气啊。还公司副总呢，总得和身份相符吧？你要是在公司这样，下属不笑死了才怪！"孙小雯脸上带着笑。

"你们留置我,总该有理由吧,我犯什么错了?"杜秀玲瞪着眼睛,盯着二人。

"这是省监委委员叶音,我们省纪委领导。我是第十审查调查室主任科员孙小雯。杜秀玲,你现在也别急着辩解,到这里,有事儿或没有事儿的,早晚都会清清楚楚,你急什么?"

听孙小雯这几句话,杜秀玲不好说什么,只嘟囔说:"反正,我没什么犯法的事儿,肯定是凌云栽赃陷害我。"

叶音坐那儿,一直没有说话。她第一次进留置室,面对面与被审查对象谈话,心里说不上是激动,还是紧张。她不停地安慰自己,谈话能有多难? 在大学讲台上,也有些男生调皮捣蛋的,撂给他们几句,不也没敢吱声的?"杜秀玲,本来我没有谈话任务。可我觉得,咱们都是女同志,说话方便些,才过来和你谈谈。"叶音来了句开场白。

大学里,她是系主任,面对的是教师、学生。调到省纪委后,担任案管室主任,负责监督和管理工作,也没接触过被审查人。后来任监委委员,分管的几个室,好多像燕飞这样多年摔打出来的老兵,根本用不着她上阵。但她生性要强,又拿出"学霸"劲头,处处留心,非把谈话的门道摸清不可。齐九天一案,从头到尾旁观下来,凭着她的聪明,早已领悟到不少。可前不久,没做下沙海霞工作,更让她感到,过不了谈话这关,便做不好办案工作。围绕与杜秀玲的谈话,她跟燕飞事先没少下功夫,包括研究凌云的问题线索、交代材料、跟杜秀玲之间的婚姻状况、与武来的关系等等。

"叶委员,女同志怎么了?"杜秀玲一听叶音说到"女同志",气就来了,"凭什么,男人犯罪,要把女人抓来?"

"就凭你是共产党员!"叶音毫不退让,"我们进来后,你又哭又闹,这哪像个领导干部?"

呵,叶音这两句,还真是以硬碰硬,很有力度,倒让杜秀玲愣了愣,连孙小雯也禁不住看她一眼,行啊,叶姐!

"我是觉着冤,要是我把你抓这里蹲着,你什么滋味儿?"

听杜秀玲说这话,叶音的气立即顶上了脑门儿,这是不讲道理啊!

"哎呦杜经理,你这是怎么说话啊? 胡搅蛮缠可与你身份不相符。委员是省纪委领导呢,你要是真有委屈啊,她会给你做主的。"孙小雯怕叶音吃不住,赶紧从一边帮了一句。

听了这话,杜秀玲气势被卸掉一半:"那你说吧。"

"这才对,党员干部哪能这样说话? 还有组织观念没有?"叶音不依不饶。

"你听着,领导跟你说话,是用党员、干部标准要求你。你呢,也不是那些社会上杂七杂八的人,肯定有素质,说话讲分寸的。"孙小雯看杜秀玲又要说什么,怕她再怼叶音,让叶音下不了台,赶忙堵上一句。见杜秀玲缓和下来,叶音便按和燕飞他们提前商量的方案进行。

"你女儿这段时间怎么样? 情绪好些了吧?"

还别说,这句话,倒是触动杜秀玲的痛处。她嘴巴稍张,停顿片刻:"这阵子,还好。"

叶音看到用她女儿的事切入,杜秀玲能听得进去,便想起倪景行的一句话,"谈话如太极,柔胜刚。"于是,她迅速调整过来,"你女儿很优秀,当年考进浙大时,是全市前三名。"

"是啊,这你也知道? 孩子学习一直很好。"

"那……怎么会病成这样呢?"

情绪渐渐平复后,杜秀玲告诉叶音,女儿生下外孙后,像一下子变了个人。那天,她去看外孙,女儿还没出月子,一进门,见女婿抱着孩子,禁不住去逗孩子玩儿,说说笑笑的。哪知,女儿从卧室床上冲了出来,号啕大哭:"我死了也没个人管! 你们只在乎孩子,把我当成生孩子机器!"她这才知道,女儿产后抑郁了。后来情况越来越严重,先是割手腕,被紧急送到医院。再后来,还要跳楼,派出所民警、消防队员都出动了。尽管女婿尽心竭力伺候,可一个小伙子,一边忙媳妇,一边照看小婴儿,还要上班,短短几月,瘦得脱了人形。所以,杜秀玲现在半步都不敢离开女儿,晚上都睡不好觉,和女婿倒腾着,随时关注女儿状态。

杜秀玲认为,这一切都是凌云造成的。有这么个男人,还不如没有。家里老婆现在是死是活,喘不喘气,他一概不管,孩子病成这样,他连问也不问。还不知又和什么骚女人鬼混呢。天底下哪有这样丈夫、这样父亲?

恰在此时,凌云被省监委留置。消息传来,杜秀玲居然觉得一阵痛快,可沉下心来,又觉得可怕。凌云别在暗地里使坏,连累到自己吧? 前段时间,她大闹集团总部,让凌云丢尽面子,他能不记恨自己? 反正,婚姻名存实亡,说不准,他会想办法把自己也拽进去! 屋漏偏逢连阴雨,女儿从网上得知爸爸被留置,病情更加严重,闹腾得更厉害,让杜秀玲真是心力交瘁。

"叶委员你说,世界上还有这样的男人吗? 女人啊,命苦,这婚姻不婚姻,最后坑的还不都是咱女人?"

不好,要坏事! 一说婚姻这些,叶音便心里流血,心里顿时飘过曾经的一丝异样感受,差点恍惚起来。叶音提醒自己,你这是在办案,跟面对沙海霞不同,要控制自己!

"杜秀玲,作为女人,我理解,也同情你的处境,但我今天是跟你核实一些问题,希望你能实事求是。有就是有,如果没有,谁也不能冤枉你,凌云也不能。"

"我能有啥事儿?"杜秀玲问。

"几年前,少年读者分公司被注销时,尚有剩余资金五十五万。

这笔钱,最后到哪里去了?"

"这我咋知道?我根本没听说过,还有这么一笔钱。"

"你再好好想想,你真不知道?"

"我的事儿我认。不是我的事儿,打死我也不认。"杜秀玲说得很坚决。

"那你妹妹杜秀娟名下的五十五万,是怎么回事儿?是不是这笔款子?"孙小雯看杜秀玲想滑过去,便从一边助攻。

"杜秀娟做生意,流动资金量很大,我说不清。"杜秀玲回答。

孙小雯毕竟刚借调到这一组,案情不熟,也不便再问。叶音倒是知道有这五十五万,而且躺在账户上多年都没动。她原想杜秀玲会交代清楚,现在看,她像是真不知道。是不是公司注销时的资金,也不好说。

于是,叶音换个问题:"凌云在清河新华书店的时候,成立一个文化公司,职工出资、公司配股。这你知道吗?"

"知道。"

"凌云到文昌后,其中一百五十万法人期权股,没有转给新任法人代表。这笔钱到哪里去了?"

"这笔钱我倒是知道,是凌云打到我妹妹卡上的。当时他说,那是他个人应得的,留给他父母养老用的。因为那些年我跟公公婆婆闹别扭,吵过几架。知道这事儿后,我便跟我妹妹说,我俩还没离婚,凌云还是我法律上的老公。老公赚的钱,不花白不花!"

"这期权股,就没分过红?"叶音紧追不舍。

"分了。但分多少,我记不清。"

"我告诉你,七十万。"叶音说道。

"都是凌云办的,具体数额我真不知道。"

此时,另一间留置室内的凌云却一口咬定,这两笔钱,都是杜秀玲背着自己,与公司会计转账的,他毫不知情。

会议室内，欧阳云开对江镇澜说："这里头有事儿。你说呢？"

"按说，凌云把大头都交代了，数额已过了两千万。只剩这点儿钱，不至于不说实话啊？"

"恐怕这不光是钱的事儿。"欧阳云开轻轻摇头，"两口子肯定心里别着个啥扣儿，各算各的账。"

"不成爱，便成恨。既然成了仇家，便不顾事实，只想把对方往深坑里推。"江镇澜冷冷地说。

"还是大将军厉害，"欧阳云开一拍大腿，"也就是说，双方都知道真相，却都想抹黑对方。如此说来，只要破了这个恨局，便可拨云见日！"

说着，欧阳云开指挥叶音收兵。

"初战不亏，且小有斩获，尚能控制局面，叶音已经不简单。"江镇澜夸一句。

"一开始有点儿紧，多亏小雯一旁拉了两把。"欧阳云开笑笑，"我们多鼓励她哈，她挺要强的。不用几次，准能上道儿了。"

走进会议室的叶音，脸上微微显得沮丧。欧阳云开端详她片刻："叶音，谈得不赖啊。不急不躁，能沉住气，局面掌控得不错！"

"我刚办案时，第一次和人家谈话，没两个回合，便跑出来了！"江镇澜给她鼓劲儿，"你比我厉害多了。"

"你别说，谈话还真是个技术活。"叶音很不满意自己的表现，"看来，我还是准备不足。"

"不不，"欧阳云开微一摇头，"不是你准备不足。通过你和杜秀玲谈话，事实差不多清楚了。不消除这夫妻俩之间的恨，这里边的扣，便解不开。"

"这一点我也感到了，"燕飞说，"这几次，我跟凌云谈话，总感觉他有这么一种心态：我进来，也不能叫你杜秀玲在外头过舒服日子！"

"是这样。"欧阳云开点头,"我们办案,最常见的是夫妻之间相互保住对方,以便保住一个家。像凌云两口子这样,积怨如此之深,大祸临头,不求同生,只求同死,在跌向深渊时还相互扯拽着往死里掐的,闻所未闻,这得多大仇恨啊!所以我建议叶音,你和孙小雯去跟凌云谈。杜秀玲这边,我领个人去跟她谈谈。"

"书记要亲自披挂上阵?"叶音一笑,"你还是留点锻炼机会给我们嘛!"

"不是,叶音,有些事儿,我清楚,你不知道,也不便说。"

"呵,书记,还有什么事儿对我不便说的?"叶音较起劲来。

"等等你就知道了。"欧阳云开抿嘴一笑。

这边几个人正讨论着,杨帆突然急匆匆走进来:"书记,你们都在啊!"

"有什么事吗?"欧阳云开问。

"齐九天的母亲,去世了!"

屋子里的人一下子都沉默下来。

2

按乡下习俗,齐九天母亲的葬礼在村里举行。齐家所在的老宅院子里,这两天已经搭设起灵棚。灵棚正中,挂着齐母的遗像。

杨帆和昌庆纪委的同志赶到时,村里街坊邻居和本家亲友正忙里忙外,在院子里柿子树下,设起账桌,对客人朋友送来的礼钱、挽幛、烧纸、花篮、果品等进行登记。前来吊唁的人,由亲友引领,村里主丧人高喊一声,"前来上祭,请烧纸!"平辈鞠躬,晚辈跪拜。因齐家子孙中没有男丁,只能齐招娣身穿孝服,带领亲族列跪灵棚两侧,向前来吊唁的人致谢。胡同两边,摆设几十个花圈。院子里有几十人,忙而有序。

"杨主任你看,这些花圈中,只有那两个是用鲜花扎制的,挺出眼。"进院前,县纪委同志伸手一指。

杨帆顺他手指望去,只见两个花圈由白色莲花、白色百合组成,中间用黄色菊花拼成一个"奠"字,洁净雅致,与其他纸扎花圈相比,规格、品质都明显高出一个档次,落款分别写着"崇山人郎子军敬挽""晚辈周翔宇敬挽"。

杨帆不由得点点头。

前两天,得知齐九天母亲去世,欧阳云开和江镇澜、叶音商量,觉得齐九天即将在结案后移交检察机关,他牵挂的大事,目前就剩老太太丧事了。

"齐九天自幼丧父,母子情深,进来后日夜牵挂自己母亲。现在老人去世,我们得成全他这份孝心。"欧阳云开说,"让杨帆过去问他一下,看他有什么要求。"

江镇澜和叶音虽感到,欧阳云开关心齐九天有点"没完没了",但也不好说什么。

杨帆走进留置室,见齐九天两眼哭得灯笼似的,便劝他:"老太太也算高寿,别太悲伤了。"

"生老病死,人间常态,我见得也多了。"齐九天叹口气,又流下泪水,"可老太太是让我折腾死的。我不出事儿,老人不会走这么快。"

"云开书记让我来问问你,昌庆那边正办老太太丧事,你还有什么要求。"

"我一个有罪之人,真不好意思了。"齐九天说着,转身从软包桌子上,取出两页稿纸来,缓缓打开,上书两行挽联,"泪涌悼慈母肠断辱家门"。

杨帆看了,不禁一阵难受。

"生为人子,不能尽孝不说,还害死老娘亲,我真是个不孝逆子!"齐九天流着泪说,"杨主任,我提个过分要求,能不能麻烦您给我两块布条,让我抄上这挽联,然后请您再想个办法,挂到我母亲灵棚里?"

此刻杨帆站在院子里,刚取出提兜里条布挽联,准备递给齐招娣,猛然看到沙海霞手牵小果果,身穿孝服,走进门来。

满院子的人,还没弄清怎么回事,也不等主丧人高喊,一老一少走进灵棚,沙海霞在齐母的遗像前跪下,高声哭喊:"妈——儿媳来给你送行了!"然后对着果果说,"孩子,你跪下,给你奶奶磕头!"

小果果笨重地跪下,幼声稚气地喊一声:"奶奶!"

事发突然,院子里站着的人霎时都屏住呼吸,放下手中的活,缓缓地站起身来,头也都转了过来,齐刷刷一起朝这边看。

齐招娣也惊呆了,稍过片刻,等她反应过来,立即从铺着帆布的地上站起身,急步上前,扶起弟妹,紧紧抱住,放声大哭:"海霞啊,我们命苦啊!"等再低下头,看到跪在地上小小年纪的侄子时,齐招娣揪心裂肺地喊道,"娘啊,你睁开眼看看,你孙子跪在你面前! 老齐家,有后人为你披麻戴孝了!"

齐家家族的人和亲戚们顿时哭成一片。

这一幕,让杨帆感慨万千。果果有人照顾,老太太生前愿望实现,齐九天没了牵挂,沙海霞与齐九天间的矛盾化解,我们也尽到办案人的责任了!

县纪委同志按照杨帆提醒,正把这感人的一幕拍摄下来。沙海霞回头见到杨帆,吃了一惊:"杨主任,您大老远的怎么跑来了?"说着,向齐招娣介绍,主丧人也走来握手。

"各位乡亲,我今天是受齐九天同志的委托,过来悼念老人家的。"杨帆见大家都围过来,忙向在场的人高声说道,"九天同志对自己的错误,对给老太太造成的伤害,对给乡亲们造成的不良影响,深表歉意。"说着,取出两个布条,"这是齐九天同志书写的挽联。他希望，能挂到灵棚里，寄托他对老人的哀思。"

沙海霞和齐招娣接过挽联，哭着交给主丧人。在乡下，主持丧事者，必是德高望重，见过世面的。

"九天在村里上小学时，我曾教过他。我们俩也算师生一场。看他写的这副挽联，就知道，他已经后悔莫及了。你们去挂到老太太遗像两旁吧。"主丧人接过挽联，仔细看过，指挥挂上，点点头说，"这是省纪委对九天一家的关心，也是上级对犯错误的人开恩啊！"

"收养这孩子，也是省纪委领导几次给我做的工作。"沙海霞接过话来，"杨主任，谢谢你们了！"

"我妹妹抢救，老太太住院，人家省纪委都是说了话的，帮了大忙，"齐招娣拿袖子擦着眼睛，"一点儿也没有因为我弟弟出事，便瞧不起我们。"

"我主了这么多年丧事，这回是最受感动的一次。"主丧人听到这里，胡须抖动，面朝在场亲友，"不讲别的，人家杨主任能从省城跑这么远的路，专门到乡下来送挽联，只是为了满足一个犯事人的心愿，这情义，够重！另外，你们还做了那么多好事，我活了七十岁了，听也没听说过。我代表乡亲们，代表大家伙儿，感谢省纪委，感谢上级政府！"说着，让沙海霞领过果果，"孩子啊，代表你爹，代表你老齐家，给省纪委来的客人，磕个头，谢谢人家！"说着，扶果果跪下。

杨帆赶忙扶起果果："好孩子，等长大了，好好孝敬你妈妈，多看望乡亲们！"

见大家都忙，怕耽误办丧事，他便与县纪委的同志，走到老太太的遗像前，深深鞠了三个躬，转身向沙海霞、齐招娣和主丧人握手告别。两人也不等他们送行，几步便走出大门。

刚转过身来，突然瞧见胡同里迎面走来两个人，一个长相俊秀，身姿挺拔，一个身材瘦削，面部僵硬，戴一副金丝眼镜。

"周翔宇、郎子军!"杨帆脱口而出。

县纪委同志刚想细问,对面两人已经走到眼前。

"您是杨帆主任吧?我是安大集团郎子军。"郎子军面无表情伸出手,与杨帆轻轻一握。

"郎市长好!没想到,您还能叫上我的名字来。"

"反腐起风暴,儒将数杨郎!"郎子军打量着杨帆,"清水园内的大将,名动安海啊。"

"郎市长过誉。您也过来了?"

"都在崇山工作过,齐书记帮过我忙,欠人家个情呢。"郎子军转过头来,"这位,您肯定认识啊。"

"周秘书好!我认识您,您不一定认识我。"杨帆笑笑。

周翔宇和县纪委的同志都被弄蒙了。

郎子军便说:"翔宇,这是省纪委杨帆主任。"周翔宇便和杨帆握手,应付一句:"杨主任好。"

杨帆也向县纪委同志做介绍。

对省领导的秘书,杨帆自然都能对上号,而能一口喊出郎子军名字,则是因为前些天看过沙海霞带着果果去看他奶奶的视频。但杨帆机敏警觉,怕郎子军多疑,立即说:"去年,省政府开全省优秀企业家表彰大会,顾省长给您颁的奖。郎市长,安海名人啊!"这事其实是听欧阳云开说过的。

"杨主任记忆力真好!"郎子军朝周翔宇竖起大拇指,"强将手下无弱兵啊,云开书记部下,强手如云!"

"哪里啊,我们都是跑跑颠颠,做些小事儿。您多少大事儿要忙,还不忘老朋友,如此义气,让人佩服!"

"您二位来,肯定有任务吧?"郎子军顺便一问。

"喔,倒是没任务。这不,九天书记给老太太写了副挽联,我们给送过来。"杨帆谦和地说。

"你们做的,都是得人心的好事儿啊,让人感动!"郎子军拱拱手。

"您二位进去吧,我们走了。"说完,杨帆便与郎、周告辞。

"看上去,周秘书还没反应过来呢。郎总挺老到啊,说话真得体。不过,这人身上怎么有一股子阴冷之气?"县纪委同志问。

"呵呵,做大买卖的原因吧,头脑冷静。"

"不是,阴森森的一种感觉。"小伙子说,"这两位,地位都挺显赫的,能到这村里来吊唁,只搁这里站上一站,也是有动静的,给齐九天长脸了!"

"光'站站'哪行?得等崇山的人到齐,见到了,才会离开呢。"杨帆拍拍县纪委的小伙子。

江镇澜在二楼会议室,正和叶音议论张兵的事,朱克坚走进来,说齐九天要见云开书记。

"他怎么净事儿?"江镇澜也不抬头。

"说是个人的事儿。"

"你没问他啥事?"

"问了,不说,说非见云开书记不可。"

"呵,真把自己当盘菜!"叶音也觉得齐九天太过分,"云开书记是店小二啊,整天呼来唤去的?"

"咱俩去看看,"江镇澜对朱克坚说,"反正非老即小,还会有啥事儿?"

见江镇澜进来,齐九天立即站了起来,眼睛还是红红的。

"老齐,有啥事儿非见云开书记?跟我说行不行?"江镇澜问。

被留置以来,齐九天和江镇澜交手几次,深知他的脾气,字字刀,句句箭,一开口准戳到骨头里,所以,内心挺惧他的,哪里还敢说事,"没事儿,只是想云开书记了。"

"云开书记不在清水园。你有事儿,说便是。"这次,江镇澜倒是挺和气。

齐九天知道该找谁,不该找谁,若是和江镇澜说,不光说了没用,闹不好还挨顿熊。"心里闷得慌,想跟云开书记聊两句。"

"那好,我转告他。"江镇澜心说,本来我还真想帮你,只要不过分。既然你不愿和我说,也少了一事。转念一想,咳,看来我也是太过严苛了,人家有话,也不和我说。走出留置室,江镇澜和朱克坚刚走到二楼,见欧阳云开和倪景行从门外进来,便向他俩说了刚才的经过。

"镇澜你判断得对,齐九天找我,非老即小。今天是他母亲葬礼,当儿子的,心情可以理解啊。"欧阳云开立刻对倪景行说,"他不和镇澜说,咱俩进去看看。"

齐九天见欧阳云开走进来,眼泪一下子流出来:"云开书记,我都听说了,您为果果的事儿,费了多少心啊,去了我一大心病。我是有罪之人,一无所有,只有对您的感激之心。"齐九天说着,便要跪下。

"九天你这是干啥?男人膝下有黄金,哪能来这个?"欧阳云开遂问,"你找我,肯定还有事儿吧?"

"听朱克坚说,您安排杨主任去我老家,在老母葬礼上送去了我的挽联,你们对我无微不至,恩人也到不了这地步。我也是张不开这个嘴,知道再提任何要求,都太过分。所以,刚才江常委过来,我没好意思张口。"

"只管说就是,九天。"

"云开书记、倪主任,你们知道,家父死得早,母亲年轻守寡,把我们三个孩子,一把屎一把尿地拉扯大,受了多少苦、多少委屈啊!所以,一九七七年我考上大学,临离开村子那天,我把柳条包放在路边,一口气跑到我爹坟旁大哭一场。我向他发誓,一定让我娘过上有尊严的生活！谁承想，现如今却要进监狱，徒留骂名，老娘也因我窝囊而死，别说让她活得没尊严，死得都不体面！"

"老太太的葬礼，办得挺庄重的。"欧阳云开安慰他。

齐九天完全沉浸在悲痛之中，也不问欧阳云开说的"挺庄重"是啥意思，只是自说自话："是我对不起爹娘。我爹去世时，自己不懂事儿，都没能烧刀纸、上炷香，现在老娘死了，又不能烧纸烧香为她送终，我这算什么儿子？"

欧阳云开与倪景行对视一眼，明白了齐九天的意思。

"云开书记，为人子，不能在老人入土时烧纸上香，岂不枉为人生！"说着，又抹眼泪。

"九天，你也别哭了，我们商量一下，你也休息会儿。"欧阳云开把纸巾递过去。

二人走出留置室前，倪景行告诉说："齐书记，留置室内是不能见烟火的，这有明确规定。"

欧阳云开问倪景行："那怎么办好？"

"孝为天下先。《孝经》有云，'夫孝，德之本也，教之所由生也'。"倪景行略一思索，"齐九天有此孝心，总胜恶念，应该成全他。"

"只是，这留置室烧纸，不合适吧？"欧阳云开觉得不踏实。

"这点儿小事儿，还能难到我们云开书记？"倪景行一笑，"只上香，不烧纸，我来办。在里边烧香，也违反安全规定，案管室知道了还不追安全责任？ 要是你办，还不追到你头上？ 真出了动静，一定是达之书记或北京来人找你谈话。我办，便不一样了，一旦有什么差池，案管室找我，最后肯定交你来处理，对不对？"倪景行用手心在没绒毛的头上，有节奏地来回磨蹭两下，"呵呵，那就好说，好说喽！"

"你真行，太鬼了吧？"欧阳云开笑起来，"我跟案管室说好，我们保证安全,咱明人不做暗事儿。不过我可不能不地道,把罪名安到你这光头上,本来就没毛,别再搓掉一层皮!"

说笑间,两人走进会议室,见江镇澜、叶音和朱克坚正商量事。江镇澜背对着门口,正说着什么。叶音看欧阳云开两人进门,便要打招呼,被欧阳云开摆手制止。

"张兵的案子,也就这样。他进来后态度不咋地,这是事实。"只听江镇澜说道,"但他涉案数额并不大,能落实的,只有贪污的那一笔二十万。张大志给的房子,他确实没要,这个也已经落实。另外,他所在的理论处,长期借用盛达公司车辆,他去张大志会所吃喝,以及收受有关人员购物卡,都违反廉洁纪律。他找顾世言,为一些人办这办那,与顾世言之间还有没有啥事,这我们都不便向顾世言取证。他在谈话室使阴招对付张浩,有对抗审查调查的意思,但不好据此定他违反政治纪律。最后一点,是他接受张大志送的那八十万,虽说这钱是在他手上,但严格来说,还不能算在他头上,因为他没有支配权,而现有证据,也难以认定张兵是斡旋受贿。"

"完全正确!"欧阳云开听到这里,禁不住喝彩道,"要么说专家呢,不枉不纵。"

江镇澜这才知道欧阳云开和倪景行站在身后,忙回身说:"讨论张兵案的处理建议呢。"

"检察院什么意见?"欧阳云开坐下。

"我与分管公诉的副检察长和公诉部门同志都沟通过,他们认为,张兵贪污二十万,证据确实充分,可以认定。当然,那八十万的证据,我们不能与他们讨论交流,也不必让他们知道。检察院意见,待我们移交后,考虑到犯罪数额不大,可由张兵缴纳保证金,给予取保候审。"

这个意见,所有人都认同。

"齐九天说啥?"讨论结束,江镇澜才突然想起这个。

"他想为老太太烧纸上香。"

"这哪行,不符合安全规定的!"叶音凤眼一挑。

"不让他烧纸,只上三支香,"倪景行一笑,"相当于谈话时抽了支烟吧。"

"肯定又是云开书记不坚持原则。"叶音扭头看欧阳云开。

"叶音说得是,我们应该小心为上,毕竟有规定!"欧阳云开朝倪景行摆摆手,"快去准备吧。"

倪景行出门不一会儿,杨帆便从外边回来。

"辛苦啦!怎么样,这趟昌庆没白跑吧?"欧阳云开问,"比蹲在这里谈话,开眼吧?"

"书记说得真对,参加这个葬礼,太让我感动了。我亲身感受到了思想政治工作的效果,太值了。"接着,杨帆把去昌庆以及见到郎子军的情况,向大家一一做汇报,然后把手机里录的葬礼视频打开。

"乍看起来,清水园离昌庆乡下挺远,可实际上,很近很近。"看到主丧人由衷表达谢意时,欧阳云开便向大家说,"我们在这里做的工作,乡亲们是感受得到的。所以,怎么评判我们的工作?看民意,老百姓感觉好,才是真的好!"

叶音把杨帆手机要过去,回放沙海霞扶着果果向奶奶磕头一段,叹口气:"这一家人啊!"

正议论着,倪景行走进来,右手端着一个白色的瓷碗,里面装满洁净的细沙,左手提个纸袋,里边装一个相框,插着一扎香。

"怎么还有相框?"欧阳云开感到奇怪。

"我让杨帆从微信上把齐九天老太太的照片发给我,又让伙计们去山南照相馆洗出来,一会儿,齐九天烧香磕头时需要。"

"你真行!应该这样,不办则已,办就尽量完美。"欧阳云开冲倪景行、杨帆说,"我们进去吧。"

"我也去,"江镇澜手里不知从哪提来一个灭火器,"带上这个家伙,安全。"他要进去陪齐九天烧香,完全出乎一屋子人的预料!

"世界是物质的,物质是运动的,运动是变化的。"欧阳云开连连点头,扭歪头面对叶音,"你也一起去得了。"

"我可不去!"叶音把头一歪。

3

夜色下的清水园,天空星光闪烁,园内流水潺潺,花香袭人。

留置室内。欧阳云开、江镇澜、叶音、倪景行、杨帆、孙小雯、朱克坚,均一袭正装。齐九天理了发,刮了须,穿上进留置室前曾在惠安设立崇大分校签约仪式时穿的西服,仿佛一下子又恢复往日大学党委书记的气度。江镇澜坐在谈话桌正中,欧阳云开和齐九天坐在江镇澜两侧,其他同志沿墙根围坐一圈。北面墙上,悬挂着鲜艳的党旗。平日里齐九天接受谈话的桌子之上,闪亮着红色的电子蜡烛。这场面,庄严,温馨。

"今天,我们审查调查工作第六临时党支部,在这里开一次严肃的党内组织生活会。作为临时党支部书记,由我主持这次会议。"江镇澜目光炯炯,"大家知道,今晚上,是齐九天同志在清水园,也是在党内,最后一个夜晚。明天,就要去检察院那边了。临时支部决定,我们和齐九天同志一起,总结一下两个多月来接受审查教育的思想收获,对他下一步生活,提出希望和建议。为开好这次生活会,我们特别邀请省纪委副书记、省监委副主任欧阳云开同志,省监委委员叶音同志与会。下面进行第一项,"他神情凝重站身起来,"请全体起立,面向党旗,举起右手,由我领誓,大家宣誓!"

宣誓完毕,看大家都坐下,江镇澜宣布:"下面进行第二项,请临时党支部副书记倪景行同志,对齐九天同志被留置以来的表现,给予点评。"

"从二月二十日被留置以来,"倪景行一扫平日里一脸春风,严肃庄重,"齐九天同志对自己的严重错误,经历了一个从抵触,到悔恨,再到主动配合的过程。我们认为,现在九天同志对自己错误认识是深刻的,态度是诚恳的,配合组织审查调查是积极的。对于你的表现,特别是真诚悔过的态度,我们已经正式向省委做了报告,同时也向司法机关进行了通报,这也有利于减轻对你的处罚。对于你在留置期间的表现和转变,组织上是肯定的,满意的。"

"现在进行第三项,请本支部党员代表提意见。"江镇澜补充一句,"一会儿,九天同志还要发言,我们注意抓住要点,多留点时间给他。"

"我先提一条,"朱克坚说,"九天同志要增强鉴别能力。从我们调查的情况看,很长一段时间,你对自己要求是严格的,但后来遇上张大志这些人,就一点点地站不稳了,最后失去了原则和立场。"

"我是女同志,我觉得吧,九天同志意志不够坚强,爱哭,这可不行。以后你去那边呀,会更寂寞,还不天天光哭鼻子啊?所以建议你调整好心态,不管遇到什么情况,都要乐观起来。因为,哭,解决不了问题啊!"孙小雯充满温情。

"以后办什么事,都得考虑后果,"叶音语气严厉,"你看看,你违纪违法,都带来些什么? 在你接受审查调查期间,你妹妹住院,你母亲去世,代价太大了,教训够惨痛了! 果果如不是云开书记帮忙,弄不好,都没人管,还不流落街头啊!"

"九天同志,我觉得,你错误这么严重,组织上没抛弃你,想方设法教育挽救你,盼着你回头。我一个办案人,都觉得你真的应该感谢组织。"杨帆回头对江镇澜说,"对不起,我稍微多占用点儿时间。"说着,他打开投影仪。

屏幕上,先是播放沙海霞带着果果去医院看奶奶的视频,又播放齐九天母亲葬礼的视频。

两段视频,齐九天第一次见到。尽管,以前他也知道沙海霞认领了果果,奶奶在最后时刻看到了自己孙子,知道杨帆代表审查组前去昌庆吊唁。当他亲眼看到视频,触景生情,一时浑身颤抖,泪如泉涌!

还没等江镇澜宣布第四项请齐九天同志发言,他已站起身,先擦一把泪水。

"我齐九天,罪孽深重!给党抹黑,给同志们添了麻烦,我亏欠组织,亏欠大家。我先向大家道歉,表达我的感激之情!"说着,他面对众人,深深弯下腰去,真诚地鞠了一躬。

"今天,是我一生都忘不了的日子。回想起来,我经历的事儿也不算少了,或悲或喜,或大或小,但没有一次能这么刻骨铭心。今晚的生活会,是我一生的分水岭。往后看,通往生命尽头的路,本是铺满绝望和寒冷,但我从这鲜艳的党旗中,从温暖的烛光中,感到组织送我最后一程的情义,感受到作为一个'人'的尊严。只这一丝光亮,便平添一股让我走下去的勇气!谢谢亲爱的同志们,在我生命旅途中,这可能是最后一个晚上,可以货真价实地喊一声'同志们'了,以后,我再也没有这个资格了!"

说着,齐九天又一次向大家深鞠一躬,然后直起身,慢慢从桌子上拿起一沓厚厚的稿纸。

"这是我写的忏悔书的底稿。半个多月来,我一遍又一遍地写,总感到词不达意,难以表达内心的悔恨,难以表达对党组织的感谢。你们可以看到,这厚厚的忏悔录,每一页,都浸透着我的泪水。事实上,在这一过程中,我流下的泪水,远比写这忏悔录用过的墨水,多得多啊!忏悔录的正式稿,我已经上交给组织。在这里,我不再照稿念了。我现在想,我怎么便……便堕落成这样子了?"

齐九天眼含热泪,回顾着自己的人生经历。烛光缓缓跳跃,屋子里的人,都沉浸在齐九天的讲述里。而在齐九天脑海里,却出现一个又一个清晰的画面——

他躲在母亲身后,怯生生地看着病床上即将死去的父亲;

他抓着母亲的手,走街串巷,卖豆腐脑,卖油条;

他跟着姐姐齐招娣,拉着妹妹齐亚楠,在田野里奔跑着放风筝;

他坐在教室里,认真听课,恍然之间,黑板前那个讲课的老师,换成了他本人;

他出席各地的会议,在话筒前慷慨激昂,发表学术观点;

他高高举起奖杯、证书,看着台下人起立为他热烈鼓掌;

他站在一座楼顶,踌躇满志,对身边人挥起右臂,眼前是一幅无比灿烂辉煌的蓝图;

他出入各种斑驳陆离的场所,洋酒、外语,穿着入时的女人,灯红酒绿,纸醉金迷;

他眼前出现张大志的身影,奕笑略带羞涩地低着头;

他看到自己从一个光溜溜的女人身边仓皇起身,一抬头,牛胖子满脸阴险走过来;

他看到有人在信封里塞着现金,悄然放到他办公桌上,而他轻巧地划进抽屉;

…………

"我罪不可恕!"齐九天语气沉重,"我挥霍着党对我的厚爱,愧对生养我的父母,对党不忠,对父母不孝!尽管我病入膏肓,可组织并没有放弃,也没有嫌弃我,还千方百计,为我治病,将心比心地教化我、引导我,让我深刻认识到自己的错误和罪过,洗涤我灵魂上的污垢。最让我意想不到的是,审查组对我母亲、姐姐、妹妹,如此照顾,尤其对我违纪养育的儿子齐宗远,费尽周折,做了细致妥善的安排,解除了我最大的挂念。所有这一切,作为一个罪犯,我想都不敢想啊!"

最后,齐九天抬起头来。

"亲爱的党组织,亲爱的同志们,我明天就要离开组织的怀抱,就要去看守所了。此时,面对通往监狱的路,我十分坦然。母亲的后事,已经妥善处理,儿子有妻子抚养,我齐九天了无牵挂。请放心,现在,我的灵魂已经洗涤一新,将来进了监狱,决不辜负党组织教诲,不辜负大家对我的爱心,一定洗心革面,重新做人!"说完,齐九天再次站起来,第三次向大家深鞠一躬。

江镇澜扶齐九天坐下,然后才宣布:"现在请云开同志讲话。"

"别'讲话'了,跟九天同志谈谈心吧。"欧阳云开亲切地说,"九天同志,今天这次特殊的组织生活会,对我们在座的每个人来说,都有深刻的教育意义。这分分秒秒,都弥足珍贵,凝结着党组织对每个成员,也包括犯了严重错误的同志的真挚感情啊!"欧阳云开紧紧握着齐九天的手。

"纪委是干部之家,办案人也讲感情。组织上绝不能容忍党员违纪违法,如对此熟视无睹,结果必然是纲纪废弛,党将不党,国将不国,就难以向人民交代。但是,即使像你这样犯了严重错误的同志,毕竟在党内工作、生活了这么长时间,眼看着自己的同志走进监狱,这滋味儿,能好受吗?"

说到这里,眼泪在欧阳云开眼里打转。

"九天同志的最大的教训在于,一个好人也会犯严重错误,一个原本严于律己的人,最终却走向了自己初衷的反面。你刚才问自己,怎么便堕落成这样子了?你在剖析自己时,我也在想,问题到底出在哪儿?肯定有三观的问题,有纪法观念淡薄的问题,有膨胀狂妄的问题,有交友不慎的问题,还能找出好多条来。不过我看，一个很容易被忽略了的深层次的原因，是你文化取向上出了问题。一个人，一旦接受某种文化，便会形成特有的理念，以至行为方式。你接受传统文化，本身没问题，但你未加鉴别、选择，将糟粕也一并接收。你祖上曾荣耀过，你把自己视为齐家传承人，牢记父亲的临终遗嘱，以发扬齐家荣耀为己任，这念头，深入你骨髓，没有儿子，你便觉得是一生最大缺憾。恕我直言，这事不能全怪张大志，他只不过是催活了你内心那颗罪恶的种子，趁机破土发芽而已，没有张大志，还会有李大志、马大志。只这念头，或者这文化，便如同被植入大脑的毒菌，何时出错，只是需要适宜的土壤气候而已！九天同志，你用惨痛的教训，告诫我们，一个人的内心观念，多么需要科学的思想来洗涤，来武装，多么需要及早用思想上的杀毒软件把头脑中的木马病毒清除啊！"

齐九天不住地点头。这个夜晚，他已然没了恨，没了牵挂，只有后悔，只有感动。

目睹这一切，江镇澜在反思。以前，只管办案，不管审查对象的转化，是不是"偏科"了？齐九天，一个犯了如此严重错误的人，不到三个月时间，却脱胎换骨，真诚悔过，这是多么了不起的重塑工程！欧阳云开为什么如此看重思想工作，不放过一点一滴机会？因为他想到的，不仅是惩处，更要让被审查人感受到组织的关爱，从而痛改前非，重新做人，最终为社会化解掉一个消极因素，为党减少了一个对立面。我江镇澜，是单腿蹦，人家云开书记，是双腿跳。

看着欧阳云开朝自己这边投过柔和的目光，江镇澜深深地点点头，叹口气，扫视一下留置室。

"现在进行最后一项，我宣布对齐九天同志的处分决定：经安海省纪委常委会会议研究，并报安海省委批准，决定给予齐九天开除党籍处分，由安海省监委给予其开除公职处分！"

虽然前几天已有同志与自己谈过话,也宣布过这个决定,但此时此刻,在如此庄严的组织生活会上,再次听着这个决定,齐九天内心无比震撼,无比痛苦,深感追悔莫及!

"咳,一场劫难,让我一贫如洗!我这一跤摔得呀,丢了党票不说,还换成了进监狱的门票!"齐九天再次站了起来,深情地看着在场的每个同志,"我向组织保证,即便我被开除党籍,即便进了监狱,我依旧热爱党,也会重新以党员的标准来要求自己,我还会坚定地跟党走。在走出这间房子前,我郑重向组织承诺:凡在留置室内我签过的字,这就等同于对组织做出的保证,绝不反悔!今后,凡是对不起组织的话,不管什么场合,我绝不说半句!凡是不利于党、反对党的言行,不管是谁,我坚决斗争!我齐九天虽然身不在党,但我发誓,坚决做到两个维护,内心永远向党,永不二心!"

审查组党员全体起立,热烈鼓掌!

"九天老哥,今天,你能找回初心,坚定跟党走,这是你政治上重获新生,我为你高兴,也让我十分感动!"欧阳云开握着齐九天的手,亲切地叮咛他,"明天早饭后,检察院的同志会过来接你。我要参加省里会议,不能为你送行了,请老兄多珍重!"

"云开,大家都是我恩人,您,更是我的好兄弟!"齐九天紧紧拥抱着欧阳云开。

"老哥,果果你不用挂念,我跟沙海霞说了,有啥事儿,直接找我。党内生活你是结束了,但作为一个人,无论走到哪里,你都要立直身子,挺起胸膛,有尊严地活着!"

齐九天咬着自己的下唇,坚定地点点头,眼眶里泪花闪闪。

次日下午,欧阳云开车进清水园,刚要进八号楼,迎面看到叶音正站在门厅。"这一院子的风景,料你一定喜欢。"欧阳云开笑笑。

"可我只看到，'夕阳西下，断肠人在天涯'。"叶音嘴角一撇。

"你也跟倪景行学会了。"欧阳云开笑笑。

"他？我才不学呢，穷酸斯文。"叶音与欧阳云开并立而行，"你还开玩笑呢，刚才叫凌云把我给气坏了。还有这号人，油盐不进的。"

"不配合啊？"

"还配合呢，没见过这类渣男！"

"和武来比，他还老实。"欧阳云开站住，"镇澜常委说过一句话，'解铃还须系铃人'。不过，凌云、杜秀玲这两口子，谁是解铃人，谁是系铃人，还真不好说。你别急，等我和燕飞去和杜秀玲谈谈，再说。"

留置室内的杜秀玲，被焦灼所笼罩。女儿产后抑郁，虽有妹妹看护，可自己被抓进这里，女儿哪能受得了这种打击？女儿如此，外孙又会怎么样？都怨她这个该死的爹，世界上还有这号当爹的吗？

当欧阳云开和燕飞走进来的时候，她紧盯着欧阳云开，眼睛里带着火气。

"不认识吧？"燕飞介绍，"这是欧阳云开书记。"

"你……就是欧阳云开？"杜秀玲顿时瞪大眼睛。

"是我。"欧阳云开朝她笑笑，"你可能不认识我，可我跟老凌很熟。按年龄，我得叫你嫂子呢。"

"嫂子？"大名鼎鼎的欧阳云开，能来留置室跟她谈话，挺出乎意料，况且进来还这样称呼，这让杜秀玲怎么也没想到。她毕竟是国企领导干部，又是凌云夫人，虽然脾气再暴躁，也还懂规矩的，顿时收敛下来。"云开书记，你想和我说啥？"

"说点儿心里话吧。"欧阳云开把椅子拖到杜秀玲斜对面，"看着你两口子较劲，我挺着急。本来没啥了不起的大事，可你们相互误解,错进错出的,积怨也越来越深。"

"他让你们留置,也是我误解他?"杜秀玲愤愤地说。

"这倒不是。"欧阳云开耐心地说,"他触犯纪律、法律,自然会受到惩处。可你们夫妻之间,没有爱,只有恨,这太不正常。"

这番话,甭说杜秀玲,连燕飞心里都觉得奇怪。这是啥地方,都啥时候了?办案子呢,怎么还聊起夫妻感情?

"我与他没夫妻情分了。十多年不在一起,婚姻早死亡了,只剩下没办离婚手续。"

"嫂子,其实,你俩婚姻为啥出状况,原因恐怕连你都不一定清楚。我和你说说看,你也不用不好意思。燕飞不是外人,都是老办案的,你们两口子的隐私,我们也会保护好。"

杜秀玲更感到奇怪,怎么扯到"隐私"上了?

"我就直说吧。平时,我跟凌云经常打打闹闹的,有话也能说到一块儿。你到文产集团大闹,省直机关几乎无人不晓。过了没几天,我俩开会时在会堂院子里散步,我便问他,怎么闹到这一步?他叹口气,告诉了你们之间的一些恩怨。"

"云开书记,你一说这个我就来气,我闹错了吗?他跟单位那女办公室主任,白天黑夜黏糊在一起,干什么呢?人家都打电话跟我说了,丢死人了!"

"这事儿,你还真是冤枉凌云了。其实,凌云在那方面,好多年前就不行了。"

"哪方面?"杜秀玲一时没反应过来。

"男人那方面。"

"嘁,谁信啊?你不知道,他之前还跟另一个女部长勾搭过呢。"

"嫂子你别急,你说的是二级公司那个女副部长吧?这事我们也调查过。"

255

对凌云经济问题审查基本结束,燕飞便安排对剩余几个问题线索进行核实,其中就包括这条。找女部长谈话时,人家很爽快,说自己离异,也知道凌云的婚姻名存实亡,感觉凌云为人老实,愿意和他做个知己朋友,可哪知道,等他们一起时,凌云根本不行。她还当场出示了两人的聊天记录,完全印证她的说法,凌云确实不具备过夫妻生活的能力。燕飞问凌云时,凌云苦笑一声,说关系暧昧是有的,但不正当性关系不成立。

“他真不行? 不光对我?”杜秀玲瞪大眼睛。

“真不行。因为这个女的,你前些年不是还和凌云吵过吗?”欧阳云开告诉她,“而且那次散步时,凌云亲口跟我说,十多年前,你说他在外边怎么样,他便想证明自己没那回事儿,所以在和你亲热时,本想好好表现,可越急越不行。有次你还说他,光流汗有什么用,把劲儿都使到外边那些破鞋身上了吧? 从那以后,他一想到你们夫妻俩要在一起就紧张,彻底灰心丧气,后来干脆不回家了。”

“那……那是我冤枉他了?”杜秀玲喃喃自语。可不,欧阳云开说的这些,包括她与凌云夫妻间说的私密话,确实是真的。

“另外,你还误解了他和那位办公室主任,人家那是正常工作关系。你想,凌云根本没那方面要求,还能胡思乱想这些? 一个办公室主任,整个文产集团最忙碌的人,那阵子是年关,又赶上有活动,不得加班加点赶活儿啊。你怎么不动动脑子,如果一个男人真的跟个女人勾搭上,能明着让她整天在眼前晃悠,在全集团人面前显鼻子显眼? 若是真有了这方面事儿的,哪一个不是藏着掖着,在人前装着不亲不近的样子? 还有,你不觉得,给你打电话的人,有些蹊跷?”

“你是说,打电话的人,另有目的?”杜秀玲眨巴着眼睛。

“你只要稍一琢磨,便可以回过味来。当时给你打电话时,才晚上七八点钟,满楼都是人,能干什么? 他添油加醋,说得有鼻子有眼,分明是不怀好意,诱使你过来大闹的。"

"是谁干的?"

"我们已经核实过,是武来。"

"天哪!"杜秀玲如梦方醒,一抓头发,"我……被他当枪使了?"

"武来交代,他也知道凌云和女办公室主任没啥事儿,就是想让你抹他一身臊,说不清,道不明。你呢,又不动脑子,点火便着,不管三七二十一,急三火四跑来,拿起别人为你准备好的屎盆子,便往自家男人头上扣去!"

"哎呀,你这一说,我是真蠢啊!"杜秀玲后悔得拍胸顿足。

"男人闯世界不容易啊,心里再多憋屈,也不会轻易吐露,很多人硬是憋出病来。你没看到有几个男人最后能活过自己老伴儿的? 这其中不能排除男人承担了太多压力。你这样伤害他,凌云哪能不恨你? 男人都讲体面,你让他连做人的尊严都没了,心都凉透,还指望他能给你面子? 更何况,你连他父母都给撵到乡下去,坚决不伺候,让凌云怎么想? 即便凌云再对不住你,可老人没错啊,那是革命老人,红军和烈士后代啊!"

"我那是对凌云生气,才把火撒到公公婆婆身上的。这么看,这件事儿我做得是有些过火了!"杜秀玲是直性子,知错就认,"云开书记,你说,事情到这地步了,还有办法挽回不?"

"我研究了凌云和你的证据,"欧阳云开分析道,"除违反党纪那些事儿,真可能让你入狱的犯罪事实,有两个,一个是关于少年读者分公司那五十五万,一个是一百五十万期权股和分红七十万,要么钱在你妹妹账户上,要么被你花了,这是目前的证据。"

"真是他让会计干的。"杜秀玲一脸焦急。

"但如果凌云硬是不承认他指使的,只你和会计嘴上这么说,又没客观证据支持,这便缺少了凌云的主观故意,这笔钱很难定到他身上,只能由你承担法律责任。"欧阳云开进一步分析,"如果,凌云承认这两笔都是他指使的，那情况截然不同，你只是掩饰隐瞒犯罪所得，负次要法律责任，可以避免进监狱，也能回家照顾女儿。"

"可我们都僵成这样，凌云怎么会承认呢？"她急得直挠头。

"钥匙握在你手上。凌云其实也明白，确实不是你指使的。但是你一次次伤害他，让他不仅失去了家，老人没了照顾，而且在外面、在集团，都毫无尊严。你不仅不理解他，帮助他，反倒和武来站到一起，成为别人的帮凶，这都成了仇人了。所以凌云恨你与恨武来没有什么区别，认为是你们俩把他逼到了这个地步，他这才铁了心要坚决惩罚你。自己进去了，也让你陪着。"

"云开书记，我是真冤枉啊。我承认，对凌云、对公公婆婆，我做错了。他恨我，我能理解。可是，我俩总算夫妻一场，他也不能把我往监狱里逼呀？"

"人心换人心，夫妻间也一样。种豆不可能得瓜，播下恨种子，哪能结出爱的果实？你说凌云不顾夫妻情分，可你又哪里像个贤惠的妻子？现如今，你只能用真情来感化人家了。"

"书记，有啥办法，请指点我。"杜秀玲急切地问。

"你不妨给凌云写封信，也别转弯抹角，就实话实说，把心掏出来，真挚忏悔，承认对凌云的伤害。人啊，一颗心是可以感知另一颗心的。只要你拿出足够情义，再深的伤痕，也可以抚平。你把信写好，我们会给你转达。"

"云开书记，多亏你点拨！"此刻，杜秀玲如梦方醒，悔恨交加，一脸感激之情，"我今晚就给凌云写信，我给他认错。咳，我糊涂啊！"

第九章　突　发

1

一大早，欧阳云开正在办公室翻看笔记本，听到有敲门声，一抬头，见路达之走进来。"早早忙上啦?"路达之微笑着打招呼。

"书记过来啦，怎么不叫我过去?"欧阳云开连忙起身。

"喔，只几句话。"路达之坐到对面椅子上，"刚才，我路过省高院大门口，有一百多号人吧，站成长长一排，扯着白色横幅，上面写着黑色大字：'贪法官黑裁判　公平正义难实现'。穿着打扮，一瞧就是乡下人。云开啊，这么多老百姓来堵法院大门，里边一定有什么情况。"

"'贪法官黑裁判　公平正义难实现'?"欧阳云开眉头一皱，"这个，好像我也见过。那天在文昌中院大门口，我看到有人拉着横幅，写的好像也是这内容。难道是一回事儿?"

"两天前，案管室高辉送过来几条线索，是反映省高院副院长庄严问题的，会不会跟这事儿有联系?"

"庄严?"欧阳云开脑海里顿时浮现一个个头不高，身形略胖，身长腿短，戴一副黑框眼镜的男子形象。那次在孙岱家里喝酒，也说到了他，外号叫"矮脚虎"。可不，还崇山人呢!

"线索很具体，生活作风问题一大堆，这倒不是我们的关注点，关键是搞司法腐败，这就影响到党的形象。所以，我让案管再调度调度情况，完了我签个意见，让他们送给你先看看。如果觉得差不多,就朝初核方向走!"

"抓这个点好啊,书记。"欧阳云开点头,"前段时间,我到下边看望外调组同志,他们也听到些反映,说有些法官太不像话,没正事儿,还在搞吃了原告吃被告这一套。旧社会说,'衙门口朝南开,有理没钱别进来。'这都新时代了,怎么这些衙门却是'春风不度玉门关'呢?"

"司法腐败,会失去人心啊,"路达之严肃起来,"一个冤假错案,背后多少辛酸泪?所以,今天早上,我走到省院门口时便想,这样的情景,在整个安海不会只这一出吧?最近一段时间,关于各地法院问题的来信,我收到不少,你也了解到了这方面的反映。我有个感觉,法院系统的问题,恐怕不会是几个孤零零的案子这么简单。"

"老百姓都知道,'执法犯法,罪加一等。'司法腐败,的确应该引起重视。"欧阳云开说,"等案管把你的批件送过来,我们一定当成重点来核实。"

"好啊,办案不在多少,关键抓住要害,抓住典型,查一案刹一股风。抓他几个法官贪赃枉法的案例,举一反三,整治一下法院系统存在的腐败问题。怎么着,也得让老百姓有说理的地方呀。"路达之指指心口,"海晏河清,在哪里?在老百姓心里,在民心。"

"对啊,办案与刹风结合起来,才会有好的效果。"欧阳云开补充一句。

"对了云开,"路达之想起另一件事,"下周一,我去北京参加华东地区纪委书记座谈会,主要座谈落实监督执纪工作《规则》的体会。我考虑一下,也别漫漫地谈了,选一个侧面,集中谈谈在审查调查过程中,如何做好思想政治工作的体会。这方面我们有实践,有思考,你在培训班上讲的很多观点,就不错。"

"书记鞭策我呢,其实你理解得更深、更透。选这个点挺好。"

欧阳云开笑笑。

"齐九天案,很能说明问题。你们在齐九天身上,真没少下功夫。他能从内心感激组织,不容易。光这一个案子,便很好地体现出思想政治工作重要性。那天镇澜同志还说呢,齐九天案,给他上了实实在在一课。"

"嗯,这案子下来,让他感受到,思想工作还真不是花架子。"

"不能单纯地看镇澜同志的转变,"路达之也笑,"这说明,我们的办案队伍,观念也正在一步步地转变啊。"

"'战争伟力之最深厚的根源,存在于民众之中。'"欧阳云开来了兴致,"只有动员起全省的办案人,都转变观念,才能让更多接受审查调查的人心悦诚服,取得更好的办案效果。"

"哈哈,主席话儿记心间。"说着,路达之站起身,刚走到门口,又转回身,突然很神秘的样子,"齐九天已经移交,凌云、武来案接近尾声,该放松一下吧?"

"咱们纪委,啥时候放松过?"欧阳云开一时不解。

"关键是时间,"路达之一笑,"今天可是周五。"

欧阳云开这才反应过来,遂哈哈大笑。

"谁不知道啊,"路达之伸出右手食指摇晃着,指一下欧阳云开,"用一个小时的时间,谈笑间把凌云带进清水园,还没耽误去钓鱼?"

这天上午,郎子军设在文昌的安大集团总部,迎来一位客人。正是路达之跟欧阳云开谈到的,安海省高级人民法院副院长庄严。

临来之前,庄严给郎子军打电话问:"子军老弟,上午有时间没?"

"院长老兄啊,九点钟,我做的那个电视剧项目,要签个约。这样吧,咱们十点见。你过来,咱们在楼顶喝茶。"

"老弟对影视这块儿也感兴趣?"

"谈不上兴趣,玩儿吧。前几天,我还给前进话剧院打了五百万。那帮年轻人的探索精神,令人感动。等前期工作做完了,请省长出席一下他们的座谈会,他很重视宣传文化领域的工作。"

此时,庄严没心情琢磨郎子军的意思,只是问:"省长不会出席签约仪式吧?"

"想见他?"郎子军嘴角僵硬地动一下。

"最好先不见吧。"庄严悄声说。

"我也是这么想。"郎子军不动声色,挂掉电话。

庄严乘着电梯,直接到安大集团楼顶。一出门,便有一个身穿粉色连衣裙、长相秀美的服务员迎上来:"庄院长,郎总正在出席签约仪式。请您先来茶社坐坐。这边请。"女孩把庄严引入茶社,给庄严泡上茶,"您先坐,请用茶。"说着,点点头,便退着出去了。

安大集团楼顶,哪是个楼顶那么简单,其实是一个微缩版空中花园,设计显然出自大师之手。地势微有起伏,苍松奇檀做成的巨型盆景排排成林,绿植成荫,芳草如茵,花红水蓝,亭阁精巧,幽径弯弯。出电梯口北行,是一栋微型仿古茶室,雕梁画栋,古朴典雅。

看着女服务员转身退出茶社,庄严也跟了出来,走到厦顶边沿,手扶栏杆,放眼望去,整座文昌城,尽在眼底。一回头,又看那女服务员的背影,心中难免一动。身穿夏装的女孩,青春难掩。看着,不由得拿出手机拨通一个电话。

"在哪儿呢?"女人的声音甜美动听。

"我在南山头,笑看安海风云。"庄严眯着眼微笑。

"院长好兴致,肯定不想我了呗。"

"春心荡漾,时机不宜。"

这种挑逗游戏,庄严玩得娴熟。两人正说着,听到身后有动静,庄严一回头,见郎子军独自一人走出电梯口,这才对着手机说:

"好了,听话,今天不行,改日哈。我约的一位大企业家来啦。"

"该不是约了哪个小狐狸吧?"女人咯咯一笑。

"哪里哪里,是男的,男的。"庄严悄声说。

庄严一边挂掉电话,一边与郎子军握手。

"院长老兄,又是哪个女孩儿?"郎子军不等他回答,径直走入茶室,一指茶桌,"明前龙井,品品口感,去去火。"说着,端起壶来,给庄严倒了半杯,然后给自己也倒上。

"还真得去去火气。"庄严抓起杯子,吹了吹,一口喝下。

"最近韩老师还找你麻烦不?"庄严刚要说话,郎子军倒先开口了,他的表情总是让人难以琢磨。

"没有。这事儿,多亏老弟。"庄严只好应一句。

他急匆匆来见郎子军,正是因为省高院门口一大早便被拉上横幅,大门被堵得人车难进,院办和信访部门的人,都在做上访人的工作,说服他们离开。他本来也可以从侧门进去,可一旦上访人中有人认出自己,也是麻烦。于是,索性连侧门都没进,掉转车头,到郎子军这里来走走。一个是给郎子军送个信,让他有个准备,也让他领自己个情。这帮人上访,实际上与他的安大集团有关。再一个,也是让他帮着自己出个主意。老百姓总举报,没完没了,说不定哪天就告到自己头上,毕竟自己也在帮安大运作这官司。更深一层意思,也想和郎子军说说,请他在顾世言那里先铺垫一下,将来有啥动静,能让省长说句话。

庄严心里正乱着,没想到郎子军却跟他谈起了韩老师。韩老师名叫韩江雪,一个不到四十岁的女人,东岛大学法学院副院长。

"院长老兄,你审美眼光独到!韩老师,喔,现在已经是韩院长,不管五官、身段儿、皮肤,配置组合都是 A 级的。说谁谁沉鱼落雁,咱没见过,可人家韩院长,美丽得刺眼,热烈得狂放,都现在这年龄,风韵依旧啊。"郎子军不紧不慢地赞美着,像是十分欣赏。

可庄严如坐针毡:"老弟呀,你可千万别再挤对我了。"见郎子军说完,庄严才俯身拱手。

郎子军这番话涉及一段往事。五年前,庄严任崇山中院院长时,韩江雪还是一个民庭法官。庄严第一次见她,就被她的艳丽吸引,以后隔三岔五就找理由,让她过来汇报工作。谁知,韩江雪比他还主动,没谈两次,热情便点燃起来,反而约庄严到一处叫"红袖衣"的茶楼喝茶。等登楼落座,韩江雪身着深 V 领粉色薄纱裙,尽显前凸后翘身材,愈加娇羞妩媚。一时间,庄严如痴如狂,小小空间内,便弥漫着强烈的相见恨晚的气息,当晚竟热烈拥抱到了一起,从此两人便如胶似漆。好长一段时间,韩江雪觉得,此生遇到了真爱,内心幸福得比蜜甜。于是跟庄严海誓山盟,今生今世,永不分开,"不嫁庄哥死不休!"庄严难以拒绝她的热情,敷衍她说,很快与夫人离婚,跟她共进婚姻殿堂。韩江雪当起真来,像烈火一样燃烧,疾风骤雨般与丈夫协议离婚。哪承想,几次催促,庄严这边却没了动静。女人心里着急,一再电话,庄严呢,则是越来越冷,后来,干脆避而不见。直到有一天,庄严升任省高院副院长,翅膀一振,飞离崇山。韩江雪这才听说,其实庄严早有盘算,顾世言省长暗中运作他到省高院也有一段时间了。这让她如梦方醒,庄严这"矮脚虎",嘴上像抹了蜜,心里根本没有一点结婚的意思。天可怜见,自己婚也离了,儿子也判给前夫,尤其在整个崇山法院系统内,传得纷纷扬扬,她韩江雪成为人们茶余饭后的笑谈。

思来想去,女人干脆一不做二不休,破罐子破摔。她一股气跑到省城文昌,寻到庄严家里,跟庄夫人大闹,逼她跟庄严离婚。庄严夫人倒是贤淑老实,跟一个发疯的女人对阵,连句骂人话都说不出口,只愣在一边,气得浑身哆嗦。但庄严儿子不吃这套,一把抓住韩江雪的头发,连骂带打,将她拖出门外。随后还提起一桶浇花用的浸泡发酵过的粪汤,从头到脚,把她浇个透。可怜韩法官一个美人，一时间，臭气熏天。极度痛苦的韩江雪，逐渐变得精神狂躁，班也不上了，在家休养，一有机会就跟庄严折腾，"你要不给我个说法，我天天躺到省高院门口！"

那时的庄严，可谓腹背受敌。家里，庄夫人和儿子不让进门，连门锁都换掉。外面，韩江雪步步紧逼，昔日情人反目成仇。思来想去，庄严觉得，还是得安抚住韩江雪，不然，自己的大好前程，将要毁到这疯女人手上。他想到了顾世言，好歹大家都有崇山情结，也常在一起聚会，他安排的几个官司，也办得很妥帖。哪知，顾世言听罢，把他痛批一通，不过批过之后，最终还是把韩江雪调到东岛大学法学院，任副院长，总算让她消停一阵子。

以庄严意思，自此斩断，不再来往。可没多久，韩江雪回想起来，自己一个堂堂法官，落得如此下场，正应了"天长地久有时尽，此恨绵绵无绝期"。一个人越想越气，便三天两头往文昌跑。庄严为此换掉手机，躲着不见她。几乎所有手段都用上，但架不住女人一门心思，只盯他一个人。

谁知，韩江雪从一个朋友那里听说，庄严跟一个叫凌霄的女律师搞到一起。一听此事，勃然大怒。这次，她铁了心要给庄严点儿颜色，便带着一个身强力壮的本家弟弟，扑到文昌高院对面一栋写字楼，凌霄所在的律师事务所。说来也巧，当时庄严正和凌霄在一起，甜甜蜜蜜，卿卿我我。韩江雪二话没说，扑上前来，先扇那女人一顿耳光，两个女人连哭带骂，扭打一团。庄严趁其不备，狼狈逃窜，乘出租车跑回省高院宿舍。哪里想到，韩江雪和她本家弟弟尾随而至，拼命砸门。庄严担心女人情绪失控，闹得法院机关宿舍鸡犬不宁，毕竟省院副院长啊，脸面还是得要的，只好开了门。

一进门，壮汉守在门口，韩江雪直奔厨房，拿来菜刀，披头散发，泼妇一般，一边数落，一边举刀在空中挥舞，一只手连掐带拧还不解恨，干脆脱下鞋，朝他身上头上乱砸："我本来有家有子，现在叫你害成这样,家拆了,人疯了,天天让人耻笑。你倒好,把我玩够,像个破罐子一样扔到一边。可我过的什么日子,你知道吗?整天以泪洗面,暗无天日。你当初对我许下的诺言呢?你良心呢?你个猪狗不如的东西!我活不成、死不就,你可好,找骚女人搂搂抱抱,花天酒地,我今天非把你的皮剥下来不可!"

一看韩江雪疯了,要拼命,庄严只好跪地求饶。最后,亲笔书写一份保证书,"退休之后,与夫人离婚,娶韩江雪为妻。"并承诺,给韩一百万治疗费,"本周一次付清。"

一纸保证书,总算暂时平息了韩江雪怒气。但第二天,庄严一回过味,立马意识到,那份保证书,便是一枚定时炸弹,不知何时就能轰然炸响。你庄严,可是省高级人民法院副院长,一旦韩江雪的疯劲上来,把这玩意给捅到网上,那还不彻底玩完?何况,那一百万,也得找个出处。庄严便想到郎子军,过去与顾世言一起吃饭,郎子军曾悄声对他说,但凡用钱时,说句话。

见庄严找到自己,郎子军倒是爽快答应,亲赴东岛,见到韩江雪,甩下二百万现金。回来时,交给庄严两份保证书:一份是韩江雪亲手书写的,保证不再找庄严麻烦;另一份,正是庄严写的那个承诺书。

此时,坐在楼顶花园,郎子军看着对面的庄严,旧事重提,夸他审美能力,其实,多多少少有点儿挖苦意味。这个,庄严岂能不知?

"关键时刻,你帮了我,终生难忘。"他忙不迭地说。

"咳,不是我说你,老兄也得节制下。"说这话,也是郎子军看不惯他的做派,特别是刚才一出电梯,看他给女孩子打电话那神态,让他极不舒服。

"我现在很注意了,特别是从韩江雪胡闹以后。"

"不对吧?那天,我去东岛做韩江雪工作时,她跟我说,你给她写下承诺书后,当晚上根本没让人家回东岛,你俩又涛声依旧了,在你宿舍床上睡了一夜。你说,都真刀真枪地开火了,你咋还能睡到一起?"

"我……也是想哄哄她嘛。"

"只因为你一直哄,才哄出这局面。"见庄严不敢抬头正视自己,郎子军语气更冷,"老兄不是我说你,你身边女人太多,都一个个炸弹,会让你粉身碎骨的!"

庄严后背都湿透,哪敢再接这个茬,于是赶忙把话题岔开:"我今天急着来,是想告诉你,高院大门被堵,我心里没底儿。这上访的村民,是举报你们度假村的,告的是你们安大集团。他们一审败诉后,现在已上诉到文昌中院。这些村民胡闹,你得想点儿办法。"

"还得看你老兄的掌控能力。"郎子军缓缓说道,"闹什么闹?人家一审是根据我们安大和村民当初签订的合同来判的。区法院依法办事,现在上诉到文昌中院,难道便不依法办事了?"

"老弟,如不是我出面,一审哪能是这结果?"庄严看郎子军总是刺他,也还了一句。

"所以我感谢你啊。这事儿,我让集团副总盯着点儿。我也从北京那边律师事务所,请了最著名的律师,打官司呗,都法治社会。我这边儿,自然会做带头上访人的工作,甩几个钱,便可打发掉。不过,中院那边你得盯死了,主审法官要撑劲才好,该出血就出血,花多花少,你不用管,有我。"

"我给他们打过招呼,还一起专门吃了几次饭。"庄严停了停,又说,"如果中院那里万一没操作好,你们败诉了,我再想个办法,提级审理。"

"难为你想得周全,这才对了。"郎子军轻轻点头,"其实,度假村不度假村的,倒也无所谓,关键是省长得有个活动的地方。我们也好喝个茶,吃顿饭。"

"我知道,老弟是想让省长和咱们这帮人,有个聚一聚的地方。"

"也不完全这样。我是想，咱这帮人得有个向心力、凝聚力才行。眼下，是齐心协力，先把省长推上去，有了省长这把大伞，方能遮风挡雨，一荣俱荣。当年，你从崇山进省院，还有你身上这些乱事儿，还不亏了省长运作？"

"是啊，你和省长，都对我有恩啊。"庄严忍不住抹一下额角的汗。

夜晚，文昌湖畔，闪起点点灯光。

欧阳云开跟几位老钓友，借着路旁光线朦胧的路灯，在岸边一字摆开。不远处，草坪上扎起帐篷。水面上，电子夜光漂闪烁着，一目目红绿相间的光，比白天更加清晰。蚊香燃烧的烟雾飘散在空中，驱赶着恼人的飞蚊。微风吹拂，垂柳摇曳，湖水拍岸，鱼儿偶尔跳出水面荡起阵阵波纹。湖边的幽静，将喧嚣和浮躁都推给远方的城市，只把安静和惬意留给了岸边钓鱼人。

欧阳云开打开头灯，明亮的光柱顿时照亮水面。他把挂着拉饵的钓钩，轻轻抛向钓窝，夜光漂缓缓入水，钓饵刚刚触底，鱼漂便一个稳稳上行，标准的鲫鱼顿口。他一手提竿缓遛，一手伸出抄网，一条斤把重的鲫鱼便提出水面。只在摘鱼器上轻轻一挡，鱼儿便安然入护。一周的劳累和烦恼，在这竿起竿落之中，消失得无影无踪。

谁知，这个夜晚的美妙，被一个不速之客给打搅了。

正在欧阳云开享受这盼望了一周的乐趣时，听到身后传来窸窸窣窣的走动声。钓友们有时候会忘记带点什么，走过来要个钓件，问问钓情，交流一下钓技，或者湖边逛夜景的人，出于好奇，过来瞅一眼，甚至拖出鱼护，看到垂钓战果，大惊小怪地呼喊一番，这都常见。所以欧阳云开对身后来客不以为意，连头也没回，只是全神贯注地看着夜光漂,眼睛几乎一眨不眨。钓鱼嘛,一旦进入状态,便心无杂念,一切其他事情,均抛九霄云外。可也怪,来人就在身后不远处,一直没走开。当他收回鱼竿,挂上鱼饵,再次甩竿以后,趁机回头看了一眼,不免一愣。借着远处岸边灯光,见一个女人站在身后不远处。

"师哥,果然是你!"

此语一出,欧阳云开顿时反应过来,哦,是她?心说,完了,今晚上的好心情怕是被毁了。钓鱼人特烦被人打扰,别说和他人闲聊,哪怕自己憋得不行,也顾不上起身去解手,常常是刚转过身去,一回头鱼漂就被拖黑了!

"呵,怎么会在这里遇上林县长?"

女人正是林小夏。这季节,地面温度已升起来,她穿了件领口略低的白色短裙,勾勒出曼妙身材。原来,林小夏知道,要提前打招呼,欧阳云开一定不见她。她估计,已是周五,欧阳云开只要在文昌,一定会回家。于是也没打招呼,便赶到文昌。到省纪委宿舍欧阳云开的楼前,一按门铃,里边接对讲机的是秦月。

"云开书记在家吗?我是云开书记的学妹林小夏。"

秦月搞不清这位是谁,顺口说:"他到文昌湖钓鱼去了。"

林小夏一听欧阳云开不在家,便说了声"再见",手提两盒茶叶、两盒海参,反身回到车上。掏出手机拨通欧阳云开司机小马的电话,说:"我是云开书记的同学,已经到文昌湖。云开书记要个材料,叫我送来。他在哪个位置?"小马也没多想,便说,在文昌阁正西方向三百米的大柳树下边。小马也常一起钓鱼,知道钓位在哪。

"这便叫'有缘千里来相会'嘛。我和几个闺蜜,到文昌办点儿事。听说这里景色不错,便特意跑过来看看,刚在文昌湖宾馆住下,准备明天在这里度周末。她们几个不肯出来,我却不想辜负了这美妙的夜色。又听说您喜欢来这里钓鱼,便到这边溜达,果然在这里见到师哥。师哥会当官儿，也会享受。"林小夏语气酥软，略带沙涩，凭空添了一些妖媚。

欧阳云开真替她难为情，绕一大圈，才编出这么一个蹩脚由头："确实奇妙，倒是林县长好雅兴，奔走几百里，能在这湖边偶遇，真是出乎我的意料之外。"

"要么说缘分呢。"林小夏走近些，嘿嘿一笑，欧阳云开顿时嗅到一股浓重的香水味。

欧阳云开本就烦她，又见钓友们好奇，都把头灯照了过来，心想，如果再和她扯个没完，一会儿钓友们还不拿自己开涮啊。于是忙放下鱼竿，拴好失手绳，示意林小夏去一边说话。说着，二人走到几十米外的路灯下。

对林小夏来意，欧阳云开能猜个大概，她能找到这里，也是费尽心思。对这位八竿子打不到的校友，欧阳云开有两个评价，一是她自我感知的能力和实际具有的能力，不在一条实线上；二是她的攀爬力，支撑不了她的攀爬心。

欧阳云开心里不高兴，但想到一个女人远道而来，也不好硬拉下脸："咳，说是钓鱼呢，老远跑到这湖边儿，就是图个清静，不愿别人打扰。"

不知林小夏听没听出他的话音，居然凑在欧阳云开身边，很亲切的样子，还扯扯欧阳云开的衣袖："人家想您了，来看看您呗。"

"林县长，你看，你这一过来，耽误跟闺蜜们玩儿不说，还让我少钓了好几条鱼呢。咱俩都有损失。"欧阳云开话更明了。

"师哥，我不许你叫我林县长。"林小夏的语气像是在撒娇。

欧阳云开头皮一阵发麻："好，好，那叫林小夏同志吧？"

"师哥您咋这样呢？我知道，您，还有孙岱市长，都瞧不起我，都不愿帮我。"林小夏扭头瞧着欧阳云开，"你看，人家大老远过来见到您，您还净说些连讽带刺的话。俺一个女人家，在基层，干个

270

芝麻粒大小的官儿,容易吗?虽说,我们县也只巴掌大个地方,可麻雀虽小,五脏俱全,针头线脑的琐碎事儿一大筐。这两年又让我分管安全,哎哟,俺一个女人,得整天跟那些小老板斗智斗勇的,容易啊?我也是一肚子委屈没处诉的。"

"基层事儿多,但是锻炼人啊。"欧阳云开听她这么说,觉得自己说话确实狠了些,她毕竟人不坏。反正,这会儿是钓不成鱼了,既然林小夏开始聊工作,那便说几句吧,也想法引导她一下。

"确实锻炼人,师哥,您看我都百毒不侵了。"林小夏歪着脑袋,看着欧阳云开,"不管荤的素的,张口就能来。反正,他们也不拿我当女人看。可是,师哥,您看我是不是很有女人味?"

"云开,中鱼了!"恰在此时,不远处的钓友们高喊。这帮钓友,都老江湖,也有从省纪委领导岗位上退下来的,尽管刚才只听到他与林小夏交谈数语,便听出了他内心的厌烦。所以便喊叫起来,其实是怕他甩不掉,为他解围。

"好嘞,马上回去!"欧阳云开转身对她说,"小夏,这地方不便谈工作。这样,改天你到文昌,到我办公室也行,咱们好好聊聊。"

"师哥您总是跟我说这些应付的话。"

"那你有什么事,请直说吧。"

"好啊,我可直说了?"林小夏的脸离得很近,又拍拍欧阳云开的胳膊。

"你说就是。"欧阳云开拍一下脸上的蚊子,顺便避开她的手。

"最近,我们常务副县长的位置空出来,我听说,很快就要推荐。师哥您是大领导,一句话能顶我干好多年的,关键时刻,帮小师妹说句话呗。"林小夏身子轻摇,撒娇地瞟过来一眼。

"小夏,既然你把话说到这份上,我也说说我的真实想法哈。实话说,女同志在基层干工作,又得顾家,确实不易,要比男同志付出得更多,我也很同情。我这样想的,这当官儿,没个尽头的。你这次当上常务副县长,也不是终点,你若看到新的希望,还不得更加起劲往上奔?'身在将相思王侯'啊!新位置催生新想法,你总往上奔,哪能不累?我记得过去给你说过,在个人发展上,总不能一路绿灯,遇上红灯,停一停,喘口气,也挺好,急功近利,要出毛病的。让我说,这么年轻都已经副县长了,以后顺其自然便很好了。如果人家给,咱接受,不给呢,坦然。这样,咱不当这个'官儿'的奴隶,一辈子轻松。再说句不中听的,如果你声望不够,甚至资源也有限,你这么强求自己,肯定超出极限,最终还不得把'老本儿'贴上啊?"

"我就知道,师哥您不会管我。"林小夏低着头,突然哭出声来。

"我是怕帮倒忙,反倒害了你。"欧阳云开话更直接,"这样的事,别说我张不开口,即便勉强说了,也不管用。我不知道你想过没有,比如你干上常务,恕我直言哈,一个县,多大的摊子啊,常务嘛,总得协调你们政府这些副县长们,可他们哪个不是经风见雨的?都是些人精,一百个心眼儿等着你呢,你协调得动他们吗?一些大事,还得拿主意吧,以目前你的情况,真处理不了那些事,人头也不好摆平,矛盾化解起来也难,像把你架在火上烤似的,真这样,你还不光剩了作难的份儿了?弄不好,还整出个啥毛病来,得不偿失。如果你踏踏实实地干,到最后,成绩出来了,资历也够了,组织一定会考虑你的。我最大的体会是,跷跷脚能够着的,去争取。要蹦起来才能够着,即便上去了,也遭罪。"

"现在多少人都托门子上去了,哪有什么跷脚蹦高这一说?"林小夏认真起来。

"我对你说小夏,"欧阳云开正色说道,"许多行业是看喜剧的,而我干了三十多年纪委,看的多是悲剧。你今天便听我一句话,如果你对自己没有一个准确的评价,一门心思往上拱,那只有两个结果:一个是能力不配,职务是上去了,但工作顶不起来,最终干砸了,欲速则不达,被晾到一边更难受。更糟糕的是第二种结果,自寻烦恼,那麻烦就更大了。你本就漂亮,肯定有人打你歪主意,只是没得到机会,你防还来不及呢,可你却处处求人,说不定到了哪一步、哪个节点上,你急于上位的心理被坏人抓住,冲你下手,那不等于自入狼口,岂不是连跑都跑不掉了?如果这坏人再犯了案子,你还不被牵扯进去?"

哪知,林小夏听了,竟咯咯一笑:"师哥言重了吧?别那么耸人听闻的。"

话已至此,欧阳云开便不好再说什么。

"师哥,我们市委书记吴剑雄是个啥样的人,您肯定了解,脾气暴躁,张口就骂,我在他跟前都吓得哆嗦。我感觉,他也不怎么赏识我。您光说些吓唬人的话,可这么死等,得熬到啥时候,才能出头?"

"所以,你更应该远离是非,不争不抢。"

"我也是打听明白了,吴书记最在意省纪委领导,说就数省纪委领导说话管用呢。您说句话,他肯定听的。"林小夏斜眼看着欧阳云开。

"哪里啊,你净听他们糊弄你。"欧阳云开心里说,咳,看来,自己刚才把话都说到那个份上了,她还是没听进去。自己本来就讨厌这钻钻营营的,况且吴剑雄还有那么多举报信,能为这种事向他打招呼?可又不便说这些,"我们俩,井水不犯河水的,互不来往。我也听说,凡是本人直接找他的,他还痛快些,觉得眼里有他。如果托别人向他求情,他会觉得你不把他放眼里,结果比不托人的结果还坏呢。"

"人家大老远过来,却从头到尾,听了这一堆大道理。所有道理堆到一起,还是不帮忙呗。咳,今天算白跑了!"林小夏情急之下,也不说来湖边偶遇了。见欧阳云开把话堵得死死的,心知再说下去也没啥结果，只好找台阶下，"反正，我这辈子赖上您啦，您得关心我！"

"小夏，我们好歹也算认识，才说这些掏心窝子的话。"欧阳云开心想，还是应该给她出点正经主意，别让她东一头西一头地胡乱跑了，不然，就凭她这点儿心机，还不死吃亏啊？于是对她说，"我觉得，你谁也别乱找了，回去就堂堂正正地找你们县委书记，让他知道你的想法。他觉得有必要的话，他会找吴剑雄的。最了解你的人，最能帮助你的人，还是你的县委书记。他出面，是代表了组织，程序正常，也有力度。"

"那……好吧。"林小夏不情愿地说了句，怏怏离去。

见她走了，欧阳云开心里老半天不是滋味。心说，她倘若真住宾馆还好，如果今晚赶回滨海，那还不得到下半夜啊？咳，一个女同志，安分点多好，这个活法，到处钻钻营营的，太累了。回到钓台上，本想给孙岱打个电话，聊聊林小夏的，但又马上打消念头，一个女人费这么多心思，跑这么远路，也不容易。这事说出去，对她影响不好。

2

华东地区纪委书记座谈会结束，路达之收拾好文件，正要离开，分管安海的中纪委监督检查室主任钟声走了过来："达之同志，请来我办公室坐坐吧。"

"好的。"路达之点头，提上包，与钟声并肩走出会议室。心想，主任要么是安排工作任务，要么是交办重要问题线索。一般线索，都会走正常程序，通过机要发函转办、交办即可，不必单独交代。

"有个函件，达之同志你先签个字。"果然，走进办公室，路达之刚坐下，钟声便切入主题，将签收簿递给路达之，转身打开保密柜，取出一个信封,"你们省惠安市长孙岱,涉嫌严重违纪违法。我们在查处一个中管干部案件过程中,发现了这个重要线索。"

"孙岱?"路达之眉头一紧,"查实了?"

"行贿人是安徽兴隆建筑工程有限公司法人代表李健。"钟声说得平静、坚定。

"孙岱可是欧阳云开的同学,他们很要好。"路达之盯着那封交办函,轻轻摇摇头。咳,怎么会这样,怎么偏偏是他?孙岱你违纪违法,可是给我和云开出了个好大难题。

"达之同志,我理解你心情。"钟声倒一杯茶,放到路达之面前,"我知道,孙岱是欧阳云开老同学。所以我要嘱咐你,谁来主办这个案子,一定慎重考虑。有一点,别让欧阳云开办了。"路达之抬起头,刚要开口,钟声微笑着摆摆手,"你听我说完。我们这么考虑,是从工作出发。当然了,云开是立场坚定的好同志,这没的说。"

"钟主任,这样不妥吧?"路达之态度坚决,"欧阳云开原则性很强。安海只那么大地方,领导干部间都互相不认识,不可能的。他在省纪委工作几十年,认识他的人肯定不少。被审查调查的人里面,熟人也不少,但我从没听说过,因为认识谁他就网开一面。在安海,这是公认的。"

"达之同志你别急,"钟声语调缓和,"我刚才说过,云开是位好同志。"

"光好同志不行,关键是信任。"路达之站起来,"钟主任,你耐心听我说两句。战士也好,将帅也罢,最怕的是被怀疑,可以说,在安海反腐败战场上,欧阳云开是一名无畏的战士。他经历过太多难事儿,遇到过法与情的选择,遇到过陷害报复,甚至还收到过'死亡通知',但他从未退缩。我相信,他一定会把党的利益放在首位,经受住情与法的考验。"

钟声点点头。

"遇上这样的案子,我们把他晾一边儿,他个人怎么想倒不重要,关键是,组织上这样对待一名对党忠诚的同志,是否合适,是否公平?有哪一条规定说,纪委人员不能办自己同学的案件?钟主任,别嫌我固执,这个案子,放心交给安海,我保证能得到公正查处!"

钟声认真听着,笑了笑:"好,我这也是提个醒,你安排便是。其实,我们也是好意,免得云开同志在办案过程中,承受太大思想压力。你想,为什么主刀医生很少给自己亲人做手术?下不得手啊。我听说,他俩从上大学起感情就特好,让他向自己最好的朋友开刀,太残酷了吧?请你们把握好吧。"

从北京返回安海的高铁上,路达之望着窗外,陷入沉思。

路达之办公室。

"达之书记,怎么样,你的发言大家认可吧?"欧阳云开问。

"咱们做法很好,领导给予充分肯定,大家讨论得很热烈。等下次常委会,我传达一下会议精神。"路达之神色凝重,显然心思没放在这次会议上,"不过,有个事儿,我给你说一下,中纪委给了咱们一个交办函。"

"哦?"欧阳云开没继续多问。这些年,与路达之研究工作甚至商量重大复杂的案情,从未见过他如此神态。什么事情呢,难道与自己有关?

"云开,你要有心理准备。"路达之缓缓地说,眼睛一眨不眨地盯着他。

"书记,你只管讲。"欧阳云开心里顿时忐忑起来。

"孙岱!"

"什么?孙……孙岱?"这两个字,从路达之嘴里一出来,欧阳云开脑袋里嗡的一声,紧接着,身子一软,慢慢靠在椅背上,一时呆坐在那里。

"想开点儿云开,我理解你此刻的心情。"路达之劝慰道。

"怎么会呢?"过了很长时间,欧阳云开喃喃自语。他猛地站起来,"达之书记,是不是搞错了?不会因为他是我同学,别人陷害他吧?过去还有人糟蹋我,举报我为父亲大办丧事,其实当时老人还健在呢。为这个,我还在民主生活会上做过说明。"一向豁达开朗的欧阳云开,此时完全乱了方寸。

"云开,错不了,"路达之伸手,轻轻把交办函推给欧阳云开,"证据,已经敲得很实。你看看吧。"

欧阳云开一时无语,端详着那个保密信封半天,终于从恍惚中一点点地清醒过来。"书记,这事儿你不该告诉我,我应该回避。"

"不,你不但不该回避,而且,必须由你来办。"路达之态度坚决。

"达之书记,我们……我们俩是同学……我办,真不合适。"

路达之站起身来,绕过桌子,走近欧阳云开,伸手拍拍他肩膀:"云开,如果让别人办这个案子,把你晾一边儿,你会是什么心情?可我也知道,由你办这个案子,将是一次痛苦的煎熬。你与孙岱,同学间情深义重。一边是情,一边是法,难啊。但是云开,我相信你,班子同志也相信你,你知道该怎么去做。因为你是一个老党员,一个坚强的战士,在情与法面前,你会做出正确的选择,你不会当逃兵的。我的想法,已向中纪委汇报过了。云开,这套材料,案管已经登记了,我也签了意见,你组织队伍,启动程序吧。"

欧阳云开沉默半晌,还是把信封向路达之那边推了推,坚持说:"给我一个晚上时间,让我好好想想,明天一早给你回复。"

他精神恍惚,走出路达之办公室。走廊里,迎面走来的倪景行微笑着跟他打招呼,却见他毫无反应,擦身而过。倪景行不由得转回身,看着欧阳云开背影,不解地摸摸自己的光脑壳。

回到自己办公室，欧阳云开一屁股坐在椅子上，僵硬地抬起头，呆呆愣愣地看着窗外。孙岱啊孙岱，你这家伙，怎么回事？当年那个意气风发、志向远大的你，哪里去了？老天给了你出众的才华，你都用到哪里去了？詹晓华知道你会这样吗？是什么力量，把你一步步推到了这个境地？他在想和孙岱相处的分分秒秒，想那一个个跳动着的情景，难道没有露出一丝出事儿的端倪？

"知道我看了谁的作品？黄宾虹大师的。"孙岱的兴奋神态浮现在眼前，"知道这多少钱吗？人家六千八百万拍到手的！"

他想起孙岱书房里，一屋子的书画、玉器、紫砂壶，想起他谈论名画时的兴奋。谈论着六七千万的字画，一个拿死工资的人，怎么会这般轻松？

是了，是了，这不都是征兆吗？我怎么没想到这一层呢？这么多年，凑到一起，只是愤青般争论志趣异同，对他的爱好也隐约感到不安，怎么就没及时规劝呢，交你这个纪委的同学有啥用？你不是办案能力超强吗，你不是瞅一眼便能发现线索吗？你不是善做思想工作吗，你心思都花哪里去了？

欧阳云开缓缓把目光从窗外收回，慢慢低下头，看着地板，一动不动，直到手机响起，才恍然觉察，屋里已黑了下来，竟没开灯。室外，也是一片暗淡。

"不是说回家吃饭吗？"秦月电话。

"哦……哦，马上忙完，一会儿回去。"

下楼，小马一直坐在车里等。以往，如果不是正常时间下班，欧阳云开都会提前告诉他，只要提前五分钟把车停在楼下即可。今天，却从五点半等到七点，没接到他的电话，也没见人下来，这是过去没有过的。

"书记，身体不舒服啊？"看到欧阳云开从楼里晃晃悠悠地出来，小马急忙下车，拉开一侧车门，关切地问道。

"没事,回家吧。让你等这么久,忘了告诉你了。"

"我反正也没事儿。书记您喝点水吧,杯子里水是新的。"

一进了家,见白色贵宾犬欢欢早已等候在门里,又蹦又跳地迎了上来,后腿直立,期待主人抱抱。平时老两口儿都喜爱欢欢,疼得宝贝似的,连睡觉都是在他们床上。此时,欧阳云开心里烦着,哪有心思理它,便用脚把欢欢拨拉到一边儿,一言不发,直接走进卧室,鞋也没脱,便缓缓地躺在床上,两眼直勾勾地瞧着天花板,长吁短叹。秦月听到动静,从厨房向外看一眼,见欧阳云开没像往常一样,进门打个招呼,却一声不吭钻进卧室,好半天还没出来,不禁觉得奇怪。她身上系着围裙,一只手举着炒菜铲子,慢慢走进卧室,一瞧欧阳云开的神态,心里咯噔一下。

欧阳云开很少带着不快情绪回家,即便办案再苦再累,或者心里不痛快,以至身体生病,只要推开家门,总是嘻嘻哈哈,和欢欢嬉闹追逐一番。平日里,也是走到哪里,哪里一片笑声,今天怎么了这是?

"不舒服啊?"秦月说着,伸出一只手,去摸欧阳云开额头,有些凉,觉得不是感冒,"心脏不得劲儿啊?"

"没有,"欧阳云开轻轻摇头,"心脏没事儿,只是有些累。放心吧,单位里的乱事。"

见他这般说,秦月稍宽了心:"咳,单位的事儿,至于吗?那你休息一会儿,饭菜马上好。"说着,便回到厨房忙去了。等饭菜全都摆到桌上,还没见欧阳云开出来,秦月再次走进卧室,"再不顺心,也得吃饭啊。"

欧阳云开坐起身,也没看夫人,叹息一声,跟着夫人来到餐桌前。拉椅子的时候,身子一晃,差点歪倒,不禁双手扶着餐桌,慢慢坐到椅子上。

"出什么事儿了?"秦月在大学教书,回家不关心别的,就挂着男人身体。她分明感觉到,男人今天不太对劲儿,回来这么晚不说,进门不言不语,又不头疼脑热的,怎么就趴床上了?还有,神情也不对,眼睛都红红的。

欧阳云开抬起头,看着秦月,眼含泪水。

"哎呀,你都把我急死了,到底啥事呀?"秦月急了。

"不要问了,"欧阳云开摇头,"没什么。"

正在这时,欢欢立起身来,伸出前爪,扒拉着欧阳云开的腿,上下一跳一跳的,要吃的。

"去,讨厌!"此时的欧阳云开,心情糟糕透顶,顺手一筷子敲向欢欢的小脑袋。哪承想,这一下不知敲到了哪儿,欢欢身子一软,倒下地去,四腿蹬直,竟昏死过去。

"你……你咋下手这么狠?"秦月责备着,急忙走过来抱起欢欢。

"我……你看,你看,怎么会这样?"欧阳云开意识到自己下手太重,"快,去宠物医院!"

夫人秦月抱起欢欢,欧阳云开抓起车钥匙,两人进了电梯,直奔地下车库。欧阳云开手忙脚乱,启动起车子就走。方向盘向左一扭,只听咔嚓一声,左后车门竟别到车库柱子上了,欧阳云开一愣,便忙打倒车,谁知踩油门用力过猛,又听砰的一声,车后屁股撞到墙上!

这一阵折腾,夫人秦月觉得怀里欢欢动了一下,低头看时,只见欢欢竟抬起头来。

"欢欢醒过来了!"秦月赶忙推开车门,把小狗放地下,欢欢便一摇一晃地能走了。

"云开,从我认识你到现在,第一次看你这么心慌意乱。"秦月又是心疼又是责怪。

欧阳云开坐在那里,手摁方向盘,看着前方,好半天一动不动。

看秦月在车下蹲着,他也下了车,走过去,抱起欢欢:"欢欢,对不起,我真不是故意的。"说着,把欢欢递给秦月,"老婆子,我们转转吧。也观察一下,别一会儿还不行,还要下楼去医院。"

秦月抱着欢欢,欧阳云开也不说话,二人从地下车库走到地面上,拐进院子里的小花园。秦月放下欢欢,见它已经能自如行走,放下心来:"云开,跟我说吧,不管出什么事,我们一起面对就是。"

欧阳云开从不在家里谈论案子,这是办案人员基本的保密要求,何况家人知道了也无益。不过今天却不一样了,自己举动反常,秦月已经觉察,更主要的是,与孙岱这种关系,应该告诉实情了:"孙岱出事了。"

"什么,出什么事了?"

"纪委说出事儿,还能什么事儿?"

"天哪!"秦月呆愣半天,才缓过神来,"还有救吗?"

"没。"欧阳云开叹口气,摇摇头。

秦月不再往深里问。她知道,即便问了,欧阳云开也不会说。她呆愣了好一会儿,才伸手轻轻拉拉欧阳云开胳膊:"云开,你的脾性我最了解,别管这案子。不然怎么去面对孙岱,面对晓华?我最担心的是,你心里受不了。"夫妻情深啊,秦月一语中的。

"达之书记提出要我主办。"欧阳云开说。

"这是对你信任,可是——"秦月沉默片刻,"你怎么说的,答应了?"

"我说回家考虑一下,明天一早给他回复。"

"看你回家后这反应,我便觉着不是小事儿。亲手把自己一辈子最要好的同学送进监狱,你能做出这样的事儿吗,那不得生场大病啊?要不,别管这个案子了,交给别人吧。"身为教授的秦月,当然清楚自己男人太重情义,这个突发事件,必定给他带来强烈感情冲击。

"这事儿，躲不过，"欧阳云开仰望夜空，"职责所在啊。"

正在此时，一阵狂风袭来，一场大雨将至。

"你自己拿主意吧，反正，别苦了自己。"秦月一声叹息，"这个孙岱啊，多好的前程，完了，多好的家庭啊，也毁了！以后，晓华的日子怎么过？"

秦月说到詹晓华，欧阳云开不禁心口又是一疼，于是嘱咐道："这段时间，先不要和晓华联系。如果她来电话，也少说。不然，你控制不住自己，晓华会觉察到你的情绪变化。"

"我知道该怎么办。"秦月看他一眼。

回到家，欧阳云开走进书房，翻出一本当年的影集，一张张翻着。那些合影里的同学，出现次数最多的，便是孙岱。他久久端详着自己跟孙岱夫妻在一起的合影，陷入沉思。

这个夜晚，文昌迎来一场疾风暴雨。欧阳云开一夜无眠。

次日一早，他径直走进路达之的办公室。

"考虑好了？"路达之抬头，端详着欧阳云开通红的眼睛。

"考虑了，我办吧。"欧阳云开说。

路达之没有说话，只是长长吁了口气，然后走过来，轻轻拍拍欧阳云开的肩头。

欧阳云开看着窗外的天空："孔老夫子说，'父为子隐，子为父隐，直在其中矣。'按理说，我也该为老同学隐，但我整整一晚上没睡觉，想明白了。我们两个离校时有约在先，以身报国，现在他违背诺言，忘掉初心，便不能怨我了。我相信，中纪委的证据是扎实的，孙岱错误是严重的，入狱坐牢已不可避免。我们已经是走在正邪两条道上的人了。达之书记，我会坚守我内心底线，绝不会亵渎办案人的原则，再深的私情，也漫不过法律的高山！"

"我相信！"路达之坐到自己的座位上。

"我还想，这个案子由我办也好，毕竟彼此相知四十年，心灵相通。一开始他可能不理解,会怨我、恨我。不要紧,我坚信我们感情深,基础在。他又是个明白人、聪明人,只要把道理说清,最终他会理解我、相信我,也一定能听进我的话,这有利于帮他化解消极对抗心理。还有,只要早点儿解开他思想上的扣子,减小他精神上的痛苦,让他坦然面对,也不枉老同学一场。"

"你这么想就对了。"路达之语重心长,"这个案子,难为你了!"

"办案子,什么坎儿不得过!"欧阳云开强迫自己迅速进入工作状态,"齐九天案已了结,我意见,让倪景行他们负责孙岱案吧。"

"同意。"

"那我们先成立初核小组,我任组长,江镇澜任副组长,叶音配合,倪景行任临时党支部书记。"

路达之点头:"这样好。"

3

清水园内,江镇澜、叶音、倪景行一起走进欧阳云开办公室。听他说出初核对象后,三人顿时面面相觑。难怪,昨天下午在走廊里,云开书记是那般神态,倪景行不由得挠挠光头。

"这一次,我们更要做到秉公执纪。"以往,欧阳云开在面对任何一起案子时,都是轻松自如,谈笑间把事情安排妥当,向来没有如此神情凝重,"中纪委、达之书记既然决定由我负责,那便是相信我能够公正组织查办这个案子。三位,我有话在先,纪法无情,我给达之书记保证过的,绝不会亵渎原则。我同样相信你们,相信所有参与办案同志,绝不会因我和他这层关系徇情枉法。你们还有什么意见?"

江镇澜伸手搓着下巴,皱着眉头,一声不吭。倪景行又一次摸摸光脑壳。叶音看看那两人,再看看欧阳云开:"我没啥说的。"

"没意见,那开始行动!"欧阳云开态度坚决。

一个星期后,在清水园办公室,欧阳云开召集江镇澜、叶音、倪景行和杨帆一起碰头。

"这一周,我们部署三路人马,在省内外对孙岱展开初核。"倪景行汇报,"先说李健。朱克坚带一位同志赶到合肥,去看守所提审了他,证实他为孙岱购买字画,支付了四百八十万。杨帆他们另外两路,也已查实,李健案发后,惠安耸云置业公司打给李健一笔钱,不多不少,正是四百八十万。我们推测,这是孙岱得知李健被留置,情急之下,指使耸云垫支的,目的是为自己还款,堵上李健那边的窟窿。咳,孙岱怎么会这样? 宁可懵懂而聪明,不可聪明而懵懂啊。"

"欲盖弥彰,弄巧成拙!"江镇澜突然嘟囔一句。虽然江镇澜没说下去,但欧阳云开心里很清楚,大将军话里有话。假如后面这笔坐实,那妥妥地安在孙岱头上的,就是两个四百八十万。

房间里没人说话,寂静无音,只听到窗外一只麻雀有气无力地叫几声。

"另外,"过了好一会儿,杨帆补充说,"我们还发现,在耸云公司往合肥打款之前,还向东岛画廊打款一千三百万。前天,东岛画廊老板在给孙岱的短信中说,'一千三还有点余款,您可以再拿一幅。'另外,初核发现,去年春节前,惠安绿化公司曾向惠安心如玉商铺打款七百万。这家商铺老板跟孙岱交往密切。"

"发现孙岱为这两家公司谋利事项没有?"欧阳云开紧盯杨帆。

"惠安绿景苑小区,是耸云公司前年开工的,现已竣工。绿化公司负责市区主要绿化工程。"杨帆看了一眼倪景行,"到底是不是……是不是利益输送,没拿到直接证据。判断吧,极有可能是……是这么回事。"见欧阳云开两眼发直,脸色苍白,一向思维敏捷的杨帆也吞吞吐吐起来。

"什么极有可能？肯定！"欧阳云开对自己这支队伍的战斗力，心里有数。论起拿证据，人家说要挖地三尺才行，可手下这帮老油条，只需瞅上一眼，手指戳下去便是个窟窿，证据便喷了出来。杨帆是怕自己难受罢了。

"那孙岱夫人詹晓华和儿子孙詹，有没有问题？"欧阳云开突然问。

"我们分析过现有证据，孙岱把花销都用在了字画和瓷器、紫砂壶这些方面了，还真没往家拿过钱，家人账户上也没显示。"倪景行接话，"从目前证据看，他的家人，都没掺和。"

那就好，欧阳云开稍稍心安。他挨个看过去，发现四人均神色凝重。顿时反应过来，这哪是办案人的状态？以往上了案子，摁都摁不住，跃跃欲试。这可不行，不能让他们受我影响，气氛也不能如此压抑。

"你真行，队伍有战斗力啊！"他试图缓和一下，"一个星期不到，你们便给我整出两三千万来。老倪，你要是整我，肯定下手更狠吧？"

"看书记你说的。"倪景行顿时知道他的用意，于是呵呵一笑，"'大道之行也，天下为公'！云开书记不以私爱害公义，对老同学摆开狗头铡，我等王朝、马汉、张龙、赵虎，焉能恻隐？"

"穷酸，老同学怎么了？国法难容。这种人，根本就不配当云开书记老同学，"叶音一扬头，"他以身试法，那就开铡！"

"只怕这还没见底呢。"江镇澜从一旁突然来一句。

欧阳云开已经站起身来，双手摁着桌面，略一低头，对着每个人说："不要留死角，所有线索，都务必查透。"

"恐怕得判十年以上。"江镇澜面无表情。

"判就是了，他自己胡来，能怨谁啊。"叶音疾恶如仇。

"唉，"欧阳云开仰天长叹一声，"自作孽，不可活。"

倪景行本来想再来一句的,一瞧,屋子里又骤然被一股子凝重气氛包围,那句玩笑话硬生生地咽回去。

确实,欧阳云开心情刚好一点儿,又被江镇澜一句话说得沉重起来。一想到孙岱拿人家这么多钱,要在监狱里度过十余年时光,犹如猛虎入牢笼,未免觉得太过残酷。于是,在屋子里转了几圈,一时不知说什么好。随即,慢慢走进里间休息室,算是寻找片刻情绪上的宁静吧。他坐在床沿上,双手捂着脸,狠搓几下,让自己静下心来。过了一会儿,等心绪微微平静了些,才又起身,来到外间。

“准备写立案和留置报告。伙计们,放下任何包袱,开始战斗!”见众人起身要走,欧阳云开又说,“等一下,咱们一起回机关,跟达之书记先汇报一下。”

“报告里只写中纪委转来的那四百八十万吧,”江镇澜一扯倪景行胳膊,“再另起一行,还有其他重要问题线索,需要进一步核实。然后,附个件,把我们掌握的线索做个简要报告。”

“行!”倪景行答应着,转身看着杨帆,“就按镇澜常委意见写吧。”

欧阳云开知道,江镇澜是在宽慰他。意思除了这笔,另外那四百八十万以及耸云和绿化公司那几笔,最终不一定能坐实。作为老办案人,情况一捋,心里就明镜似的,几乎都成死证了,哪能会查否?“不用,老倪、杨帆,你们将初核到的情况如实写进报告吧。”

江镇澜见状,便岔开话题:“云开书记,听检察院那边说,张兵取保候审,已经回家了。这样,齐九天案算是全部结了。”

“齐九天一案,尽管沟沟岔岔,耗费了咱们很多精力,但事后想想,没白费功夫!”欧阳云开说,“案子结束,本来咱们应该认真总结一下,现在看,孙岱案一开始,又顾不上了。”

“不容易啊!”叶音微微一笑,“回头想想,都像乱麻一般。”。

“记得,当时我说了句顺口溜,‘飞雪平三路,轻骑踏九天’。那时节,还是大雪纷飞。时光飞逝,现在都炎炎夏日了。"倪景行也笑着说。

杨帆留在清水园,其他四人回到省纪委机关。

正要向路达之汇报,蓝天说,书记正在与客人说话,恐怕一时半会儿还结束不了。欧阳云开让三人先回去稍等,他也回到办公室,在沙发上懒懒地坐了片刻,心里依然难以平静,索性出门,去位于四楼的机关党委转转。他兼任机关党委书记,最近忙案子,好久没过去了。

这段时间,机关党委正组织"学理论、促创新、见实效"活动,简称"学促见"。活动文件由省委下发,省委宣传部主抓,年底要在省直、市地、县市区、高校、国企,评出十个典型单位,做大会交流,并直接跟单位全年绩效考核挂钩,各部门都非常重视。省纪委机关全员上阵,大家都明白,这是继省纪委机关创建全国文明单位活动后的又一场硬仗,所以大家伙儿没白没黑地干,忙碌和紧张程度,不亚于清水园内的办案人员。

欧阳云开推开机关党委专职副书记南竹办公室的门,她正跟几位同志整理材料,见欧阳云开进来,几个人都站起来。

"哎哟,书记这么忙,怎么有空来看我们啊?"南竹赶忙去倒水。身材修长的南竹,作风干练,快言快语,每次见到她时,都是一副风风火火的样子。

"我来看看你们忙活啥。"欧阳云开忙笑着说,"别泡茶啦,我一会儿到达之书记那里去。"

"云开书记是嫌我们的茶不好,还是您那里又有好茶?"南竹话来得快。

"机关党委清气啊,那就喝惠安绿茶吧。"欧阳云开笑笑。

"您别说,书记,您春天给我们的惠安春茶,我们都不舍得喝呢。"南竹笑着。

一听这话，欧阳云开便不作声。孙岱知道他喜欢惠安茶，每年春天都会捎些过来，欧阳云开便送两包给机关党委。若是平时南竹说这话，欧阳云开肯定会拿孙岱开涮一番，今天听了，别有一番滋味。

南竹看他心不在焉，以为是因案子多累的，便转换话题："书记您也看到了，我们这阵儿，都忙活'学促见'一个事儿。动员会议开过后，机关都动起来了。达之书记和您，在会上都强调，绝对不能空对空，一边反'四风'，一边还搞新形式主义。所以，大家都特别注重实效，不做无用功，与工作紧密挂钩，各个单位铆足了劲儿，实打实地来，都瞪起眼来，解决工作和作风中存在的问题，现在看，真是亮点纷呈，各有特色。倪景行他们十室就很厉害，着重研究怎么把思想政治工作贯穿到审查调查全过程，不仅材料扎实，还着眼建设廉洁政治，上升到为党争取人心、推进政治文明的高度，效率高，质量好。我看了他们的做法，看齐九天的忏悔录，都流泪了，真的很受感动！"

"哈哈，这么一说，让我信心倍增。"欧阳云开情绪慢慢好起来，"不过，你确实也没夸错，他们工作效果是不错。"

"当然啦，看是谁带的兵嘛！"南竹也笑，"真的，这几天我正想找您，什么时候开个机关经验交流会，好好挖掘下，年底搞个大点儿的成果展。省纪委入围，我真的信心满满。别忘了，省直机关绩效考核，咱们省纪委连续三年都第一名呢！"

看南竹兴奋的样子，欧阳云开正要夸她几句，却见倪景行走进来。

"你瞧瞧，云开书记难得过来，刚坐下一会儿，你便顶个大灯泡跟来了。"南竹话音未落，满屋子人哈哈大笑起来。

"南竹，你这话我不爱听，灯泡？俗啊，这叫光明顶！"

"还不如葫芦娃雅致呢！"南竹嘴来得更快。

"甘拜下风,和才女斗嘴,死吃亏,百战百败!"倪景行一手摸头,一手比画,"要不是达之书记说找云开书记,我哪敢登这三宝殿?怯场啊!"

欧阳云开一听,知道路达之那里客人走了,于是起身对南竹说:"那我先过去,你说的这事儿,咱改天研究一下。"

他本想招呼几人一起去路达之那里,又一想,还是和江镇澜两人先去汇报一下,达之书记也许有特殊交代,人多不便,等他有了具体意见,回头再跟大家一同商议。于是嘱咐倪景行,先去准备立案和留置报告,要快。

二人进路达之办公室,详细汇报了孙岱的初核情况。

"没想到,怎么会这么严重!"路达之叹息一声,"那抓紧准备吧!"

回到办公室,欧阳云开让江镇澜立即通知叶音、倪景行过来。

"达之书记同意我们意见,让抓紧些。"欧阳云开看看三人,"我也看得出来,大家多多少少,还受我跟孙岱关系的影响,没这必要,我们职责所在,别无选择。古来忠臣不二心,他孙岱对党不忠,别着心眼儿,那对不起,我跟他在政治上就只能分道扬镳,各走各路!"

"这案子,要比别的案子办得更扎实才行。"江镇澜插一句话,"要想到,正是有了这层关系,上下都会很关注。说不定哪天上边就会来检查,下边呢,弄不好也有些不咸不淡的话。所以,绝对要经得起检验。"

"镇澜提醒得对,"欧阳云开恢复往常大案当前的镇定,"所有线索都要查透,所有疑点都要排查,所有证据都要扎实,一定办成铁案,不能给将来留麻烦。"

"倒不是因为这层关系,"叶音这回难得心软,"我怎么对孙岱印象挺好呢?他好像不那么坏,你说怪不怪?"

"少女之心!"倪景行又来了,"'己好则好之,己恶则恶之,人之常情也!'"

不等叶音反击,欧阳云开便说:"老倪,起草完立案报告,把相关法律法规作为附件,一并呈报,抓紧走程序。镇澜,你安排一下,准备带人方案,把力量分配好。叶音,孙岱案虽说不是你分管的室主办,你也要打打帮锤,敲个边鼓,有需要时,包括人员打不开点儿时,请你也伸伸手。"

安排完毕,三人分头去工作。欧阳云开站到窗前,推开窗户,向外望去。恰在这时,桌上座机响起来。

"云开,电话不便,你能出来一下,到大门对面的茶馆,咱说句话吗?"竟然是孙岱!

欧阳云开脑袋嗡的一声! 孙岱来干啥? 怎么不打手机,却打座机? 怎么不来办公室,却在对面茶馆? 莫非他有觉察? 是哪个环节走漏风声? 欧阳云开脑海里迅速闪过许多问号,可不管怎么样,得先稳住他,这么要面子的人,要是察觉省纪委查他,自杀也说不准。

"你这家伙,哪股风把你吹来了?"欧阳云开以最快速度稳下神来,若无其事地打起了哈哈,"幽灵,一个头发不多的幽灵,在大门口外徘徊。我这办公室的门,天天开着,你也不是来过一两次,进来就是,今天咋还整这么神秘?"

"不……不……不太方便吧? 我还是想,你出来……出来咱俩单独说说。"孙岱说话结结巴巴,声音低低的,像大病卧床般有气无力。

"刚才,我还和人说起你给的惠安茶呢。你是不是又给我送什么好东西,不想让别人看到啊?"欧阳云开从他声音里,已经听出异样,但还是想探探他的底。

"顾不上了云开,晓华是给你带来一包点心,放车上。你出来,我只问你一句话就行,不耽误你更多时间。"孙岱听见欧阳云开嘻嘻哈哈的,心里稍稍放松,不再那么紧张。

"真有事儿?"欧阳云开不能再和他僵持下去,"你不知道,省纪委的人,都特烦这家茶馆,进进出出的,大家都看着呢。进去的人,好像不是听风的,就是送信儿的,谁去谁不去的,大家背地里都议论呢。达之书记曾在常委会上批评过,有些人,总往对面茶馆钻,去干什么,真是喝碗茶那么简单吗?有他这话,我哪敢过去啊?这样吧,你把茶室退了,我马上到大门对面儿见你。你这家伙,干啥呢,整得像特工。"

放下座机,欧阳云开立即通知同在二楼的常委会秘书小李马上过来。紧跟着,给倪景行电话:"孙岱来了,一会儿到我办公室。你等会儿听常委秘书小李的,他会告诉你怎么办。记住,你必须保证孙岱的安全,其他的,以后再说。"

刚放下电话,小李急火火地走进来,问书记有什么安排。

"一会儿,我出去接个客人,你在你办公室门口盯着点儿。"欧阳云开语速急切,"等我和客人进我的办公室,一定记住,进门一分钟,你务必过来敲门,对我说,达之书记叫我赶紧去一趟。我出去后,你先陪客人聊天,一定要服务好,尽量别让他出门。另外,你现在便去电话倪景行,告诉他,在你替我陪客人时,让他站在门口周边,他知道该怎么干。"

"记住了!"小李机灵过人,听欧阳云开这一说,知道来客与案子有关,顿时打起十二分精神。

这边安排好,欧阳云开疾步向大院门口走去。孙岱在大门对面不远处的树下站着,焦急地向这边张望。见欧阳云开过了马路,已经看到自己,立马转过身去,把后背留给路人。

"你这哪像孙大市长啊?小偷一枚。"欧阳云开哈哈大笑,"要是我把你这傻样儿告诉詹晓华,她一定不饶你!"

"顾不得开玩笑了，"孙岱左右前后扫视一圈，"我昨晚没睡觉，思前想后，还是得来找你。"

"啥事儿这么神秘？"

"你手下，是不是有人在查我？"孙岱眼睛直勾勾地看着欧阳云开。

恰在此时，一辆车身写着"公务"字样的轿车猛然在他俩身边刹住。顿时，孙岱如惊弓之鸟，情不自禁朝欧阳云开喊一声："云开，你让车来干啥？"显然，孙岱以为是欧阳云开安排人来抓他！

"书记，来客人了？需要我帮什么忙？"却见车窗缓缓降下来，原来是省纪委车队的队长老田，笑嘻嘻地探出脑袋来。

"你哪里像个队长，跟土匪似的，一点儿也不沉稳，车开得刮风一样。"欧阳云开边笑边急促摆手，"你能帮啥忙？老同学来啦，说会儿话，快走，一边儿去！"

田队长做个鬼脸，摇上车窗，开走了。

"吓死我了！"见公车驶进省纪委大门，孙岱才吁了一口气。

"你害什么怕呀？"欧阳云开说，"这里人来车往，像赶大集。真不是说话的地方，走，去我办公室。"见孙岱还有些犹豫，便抓住他的手，"都到我门口了，怎么也得喝口水吧？不然，我也太不仗义了，以后，詹晓华还不得骂死我啊？"尽管嘴上这么说，但欧阳云开心里却像是在滴血。

孙岱一听，倒也在理。心说，欧阳云开要采取行动，刚车过来时，便可以安排人动手。于是，跟欧阳云开走进大院，见四下无人，才凑近欧阳云开耳朵说："我有个表妹家孩子，在惠安工商银行工作，她跟我说，省纪委的人好像在查我账户。我不敢打电话问你，便赶紧跑过来。这事儿你知道吗？"

哦，原来如此！欧阳云开稍一迟疑，笑了："就为这事儿啊？你想哪了，咱进办公室，泡上茶，再细说。"

刚上楼,远远看到小李站在办公室门口,往这边看,欧阳云开朝他微微点头。与孙岱进了办公室,欧阳云开让他坐下,转身打开书橱,取出一个茶罐来,说:"这还是晓华送给我的春茶呢,真好,杀口儿。"

"有这回事儿不?"孙岱哪里有心思放茶上,急不可待地问,"查银行,是你安排的吧?"

还没等欧阳云开回答呢,听到敲门声,他立即喊一声:"请进!"

"书记,达之书记请您马上过去,"小李推门进来,"他刚才来您房间找您呢。"

"我同学刚进门儿,还没说话呢,你就来了!"欧阳云开高声埋怨,然后给二人相互介绍,"那这样,小李你先陪陪市长,我去达之书记那里一下,马上回来。"

出来时,欧阳云开随手带门,一眼看到倪景行在对面小会议室站着,双眼盯着这边,便立即叫他到跟前:"我去达之书记那儿,你盯着点儿。注意,哪怕是孙岱上厕所,你也跟进去,一定不能发生任何意外。咱们查银行,他亲戚把信儿透给他了,他已有察觉。你赶紧让江镇澜、叶音也到这会议室来,一会儿咱们一起商量怎么办。"

"明白!"倪景行脑袋一晃。

欧阳云开径直走向路达之办公室,见路达之手里提着包,推门而出。

"达之书记,先稍等。"他急切地说。

"云开,有事?"

"很急,进屋说。"两人进屋,欧阳云开便把刚才的情况简要说一遍,"孙岱已有察觉,如果现在让他回去,安全隐患太大。"

"确实是个事儿,不过立案报告还没向省委报送。今天不放他回去,合不合适?"路达之看着欧阳云开。

"我再与江镇澜他们商量下，看怎么稳妥，反正，不能让他走！"欧阳云开态度坚决。

"也好。但有一点，不能违规控人。"路达之提醒一句，"刚才有个事，我还给陈放同志打电话呢，他说今晚回来。到时候，尽快把立案和留置报告送过去。"

从路达之那儿出来，欧阳云开直接走进自己办公室对门小会议室。江镇澜、叶音和倪景行都已经到位，朱克坚也在一边儿站着。他顺手把门带上，问倪景行："孙岱出来过没有？"

"出来一次，上卫生间。我们都认识，见了不好说话，便让小朱跟着进去陪尿了。"

叶音脸一红，扭头瞪他一眼。

朱克坚看领导们商量事，到门口盯孙岱去了。

"我向达之书记汇报过，孙岱既然来了，便绝不能让他回去。如果放他回去，明后天再去惠安控人，说不定会生出多少变数。"欧阳云开说，"可假如不让他走，还没向省委报告呢，我们还不能立即采取措施。大家看怎么办好？"

"他不来也就罢了，只要来了，再回去，一旦自杀或出现其他意外，我们还有责任呢。孙岱总还是个讲体面的人。"叶音毕竟干过案管室主任，担心不无道理。

"我看，先把人控住，再抓紧向省委报告。反正报告已经起草好了。"倪景行不愧老办案人，想得周全，"陈放书记实在今晚回不来，就请达之书记给他打电话，先请他口头批准，随后补签手续，事发突然，情况紧急嘛！"

"还有一条路，"一直没吭声的江镇澜，一字一句地说道，"银行查账透出信来，这防不胜防，也不怪同志们。他既然有察觉，我们不能对他说没查，遮遮掩掩，那样他疑心更大。而说查了，为什么查？也说不清。既然如此，那便兵来将挡，我看干脆来个一不做二不休,把话挑明,直截了当,劝他主动投案! 这是法定的从轻或减轻情节,工作做好了,他会接受的。"

"好思路!"欧阳云开紧扣双手,搓一搓,"主动投案? 好! 这在安海以前还没有呢!"

"这样,"江镇澜异常沉静,"还能彰显反腐败的震慑力,会促使更多违纪违法人员,主动向党组织和执纪执法机关说明问题,有利于推动安海反腐败斗争深入。"

"大将军果然是大将军!"倪景行竖起大拇指,"不过,孙市长能不能配合,还要看云开书记。"

"你是想让我去谈?"欧阳云开看着倪景行,"一旦这家伙不听我的呢?"

"云开书记,还真得你去谈。"江镇澜说,"景行说得对,你最合适。他到的是你办公室,别人谈,不好衔接。更重要的是,你们俩同学情深,他还是信任你,你的话他能听进去。"

"将来若是减轻处罚时,他还会领我一个情?"欧阳云开看着他们三个。

"孙岱不是糊涂人,会明白你的良苦用心。"江镇澜点头。

统一意见后,欧阳云开再次走进路达之办公室,建议在向省委报告前,争取让孙岱主动讲清楚几个问题,便可认定为主动投案。这样可以减轻安全压力,省去下一步带人麻烦,还可以带来很好的政治、纪法和社会效果,成为安海主动投案第一案。

"这样很好,不过一定要注意安全,同时留全主动投案的证据和资料。"路达之叮嘱。

于是,欧阳云开安排倪景行准备录像设备,以便保留音频资料,将来备查。

"你们三个,就在这里,等有进展了,我喊你们。室里同志也多过来几个,把车辆安排好,清水园那边,也做好相关准备。"欧阳云开布置完毕,便回到办公室。

"书记,您回来啦,那我走了,"小李和孙岱在一起,正没话可说,见欧阳云开进来,立马站了起来,"你们老同学聊吧。"小李推门而出,孙岱眼睛直勾勾地看着欧阳云开。

"云开,你咋这么长时间才回来? 是不是……我真的有事儿?"

欧阳云开缓缓坐到孙岱身边,没回答他的问题,而是笑一笑:"孙岱,你喝这茶怎么样? 还是晓华今年春天托你送我的。这些年我喝的,都你送的,谢谢老同学。"

"云开,我现在没心思说这些。"孙岱顿时也感觉了老同学心事重重,不仅不争论了,而且说话比原先柔和得多。

"上次我也说过,虽然它比不上那些名茶,但是有老味道,包含老感情,和别的茶不是一回事儿。"欧阳云开说着,感觉心痛不已。

"你声音不对,一定是我有事吧?"见欧阳云开情绪不大对头,孙岱的表情随即发生剧烈变化,他已预感到,恐怕问题严重了。

欧阳云开沉默着,站起身来,给老同学倒水,只是没控制住,水洒了一茶几。

"你们真要对我动手?"孙岱这句话,像是从喉咙里硬挤出来的,已经带着一丝绝望。

欧阳云开拿来抹布,轻轻擦着桌面上的水,然后把抹布向痰盂拧了拧。

"云开你说话呀!"孙岱站起来,"你就说句实话!"

"老同学,你有没有事,自己应该清楚。"

"你……欧阳云开,你果然背着我动手?"孙岱握紧拳头,一下子捶在茶几上,"我怎么也不会想到,你会这样对我!"

欧阳云开心里难过,只能摇摇头:"你让我怎么说?"

"这世界上,我把你当成第一朋友,从上大学就睡一张床,一直比兄弟还亲。我把心都掏给你,就是对詹晓华,对孙詹,我也没这么信任,这么依赖。听到查银行这事儿,连詹晓华我也没说一个字。昨天夜里,我翻来覆去睡不着,一早便和她说,今天来文昌开会,觉得只有你能救我,连司机也没带,自己开车奔来了。我那个傻老婆,听说我来,还准备几包惠安点心,说你云开干事太投入,办案常熬夜,夜里也好垫垫饥。她傻不傻啊?她哪知道,她的男人,就毁在这个吃她点心的人手上!欧阳云开,即使十四亿人都一起为难我,也不该有你啊,可偏偏是你,从背后捅我刀子!詹晓华送你的点心,还在……还在外面路边车上!"

听着这刀刀见血的话,欧阳云开无言以对。你把我视作挚友,可我,又哪里把你当外人?老同学啊,你哪知道,你昨晚没睡,我还不同样一夜无眠?办你这案子,我心上插着刀、滴着血呢。你能说出来,还能朝我发火,我对谁说去?想至此,欧阳云开的眼泪都快涌出来了。

"怎么不说话?理亏了?羞愧了?"

"老伙计,你坐下,"欧阳云开强忍着泪,拉了孙岱一把,"坐下,咱商量商量。"

孙岱气鼓鼓的,脸色煞白。

"孙岱,我怎么会对你捅刀子?你我快四十年的友情了,我怎么样一个人,你还不知道?哪怕烧成灰,你也认识我。你对我的情,晓华对我的好,我至死不忘。咱俩之间,你要什么,我给你什么,我欧阳云开绝不说半个不字,绝不皱一下眉头。如果你落水,我会下水救你,一命换一命我也干。可是,老同学,你这次是和党纪过不去,是国法不饶你了。我能饶你,省纪委、中纪委能饶你吗?退一步说,我若因你而枉法,即使咱俩都进去,你这一关也过不去啊。老同学啊,你谁都能骗,可骗不了你自己。这些年,你都干了些啥,花人家多少钱,你不清楚吗?你花出去的那些钱,真那么干净?"

"我没往家拿过钱,这晓华知道的。你们不是查我账户吗,账上有钱吗?我有车,有房,工资都花不了,要钱干什么?"孙岱好像有了勇气,理直气壮起来。

"孙岱,"欧阳云开正色道,"你往家里拿钱没有,这我不清楚。但你买字画、玉器、紫砂壶的钱,不是工资吧?心里坦荡,你能急成这样?能急着去堵那些窟窿?"

顿时,孙岱便猜出八九分。他眼里愤怒的火焰,一点一点熄灭,浑身的力气似乎也一点一点耗尽,头慢慢垂下来。欧阳云开什么都没说,但实际上,什么都已明了。

前些时候,远在安徽的李健被抓,他已经预感到不妙,中纪委能不能把这些线索转到安海来?不过还心存侥幸,老同学负责安海的案子,还能真对自己动手?动手前,怎么还不透个信?现在看来,老同学也无能为力。欧阳云开说得对,哪怕他俩都进去,也解决不了他的问题。想至此,孙岱瘫倒在沙发上,双手紧捂着脸,泪水顺着指缝淌下来。

"云开啊,想不到,我会死在你手上!"孙岱禁不住失声痛哭,"为什么是你呢?"

欧阳云开稳定一下情绪,拿起茶几上的水杯,放到孙岱面前:"你恨我也好,骂我也罢,我不怪你。谁让我们是最好的同学呢?但事情到了这地步,只能面对。躲着,藏着,怨天尤人,都不是办法。拿得起,放得下,勇敢面对,这才是我心目中的孙岱,我最瞧得起的同学!"

"咳,到这时候,还有什么办法?"

"听我一句劝,你走不了,也躲不掉。即使今天让你回去,明天还得把你抓回来。"欧阳云开轻轻拍拍他肩膀,"与其让别人动手,不如主动投案。这才是一条敢作敢当的真汉子,也是一条坦坦荡荡的正路子!"

孙岱听明白了，如今，真的已经走投无路："云开，你救救我！"他猛地站起来，紧紧抱住欧阳云开。

欧阳云开感觉得到他浑身发抖。

"那……我主动投案？你可不能不管我啊！"

"我哪能丢下你不管？"欧阳云开也紧紧地抱住孙岱，"这比我自己摊上事儿还难受，比万箭穿心还痛苦！"

过了好一会儿，他慢慢松开手臂，刚要转身，孙岱又一把抓住他胳膊："云开，拜托你了！"

"不用嘱咐了。"欧阳云开伸手一指门外，"外边，都是跟着我干的办案人员，好多你也熟悉。你不用担心，他们都菩萨心肠。一会儿，你把对不住组织的事儿，主要是花人家钱的事儿，向组织说清楚，竹筒子倒豆子，啥也别留。"站起身，又回过头来，"他们进来要录像的，这是办案需要，主动交代，将来定性和上法庭时，都要用到的。"

孙岱听了，木然地点点头。见欧阳云开要出去，他又猛地站了起来，大喊一声："云开啊！"

欧阳云开回过身来，再次紧紧抱住他，一手在他背上轻拍："老同学，不用紧张，只要好好配合，组织不会难为你的。"说完，扶孙岱坐下，递给他一沓纸巾擦眼泪，过了好一会儿，才拉开房门，"镇澜、叶音，你们进来吧。景行，你把杨帆、克坚他们也叫来。"

第十章　激　荡

1

"这可是我省第一例主动投案的案例!"听罢欧阳云开汇报,坐在办公桌前的路达之沉思好长一会儿。此刻,作为省纪委主要负责人,他不能不考虑,"主动投案"对欧阳云开的影响,对省纪委机关,甚至对全省反腐败工作的影响,一石激起千层浪啊,"这件事儿,还真得需要从政治上、社会影响上、法理规定上,考虑周全,不能出半点儿瑕疵。"

"书记提醒得对。"欧阳云开点点头,"我与镇澜、景行他们反复商量过,孙岱主动投案,从程序到要件都成立,没问题。镇澜心细,他说中纪委前几天出台了处理主动投案问题的试行规定。按这个规定,只要在初核阶段,我们还没有找孙岱谈过话,他主动来交代问题,或者,孙岱原先并不想主动交代,只要在别人规劝下,能够向组织主动交代问题,也算主动投案。"

"太好了,这就有了依据。"路达之舒了口气,"孙岱的态度怎么样?"

"倪景行他们正在和他谈,表态还不错。"

"他情绪上有起伏,有幻想,都属正常。关键是你云开,当时,坚持由你主办这案子,主要是考虑你没有私心。不过,我也知道你心软,情义重,所以在把握上,你还真不能动恻隐之心,各方面都盯着呢。"

听了路达之的话，欧阳云开低下头，看着桌面，好久没有说话，等再抬起头时，泪水已经溢出眼眶："达之书记，我们毕竟是最要好的同学。那天，你一说他出事儿，我就像被雷打一样，蒙了。这段时间，我不知心对口，口对心，自己对自己，问了多少遍，怎么偏偏会是他？今天，他本是过来找我帮他一把，我却想方设法，把他糊弄进办公室。我知道，他一旦被留下来，从此便失去自由。最后，还要由我，亲手将他送进监狱。书记，这滋味儿，太难受了！"

"是啊，当时钟声主任提出不让你办这个案子，也是这个原因。我坚持让你办，也是难为你。这个痛苦和难度，看来，比我想象的还要大啊。"

"书记你放心，难受，我会自己一点点地消化掉。"欧阳云开慢慢地从桌上抽出两张纸巾，轻轻擦擦眼睛，"既然进入阵地，我就要战斗到底。私情难免，但绝不会枉法。让我睁着眼弄虚作假，闭着眼放过犯罪，葫芦僧判葫芦案，到头来让老百姓骂我们官官相护，这就是做人失了大节，缺了大德，我欧阳云开做不出来！可我怎么也不理解，孙岱怎么会走到这一步？"

"孙岱出问题，我也没想到。"路达之轻轻摇头，"云开，抛去你俩这层关系不说，便是我从一边观察，对他的印象也蛮好的，他的做派不像个贪官。"

"是啊，这几天，我也在想，这个人并不低俗，也没作风方面的传闻，只是爱好个书画玉器，不至于在不归路上走这么远啊。"

"云开，你办案时间长，等这个案子办结，你组织人归纳一下，分析分析原因。都说，人生就是一部大书，像孙岱他们这些人，其心路历程，恐怕更是一部难得的反面教材。是什么原因让他们心理发生这样恶性的转化？"

《外因在特定条件下对事物发展起决定作用之管见》，欧阳云开猛然想到孙岱当年的毕业论文，见解独特，论据充分，风格鲜明。

这些哲学上的思考,是否固化了他人生的定式? 他走上这条路,肯定有痴迷于物的内因,那他自己所说的起"决定作用"的外因是什么? "特定条件"又是什么? 是一种什么力量,悄无声息地推着他,一步步走向深渊的? "肯定还有不为人知的原因。"想到这里,欧阳云开长叹一声。

两人正说着,江镇澜敲门而入,将刚修改过的对孙岱立案并予留置的请示报告送来,简单几句话后,便匆匆离开。孙岱尚在欧阳云开办公室,眼下是否交代实质性问题,交代到何等程度,都关系着主动投案的定性。纵是经验老到的江镇澜,也格外慎重,半点不敢马虎。

"书记,你是否把孙岱过来的事儿,先向陈放书记报告一声呢,电话先通个气也行啊?"欧阳云开朝路达之说道。

"还是先等等吧。"路达之拿起报告来,翻开仔细看着。

"都快四点了,陈放书记该回来了吧?"欧阳云开看一下腕上的表,再看看路达之。

"不急,我看看报告。"路达之依然平心静气坐在那里。

欧阳云开心说,孙岱是自己找上门来的。如果省委没有批准省纪委报告,今天立不上案,便不能采取留置措施,那晚上十二点前就必须放人。这样任由孙岱离开,后果真的不堪设想。他藏起来呢? 跑掉呢? 最糟糕的结果,万一自杀呢?

"我刚问了,陈放书记今晚八点前一定能回来。他还有个外事活动。"路达之笑笑,"云开,有点儿着急啊? 没关系,来得及。离向省委报送报告,还有点儿时间,利用这机会,你们把工作做到位,把利害说清楚,争取让孙岱主动多交代些组织不掌握的问题。你有办法的。"

"我马上回去看看。"

欧阳云开刚要转身,又听路达之说:"如果他态度好的话,我看再修改一下向省委的报告,把他主动投案的情节、交代的问题加进去。"

对啊,如果在省委批准立案、实施留置前,抓紧做孙岱工作,让他主动交代更多问题,固定主动投案情节,并在向省委的报告中充分体现出来,这样能使以后的立案、谈话、移交,甚至起诉各个环节,更加主动,证据也更加扎实。欧阳云开不由得看一眼路达之,从心里佩服他虑事周密。

"怎么样了?"他正要走进自己办公室,看到江镇澜和叶音、倪景行正在对面小会议室里讨论,便走过去问。

"不错,"倪景行汇报,"一开始,还吞吞吐吐,镇澜常委进去说了他几句。告诉他,今天你是走不了了,判刑也是一定的。现在你不是留置不留置的问题,而是将来判多少年的问题。所以,主动投案,是目前最好的选择。而且,选择的窗口期很短,不过一两小时,等省委批示下来,性质就变了,你就会失去主动投案的机会。孙岱也是明白人,便开始交代了。"

"还明白人呢,挤牙膏一样。"叶音看倪景行一眼。

"这都正常。"江镇澜不急不慢,"景行不是说了嘛,天堂地狱间。刚才还是市长,现在要成罪犯,落差太大,一下子不太好适应。别说吞吞吐吐,就是反反复复,甚至藏藏掖掖,也都正常。"

"交代了什么问题?"欧阳云开问。

"除我们掌握的,"倪景行说,"还交代购买两家非上市公司股份的事。其中,惠商银行一百万股,分红七十万;惠安春雪集团八十万股,分红五十多万。"

"这是违反廉洁自律规定,违反党纪,还构不成违法犯罪。"江镇澜补充说。

"看起来嘻嘻哈哈的,还这么多乱事儿。"叶音嘟囔一句。

"先让孙岱把讲的这些写下来,粗线条就行,以便存档备查。

抠得太细,恐怕时间来不及。"接着,欧阳云开传达路达之意见,嘱咐倪景行抓紧安排,把向省委的报告按主动投案重新调整,写好后重新送达之书记,"达之书记要等一会儿向省委汇报,咱们先去清水园。"

"我也这意思。孙岱都这情况了,这里不是一楼,不具备谈话条件,如果时间太长,一旦发生什么情况,这可是省纪委机关呐!"江镇澜又悄声提醒,"现在还不是留置,到清水园那边,应该先去七号廉政谈话楼。等省委意见下来,才能进八号楼留置房间。"

天色渐暗,省纪委大院更加寂静。欧阳云开推开办公室的门,孙岱无力地坐在沙发上,杨帆、朱克坚坐在距他一步远的椅子上。见欧阳云开与江镇澜进来,三人便不约而同地站起来。

"云开啊,我对不起你!"孙岱直勾勾地看着欧阳云开,声音低沉,略带嘶哑。

欧阳云开走过来,轻轻扶着孙岱坐下。然后,把孙岱眼前玻璃杯里的残茶倒掉,转过身来,再次为孙岱沏上新茶。"折腾一下午,肯定上火。喝口吧,孙岱。晓华的茶,清气。"欧阳云开紧挨着孙岱坐下。

孙岱端起杯子,又放下,看一眼欧阳云开:"等你见到晓华,跟她说,我孙岱对不住她,让她跟着我丢人了。"

"最近两天我就去惠安。这你不用牵挂。"欧阳云开端起杯子,"喝口吧,你嗓子都哑了。"

孙岱端起杯子,轻啜一口,情绪渐渐平复下来。欧阳云开拉住他的另一只手,一时感觉,手心有些凉。他想起上次去惠安,跟王伟廉政谈话那次,在楼前跟孙岱握手,似乎也是这么凉。可那是在冬季,现在却已盛夏。

"云开,这个时候,我才体会到齐九天那天上车前的心情。"孙岱轻轻放下杯子,叹息一声。

那天,欧阳云开他们将齐九天带下楼时,孙岱远远地瞧着,当时也不便靠近。前一晚,他接待过齐九天,因时间太晚,便在惠安宾馆住下,房间还没退。当时,他的确惊魂未定,坐在沙发上,呆了半天。心说,多么意气风发的齐九天啊,被带走时,却如寒蝉凄切,这让孙岱一时恍惚,如在梦境。当他打开窗子,想放股冷风进来透透气的时候,低头望下去,恰好见宾馆侧门外,几辆商务车停在那里,齐九天正被带出侧门,即将上车。孙岱目不转睛,紧盯齐九天的一举一动。在齐九天仰天长叹的时候,孙岱浑身也是猛一阵哆嗦。

想到这里,孙岱不禁叹口气:"一切都是浮云,自由才是最珍贵的!"欧阳云开转头问杨帆:"孙市长的材料写完了吧?"

"写完了,音像资料也齐全了。"杨帆回答。

"好,把车准备好,去清水园吧。"欧阳云开回过头来,"老伙计,咱,走吧。"

从办公室出来,又坐到车内,欧阳云开都一直紧紧握着孙岱的手。他珍惜与孙岱相处的分分秒秒,希望以此重温、珍藏、保留下老同学之间的纯真情谊,让他能够在痛苦的煎熬中,获得一丝慰藉,在黑暗的内心里,看到一束光亮。

对此,孙岱内心当然明了。他也同样紧紧握住老同学的手,不肯松开。从昨晚到现在,对欧阳云开的感觉,真如坐上过山车。先是视如救命稻草,寄予全部希望,从惠安远道赶来求助。等确认老同学真的对他下手一刹那,则感到他的无情和冷酷,随之发出愤怒、呵责。等一点点反应过来,明白欧阳云开不可能不顾原则,睁只眼闭只眼,放自己一马,又因无助而陷入绝望。再平静下来,便感受到欧阳云开在纪法和职责允许范围内,展现出最大的情义。如果他不是为了这份老同学情义,如果他出于爱惜自己的羽毛,他完全可以躲开这场是是非非,叹息一声,远远离去。

是啊,你违纪违法在先,已是事实,关欧阳云开什么事?你花人家钱时,曾与他商量过吗?如果那时商量,他肯定会制止自己,哪里还会有眼下这一出?你是省管干部,云开是省纪委分管案件的副书记,你让他昧着良心去抹案子,办假案,不是难为他吗?这么多年,老同学什么素质、什么风格,你难道不清楚?此前,不正是这一点,让你暗生敬佩,甚至还有那么一点儿敬畏吗?因此,欧阳云开此刻的心情,他懂。也因此,一路上,他也紧握欧阳云开的手,没有一丝要挪开的意思。

文昌大街上,已是华灯初放,闪闪灯光向身后飘忽而过。理想,抱负,才气,一切不再,随风飘零。受排挤,遭打压,怨怨恨恨的账本,灰飞烟灭。孙岱一直注视着窗外,恍然如梦。

一路上,两人谁也没说话。此时,沉默已胜过千言万语。彼此,内心书信问答,已在心路间往返无数个来回。

夜幕下的清水园,树影朦胧,蝉鸣蛙叫。

三辆车子在七号楼前停下,一行人走下车来,欧阳云开牵着孙岱的手,沉默凝重地走入门厅。

案管室负责安全的小武,带领医生,早已等候在那里,示意先进安检室和医务室,以便对孙岱进行安检和体检。欧阳云开朝他摆摆手,然后把他拉到一边儿:"一会儿还要进八号楼,到时候,再严格检查。"悄声嘱咐完,欧阳云开拉着孙岱,一同进入一楼廉政谈话室。

室内灯光明亮,乳白色的沙发排列三面,背后墙上挂着"宁静致远"四字横幅。在路灯的辉映下,窗外竹影婆娑,松枝轻摇。

欧阳云开和孙岱一起坐到沙发上,这才松开手。

"这就清水园吧?"孙岱面色苍白,目光呆滞,双手对搓着。

"是啊。是清水园的廉政谈话室,不是留置室。"欧阳云开点点头。

"咳,云开,我这辈子,全毁啦。咳,怎么会混到这个地步!"孙岱鼻子一酸,泪水又涌出来,"廉政谈话室,留置室,看守所,监狱,对我来说,有什么区别呢?"

"孙市长,你也别这么说,你才五十四五岁,路还长呢。"倪景行将杨帆刚倒的一杯水递给孙岱,"先喝口水,然后再仔细想想,还有什么要说的。"

"倪主任,"孙岱端起茶杯,喝一口,"我这舌头都拉不动了。在省纪委办公楼,亏了云开的茶。"因为与江镇澜、倪景行、杨帆都十分熟悉,平日里见面总是嘻嘻哈哈的。此时,尽管几人面带微笑,但他内心很清楚,时移世易,角色不同,眼下自己已是被审查对象。

"谁出这么大事,都会上火的。对了,这个,还是惠安茶。是云开书记春天给了我一盒。我放在办公室没舍得喝。临来前,特意给你带过来的。"倪景行说。

"谢谢,谢谢。我都这样了,你们还这么关心我,惭愧啊!"孙岱再喝一口,泪水便流下来,"这茶叶,是我夫人詹晓华在清明前,自己爬到惠安山半腰的茶厂特意采摘的。她担心叶片不纯,杀青去臭不足,揉捻茶条时卷压不紧,茶形不漂亮,求茶厂老师傅亲自制作的,最后,还请老师傅吃了顿饭呢。咳,谁能想到,这竟成了我孙某人的'上路茶'!"

听罢这番话,欧阳云开一时又难以控制自己。他只知道,每年都喝孙岱送来的惠安茶,却不知詹晓华如此用心。她现在还不知道吧,把她男人送进监狱的,竟是每年都喝着她的茶的那个人! 他站起身来,走到孙岱身边,轻轻抚摸了一下他的后背,然后悄声走出七号楼,一个人站在院子里凝望夜空,默然沉思。

"书记,"杨帆悄然跟出来,"我已经安排好,一会儿您自己去餐厅用餐吧,服务员会给我们几个送过来。孙市长这边,我们照顾就行。"

欧阳云开伸手拍拍杨帆,不再说什么。他没回办公室,而是在湖边一块石头上坐下来,望着灯光下的湖面发呆。欧阳云开啊,平日里,你也算拿得起,放得下,这两天是怎么了? 一会儿坚定,一会儿犹豫,一会儿放松,一会儿纠结,哪像个省纪委副书记? 再这样下去,一定指挥不好、把握不住这个案子。所以,你必须坚强起来!

"云开书记,您咋在这里坐着?"欧阳云开没注意到,燕飞不知何时飘了过来。

"我刚过来。"

"正好,我跟您汇报一下,"燕飞不知清水园刚进来一位特殊的人,也没注意欧阳云开情绪变化,他倒兴奋,"杜秀玲给凌云写了封信,我看了看,真的很真诚,这回凌云一定能被感动。我准备一会儿就去跟他谈谈。"说着,燕飞揉一揉胸口。

"嗯,干得不错。"欧阳云开努力调整着情绪,"我看你经常揉胸,不舒服吗?"

"没有,老是这臭毛病,一高兴就不沉稳,还是年轻,不成熟。"燕飞笑笑,文弱的身子不禁晃了晃。

一方小小的清水园内,表面看风景宜人,平静安宁,实则几乎每天都发生着惊心动魄的故事。长久身处其中,自然而然,会形成一种特殊气质。欧阳云开常说,无所畏惧、意志坚强的品质,有两种人最容易具备,一是经过战火洗礼的战士,一是经过办案历练的办案人。因为,他们都从生离死别、大喜大悲中走过。燕飞他们,都是无所畏惧、意志坚强的战士,他们无愧于办案人的称号。

欧阳云开告诫自己,不能长时间沉浸在这同学情感之中不能自拔。在清水园里,还有凌云、武来、杜秀玲,还有其他六个审查调查室查办的一堆留置人员,加上借调的各级办案人员。这几百号人,正看着你,工作千头万绪,必须体现出办案人坚强的意志品质来!

"燕飞,看来进展不错。"欧阳云开说道。

"哪里啊,还是您上次跟杜秀玲谈得好,让她想通了。"燕飞挠挠头。

欧阳云开见时间尚早,遂说:"还真得抓紧做凌云的工作,让他把事情讲清楚,把该担的责任担起来。这样,才能解脱杜秀玲。杜秀玲留置在这里出不去,心里肯定牵挂女儿、外孙,度日如年啊。不用杜秀玲担心,时间长了,我们也担心她女儿。母亲被留置,如果她女儿出点儿这样那样的情况,那就不好交代了。"

"这不,"燕飞把手中一张表格晃了晃,"我正准备去找叶音委员签字,想进留置室与凌云谈话。书记您在正好,您签吧。另外,这次谈话,我想带上小雯,她跟杜秀玲谈过,有些话知道该怎么说。"

"好,我就在这里给你画个圈吧。"欧阳云开站起身,接过燕飞递过来的笔签了字。他在努力摆脱与孙岱感情的影响,找回正常的工作状态。

燕飞走后,欧阳云开心想,因为孙岱事发突然,倪景行他们十室的同志都来清水园会议室待命,今夜又要挑灯夜战了。想着,便朝会议室走去。

凌云坐在椅子上,双手摁着膝盖,头低着,正陷入反思。

凌云啊,你也算是一门荣耀,老红军后代,可到你这里,咋所有荣耀都被你挥霍一空了?你能把这所有一切责任,都归到顾世言、武来身上吗?难道你自身没有短板和缺陷吗?欧阳云开说得对啊,过早死亡的人,都是死在健康那块短板上;政治上倒下的人,同样不是倒在强项上,而是倒在弱项上。那我凌云,人生木桶上的那块短板,是什么呢?是懦弱,颓废。是了,在激烈的竞争中,在逆境中自己失去进取的勇气,丢掉顽强的意志,弯曲了抗争的脊梁,逃避现实,自甘堕落,以至今日!

又想,也不知女儿现在状况怎么样。女儿啊,你要理解我,现在咱家发生这一切,还不是你那个妈造成的?我不是不想去看你,也想抱抱外孙,可你妈跟我势不两立呀,一见面就掐架。我在你跟前和她硬吵,你都抑郁成这样,不更影响你情绪啊!你说,我能回这个家吗?还有,你可知道,你妈是怎么对待你爷爷奶奶的?我呢,是做丈夫、做爸爸不合格,可你妈妈,自私,蛮横,霸道,恶巴巴的,哪像个贤良的妻子、孝顺的儿媳?她不应该受到惩罚吗?我走到今天,起先还不是被她逼的?女儿啊,我算铁了心,无论如何也得让她陪我坐牢!

凌云正气得牙根发痒呢,突然听到开门声,抬起头来,见燕飞和孙小雯走进来。

"凌书记,低头想什么呢,脸都红了?"燕飞边说边坐下来。

"唉,人都到这一步,能想什么?我琢磨着,别人都走阳关道,怎么就我走着这窄溜溜的羊肠路呢?你们看,这些年来,沟沟坎坎的,都让我给遇上了。"凌云一声叹息。

"哎,这么想便偏了。每个人走的路,其实走的都是自己的心路。"燕飞边说,边坐到谈话桌后面,"我觉着吧,人生在世,面对的哪能只是坦途,相处的哪能都是合自己意的人?总会遇上点儿弯曲崎岖的路,遇上几个不合意的人。而你却把世界看得理想化、简单化了,一遇到矛盾甚至逆境,超出想象,你便怨天尤人,心灰意冷,不能勇敢面对,一味躲躲闪闪,既无坚强的意志,又缺少有效的应对办法。让我说,推脱,逃避,憎恨,都是懦弱的表现,最后只能路子越来越窄。一个领导干部也好,一个男人也好,应该挺起胸膛,坚定地盯着远方,担起属于自己的责任,勇敢地解决面前的矛盾,这才能无牵无挂地前行。"

凌云暗暗称奇,这燕飞,好像翻阅自己心路日志一样,我刚才心里的想法,竟都让他点了出来。"燕主任,这些毛病,我都有,连我自己都觉得活得窝囊。咳,这都是命不好。"

"这更不对了。"燕飞两道弯眉一扬一扬的,"都说人生自有定数,我倒不信。也说人的命,天注定,我更不赞同。如果真那样,怎么还有自强不息呢?共产党人的修养,还有儒家的修齐治平,不是白修了,毫无益处吗?照此逻辑,既然都注定了,不可更改,怎么做都难以弥补前世之恶,那后世还积什么德、行什么善?再反过来,又因为自己命好,在世上怎么胡来,都不会得到报应了吗?荒唐,哪来的命中注定!"

凌云认真听着,更感到燕飞说得在理。

"依我看,你倒不是不反思,也不是不修正,而是修偏了。别人对你挤压,你应该遇挫弥坚,可你却自暴自弃。妻子疑神疑鬼,你本应拿出男人气度,或明言,或医治,让老婆理解,可你却选择逃避,选择以牙还牙。都这岁数了,还不懂得家庭不是法庭,不是说理的地方,而是个和稀泥、没真事儿的地方,能哄得老婆孩子高高兴兴,团团转的,才是好男人、好父亲。矛盾,明摆着搁那了,自己是不会跑掉,首先应该想到的是,怎么去化解。你即使藏于九地之下,避于万里之外,矛盾还不照样搁那里?你在单位闹成这样,家里闹成这样,还怨天怨地的,说自己命不好,你怎么不去检讨自己,与你一点儿关系也没有?难道你一点儿也不明白,你所处的环境,不正是你内心修养的外在表现和必然结果吗?"

"燕主任,"凌云感到震惊和悔悟,"我在外边,怎么从来没听到过这样的道理、这么到位的话呢?如果我能想到这一层,也不至于走到这一步啊!"

"现在也不晚。"燕飞看着凌云。

孙小雯本来低头记录着,听燕飞这番带有哲理的话,不由得抬起头来。过去她没有和燕飞一起合作过,只听说他谈话温文尔雅,让人内心服气，今天算第一次领略到他的风采。看似云山雾海，漫无边际，其实仔细想想，句句都是奔凌云要害去的。又不由得想到江镇澜的犀利、倪景行的诙谐、杨帆的缜密、朱克坚的执着，真是风格迥异，各有千秋。自己参与办案多年，谈话向来不怵，但还是缺少这种大开大合的气势。

燕飞见孙小雯盯着自己，这才想起，还没介绍这位才女呢："对了凌云，这位是十室主任科员孙小雯同志。"

"我跟孙主任见过面。"凌云点点头。

"别价，"孙小雯一笑，"哪里什么孙主任，孙小雯同志。"

"我们俩今天来，还是想和你说说杜秀玲的事儿。"燕飞说。

"其实，燕主任你刚才说的那些理儿，都很透彻，我确实得反思一下，在家庭生活中，我确实处理得不合适。"

"老百姓都知道，一日夫妻百日恩。"燕飞说着，把杜秀玲写的信从信封里抽出来，放到桌子上，"据我这阵子了解和分析，你们夫妻俩闹到这步，是因为缺少家庭里溶解矛盾的酶，这个酶，便是宽容和信任。居家过日子，盆盆罐罐，哪能不磕磕碰碰？按说，有了矛盾，说开就是，可你们偏偏又缺少畅通的交流渠道，一个锅里摸勺子，互相却走不进对方内心。由相互不信任，到相互猜忌、排斥，再到以怨报怨，导致矛盾不断堆积和叠加，恶性循环，这才造成现在这种局面。"

见凌云频频点头，燕飞继续说道："作为局外人，我真是替你们着急。一个是，涉及杜秀玲的那两笔款，到底怎么回事，你们都不承认是谁的主意，谁安排的，目的都想让对方承担法律责任。再一个，不为家庭着想，如果是你凌书记的责任，却死不认账，不承认这两笔钱是你安排的，那最终你们两口子都得进监狱。真的这样，你想过没有，女儿怎么办，外孙怎么办？"

"凌书记，我跟你夫人杜秀玲谈过，作为女人呢，我非常理解杜秀玲。"孙小雯推开桌上的电脑，"杜秀玲这人吧，确实有点儿倔，冲动起来，说话行事不管不顾的，根本不考虑你的感受。直说吧，作为女人，她不够温柔，不知体贴，嫉妒心、猜忌心强了些。但千人千脾气，万人万模样呀，夫妻俩，哪能啥事都想到一块儿，每件事儿都合了自己的心意？凌书记，你当年从大学和她谈恋爱，后来几十年过日子，还不了解她啥脾气？其实呢，她是希望你心里有她，只有她一个。女人啊，都这样！"

这几句话，再次触动了凌云的心，不由得叹息一声。

"女人都是刀子嘴，豆腐心。"停顿片刻，孙小雯继续说，"我观察了，她心里啊，还真是有你。她要是连恨你的心思都没了，这世上有你跟没你都一样了，那才真是把你当外人呢。这且不说，至少我觉着在顾家上，在疼孩子上，她就比你强。你女儿都抑郁成这样，都自杀好几回了，一旦杜秀玲进了监狱，那女儿会不会出事儿？一旦女儿没了，小外孙会是什么结局？这些，你也可能想过，但一定没杜秀玲考虑得多。这几天，她嘴上虽不说，但我能看出来，真是度日如年。你没见她现在的样子，进来后，几乎没睡过一次安稳觉，人瘦成一把干柴。她不是考虑自己，而是挂着你，更牵挂你们的女儿，还有那个不会说话的小外孙呢！"

凌云低着头，泪水在眼里打转儿。

燕飞跟孙小雯对视一眼，互相点点头。

"老凌，杜秀玲给你写了封信。"燕飞将那封信递过去，"你看看吧。"

"她还能写什么？"凌云依然没抬头，"我心里乱，不看了。"

"哎哟，凌书记啊，男子汉大丈夫的，这样可就小气了哈。"孙小雯显示出她的机灵应变，"你不想看，那我给你念，成不？"

燕飞瞧孙小雯一眼，微微一笑。小雯朗诵，可比你凌云自己看，还容易动情呢，她刚获得过省纪委机关诗朗诵一等奖！

孙小雯接过那封信，嗓音优美，语调真挚，充满柔情：

　　亲爱的老公，这个"爱"字，我回想了下，竟然已有十一年没说出口了。前些天，云开书记和我聊了好多好多。他把事实真相，全都告诉了我，我很震惊，很自责。这几天，几次提笔，又放下，一时竟不知从哪里说起好。作为你的妻子，咱们夫妻间的事儿，竟然需要别人来劝说，来点拨其中的是非曲直。老公啊，这不能不说，是我们夫妻俩的悲哀啊，我们做夫妻，做得太失败了！作为你的妻子，我对你、对公婆犯下的错，竟然浑然不觉。几天来，我想了很多，这么多年，你在外边承担着那么多压力，受那么多委屈，进了家门，我没安慰过你，没说过一句温存的话，而是猜忌埋怨，恶语相加，让你伤透了心，感受不到一丝家的温暖。我这个妻子，做得太失败，太不明事理，太不近人情了，与悍妇有何区别？我现在想明白了，你恨我，甚至想惩罚我，难道这不是我的愚蠢和猜忌，带来的必然结果吗？

孙小雯的音调不高，但声情并茂，配以纯正的音质，字字句句敲打着凌云的心弦。凌云缓缓抬起头，盯看着孙小雯手里那封信。眼睛里的怨恨开始逐渐消退。夫妻破碎一地的情分，竟在留置室这个特殊的场所，慢慢聚拢起来。

　　我亲爱的丈夫，现在，我真不知道，该对你说什么好，只想跟你说一句：我们夫妻间闹到今天这个样子，都是我的错，完全的错，而且，错得一塌糊涂，一错多年！是我冤枉了你，委屈了你，猜你在外边这样那样的。经云开书记告知真相，我真的无地自容，是我让你承担了这不明之冤，一担就是多少年，简直冤出了天！在你心力交瘁的时候，我非但没有像一个称职的妻子那样去安慰你，帮助你，反而把这一切不是和怨恨，全都推你身上。这对于你，是多么不公平啊。我理解你对我的恨,也接受你对我的恨,可你,能原谅我的无知、霸道和鲁莽吗?

凌云突然双手捂着脸,伏着身子,抽泣起来,哗啦一下,多年来自己内心堆积起的冰山,顿时融化!

亲爱的老公,我现在想,如果此时我能回家,只想做三件事儿:一是把咱们女儿的病治好,把咱们的小外孙照顾好,省去你的牵挂。二是把咱爹娘接回家来,我向他们二老道歉,我一定尽我一个做儿媳的孝道,比你照顾得还要好,让他们安度晚年,以此多多少少弥补一点儿自己以前的过失。三是立即买块双人墓地,如果你人能回来,我就一直等,盼着,真的天有不测,我就等着你的骨灰,百年后合葬一处,我们到地下天堂,做一对不再吵架、恩恩爱爱的好夫妻!

念到最后,孙小雯忍不住泪眼蒙眬,声音略带哽咽。

"小雯,把信给我,我看看!"凌云满脸泪水,接过那封信,先是放到胸口,然后闭上眼睛,"你……你……杜秀玲啊,你这不是也懂道理吗? 咳,这个臭娘们儿!"

留置室内,一片寂静。

燕飞和孙小雯都不再说话。他们都被眼前的情景和氛围感动着。

"凌云啊凌云,你真是犯浑!"凌云仰天长叹,不停地摇头,喃喃说道,"燕飞主任,小雯同志,我说实话,杜秀玲和会计交代得对,都是我安排会计转的账。她们在办理过程中,都不清楚怎么回事儿,责任完全在我!"

回到会议室,孙小雯眼睛红红的。

"云开书记,通过凌云的转变过程,我对办案中的思想政治工作,又有了更深体验。"燕飞感慨道,"看来,这真的是办案不可缺少的有力武器啊。"

"这就是思想工作的重要性。"欧阳云开点点头。

正在这时,欧阳云开手机响起,拿起来一瞧,是路达之。看来,陈放书记已经做了批示。

"云开呀,清水园的同志只认车证,不认我这个书记啊,不让进门儿。"

"达之书记,你怎么过来啦?我马上下去接你!"欧阳云开说着,立刻站起身来。燕飞、孙小雯紧跟身后,快步下楼。

2

路灯下,路达之正在大门口外踱步。

"欢迎书记到清水园视察。"欧阳云开忙走上前去。

"别戴高帽子啦,"路达之笑,和燕飞、孙小雯握手,"什么视察啊?这叫前方战事紧,后方支前忙。"

几个人遂笑着走进院内。

"你们回去把凌云的笔录重新调整一下,"欧阳云开对燕飞、孙小雯说,"然后抓紧对杜秀玲提出解除留置建议,报达之书记审批。"

见二人离去,欧阳云开便想陪路达之去会议室。

"不去了吧,院子里景致这么美,我们还是外面转转吧。"

欧阳云开笑了:"书记你这身材这么健美,走路好轻盈,听说你每周都要跑次半马呢。"

"差不多吧。对了,对孙岱的立案、留置报告,省委已经批了。"路达之一回头,秘书蓝天已经从他公文包内拿出一份材料,递给欧阳云开。

"这么快?"欧阳云开有点不好意思,"书记,你打个电话,我们过去拿就行,还要你亲自跑一趟?"

"从省委出来,我想,你们都忙得喘不过气,干脆别再倒手,直接送过来算了。正好也问问孙岱的情况,不然我心里不踏实。我晓得的,批示不到,人便不能进留置室,你们着急啊。孙岱怎么样?"

"江镇澜、倪景行、杨帆,他们仨还在跟孙岱谈着。"

"嚯,阵容豪华! 有他们几个,我放心。"路达之不再问孙岱的事。欧阳云开又简要汇报凌云案的最新进展。两人穿过一片七叶树林,走到清水湖边。

"云开,你是不是还没吃晚饭?"路达之突然站住。

"马上,餐厅里留着饭了。"欧阳云开知道书记心细,"我一会儿到七号楼看看,弄不好镇澜他们也没吃呢,我们凑一桌。"

路达之没进办公楼,绕园一圈,匆匆离去。

欧阳云开走进廉政谈话室,见江镇澜正和杨帆说着什么,倪景行跟孙岱聊着,孙岱的情绪还算稳定。欧阳云开把立案和留置报告、留置决定书递给江镇澜,说刚才达之书记亲自送来的。随后嘱咐倪景行,等进了八号楼再宣布。他是想,趁还没宣布决定这点时间,陪孙岱在园里转转。

"走,外面空气清新,我们出去走走。"欧阳云开走到孙岱身边,拉起他的手,又回过头来,"镇澜,你去看看八号楼的准备情况,让老倪和杨帆一起陪着我们转转吧。"说完,两人肩并着肩,走出七号楼。

脚下是宽阔的柏油路,两旁是塑胶跑道。一行行高大茂盛的银杏树整齐排列在路边,鲜花和草坪散发出淡淡的清香。

见孙岱心事重重,欧阳云开便与他回忆起,当年上大学时一起登文昌峰的情景:"那时,我们都是农村来的孩子,没见过大都市的繁华,更没登过海拔近千米的高山。登顶后,我们顿时被眼前的风光所震撼。于是,我突然由你名字的'岱',想起杜甫《望岳》来,情不自禁说了句'一览众山小'啊。你还记得,你对了句啥来?"

"人生无绝顶。"孙岱应一句,显然心思不在这里。

"此句一出,我更感到你的不俗。那时的你,真的是意气风发。"说着,眼看进入雪松路,欧阳云开靠近孙岱,"多少年来,我一直以你这句话,来激励自己,告诫自己,人生路漫漫,对于一个行者来说,路途无疆。"

"对于我这个止步者来说,"孙岱苦笑,"路,已到尽头。"

"咳,也是新的起点。"见走到交叉路口,欧阳云开便说,"一会儿你就要进八号楼。"他回头指指紧跟在身后的倪景行和杨帆,"他们一会儿会向你宣布对你的立案和留置决定,你得有点心理准备。"

孙岱点头。

"你的问题,今天下午谈了不少,"欧阳云开叮嘱他,"就现有这些,恐怕也得判十年以上。再交代其他问题,刑期也增加不了多少。所以,我还是劝你,其他那些事儿,也别隐瞒,有什么说什么,别难为这帮伙计们,自己也不遭罪。你身心轻松下来,还免得落下隐瞒错误的名声。"

"云开,谢谢!"孙岱明白,这将是他今后十余年最后一段自由路程。进了前方的留置楼,接下来许多年,这外面自由的空气,真的呼吸不到了。他知道老同学的用意。

直到走进八号楼,欧阳云开才停下脚步。他跟孙岱对视良久,缓缓地伸开双臂,紧紧拥抱住他。

"放心吧云开,我不会再给你丢人。"孙岱抬起头来,"今天下午,在你办公室里,我对你不够冷静,老同学,请谅解。"

"都什么时候了,还顾得上客套。"欧阳云开握住他的手。

孙岱刚向前走两步,又转身退回来,轻声说道:"拜托你个事儿,晓华——"他顿时哽咽起来,"晓华和孩子,以后拜托你和秦月嫂子了。"

"这个还用嘱咐吗?"欧阳云开一边说,一边向倪景行招呼一下。倪景行便走过来,把光光的秃顶侧向欧阳云开的嘴巴,"老倪,今晚先别和孙岱夫人说他被留置的事儿。新闻稿写完,也和宣传部说好,别急着发布,等我先向孙岱夫人通个气,做做工作。不然,她一时受不了,这算我谋个私吧。这个,达之书记同意了。"

"好。"倪景行点头。

欧阳云开转身再看孙岱,孙岱也看着他。两个老同学,相视良久,彼此心中清楚,已到告别的时刻。

"领孙市长进去吧。"终于,欧阳云开向倪景行、杨帆挥挥手。

一直等孙岱身影消失在走廊转弯处,欧阳云开才缓缓转过身来,走出八号楼。此时,已经晚上九点多。虽然腹中咕咕作响,却一点饥饿感都没有,只是感到双腿软绵绵的,心像悬在半空,脑袋昏昏沉沉,浑身一点力气都没有。等一步步走到湖边,才感到平生从没有过的疲劳。实在抬不动脚,便在桥头的石面上坐下,不禁抬头仰望星空,一时怅然若失。最好的朋友,今后十年的时光,将在铁窗内度过?世界怎么这般小,红尘滚滚,人流滔滔,怎么你我就偏偏成为知己?你孙岱本是机遇万千,风光无限,怎就偏偏止步于我的面前?反腐败阵地千军万马,你孙岱,怎就偏偏倒在我的枪口之下?他顿感一阵燥热,见天空阴云密布,看来真的要下暴雨了。

"书记,我估计你在这里。"欧阳云开猛然听到江镇澜在身后说话,便回过头来。

"镇澜来了,你怎么知道我在这里?"

"顺着八号楼,就过来了。"江镇澜从纸袋里拿出两个香蕉,"吃吧。估计你没吃饭。吃点儿,垫垫饥。"

"咳,最难受的时候已经过去,"欧阳云开笑笑,"你吃了没?"

"吃过了,我们陪孙岱吃的盒饭。"

"对了镇澜,孙岱提前进来,这个原先我们没想到。你是不是和叶音、老倪抓紧研究下,接下来怎么和孙岱谈,涉案人员怎么带。我看搞不搞谈话方案都不重要,别重形式,怎么快怎么来吧。"

"我建议马上启动带人程序。孙岱被审查的消息一公开,其他涉案人员肯定会有反应,得抓紧确定重点人,措施要跟上。"

"你安排吧。"欧阳云开看一眼手表,"等安置好,都回去好好休息下,明天做出详细的带人方案,立即动手。另外,我想明天去一趟惠安,跟孙岱夫人通报一下,尽点儿同学情义吧。差点儿忘了,我得给詹晓华打个招呼。不然,孙岱说来文昌开会见我,今晚没回去,她能不挂着啊?"说着,拨通电话,先是感谢她送点心给自己,接着说点心很可口,然后埋怨孙岱,"这家伙,又喝高了,他见了我总这德行。"

詹晓华毫无防备,还开了几句玩笑。

"要不,明天让倪景行或杨帆陪你去吧?"江镇澜建议。

"你们明天还要研究具体方案,人手紧,我自己去就行。主要是别人去也没用,帮不上什么忙。我要不和詹晓华把话说开,她就解不开心里这个疙瘩。明天一早走,午饭前后往回返。"

二人正说着,小马把车开了过来。

欧阳云开看江镇澜一眼,站起身来:"今天确实有点儿累,那我回家了。看来,你们今晚上又得加班。也别太晚,都折腾一天了。今晚还有雨。"

车子刚离开,燕飞走来问:"镇澜常委,云开书记呢?"

"刚走,这么晚了,你找他还有事儿?"

"那明天再说。云开书记对每一个移交的人,都要陪他们吃个送行饭。这不武来很快要移交了嘛,我想请示他一下,还送不送?"燕飞边走边说。

"送啥?"江镇澜瞪他一眼,"他也配? 也就咱有纪律,要不我一脚把他踢出清水园!"

燕飞挠了挠头。

回到家后,欧阳云开先去冲个澡,浑身上下轻松爽快了些。秦月走过来,见他神色比昨日好了许多,忙问:"是不是孙岱的事有进展?"

"今天主动来投案了。"

"唉!这也好。"秦月轻轻摇头,"那……晓华知道啦?"

"应该还不知道。"欧阳云开稍作沉默,"我明天上午去趟惠安。"

"你——"秦月欲言又止,"都想好了?她会责怪你吧,要不,我陪你去?"

"责怪就责怪吧,得有这个过程。我这次去,怎么说也是公务,你去不合适。我先去一趟,你方便时再请个假,过去陪她几天。"

大学毕业后,两家人来来往往的,亲戚也没这样亲。秦月和詹晓华又投脾气,像亲姊妹。在这困难节点,秦月去安慰开导下詹晓华,也应该的。但涉及案情和办案纪律,秦月这时去显然不合适。

次日一早,欧阳云开直奔惠安而去。半路上,他思考再三,还是给詹晓华打个电话:"晓华,你上午在家吗?"

"是云开呀,你该不是到惠安了吧?"詹晓华语调轻松欢快,"我正准备上班去呢。"咳,她哪里会知道,家里已经发生天崩地裂的大事!

"先请个假哈,我过会儿便到惠安,你得先接见我一下。"

"你不是昨晚和孙岱一起喝酒了吗?"詹晓华问,"他这个人呀,一点出息也没有,喝成这样!你们一起回来了?"

"没呢,他一起床便跑了,手机也不接,市长真是个装乱事的筐,估计是跑啥事儿去,连手机都忘了打开。"

"前天下午下班回来,晚饭也没怎么吃,心不在焉的。问他,也没说出个子丑寅卯来。"

"这家伙,咱就别管了。你让孙詹也在家等等我,想请他帮我点儿忙。"欧阳云开想,詹晓华一旦知道孙岱的事,肯定如五雷轰顶。一个女人,哪里能撑得住啊。孙詹陪在身边,也好有个照应。

进孙岱居住的小区,下车后,欧阳云开抬头看看孙岱家后阳台,走到楼道门口,刚要按门铃,又犹豫一番,转身去院子前小花园,呆立了好一会儿,还是一咬牙,才转身去按响门铃。

"大爷好!"孙詹开门,笑着打招呼,"哪阵风把您老人家给吹来啦?"说着,给欧阳云开一个熊抱。

欧阳云开微微一笑,点点头:"我今天来惠安,过来看看你们。"

"云开啊,你来得这么突然,有紧急任务?"詹晓华站在客厅,正准备倒茶,又抬头端详欧阳云开片刻,"你最近是不是常熬夜啊?看你这一脸憔悴。我跟你说啊云开,那些贪官,使劲抓,也抓不完,你可得好好保重身体。"

"亏了你给的点心,半夜吃几块,不然撑不住。"欧阳云开一时不知说啥,便想起孙岱说的詹晓华送点心的事儿来,"一盒子呢。"

"不是一盒子,是四个纸袋盛的啊。"詹晓华停住脚步。

"反正又脆又香,用什么盒子盛的,我没注意。"昨天将孙岱带去清水园,江镇澜安排检查了孙岱停在省纪委门前路边的车,说是里边有点心,只是欧阳云开没顾得上看。

"什么又脆又香,这次给你的,不是我前几次送你的那种,这是惠安食品公司新出的蛋糕,软着呢。"女人的第六感有时很怪,不需要逻辑和证据,便可猜出结果。詹晓华马上感觉到,哪里出情况了!"云开,你没见过孙岱是吧?"

欧阳云开想过无数次见詹晓华后的场景,但怎么也想不出,该如何开口。平日里,张口就开玩笑的轻松劲,再也无法保持,"晓华,你别慌,你坐下。孙詹,你也来坐下。"

见欧阳云开的神色如此凝重,詹晓华疑虑陡生。按说,孙岱即便昨晚喝多了,今早上也该来个电话,况且他还一直关机。后来,她觉得反正和欧阳云开在一起,不会有啥事儿,也没往心里去。可一大早的,欧阳云开绕开孙岱,直接来家里,已属反常,又让把儿子叫回来,更是蹊跷。因此,詹晓华接完电话,总感觉哪里有些不对劲儿,见欧阳云开说起点心,根本没说到点子上,现在看,可能根本就没见过那四袋点心。

不该是孙岱怎么了吧? 一定是他出事了! 她如此聪明,顿时醒悟过来,那是不是在文昌突发意外了,心脑血管出事? 或者,交通事故? 她举着水壶的手,不由得好一阵颤抖。原本红润的脸,顿时苍白起来。

"晓华,孙詹,你们两个都在,有个事儿,我不能不告诉你们了。"

"云开你说。"詹晓华从离他不远处的沙发上站起来。孙詹坐在对面沙发上挺直腰,眼睛立即瞪得大大的。

"孙岱,出了点情况!"欧阳云开咬着下嘴唇,"他一时间不能回惠安了。"

"啊,怎么回事? 到底怎么回事?"詹晓华脸如死灰,两手握紧,浑身哆嗦起来。孙詹也唰一下站起来:"对呀,大爷,我爸怎么了?"

"昨天下午,他主动投案了。现在,被留置在清水园。"

"投案? 主动?"詹晓华呆愣半晌,"让你们抓进去了?"

欧阳云开十指紧紧相扣,一时无语,只能点点头。

"云开,你查的他?"詹晓华突然起身,直盯着欧阳云开,"是你,把他抓进去的?"

"是……不是……是他自己投案的,情况……挺复杂的……"欧阳云开一时不知如何解释。

"你……你……"不料,没等欧阳云开说完,詹晓华身子摇晃一下,用手指着他,一下瘫倒在沙发上,"你……你真六亲不认呐,你还算人吗? 怎么下得去手啊?"

"欧阳云开,你……你算个啥玩意儿?"孙詹呼地一下奔过来,一伸手,扯住欧阳云开衣领子,一巴掌扇过来,打得欧阳云开眼冒金星! 孙詹随手用力一推,欧阳云开一米八的身材,竟像布袋一样,被哐地一下推倒在沙发靠背上,"亏我还一口一个大爷地叫着你,我爸怎么得罪你了? 你这伪君子,竟然背后捅刀子!"说着,孙詹又要扑上来。

"孙詹,你……别动手!"詹晓华挣扎着站起来,奔过来将他死死拉住,哭喊道。

"就揍他,怎么了?"孙詹怒火冲天,"有本事,你把我也抓进去!"

"你走吧,别在我家里,"詹晓华扭回头来,一字一顿,"欧阳云开,从此以后,咱们,恩断义绝!"

欧阳云开心口一阵绞痛。

"听见了吗? 还不赶紧滚!"孙詹伸手一指欧阳云开,"滚! 滚出去!"随之,呜呜地哭起来。

"晓华,孙詹,你们让我把话说完。"欧阳云开忍痛坐直了身子。

"还说什么呀?"詹晓华哭喊一声,"孙岱是不是你同学? 我是不是你同学? 孙岱是我男人,你不知道吗? 你不但不保护他,还亲手抓他? 你还说什么呀? 你大公无私? 你大义灭亲? 我们交往都快四十年了,真没想到啊,你是这种人,这么薄情寡义! 你……简直……混蛋!"

"你说我狠心也好,怨我、恨我,骂我、打我,都行。可不管怎样,得先听我把话说完。孙岱的问题,是中纪委交办下来的。"欧阳云开诚恳地说。

"这怎么会呢? 我爸,肯定是遭人陷害!"孙詹像头发怒的狮子。

"晓华,其实你也可能觉察到,前天晚上孙岱已听到风声,所以吃不下饭,睡不好觉。昨天下午,他到我办公室,我一看他神态,恍恍惚惚的,便知道他撑不住了。如果这个状态回惠安,真要出事儿的。我就劝他,主动投案吧。不然,回了家,也得从惠安把他带走。昨天晚上,省委批准了省纪委立案、留置报告。"

詹晓华两手张着,目光无神,呆愣半响,突然身子一晃,重又跌坐在沙发上。中纪委交办的?!她顿时明白,孙岱的问题不是一般的严重!

"主动投案?"孙詹依然愤恨不已,"我爸他为什么投案?还不是因为你查他!"

"孩子,你爸出事,我也很震惊,很痛苦。即便我放过他,省纪委也不会放过他的,这不是我一个人能左右的。昨天晚上,我们肩并肩,一起去的清水园。孩子,你能理解我当时的心情吗?几十年好朋友啊,亲手送进去,那滋味儿,真的……真的比刀绞着还难受!"

"拉倒吧你,人都被你整进去了,还来这套!"孙詹伸手一指,"你既然事前知道,为什么不提前透个信儿?你还背后像个魔鬼一样,干着见不得人的勾当?你说,你不是伪君子是啥?你就是想立功,用我爸的血,来染红你的顶戴!"孙詹几乎用了最狠毒的话,来刺激欧阳云开。这让他心如刀绞。

欧阳云开看孙詹一眼,能说什么呢?只能转头去看詹晓华,只见她坐在那里,像一尊雕像。他心口一疼,顿时无语。

"儿子,你先别说,听他怎么解释。"詹晓华语气冰冷。

"孙詹,你根本不知道,你爸爸的事儿到了什么程度。我办这么多年的案子,是不是公正,我心里清楚,也自有公论。我不需要用我最好朋友的政治生命,来证明什么。你爸爸这案子,他躲不过去,我也躲不过去。我不查,也会有人查的。"

房间里,再次陷入一片寂静。

"很严重吗?"詹晓华一点点冷静下来,慢慢抬起头来问。

"从现在情况看,判刑是一定的了,但因为有主动投案这种情节,会少判几年。"

"哪方面的事儿?"詹晓华看着他。

"主要是用老板的钱买字画,买玉石、紫砂壶这类东西,当然,还有别的。"欧阳云开看母子二人一眼,"这都是他自己交代的。"

"我怎么一点儿也不知道呢? 从来没见过他往家拿钱啊!"詹晓华像是喃喃自语。

"是啊,他也不是个爱财的人。不然,我一个办案的,也不会觉察不到。"

"那就没救了? 一点儿办法都没?"詹晓华感到绝望。

欧阳云开摇摇头,又低下头。

"云开,你肯定有办法,你不能见死不救啊!"詹晓华突然声嘶力竭地哭叫一声,一把抓住欧阳云开的手,"我求求你了云开,救救他吧!"

"妈,你干吗求他?"孙詹瞪大眼睛,"他要有那份心,我爸还能进去?"

"孩子,"詹晓华伸手推推孙詹,"我和你大爷说几句话,你先回屋。"

孙詹不动。

"去! 你在这里,有些话我们说不透。"詹晓华伸手一指,语气坚定,不可抗拒。孙詹看看母亲,再狠狠地瞪欧阳云开一眼,转身进了自己房间。

"云开,案子是你办吧?"詹晓华扭回头来,急切地问。

欧阳云开点点头。心说,詹晓华毕竟是相知多年的同学,起初的慌乱、激动、愤怒过去后,现在已渐趋理性。

"你了解孙岱,他不是坏人!"詹晓华伏着身子,稍稍抬头,看着欧阳云开,"这些年来,他很累。当两个市的市长了,还常常在省里大会小会上挨批,心里头憋屈啊。有时回来后,身心疲惫,怪可怜人的。所以就喜欢起那些字画、玉器,也就图个心静吧。说实话,一开始我也有些担心,可看他心里不痛快,便觉得有个爱好也好,权当散散心。恐怕也是在这方面,出了事吧?"

"晓华,我跟你心情一样,"欧阳云开缓缓说道,"本来,我可以回避的。可你知道,我不能回避。如果我躲一边,眼看着别人来查办我最好的同学,我不急死、难受死啊? 真那样,一旦孙岱心结打不开,拒不配合,和审查同志顶起来,吃苦的还是他本人。晓华你要相信,现在纪委的办案水平不是以前,手段也十分丰富。只要人进来,没一个能侥幸逃脱的,只是早说晚说吧。由我主办,我也能随时开导他,让他好好配合,早说早结,取得组织理解,争取宽大处理,也能减少他一些痛苦。当然,谁来主办这个案子,是组织决定的,我本人也必须服从。"

"云开——"詹晓华刚说出两个字,突然俯下身子,号啕大哭起来,"他怎么这么糊涂啊,怎么会走到这一步啊?"

"晓华,"欧阳云开郑重地说,"你要坚强,孙岱已经这样,你千万别把身体再折腾出毛病啊。"

"他是我男人啊,云开!"詹晓华突然转身,抱住欧阳云开,"对不起,我不该骂你,孩子更不该打你,我们一时情绪失控,误解你了。我求求你,一定要帮他!"

孙詹显然在房间内一直听着二人说话。只见他拉开门,一步步地走过来,突然喊了声:"大爷!"

欧阳云开站起身来,张开双臂,紧紧抱住母子二人!

3

下午四点左右,欧阳云开返回清水园。不一会儿,江镇澜和叶音走进来。

"孙岱情绪怎么样?"欧阳云开问。

"配合没问题,"江镇澜说,"还交代了些年节收受的礼金、礼品之类。我让老倪安排他,把昨天、今天谈出来的,都详细写清楚。进来后,他的情绪起伏很大,不想吃饭,不停地流泪。"

"镇澜,你有时间也进去劝导劝导他,我去多了不合适。"欧阳云开叹息一声,"另外,新闻稿达之书记已经批了,发吧。"

"还有件事,"叶音看看欧阳云开,"武来后天上午要移交,燕飞知道你明晚省里有个会得参加,想请你今晚和武来一起吃顿饭,送送他。我觉得燕飞在胡整,这样的流氓、无赖,还送什么行?"

"送送吧,都要进监狱的人了。"欧阳云开看着叶音,"燕飞建议得对,我今晚有时间。"

"书记,你啥都好,就是总在和稀泥。"叶音轻轻咬一下嘴唇。

"治病救人,是我们的职责。都要进监狱的人了,和他吃顿饭,做做他的工作,会尽量减少他一些怨气,会有利于今后改造。"

"就他那德行,想让他感动?难!"叶音仍是恨恨的。

当晚,面对清水园后勤人员精心准备的盒饭,武来看上去根本没有动口的意思,却挨个打量着坐在桌子对面的欧阳云开和两边的叶音、燕飞。

"武来老弟,"欧阳云开看着他,微微一笑,"再过两天,你便要离开这里。今晚我们三人代表审查组,也代表党组织,来送送你。"

"云开书记,我吃不下。"虽说武来面容憔悴,但此时非常镇定,"看着这些饭菜,你猜怎么着,倒是让我想起旧社会要被处斩的犯人。"

此言一出，叶音便瞪了他一眼。

"兄弟，你还年轻，好好改造，出来时身体一定挺好，还可以干许多事情的。"欧阳云开和颜悦色。

"还指望出来？"武来向三个人斜楞一眼，"从监狱放出来，还不让别人指着骂？看哪，那个劳改犯放出来了！于是，白天便像贼一样窝家里，晚上像老鼠一样溜着墙根儿走，过着没有尊严、连狗都不如的生活？难道，这就是出来的意义？"

"武来，我告诉你，为你送行这事儿，本没这个规矩。今天是云开书记主动来陪你吃顿饭，跟你说说话，体现一下组织关怀。你说这些，觉得合适吗？"听武来有点不着调，叶音便瞅了他一眼。

"云开书记，我不得不从内心服你！"武来喝口水，"你和你的部下，办案子真有一套，不打不骂，便把事儿查清，本事啊！"

"知道就好。说实在的，你做这些事，如果在旧社会，还不断了你的筋！"叶音愤愤地来一句。

"所以嘛，"武来冷笑道，"什么给我送行啊？你们不就是在这房子里设个庆功宴，庆祝把我武来拿下，庆祝我成了你们的俘虏，成了阶下囚？我武来，就是你们的下酒菜，是你们取乐和寻求刺激的摆设和道具罢了！我，一个战俘被你们踩在脚下，你们举杯狂欢——这画面，够刺激！"

"都到这地步了，你还这么蛮不讲理！"叶音杏目圆睁。

"你们不是为我送行吗，总得让我说话吧？"武来斜眼看着叶音，"是不是，美女委员？"

"武来同志，"欧阳云开诚恳地说，"我们为你送行，是看在你是个老党员，看在你为安海文化建设做了些事情，也看在你还算能配合组织交代问题上。"

"我不配合能行吗？你手下这些人，把猴年马月的证据，也不知从哪儿,全都翻腾出来了,堆满一大桌子。我不认,有用吗?你们不'零口供'我才怪呢,那还不往死里判我啊?我不傻,好汉能吃这眼前亏?"武来激动起来,"不说我做了多少工作还好,我干了那么多事,与判我的刑期有关吗?能减我的刑吗?我自认为,也算是有本事的人,不也照样得进来?那些占着茅坑不拉屎的,那些一百脚踹不出屁的,不还继续在台上混?像凌云这号窝囊废,要不是我盯着,现在还不照样在台上耀武扬威、发号施令?在安海,比我问题严重的,有的是,他们怎么都还逍遥法外?偏偏就我武来该进监狱?"

"武来,"燕飞强压怒火,"审查组、云开书记对你够关照的,你侄子报考文产集团,你跟人力资源部是打过招呼的,云开书记和我们商量了个意见,集团党委不要以人划线,主要看本人条件,看考试成绩,你那宝贝侄子才在你留置期间,进了二级公司。"

"那是我侄子,又不是我儿子!"武来又耍起无赖,"我都进监狱了,他就不该有工作!到处流浪,才展示共产党的仁德呢!"

"武来,我在省纪委办案,也快二十多年了,还真的没遇到你这样的奇葩!"燕飞气得脸色发青,"你不择手段上位,做事毫无底线,卑鄙下贱,还搞什么'群芳宴',你还有点羞耻感吗?组织对你展示这么大的诚意,你还有点儿感恩心吗?"

"燕主任啊,别跟我扯这些没用的。都到今天了,还讲什么底线,讲什么羞耻?哈,就你们说的'群芳宴'吧,每次是谁参加的,我也记不清,记不全了,都他娘的记混了。本来吧,我曾经把每个和我上床女人的经过、体会,原原本本记下来,有好几本呢,没事也欣赏一下,回味一下。没想到,后来我在办公室里不小心丢个烟头,书堆竟然燃起一把火,他娘的,连书橱也给烧了,这些珍贵资料化成了灰,太可惜了!那天晚上,我躺在床上,先是掰着手指头,后来又加上脚指头,数啊数,怎么数,都数不清跟我上过床的女人到底有多少!"此时,武来不像一个即将入狱的罪人,倒像一个沉醉于下流说唱的街头流浪艺人,边说边比画着,竟半张着嘴,斜目瞟着叶音!

"流氓!你哪里还配这张人皮?"叶音狠狠瞪他一眼,骂了一句,猛地站起身来,扭头走出留置室。

"对,我就是流氓!都进监狱的人了,还怕违反生活纪律?"武来直勾勾地看着叶音背影,嘿嘿一笑,"我干过的那些女人,你们哪怕都查出来,也加不了我一天的刑期!"

"武来,你太不像话了!"燕飞怒不可遏,"本来,云开书记是菩萨心肠,想让你感受组织的关怀,想重新唤醒你一点儿做人良知。没想到,你本来就没长良心!"

"哈哈,良心,良心几两几斤?话明说了吧,后天我就离开你们这鬼地方,你们能奈我何?"武来算盘打得啪啪响,自己就要移交检察院,进入公诉阶段了。到了那环节,有顾老师说话,还有省高院庄严老哥运作,纪委再牛,恐怕也鞭长莫及了!

一直冷眼旁观的欧阳云开,不经意间插了一句:"离开这里,等待你的是监狱,那可不是什么好玩的地方。"

武来愈加放肆:"云开书记啊,你知道的,凌云,已经被我拖进来垫背。集团的漂亮女人们,被我睡了个遍。钱,让我花成流水。这花花世界,让我玩了个够,玩了个畅快,只差进监狱去体验一下了!想我武来,享尽荣华,阅尽春色,已不枉此生了!"

"老弟啊,不会这么如意吧?一旦进了监狱,你便倾家荡产,一贫如洗,你的资源、财产和声誉尽皆付诸东流,出狱后也风光不再,你狂妄的资本在哪儿?"欧阳云开紧盯他的双眼,冷冷一笑,话语相激。

"哈哈,哈哈哈哈!"武来仰天放声狂笑,"云开书记啊,你忒小看武某人了吧?今天,我武某人便把话撂这里,即使将来出了监狱,老子也是千万富翁!我他妈的就远离这嘈杂的城市,去享受悠闲安静的田园生活!"

终于露出了尾巴!欧阳云开敏锐意识到,武来必定隐藏了重大秘密没有交代,不然哪来的千万资产?靠什么享受田园生活,还要远离城市?立即转身问燕飞:"你们一共查了几个窝赃点?"

"六个。"燕飞回答。

"他老家搜查了没?"

"去看了,里边没啥。"

武来微微一愣,接着大笑起来:"哈哈,我老家一个破房子,连三万块钱也不值,只摆了几件破家具,你们能看出啥来?"

"摆"了几件,能"看"出啥来?"看出"……想到这里,欧阳云开顿时有了底气,缓缓站起来。他魁梧的身材,像根笔直的柱子,立在留置室的中央,冲着武来击掌而笑:"好,好,好!武来兄弟果然爽快人!"

燕飞也跟着站起来,已知欧阳云开用意。

"燕飞啊,你让伙计们进来吧,饭菜都收拾了,人家武来同志呢,不稀罕这个。"欧阳云开拍拍燕飞肩膀,"兄弟,现在看,教育确实不是万能的。本就不合格的产品,再维修,也只能是残品、废品!"

"欧阳云开,你想干啥?"武来神色惊慌。

欧阳云开理也不理武来,对着燕飞一字一顿地说:"现在,你们连夜派人去武来同志老家房子,再次搜查,哪怕挖地三尺,也要把疑点挖出来!再是,鉴于发现武来同志新的线索,立即通知检察院,后天不向他们移送武来同志,必须按规定办理延长留置时限手续。对武来同志的审查调查组,不得解散,外调组要进一步加强力量,持续加大力度,深挖细查!待发现新证据后,内谈组要对已做过的笔录,重新整理,对犯罪数额、性质、罪名,重新认定。如还是查不透，便一个月一个月地向后推，直到满六个月！若时间还是不够，再移交公安部门，由他们继续侦查公安机关管辖的违法问题。这样，定能让武来兄弟阅尽人间春色，一关一关地尽情体验个够，过足瘾！"

"好！"燕飞双眉成结，有力挥拳，"马上办！"

"这事儿，我立即向路达之同志汇报，按程序报批。"欧阳云开始终没看一眼呆愣在一旁的武来，只是拉着燕飞边走边笑着，"哎呦，兄弟啊，在当下，想做个千万富翁，过个田园生活，咋就这么难呢？"

"欧阳……云开，你……你……太狠……狠了吧你？"武来张大嘴巴，僵在那里。

第二天上午，外查组传来消息，取得重大战果——

科级干部苗壮带人再次去了武来老家。大家进门后，房中除了几件旧家具，确实并未发现任何赃款赃物。苗壮仔细观察，见山墙中间，有刚抹过的一片新石灰，便走过去轻轻敲了敲，觉得里边是空的。当场挖开后，在场人员大吃一惊：墙里竟然藏着四个又扁又高的马口铁锡盒子，里边用塑料纸包着足足八百万现金，还有一大堆金砖金币和金银首饰，等取出来，竟铺满了半个屋子！

次日上午，孙岱主动投案，接受省纪委监委审查调查的消息公布，整个安海，为之哗然。文昌城内，尤其省纪委监委机关内，凡知道欧阳云开跟孙岱同学关系的人，也都感到一种难以置信的吃惊。欧阳云开站在清水园的办公室窗前，猜都能猜到，此时窗外沸腾的舆论。

看到消息公布，秦月立即向学校请了假，向欧阳云开打个招呼，坐车去了惠安。

郎子军看到消息后，第一时间给顾世言转发微信。不一会儿，顾世言回复一个笑脸。下午快四点，顾世言才给郎子军电话，说饭前要到度假村看看。

"我安排晚饭。饭后，再请你去那边走走。"

"时间还有，先看，再回来吃饭。"

大约三十多分钟，顾世言赶到位于文昌东南的望河旅游度假村。整个园区，占地三百余亩，三面环山，正北面山势挺拔，东西两侧山势平缓，中间地势微有起伏，一条清澈小河从中蜿蜒穿过。一排排四合院儿错落有致，清一色徽派建筑，白墙黛瓦，马头墙连成一片，砖雕、石雕、木雕手法多样，工艺精湛，古朴而清新。高大的树木用钢管支撑，树冠基本没有因移栽而被剪割，已然恢复生机。草坪翠绿，路边麦冬草像少女的飘飘长发，盖住道路两侧的路沿石，樱花、桂花、紫薇、海棠、丁香，按胡同小巷分类栽植。整个园区，风格独特，构思新颖，绿树成荫，花草繁茂，小桥流水，真是度假休闲的好去处。

沿园区东侧山脚，是一条通向北山的柏油路。路的尽头，一泓清澈湖水横卧山前。湖不算大，东西弯弯曲曲不过百米，最窄处是座多孔拱石桥，桥面虽可以通车，但在桥的南端，设置了可以人工升降的隐形路桩，以便控制进出车辆。湖的北岸，是一整片茂密的竹林。竹林中间是一条东西白沙路，直通东边山下。

郎子军早已等候在石桥前。这里距郎子军的山间别墅很近，即使步行过来，也就半个小时的样子。

见黑色轿车过来，郎子军忙迎上前去。周翔宇先从副驾驶座上下车，麻利地打开后面主座车门，顾世言就势下车。等他挺起身来，立于湖畔，顿时显得轿车很小，让人感觉容不下他的高大身躯。顾世言身着短袖白衬衣，一头乌发，梳理得一丝不乱，显得容光焕发。他扫视一眼，禁不住高声说一句："景色好美！"

"都是省长关照。"郎子军迎上前去，"村子里，等下次再请你过去看。这边走,我们看看'群英馆'去。"

"别'群英馆'了,太招摇,有人说漏嘴,会惹麻烦的,便叫'英才园'多好?"

"'英才园',妙,妙啊!"郎子军轻轻击掌,"立个牌子在那里,都雅致。"

"牌子不一定立,心里有就行。"顾世言沿着竹林路朝南望去,"这儿放一片竹林,横一片湖水,很出味道。走在这条白沙路上,才找回行走在乡间山路上的感觉。隔着竹林隐约可见南边瘦湖风景,而对岸的人,又看不到这里。子军,用心了。"

"这条路,除了你的车可以自由进出,别的车都进不来。路桩平时是升起来的,算是'游客止步'吧。"郎子军望一眼顾世言,"今天你情绪特别好。"

"有点儿吧。"顾世言果然来了兴致,"刚才常委会上,讨论文昌发展,我提出个大胆思路,就是保留古城,跨河南扩,建设一个新文昌! 文昌城北,群山起伏,空间受限,与其修修补补,不如越过文昌河,建十座八座跨河大桥,挖几条地下隧道,与对岸连成一片。南岸地势平缓,空间广阔,利于城市建设。届时,市委市政府,甚至省委省政府,都搬过去。不需多少年,又是一座文昌新城! 文昌河可以在新城之南改道,现有的河道,变作故道,化为新文昌城的内湖。一湖碧水,静静卧于两岸怀抱,何止几十上百个西湖? 什么瘦西湖,什么东湖、南湖、北湖、大明湖,在这个浩渺的内湖面前,都黯然失色! 一城湖水,滋润文昌,试问天下名城,谁与文昌媲美?"

"哎呀省长,"很少激动的郎子军,此刻由衷钦佩顾世言的眼界和魄力,禁不住竖起大拇指,"这气度和胸怀,非常人可比! 所以我说,自从遇到你,便为你的才识折服。我郎子军虽非平庸,但只拘泥于细微处,总是缺少你这气吞山河的气魄。"

"你别说,陈放同志对我这建议,十分重视,特别赞赏。直言这是一条大思路,指示省政府和文昌市组织专家,认真研究,拿出可行性方案,抓紧与国家部委对接。"顾世言益发豪迈,"呵呵,你再看那些常委的发言,修修补补,小小气气的,就一群小脚妇女,迈不开步子。按他们的点子,再过一百年,文昌也就依旧故我,还是这个熊样!"

"鸿鹄高飞,一冲千里!"郎子军点头,"气度、胸襟,都天生的,没办法。"

"怎么没路了?"竹林尽头,已到山下,顾世言回头问郎子军。

郎子军不语,却轻轻拍一下掌,一个小伙子从湖边亭子里出来,快步穿过鹅卵石铺过的竹林小道,踏上白沙路,先朝二人微微躬身,然后手举遥控器,冲着白沙路尽头的山体轻轻一按,两扇铁门便缓缓打开,露出宽敞的山洞。原来是一条隧道!

"我刚才怎么一点儿也没注意这里有个山洞?"顾世言吃一惊。

"这铁门外边,用了高仿真涂料处理的,彩绘与山色一体,平时关闭时,肉眼难以识辨。"郎子军娓娓而谈,"如果竖个'游客止步'牌子,不雅,更不安全。"

顾世言点点头,和郎子军一起走进隧道。隧道不过二十米左右,洞内做了些精装修,洞顶铺三条灯带,隧道尽头,又有一道铁门,等走出铁门,顿觉豁然开朗。但见一处山谷,独立成园。这里古树参天,秀石林立,一片翠竹,虽没了古刹,却如郎子军所言,神韵犹在。两排五套四合院平房坐落其中,同样徽派建筑风格,真乃绝佳幽静之地。

顾世言又一次深深点头,心想郎子军深知名园易构、古树难求的道理。修建这处院落时,最大限度地保护原有地貌、原有树木,巧借山势,高低互补,错落有致,浑然天成,虽与外面度假村建筑风格一致,但环境地貌,构思布局,设计装修,却不可同日而语。"好一处休闲胜地!"他不禁再叹。

"省长,这五套院落,前边两套,一套是服务人员居住的,另一套是厨房和餐厅。后面的三套,西边的是为来客准备的,东边的是活动场所,健身房、书画间、会议室都在这里。中间这套面积比其他四套大一些,屋顶也高些,是为你准备的。更巧的是,建房子时,发现有个山洞,我让工人们略加整理,竟能直通山顶。我便在洞口装了一道铁门,也是做了仿真处理,平日关闭着。这样,如你节假日想过来,想登登山,顺着这个暗道出去就行,别人也看不到。登上顶峰,那才无限风光呢。面北看去,悬崖峭壁,深不可测。山梁上有条东西方向林间小路,很少有人能上来,幽静异常。"

"竟有这等巧合?"听到这里,顾世言眼里闪出一丝奇异的光。呵呵,郎子军虽未明说,可顾世言马上明白过来,这暗道,关键时刻是可以逃生的。

"我已经安排备料了,在绝壁处修一凉亭,你若得闲,便坐于亭内,南眺文昌河,北望文昌城,一边品茶,一边观景,省长必定豪气干云!"郎子军遥指山顶,"我想了想亭子的名字,这闹市宁静之地,就叫'空响亭'。取'空山不见人,但闻人语响'之意吧。"

"呵呵,王维的《鹿柴》。后两句也妙,'反景入深林,复照青苔上'。"顾世言朗声而诵,竟能够把"反景"读作"返影"!毕竟大学里教过书,底子在呢。

"省长文学造诣深厚,能记住后两句已难得,还能精准读音,不可思议!"郎子军感叹着,心里却想,咳,这后两句,我不愿提的,那余晖射进幽暗处,虽是暖色,却为冷意,内心一时别有滋味。一边说着,一边带顾世言走过青石路面,拾级而上,用手一指,"这便是你的'行宫'。"

"以后这样的傻话,不要说。"顾世言正色说道,走到后排中间院落门前,停下脚步。

门楼在院落的东南角,顶部为挑檐式建筑,门楣为双面砖雕,刻着"紫气东来"的匾额,门扇上方镶有铁制门环。进门后便是天井,由四面房屋合围而成,体现出四水归堂的建筑风格。

"这院子空间宽裕,所以设计时,我有意让中间的天井更开阔些。"郎子军告诉顾世言。

迎门是一长方形泰山石,为完整原石,石前为翠绿的卧地松,背后是鲜红的枫叶。东西两侧各有一棵碗口粗的广玉兰,紧挨窗前的是两棵桂花。中间小路用微型五彩石铺成,呈有规则的花瓣网状,鲜艳却不失典雅。路与树之间铺满草坪。

"风水说,玉兰寓意'吉祥吉庆',"郎子军指指玉兰树,又指指桂花,"两棵桂花叫'当庭双桂',寓意仕途顺利。他们当时想好了要栽桂花的,却拿不准栽什么品种。有说丹桂的,有说银桂的,也有说四季桂的。最终我还是觉得金桂好,花儿金黄,香气足,也富贵。"

"你太用心了。"顾世言便随郎子军迈步走进房间。大厅两侧,分别是傅抱石和李可染的八尺山水画。墙面为缅甸黄花梨立柱,红酸枝装饰。大厅南北由金丝楠木屏风间隔,形成两个相对独立的单元。绕过屏风,摆放着越南黄花梨沙发和茶几。紧靠长条主沙发右侧北首,安放着一块产于广西红水河的大化石,没有一丝残痕,体量足有三吨重,黄中透红,表面光滑,花纹清晰,色彩艳丽。大厅正中北墙正上方,是张大千行书"对酒当歌"的横幅。沙发左侧北墙边,是原来摆在郎子军别墅里的那尊巨型清代仿制战国时期的青铜鼎。

"这鼎,也搬来了?"顾世言端详好一会儿。

"革故而鼎新嘛,助你继往开来!只要你在这里,这鼎就得过来。定鼎嘛,就要有这气势!"

"这使不得。我可没这野心。"顾世言会意一笑。

"在大家心里,你就是大当家的,总得有点儿气派才好。"郎子军指指整个房间，"装修基本差不多了。有些地方，还得细腻一点儿。书房里，把我别墅里的海南黄花梨写字台也搬了过来，又淘换了一把海黄太师椅，算配对吧。眼下市场上，海南黄花梨不管花多少钱，都买不到了，只搞到这把清式太师椅，还算雅致。两个卧室也已经装修好，关键是舒服干净就行。整个院落，所有房间的装修木料，包括门窗、立柱，都是缅甸进口的花梨木，差不多用了四十吨，效果还好。"

"子军，我知道你会用心，可不知道会用这么多心思！"顾世言拍拍郎子军的肩膀，"也别太花哨，大家能一起吃顿饭，喝喝茶，说说话，就不错。"

"这也是百年大计啊，你不是用一天两天的，品位、气势都要上得去。"郎子军打量着整个房间。

顾世言不住地点头："好，好，好啊！"

郎子军让服务员沏上两杯茶，请顾世言坐下："我们走好长时间了，请坐沙发上歇歇，你也体会体会，感觉一下怎么样。"

"子军，你干啥都是把好手！"顾世言满眼赞许。

"省长客气。"郎子军柔和地看着顾世言，"我心里感激你还来不及呢。子军有今日，全蒙省长关照。我受委屈，你指点迷津。我辞职下海，全仗你前后照应。现在想，若非有你，我一个被罢官革职的人，如今照旧晾一边领空饷而已。便是这度假村，没有你向文昌市里一次次打招呼，这块风水宝地，怎么能拿得下！年轻时，我也是志存高远，等被撤职，一时觉得壮志未酬，如果消沉下去，从此淹没于这滚滚红尘之中，很是不甘。自从认识省长，我才感到遇上寄托理想和抱负的人了，遇到一个可以施展我平生所愿的机遇。别人都以为，我心思用在挣钱上，哪里知道，咱俩都一样，对钱没感觉的。士为知己者死。所以，我以侠商义贾为愿，若能把钱花在有用处，花在有用人身上，再助省长谋划成事，实现了我的平生抱负，赢得一片新天地，这辈子也算值了。"

"身在商海者，往往免不了每根血管中都流淌着贪图利益的血液。你却不为金银所累，志向远大，仗义疏财，是难得的侠客义士。"顾世言赞赏着，又转了话题，"我听说，原来住这里的村民，还在闹腾？"

"这事省长不必挂心，会处理好的，你忙大事就是。"

"不过，这事还是和庄严说好，一定稳妥些。"顾世言嘱咐道，"真需要时，我也可以打个招呼。"

"回想起来，当初如果把村民安置点，也按国有建设用地一起办了会更稳妥些，也省去了后来这些麻烦。"郎子军幽幽一句。

"哪里有这么简单！"顾世言说，"当时能拿下这块地，已是十分不易。十八大以后，各方面管理规范了，再想改变土地性质，难上加难。一个是规划不允许，即使强行办，那你们得缴纳多少出让金？"

"我也是说说罢了。"郎子军将话题岔开，"有个事儿倒是得琢磨，省委副书记人选肯定正在酝酿中，用不了多久，北京也要来考察的。相比其他，这是当前最要紧的大事！"

"子军，难得你想到这一层。"顾世言抬头看看，见周翔宇站在天井观看花草，便轻轻拍拍郎子军的腿，侧了侧身子，低声说道，"竞争很激烈啊！"

"这是必然的。'一兔走，百人追之。积兔于市，过而不顾'。位置空着，归属未定，谁不惦记？"郎子军缓缓而谈，"可要坐上这位置，需要的是合力。"

"怎么说？"顾世言紧盯郎子军。

"你看那举重比赛，挺举和抓举两项成绩相加，总成绩优者才是冠军。你自己在下边的挺举固然重要，可上边的抓力，哪怕轻轻一抓，这抓举成绩便上去了，冠军便是你的了。"

"形象,准确!"顾世言一声喝彩。

"这合力呢,有个简单公式,那便是:自身+关系=结果。"郎子军眼睛眯起来,"自身,是你本身具有的声望、资历、能力、业绩,等等;关系就是外在因素,眼下都叫资源。自身不必说了,这关系,令尊和你结交的人,上边也有,你可以向老领导们汇报汇报思想。上边我能做到的,我自然会做。至于安海这边,相关人也需要打招呼。崇山的、政府系统的,你不必操心了,我请剑雄、庄严他们出面坐坐,每次人数,以三两人为好,不需明说,都懂的。副省级的,还得请你出面,一对一合适些,也传不出去风声。"

"好。"

"凡见面的,来来去去,总不能空手,得带上点什么。钱,金货,或者什么票儿的,太俗。就字画吧,雅致又不张扬。省长你亲自赠送的,不能寒碜。我准备了十几幅启功先生四平尺的书法精品,一幅价值大约在四十万左右。还有几幅李苦禅、王雪涛三平尺的花鸟精品,每幅价格在五十余万元。送谁,请你把握就是。另外,我派人专门订购了一批欧阳中石先生的作品,一幅三平尺的作品,价值一二十万。这个,由剑雄、庄严随手送人吧。"

"有劳子军老弟了!"听到这里,顾世言靠近郎子军,紧紧握住他的手。这是顾世言第一次与郎子军称呼兄弟。

"不客气。"郎子军见顾世言若有所思,便问,"省长是在担心用你前边那个人吧?"

顾世言点点头。确实,按省委常委排序,统战部长排他前边,"他虽超了五十八,基本过了提拔年龄,本人也没了往上走的想法,可如果坚持用他呢?"

"无妨。"郎子军神态平静,"省长只是谨慎罢了,这人老实,目前又是这个状态,应该不会构成威胁的。若省长不放心,倒可再加他一层保险。"

"怎么加?"

"过几天,上边会收到一批有关他的举报,网上也会对他在市委书记任上的事儿议论纷纷。"郎子军目光阴森。

"这……这倒是个办法。"顾世言看了一眼郎子军,又低头想了想,"只是,往上写几封有分量的举报信就够了,组织部、纪委都应该有,而且要靠谱些才好。网上呢,就别炒了。"

"省长是怕过犹不及?"

"是。如果骤然间铺天盖地的,上边肯定会怀疑背后有人操弄。再一分析,必是利益相关、有竞争关系之人所为,那就会怀疑到我们头上。所以网上热闹,只打雷不下雨的,便没必要。"

"所虑极是。"郎子军点头,"那举报的内容,也应该只是在市委书记任上的事儿,这样别人会觉得,是原先在哪里得罪了人。"

"那便有劳老弟了,务必不露声色,时间也要快些。"见郎子军再次微微点头,顾世言便话锋一转,"子军,你怎么看孙岱被抓?"

"不是被抓,是主动投案。"

"那不过多判少判几年的事儿。"顾世言冷笑,"他不是一向清高自负吗? 进去倒好。"

"孙岱本就和咱不一路。他跟欧阳云开走动很近,同学嘛。"

"哼,这小子也该有今天。逼上梁山做不到,帮他拿张清水园门票,还是能起点儿作用的! 这些年,我总看着他不顺眼。你不是与我若即若离嘛,不是与省纪委那帮人走得近乎嘛,不是整天靠着欧阳云开嘛,好啊,别的我干不了,给他点儿颜色看看,这本事我还是有的。"顾世言霸气外露,"你说吧子军,他真他妈的够意思,我老爷子过世,送两千块钱来,还不如不送呢,这不是埋汰人吗? 平日里见到我就躲,到省政府汇报工作,只找徐省长不见我,我特烦越着锅台上炕的,眼里没我嘛。好啊,你越着我,我便拿不住你了? 提拔一个人不容易,可要挑一个单位的毛病,找一个人的麻烦,太容易了,至于你干得好,我装着看不见可以吧?于是,几次会上,我也不点他个人的名,狠批惠安市政府的工作便是,让他自己掂量去!"

郎子军听着,也没说话。他是不同意轻易树敌的,没有根本的冲突,得让人处且让人,面子上说得过去,对谁都好。可顾世言尽管表面和气,骨子里却是霸气十足,不会容忍对自己一丝不敬。至于他说过的除去敌手,便尽是朋友,不那么容易吧?但有一点,他不让对手势力坐大,这个思路倒也对。

"组织部几次征求我对孙岱的意见,说他都干了两个市的市长了,如何如何。"顾世言说道,"我明白他们意思,是想让他担任市委书记呗。我若直接说他不行,不就落下骂名?现在这人哪,一夜之间,坏话传千里,这里还要求保密呢,转眼便到了人家耳朵里。那我怎么说?我表扬他啊:孙岱同志,可是个难得的好干部啊,我虽然多次批评惠安市政府的工作,但不能否定他个人的努力嘛。他为人细致周到,大事小事抠得很细,再就是,文化素养相当高啊,特有学者的儒雅之风,尤其对古玩、字画、玉石,有很深的造诣,有文化啊。子军,你说,我哪一句是不中听的,对吧?让他们回去仔细琢磨去,反正我是充分肯定他了。用不用,由他们组织部去拿主意!"

"省长拿捏得恰到好处。"顾世言的心机,处事既要达到目的又不留把柄,这一点儿,倒是让郎子军十分佩服。他突然想起个事来,"我听说,张兵出来了,取保候审。我很纳闷,难道张大志那八十万,没定他身上?还有,你女儿舒怡现在住的北京好风光的房子,余款是张兵向张大志'借'的。估计这笔余款,武来嘴上真的是缝了钢丝的,没透漏一点儿,省纪委应该也尚未发现。为这个事儿,他进去前我向他敲得很死,要问起来,便说是老板送给他儿子的,目前还在老板名下,并未过户。不然,只这两笔坐实,估计张兵就得进去,哪里还能取保候审放出来? 还有一点儿,武来原本要移交检察院的,不知为啥,又停下来,欧阳云开到底是什么意图?"

"所虑有理,有防方可无患。这个关头,也该如履薄冰!"顾世言站起身来,来回踱着步,"不管两笔款最终怎么处理,都在张兵一人身上,在于他怎么说。即便北京这套房子,我和舒怡都没经手,反正都是武来和张兵操办的。"

"我也是如此考虑,只要张兵不说,别人便搞不清。所以,我开始考虑,最好让张兵远走他乡,"郎子军也站起来,"可反过来想,不行,张兵取保候审期间是出不了境的!"

"得两条腿走路了,"顾世言端起杯子,一饮而尽,"一个张兵那边,最好不能让他再说话,只要没他的口供,往下便没法查,最终必是无头案。另外,欧阳云开那边,也得打乱他们部署!"

"请讲。"郎子军扶了扶镜框。

"张兵那里,主要是如何办才稳妥,最好,你一个人去办,总的原则,不能让他乱讲了,他自己担起来就行。"顾世言眼睛一眨不眨,"欧阳云开那里,他办孙岱案子,正是整倒他的难得机会。同学之间,利害明摆着,怎么可以监守自盗? 这事儿要捅上去,欧阳云开他吃不了得兜着走!"

"那眼下怎么办好?"郎子军问。

"现在还早,"顾世言看着张大千书写的横幅,大笑起来,"对酒当歌。妙极了! 眼看着欧阳云开查办孙岱,这才叫作'对酒当歌,结局如何'呢。自己人办自己人,无私也有弊。欧阳云开是个讲义气的人,这也是他的弱点,他不会不关照自己老同学,不需几天,定会传出事来,真到那时,抓住把柄,搅他个天翻地覆! 果若如此,连路达之也难脱干系,让他们无暇顾及咱这边的事儿。呵呵,再闹腾吧,也只是两岸猿声啼不住,等他们缓过气来,我们这边呢,副书记的事也定了,早就轻舟已过万重山了!"

早饭后,清水湖畔,垂柳摇曳,绿草如茵。微风轻拂湖面,色彩斑斓的锦鲤,一群群呈S形游来游去。湖边,叶音、燕飞、孙小雯他们几个围拢在欧阳云开身边,有说有笑,享受着晨风送来的清爽。

上午,凌云要移交东岛市检察院。办案人员带着凌云缓缓走出留置楼。湖边几个人一起转过身来,朝门口望去。凌云站在门厅门前的石阶下,不由得抬起胳膊,张开手掌挡在眼睛上方。户外强烈的阳光一下子洒落到他身上,让他一时适应不过来。

八号楼前,停放着两辆东岛检察院的警车。四名身穿浅蓝色制服、神情凝重的工作人员,早已站在车旁,见凌云出来,他们疾步上前,准备给他戴上手铐,带上警车。

"不要,不要啊,请先别给我戴手铐!"凌云突然发了疯似的,用力甩开紧握着他的手。在场所有人员都愣住了。"云开书记呢?云开书记,你在哪里? 你不是说要来送我吗?"凌云声嘶力竭,大声叫喊。

"老凌,我在这里。"事发突然,欧阳云开赶紧应一声,疾步向凌云这边走来,叶音和燕飞他们也紧跟过来。欧阳云开边走边想,昨晚送行,他还感动得掉泪,话语真诚,现在突然态度翻转,怎么了?

"老哥,我在。"欧阳云开走近,眼含柔情,"有啥事儿吗?"

"云开书记,谢谢!"见欧阳云开站在面前,凌云一下子平静下来,泪水顺着眼角,流淌过涨红的脸庞,"我……我是想,戴上手铐,性质就变了,我便成了罪犯。能不能在戴手铐前,让我在这个自由天地间,说几句真心话?"

所有人面面相觑,不知凌云何意,都看着欧阳云开。

"老兄,你想说什么,就说吧。"欧阳云开依然和颜悦色,看了看办案人员和检察院的同志,算是征求意见。

凌云定了定神,抬头看一眼耀眼的朝阳,调整站立方向,面向东方。然后,双腿并立,伸出手来,从衣领、纽扣,一直到衣摆裤缝,依次仔细整理一遍,遂双手下垂,立正站好,像参加一个隆重的仪式。

这是要干什么呢?大家都迷惑不解。

突然,凌云双腿一弯,噔地一下跪在地上:"我,凌云,是个罪人!进监狱前,我要在这里郑重磕三个响头!"说着,双手相合,然后伸开双手按地,一头磕下。这让在场的人感到一股莫名的震撼!

"第一个头,我向党赔罪。党对我恩重如山,培养我,重用我。二十九岁,我获得'中国韬奋奖'。三十八岁,任安海省文化厅副厅长。可我不知珍惜,错把个别领导整我,当作组织在整我,把个别人使坏,误解为整个社会风气坏了。所以没了盼头,走上绝路,做了对不起组织、对不起人民的事。党啊,我错了!"

凌云伏身,额头重重地磕在地面上。

"第二个头,我对不起爷爷,对不起生我养我的爹娘。爷爷,您是老红军,英勇奋战,血洒抗日战场。爹、娘,您二老,建国前参加革命,都是老共产党员、老革命。可我,你们的不肖子孙,成了革命家庭的叛徒!"说到这里,凌云抬起头来,突然冲着天空凄然大喊,"爷爷,孙子对不起您了!"

叫喊声刺破现场的宁静,回荡在清水园上空。

"第三个头,感谢省纪委,感谢云开书记和审查组每一位同志。是你们,让我感受到组织温暖,体会到党的关怀。正是你们,让我们夫妻破镜重圆,让我父母老有所养,让我那患病的女儿和我幼小的外孙能活下去。是你们,惩治了祸害我的孬种,也洗涤了我肮脏的灵魂。你们每个人,都是我凌云的大恩人!"

磕过三个头,凌云站起身来,面向现场所有人员,深深鞠躬。

"好了,请戴手铐吧。"此时,他面色平静,心愿已了,缓缓地将两只胳膊伸直,随着咔嚓咔嚓两声响,一副手铐,戴在凌云双手上。

欧阳云开几步走过去,伸开双臂,拥抱一下凌云。

"云开啊,你哥不能与你拥抱,放心,我会好好改造。我已不是党员,但接下来,我肯定是一个好公民!"

凌云被带上警车,车后门哐当一声紧紧关闭。

透过后窗,欧阳云开看见凌云用戴着手铐的双臂,擦一下泪水,向在场的每一个人,向清水园,不停地晃动着双臂。

第十一章 考　验

1

孙岱案证据基本取完,除安徽兴隆公司李健外,惠安绿化公司、惠安心如玉商铺、东岛画廊和几家银行的谈话都已结束。只有惠安耸云置业总经理李强,东躲西藏,没有到案。经寻查,审查组终于发现,李强藏身于滨海市,遂决定将其带至清水园。

此时的清水园,六个案件室,各有几名留置对象,都忙于内谈、外调,已是满负荷运转。江镇澜正在省委党校学习,倪景行、杨帆马上要去培训班上授课,再分出一组人马去带李强,一时间腾不出人手。但带人机会稍纵即逝,一刻不敢耽搁。叶音见状,主动请缨。

"再缺人手,也不敢劳你大驾啊!"倪景行一听,连连摆手,"这些粗活儿,派几个臭男人去就行。再说,一个小妖,岂敢惊动观音?"

"是这样子吧?"一听把自己比作观音,叶音眼珠在眼眶里转一圈,做出左手持净瓶、右手持杨柳的姿势,然后,抿嘴一笑。

"'千处祈求千处应,苦海常作渡人舟。'你别说,还真有这么个意思。"倪景行转身看着欧阳云开,"云开书记,我怎么觉得,今天叶委员这么妩媚呢?'巧笑倩兮,美目盼兮!'"

"又来,酸掉牙啦!"叶音收起刚才的姿势,认真起来,"云开书记,我还没带过人呢。过来办案也这么长时间,不能老漂着,得干点实在的。带李强,我去吧。"

欧阳云开见她执意要去,心里感动。一个办案高手,至少需要十年八年摔打。可叶音内心要强,处处不甘人后,来办案这边不过半年,却恨不得什么都能上手,实在难得。可带人会出现的各种情况,她不一定想得周到。

李强是安徽兴隆公司老总李健的堂弟。调查人员发现,李健被留置后,他怕兄弟俩之间的事被扯出来,便时而海南,时而广东,四处躲藏。等孙岱被留置,他第一时间便出境,往来于泰国、马来西亚等地,行踪不定。欧阳云开一直没敢启动控人计划,怕打草惊蛇,一击不中,造成李强境外不归,只能让办案人对外放风,让李强放松警觉。

终有一天,有个涉案的老板神秘兮兮地电话告诉李强,负责与自己谈话的办案人无意中说漏嘴,说案子办完,孙岱马上移交,不再动人,已收工整卷。李强的家人,也听宾馆服务员说,省纪委惠安外调组的公务车停在院子里,又搬办公用品,又搬行李箱的,忙了大半天,撤离了宾馆。李强对这些信息综合分析后,才悄然回到惠安。他根本不知道,外调组大张旗鼓撤离宾馆,却秘密转移到惠安市纪委留置场所。回到惠安,李强心里还是不踏实,为避开跟踪,夫妻俩将平时用的手机号都做过更换,驱车几百里,躲到滨海一套海景房里。

"李强这人,本性警觉,真的需要注意。"对叶音带李强,欧阳云开还是放心不下。

"这些年你们遇到的,哪个不警觉?还不都带回来?"叶音笑笑,"别人能,我也能的!"

"老倪,你觉得呢?"欧阳云开问。

"观音要下凡,总得带个童子。"倪景行摸摸发亮脑门,"那就带上朱克坚,再去两名借调同志,请滨海市纪委也配合好。"

"这还差不多,算来了个顶用的。说好啦,这可是给你们室出力。"叶音朝倪景行努努嘴。是啊,叶音并不分管倪景行。

"那多加小心,有事随时来电话。"欧阳云开再嘱咐一句。

次日一大早,叶音身着米黄色T恤,下配白色长裤,显得明快、干练。也是,初次独立指挥作战,难免兴奋。见队伍集合完毕,便让朱克坚招呼几个人,带上早餐,乘一辆商务一辆轿车,直奔滨海。

商量带人时,大家都不知道朱克坚已跟医生约好,这天上午要去做痔疮切除手术的。接到任务,他却没吱声,等身边没人才悄悄给医生打个电话,将手术推迟。

见叶音要上商务车,朱克坚把她推到轿车上。

"怎么了克坚? 不愿意跟我坐一个车?"叶音不禁笑道。

"哪里啊委员,好想和您坐一起呢。我打听过,去滨海的高速路维修,咱得走下面省道,这条路我熟,正好前面带路。您是领导,应该坐指挥车。再说,咱请了女医生来,您也得陪陪。"

"你嫌我碍事吧?"叶音故意生气,"咱们坐一起,还能商量事呢。"

"哪敢啊,有事儿我们打电话。"

朱克坚嘴上这么说,实则有难言之隐,这阵子让痔疮折腾得难受,屁股下垫着块尿不湿,天气又热,生怕透出气味。叶音是个洁净人,哪好意思跟叶音坐一块? "委员啊,我对您说,我们跑长途,这些办案人上车就睡,男人躺着倚着的,才不规矩呢,气味也不好闻。您这么讲究的人,就听我的,到后面轿车上。"

叶音也知道,这些办案的家伙,不拘小节惯了,上了车嘴上不规矩不说,还四仰八叉的,不坐一个车也好。

"看来你是铁了心,不想和我坐一起。那好,我坐后边车,有事电话。"

此时的李强,正身着泳裤,眼戴墨镜,放松地躺在滨海沙滩上一顶太阳伞下。不是周末，人少。说是享受海浴，实则排解一下数月来东躲西藏的郁闷和疲惫。

他很清楚，多年来，耸云置业在惠安市乃至安海的发展，得益于孙岱市长的诸多关照。尽管房地产工程做得不错，但关键时候，都是孙市长说了话的。李强想表达感激，逢年过节，给他送过购物卡、银行卡，都被拒绝。后来，发现孙岱喜欢字画文玩，这才聊到一起。春节前，孙岱把他叫到办公室，说借他堂兄李健四百八十万到期了，让他向安徽兴隆公司把这笔款先打过去。他嘴里应着，心里却有点奇怪，孙市长已经让他向东岛画廊打过一千三百万，这次又让他向李健打款，是借款还款呢，还是有其他事？转而一想，管他呢，人家帮过咱，让怎么办就怎么办吧。哪承想，孙市长竟出事了！二人之间，毕竟涉及资金量太大，知道不妙，拔腿跑吧。等听说案子了结，这才偷偷跑回来。不过自己也心存侥幸，听说是市长亲同学主办此案，他还能真往死里查？比画比画也就过去了，弄不好是自己吓唬自己。

"你是李强吧？"正想着呢，身边靠过来两个小伙子。

"你们是……？"李强心里咯噔一下。

"我是省纪委工作人员，朱克坚。你穿好衣服，咱们去文昌。"

李强半撑起身子，张着嘴巴，直愣愣地看着两个人。一歪头，见一辆商务车和一辆轿车远远停在那里，一女两男，朝这方向紧盯着。离太阳伞两侧不过二十米，又分别有几个人看着自己，堵上自己的路。他想跑，可身边那两个人虎背熊腰的，只能作罢。

滨海市纪委接到倪景行电话，立即派人来海滩配合，确保万无一失。李强被带进第一辆商务车，朱克坚坐副驾驶座位，借调的两名同志与李强并坐后排，叶音和医生坐在后面轿车内。见人进了商务车，朱克坚便让市纪委同志撤走，他在前边带路，上了省道。

一开始，李强还算安静，走了将近一半，突然嚷着闹肚子。朱克坚只好让车辆停下来,请后面车上的医生过来检查,却没发现什么问题,便让他服了药。

"太疼啦!这药,肯定不管用。"李强皱着眉头,很痛苦的样子。

"你先喝点热水!很快就到。"朱克坚说,"到那以后,再找医生给你看。"

此时,欧阳云开正坐在文昌精神卫生中心魏大夫办公室。上次过来看望张浩,通过中心书记认识了他,这次路过,顺便进来看看。

魏大夫外形有些滑稽,胖乎乎的,几乎没脖子,一笑起来,眼睛眯成一道缝,但他在治疗精神疾病方面,却很有一套。"这么说吧,书记,精神疾病,是很复杂的脑疾病。其成因,有生物学因素,比如,遗传啦,家族病史啦,神经环路啦,自幼神经系统发育异常啦,等等。"魏大夫打开话匣子,不时夹杂专业术语。隔行如隔山,欧阳云开一时云山雾罩,"还有,性格的原因。几乎百分百的患者,都具有内向、孤僻、敏感的个性特征。再一个是环境、社会心理因素,也就是外因。父母离异啦,亲人亡故啦,升学无望啦,工作不顺心啦,这一切变故,就看你心理承受力了。排解不开,郁结在心,于是失眠、烦躁、焦虑、恐慌,最后便是精神失常。"

"那张浩属于哪类情况?"欧阳云开终于插上话。

"多少都有点儿吧。"魏大夫点头。

"能治好吗?"欧阳云开关切地问。

"打虎拍蝇,您是行家,治精神疾病,我有专长。看我的好了!"

"这就好!"欧阳云开哈哈一笑。突然想到个问题,"魏大夫,你刚才说到外因,比如说,一个女人,因为失恋,造成心理创伤,不愿意开始另一段感情,甚至看到与原来男朋友家境情况、为人处事类似的人,便抵触、愤恨,这算不算精神疾病?"

"那当然算了。精神疾病非常复杂,是生物学、心理学、社会学交相产生作用,界面很宽。直接说吧,其实咱们每一个人,包括你我,都有精神疾病,或者说都有心理疾病,只是轻重而已。"

"每个人都有?"欧阳云开感到新奇。

"打个比方,书记你有没有这样的经历,明明离家带上了门,汽车也上了锁,可你却怀疑,门到底关没关,汽车锁没锁?明明家里煤气阀关了,可你走半路上,突然想,坏了,煤气灶还开着呢,甚至也知道关了,还得回去看一眼,要不,心不踏实啊。我们通常会说,这是强迫症,健忘症。实际上,是心理亚健康,这还属于不太严重、不太明显的精神疾病。再厉害的呢,一见下雨就想到水灾,一看到钞票就想到上面布满病菌,一感到自己身体哪个部位不舒服,就想会不会患上什么糟糕的疾病……"

"这么复杂啊,"欧阳云开见魏大夫滔滔不绝,没停下来的意思,忙插话问了一句,"像我说的这个女人的情况,需要治疗吗?"

"心病还需心药解,安慰和理解是最好的心药。单纯药物疗效不明显。要我说,只要碰到个投缘的男人,能说说心里话,春风化雨,她自然会感到男性不都是可恨的,她就会慢慢打开心结,迎接阳光洒向心田。这样呢,她的心态,便回归大众了。"

欧阳云开心里一亮,呵呵,那就太好了。自己已给叶音物色了一个,是医学博士,和卫健委同志在一起吃饭时,见过两次,人不错,儒雅也帅气。等哪天机会合适,让他俩见个面,撮合一下。

正说着,欧阳云开见窗外凉亭下,张浩身着白衬衣、蓝裤子,脚蹬皮鞋,正坐在长条凳上,十分入迷地看着书。

"张浩坚持不穿病号服,总是保持工作时的着装,由他去罢。"魏大夫见他看到张浩,微微一笑。

欧阳云开眼睛看着窗外,便向魏大夫点点头,起身告辞,穿过走廊,绕到张浩身后。

只听张浩轻声读着：

> 所有谈话成效，都建立在被谈话对象信任的基础之上。当他从内心真正感受到你的亲切、诚心和可信赖时，一切谈话技巧，便都黯然失色，甚至显得多余。

读到此处，张浩兴奋地挥舞着拳头，"你真行，你真行，你这家伙，你发现了谈话的真理！"

见此情景，欧阳云开内心一热，都到这里了，还痴迷地研究着如何谈话，可见办案在他内心的分量。欧阳云开看张浩完全钻进书本里，担心从背后出现会惊吓到他，便绕到他的正面，先是远远地咳嗽一声，然后轻声说："张浩老弟，看什么好书啊？"

"业务书，你们不懂。"张浩没抬头，以为是哪位医生。

"兄弟啊，不搭理我啦？"欧阳云开又走近一步。

"哟，书记您咋来了？"张浩这才抬起头，猛然发现是欧阳云开，把书一放，手忙脚乱地站起来。

"哟，《关于审查调查工作中的谈话技巧》，"欧阳云开笑了，"你把倪景行的书还带来了？"

"书记，您别说，老倪还真行，他把谈话规律研究透了。叫我说，别光印发成内部学习资料，应该由安海出版社出版，让更多人学习这种与人为善、循循善诱的理念。"

"呵，我的张浩兄弟厉害了，有全局意识了。"欧阳云开坐到张浩对面，"不过，在社会发行，那犯罪分子不就知道我们办案人的心理和套路了？"

张浩认真地说："我们宣扬的是正确的办案理念，光明正大，又不是搞阴谋诡计，有什么不可以？魔高一尺，道高一丈，怕他咋的？"

欧阳云开见他气色不错，说话不仅条理清楚，甚至应变也机敏，知道治疗已经见效，顿感欣慰，"你能说这些话，体会这么深刻，我真高兴。"

"是这个道理啊,对吧书记?"张浩抬起头来,看着欧阳云开,"不过有些地方,我还得琢磨琢磨。"

"你好好琢磨,这些以后办案都用得上。"欧阳云开安慰他。

"书记,您跟魏大夫说一下,让我出院吧。"张浩急切地说,"您让我去办案子,我不带人就是,外查行不行?"他突然压低声音,"您是没瞧见,这几天,进来好几个,都是神经病啊,又吵又闹,简直受不了。"

"现在出去,还早了点儿,你再忍耐下,在这里疗养一阵子,巩固住成果。"

"书记,我好不容易治好了,要是这里有坏人,给我投毒,那就麻烦了。"张浩拉拉欧阳云开的手,"让我回清水园吧,还是那里安全。"

"张主任,你听云开书记的没错。"不知什么时候,魏大夫也走到欧阳云开背后,"你现在的状况,上班没任何问题,只是这个疗程没结束,等把药量降下来,进入稳定期,就可以出去。"

"怎么样,张浩?我们都得听医生的。"欧阳云开知道,目前的治疗,有效果,但不彻底。于是,拍拍张浩的肩头,"咱们天天冲冲杀杀,乍一安静下来,反倒不适应,我理解你。放心,只要你配合医生,好好休养,很快就能回清水园,办案真需要你,前线需要你。另外,家里你不用担心,儿子进职业学校不成问题,先让他学门技术。听你爱人说,她单位领导考虑到你们家的实际情况,准备给她调整下工作岗位,以后也不用在外面风里雨里地跑了。"

"书记,"张浩突然抓住欧阳云开的手,"我……我……您让我怎么说好?"

欧阳云开握着张浩的手:"兄弟,你在这里,任务也不轻啊。"

"这里有啥任务?"

"现在,家里没让你牵挂的。正好,集中精力研究点儿正事儿。机会难得啊。你办案十几年,经验丰富,又善于动脑子,文字水平也好。我觉得,你可以像倪景行那样写本书。比如,外调取证问题,证据合法性和合理性问题,带人过程中的安全问题,等等,题目别太大,选准一个侧面,一个小切口,能深下去就行。我相信你肯定能做好!"

"太好了!"张浩眼睛一亮,"我还真担心别人背后议论我装病,您点拨得有道理,我也想想写什么好。书记,等我想出题目来,您帮我理理思路啊。"

"随时电话。不过,成不成书并不重要,关键是你能把工作中遇到的难点,理出个头绪来,归纳出来,就了不起。"见张浩状态向好,欧阳云开总算放心。

刚出医院坐上车,突然接到朱克坚打来的电话:"云开书记,向您检讨,出意外了!"

"啥情况?"欧阳云开心里一紧,"怎么,人跑了,还是出现伤亡?"长期办案,让欧阳云开十分敏感,带人最容易出差错,如果出现大的意外,后果不堪设想。能让朱克坚"检讨",必是大事! 又听到从朱克坚手机里,传来汽车在高速路上行驶嗖嗖而过的声音,莫非,出了车祸?

"人倒已经控住。可叶音委员,她受伤了!"

"受伤?"欧阳云开心里又咯噔一下,"严重吗? 咋受的伤?"

"摔倒在路边的沟里了,头可能是碰到石头上,额头上裂开个口子,流好多血!"

"你们离文昌有多远? 现场几辆车?"

"很快要到文昌了,两辆车。我想先送叶音委员去医院,可她——"没等他说完,就听手机里传来叶音的声音,"克坚你给谁打电话？"

"云开书记。"

"你给书记打什么电话？多大点事，多嘴吧你？赶紧走！先把人送回去再说。"紧跟着，电话里换成叶音声音，"云开书记，我没事儿，只蹭破了点皮，你放心吧，很快到清水园了。"

"你伤得咋样？"欧阳云开急切地问，没想到，那边已把电话挂掉。听到叶音说话与平日里声音没什么不同，倒是稍微放了点心。思考片刻，便给孙小雯打电话："小雯，先把手头工作放一放，要个车，在清水园八号楼前等着。叶音受了点伤，他们带人一到，你赶紧陪她去安海医院急诊，先看看伤得怎么样。如果情况不严重，再去美容科，主任我认识，我把他电话发给你。医院那边，我会给他们说好。"

"怎么这么严重？好，好，我马上准备。"孙小雯答应着。

原来，车驶上省道，李强见两侧路况复杂，便计上心头，哼哼唧唧地叫唤着，假装要拉肚子，眼睛却不停地瞅着公路两侧，见前方路边有几个起伏的小山头，密密麻麻的松树连成一片，便捂着肚子，叫得更加凄厉，说再不让自己下去，要拉裤子里了。朱克坚只好请示后面车里的叶音，叶音嘱咐，一定要小心。车停在路边，几人下了车，爬过路边不太深的排水沟，慢慢走向那片小树林。朱克坚屁股下垫着尿不湿，行走不便，慢慢落在后面。借调来的两名小伙子一前一后，紧贴李强。眼看进了林子，一个小伙子说："行了，就这里吧！"

"离公路太近，车上有女领导，不礼貌呀，嘶——"李强假装疼得龇牙咧嘴。小伙子不好再阻拦，又往里走了走。李强慢慢蹲下来，抬头问："麻烦给点儿手纸行吗？看样子，我得用好多。"

看护的两个小伙子对视一眼，身上都没带，其中一个走向林子外，向朱克坚要。朱克坚刚要转身，突然反应过来，贴近看护的只留一个人哪行？别让这家伙给调虎离山了！于是，喊了一声，"你们俩靠近看着他，我回车上拿！"正在此时，只听留在林子里的小伙子大喊："你往哪儿跑？"

原来李强根本没解腰带，只是慢慢蹲下，寻找机会。等他支开一个小伙子，见身边只剩一人时，顿时一个弹跳，像兔子一般，弓起腰，撒腿向树林深处蹿去。

"快！赶紧追！"朱克坚一听头都炸了，一边高喊，一边不顾一切向前冲去。

车上的叶音，也摇下窗户紧盯着这边情况，突然听到高声呼喊，顿觉不妙。猛地推开车门，边喊医生和司机，边转身朝树林方向跑。哪知刚冲到排水沟，一脚踩空，整个人扑通一下，被脚下树枝绊倒，脸碰到尖锐的石头。见叶音倒下，两名司机赶忙跑来搀扶。等她起身，都吓一大跳。只见她额头左侧，几道鲜血汩汩地流下来。一名司机赶紧跑回车里，取来纸巾，为她止血，这才发现，伤口在发际线和眼角之间，一时间，鲜血根本止不住。司机是个毛头小伙子，哪干过这个？手忙脚乱，反而整得叶音一脸血，米黄色T恤、白色裤子上，满是血迹。医生赶紧跑来，想给叶音先包扎。叶音右手按着一沓纸巾，左手狠命晃着："快，快！先别管我，去那边，那边！"

李强毕竟五十多岁的人，再加上身形略胖，没跑出三五十米，便被两个小伙子追上，带出树林。等两名同志把李强推进车里，朱克坚才注意到叶音满脸是血，大吃一惊："怎么回事？"

"你紧张啥呀？"叶音一只手摁着伤口，"都别吵吵，没啥大不了的，赶紧往回走！"

朱克坚心说，今天咋这么邪乎？估计到这小子会耍花招，却没想到如此狡猾，更没想到，还让叶音受了伤。他久经战阵，却向来没见过这种突发情况，便一个劲地埋怨自己疏忽大意。见医生已给叶音包扎好,又去检查一下商务车内李强的情况,提着的心,这才稍微放下点。觉得应该给欧阳云开汇报一下,于是拨打电话。

清水园内,欧阳云开和孙小雯等候在八号楼前。两辆车一前一后进来,朱克坚从商务车上下来,几步跑到他俩跟前:"书记,都是我的错,我粗心,您批评我吧。"

"叶音呢?"欧阳云开急切地问。

"后面车上呢。"朱克坚向轿车上一指。三人急忙走到轿车跟前,朱克坚拉开车门,只见叶音头上缠着纱布,衣裤上血迹斑斑,身子却坐车里一动不动。

欧阳云开不免奇怪。

"书记,你看,我又添乱了!小朱,你先把李强领进八号楼。"叶音手捂纱布,脸上露出一丝苦笑,"我不能这就下去,别让李强看到我的狼狈相。"她不下车,竟是这意思。

等朱克坚他们带着李强进八号楼,孙小雯才把叶音搀下来:"哎呀我的天哪,咋整成这样?赶紧上车,咱去医院,云开书记都安排了。"

"小雯你别大惊小怪的,"叶音和欧阳云开告别,"我笨手笨脚的,给你惹这么大的乱子,真的不好意思。我和小雯去医院,这里的事麻烦你了。"

"先检查一下有没有事儿,最后缝伤口时,一定去美容科。科主任叫任遥,是个博士,他会等着你们的。急诊那里粗针大线的,别让你叶音姐脸上留下梅花瓣儿!"欧阳云开嘱咐孙小雯。心想,本就看着任遥很不错,世间事怎么会这么巧,莫非正应了那句,天作之合?不由得轻声一句,"巧了,天意吧。"

"啥天意?"孙小雯瞪着大大的眼睛,不解地问。

欧阳云开朝她笑笑,挥挥手:"快走吧,照顾好你叶音姐!"

车子进安海医院，找到急诊科李主任。他仔细察看过伤情，摇摇头："伤口挺深呀，弄不好，会留下伤疤的。"

"哎呀，李主任啊，请你一定想想办法。"孙小雯说，"我叶姐这么秀气的脸，可得给俺治好啊，要是男朋友知道了，还不心疼死？"

"多嘴的妮子！"叶音忍着疼，气得抬腿就要踢她。

"主任，是不是得去美容科？"孙小雯忙提醒。

"我看这伤情，骨头、神经都没事儿，属于表皮伤。刚才美容科那边任遥主任来电话了，说正等着你们呢。"李主任回答。

"会留下疤痕？"叶音听了李主任刚才的话，心里犯了嘀咕。

"口子太深了。"李主任说着，把叶音送出急诊科。

在门诊大楼美容科门口，科主任任遥已等在那里："我是任遥，云开书记来过电话了。快请进！"

"主任，刚才李主任说，会留下疤痕的。真的吗？"叶音轻轻摸着头上纱布，说出心里的担忧。孙小雯轻摇一下头，女人爱美，天性如此，外表再刚强，内心也是柔软的。

任遥仔细检查过伤口，低声安慰叶音："没大碍的，就是皮下软组织挫裂伤。"任遥轻声慢语，如春风吹拂，"给我六个月，还你貌美如初，保你没人会看出来的。"

"啊，不会留痕？这么肯定？"叶音心情一下轻松起来，这才抬头仔细打量这位美容科主任。只见他不到四十的样子，身姿挺拔，脸型棱角分明，高高的个子身着一袭洁净白褂，更显举止儒雅。

"不会留痕的，现在技术已经很成熟，算是个小手术吧，一点儿也不用紧张哈。"任遥语气轻柔。说着，让孙小雯扶着叶音平躺到手术台上，自己戴上头灯，拉下无影灯，又细细检查一遍，站起身来，嘴里啧啧有声，"做美容多年，这么白皙细腻的皮肤，难得一见啊！"

"任主任，我伤得厉害吗？"可能有求于人，也可能是任遥的话打消了自己的担忧,叶音也难得柔情起来。

"伤口是挺深的,不过没关系,我先给你清理干净,再局部麻醉,里外需要缝上两层,美容针细一些,恐怕得七八十针的样子,前后得两个小时,如果你困了,便睡一觉。等你醒了,就可以放心回去了。"

"任主任,你人帅气,说话也有学问。"孙小雯笑着,"我就愿听医生说话,热心,平和,诚恳。"

"对象不同呗。"任遥麻利地做着手术准备,"你们呢,面对的是罪犯,当然得横眉冷对。我们呢,面对的都是病人,就得想法排解他们的担忧。"

"主任,看来你不了解我们的工作。"孙小雯何等机敏,哪能容许对纪委的误解,"其实呢,我们和你们一样,都是治病救人。只不过啊,我们面对的是不廉洁的病人,光靠横眉冷对可不行呢,也需要心理疏导。所以呢,我们也都观音菩萨似的,不然,人家不服啊。我们叶音姐,比女神还俊呢,都省纪委大领导了,还不照样得天天开导人家。"

"小雯,你哪里这么多话?"叶音堵孙小雯一句,"任主任,是不是得让小雯去门诊挂上号,交上手术费呢?"

"不用,做完手术还要开药,一会儿我让助手下去跑就行。他们都是我带的研究生,勤快着呢。"任遥笑笑。

"还得吃药啊?"叶音一听吃药就犯愁。

"不是口服药,涂抹外用的。等一周拆线后,你得用红霉素啊、倍舒痕祛疤膏啊、细胞生长因子凝胶啊这些外用药物,这样,既可以使伤口尽快愈合,又能防止缝合处皮肤增生。"任遥耐心地解释,"等做完手术,我们加一下微信,我会随时告诉你,遇到这样那样情况,怎么处理。反正这几个月,得来来回回跑。你想啊,一个美丽工程呢。"

"你态度真好，别说小雯夸你。"叶音有点感动。

"就是啊，你俩都是博士，应该多交流交流。"孙小雯看着手术台上的叶音，禁不住笑起来。她早就听安海医院心内科的闺蜜说，美容科主任任遥，是医院里的圈粉男神。几年前，夫人到美国做学术交流，人没回来，却寄回一纸离婚协议书。又突然想起来，云开书记还神秘地说了句，什么"天意"？喔，他直接联系任遥主任等着，莫不是想趁机……好，太好了，一跤摔出个姻缘来！孙小雯抿着嘴唇，眼珠一转，甜甜地笑了。

清水园会议室内，欧阳云开与刚从党校学习回来的江镇澜，授课结束的倪景行，以及朱克坚一起，讨论带李强出现的意外。

"这事我考虑不周，没嘱咐朱克坚寸步不离。"倪景行先做自我批评。

"倪主任，真不是你的事儿。"朱克坚一摆手，"云开书记和你把我抽过去，我心里很清楚，就是帮叶委员的，可我却毛毛糙糙的，没把这事办好，反倒误了事儿。"

"别揽责任了，"倪景行说，"按说这次不该你去，确实没人了。后来才知道，你手术都没做成。"

"克坚，你再忙也得去做手术。"欧阳云开说。

"老倪，这个你要安排好。"江镇澜又问朱克坚，"事发时路上有围观的人没有？"

"没人，这小子很鬼，挑的便是这僻静处。"朱克坚答。

"那就好，虚惊一场吧。"江镇澜神态平静，"人带回来了，进树林也是在控制范围内，他不过跑了两步，又没伤着，构不成什么事故。"

"我同意镇澜意见，"欧阳云开点点头，"人没失控，带人任务完成。孙岱案最后一个证人到案，这便可以保证证据链的完整了。

我看这件事儿到此为止,不必上报,等我跟达之书记汇报一下就是。说到责任,也都别争了,考虑不周的是我。叶音没带人经验,我只是考虑让她经历一下,见见阵势,回头来看,也是难为她了。亏了克坚,谢谢你啊。"

倪景行摸摸光亮的头,叹口气:"也不知道,叶音是否会有损花容呢。"

"应该不会,我听美容科那边说,不出半年,便可完美如初。"欧阳云开神秘兮兮来了一句,"闹不好啊,因伤得喜,喜随伤来呢!"

傍晚,从清水园回到机关,欧阳云开将此事向路达之做了汇报:"这事儿我应该做自我批评,等开常委会时我检讨。"

"你那个光头刚走,"路达之脸上满是平静,"他把责任都揽过去,说你提醒过他,还说多亏你把朱克坚抽到这一组。"

"他负什么责?他讲课去了。"欧阳云开说得很坚决,"是我虑事不周,没嘱咐到位,还是麻痹大意,没把带老板当回事儿。"

"没出大事,没造成不好影响,就好。这段时间大家加班加点,东奔西走,顾不上休息,没时间照顾家庭,压力都很大。工作中出现些小纰漏,也是难免。但是,一定深刻吸取教训,否则一旦出大事,那是给办案工作、给纪检机关形象抹黑,砸了我们纪委的牌子!"

"你放心,以后再带人,不会出现这种情况。"

"不光带人,每个环节都应如此。我建议,咱们内部问题内部消化,你分管的六个审查调查室,要召开专题会,围绕暴露出的麻痹松懈问题,举一反三,剖析原因,做好细化整改。让大家意识到,安全事故离我们很近!云开啊,你该明白,咱们纪委办案,确是在刀刃上行走。你看看上面通报的,省内省外致残的,自杀的,哪个安全事故,不是处理一堆人?而且处理的都是分管领导,都是冲锋陷阵的办案骨干,让人心疼啊!这次,我们算侥幸,还把人带回来了。如果这人跑了,或者,跳了崖,撞了车,那后果敢想吗?"

"书记批评得对,我回去就组织大家认真整改。"欧阳云开说。

2

孙岱案进展迅速。留置期间,欧阳云开与他推心置腹谈过好几次,帮他一点点打消抵触情绪,孙岱不住地感慨:"不恨天,不恨地,只恨自己不争气!"所以,对审查调查很配合,交代也很到位。涉案人不多,几笔受贿数额很整齐,再加上收受礼品、参加宴请等违反廉洁纪律问题,证据基本都取完。李强进来后,虽然本人还不断狡辩,但谋利事项、去向、用途,都十分清晰。行贿两千多万,均可认定。

欧阳云开和倪景行走进孙岱所在的留置室。

"又过来了,云开。"孙岱站起来。

"来看看你。对了,秦月今天又去惠安了,来电话说晓华挺好的。"欧阳云开说着,便坐下来。

"咳,真麻烦嫂子了!"孙岱的感动,真切地写在脸上,"晓华恐怕对我失望了吧?"

"她哪能对你失望呢?"

此时此地,两位老同学似乎忘掉这是什么地方。像无话不谈的亲兄弟,又像阅尽沧桑的老者,闲坐在乡间村头,漫步于海边湖畔,尽情地拉着知心话。

"当年,同学们没一个不觉得你们俩天造地设地般配,也是郎才女貌。这么多年,你俩夫妻感情一直很好,同学们都说你们就是典范。现在,你出了事儿,晓华一点儿怪罪你的意思也没有。她说,权当一劫吧,只要人好好的,其他都是身外之物。如同孙岱云游四海,十年后只身归来,虽身无分文,但我们夫妻老来团聚,不也挺好？老同学,晓华也算想开了,对你情深似海啊。"

"唉!"孙岱长长地叹口气,眼泪不禁流下来,"晓华这话,让我无地自容。即使大学里谈恋爱,她也没说过这样让我心醉的话。她能有这样的心态,亏了你和嫂子。按说,我也该像晓华那样,想开才是,什么职务啊,荣耀啊,我倒也不在乎。可一想到还有十几年铁窗生活,就感到活得没意思了。"

说到这里,孙岱伸手擦一下眼睛,轻叹一声,抬起头,透过留置室南墙上方的窗口,向室外望去。见孙岱好像看到什么,不再说话,发着呆,欧阳云开便也顺着他的视角朝外看,只见一棵高高的银杏树上,一只喜鹊在辛苦地编织着自己巨大的巢,另一只在就近的树杈上欢快地叫着。

"混一辈子,如今,竟然不如一只鸟儿!"孙岱摇头。

此话一出,欧阳云开内心抽搐一下。最要好的同学,被关在这里,动弹不得,竟眼馋那自由的鸟!纵使他再有错,此情此景,也让人难受。那一瞬间,欧阳云开甚至有一股冲动,如没这里的规矩,带孙岱到院子里跑几圈,欣赏一下盛夏时节清水园夕阳西下的美景,哪怕几分钟也好!

"孙市长,"倪景行理解欧阳云开的心情,"你还记得吧,那天进留置室前,云开书记和你在这园子里,走了一圈儿又一圈儿,其实也是尽份情义,让你能多享受一刻此后难得的自由。"

"你们的好意,我都懂。"孙岱把目光从室外缓缓收回,转头看着二人,"梁启超曾说过,'不自由,毋宁死。'多少年来,我只知道天宽地阔,道路无涯。哪料想,最终却以室为牢,寸步难行。咳,玩物丧志,丧失了志向,也丧失了余生的自由!"

"你的话,对错各半,我又要和你争论了。"欧阳云开认真起来,"恕我直言,你意志品质上向来韧性不足。我早就说,你顺境狂,逆境靡,二者都不可取。走出校门,以至于后来相当长一段时间,你都豪情万丈,这有何不可? 有人为难刁难,这何须自弃? 即便喜欢字画,又有何不对? 让你失去行动自由的,不是外因的作用,也不是自己志向和爱好错了,而是你跨越了公私边界的红线,甚至暗暗享受出入这条红线的自由! 这还不是内因出了问题?"

"哎呀云开,我都到这般田地,你还这么尖刻!"孙岱自嘲起来,"偷鸡摸狗似的,哪来的享受? 如果我也能和你这样平和、冷静,咱俩就不会有这阶上与阶下之分了。"

见孙岱如此说,欧阳云开也觉得,不该再戳他痛处:"其实,一个人自由不自由,都是内心观念决定的,看你遇事从什么角度去考虑。想开,放下,不管别人怎么议论,没了世俗束缚,一切便尽皆自由。你瞧,晓华就比你想得开。她把你的此去,看成十年云游四海,暮年净身归来。这不是无奈,而是在什么山上唱什么歌,在什么环境说什么话,是胸怀和眼界。"

"你这一说,倒让我想起大学毕业前,咱们一起谈论志向,争论得不可开交。大家都说自己的远大抱负,你却说,就想当个让学生们喜欢的教书匠,晚饭后坐在操场上,仰望星空,孩子们围拢在身边,你给他们讲着故事,以后即使他们远走高飞,也会常给你来封信,天下桃李,其乐融融,你还讲了孔子赞同曾点理想的故事。多年以后,晓华还说,她最喜欢的就是云开的心态。"

"是啊,这是《论语·先进》篇中的故事,"倪景行补充道,"当时,孔子问学生们的志趣,子路、冉有、公西华都是志在治国。曾点,也就是曾参的父亲,却说出了一段为后世文人雅士所推崇的话:'莫春者,春服既成,冠者五六人,童子六七人,浴乎沂,风乎舞雩,咏而归。'这情景,想想都美。山水之中,先泳后歌,无拘无束,无忧无虑,尽情享受自由的快乐。结果,老夫子一听,和自己想到一起了,便说,'吾与点也'。后来,甚至连许多西方政客学者看到这故事,也不得不佩服孔子的理想!"

"倪主任不光记忆超群,而且思想深邃。"孙岱感慨一声,"的确,那时心高气傲的我,根本没理解倪主任想到的这一层,居然只看到曾点的消极避世。现在我终于明白,曾点的自由,是建立在心无尘埃、无牵无挂的心态之上,是自律的自在,是无虑的自由。如我孙某人,为名利所累,为嗜好所扰,又拿了不该拿的钱,心存恐惧,哪来的真自由,哪来的'咏而归'?"

欧阳云开与倪景行对视一眼,不由自主地摇摇头。一个正在走向通往监狱大门的人,即使内心如此晦暗,却尚存对自由的渴望,也许,这便是他依稀见到的十余年监狱生活尽头的一丝光亮吧?"老伙计,我和景行还要开个会,今天'论自由'的研讨,就只能进行到这里,我们走了。"欧阳云开尽管心潮起伏,但脸上依旧平静。倪景行收拾好记录本,跟着欧阳云开,一同走出留置室。

"云开书记,孙岱一案,难为你了。"走廊里,倪景行摸着脑壳,"那天我还想呢,处理好朋友的案子,一般会有三种选择,一个是推开躲一边,眼不见为净,别惹一身麻烦;二是公事公办,和孙岱一刀两断,见也不见,无论情谊,不必管他什么感受;三是徇私枉法,办人情案。可你做的却是第四种,把党性和人性结合了起来,该查的问题,一点儿都没漏,全都查透,对得起组织;同时你又能尽到同学情谊,给予精神上的安慰,不枉同学一场。做人做事,能到这份上,挺不容易的。"

"咳,人心都是肉长的。自打接受这份差事,我就备受煎熬,进进退退,百转千回,内心充满矛盾、痛苦。"欧阳云开突然想起一件事,"过几天,我要到北京参加培训班,前后得十天左右。我估摸着,回来的时候孙岱该移交了,以后想见个面,难了!"

"你有什么交代,我办就行。"倪景行关切地说。

刚到二楼,迎面高高瘦瘦的燕飞,手拿一摞材料走来,跟他俩点点头,匆匆擦身而过。刚走几步,又回过身来:"云开书记,您现在有时间吗？我想跟您汇报个事儿。"

"这么神秘？"欧阳云开点头，"好吧，来我办公室吧。"

倪景行看燕飞反身回来，估计是案子上的事，便摸了摸头，走开了。

"书记，有件事儿，我得向您做个检讨。"燕飞进屋，带上门。

"坐下说。"见燕飞说得如此郑重，欧阳云开让他坐到沙发上。

"昨天晚上，我参加了一次活动。"燕飞一边坐下，一边说，"我刚参加工作时，在文昌政法委，现在的惠安市委王伟书记，当时是我领导。前天，他说到文昌开会，约我吃饭，我便在绿岛饭庄预订了个房间。"

"老领导来文昌，吃顿饭，聊聊天，这不人之常情吗？"欧阳云开相信自己的同志，他们天天和纪律打交道，知道该怎么做。只要不花公款，不办违背原则的事，自己怎么做，那是个人的自由，干纪检的也不能不食人间烟火。可又转念一想，这顿饭，恐怕不那么简单吧？燕飞本就谨慎，为什么会是这神态？

原来，昨天傍晚下班后，燕飞正要去绿岛，王伟来电话，说马上到省纪委门口，让他开上自己的车出来等他。燕飞刚出门，王伟就到，他快速下了车，钻进燕飞车里，让燕飞把绿岛房间退掉。燕飞便问怎么回事，他说自己一时说不清，是个朋友请客，开公车去不合适。

"后来，我才闹明白，要去的地方，是安大集团董事长郎子军的别墅。"

"郎子军？"欧阳云开眉头稍稍一皱。

一名工作人员在门外等候，见他们车子停下，忙走来拉开车门，躬身说道："郎总有点急事儿，一会儿就好。"说着，将他们领进大院。

368

院内树木参天,小桥流水,层台耸翠,飞阁流丹,曲径幽幽,在炎炎夏日,更觉是难得的清爽之地。进别墅门内,工作人员戴上白色手套,示意二人坐到小门厅的软包条凳上,转身拉开柜子,打开两个精巧的木盒,取出亚麻拖鞋,递给二人,说是一次性的。燕飞接到手里,见拖鞋很是精致,鞋面为白色软牛皮,刺绣着一对小巧的绿色和蓝色的蝴蝶,鞋踩部分是亚麻面料,绣凤凰戏牡丹图案,鞋底为发泡软底。

"一次性的,太奢侈了吧?"燕飞说。步入走廊,只感到眼前富丽堂皇,处处装饰典雅,用料考究。他一看这里如此气派,便有些犹豫,来这地方,合适不?

"没关系的,人家请我吃饭,又不知你来,不关你的事儿。"王伟看出他的心思,推他一把。

等进了门厅,只见木质沙发、茶几黑中透红,红中透亮。墙上的字画,每一幅都十分雅致。刚刚坐下,两个身穿蓝色真丝旗袍裙的女孩,轻步过来,手托漆盘,上铺欧式白色蕾丝镂空盘垫。一位盘内托着两玻璃杯青茶,另一位盘内托着两碟水果,分别放到二人座位面前茶几上,微笑着轻轻点头,后退一步,把托盘放好,转身远远走到一边,并排站立,随时等待客人吩咐。

"哎哟,这门厅的字画,件件精品,难得一见,没几个亿,拿不下来。"却听王伟一边悄声说。

"几个亿?"燕飞顿时瞪大眼睛。他对名贵家具、字画一窍不通。

正在此时,在刚才那位工作人员陪同下,一个瘦削的男子面无表情,戴一副金丝眼镜从外面缓步进来,燕飞只觉一股阴气飘到眼前。

"王书记,刚才没出门迎接,失礼了。"

"不客气,郎市长家大业大,一定忙得很。"王伟转过身来介绍,

"这位是安大集团董事长郎子军。这位，是省纪委十四室燕飞主任，我在文昌工作时的同事。"

燕飞看郎子军比自己更瘦，仿佛衣服内包裹一副骨架，握着他鸡爪般的手，如同自己的血气会被瞬间吸光。对于郎子军，燕飞也早有耳闻，只是没见过。

"燕主任好。欧阳云开手下大将，如雷贯耳啊。凌云的案子，是您办的吧？干得漂亮。今天能见到燕主任，意外之喜。从外形看，我和燕主任，就像一对亲兄弟，可能前生有缘，心里自然亲近。我倒是真心喜欢您呢。"说着，郎子军十分亲切地轻拍一下燕飞。

燕飞笑笑，这才注意郎子军说话时面部僵硬，说话的内容几乎与面部表情没有任何关联。

"本来呢，我们俩说好的，今晚要在一个小店里吃饭的，郎市长这一召唤，我就想，这样的好机会不能独享，便未经允许，把燕主任一起请了过来。"王伟看着燕飞，补充说。

"能见郎总，也是难得。"燕飞应付一句。

"一回生，两回熟，结识燕主任，也是荣幸。我们做小本生意的，还真得靠燕主任多关照啊。"郎子军对二人说，"时间不早了，要不，咱去餐厅？"说着，摆出个"请"的手势。

"走吧，郎总这里，一般人来不得，我们都过去长长见识。"王伟见燕飞没有迈步，便推推他。

走出门厅，过一道小门，又是一座室内园林，怪石林立，流水潺潺，花草葱茏。穿过一道雕梁画栋的回廊，迈入一个中式门楼，里面便是宽阔的餐厅。四根天然红色木柱立在石雕的柱础之上，屋顶梁椽檩条彩绘艳丽，相比方木条架构的海墁天花，更加古典庄重，门窗内饰均为典型的明清风格。餐厅南边三分之一处，东西摆放着精巧的博古架，将餐厅分成南北两部分。北面是摆放餐桌的地方，紧靠北墙，摆一副中间高两边略低的黑红色木料的屏风。餐桌、餐椅木质色黄微红，富贵大气。餐桌上方，悬挂着中式八角真皮宫灯。

"这不是羊皮，是鹿皮。"王伟悄声说。

燕飞对此没有任何研究，只觉得这里像走进宫殿似的，眼花缭乱。

郎子军陪二人进来，先是告诉他们今晚在这里用餐，然后对着博古架里边说一声："二位，来客人了！"

燕飞抬头看时，不禁又吃一惊。只见从里边走出一男一女，男的中等身材，粗壮健硕，竟是滨海市委书记吴剑雄。女子二十多岁，身穿粉色法式短款连衣裙，身姿曼妙，肌肤白中透亮，长长的睫毛下忽闪着一双明亮的大眼睛，手中拿一把白色缎面折扇，未到身边，已闻到淡淡的香气。

"剑雄书记先到了？我说呢，刚散会你就窜了。早知有这等好地方，我一定抢到你前头。"王伟笑着和吴剑雄握过手，转身介绍，"这位是省纪委燕飞主任。"

"燕飞？你在省纪委做什么？"吴剑雄握握燕飞的手。

"喔，剑雄书记您不知道，"郎子军指指燕飞，"名贯安海的省纪委十四室主任，您肯定认识。这位女士，你们应该熟悉，安海电视台戏曲频道主持人，文小雨文小姐。咱们先小坐，菜马上好。"说着，把几人引到博古架里边，让大家坐下用茶。

这里被博古架与北边餐厅间隔开，构成一个独立的小单元。紧挨博古架，摆放一组明式茶几和圈椅，风格简约明快。墙上东西各挂一幅工笔花鸟画，都不过两平尺，生动逸趣，精美含蓄。花架上几盆小花，色彩艳丽，分别套在青花瓷花瓶内，让小小空间内顿增动感。天色尚早，厅内光线明亮，透过窗户南眺，眼前山峦起伏，远处文昌河波光粼粼。

落座后，大家一番寒暄，郎子军告诉王伟、燕飞说，文小雨在滨海市做过几档节目，和吴剑雄也是认识的。因为安大集团准备投资一部电视剧，下午，郎子军在公司顶楼小花园，和文小雨进行洽谈。谈完，文小雨请郎子军做东，点名邀请吴书记。剑雄书记听说来这里吃饭，便对郎子军说，还从没在文昌与王伟书记一起吃过饭，反正一起开会，便请他盛情相邀。

"这样说来，我倒成发起人了？"文小雨笑吟吟道，"在安海，能同时请动几位的，没几人吧？小女子倍感荣幸！"

"这就叫感召力，"郎子军没有开玩笑的意思，"反正，郎某人是请不动的。"

"剑雄书记还假传圣旨呢，说省里领导有事安排。"王伟指指吴剑雄，就笑。

"怎么是假传圣旨……"

见吴剑雄刚要说什么，郎子军便插了一句："王书记，你的才干和品学，剑雄书记的资历和政绩，再向上迈个台阶，都情理中事。说句'省领导'，也不为过，就是现在时、未来时罢了。"

"在小女子眼里啊，都大领导呢，个个魅力非凡！"文小雨咯咯一笑，站起身来，一手轻掩领口，一手给四人一一斟茶。

"文小姐，劳驾你干这粗活，哪里合适？我来吧。"郎子军便要起身，"没让服务员来，主要是不想让别人打扰，我们说话方便些。"

"平日里，我在电视台也像个干粗活的小丫头，谁都使唤呢。"文小雨呵呵一笑，"这节儿，能侍候几位领导，荣幸还来不及呢。郎总，您快坐会儿吧，养养神，长点儿肉，看你瘦的，怪疼人的。"

见燕飞心不在焉，也不说话，一会儿看表，一会儿挠头，郎子军说："燕主任办案太过劳累。文小姐，要不，趁着菜还没上来，你就先来一段儿，暖暖场子？"

原来，文小雨早年师从安海梅派知名京剧艺术家，很具功底的。"郎总让我献丑呢，"文小雨先是抿嘴一笑，明亮的眼睛顾盼生辉,向郎子军回眸一笑,然后款款站起,落落大方,"王书记、吴书记,你们呢,都是人中龙凤,大场面走来的,什么美妙的曲儿没听过?燕飞主任举止优雅,哪里听得下我这乡音野号的?"她这几句话出口,已是京味十足,音色饱满。

"只要小雨肯展歌喉,别说推迟用餐,就是不开饭,倒也饱了,骨头都酥了!"吴剑雄顿时眉飞色舞,挺直腰板。

王伟顿时反应过来,吴剑雄与文小雨,此前岂止是"认识"?

"那就恭敬不如从命,小女子只好献丑了,我就来段《贵妃醉酒》罢,唱砸了别笑话啊。这里没团扇,手中这把折扇,将就意思一下罢。"说话间,文小雨已经入戏,花衫韵白,梅派气韵便流露出来。

只见她整整连衣裙,先是出场"摆驾",将右手握着的扇子转到左手,腾出右手,折袖,打袖花,抖袖,再左手扇交右手,左手再做折袖打袖花抖袖动作,然后,整冠亮相。这套动作下来,细腻,专业,连贯,华丽!

吴剑雄带头鼓起掌来。

王伟也随着喊声:"好!"

燕飞却皱皱眉头。

吐出"海岛"两字,文小雨右手打开扇子,方唱出"冰轮初转腾"。接着,右手打扇于右肩上,左手指向半空,"见玉兔又早东升"。然后,左手打扇,"那冰轮离海岛"唱罢,左手再扶扇扬袖,右手打扇于左侧腰间,体态婀娜,双目明亮,唱腔悠扬,"乾坤分外明,皓月当空"。唱罢"皓月当空",文小雨将右手拿扇向右转合扇,双手捧出个圆来。等唱至"恰便似嫦娥离月宫",右手端扇左手前指,扇贴胸前,眼神迷茫,仿佛一层水雾瞬间遮没了眸子,波光闪闪。

文小雨本就嗓音甜亮,唱腔醇厚,或柔曼婉转,或昂扬激越,感情丰富含蓄,已让众人心动。而等她唱至情深处,满眼迷离,周身酥软,愈发显得缠绵销魂,一时间凭空生出多少妩媚,一身风情瞬间散发开来,飘落厅堂。

吴剑雄如痴如醉,站起身来,高喊一声"好!好!"大家也都鼓起掌来。

正热闹着,一个身着浅红旗袍的女孩走进来,在郎子军跟前俯下身,耳语几句,郎子军顿时站起身,示意文小雨先停停,向大家挥挥手:"领导来了。"

众人一起朝餐厅门口看去,只见来人身材高大,穿短袖白色衬衣,脚下皮鞋铮亮,满面红光,神采飞扬,竟是省委常委、副省长顾世言!

"你们真行啊,找到这处人间胜地,享受这般高品质生活,都把我给忘了!"顾世言笑着,和每个人握手,"小雨唱腔更加优美,此音只应天上有啊!"又转身说,"刚在文昌河世博园参加了个外事活动,路过这里,给子军电话,说你们这里正热闹,便进来看看。"当与燕飞握手时,顾世言回头看看郎子军。

"他是王伟书记的好友、省纪委十四室燕飞主任,"郎子军走过来介绍,"本来,他俩事先定好今晚要一起坐坐的,我邀请王书记时,便一同请过来了,也让我们多结交了个朋友。"

顾世言微微一怔,紧接着就笑了:"燕主任肯赏光,也好,也好。欢迎啊!"

郎子军看出顾世言心思:忙说:"燕主任做纪检工作,守纪律,嘴严实,肯定会维护省委省政府领导形象的。"

"来郎总这里做客,机会难得。所以我便擅作主张,让燕飞过来长见识。"王伟笑着向顾世言说,"只是没料想在这里能见到省长,也是荣幸。"

"我一直没向省长汇报过工作,"燕飞也搓搓手,"今天能在这里接见我,哪里想到会有这等好机会!"

"太好了!我和剑雄、王伟,都好朋友,无话不谈,自己人。小雨是当红主持，才高貌美，人家能和大家坐坐，也是赏光。燕主任这一来，我们又多个保驾护航的好朋友。燕主任年轻，以后需要我帮忙的，直接电话给我，或到我办公室都行，不用找秘书。这是我电话。"顾世言便和燕飞互留了电话，又加了微信。转过身来，面对大家，"现在有些人，也不好说是官僚主义吧，反正，当个芝麻大的官儿，就拿出架子来，哼五哈六的，啥事儿都通过秘书转，转来转去的，和朋友们就远了，友情就淡了。"

"省长，别只顾说哈，您也坐。累坏了吧？"文小雨端过一杯茶，轻轻拽了顾世言一下衣袖，关切地看他一眼。

顾世言冲文小雨笑："谢谢，你看我这不是很好嘛。"

在场人便纷纷请顾世言先坐。顾世言走到背靠博古架坐北朝南的位置，亲切示意："大家一起坐。"

"省长，最近您在几次全省会议上的讲话，引起强烈反响，"王伟欠欠身，"惠安的同志们在讨论时，都说您讲得深刻，不光站位高，想得远，还十分可行，一点儿也不空，很接地气。"

文小雨笑靥如花，语速舒缓："我第一次采访省长时，担心领导晕镜头，还准备提示板呢，哪知省长从容不迫，条理清晰，语出惊人，一次录制成功。台里同行背地里都说呢，看，这才叫水平！顾省长不光对安海的情况、数据烂熟于胸，更是眼光独到，真是立改革潮头，领安海风骚呢。"

"省长是政治家、经济学家、思想家、改革家、学问家，"吴剑雄话语铿锵，"要我说，具备省委书记的水平，统揽全局，人才难得。王伟老弟，有句话不该说，省委副书记位置空出来一段时间了，反正得搞民主推荐，我们就推荐顾省长得了！"

"剑雄，还没喝酒呢，就说醉话，"顾世言摇摇头，"你任市委书记很久了，得讲组织原则，守政治规矩。这样的话能说吗？连省委书记如何如何的，都说出来了。我要不谨慎，还不飘到了天上？你看,同样市委书记,人家王伟多沉稳,还比你年轻呢,你要向人家好好学习。"

至此,王伟恍然大悟,今天这饭局,意味深长。同时,他暗自佩服这几人,策划周密,意图深藏,且又行云流水,自然顺畅,丝毫不露痕迹,却将自己布入局中。既来之,则安之,不妨顺势做颗在他们看来可以随意摆布的棋子,看这场戏如何表演,如何收场。

"省长水平就摆在这里,说起来,没一个不佩服的。"王伟沉稳自然,"这些年,省长为安海发展,殚精竭虑,高招频出,政绩超然。我说句实话,省长真是天纵之才!我相信,组织一定会择贤任能。群众的眼睛,也是亮的,肯定希望省长为安海发展做出更大贡献,为老百姓服务更大。"

"老弟痛快,我就喜欢这样的性格,不兜圈子!"吴剑雄一拍大腿,"省长是性情中人,我们呢,大树底下好乘凉,以后免不了还麻烦省长。"说过这话,觉得还不过瘾,又说,"省长平时拉拔我们,关键时候,我们也该出力!"

"我该怎么说你好呢剑雄,你在滨海也这样说话啊?"顾世言脸色显得难看起来,"咱们都是为党工作,都是党的人,怎么搞成投桃报李这一套,信奉利益交换的庸俗哲学?你看人家王伟,总是从安海发展大局出发,顺应群众呼声,把个人看法放到一边。这才是领导干部的素养。"

还没等王伟回话,文小雨忙笑道:"省长也别生气,吴书记也是希望好干部能上去。您刚才还说呢,不喜欢转弯抹角的人。吴书记的话,我就听着爽快,顺耳,实诚。"

"省长,我一个体制外的人,不便乱发议论。"一直一言不发的郎子军,见顾世言话说到这份儿,便抬起头来,看着大伙儿,"我看,燕主任干这行的,不便多说话。王伟书记、剑雄书记,都是有情怀、敢担当的,不管如何表达,都是一心为安海未来发展好。他俩都不

376

是为自己上位,肯定没私心。我在商海,也算春江冷暖鸭先知。这些年来,安海发展有些停滞,改革深不下去,创业环境不理想,让南方省份越甩越远。有人说是观念僵化落后,我不这样看。观念都在人的脑袋里,关键还是怎么引导。不是说吗,只有落后的领导,没有落后的群众。安海人历史上一直没落后过,那,同样这块土地上的人,怎么今天就不行了?出现目前停滞的状况,我看,主要是缺了观念新、有思路、有魄力、肯实干的带路人。老百姓观念再超前,又能起多大的作用?所以,现在安海上下,也都盼贤若渴。大家无非顺应民意,希望像省长这样的人,能走上更重要的领导岗位,发挥更大作用,这,没什么不对,是不是省长?"

文小雨还不等郎子军说完,就鼓起掌来。

"郎市长说的,就是我要表达的意思,太好了!对不对王伟老弟?"吴剑雄朝王伟笑一笑。

"郎市长说到点子上!没想到,你对目前安海的现状,洞若观火,透彻精准!"王伟向郎子军伸出大拇指,"这其实也是我们的愿望。"

"只要不是为了哪个人,就好,那,未免太过狭隘。我也想过,个人进退留转,微不足道,都是组织上的事。不要觉得,是我顾世言非要如何如何,关键是,安海如何发展,全省老百姓的利益怎么实现。说实话,安海,真是走到发展的十字路口了,我也是为此担忧啊。倒不是一定让谁干,我就一个愿望,别用糊涂官、鲁莽官就好,安海经不起折腾,也经不起耽搁了!"顾世言诚恳地表达歉意,"我这一来,让大家扫兴,耽误大家吃饭。我还有个事,要向陈放书记当面汇报。没办法,书记当安海这个家,这么大一摊子,也难啊。遇到事都愿听听我的看法,他讲民主,也是想少走弯路。时间不早了,你们抓紧用餐,我告辞了。"

"省长再忙,也得吃点儿饭啊,"郎子军缓缓地说,"我让厨房给你做碗面条吧。"

"不了，"顾世言向大家一抱拳，"对不起，不能陪大家，我以茶代酒，敬大家一杯，感谢你们对安海发展的付出，感谢一直对我工作的支持。子军，代我招待好各位，谁也不要动，都自己人，不客气。"说完，端起茶杯，与在场人逐一碰过，而后一饮而尽，说声"谢谢大家"，便要转身离开。

"小雨，送送省长吧。"郎子军看着文小雨。

"郎总，您真会使唤人！"文小雨嫣然一笑，"那，我送送就回，还要给大家服务呢。"

"天生气度！"望着顾世言的背影，吴剑雄由衷赞叹，"就跟小雨刚才唱的一样一样的，'乾坤分外明，皓月当空'。"

"大家饿坏了吧？"郎子军不等大家落座，招呼道，"菜都好了，请就位。剑雄书记您主陪，我当个副陪。王书记，您上座。燕主任，您坐副宾位置吧，等文小姐回来，靠着王书记，也检验一下她的服务水平。"

正在大家落座时，燕飞从裤兜里摸起手机，急匆匆走到餐厅外边。

"忙什么啊，"吴剑雄说道，"他一出去，还不知谁又要进去呢！"

"让你一说，就血雨腥风的，"王伟冲餐厅外，"你们接触得少，其实纪委的人，真都挺好的。"

"不一定吧？"吴剑雄顺口道。

正说着，燕飞走进来，对王伟说："对不起，刚才接到领导电话，说有急事，我得立即赶回。你们看，我们的工作就这样儿，身不由己，没办法。请大家谅解。"

郎子军盯着燕飞看了片刻："喔，也就一顿家常饭呗，没什么吧？不行，也吃碗面条吧，非这么急？"

"他说走，就肯定有事儿，咱别留他，"王伟对燕飞说，"路上开车,慢着点儿。"

"顾世言没吃饭,你也没吃饭,一对聪明人!"欧阳云开听燕飞
讲述到这里,不禁微微一笑。

"那种地方,本就不该去,"燕飞摇摇头,"我如果吃了、喝了,那
就违反廉洁纪律。所以,只好借故离开。"

"对郎子军印象如何?"

"这家伙,阴森森的,心里透亮,像是扒拉着一百个算盘。看他
神态,就知道他准是猜到了我的意图。"

"他可是个厉害角色,心机莫测呢!你没吃这顿饭,他会很失
望的。没准儿,他兜里,装着送你的一张船票呢。"

"书记看得准啊,我可不能糊里糊涂地上了他们的船。"燕飞笑
笑,"我真是佩服王伟书记,当场那些话,句句得体,又不失原则。
我还纳闷呢,他那么聪明,分明是被人做了局,他不会没察觉吧?
果然,饭后他就给我来电话,还表扬我借故跑掉是对的。特别告诉
我,郎子军私下给他一个大信封,说是欧阳中石四平尺墨宝。他在
门口换鞋时,趁他们不注意,顺势给捅到鞋柜最里边了。还说,这
样拉票,不是正派行为。看来,王伟心里明镜似的。"

"一桌饭局,一群玩家,一台大戏,生旦净末丑悉数登场,扮相
出彩,分工明确,台词也像彩排过一般。即便临时客串的王伟和
你,也如同事先走过台,完美入戏。你别说,王伟这家伙聪明啊,难
得保持着一份清醒,既能自保,又不越线,这个度把握得妙至毫颠。
我年初跟他廉政谈话时,曾提醒过他,廉洁,需要原则,也需要智
慧。"欧阳云开神秘一笑,"燕飞啊,你看出来没,他告诉你把信封放
鞋柜里,还有另一层意思?"

"透露出他对顾世言的反感吗?"

"有这意思,那是一定。"欧阳云开喝口水,"还有,这家伙是留

后手呢。王伟一定清楚,按顾世言行事方式,最终不见得能守住底线,现在又这样拉票,一旦将来出事了怎么办?那便说不清了。真到那天,呵呵,你这个纪检人燕飞,就是'鞋柜证人'!"

"对啊,"燕飞恍然大悟,摸一下胸口,"是这逻辑!"

3

与留置室相通的小院内,四周是黄杨长成的密密麻麻绿化墙。欧阳云开、倪景行陪着孙岱,走出留置室,站到小院中央。这是孙岱被留置以来,第一次走出室外。他揉揉眼睛,深吸一口气,望着天上白云、远处群山、西下斜阳,很长时间,没说一句话。过了好长一会儿,又蹲下身子,伸出手去,缓缓地抚摸着刚刚修剪过的草坪,闭上眼睛,嗅着青草的芳香,久久没有抬头,"这,就是命吧?"

等欧阳云开将他扶起来,孙岱已泪流满面。

"咱们走走吧,今天天气真好。"欧阳云开拍拍老同学肩膀。

沿着院子四周用石子铺成的小路,三人漫步在这不足二十平米的小小天地间。再过两天,欧阳云开要去北京参加培训。想到回来时,孙岱可能已经移交,此后再见,不知是何年。于是与江镇澜商议,反正孙岱正在写忏悔录,所有证据全部取完,本人情绪稳定,让他到这封闭的小院子里散散步,缓解一下心理压力。虽只方寸之地,毕竟出来,便能接触自然,晒到太阳,呼吸到新鲜空气。

夕阳西照,清水园内,一派幽静。

"这个时候,应该响起一种声音。"孙岱哀叹一声,像是自言自语,"倪主任,你觉得,此刻我希望听到什么声音?"

"市长这一问,我倒是猜到一种乐器,不知是否跟你所说的一致。"倪景行答。

"倪主任文采飞扬,聪明绝顶,肯定已经想到。"

"头上没毛,只能绝顶了!"倪景行一笑,"如果我猜得对,那,孙市长便过于哀伤啦,是埙吧?"

"倪主任懂我。"孙岱不由得连连点头。

"太过伤感吧?"欧阳云开摇摇头。

孙岱又一声轻叹:"云开,我知道,今日一别,若再相见,即便苟活于世,恐怕已是皓首苍颜,能否自理,尚且难料。正是可以干事的大好年华,竟然被我自毁自弃,这一切,真如梦幻一般。即便将来走出囹圄,能像今天这样,有故友相陪,恐怕也是奢望。"孙岱哽咽起来。

"老伙计,别这样悲伤。"

"此时,应该幽幽地响起埙曲,《哀郢》。"孙岱也不听欧阳云开劝说,只顾呆呆地看着天空,"埙的声音,朴拙抱素,最是接近天籁之音的,而今日立秋,此音又最为适合。听倪主任说,你后天要去北京学习,今天是送我的最后一程。李太白当年说的,就如同今日,清水园泉三千尺,不及云开送我情。虽这季节不适合,心情倒是一样。太白还有一首道别诗,倒还应景,可惜我记不确切。"

"孙市长说的,是《赠卢司户》吧?'秋色无远近,出门尽寒山。白云遥相识,待我苍梧间。借问卢耽鹤,西飞几岁还。'"

"对,就是这首。'出门尽寒山','西飞几岁还'哪!"孙岱再次哽咽。

欧阳云开一时无语。

"'浴乎沂,风乎舞雩,咏而归',云开,我那天说过,曾点的理想,是建立在心无尘埃、无牵无挂的心态之上,是自律的自在,是无虑的自由啊!"

"自由,是人类的最高理想。"倪景行紧接孙岱的话题,"《共产党宣言》就通篇闪耀着关于自由的思想光辉,'代替那存在着阶级和阶级对立的资产阶级旧社会的,将是这样一个联合体,在那里,每个人的自由发展是一切人的自由发展的条件。'我认为,这是迄今为止,所有学说中,关于人的自由和社会自由关系的最经典、最确切的论断。"

"几千年来,人们对自由的渴望,超越时代,超越党派,超越贫富。"欧阳云开感慨道,"我看,自由至少有两个层次:个体自由,社会自由。个体自由,是每个人源于内心的自由。社会自由,涵盖所有个体的自由,体现着个体自由的共同愿望,共同取向,所以必然约束和克服有害于社会的个体自由。"

"云开,你是在批判我不受约束的个人自由吧?"

"哪里是批判啊?我就说这个理儿。"欧阳云开不想再争论,只是和孙岱肩并肩,犹如当年漫步于大学校园,"现在你要克服的,是虚荣对你自由的束缚。只要不再顾及面子,不再想你曾经是个市长,放下身段,正视现实,把自己定位成平民百姓,身心必然会彻底放松,精神上重获自由!"

"你这一说,我心里倒亮堂一些。还是晓华说得对啊,十年云游四海,暮年净身归来!"孙岱仰天苦笑。

"孙岱,你还是要鼓起勇气,看到希望。"欧阳云开为他鼓劲,"你是安海主动投案第一人,法庭会做全面考虑的。退一步讲,我这阵子反复估算过,你的刑期,估计十年多点儿,等你出来,还不到七十。你想二次创业,咱几个人合伙,我肯定是你好助手。你愿意玩呢,我教你钓鱼,陪你游遍大江南北、五湖四海。我老家海边,还有套父母留下的老房子,可以维修一下,咱们天天在一起,让夫人们做饭,咱们打'够级''掼蛋'!"

"够级",这种六人一起玩的扑克打法,把二人思绪一下拉回大学时光。

"唉,还'够级'呢,接下来即便想打,也得十多年后了,真到那时,还不知道脑子好不好使了呢。"孙岱又一次眼圈发红。

孙岱一声叹,让欧阳云开顿时产生个念头:既然都出来散步了,干脆破个规矩,跟老同学再打一次牌,满足一下孙岱这小小心愿,不枉同学一场。他回头瞧一眼倪景行。后者早就明白其意,悄然摆手。

"破个例呗?"欧阳云开悄声道。

"云开书记,"倪景行压低声音,提醒道,"在这儿散步,经批准后是可以的,但打牌可出格了。因为带人差点出事儿,达之书记都讲得很严肃了,各个审查室刚开过专题会。"

"现在已是留置后期,孙市长也不会有安全问题。咱只留置室内活动活动,不会出意外的。"

"云开,这哪行? 不要为了我,让你为难。"孙岱就在身边,也明白欧阳云开意思,连忙摆手。

欧阳云开没说什么,只看着倪景行。

云开书记啥不明白? 倪景行心想,在这里打牌,连我都觉得不合适,他岂能不知? 看他神色,是铁了心要打。哪怕将来受批评,看来他也认了,既如此,也别挡他了,打就打吧。"那,咱们先进留置室,我再去安排。顺便跟案管那边报告一下。"倪景行这才给杨帆一个电话。

"啥?'够级'?"杨帆听罢,吃了一惊。这哪行,一旦闹出点动静来怎么办? 不过,他反应也够快,肯定是领导们已经商量过,"行吧,我去张罗。"

倪景行又走到监控室,跟案管室分管视频监控的小武悄声低语几句。

"不合适吧?"小武一听,立马说。

"下不为例,"倪景行拍拍他的肩膀,挤挤眼睛,"下不为例哈。"

不一会儿,欧阳云开、倪景行、杨帆以及另外两名借调同志,加上孙岱,一共六人,在狭小的留置室内,摆开牌局。大家心照不宣,将里面最舒服的位置留给孙岱。孙岱便不谦让，反正大家是给自己找乐子，就势坐下。

"我和孙市长对头，"欧阳云开把四副牌洗过，分好联邦，选好对头，分别坐下。"就按'点、烧、闷、落'打，憋三打点，没三买三，没四买四，开点发四。"

"市长，这规矩，和你们当年在学校一样不？"倪景行问。

"早不一样了，"孙岱笑笑，"三十多年过去，又出现很多流派，这个打法倒也玩过，只是在外边时，市里事儿太多，很少有整庄时间打。"

一开始，大家不免拘谨，手在摸牌，心却不安。也难怪，在留置室打牌，全国首例吧？

"大家都放开打，既打之，则安之。"欧阳云开一挥手，"孙岱，你可真得瞪起眼来，我打牌可不客气！"说着，三个 Q 叫点。

"逢 Q 盖帽！"孙岱甩出三个 A 封杀，嘟囔着，"官场失意，牌场倒得意了？手气咋这么好！"

此言不差，欧阳云开几次冲点，都被孙岱杀掉，等"头科""二科"都走了，自己没开点不说，好牌没活，孬牌没出，最后便当然的"大落"。第二局开始，欧阳云开先向孙岱进贡三张，已经基本丧失战斗力，挣扎几下，缴械投降，再次殿后，又"大落"。

两轮过后，场面火爆起来。倪景行与欧阳云开联邦，见他不敌孙岱，二战皆北，便笑道："'军无适主，一举可灭。'我们败在主帅不力，不是我们无能。云开书记，联邦利益高于一切，不能顾及情面，丧失原则啊！"

"今天有点儿邪，咋不上牌呢？"欧阳云开看着手中牌，喃喃自语，"'我们盖的房，我们种的粮，地主买办黑心肠，都把我们剥削光！'孙市长，手下留情啊，别太狠啦，交完租子进完贡，颗粒不存，来年怎么活啊！"

"我可不能不坚持原则啊,"孙岱嘴上这么说,心里却清楚老同学没尽全力。说来也怪,他手气就是壮,"事不过三,这次你就行了,该从'落'窝里爬出来了!"连续三次"头科",孙岱情绪上来了,"云开,我记得上学时,你说过打牌五原则,敬、和、顺、智、诚,对吧?"

这五原则,欧阳云开确实说过。

"敬",是敬重牌局,有人说敬重"牌神",牌神给你了"三十六人"的部队,你胡打乱冲,不该打却胡来,造成无谓伤亡,牌神恼怒,你肯定会受到惩罚,就不来好牌了。其实就是要敬畏牌局,尊重打牌艺术,不能胡来。"和",就是联邦三人和睦,平等尊重,相互间不挖苦,不埋怨,这叫"小和"。而所有六个人相互尊重,共同分享打牌艺术,一场牌下来,大家意犹未尽,便想再聚,都心情舒畅,满意而归,这叫"大和"。"顺",就是顺其自然,拿什么牌,确定什么战术,牌不好,千万别硬来,不当"落",就该满足。"智",就是要多动脑,有智慧,不莽撞,心中有数,对整个牌局了然于胸,收放合理,显示出牌技艺术。"诚",就是诚实规矩,不偷牌,不赖牌,不看别人牌。凡是在牌场上偷牌摸牌看别人牌的,凡是捣鬼耍赖的,生活中一定不是老实人!

"从来没听说过这五条,"杨帆一边出着牌,一边说,"还别说,真是这么回事,打牌不规矩的人,往往平时也都投机取巧。"

"看来,我是在人生牌局中,不尊敬'牌神',所以受到惩罚!"孙岱说这话时,已十分轻松,分明拿自己开涮。

这些办案人,个个都是在心理战场上拼刺刀的,对每个人心理的微妙变化十分敏锐,见孙岱对敏感话题已不介意,便妙语连珠,你歌我和,整个场面更加热闹起来。不知不觉,一个多小时过去。

见孙岱渐入佳境,似乎已经忘掉忧虑,欧阳云开更是十分开心。心没有白用的,力没有白出的,组织这牌局,值啊。孙岱获得的这一时放松,会在此后很长很长时间里,深深印记在他的脑海,甚至,伴随一生。

"想当年,咱宿舍六个人,正好凑一局。"孙岱回想当时情景,"周末更热闹,一打一天,天昏地暗的,最后累得心慌腿软,只想吐。"

"不光进贡,还计分,最后也不知谁的馊主意,又要贴纸条,钻桌底,学狗叫。"欧阳云开也一起回忆着激情燃烧的岁月。

"是啊是啊,有一次,那个外号叫'大姑娘'的,叫什么名字来着?他成了'大落',大家让他学狗叫。这家伙脸皮薄,怎么也叫不出来,后来求饶,出去买来一箱啤酒和花生米,这才完事。"孙岱孩子一般,"现在想想,那才叫无忧无虑!"

孙岱无意中一句话,却勾起欧阳云开心里的主意来:"要不,杨帆你去整点香肠、榨菜、花生米啥的,我房间里还真有酒。"

此语一出,留置室内的火爆场面,瞬间安静下来,几个人面面相觑。

"云开,心意我领了。"孙岱急忙摆手,"打牌已经出格,再喝酒就不像话了。"

"咱就在这屋里整一点,不会出啥意外,又不是干见不得人的事儿。我两天后去北京,十来天呢,你走之前,怕是没机会跟你吃顿送行饭了。"欧阳云开动了感情,示意杨帆,让他出去办。

杨帆没动,扭头看倪景行。倪景行知道杨帆在看自己,却低头不语。杨帆见他装聋作哑,再去看欧阳云开,见他笑着直冲自己努嘴,只好站起来,又去看孙岱。

"云开,真的不要喝酒!"孙岱站起来,"我知道你的用心,我以后,会平静地面对生活,不用再给我排解。酒就免了,真的非喝不可,等我出来那天!"

"听我的,"欧阳云开让孙岱坐下,"'勿言一樽酒,明日难重持'。喝碗送行酒,这是中国人的礼数。让你就这样离开清水园,我心里过不去。退一步说,也就是给一名老党员送送行,没什么大不了的。杨帆,你去办就是。"

"'同舆而驰,同舟而济,舆倾舟覆,患实共之。'"倪景行仍不抬头,叹口气,摸着光亮的脑袋,对着地面说,"杨帆,我是室主任,这顿饭我安排,你们在这里等我就是。"说罢,朝欧阳云开点点头,"我去去就来。"

"你这老倪,说什么呀?悲悲切切,跟上刑场一样,吃顿饭、喝杯酒,至于啊,还'舆倾舟覆'呢,有这么严重?一切听我指挥!"欧阳云开冲倪景行笑起来,"你去餐厅,把今晚你、我和杨帆的自助餐领出来,然后去我房间,柜子里有瓶双沟大曲,那是孙岱好多年前送我的,我从家里拿过来有好几天了,只等机会合适时和他一起喝的。其他同志,你们都走吧,我们三个今晚陪陪孙市长。"

"我去张罗吧,倪主任你别动了。"话已至此,杨帆知道,云开书记早有预谋。

杨帆出去后,刚才一起打牌的两人把桌椅重新整理好,里里外外打扫一遍,然后退出去。

"市长,我办这么多年案子,这是第一次,又散步,又打牌,又喝酒的。"倪景行看着有点发呆的孙岱,"云开书记真的对你有情有义。"

"他一直这样。在大学时,是校学生会主席,哪个同学有难事儿他都伸手。"孙岱两眼湿润。

"别价哈,"欧阳云开取笑孙岱,"詹晓华生病,我一听说,就急急忙忙赶去,谁知,你早把人家背到医院了……"

孙岱顿时变哭为笑,刚要说什么,杨帆提着一个袋子走进来。四个人在刚才打扑克的留置桌上,摆好菜肴、塑料杯。不料,杨帆刚倒上酒,留置室的门猛地被打开,头上裹着纱布的叶音和案管室主任高辉,一前一后走进来。原来,身在纪委机关的高辉,得知欧阳云开在留置室跟孙岱打扑克,觉得不妥,遂打电话给江镇澜,请他阻拦。没想到江镇澜听了,稍一犹豫,嘿地一笑:"知道了,云开书记好盛情!"不等他说话,便把电话挂掉。高辉前思后想一番,觉得还是应该来一趟清水园,劝说一下欧阳云开。到这儿后,从视频上一瞧,牌局已结束,稍稍放心。可跟小武没说几句话呢,这边竟又摆上饭菜,还有酒杯!这架势,是要喝酒,那还了得?

他急匆匆往留置室走去,迎面正碰到叶音进大楼,心说,叶委员来得正好,她快言快语,又讲规矩,肯定能拦住他们。

"我在医院换药呢,小武给我电话,让劝劝云开书记,我忙跑了回来。谁知道,他又来这一出!"叶音边走边说。

两人风风火火,让小武打开门,走进留置室。

欧阳云开抬头一瞧二人,便知来意,没等叶音开口,先回头对着孙岱开起玩笑:"瞧我们叶委员,头上这白纱巾一包,哇,更加迷人!你们惠安,绝对不可能有这等美女,对不对?"

孙岱哪里敢开玩笑,早站起身来,胳膊动一动,似乎想跟叶音握手,又觉得不妥。叶音倒是大方伸出手,跟孙岱轻轻一握。

"来,让我好好瞧瞧。"欧阳云开还是不让叶音开口,像对自己亲妹妹一样,拉起她,就往门外走,"哎呀,正好你来,我看伤口好了没?这几天我净瞎忙了,没去看你。"

"还笑呢!"叶音眉毛一拧,"赶紧把酒杯收了!"

"叶音,你别说,还真是更好看了呢,任遥这小子医术不错。"欧阳云开歪着头,端详她的脸。

"啥时候啦,还顾得上说这些?"叶音脸色微微一红。

"是这样,孙小雯那里起草了孙岱案总结报告,你文字好,抓紧时间去看看,帮忙润色一下,等我这边忙完咱再合计合计,好吧?"

"你还是想把我支走,便再没人挡你,对不对?"叶音依然生气。

388

"去吧去吧,老同学了,就算我搞次特权吧。不送送他,哪儿还有同学味儿啊?我保证,一会儿结束。"欧阳云开推着她往前走,又向高辉举起拳头,"我向你二位保证,绝对不出安全问题。事后,我向达之书记汇报,接受批评,不会难为你们的。"

"书记,我真的是为你好。这事情闹出去,要出大麻烦的!"叶音站住,回过身来,脸憋得发红,见欧阳云开冲她拱拱手。

高辉随后跟出去,意味深长地回头看欧阳云开一眼,一声不吭,离开了。

"你们也不用紧张,我想过了,哪条规定里,也没说不让陪着吃顿饭。"回来坐下后,欧阳云开对三人说,"至于酒嘛,就意思一下。我和孙市长喝了快四十年的酒了,要离别了,不喝两盅,万一我们今后再也见不着,将来九泉之下,不好说话!"

"别说这么难听,"孙岱说,"你原来不这么任性,今天怎么这么犟。"

"我告诉你孙岱,今天这几件事儿,没一股犟劲儿还真办不成,稍一犹豫可就黄了。大家既然坐下,也不用考虑别的了,把心思用在饭桌上,快乐起来。"欧阳云开举起塑料杯,"来,老倪,杨帆,咱哥儿仨向孙市长敬个酒!"

孙岱举起塑料杯子,手却抖动着,眼含泪水,和三人一一碰杯,好半天才说:"云开,倪主任,杨主任,我一个罪犯,让你们这样热情相待,真的感动万分。这个情,我孙岱收下了!"说完,喝了一口。

欧阳云开也好久没喝酒,一口喝下,感觉火辣辣的,见孙岱那样子,一时百感交集。

"我心里清楚,你们,是冒着受处分的风险,"孙岱轻轻摇一下头,"感激不尽!"此时,他真是觉得既愧对组织,愧对家人,也难为了欧阳云开。一时间,惭愧、感激之情涌上心头。于是,自己从杨帆手上抓过酒瓶,倒上大半杯。杨帆想制止他,手伸到半路停下了。此前几个人也一起喝过酒,都知道孙岱酒量。这点酒,说来也真算不了什么。

"这一杯,我敬大家。这个时刻,你们不嫌弃我,还陪我喝酒,说明了你们的人品。我被留置以来,你们对我关怀备至,所有审查调查,我都心服口服。我既感受到组织的关怀和温暖,也感受到友情的真挚。我很清楚,喝过今天的酒,要再碰酒杯,必是十年之后。为表达我的谢意和歉意,来,我干了这杯!"

"别,慢慢喝。"欧阳云开话音未落,孙岱已经一饮而尽。

"别这个喝法呀,先吃点菜,肚子里空空的。"杨帆边说,边给孙岱夹菜。见他这杯酒下肚,脸色顿时红起来,忙问,"孙市长,不要紧吧?"

孙岱没吭声,也没吃菜。

倪景行还没喝酒,他抬起头,看着孙岱:"市长,你的心情,云开书记的心意,我们几个都很理解,请市长保持平常心,面对未来。"正说着,突然见孙岱伸出右手,捂在胸口位置,"市长,你怎么了?"

"云开,"孙岱突然说,"心脏跳得厉害,胸口这里像是顶着个东西。"

欧阳云开忙把他左手拉过来,放到桌子上,用右手三个指头压住孙岱左手腕动脉,只觉得脉象杂乱,快慢强弱不均,完全没了节律。

欧阳云开呼地站起来!

"要不,让医生早过来给我看看,千万别给你们惹麻烦!"孙岱手捂胸部,似乎有些气短。

"我去喊医生!"杨帆让人火速打开门,嗖地一下蹿出去。安海医院驻清水园医生,在同一层楼,不到几分钟,就带着心电图机进了留置室。大家迅速放下床来,让孙岱平卧,保持平静,将相应导联快速接到四肢和胸部。欧阳云开瞬时冷静下来,看着医生忙碌,立即联系安海医院院长，请他安排心血管医生火速赶到清水园。驻清水园的医生边做心电图，边打开随身医用包，取出药物，让孙岱服下。等心电图出来，告诉欧阳云开："看来没太大危险，等安静休息一下，看看情况，再采取救治措施。"

很快，救护车驶进清水园。安海医院心血管专家了解情况后，仔细看过心电图，诊断为突发性房颤，而非室颤，不需要去安海医院，但要立即输液治疗，"最好到门厅医疗室，反正也不用出八号楼，那里具备治疗条件，晚上可以戴上心电监护仪，如有情况，随时处理。"专家建议。

可是，离开留置室，必须经过批准，高辉做不了主。

"不用管了，救人要紧，先去医疗室，手续后补。"欧阳云开果断地说。

几个人用医疗推车迅速将孙岱推进医疗室，打上点滴。杨帆坚持留下，与两名看护一起陪着。听医生说情况稳定，欧阳云开这才松口气，走出留置楼，来到院子里，在湖边坐下，看着湖水发呆。不一会儿，叶音、倪景行、高辉一起走来，在他身边坐下。

"你说邪门吧，咋出了这种事儿?"欧阳云开眼睛盯着湖面，"几个月前，我在他家喝酒，两个人还一人一斤。"

"我专门跑来提醒，你不听啊!"叶音埋怨一句。

"出这情况，谁也想不到。"倪景行忍不住碰碰她胳膊。

"此一时，彼一时，现在的孙岱，心灰意冷，能跟那时候一样吗?"叶音一扭头，"还有你个光头，为什么不阻止书记?"

"我……咳，这事儿我是组织者。"倪景行轻声说。

"确实不该喝酒。"高辉挠着头。

几个人一时陷入沉默。

"你打算怎么办?"片刻过后，欧阳云开问高辉。

"要不，等孙岱恢复之后，再检查下，要没什么不好的结果，再打报告?"

"不行,"欧阳云开站起来,"留置室监控二十四小时不间断,将来上级会来进行安全检查。隐瞒不报,那就是主观故意。我看,立马上报!"

"唉,您当时,真不该喝酒。"高辉摇摇头说,"书记,以前,我一直没好意思提醒您,所有从这里要进监狱的人,您都要陪着吃顿送行饭,这本身就不合适,只是过去没出什么情况罢了。"

"其实我也明白,你是想开导一下孙岱,也尽到老同学的情义。"叶音说,"只是,别出事儿,就好了。"

"对啊,我们办案还是应该确保安全,怎么也不能出事儿。我确实考虑不周全。"欧阳云开正说着,抬头瞧见夜色之下,一个敦实敏捷的身影,快速从楼里走过来,"镇澜,你也过来了?"

"哎哟,湖畔议事?"江镇澜难得开玩笑。

"镇澜常委,"高辉站起来,"您来得正好,正拿不定主意呢,您看,这事儿,怎么处理好呢?"

"我正跟几个同志开案件总结会呢,一听这情况,便赶忙过来。"江镇澜找块石头坐下,"刚才我先去医疗室,问了医生,说孙岱因情绪激动,又喝了点儿酒,不要紧。只要人没事儿,就不怕,大家放心吧。"

"那……不用向上报了?"高辉像松了口气,看着江镇澜。

"云开书记,我看该报就报,反正就这么个情况。"江镇澜看着欧阳云开。

"情况就这样,报上去,该怎么办,请组织定。"欧阳云开一摊手,"不报、瞒报,才是违反有关规定,违反请示报告制度。"

"现在写报告?"高辉又看着欧阳云开。

"对,抓紧,一定实事求是。对打牌、喝酒,叶音、景行、杨帆还有高辉你,怎么阻拦我的,都原原本本写上。是我坚持为老同学送行,酒也是我拿来的,责任全部在我。"

"高辉给我打过电话的,要说责任,我有一份。"江镇澜说。

"我制止也不坚决。"叶音摇摇头。

"都别争了,又不是啥功劳。我是室主任,当时有话在先,这饭局由我安排,酒也是我让杨帆去拿的。"倪景行阻止大家。

"伙计们,你们有啥责任?你们哪个没反对?只是碍着我的面子,挡不住罢了。"欧阳云开没让大家说下去,"说实话,组织饭局、牌局不合适,我从一开始就清楚。我在这里也给你们透个底儿,在组织打牌、喝酒前,我就做了受批评、做检讨的思想准备。让自己的老同学就这么离开清水园,进了监狱,我过意不去。只是出了这岔子,我事先没想到。自己做事自己当。现在,我心意已了,况且现在看孙岱也无大碍,我即便受处分也心甘情愿,跟你们没关系。我心里最不过意的,是我为了表达个人的情意,把大家给牵连了进来。"说到这里,欧阳云开面向高辉,"高主任,你需要公正履职,立即把今天的情况,原原本本写个报告,呈送达之书记,请他审定,建议他,还是向上报。等孙岱情绪彻底稳定下来,再按照程序,向上级做个全面汇报。我个人,完全听从组织处理。现在,我向达之书记如实报告去。"

欧阳云开站起身来,头也不回,离开湖畔。他的背影,消失在夜色之中。

第十二章　暗　战

1

"'空山不见人，但闻人语响'！嗯，确是极佳幽静之地。不错，不错啊。"站在空响亭内，顾世言深吸一口清爽的空气，向郎子军点头赞赏。然后，一手扶着亭柱，一手捋一捋乌黑茂密的头发，极目远望。

夕阳西下，文昌河蜿蜒东去，如同绸带般伸向无边天际。放眼大河南岸，湿地相连，水草丰美。几座孤山点缀其间，薄雾缭绕，宛如一幅写意山水画。如按自己设想，一座梦幻之都将在这片热土上展现在世人眼前。城中有山，水绕山转，石桥相连，林深草密，恰如天上人间。届时，我顾世言，将与这座远迈苏杭的至美名城一起，誉扬天下！此刻，顾世言胸中机器轰鸣，金戈铁马，壮怀激烈，果如郎子军所言，恰是"豪气干云"。

一番遐想，顾世言转过身来，向北望去，不禁"哎呀"一声！

山阴景色，与文昌河南岸恰似两重天。眼前为一道幽深峡谷，脚下便是陡峭悬崖，绝壁直插谷底。半山腰嶙峋的怪石上生着几株古松，在云雾中若隐若现。站在亭内，可清晰听到从峡谷深处湍流激荡发出的阵阵涛声。

身处险地，顾世言猛然生出一个念头，古人云，险峻之地常伴杀气，可善用兵者，哪个不是借险成事的高手？不由得说道："都说高处不胜寒，果然好个凶险之地！"

郎子军看顾世言沉思中，突然口中冒出"高、寒、险"三字，不免一悚，思索片刻，方道："不临险峻处、高寒处，怎能领略这无边风月？"本想还说，兵行险招，出其不意。又觉把顾世言心思说破了，反倒不好。

"哎呀，这么陡啊？我有点儿恐高，晕！"周翔宇站到更靠近悬崖边的位置，向下一打量，不由得后退一步。

"这孩子，"顾世言瞧他一眼，微微一笑，便不理他，在亭内木排凳上坐下，转过头来，"子军，光顾着看风景了，你今天约我来，一定有事儿吧？"

"纪委那边出点儿情况，你该知道了吧？"郎子军坐在对面，说得好似无关痛痒。

"我只听安海医院那边说，叶音过去做美容，还说，孙岱心脏闹了点儿动静，也没太在意。你怎么对这事如此敏感？"顾世言看着一脸僵硬的郎子军。

"战机难得，对欧阳云开出其不意，一击可中！"从郎子军鼻梁上架着的金色眼镜框下，射出一道寒光。

"哦，什么事儿，你看得这么重？比做成了几笔大买卖还兴奋？"顾世言侧头看一眼周翔宇，见他正顺着山顶蜿蜒小路看风景，这才转头来问郎子军。

"发财机会随时有，而眼前这良机，对于我们，却是稍纵即逝！"郎子军几乎一字一顿。

顾世言清楚，郎子军本性如冰，从未见他喜怒于色，这次神态异常，杀气外露，与平日判若两人，必是他认为事关重大。

"怎么就成了难得良机？"他身子微微前倾。

"还记得吧，省长初进英才园时，看着张大千'对酒当歌'横幅，你说过的话吗？"郎子军用右手背轻轻拍打左手心。

"记得，"顾世言想起来，"我当时说，欧阳云开办孙岱案，自己人办自己人，无私也有弊。不需几日，定会传出事来，到那时，再抓住把柄，搅他个天翻地覆！"

"省长啊，你果然料事如神。这不，安海医院那边的崇山人，还是帮了忙的。他们从几个方面把信息汇集过来，我理一下头绪，指向更加清晰，欧阳云开这次摊上大事了！"

"怎么说?"顾世言神情一变。

"据说与孙岱关系最密切的老板叫李强。孙岱进去后，李强便躲到境外，这才刚回来不久。按说，省纪委该立即将其抓捕归案，欧阳云开手下也是强将如云，你猜怎么着，他却偏偏派一个女人，一个书呆子老姑娘去抓人。结果，半路上让李强差点儿跑了，女人还受了伤。"

"哎? 有文章可做。"顾世言点头，"是不是可以这样说呢，欧阳云开玩的是'华容道捉放曹'? 他故意卖个破绽，想放跑李强，让这个证据夹生掉?"

"对呀，至少我们可以按这个思路琢磨下去。更有价值的是，孙岱突发心脏病，也是欧阳云开一手造成的。他在留置室，先是打牌，然后又吃又喝。结果，孙岱大醉，闹出心脏病来，安海医院救护车赶去清水园，抢救一夜才脱险。这地点，打牌，吃喝，玩乐，加上二人非同寻常的关系，太难得了。按他们办案人的行话，叫作'要件齐备'，条条违纪，完全是我们希望看到的结果。稍加润色，捅出去，这留置室，弄得好，就会变成风波亭！"

"太好了！"顾世言迅速站起来，在亭子里来回踱着有力的步子，"果然大有文章可做。兵行险招，一击可中。欧阳云开啊欧阳云开，你摊上大事了！"

"是啊，此人在此位，我们便不安宁。"郎子军伸出食指，轻轻一点。

"岂止不安宁。你我都吃过他的亏，档案里都装着他赠送的处分。这旧恨也就罢了,可他给我们带来的新忧,明着摆在眼前,近来这些没完没了的麻烦,几乎都由他而生。有他在,我们便没安全可言。"说着,顾世言重新坐到和郎子军相连的凳子上,"齐九天、张大志、张兵、武来、凌云,甚至孙岱,哪一个不与我们有关? 这期间,他到底知道我顾世言多少事情,这还不好说。但可以肯定的是,他即使不全部知道,也一定知道一些。此人表面嘻嘻哈哈,可关键事儿上,寸步不让,别指望他会放一马。"

"别人都说他菩萨心,"郎子军看着远山,冷冷说道,"那是被他外表所欺骗,这人下手可狠着呢。凡是被抓进去的,哪个囫囵着出来了,又有哪个不被他治得服服帖帖? 就是孙岱,不也照样查得清清楚楚,必进大狱? 此人办案半点儿都不含糊,他所谓的仁慈,就是把人给撂倒,再送个甜枣而已,目的是为共产党收买人心。这只能说明他的狡诈,行的是怀柔安抚之术。"

"我所认识的人中,便有这样的死硬派。"顾世言愤愤地说。

"省长啊,可不能小看这样的人,其实是一批人。说实话,对他们我心存敬意。"郎子军仍然看着远山,语调平静,"因为他们有信仰,有梦想,为理想去做事,也是各为其主吧。他们笃信,共产党必定能实现国家政治清明,把中国带入强盛,一雪百年国耻。我管他们叫作'复兴派''忠诚派'。这些人,有强烈的民族主义情结,又有共产党人的理想,还有那么点儿古士大夫情怀。他们可不是说说而已,真的十分执着,决不容许对共产党有半点不敬,很难让他们在原则上后退,更难于收买。那天在我家里吃个饭,燕飞便看成了鸿门宴,我也想饭后送他一件礼品,可他竟借机溜走了。这些人,油盐不进啊。"

"是啊,我岂能不知?"顾世言叹口气,"历史上,这样的人太多。古如屈原、文天祥,近代如秋瑾、徐锡麟,共产党初期更多,方志敏、夏明翰、江竹筠,甚至日本明治维新时期也有吉田松阴、坂本龙马、高杉晋作这些前三杰、后三杰的。他们头脑里如植入木马,矢志不渝,搭上身家性命也在所不惜。咳,也都是人物啊。"

"这不难理解,欧阳云开为什么软硬不吃,若是正面对抗,难屈其志。所以对他们,必须丢掉幻想。"郎子军突然抬抬头,"这一点你看得太准,别指望他能放一马,别指望他会立场动摇。既然不可正面强攻,那我们就来个旁敲侧击,暗中下手!这次出手,纵然不能要他的命,也得把他打残,迫其退出阵地。"

"有把握吗?"

"原材料是有,可仅仅这些,还扳不倒他。要动用智慧,加工提升,给他个颠倒黑白,无中生有,让他有口难辩,也算作离间之计吧。古来多少豪杰,都倒在这离间之下。西楚范增,明末袁崇焕,纵是忠心不二,才华盖世,下场不照样很惨?"郎子军颈露青筋,"这时候了,要下得去手!"

"自古成大事者,必不行妇人之仁。紧要关头,便无须讲什么仁义道德。"顾世言化拳为掌,"事以密成,语以泄败。对于欧阳云开,虽不至于说知密者死,可让他走人则是必须的。他知道得太多!"

"知密者死"?听罢此言,郎子军悚然一惊,内心掠过一丝冷意,不禁低下头去。

"这几件事,来得正是时候。"顾世言难掩内心兴奋。

"我已想好,现在就向中纪委举报。"郎子军抬头紧盯顾世言眼睛,"欧阳云开以权谋私、徇私枉法,负九宗罪!"

见郎子军伸出手指,正要一一道来,顾世言忙示意他稍等,挥手招呼周翔宇过来:"明天我要开全省安全生产会议,讲话稿放在我办公桌上,你先回去一趟,给我顺顺。子军下边有车。"

"好的。"周翔宇稍一迟疑,这才转身去了。

"省长,你还不换秘书?"郎子军问。

"周翔宇跟我好几年了,原来挺灵透的。这段时间,可能家里老人孩子总犯病,有点儿心不在焉。"顾世言转入正题,"怎么个九宗罪?"

郎子军知道顾世言的用意,处于敏感时刻,跟前人不能轻易动,免得节外生枝。周翔宇知道的事情太多,如若离开身边,弄不好心里别扭着,嘴上还会说出去,反倒不如放到身边,便于控制。于是也不再问,就掰开手指,将"九宗罪"一一说来。

"第一,欧阳云开与孙岱是大学同学,关系密切,安海路人皆知。他主办该案,违反回避规定。第二,欧阳云开与孙岱存在利益关联。他的日常生活用品,烟酒糖茶,多由孙岱供应。更有甚者,欧阳云开家里的名人字画,也多是孙岱所送。第三,近年来,很多群众来信举报孙岱,都被欧阳云开私自压下。第四,本该留置孙岱,欧阳云开却玩弄法律,以案谋私,说成是什么主动投案,意在减轻孙岱罪责。第五,泄露秘密,造成涉案人李强长期潜逃境外。在得知李入境后,竟派毫无办案经验的叶音去抓捕,结果,差点让李逃跑成功,致使叶音受伤致残。第六,严重违反办案纪律,在留置室打牌、喝酒。第七,因饮酒过度,以致孙岱心脏病发作,抢救一夜,才保了性命,造成严重事故。第八,涉嫌以案谋私,利益输送。凌云夫人杜秀玲因贪污被省监委留置,却莫名其妙被放走。据知情人讲,欧阳云开收受凌云家人大量好处费。第九,欧阳云开生活腐化,乱搞男女关系,与叶音长期通奸,致使叶音至今难婚,影响极其恶劣!"

"好好,我倒没想到这些!"顾世言一声惊叹。

郎子军又补充道:"这只是提纲大意,具体怎么写,还得细化、润色。反正有影没影的先造上,目的就是,要让上边在收到举报时,感到问题严重,下定决心,彻查严办,动静越大越好。最终只需坐实两条足矣,到了那步田地,即使要不了他的命,也扒他一层皮！"

"好,好！火力足,够狠!"顾世言双掌轻拍,禁不住喝起彩来。

"落款为:安海省纪委一名有良知的办案人员。"郎子军手势轻轻一收,"最后具年月日,可写今天。"

"好好!"顾世言再次站起来,"都好,都好! 上边看到这些,哪里还会放过欧阳云开? 只是,这男女作风还是不写了罢,恐怕最终难以认定。"

"本来就是想搞他一下,"郎子军手指像蝎尾一样勾着,"让他浑身臊臭,说不清,洗不净!"

"通常倒是这样的。"

"只要举报了,他们就得当着班子成员的面儿,在民主生活会上说清楚。"郎子军冷冷一声,"这样,他们以后还怎么见面,怎么在一起办案,怎么抬得起头,怎么为人?"

顾世言点着头,也觉得郎子军这招着实阴毒,只是他有着更深远的考虑:"这样的事儿,只能搞臭人,却打不倒人。事关隐私,将来中纪委来调查,二人一摇头,便很难取下证来,再一问清水园同事,根本没有这回事儿,反倒会让中纪委怀疑举报的真实性,猜出我们的意图来,给举报打了折扣,到头来影响了效果。"

"这就看出省长的水平了!"郎子军听罢,也是从心里佩服,"你总是从大处着眼,我却是从小处着手,这便是格局上的差别。"

"还有,"顾世言笑笑,"如果是上级函询,那才需要在会上说清楚的。上边如果直接来调查,查否了呢,根本不用公布,也不必在生活会上说了。我经历过,所以比你清楚。"

"那先不写这条了。不过,这个思路还是有价值的,将来哪天需要时,再单独举报他。一定要让这一对男女,在民主生活会上当众解释,弄得面红耳赤、尴尬难堪方好!"郎子军微微闭上了眼睛。

"那就依你,暂存后用吧。子军你想到没,还有一点更重要的,不能只说欧阳云开的问题。路达之对欧阳云开信任有加,中纪委下来调查,他必定死保。或者,上边也可以委托路达之核查了解这些事,那等于把处置权拱手让给他,最终必定会不了了之。所以,必须分而治之,把路也给牵进来,让上边对他一并调查,这样,路也成了涉案人,这便解除了他的话语权。不光可以堵住他的嘴,还可以缠住他的腿,让他自顾不暇,脱不出身来照顾欧阳云开。所以子军啊,你再加一条,就说孙岱经常来省纪委机关串门,是路达之、欧阳云开办公室里的常客。二人经常与孙一起吃喝玩乐,接受他送的土特产品,报销平时的花销费用。"

"妙极,妙极,减去一条,增加一条,还是九宗罪!"郎子军点头,"不愧省长,果然老辣啊,出招更狠,站位比我高,为保证举报效果又加一道保险锁。"

"你们搞材料的人,都讲究这个,什么'题目不过三,稿子不成篇',其实我倒不在乎这些形式的东西,只要有杀伤力,能目的达到,一条足够!"顾世言看着郎子军,"这事你费费心,不过要快,最后一点你要注意,投信时,务必到清水园附近的邮箱投寄,还要注意保护自己。"

"放心好了。"郎子军回答。

"另外,我也会提前到陈放那里吹吹风,免得上边下来调查时,他替欧阳云开说话。"

郎子军站起身来,眼望群山。一阵山风吹来,树叶哗哗作响,已经有些秋凉。黑色夹克衫,好似裹不住瘦削的身体,他像一架风筝,要被秋风吹下山梁。

"子军,往我这边靠靠,起风了。"

"这点儿风,无妨。"郎子军缓缓看一眼顾世言,"倒是还有件事。"

"什么事儿?"

"张兵。"

"张兵?"顾世言一愣,"你不是去看过,说还算稳定吗?"

"当时我去他家,告诉他省长很关心你,这时候很敏感不便亲自过来,让我先来看看你。他有点儿惊魂未定,说是不判实刑还可以接受。我给了他五十万,权当压压惊吧。这个我也没跟你说,能稳住他就行。"

"是啊,我现在这情况,真的不便见,也不便通话,别惹了麻烦。他先在家躲躲呗,还'斩监候',等着判呢。"顾世言点点头。

"以他的性格,不会安分的。"郎子军幽幽地说,"以前,我只觉着他刁钻傲慢,现在看,怎么还有些无赖了。昨天晚上他给我打电话,用的是一个陌生号码。"

"这小子还有防范意识呢。说什么了?"顾世言转过身来。

"他说,一个人在家,感觉苦闷,很想念省长,想念郎哥,这几天能不能在一起吃个饭。我告诉他,你这状况,与监视居住没什么两样。现在见面不方便,更不能见省长,先忍一忍,等风平浪静以后再见。可他说没法忍,都要判缓刑了,总得考虑个出路吧,一直这么在家里待着,也不是事。我说,出路没问题,如果你瞧得起我郎某,以后来安大。我说了这话,你猜他怎么说?"郎子军注视着顾世言问。

"怎么说?"

"他说,我张兵怎么着也算是个有脸面的人,应该哪里跌倒哪里爬起来。我本是公职人员,到你那儿,算怎么回事儿?如果不是给省长办事,我也不至于和齐九天、张大志、武来他们瓜葛上。弄好了,说不定现在已经干上副部长了呢。被留置期间,我能给省长扛的、藏的,都扛了藏了,北京好风光的房款,还有其他的事儿,我都没吐半个字。可他怎么对我的,他捞过我吗?弄不好还会急于撇清我是他秘书这层关系,表态让纪委公事公办呢。我出来有些日子了,他关心过我吗,连个电话都没有。不管怎么说吧,现在我落了难,省长不至于见死不救,扔我一边不管吧?我问他什么意思。他说,随便找个国企,撂那里,干个副总呗。反正,这些企业都是省长管辖的范围,省长一句话的事儿。如副总不成,我一个处长,平级调动,混个国企中层总可以吧?"

"荒唐!"顾世言没想到张兵会如此混账,"你听听子军,他被欧阳云开抓进去,怎么说成我的事儿了?他确实是替我挡了事儿,可他都一个等着判刑的人,公职身份没了,还想去国企,这不是难为我吗?"

"更流氓的话,还在后面。"郎子军面部更加冷峻,"他说,我现在可能已经抑郁了。常常控制不住情绪,感觉随时要崩溃,这样挨着,撑不了几天。我最担心的是,如果省长再不帮我,我会疯掉。真到那一天,不用纪委找上门来问,我疯人说疯话,嘴上没把门儿的,什么都会说出去,弄不好,还上互联网了呢!"

"啊?"顾世言怎么也没想到,一个跟随自己多年的人,敢如此明目张胆要挟自己,眉间两道竖纹顿时拧成一个圆形的结,"畜生!"

"看他如此偏执难缠,不可理喻,我只能行缓兵之计,先稳住他。于是便好言相劝,说,你也知道的,省长最近面临难得的机遇,处处小心谨慎,让他立马办这么敏感的事情,太扎眼。我们都跟随他多年,眼前要齐心协力,帮他上这个台阶才行,省长好,我们大家才好。你先安心在家静养,等将来法院判了,省长这边事也成了,一切好商量。"

"他怎么说?"顾世言内心的愤怒,像翻滚的乌云不断堆积着,瞬间就会迸发出暴风雨来临前的雷电!

"他说,越是节骨眼上,越是省长有求必应的时候。若是我老实巴交地等着,让他安安稳稳当上省委副书记,过了这个村,哪里再寻这个店去？那时候再找他，他已权势熏天，还不整死我？"

顾世言没有发作。他慢慢地站起来，手扶亭柱，目向远方，一言不发。清凉的山风，吹拂着他满头乌发，也吹散了他内心的乌云。他一点点冷静下来，把愤怒化为破解眼前险情的思考。长期职业生涯的摔打，无数次处置急难险重局面的经历，将他磨炼得关键时刻处乱不惊。失控的情绪，犹如脱缰的野马，不仅于事无补，还会将自己置于险地。破解难点的一个智慧，胜过千万次愤怒。

"他活够了。"他回过头来，目光坚定，平静地对着郎子军。

"极其危险！"郎子军仿佛早已料到，顾世言发出这夺命枪声，只是迟早的事，"我们已被逼到悬崖，没法退了。"

"是，退无可退。"顾世言面部沉静，话也鞭辟入里，"这时候他要金钱，要美女，都可以满足他。甚至，再难的事情也可答应。只是这国企，纵然努力，我也绝难办成。我想，他对此应心知肚明，可非要坚持，无非两种原因，一是真的抑郁了，变态了，神经错乱，有悖常理。回想起来，这个人，性格偏执，做事常常只图痛快，不计后果，说出这话也不算奇怪，即便以后真疯了，也是性格使然。二是他觉得是因我落难，也可能是认为，他帮了我，进去后我却没伸手捞他，便怀恨在心，所以宣泄不满，关键时候砸我场子。无论哪种情况，都会把事情捅出去，后果很严重。他在，必是后患！"

"本来，可以置之不理，"郎子军面部抽搐几下，"可他知道得太多，透出哪一件，都会引起轩然大波。何况，他还提到互联网，更是可怕！"

"依你看，他都知道哪几个事儿？"顾世言问。

郎子军深知多说无益，顾世言心比天高，城府深不可测，内心隐藏的秘密，必是不愿人知。哪怕说破几处，也会引起他的多疑。于是，郎子军便把二人经常提及的事摆开，点到为止："比如，张大志的八十万，舒怡北京那套房子，甚至，山下这片度假村的运作，从头至尾他都很清楚。"

"何止这些!"顾世言看郎子军一眼。

这是实话。郎子军心说,张兵到底为他办了多少事,恐怕连顾世言自己也记不清。海南那套别墅,现在张兵亲戚名下,是由张兵为他具体操办的。前几年,一个叫赫连西望的宁夏开发商,美籍华人,其实就是个大忽悠,说自己从事汽车集成电路芯片生产,手握发明专利。不知怎么三转两拐,却和张兵搭上线。那时候,张兵还是秘书。顾世言觉得,这倒是朝阳产业,大有作为,能够大力促进安海产业升级。于是向吴剑雄打了招呼,让他认真考察。哪知,吴剑雄像是领到圣旨,再加上赫连西望巧舌如簧,他感到一个重大机遇来临,未组织深入考察评估,便将建设集成电路芯片生产线,作为滨海重大招商引资项目,投资近二十亿,划出三百亩工业用地,呼呼隆隆地上马。为表达谢意,赫连西望在海南为顾世言购置一套别墅,说是晚年可以过去住住。听张兵说,赫连西望还送吴剑雄一千万。张兵自己也在赫连的公司有一份暗股,此事,张兵没提,郎子军却早知道。这些事,郎子军当然不能跟顾世言提及。张兵在留置期间,海南这套房子,也一定是为顾世言隐瞒了。这恐怕也是张兵怨恨顾世言没有情义的一个理由。

"张兵不仅知道这些,而且有向外说的强烈冲动。"郎子军不动声色,"案子还没开庭,他有没有急于立功的想法? 更关键的是,他向我说这些后,也在观察等待,看我们是不是能满足他的要求。以他的偏执,会不会突然歇斯底里发作?"

"应该闭嘴了。"顾世言双眼盯着郎子军,"有办法吗?"

"有点儿眉目,还需细化。"郎子军推推眼镜,眯起眼睛。

"兵不血刃才好。留下痕迹,总是后患。"顾世言终于下了最后的决心。

"近期会有结果,不必牵挂。"郎子军静若止水,转而提醒顾世言,"去陈放那边,怎么说,省长还得想好。"

顾世言点点头。

次日一早,还没上班,顾世言按事先约定,提前十分钟,走进省委办公楼。省委书记陈放办公室的门开着。房间面积不大,陈设简单,窗明几净。

"书记早上好啊!"顾世言敲敲门框。

"世言同志啊,早过来了?"陈放正站在靠近窗台的花架旁,弯腰用小巧的铁铲为盆里的花松土,见顾世言来了,便笑笑。

"陈书记,这是什么花? 好秀气!"顾世言走过来,顺手也拿起把小铁耙,两人一同松起土来。陈放中等个头,只需微微弯腰就正好。顾世言身材高大,要躬下身子,才能够到花盆里的土。

"算了算了,不干了,我看你也不是常干这活儿的架势。这叫龙吐珠,原产非洲,引进中国也只几十年时间。我主要是喜欢这花儿干净,叶子油绿,花萼洁白,然后由绿变红,花冠先吐红珠,后变红花。花蕊则是黄色长须,很像龙口喷水。而且,这花儿也好打理,土、肥对路,再多通风,就行。"

陈放收起工具,洗过手,回到自己座位上,示意顾世言在办公桌对面坐下。

"书记养花很专业啊,"顾世言啧啧称赞,"您看这盆龙吐珠,被您养得多漂亮,一头花儿,层层叠叠,生机勃勃。"

"关键得用心。"陈放话题一转,"你看,你的工作就用心。省政府那边,还有代管宣传部这边,都抓得不错,常委会上的发言也很有见地。像文昌新城的建议,就体现出你的眼界和魄力。"

"我是按照省委总体布局去思考问题,一定得跟上您的思路才行啊。"顾世言话语诚恳,"其实,我们这些人和您的格局视野,没得比。在您面前,我的建议,至多就算个小点子。一级一级的水平,鞶不得,经历和站位搁那儿呢。"

"有人说,顾省长恃才傲物,"陈放大笑起来,"你看,这不很谦虚嘛。"

"陈书记啊,这可真冤出大天来,"顾世言脸竟红了,"我这点儿本事,您还不看得透透的?还傲物呢,把吃奶的劲儿使出来,头都点地了,还拱不动呢,怎么也达不到您的要求啊。"

接着,他汇报了最近省政府那边的几件事,主要是怎么学习贯彻省委常委会要求,做好当前几项重点工作,以及宣传部组织开展的"学促见"活动等情况。顾世言清楚,陈放日理万机,时间宝贵,所以尽量简明扼要,干脆利落,汇报条理清晰,毫不拖泥带水,把陈放关注的问题都一一点到。

"世言干练,人才难得啊。"陈放赞赏顾世言的才气,知道他也是做实事的人,"这几件事,抓到了点子上。党的事业,是干出来的。共产党的干部啊,要摇起扇子有良谋,端起枪来能冲锋。只摆得了当官的架,出不得当兵的力,误党误国啊!"

当前关键时间节点,陈放能给自己如此评价,让顾世言一阵兴奋。这会不会是一种暗示?是不是透露出他的推荐意图?但他深知,党内规矩,个人事情不便多问。应该让陈放看起来自己浑然不觉,看上去心思都在工作上才好。又想到刚才陈放为花儿松土时说的话,"关键得用心"。于是,平静地说道:"谢谢书记鼓励!怎么也是书记带出的兵啊,身上总得有点儿书记的烙印吧?我能力有限,就靠认真干啊。不管遇到啥事儿,都是用心思考,用心谋划,用心落实。我就记得一条,尽量少让书记操心。"

"这就对了,"陈放显然赞许顾世言的做法,"大政方针,战略部署,都中央定。你也好,我也好,都是施工队员,必须把心用到,把力尽到。你看,贯彻新发展理念,脱贫攻坚,环境治理,安全生产,严惩腐败,哪项敢马虎,哪项不得靠动真的?"

见陈放提及严惩腐败，顾世言便感到切入正题时机来了。

"书记啊，我在安海多年，也有个比较。感觉这届省委，贯彻中央部署坚决，抓重点工作到位。过去，群众对党风政风很不满意，说天空雾霾，政坛胡来，一时议论纷纷。这才几天工夫，便天蓝水清，焕然一新！当然了，首先是中央英明，可也得益于省委坚强有力。今年，我们省反腐败力度很大，办了几个有影响的大案，警示教育效果就出来了。"

"达之他们很能干，省纪委这个班子有战斗力。"陈放点点头，"总的不错。"

总的不错？也就是，还有瑕疵？顾世言敏锐地察觉到陈放话中有话。于是，试探着说："路达之还是很明白的，头脑清楚，欧阳云开也是办案老手，他们把握起来，应该没问题。"

"总的，还不错吧。"陈放又重复一次。

"工作再好，也可能出点儿情况。越干事的人，越可能出现失误。"顾世言觉得可以把话挑明。

"怎么说呢？"陈放看着顾世言问。

"我只是听到私下议论。说欧阳云开与孙岱是最好的同学，应该回避，却成了案件主办人。去带孙岱案重要涉案人，他竟然安排没有任何办案经验的女同志去，结果差点放跑人不说，还让这位女同志伤得不轻。最糟糕的是，欧阳云开在留置室组织打牌，大吃大喝，把孙岱灌醉了，心脏病发作，抢救一夜，差点出了人命。这是严重的责任事故啊，影响不太好，议论纷纷的。"

"胡闹！能这么干吗？"陈放不再说话，从座位上站起来，摇摇头，走两步，又回过头来，"世言，你怎么看？"

"欧阳云开是个好同志，能力强，也能干，为人也热情，这是公认的。"见陈放态度更加明朗，顾世言也站起来，"但他就是有点儿过于重感情，重义气。重义气是好，但过了头，就会失去原则，变成江湖义气。这背后,就是圈子文化,码头文化。"

"打牌,喝酒,那是什么地方? 留置室啊。"陈放来回走着,"还动用了救护车!"

"书记,我跟达之同志很要好,合得来,对欧阳云开也很欣赏。可是,出了这么不正常的事儿,已闹得沸沸扬扬,这就需要我们向深处思考。我琢磨,干部中,社会上,都难免会说些闲话。省管干部案件,属于省纪委查办不假,可也是您批准的。有些多嘴的人说三道四并不怕,我倒是担心,一旦上边知道,可能要追责,连省委和您也受牵连。其实呢,出现这个情况,省委是不愿看到的,上边也不会满意。"顾世言紧盯着陈放,观察他的表情。

"是啊,"陈放表情凝重,"这个结果,谁也不愿看到!"

"从严治党,是十八大以来我们党最亮丽的名片。安海,绝不能给党中央抹黑。"顾世言向来善于从政治上、全局上分析问题,出语又狠又准,"刀把子,要牢牢掌握在忠诚于党的事业的人手中。审查调查,是惩治腐败的利器,体现着安海对中央的政治态度。所以,必须坚持政治家办案,坚持用稳妥可靠的人办案。不适合办案的人,必须坚决调离这个岗位!"

"看来,"陈放重新坐到座位上,"你对这件事,做过很深刻的思考。"

"书记啊,我也是向省委谈谈我的看法吧。"顾世言努力保持着平静。

"你能谈出自己真实想法,很好。"陈放笑笑,"这是我们两人交换意见,还谈不上向省委谈看法。"

"是,是啊,"顾世言原以为号准陈放的脉,才顺势推出刚才的硬话,怎么转瞬间,态度翻转了? 一时倒理不出头绪来,"见书记问我,其实也是把我知道的、想到的,向您汇报一下。对或不对,请您参考。"

"我喜欢你这样深刻分析问题,观察问题,知无不言嘛。最讨厌遇事藏着掖着,不说真话。只要出于为党的事业负责,出于公心,说多说少,都不要紧。"陈放平和地说,"这事,我也听到了。打牌、喝酒,确实不应该,必须严肃批评,还讲规矩不? 不过,有些情况你可能不太清楚。欧阳云开主办这案子,是上边批准的。孙岱出这个情况,省纪委第一时间就上报了。达之同志也向我这里抄报了一份,还做了自我批评。好在没死人,没跑人,能不能够上安全事故,欧阳云开是否需要调整,权限在上边,办案业务,也以上边为主。我相信,人家会按规定处理。咱俩今天就算是交换一下意见,我也知道了,到此为止,不再议论。"

顾世言这才意识到,原来,陈放早就有了自己的看法,与自己帮他设计的路子,却是车出两辙! 好在,话也没有说得过满,不至于转不过舌头来。不管怎么样,毛糙也好,直爽也罢,反正话已说出,陈放也得掂量掂量。他毕竟是从风浪中走过来的人,眨眼间便稳住自己情绪,说道:"有些情况,我确实不知道,经书记这一点,我明白过来了。您说得对,我一定嘱咐好政府那边、宣传部那边,不要去乱议论。"顾世言说着,站起身来,"书记,我回去了。"

"对了,还有一件事。最近,举报吴剑雄同志的信不少,也有反映他夫人干政的。"陈放语重心长地说,"剑雄同志,虽说工作方法生硬些,但还是想干事,能出力,在安海也算是有影响的人。我知道,你们能说到一块儿,你的话或许他能听进去,浅点深点儿的,都不要紧。你找个时间跟他聊聊,提个醒,在工作方式方法上,要更细致些。敢用力很好,但要先用心。再是在廉洁自律上,一定要严格要求。我是这样看的,如果政治上认识不到位,甚至说了错话,经过批评教育,还有改正的机会,可如果经济上出大事,连改正的机会都没了。党培养个干部不容易,我们还是要保护好啊。"

"我回去就找他谈,转达书记的关怀和爱护!"顾世言嘴上应着,心里倒吸了一口凉气:吴剑雄,不会出事儿吧?

2

十多天业务培训结束。早上一起床,欧阳云开便赶到北京南站候车室。

刚来北京不久,倪景行来过电话,说孙岱案已与检察院对接完毕。昨天又来电话,说孙岱已经移交,临走时情绪稳定,还特意让江镇澜转达对自己的谢意。又说了句,李强也一块儿移交了,行贿受贿一起查嘛,连句多余的话都没说,就挂掉。老倪这家伙,忙什么呢?欧阳云开心想,这可不是他的风格。又想,可能觉得这边培训抓得紧,不愿打扰我吧?

随后,叶音也来电话,说自己拆线后恢复得很好,医院美容科非常上心,她很感动,任主任说你人好,总夸你呢。还说,燕飞在人手紧张情况下,亲自秘密核查,发现吴剑雄大量有价值的线索,滨海市三百亩"闹市荒园"的事也露出头来。"燕飞就在滨海。昨天,省委刚批了初核方案,你回来再加把劲,就可以立案了。"最后,叶音说了一句,"一切都会过去的,我们都相信组织。"

前边的情况,欧阳云开挺高兴,可后面这话,让他一时云里雾里。叶音不再多说,他也没再问。联想到倪景行的"冷漠",这才推断,可能有啥事吧?掏出电话刚想问问,又转念一想,马上回文昌了,回去再说。正想往兜里装手机,突然想起叶音所说的"闹市荒园",回文昌正好路过滨海,不妨提前一站下车,让正在那里的燕飞等自己,一起去看个究竟。

于是,欧阳云开通知燕飞,到滨海高铁站接自己,别打扰别人。刚给燕飞安排好,电话又响起来,路达之打来的。

"上车了没?"路达之问。

"还得一会儿吧书记,怕北京堵车,我是提前一个多小时来车站的,这样心里踏实些。"欧阳云开问,"有事儿啊书记?"

"还真有点儿事。"路达之微一迟疑,"我明天要下去调研几天,晚饭后还有个会,想问你今天回来的具体时间,我们当面说说。"

"刚改变行程,今晚我不想回文昌。"欧阳云开便把去滨海的临时决定报告路达之,"你看,那边都安排好了,我成了先斩后奏了,这不,还没来得及向你报告呢。"

"喔,是这样子,这样子……"路达之显然有心事,"要不,等你回来再说? 可也不行,你滨海那边也都安排好了,不好改变,可我呢,也没法等你,明天还要下去调研,也安排好了……"

欧阳云开顿时知道,肯定不是一般的事。以二人的默契程度,路达之早就三言两语挑明,根本不需这般思量拿捏。又想起倪景行、叶音的非常规电话,更证实了自己的判断。"书记,好像发生了什么关于我的事儿吧? 你说吧,看我能做什么,或者注意什么。不然,我闷得慌。"

路达之迟疑一下,还是告诉了欧阳云开实情。

有人将孙岱案一系列问题,向中纪委举报了。中纪委见这么多问题,性质十分严重,非常重视。几个相关室研究后,组成调查组,立即来安海进行核查。"本来,打牌、喝酒这些事儿,错就是错了,你已做了诚恳检讨,我批评你也够严肃。我们按规定第一时间报告了情况,待处理意见下达后,我们再认认真真整改。发生这样的事,确实该深刻反思,这种情况绝不容许再出现了。"

"对啊书记,上次你批评我,我完全接受。"欧阳云开诚恳地说。

"报告报上去后,"路达之告诉他,"我细细考虑了一下,还是不妥,便让高辉带着整个情况的报告、相关资料,包括省纪委的检查,还有你的检查和请求处分的书面材料,专门进京做了汇报。完了我心里还不踏实,又向领导和几个室负责同志打电话,做了深刻检讨,请求严肃处理。事发后第二天,赶在省委常委会前,又向陈放书记做了具体汇报和检讨。"

欧阳云开听着,既感激达之书记对自己的爱护,又感受到他的严谨和细腻,感觉十分温暖,"书记,我给省纪委,给你添麻烦了!"

路达之不接欧阳云开的话茬,继续讲着:"中纪委联合调查组由郑处长带队,来安海核实三天,先后和我,以及镇澜、叶音、景行他们相关人员谈过话。最后,还进留置室和孙岱见了面。"

接着路达之的电话,欧阳云开想,打牌、喝酒,确实越过规矩了。但怎么也不会想到,一时的义气和违规,带来这样严重的后果。他突然又想起路达之的批评:办案人吃的是政治饭,言行举止都牵连着政治,得万分谨慎。人家找你缺点还找不到呢,你却把小辫子送到人家手中。

"郑处长刚过来时,让我对着一个单子,说说我所了解的情况。我一看,好家伙,八个方面的问题,乱七八糟的。过了几天,郑处长告诉我,经过核实,涉及问题大都失实,举报显然另有意图,但需要云开同志做个说明。举报涉及的违反回避规定、以案谋私、派叶音故意放走李强等问题,就不用讲了,只要写清楚是否收受过孙岱贿赂、名人字画、土特产品、公款吃喝就可以了。其他问题,都有了调查结论。"

果然阴险!欧阳云开这才恍然大悟。过去说,办案人要不怕陷害,不怕坐牢,可如今摊到自己头上,他才知道,真没这个思想准备,严重低估了斗争的严峻性。

"本来,上级过来调查,正常情况,我不该和你说的,但现在看,太不正常了嘛!"路达之谈了自己的看法,"这几天,我一点点地理清楚了,举报的这一大堆问题,除留置室内发生的,还算有那么点影子,其他的,都是无中生有。我怎么觉得,举报人来者不善,显然是有备而来,居心叵测,明摆着冲人来的,必欲置于死地,反腐败还真的是一场严肃的政治斗争。"

"我的错误我承认，组织怎么处理，甚至调离岗位，我都坚决服从！但对这无中生有、故意陷害的恶意举报，请组织上也能从政治上去把握。"欧阳云开说道。

"别的不用想，回来抓紧先把这几个问题写清楚，快点报上去。相关材料我密封交给常委会秘书小李了，你找他就行。"路达之嘱咐。

"我从滨海回去，马上就写。"

"不要有心理负担。"路达之转而劝慰他。

从滨海站下高铁，欧阳云开拉着箱子，远远看到燕飞像根电线杆立在那儿，和苗壮两人并肩站在出站口，反倒显得苗壮又矮又敦实。

"兄弟，几天不见，脸色怎么不太好啊？"欧阳云开见燕飞十分憔悴，脸色发灰，眼眶带着血丝，"初核这些事儿，尽量让伙计们忙活，也给他们个锻炼的机会啊。"

"书记净送空口人情。我的两个副主任，一个早先被派去挂职，后来又一个食道癌在老家疗养的。剩下的，小的拉不开弓，老的上不了马。我不干谁干？"燕飞呵呵一笑，随手接过拉杆箱，"我也就向书记诉诉苦，其实是别人来我不放心。因为吴剑雄这个案子，太敏感。毕竟市委书记，在安海以敢闯敢干闻名，所以得格外谨慎。"说着话，苗壮把欧阳云开的行李包放进后备厢，"我的私家车，旧点儿了。"他让苗壮开车，自己和欧阳云开坐到后排，迅速驶往经济开发区。

"我们看'闹市荒园'去吗？"欧阳云开问。

"是啊。说是滨海科技园，其实，只建了厂房，便没了下文，荒了好几年了。"燕飞说，"这个线索自打移交给我们室，我就感到有

414

的查。后来发现,吴剑雄和几个开发商联系密切,利益输送基本可以确定。特别是他表弟吕才,吴剑雄的官儿当到哪儿,他的工程便跟到哪儿。科技园这项目,是美籍华人赫连西望做的,他的公司与吕才那里资金往来量很大,其中几笔,显然不是业务往来,分析认为,赫连向吴剑雄行贿嫌疑极大。昨天,陈放书记在审批初核方案时,就对达之书记说,他也收到不少反映吴剑雄的举报,还以为这个人能干事儿,得罪了人,属于工作方法、不注意小节的问题,哪知道会这么严重。"

"好领导都希望下属好啊,可以理解。"欧阳云开拍拍燕飞的肩,"亏了你在郎子军别墅跑了,不然喝了酒,还不被人家拿下啊?"

"那倒不至于!"燕飞认真起来,"别说一点儿酒,就算人死了,办案人的骨头也是硬的,永远不会拿原则做交易!"

"你个燕飞,挺聪明个人,怎么说这浑话?"欧阳云开笑道。

"呵呵,向领导说句大话。"燕飞伸伸舌头,"我早就有个预感,弄不好,我会与吴剑雄在清水园见面。再加上那天他们商量的是那样的事儿,心里别扭,我只能三十六计,走为上。"

"要么人家王伟说你聪明呢。"

两人正说着,车已到开发区。

"前边就是科技园。门口不远处站着的那位女同志,是我大学同学,在滨海一中任教。与她平时电话里聊起来,发现她对科技园的情况了解不少,便约她过来,给咱们说说,也许会有价值。"燕飞用手指了指。

下车后,燕飞忙互相介绍:"我同学赵枚,这我们云开书记。"

"云开书记好!燕飞电话里常说起您,可这家伙没说您来啊,真是的。"赵老师不好意思起来。

"赵老师好!"见赵枚中等身材,一袭湖蓝色套裙,内穿柠檬黄衬衣,皮肤白白净净的,欧阳云开忙与她握手。

"哎呀书记,可别叫赵老师,叫我赵枚好了!"赵枚笑着,便带他们走到园区门口。

四人抬头看去,只见大门口上方横向铁架锈迹斑斑,牌子上竖着"滨海科技园"五个红色大字,只是"科技"俩字被人用黄色油漆画个圈儿,旁边写上"百草"两字,竟变成"滨海百草园"!

赵枚望着荒废的园子介绍着情况。园区刚施工时,铺天盖地地宣传,上上下下一片乐观,觉得上了个好项目、大项目,肯定会带动滨海的产业升级。一天,赵枚在市国资委工作的丈夫回家说,情况不容乐观,市里把款打出去很长时间,国外的设备才陆陆续续进了港口,在验货时却发现都是些陈旧设备,一堆废品,根本没法安装,生产线没上去,园区变成个空荡荡的百草园。据说,那些废品设备到现在仍躺在海关保税区仓库,还得支付港口巨额存储费。市里领导捂着盖着,没人敢捅破这层窗户纸。

"够典型的,这是职务犯罪啊!渎职罪是肯定的,弄不好还涉嫌受贿呢。"苗壮低声说,"不然,怎么能闭着眼,急三火四地上这烂项目?"

"下这结论,有什么证据?"燕飞瞪苗壮一眼,心说,你怎么能当着本地人的面,说我们业务上的事呢?如果传出去,滨海还不炸锅,这案子还办不?于是连忙说,"这种事儿挺复杂,不好定。"

"什么挺复杂?"赵枚瞟燕飞一眼,"别以为我听不出来,不用防贼似的防着我,我会说出去啊?怎么着我也是共产党员呢,知道保密规矩。我们的新校区,就在那边,好多老师每天都经过这里。学校里的老师们,哪个不议论?糟蹋国家的钱,不心疼啊?"

"怎么样燕飞,服气不?"欧阳云开没想到一个教师,为人这么正,看事这么准,心里如此通透,便忙解释道,"请理解我们,这事还在分析排查阶段,确实不能对外讲。燕飞也是职业习惯,没想到遇上比他更聪明的人了!"

"我在大学里就考不过她。没想到二十年过去，还是不行。"燕飞笑起来。

"不跟你斗嘴，书记在呢。"赵枚收起笑容。

"甘拜下风。"燕飞指指大门，"进去看看？"

"别从这里进，你没看拉着铁丝网啊，都门可罗雀了，还进呢。"赵枚转身向南，"那边有个小山，不高，边上墙倒了，从那儿进去。"

三个人跟着赵枚走一会儿，登上不高的小山，放眼望去，整个园区尽收眼底。几棵孤树，有气无力地半躺在地上。施工器械、铁架，零散地堆在未完工的道路和场地上。排排厂房，墙皮有些已经脱落。人头多高的灌木和杂草，覆盖住所有空地，甚至连房顶都长着藤条，远远望着，仿佛堆堆坟头。

"天苍苍，园茫茫，风吹草低见厂房！"苗壮晃着圆圆的脑袋，低声吟道。

"燕飞啊，看你不行吧，你手下人倒真行！"赵枚笑着说，"你别说，你这一改《敕勒歌》，倒让我想起来。前些日子，也不知哪位高人，把这'滨海科技园'变成'滨海百草园'的照片发到网上，马上就炸了锅，跟帖的疯狂了！有骂的，有说风凉话的，也有说举报的。我也凑个热闹，在后面留了首打油诗：'草原辽阔滨海边，厂房古朴越万年。科技无须求软件，一梦厂区遍美元。'结果呢，后面出来一堆跟帖的，热闹着呢，有说一梦厂区遍牛羊的，也有遍粪球的，还有说遍贪官的，好不热闹。"

"光知道你学习成绩好，不知道你打油诗也很有水平啊！"燕飞夸一句。

正说着，突然远处传来阵阵羊叫。只见从另一小山的背面，一位白发老人，佝偻着腰，驱赶着一群羊从山坡上走出来。羊群里有山羊，也有绵羊，有白的，也有红白相间、黑白相间的，一看就知道不是专业养羊户，为散户的组合群。

欧阳云开这才看到,赵枚说的园墙倒塌的缺口正在不远处,羊群显然也是从这里出入。

"呵,遍地粪球,人家有根据啊。我们过去和老人家聊几句话。"

赵枚、燕飞、苗壮他们紧随其后,走到老人面前。

"大叔啊,这群羊,能值点儿钱吧?"欧阳云开打招呼道。

老人回过头来,端详片刻:"值不了几个钱,不够你们吃顿饭。"

"您老人家说话有意思。"欧阳云开走到老人跟前,"您在附近住吧?"

"不远。"老人鞭子一指,又回过头来,"这不,前头这块地,以前就是我的。说来也巧,原来是刚解放时我爹土改分的,后来搞土地承包,又落到我名下。"说着,老人把身子转过来,"一看你们就不是下庄稼地的,你们到景点,找错地方了吧?"

"我们也是路过,歇歇脚,看着这片地荒着,挺可惜。"

"可惜啥呀?政府叫荒着,就荒着呗。那边还有片更大的呢!"老人一努嘴,"倒是适合放羊,你看,一群羊撒进来,根本不用管,反正四下里都圈着,也跑不出去。"

"那别人也进来放羊吗?"欧阳云开问。

"年轻的都出去打工啦,谁还养活这些玩意儿。妇女不敢进来,怕出事儿。小孩子呢,怕鬼,说里边有坟地,大白天也不敢进来。我不怕,原来都是自己的地,怕啥?闲着也是闲着,就把街坊邻居的羊赶到一块儿,进来放放,也解个闷儿。"

"草都发黄了,等入冬前来收割也行啊。"欧阳云开随口说道。

"你以为当地这些个当官的,都和你一样好心眼啊?现在还不让进来哩。"老人说着,突然扫视四人,悄声问,"你不是市里当官儿的吧?"

"不是,我们不是本地人。"欧阳云开一笑。

"对头,我听着也不是本地口音,要不,我也不好说刚才那些话。乡里领导嘱咐我们,不能乱说话,不然就不让我进来放羊喽。"老人压低些声音,眯起眼睛,伸手一指,"眼看这地荒着,都荒了三四年了,一时不开发也别闲着啊,先让我们种着也行啊,这得少打多少粮食! 这一亩三分地,都祖上传下来的,我一个庄稼汉,能不心疼啊!"

"买你们地的钱给啦?"燕飞问。

"你这年轻人,别啥事儿都往钱上扯。"老人扬起鞭子,赶了赶羊,"现在这社会,没几个缺钱花的。多一分,少一厘的,倒没什么,就是别糟蹋了东西。你说共产党什么都好,怎么就管不了这些个败家子呢?"

"大叔啊,您说的,还真是这么个理儿。"燕飞点头。

"你们看看,"老人用羊鞭指指,"公路旁边竖起的那些个大牌子,一溜一溜的,谁走到这里都会觉得,这不挺红火的啊,人家哪里知道,是驴粪饽饽外皮光哩!"

三人走出园区,告别赵枚,驱车上了回文昌的高速。

"燕飞,你们看,牧羊老人、赵枚,他们也是代表了民意吧? 我不知你们怎么看,我是觉得这个案子,真得瞪起眼来,办好了,得人心啊。"欧阳云开对燕飞说。

"所以,我们人手再紧,也得抓紧摸情况,早早立案。"燕飞一说人手紧,突然想起一件事来,"对了书记,克坚去做痔疮手术了,镇澜带着我和景行去医院,人家医生一个劲儿地埋怨我们,说哪有这么拖拉的? 一般人做个手术,也就半小时、一个小时的,克坚在里头待了整整四个小时!"

"啊,这么严重?"欧阳云开吃一惊,"本来是个小病,却一拖再拖的,拖成了这个样子!"

"是啊,医生说,以后可能会不太干净。"燕飞叹了口气。

欧阳云开扭回头，看着窗外，不免心里难受。工作再忙，怎么也能挤出点时间，让他把手术做了。突然又想到张浩，再联想到受伤的叶音，也不知会不会留下疤痕。咳，但愿与任遥能结果圆满，也不枉受伤一场。

"如果叶音不是因为高速施工作业而走省道，也不至于出事儿。"欧阳云开像自言自语地说一句。

"我看她恢复得倒是挺好。"一说叶音带人出事，燕飞便想起一件事来，"书记，您去培训后，中纪委来人核实孙岱案发生的一些情况，还问过叶音为什么受伤。您知道吗？"

"我刚知道一点儿。"

"景行告诉我，开始，大家都有点儿紧张，相互也不打听，不议论。经过几天核实，情况慢慢明朗起来，大家这才渐渐意识到，那举报无非是无中生有。镇澜常委直接说，举报是恶意中伤，嘱咐我们不要向您透露，免得您在外头着急上火，等您回来时，一切便水落石出了。"燕飞稍作停顿，继续说，"找孙岱谈话时，由于倪景行他们参与其中，需要回避。我没参与孙岱案，便让我陪着进了留置室。"

"你陪也应该，这样人家更能听到真实情况。"欧阳云开点头，"不过，具体情况不用给我说了，毕竟涉及我，现在还没结论。"

"其实也没什么，人家就问了几个问题。"燕飞笑笑，"反正是诬告，也不用那么严肃。"

"没结论前，咱还是讲究点儿好。孙岱怎么回答，我能猜到。我知道他，也知道我自己。你就别说了。"欧阳云开把视线转到车外。

燕飞脑海里浮现出孙岱留置室的情景——

那天上午，燕飞与郑处长和调查组的一名同志，一起走进孙岱留置室。谈话进行了将近三个小时，后来燕飞回想了一下，归结起

420

来就是三个问题。

第一个问题,让燕飞根本没想到。

"你马上要移交检察院,现在仍然是共产党员。请实话实说,此时此刻,对党组织是怎么看的?"郑处长问。

孙岱先略作思考,真诚说道:"大学毕业,我与云开是用'做党的人'共勉的。那时还是改革开放初期,我们刚踏上工作岗位时,意气风发,都抱着振兴中华的一腔热情。多少年下来,我不记得休息过一个完整的假期,只一门心思想把工作干好,相信组织是公正的。中间也受过些委屈,但还是觉得,那是个别人胡来。可等我干到第二个市的市长时,感觉不是那么回事儿了。你们不知道,我最打怵到省里开会,明里暗里都是挨批,市长们凑到一起时也拿我开涮,从什么时候起,我怎么变成落后分子了? 好不容易谈成个项目,到上边批,不知在哪个环节准被卡住。从具体办事同志的眼神里,我分明看出来,领导有话在先,不能批准。左也不是,右也不是,怎么干都不行,好像有张无形的网,罩在我的头上,感到组织怎么这样对我?"

"个别人,代表不了组织吧?"郑处长看着孙岱。

"我也知道,他代表不了组织,更不配代表组织,但他就坐在组织的位置上,在那个位置上发号施令! 有人提醒我,单打独斗不行啊,得拜码头啊,你没看多少罗汉,多少金刚,多少天罡,多少地煞,都在册的,你算哪门哪派? 我也知道,眼下就这行情。可自己还是有点儿清高,看不惯这些,放不下身段。那……也只剩不思进取这条路了。"

"没了追求,堕落是必然的!"

"这正是我要向组织反映的。是的,他们肯定代表不了组织,但他们确实伤害了一批人,让人对组织产生误解。最大的问题,像我这样的人,左右都不是,没了一丁点儿希望,没了出头之日。于是,赌气呗,混日子呗,我伸出脑袋,等着你批便是!后来,我索性沉迷于所谓雅兴,玩物丧志了,我也知道花了不该花的钱,要付出代价的。可又一想,反正我被整成这样,还能怎么着?"

"经受不住委屈,其实根本上是信念不牢,定力不足啊。"郑处长说。

"这让您说准了。"孙岱诚恳地说,"我进来这些天,最大收获,就是云开和审查组纠正了我跑偏的认识。说我走到这一步,是把走出大学校门时报效国家的初心丢光了,把当'官儿'和追求混为一谈了,被'官儿'迷住心窍,当不上'官儿'呢,便以为希望和追求熄灭了。殊不知,一个有情怀的人,无论顺境逆境,无论哪个位置,都不会放过任何为国为民做实事的机会。个别领导批评对不对,不好评论,但你能坐在市长这位置上,那就是组织对你的认可!我原来怎么没悟出这些道理,经他们一点,迷失的心这才掉过方向来。进来这些日子,我算明白了,办案这些人,个顶个都行,公正不说,也很会做思想工作。"

郑处长问孙岱第二个问题。

"你与欧阳云开是最要好的同学,他又是办理你这案子的负责人,你感觉,他和以前有变化吗?"

孙岱再次想了想,望着窗外好长时间,才说:"我们相识三十多年,我也自以为彼此是天底下最好的朋友,哪知道,相识未必便是相知。他没变化,是我内心发生变化,对他有了新的认识。我这次出事儿,他的表现完全超乎我的预料。首先没想到的是,他会对我这么'狠'。他早已经核查着我了,竟不透我一星半点儿口风;远道而来向他打探信儿,他却劝我投案;进来后,所有问题都查了个透。我就不明白,他是个重情义的人,在这场情与法的撕扯拷问下,怎么保持了对组织的忠诚和办案人的坚定,把最好的朋友一步步送进监狱的?另一点也让我想不到,他会对我这么'好'。他明知道

422

这个案子上下关注,极为敏感,但却对我义薄云天。作为朋友,他在政策允许的范围,给我最大的关爱。劝我主动投案时,我能真切感受到他内心的痛苦和煎熬;看我即将'戴枷'上路,他又冒着风险,哄我打牌,喝上一口,就像对待远行的朋友,极尽地主之谊。这一切,能改变我罢官削爵的窘境吗?能改变我入狱坐牢的命运吗?改变不了,结果都一样。可是,这样我心里却能感受到友谊的珍贵,感受到组织的温暖啊!"

看得出来,郑处长也深受感动,不住地点头。之后,问第三个问题。

"明天你要被移交了,能对自己的身体有个自我评判吗?"

"你们是想了解我酒后身体状况吧?"孙岱笑了,"你们别看我形象不咋样,个子矮矮的,当年我可是学校短跑冠军。即便现在放我出去,你们年轻人恐怕也不一定是对手。本来,那天欧阳云开为我送行,倪主任反复嘱咐少喝,意思一下就行。我一想,给大家添这么多麻烦,和云开此后十几年不得相见,一时思绪万千,也顾不得那些了,便一杯喝下去。你说怪吧,在外边时,一斤白酒算不了什么,为谈项目,一斤两斤的也喝过。可这一次,也可能是激动,也可能是空腹,也可能是进来后心情郁闷,酒一下肚,心脏就像脱缰野马,狂奔狂窜,完全失控。医生诊断后说,没大碍,不用紧张,可欧阳云开却不管不顾地喊来救护车。这可好,呼呼隆隆,把事情搞大了,没有不知道的。我现在身体很好。昨天医生检查,各项指标很正常,又是一个好小伙,苦熬十年铁窗,没问题!"

"书记,具体过程我就不说了,"看欧阳云开还在望着窗外,燕飞就转了话题,"反正听人家的谈话,我看到了自己的差距。"

"怎么看到差距了?"欧阳云开把视线从窗外收回来。

"事后我想,还真犟不得,高手就怕过招。初看人家郑处长年纪轻轻,貌不惊人,可这几个问题一出口,便看出站位、技巧了。我自己也觉得谈话不算弱的，可这一比较，真感到真的一级一级水平，得刮目相看。乍一听，三个问题很平淡嘛，可仔细一琢磨，实在问得巧妙。问孙岱此刻对党的认识，实际上是检查我们办案政治效果；问对你的看法，实际上是检查办案的纪法效果，是否存在以案谋私问题；问孙岱的身体状况，实际上是评估你们喝酒对孙岱身体造成的伤害程度，检查书记您的违规后果。您看书记，这几问下来，包含多少意思？又如此轻松达到核实目的。咳，人外有人，天外有天啊！"

刚进清水园，欧阳云开远远地看到三个人，站在湖边的路口，朝门口这边张望。江镇澜敦敦实实的像座小型坦克，倪景行脑袋闪着光，叶音轻盈地站在一边。三人个头差不太多，特色鲜明，构成园区路边独特一景。

"你告诉他们我要过来？"欧阳云开问燕飞。

"是啊，大家都想你了。"燕飞笑笑，"我给老倪发了个微信。"

车到三人跟前停下，直到欧阳云开下车，大家才反应过来。

"我们等红旗车呢，哪里把这烂车放眼里了！"倪景行指指燕飞。

"这叫书记烂车访滨海！"燕飞说着，从车上取下了行李。

"苗壮，我不回房间，你把行李帮我先拿回去。"欧阳云开回过头来，对江镇澜说，"秋高气爽的，我们在院里转转吧，呼吸点新鲜空气。"刚要走，见叶音立在那里，一身中长灰绿色连衣裙，微微收腰，内穿米色衬衣，"伤口愈合得怎么样？我看看。"

"别看了，"叶音有些害羞，"反正好多了。"

欧阳云开微微躬下身子，凑近了仔细端详，"伤口愈合得倒是挺好，只是有些红，别晒着啊，怎么像朵微型莲花呢？"

"拆线后又检查一次，"叶音眼睛明亮，"任主任说，愈合得很好，不用担心，现在先抹着药膏，等过些日子长长看，需要时再打打激光,这样就能防止增生。任主任说,半年就看不出来了。"

"任主任还说,"倪景行神秘一笑,身子轻摇,手捏兰花指,"轻伤淡痕总相宜,我美容万千,怎么就没见到过这绝美女子!"

"哎呀,你这老酸又来了! 云开书记,你也不管管他!"叶音说着,举手朝倪景行冲过去,倪景行顺势躲到欧阳云开背后。

"云开书记,"江镇澜也不笑,"别老站这儿,转转吧,秋色难得。"

天高云淡,空气清爽。望着园内路旁和园外山上已微微发黄的树叶,欧阳云开感慨起来:"不过十几天,怎么这园里就添了几分萧瑟气,觉得离开恍若三秋!"

"时间不长,事儿不少。"江镇澜一边迈着有力的步伐,一边平静地说。

"听说孙岱走时,你和老倪送他了?"

"我和老倪、杨帆一起送的。挺放松的,还让我问你好呢,说内心装的,是满满的感动。"

"还感动呢,不是因为他,云开书记能惹这么多麻烦?"叶音鼓鼓嘴。

"也不能这么说,"江镇澜摆摆手,"让我看,打个牌,吃顿饭,没啥了不起。这都是做思想工作,想为孙岱减减压。"

"我知道做得有些过,连累了大家。"欧阳云开摇摇头。

江镇澜没接欧阳云开话茬,继续说道:"那天,我对郑处长说,一九七五年,特赦在押战犯时,毛主席还特别交代,放战犯的时候,要开欢送会,请他们吃顿饭,多吃点鱼肉,要使他们感到,在社会主义制度下,只要改恶从善,都有自己的前途。这样看,打个牌、吃顿饭、喝点儿酒,其实是一个道理,无非是做点有利于增进理解的工作。"

"如果不出意外就好了。"叶音来了一句。

"至于出意外,是谁也没想到的。"江镇澜站住,"我对郑处长讲,应当按照规定,就事论事,该怎么处理就怎么处理,但也不能完全由着他们举报,说啥是啥。我们战斗在反腐第一线,腰里别着脑袋,干的就是得罪人的活儿,哪能都说好? 不满意的,说坏话的,甚至栽赃陷害的都有,有人恨不得杀了我们才解气呢! 我们办案的,谁没被诬告、恐吓过?"

"我也被举报过!"燕飞说。

"我觉着,上级会理解我们的,他们站位更高,看问题更深刻。"五人走到一片海棠林,欧阳云开接过叶音递过的几枚红红的海棠果,咬一口,"嗯,真甜!"朝叶音笑笑,继续说道,"不过,出了这情况,差点儿出人命,我也认打认罚。"

"理解。"江镇澜点头。

叶音张张嘴,有些吃惊:"镇澜常委,云开书记说认打认罚呢,我觉得这是一种态度。真要处理他,我可不同意,你怎么还把这个说成应该了?"

"我说的是理解,与应该无关。依我看,"江镇澜继续走着,"云开书记不仅会坦然接受处理,甚至还有几分盼着呢。"

这话更让叶音吃惊。

"云开书记与孙岱情同手足,但送孙岱入狱又是职责所在。一边是组织,公不容私,一边是兄弟,情深似海。对得起组织,就亏欠了兄弟。以云开书记为人,感情上难容自己,所以,给他个处理,甚至处分,如同两个朋友各挨一刀,都受伤了。这样,他心里会更好受些。"江镇澜回头看着欧阳云开,"恕我妄测!"

"镇澜常委说的这意思,倒是让我想起一句话,"倪景行脑袋一晃,"扬雄说,'君子于仁也柔,于义也刚。'说的就是,大义面前寸步不让,但在亲情友情面前,柔情似水。是这样吧?"

欧阳云开看着天空的白云,缓缓说:"孙岱在我手里进的监狱,我心里总是过不去这个坎儿。既然到了这一步,如果给我处分,对大家是警示,而对于我,真是个解脱,也是一个交代,这点让镇澜说准了。我原来固执地坚持打牌、喝酒,也做好了将来受批评、做检讨的思想准备。当然,后来发生了意外情况,另当别论。”

江镇澜看看大家,怕再说下去,欧阳云开更难受,便转身问燕飞:“去滨海有收获吧?”

“云开书记亲临一线,能没收获吗?”燕飞一笑,却是满脸疲惫。

倪景行一听要商量吴剑雄的案情,也不便听,转身说一句:“我还得看材料,回房间了。”

燕飞把这次实地摸查和已经掌握的情况,做了简要汇报。

“我看基本可以立案,”欧阳云开说,“只是,赫连西望逃到国外,他送吴的一千万,认定会有些困难。”

“反正渎职罪够上了。”江镇澜分析道,“投资近二十个亿,打了水漂,现在还要交巨额储存费,定他的罪没问题。”

“我倒想,还有另一个思路,”叶音低头轻语,“和尚跑了,庙还在。反正是赫连西望的公司打给吕才的,只要把他公司的副总或知情的头头,还有会计拿下,这边将吕才的证词拿到手,两头一堵,把赫连甩一边,证据链便衔接起来了,完全可以定吴剑雄的受贿罪!”

“好好!”江镇澜难得一笑,“你看,我脑子就一根筋,还不如人家干了半年的新手呢。”

“叶音进步好快啊,”欧阳云开笑道,“我就知道,叶音会成为杀手的,底子摆在那里呢。”

“两位老大哥是存心拿我开涮呢!”叶音笑着说。

“叶音能看到这一步,比办个大案都让我高兴。”欧阳云开看看叶音点点头,回身对大家说,“都忙去吧。”

见叶音叫上燕飞到她办公室,商量吴剑雄的案子,江镇澜便跟随欧阳云开走进房间。

"还有事儿啊?"欧阳云开笑问。

"你想过没有,谁举报的?"

"我们不妨学一下古人,各写一字,怎么样?"欧阳云开微微一笑。

江镇澜便给欧阳云开一张便笺,自己到一旁写好。等两个人打开纸条,上面都写着相同的一个字:"顾"!

"还有,这举报的内容,用心如此阴险,你想过没,捉刀者谁?"

"郎!"江镇澜毫不犹豫。

"所见略同!"欧阳云开和江镇澜紧紧握手,相视一笑,"你去忙吧,达之书记还转告了郑处长的要求,要求我把与孙岱相关的几件事做个说明,向上报告。我今晚就报过去。"

3

早饭后,车子行驶在去机关的路上,只见两侧的店面里,纷纷打出售卖中秋月饼的广告。"明天中秋节了?"欧阳云开自言自语,"时间过得可真快!"

刚进办公室,江镇澜、叶音、燕飞走进来。

"达之书记刚才电话,说是吴剑雄的立案、留置报告,省委批下来了,"欧阳云开示意大家坐,"一会儿,蓝天会从安海宾馆那边送过来。达之书记今天在那边开会,让我们研究怎么带吴剑雄。"

"这么快? 我原以为,怎么也得过了中秋节再动手。"燕飞挠挠头。

"伙计们都累坏了,想过节喘口气吧? 你肯定已经把放假的事儿,都安排好了。"欧阳云开知道燕飞的心思。

"兵贵神速,夜长梦多。"江镇澜咬着唇,轻轻敲一下桌子。

"燕飞他们太累,这不鞭打快牛啊!"叶音喃喃而语,在替燕飞焦急。

"那干脆节后动手好了!"欧阳云开站起来,走了两步,"按说,军令如山。今天就该去滨海,早早把人带进来。不过我想,一个是燕飞他们人困马乏,好不容易盼来中秋节,让大家打个盹儿。不光要去带人,人进来了,还要谈话呢,这个假期,便泡汤了。再一个,上这么大个案子,力量需要加强。燕飞你从省直纪检组和下边纪委调十个八个人来,让他们过节最后那天下午,到清水园报到。还有一点,也是我们的一贯做法,吴剑雄毕竟老同志了,挺能干的,也有贡献,还是让他和家人一起,团团圆圆过个中秋吧。"

"带齐九天,"江镇澜说,"当时我还不理解云开书记,为什么要让他在家过正月十五,如果现在,我也会这样安排的。"

"好极好极!"叶音在一旁鼓起掌来。

燕飞朝叶音眨眨眼:"委员也能去美容科,让任主任再好好看看。"

"你这人,怎么不知好歹呢,"叶音瞪燕飞一眼,"恩将仇报!"

"行是行,"江镇澜也不管他俩说笑,一脸严肃,"那姓吴的节后去外省,或者出国,怎么办?"

"哎,刚才市纪委郑刚书记还给我电话,说他原定节后第一天要来省里汇报工作的,可市里安排了满满一天活动,领导成员不得请假。由此看,吴剑雄肯定不会外出。"叶音说。

"那吴就不会外出了。"江镇澜点点头,"还有一点,今天周四,明天周五就中秋节,再加上周末两天,前后四天。报告已经批下来,万一哪里走了风声,怎么办?"

"镇澜考虑得有道理,节后行动,需要慎重。"欧阳云开嘱咐燕飞,"这几天,一定密切关注吴剑雄动向,如有意外,立即报告,当机立断。"

"时间这样可以，带人方案确定没？"江镇澜问。

"方案做好了，叶委员已经签过字。不过按我们现在商量的意见，得重新修改一下。"燕飞说，"我们考虑第一拨次带五个，一号吴剑雄，二号吴剑雄夫人张玉英，三号吕才，四号赫连公司副总，五号赫连公司会计。"

"张玉英必须一起带？"欧阳云开看着燕飞。

叶音一旁说道："怎么，书记又要发善心？"

"两口子一起进来，这家庭……"欧阳云开看看大家。

"我知道书记意思，"燕飞接过话题，"不过，这位书记夫人虽然只是个市直部门的普通干部，可啥都掺和，据说滨海的事，她当一半家，能量大得很。干部提拔，项目引进，大小事都要插手，许多人找她比找吴剑雄都管用。"

"这个，我也听说了。"江镇澜对欧阳云开说，"张玉英与沙海霞、詹晓华，甚至与杜秀玲都不一样，她涉案很深，必须到案，把她带进来，也便于调查取证。我的经验，像沙海霞、詹晓华这样比较干净的家属是少数，领导干部犯错误，多是家属帮了倒忙。"

"张玉英必须带进来，"叶音很认真，"像她这样的人，见自己男人被带进来了，若是留在家里，还不毁灭证据啊？我看，别犹豫了。"

"大家分析得对，咱也别留麻烦了。"欧阳云开看着燕飞问，"谁带一号、二号？"

"我！"叶音眼睛瞪得圆圆的。

江镇澜看一眼欧阳云开，又看看燕飞。

"我说我带一、二号，委员说她来负责。"燕飞笑着。

"连个副主任也没有，"叶音冲燕飞看着，"里里外外的，只燕飞一个人，他总得协调指挥吧。"

"所以，你就替他分忧，亲自出马？"欧阳云开向她笑笑。

"有这原因,我带一、二号,也好让燕飞腾出精力,管管面上的情况。"叶音态度坚决,"另外我也是想锻炼锻炼,还能总出事儿啊,我就不信这个邪了!"

"对,办案人真得有这股不服输的劲儿。遇事缩手缩脚,最终还真成不了一把好手。"欧阳云开对大家说,"叶音过来后,单独执行任务,一次比一次好。第一次,和沙海霞谈话,没把人家工作做下来,倒让人家给说服了,叫劳而无功。第二次带李强,尽管费些周折,人是带回来了,叫伤而功成。这回再次挂帅出征,必定马到成功!"

"只是节后第一天,省委召开省直机关领导干部警示教育大会,省纪委常委必须参加,不准请假。"江镇澜说,"不然我倒是可以插插手,去滨海跑一趟。"

"哪能总麻烦你啊,"叶音一笑,"不能什么事儿都让你们操心。"

"那就这么定下来,我向达之书记报告。"欧阳云开说,"燕飞,你嘱咐好大家,严格保密,不能泄露任何信息。再是,达之书记特别强调,给每个留置对象都送块儿月饼,表达组织的关心。"欧阳云开又看了一眼江镇澜,面露歉意,"还是辛苦你,这几天值值班,看好'中军大营'。我呢,也和你嫂子去趟惠安,陪詹晓华一起过个中秋节。"

上班第一天,吃过早饭,欧阳云开乘车赶往安海宾馆,参加省直机关领导干部警示教育大会。

昨天下午,叶音他们便出发了,等赶到滨海,已是傍晚,便在市委宿舍附近找个旅馆住下。天黑下来,叶音穿上深蓝运动衣,带着办案人员,摸到吴家楼下,见门厅灯亮着,又仔细观察周边环境,确定次日一早带人路线。正在这时,一位嘴里叼着烟的中年男子,走到传达室门口,便听保安向他打招呼:"赵主任又加班啊?你们这些整材料的真不容易,中秋节都没休假啊。"

"没办法,明天开招商大会,吴书记要做总结讲话,他要求又高,难死我们了。这不,书记刚提了些意见,还得加班调整啊。"

这番话,顿时引起叶音注意。等中年男子走远,她考虑了一下,随即走到一棵树下的阴影处,给欧阳云开打电话:"招商大会对滨海经济影响很大,一号讲话,会议议程肯定发下去了。如果会上突然不见一号,肯定会乱了套,是否考虑推迟带人?"

欧阳云开接了叶音电话,便犹豫了一下。按带人方案,等吴剑雄早上一下楼,直接带走,回头再带二号张玉英便是。如果推迟,只好等到会后,现场人多,情况复杂,要做到悄无声息,叶音能否临机处置,欧阳云开确实捏着一把汗。"推迟可以,"欧阳云开嘱咐,"叶音你记住,不管遇到什么情况,一号必须在你绝对控制之下,必要时候,立即拿下,完了再通知带他夫人和其他人。宁可闹出点儿动静,也不能让人跑了!"

欧阳云开在安海会堂门前下了车,又接到叶音电话,说他们已经跟进会场,一号可控。他便放下心来,提着公文包走进礼堂大门。

"云开书记好。"省委办公厅一名年轻同志向他笑笑,"请把手机放到手机柜里吧。"

欧阳云开向大厅里一瞧,好家伙,手机柜立在过道两侧,整整齐齐两大排。省直机关的负责人,纷纷把手机放进铁柜子的小抽屉内。"这么讲究啊!"欧阳云开一笑。

"您知道的,上次全省重点工作推进会,视频到乡镇,"办公厅同志把他向一边拉拉,"结果,会场里手机铃声此起彼伏,陈放书记当场发了火,痛批这种不守会场纪律的散漫作风。会后,又把办公厅狠收拾一顿,让我们整改呢。这次,不光省直厅级干部都到了,住文昌的省级领导也都与会。所以,我们坚决盯住入口,不让一个手机进入会场。"

欧阳云开一听,心说,不让带手机,叶音那边一旦出点啥情况,怎么办呢? 这是带一个大活人,可不像电脑设计的程序那么规范。本想给办公厅同志解释下,又觉得不妥,总不能向他们说指挥带人吧。想到这里,先到一边给叶音打个电话,告诉她,自己常用的手机统一存放会场外了,准备把办案手机带进会场,让她有事向那个手机发信息。交代完毕,回头将手机递给办公厅同志。

哪知,提着兜走进会场时,门边的电子铃竟响起来。"云开书记,请把手机放在外面。"一位年轻女同志走过来,笑笑。

欧阳云开一愣:"已放外边了。我身上带着动态心电图监护仪呢,豪特,Holter。"女同志微微一愣,将信将疑,犹豫着打个请进的手势。

欧阳云开坐在第二排。前一排都是省级领导,而他正前方座位上,竟是顾世言,怎么偏偏在他身后,真是冤家路窄。又一想,也好,他高高大大的,有他挡着,后边干点啥,主席台上倒是看不到。不过,他还是嘱咐自己,省委整顿会场秩序,真是下了决心的,一定别让手机出动静才好。于是,他把手机偷偷放进裤兜,利用会前时间,到厕所又检查一遍,先把手机调至静音,想了想,依然不放心,又换成飞行状态,觉得还不稳妥,万一不小心触到哪个地方,还是会闹出响声来,干脆关机算了。关机前,又给叶音发条信息,每半小时,自己会出会议室看一次手机,请她有情况时发信息。

刚坐下,会议开始。徐省长亲自主持,首先介绍关于齐九天、凌云等几个重大案件内部警示教育片主要情况、主要案情,要求大家认真观看,并再次嘱咐,不允许任何人带手机入场。

滨海礼堂那边,气氛热烈,与安海礼堂的严肃完全相反。

与会人员观看完展示滨海经济腾飞的专题片,听过几个重大项目负责人的报告,各县市区交流了招商引资亮点和经验。最后,吴剑雄讲话。他讲话一向气势恢宏,音色浑厚,慷慨激昂。他全面总结了几年来滨海的工作:坚决贯彻党中央战略部署,认真落实省委、省政府实施意见,牢固树立新发展理念,开拓进取,勇于创新,取得了上下公认的十大成就。

"有人说,滨海科技园荒了,成了什么'百草园',这是跟党中央和省委部署唱反调,用心险恶,唯恐天下不乱!按他们说法,新旧动能不用转换了?新兴产业不搞了?荒唐,短视!在这里必须讲清楚,照原来引进的项目和原先的规划,本可早就上马,可市委市政府研究后认为,投资方正在国外进行科技研发,很快获取新的专利,将投资下一代更为高端的芯片生产线。所以市里决定,时间稍微向后推一推,更为稳妥些。要上就上世界一流的设备,生产世界一流的产品,用时间换质量,有何不可?"

吴剑雄讲话完毕,叶音示意坐在后排的同事,准备过去,会后动手。可随后,主持会议的市长几句话,让叶音又犹豫起来,"市委对全市发展抓得很紧,会后将在礼堂会议室召开常委会,研究进一步促进滨海招商引资工作的十八条意见,并以市委、市政府文件印发。下午,剑雄书记还要参加全市招商引资重大成果展,出席重大项目签约仪式,接见重要嘉宾,然后,视察滨海市党风廉政教育馆。"

叶音内心焦灼不已,忍不住抚摸一下额角的伤痕。重大项目签约,事关一个地方的发展,如果市里一把手突然失踪,这些项目落地,便会成为一句空话。可再次推迟带人时间好不好呢?几经思量,她觉得还是应该向后推。于是,给欧阳云开发信息:"请即回电话!事急!"连发三次微信,却不见回音!

安海会堂那边,发生一件与手机关系不大不小的情况。

与会同志看完警示片后,省委书记和省长重新坐到主席台上。

路达之也一起上台,坐到陈放右侧,准备一会儿做针对警示教育的发言。见台下已经坐好,徐省长刚要对警示片进行点评时,台下突然响起清脆悠扬的手机铃声,而且响了很长时间。会场内人头攒动,一齐向铃声方向看去,都感到诧异,检查如此严格,连测试仪都用上了,手机怎么带进来的?大家还不清楚,副省级领导是从主席台侧门进来的,根本没像一般干部检查这么严格。带手机的,原来是一位退休多年的老同志。

"开展警示教育,目的就是增强纪律性。共产党是讲规矩的,会场纪律讲过多次,刚才省长还强调了,这还讲规矩不?"陈放在省长讲话之前突然插话,平静而严肃,显然十分克制,"我就不请你站起来,你自己反省吧。"

全场一时肃静。

会议在凝重的气氛中继续进行。路达之就安海从严治党形势、警示片涉及案件特点、领导干部应汲取的教训,进行重点发言。欧阳云开一直等到现在,终于抓住机会,赶忙起身,急匆匆走进卫生间,偷偷打开手机,便吓一跳,只见叶音发了若干信息,打了若干电话!不会出啥意外吧?"怎么了叶音?"他立即拨通电话,急切地问。

"急死我了,你再不来电话,我可就自作主张了!"叶音报告了刚才的情况,问,"能不能再推迟一下?"

欧阳云开想了想:"一号没察觉吧?"

"没有。"

"下午再带人,你有把握吗?"

"我还有个建议,从现在到午饭,一直再到下午的活动,郑刚都和一号在一起。我能不能现在就给郑刚摊开,把这个重大政治任务交给他,责任就压他身上,如果一号发觉,逃跑了,拿他是问。反正如有紧急情况,他得想法缠住一号。这样可以增加保险系数,你看怎么样？"

呀，叶音厉害了，出的是正招啊，欧阳云开忙说："完全可以！你转达我的意思，出现任何意外，他都得向省纪委做检查！不过，二号那边也要安排好。"

"二号那边我留下人了，放心吧。"叶音回答。

欧阳云开关上手机，回到会场。达之书记发言还没结束。他偷偷从裤兜里摸出手机，趁人不注意，匆忙塞进公文包。有郑刚这层双保险，应该没问题。况且，郑刚原是省纪委案件室主任，在去滨海任书记前，跟随自己办案多年，十分老到。仅他自己，应付这场面也有把握。欧阳云开终于放下心来，专心听路达之介绍案情。

"几乎所有被留置的同志，对自己所犯错误，都是追悔莫及，甚至进了监狱还在忏悔！"听路达之讲到这里，欧阳云开便想起，机关宣传部为制作警示片，由杨帆陪同他们去监狱采访齐九天。那天，正巧赶上沙海霞带着果果进来探望。当听到果果甜甜地叫声"爸爸"时，齐九天百感交集，失声大哭。杨帆说，那情景，既温馨，又悲凉！

欧阳云开正想果果监狱探父呢，万万没料到，自己的手机突然响起来！会场上几乎所有的目光，齐刷刷朝这个方向射过来。欧阳云开蒙了！

怎么回事？明明关机的，怎么还会有铃声？原来，昨天从惠安返回文昌，他把夫人送家里后，就直奔清水园。过节期间，江镇澜一直盯在这里，欧阳云开便与他换过岗，这时自己也感到人困马乏。因为前天晚上，和秦月、詹晓华、孙詹三个人说话，一直说到夜里近两点，最后怎么也没睡着。等江镇澜走后，看看还有点时间，他便想抓紧睏一觉，又怕到午饭时候，人家还要来喊自己，于是设了闹钟后才躺下。现在，又到了同样时间，闹钟可不管什么会议要求，开始忠实地履行职责，换着声调，由低向高，逐渐加强，没完没了叫起来！

欧阳云开一时手足无措，慌乱之中打开提包，哎呀，一堆文件，哪里能找到手机放哪个夹层里？情急之下，只能把身子伏到桌下，把包用力卷起，严实地夹到腋下，尽量减低声音。不知过了多长时间，闹钟总算停下来，欧阳云开才从桌下缓缓直起身子，只感到汗水已经湿透衬衣。

主席台上，陈放脸色凝重，眼光威严，一点点地朝自己这个方向扫了过来。

"不要紧，别紧张，陈书记不一定……"身边的另一位省纪委副书记，一边悄声安慰他，一边看着主席台，观察陈放神色。

谁都不知道接下来会发生什么，多少人把心提到嗓子眼儿！

路达之发言还没结束，陈放不便插话。即使他再克制，也难免发怒，这太不像话了！全场只等这靴子何时落地。欧阳云开突然清醒起来，此刻，能救自己的，唯有自己。辩证法告诉他，任何事物都是相对的，世界上没有绝对的事物。任何问题发生时，便一定同时孕育了解决的办法。欧阳云开提醒着自己，不能等到陈放问谁手机响时，自己再老实巴交站起来。丢人不说，后果不可预料。何况，顾世言就在眼前，将来还不知会怎么借机诋毁呢！正是这一闪念，救了欧阳云开，他突生灵感，有了，有了！

路达之发言就要结束，陈放眼神便朝这里寻来，似乎想抬起手来，问到底是谁。欧阳云开便眼睛看着陈放，将下腭高高抬起，冲着坐在前面的顾世言，连续点了几次，意思是提醒省委书记：刚才响手机铃声的，是省委常委、副省长顾世言同志！

陈放看到欧阳云开动作，知道了意思，轻轻摇了摇头，气得把脸扭向一边。

欧阳云开终于长舒一口气！

次日上午，顾世言将出席全省乡村振兴大会，并做动员讲话。此刻他还没有登主席台，正坐在休息室。突然手机轻振，低头一瞧，郎子军发来一条链接：滨海市委书记吴剑雄接受省纪委监委审查调查。顾世言一看标题，心里顿时咯噔一下！怎么会这样，又进去一个？便联想到自己，难道真的仕途多坎坷，成功多磨难吗？莫非在这个关键时节，还要苦我心志？

会场掌声响起，顾世言登上主席台，向台下看了好一会儿，才缓缓说道："同志们，今天的会议，叫全省乡村振兴大会，主题是研究如何推动美丽乡村建设。我刚才坐到这里后，在认真思考，通过这次会议，我们要拿出钢铁般的意志和冲天的干劲，不管海西也好，海东也好，一定要让生活在这片美丽富饶土地上的农民们，过上比历史上任何封建王朝，甚至当今世界任何国家，都更加富裕、文明、自由、幸福的新生活！是的，安海的广大干部，包括在座的亲爱的同志们，为实现这个目标，是出过大力，流过大汗的。所以，我要向大家深深鞠上一躬！"

台下掌声一片。

"我刚收到一条消息，相信在座的有人也可能知道了，滨海市委书记吴剑雄同志，被省纪委留置了。通过这条消息，在座的同志们想到了什么？安海乡村能有今天这般美丽，是勤奋的干部，是勤劳的乡亲们用辛勤劳动换来的。在这些干部当中，理所当然包括犯过错误的同志，当然，也包括吴剑雄同志。我们都是马克思主义者，不搞历史虚无主义，要实事求是，功过分明嘛。吴剑雄同志的错误，不在于他特别能战斗，而在于他特别不严谨，特别不廉洁，特别不听党的话！昨天上午，省委召开省直机关警示教育大会，警示片中的那些人，哪个不曾是改革发展过程中的英雄，哪个不是成就斐然的功臣？陈放同志还让我向他们中的某些人提过醒，可拉不住啊，就是不听嘛！所以，我想在这个会场，严肃地向大家打个招呼：在建设美丽乡村的战斗中，我们每个同志不能当逃兵，更不能当叛徒，不能乡村美丽了，我们却丑陋了，倒下了。同志们，我们既要做美丽乡村的建设者，更要成为一面面在美丽乡村土地上高高飘扬的廉政旗帜！"

会议结束，他一上车便给郎子军电话："在哪儿？"

"集团。"郎子军回答。

"就过去。"

进安大集团，郎子军已在大厅门外等候："翔宇没过来啊？"

"没，让他在家看稿子吧，挺碍事的。"顾世言说着，便与郎子军直接乘电梯到楼顶茶室。坐下后，郎子军刚倒上茶，顾世言便忧心忡忡地说："子军，吴剑雄出事儿，可能比较麻烦。"

"他和我们交往多年，知道一些事儿的。"郎子军看着顾世言。

"事到如今，我也实话实说，"顾世言略微低低头，"吴剑雄建科技园，是收人家投资商好处的，张兵当时说，赫连西望也在海南给了我套房子，尽管我没说什么，也没当回事儿，可现在进去这么多人，还真怕烧了哪支香，引出鬼来。"

"省长过虑了，我觉得，不至于太过悲观。"郎子军轻轻向上推推眼镜。

"怎么说？"顾世言挺挺腰。

"省长你想，吴剑雄对此不一定清楚。赫连西望是经办人，他逃亡国外了。赫连公司知道内情的人，包括经办人，倒是应该知道在海南有这么套房子，但为谁买的，并不一定清楚。我估计，依赫连的做法，也不至于糊涂到直接落在你们家哪个人名下，只是口头上说是你的，除了赫连，谁还知道？退一步，假如有人说是你的，又有何证据？"

"是这样，落在张兵亲戚名下，到底什么名字，我也不清楚。"顾世言连连点头。

"就是嘛!"郎子军再次推推眼镜,"只要没有张兵证词,这便是一件无头案!"

"有道理,有道理!"顾世言恍然大悟。

"所以,"郎子军眼里射出阴森的光来,"张兵若是开不了口,一切便如阵风吹过。"

"那……张兵那边,得抓紧了。"顾世言低声说道,"记住,不露痕迹!"

"放心!前天晚上,我们见过一次,做了他一些安抚工作,我看一时还是安全的。"郎子军手指在茶几上轻弹几下,"这些乱事,我会处理掉,你不用操心。省长你还是要把心思用在你当前的大事上。陈放那天在他办公室当你面说的,对你是肯定的,能感到他是欣赏你才气和魄力的,这就顺茬儿了。你那天担心,他是不是在敲打你,这不能排除,领导嘛,驭下之术。但至少,觉得你和吴剑雄之间不会有什么,不然还能向你透气?"

"陈放的心理,很难捉摸。"顾世言说。

"领导让下属有距离感,也正常,所以,历代帝王才称孤道寡的。"郎子军看看顾世言,"陈放这里,只要能倾向我们就足够。还是上次说的,你得进京跑跑,老关系该用的要用起来。花钱的事儿,你不用考虑。"

顾世言点头不语。自己活动的情况,没必要让郎子军都知道。

"还有,我们举报路达之和欧阳云开,见效了。听说上边来人了,估计很快有结果,反正,欧阳云开就是不死,也得让他半昏!"

果然,对欧阳云开的调查处理意见下来了。

为此,省纪委专门召开常委班子民主生活会,省监委委员列席。会议由路达之主持。分管干部监督工作的副书记宣布,对主要责任人欧阳云开同志,予以诫勉谈话,对倪景行、杨帆同志,予以批评教育。

"这次民主生活会,是临时加开的。"路达之神情严肃,"大家都知道,前不久,分管审查调查工作的欧阳云开同志,违反办案纪律和安全规定,在留置室,组织打牌、饮酒,致使被留置人员突发疾病,造成不良影响。这样的事情,竟发生在全省纪检监察系统的领帅机关,发生在安海反腐败斗争主阵地清水园,发生在每个环节都做了严格规定的留置室!"

说至此,路达之双眉紧锁,扫视在场的每个人:"同志们,这,执行纪律的机关不执行纪律,能让人相信吗?组织上把审查调查的神圣权力交给我们,能放心吗?一些别有用心的人,巴不得咱们出点儿瑕疵,我们想过没有?我看,今天民主生活会的主题就是,解决政治意识、规矩意识不强的问题。大家别护短,别找客观理由,欧阳云开同志先检查,大家再拿起批评武器,帮助他提高认识,改正错误。同志们,我们如果再不瞪起眼来抓,这样的事情,今后在省纪委机关,在安海,还会重复发生!"

欧阳云开没有立即说话。他心情沉重,站起身来,冲大家深鞠一躬,然后才坐下来,一字一顿:"今天这次民主生活会,因我而开,我十分难过。刚才达之同志批评得十分中肯,点到了要害处,点到我的痛处。这阵子,我反复做过思考,我的行为,给省纪委这个光荣的集体,给审查调查这份神圣的工作,带来很大的负面影响。出现这种情况,我很自责,很痛心,我必须深刻检讨,完全同意、诚恳接受上级给予的处理意见。我要说明一下,本来,镇澜同志、叶音同志、倪景行同志,高辉同志,还有杨帆同志,都制止我那么做,但我一意孤行,连累到大家。在这里我给同志们道个歉,对不起了!"

会议室一片寂静,大家都齐刷刷地看着他。

"达之同志讲,问题出在政治意识、规矩意识薄弱上,我完全接受。何止是规矩意识差,其实是明知故犯。实事求是说,在留置室打牌也好，喝酒也好，我是知道不允许这么干的。办这么多年案子，哪能不知道这是破了规矩、出了格的？不过当时只是觉得安全可控，没意识到会出现这么严重的后果。今天，我也在这里说句心里话。我们办案人，不是冷血动物，我们的心也是肉长的。当时，一接手这个案子，因为与孙岱这层特殊情谊，我心里便很纠结，后来把他留置，把案子办这么大，最后又把他送进去，我无比痛苦。内心深处就打个结，觉得做了一件对不起朋友、对不起朋友家人、对不起自己良心的事儿。我不止一次问自己，欧阳云开，你这是干了些啥？对比兄弟还亲的朋友，你真下得去手啊？自己甚至因梦中得知孙岱案与我无关而轻松，可半夜醒来，现实却是……"

说到这里，欧阳云开已经有些哽咽。

"云开，喝口水，平静一下再说。"路达之忙递过水杯。

欧阳云开喝口水，平复一下，过好一会儿，才说声："对不起了！"

"各位常委同志，按理说，还轮不到我发言，我只想先说两句。"江镇澜缓缓从座位上站起来，"作为云开同志的战友，也是作为孙岱案的经办人，我有发言权。我对办案的同志们说，云开同志手托两家，一边是组织，公不容私，一边是兄弟，情深似海。据我所知，当初他是不愿接受这个任务的，那既然组织决定由他负责，在法与情的考验面前，我认为，他守住了原则底线，对得起纪检人这个称号，对得起办案人这个称号！他没放过任何线索，案件没有任何瑕疵。当然，他为了表达同学情谊，不该在留置室组织打牌、喝酒。但大家别忘了，哪一个从留置室走向监狱的人，云开同志不是陪着吃顿饭，不是代表组织送个行啊？这难道不是办案中的思想工作，不是为了化解被审查人对组织、对社会的抵触情绪？所以，这件事不要孤立地看。当然，我完全拥护上级决定，他没料到最终出现这个意外，我也没想到。所以，不光他本人，我们也很痛心，都要吸取教训。"

"我也讲两句——"叶音刚想说什么,欧阳云开赶忙摆手岔开。

"同志们,请不要打断我的检查,我刚才话还没说完。常委会和达之同志,当初把审查调查这么重的担子交给我,是希望我能秉公履职,不徇私情,可我却让个人情谊超越规矩红线,让恻隐之心乱了方寸,闹到后果差点儿不可收拾的地步。不管出于什么原因,只要给组织添乱,给机关抹黑,就不能允许的。这不仅是个不守规矩的问题,是对工作不负责任的表现,本质上是政治意识上出了问题。所以,达之同志看得很准,批评得很对。我辜负了常委会的重托,辜负了达之同志的信任。在这里,我郑重向常委会,向在座的每一位同志,做出深刻检讨,请大家批评帮助。"

与会纪委常委,列席的监委委员,逐一发言,纷纷表示,坚决拥护上级决定,并对欧阳云开进行了严肃批评,同时,希望他认真改正错误,放下包袱,继续保持干劲,做好办案工作。

"大家讲得很好,不仅对云开同志,对在座的每位同志,都是很深刻、很现实的教育。"路达之做总结,"政治意识、规矩意识、纪律观念,还是要讲。制定的纪律和制度,还是要坚决执行,绝不能各行其是。但是,咱们关起门来说,这个诚勉谈话和教育批评,就够了吗?就完事了吗?我看,还不够严厉,依造成的影响而言,给个党纪处分,也是完全应该的!"

见路达之如此严厉,大家都屏住呼吸。谁也没料到,他们心目中一向待人谦和亲切的书记,批评起人来,也会如此毫不留情。

"云开同志,作为分管案件的副书记,竟把留置场所变成牌场,变成酒馆,这哪是在办案?清水园是游乐园吗?动用手中权力,动用组织手段,组织办案人员集体违纪,最后差点儿弄出人命来!这责任还不够大,娄子还不够大,难道非把天捅个窟窿来才过瘾?"

叶音嘴唇一动,又想说什么,欧阳云开赶紧以眼神阻止她。

"刚才,镇澜同志不是说嘛,不要孤立地看,要联系起来看。好啊,我们就联系起来看!云开同志理论水平是高的,应该知道,马克思主义向来强调事物之间是相互联系的,有什么因,就必然有什么果。所以,作为一名领导干部,要尊重规律,清楚因果联系,懂得好的愿望不一定全是好的结果,这才是全面、辩证地考虑问题。我们追求的是,办任何事情,都要努力争取出发点与结果的良性有机统一。是的,我不否认,云开同志动机是好的,是在做思想工作,也想尽点儿同学情谊,恰恰因为如此,我问你,现在出现的结果,与你事发前的预想和判断,是一致的吗?不知你想过没有,是不是什么地方不对劲,哪里出什么问题了?我可以告诉你,方法论上出了问题。"

路达之看一圈儿,语气缓和下来。

"我并不只是批评云开同志,说实在的,他还是一位善于动脑筋思考问题的人。他都出问题了,请问在座的各位,包括我自己,我们又有谁,敢拍着胸脯,打包票,说自己就不会再发生类似的问题?我的意思,今天的民主生活会,面向每个人,我们都应该思考自己思想上、理论上、政治上、纪律上等等的差距,提高自己。不要以为到这个位置,思想水平就上来了。做一个马克思主义者,我们中间,还不见得哪个人够格!"

路达之虽讲得严厉而尖锐,但却极其深刻,入情入理。从思想上、方法论上进行分析比较,欧阳云开从没想到过这一层,真切感受到他的理论素养,内心满是敬佩。

"要体现党组织的温暖,这没错。体现同学友情,也还可以理解。但是,打牌、喝酒的时候,你有没有考虑过,会发生多少种结果?你只想到不会出事这一个结果,所以你才放开了胆子,觉得大不了就是做个检讨罢了。但你没想到,一个市长突然从主席台上拉下来,突然关起来,突然成为罪犯,他的心理和情绪要经受多大起伏,能与常人一样吗?你还指望他能自控吗?还好,救过来了,谢天谢地,这个结果是蛮好的了。还有个结果,你想到了吗?那就是孙岱心脏病突发,救不过来,人死掉啦!"

会议室里没有一丝动静,一根针落地也会听到,大家都受到深深的震撼。

"可怕吗?如果那样,便不是处理几个人的问题了,你们这些办案骨干,就得调离!欧阳云开同志,你调走,也就走了,那是你个人的问题,可影响的是省纪委机关整个办案工作,影响的是整个安海的反腐败斗争!看到没有,有些地方出了责任事故,一些办案骨干被调离,甚至进了监狱吗?他们都是英勇的反腐败战士啊,都有家庭、子女,真到这地步,组织上处理起来,刀刃向内,于心何忍?我们是在反腐败战场上,是真枪真刀的较量,不知道有人在盯我们的破绽吗?同志们,这是战场啊,你能阻止对面阵地上的人向我们射击吗?你能埋怨他们过于狠毒吗?既如此,那我们便应当练就枪刀不入的功夫。所以,云开同志,在座的每位同志,我们都应该从这次错误中,好好吸取教训!"

会议结束后,待大家一个个低着头,一言不发地默默离去后,路达之从后面轻轻拍拍欧阳云开,示意他留下。

"刚才我的话,是不是有点重?"路达之先问。

"达之书记,我心悦诚服。我早就意识到自己错了,但没从政治意识、规矩意识上去想,更没从方法论上去思考。你讲得太深刻了,我一定好好琢磨琢磨,一点点消化吸收。"欧阳云开态度诚恳。

"行了行了,"路达之笑笑,"我又不光是对着你,也是想借这个机会,把这些问题严肃提出来,引起大家重视。"

"我愿当好反面教员。"欧阳云开也笑了。

"什么反面教员?"路达之看着欧阳云开,"放下包袱,进入阵地!"

第十三章 惨 烈

1

"你，可以把我抓进来，不过告诉你，和我谈话，你不配！"吴剑雄声若洪钟，目光炯炯，犹如困于笼中的猛虎。

留置室内，在粗壮的谈话对手面前，叶音显得愈加小巧。吴剑雄的话，让她怒火中烧，可一次次的摔打，又让她变得沉稳起来，欧阳云开提醒得好：不管面对谁，平静就是力量！于是她和缓地问道："那你觉得，谁配？"

"陈放，路达之，谁都行！"吴剑雄语气坚定。

"这话，依据是什么？"叶音盯着吴剑雄问。

"你书呆子啊你，这还要什么依据？我的身份，就是依据！"吴剑雄不屑地瞟了叶音一眼。

"那我问你，这是什么地方？"

"你问幼儿园孩子啊你？能什么地方，关押人的地方！"

"这叫留置室。留置室是讲规矩、靠证据办事的地方。"

"别跟我玩绕口令！"

"你知道我谁吗？"

"把我抓进来的女人！"

"哼，被女人抓进来，不服气是吧？"按叶音过去性子，早就摔门走了。现在，她十分清醒，控制住自己，就是控制住对手，"我是省监委委员叶音。是根据组织安排，来跟你谈话的。你不是说你的身份吗？我要告诉你，你的身份，就是共产党员。你是老党员，应该懂规矩，谁来跟你谈，不是由你来定。在组织面前，你，只是一个普通党员，是一个再普通不过的个人。"

指挥室里，欧阳云开和江镇澜相视一笑，同时伸出大拇指。他们感到，没有必要通过话筒，向叶音提醒什么，她已经掌控了节奏。

"你凭什么把我关这里？"吴剑雄瞪叶音一眼。

"按理说，这里是不能带手机的。不过，我得让你看一个消息。"叶音缓缓打开手机页面，"这是省纪委网站对外发布的消息。消息一经发布，全省还有全国好多媒体，都已经原文转发，现在你已经成为网红。看看吧。"

吴剑雄眉头稍皱，刚想接手机，又把手缩回："眼花，看不清。"

"吴书记，你眼镜在那里呢。"叶音指指桌上的眼镜，然后把手机递给协助自己谈话的小伙子，"你送给吴书记，请他看看。"

"不必，我不感兴趣。"吴剑雄气鼓鼓的。

"你从滨海刚进来时，已经宣布了对你立案和留置的决定。我今天过来，就是想告诉你，这决定，省纪委已经通过新闻媒体，向外发布了。"

"叨叨够了没？没完没了的，烦不烦？"吴剑雄霍地站起来，本就矮胖粗壮的身材，这时就像鼓起来的气球，火气仿佛要冲开留置室屋顶，"说这么多，怎么就不说凭什么把我关起来？你以为我真不知道你谁？什么省监委委员，不就是个教书的嘛。我走过的路，你以为是校园散步的小道儿那样平坦吗？你知道基层工作什么样子吗？你知道干成一个项目多不容易吗？你知道怎么镇得住一个市吗？你知道怎么应对老百姓吗？哼哼，我们在前边拼命，你们在后面下手，有意思吗？"

"有理不在声高。"叶音控制着情绪，"我倒要问你，你这样强词夺理，有意思吗？你眼里可以没我，但不能没组织。省委、省纪委的决定,你如果不听,那你还听谁的?"

"我怎么就不听了?"

"你不是问,凭什么留置你吗?"

"我是说省委、省纪委听信坏人的话,我是被陷害的。"

"谁是坏人?"

"我心里有数。"

"请讲。"

"不便。"

"你也说不出来,因为这不是事实。"

吴剑雄不再说话,只是哼一声。

"好了吴书记,站这么长时间,坐吧。"叶音指指软包椅子。

"我不坐!"吴剑雄嘴上硬气,但几次交锋下来,他也感到眼前这个文弱的女人,不是一盏省油的灯,内心已有几分打怵。

"我一口一个吴书记,这是对你的尊重。其实,按规矩,应该叫你吴剑雄同志。"叶音笑了,"你站上半年六个月,能解决问题吗?你这么大个市委书记,在安海都响当当的,肯定比我这当教员的有涵养,对吧? 我们又不是斗气,什么话不能慢慢说? 把事说清楚就得了。还是坐吧。"

吴剑雄猛地把椅子拉了一把,一屁股坐下:"你们不能这么个捣鼓法! 我这一路走来,县长、县委书记、省直一把手、市委书记,做过多少事,出过多少力,你知道吗? 省委陈放书记肯定过,世言省长更是大会小会地表扬过,怎么偏偏你们不能容我? 你们这样做,难道不怕让那些敢于改革的人,豁上命干事的人,都寒心吗?"

"你的力不能白出,事没有白做,"叶音声调平缓,"吴书记,我明白你意思,'政声人去后'嘛。你做的这些工作,和你的简历一样,历史都会清清楚楚地记下,不仅组织记得,就是在你工作过的地方,老百姓也会有客观评价。说句实话,如果我们面对的是一个不正干的干部,办案人可能没那么多顾虑,但对你,一个做过那么多事情的人,还真是的,大家都很痛心,所以也很尊重。"

"别来这套,"吴剑雄用拳头砸着桌子,"这叫卸磨杀驴!"

"你错了,磨没有卸,共产党也不会滥杀无辜。滨海的发展,也不会因你离开便会结束。"叶音语气依然平静。

"那你们就不该把我整到这鬼地方,以后谁还干活?"

"你到这一步,不是因为干了活,也不是因为活没干好,而是干了不该干的活!"

"那请问,我干了哪些不该干的活儿?"吴剑雄仍然声调高亢,但底气已显不足。

"你不用等我出牌,你心里比我清楚。"叶音看着他,"具体问题,会有人跟你谈。时间长着呢,也可能三个月,也可能六个月,我不急,劝你也不用急。你相信组织不会比你笨,你做的那些事儿,都会理乱麻一样,一点一点给你理出头绪来,不过你还真得有点耐心。我今天来,只是想和你聊聊,一个共产党员,应该怎么对待组织的决定,怎么对待审查调查。从我一坐下,你就不停地问,你错在哪里? 这个,你心里肯定比我清楚。别人可以欺骗,可你,欺骗不了自己。"

"我不清楚。"吴剑雄依旧昂着头。

"你做过哪些对不起组织、违纪违法的事,咱先不说,以后有的是时间。刚才,你一会儿说我没资格,一会儿说我是教员,一会儿点名要陈放书记、达之书记过来,一会儿说省委、省纪委被骗,一会儿说我们在背后下手,一会儿说卸磨杀驴,留置室是鬼地方。你是一位长期担任领导职务的人,我就不信,你道理不清,是非不分,糊涂人到不了市委书记的位置。你自己说,还有规矩意识没? 这些话,你该不该说? 你看你的样子,耍赖撒泼一样,别说我瞧不瞧得起你,就是你自己,觉得合适吗? 你不感到难堪吗? 假如在滨海,你说这些话,不让老百姓笑话你吗?"叶音以正驱邪,诚恳中带着辛辣,寸步不让。

"我是说气话,我……心里委屈。"吴剑雄坐在那里,倒像皮球一点点泄了气,话锋也渐渐软下来。

叶音从谈话桌后面站起来,走到吴剑雄跟前。

"剑雄同志,按规定,凡被留置的同志,都要编入审查调查组的临时党支部,都要过严格的组织生活。我是你这个案子调查组的组长,也是这个临时支部的书记,本来要和你一起面对党旗,重温一遍入党誓词。今天,党旗我们就不挂了,你这么大领导,也不必背诵誓词,相信誓词都刻在你心里。可誓词中有句话,就是'执行党的决定,严守党的纪律',你记得吧?"

"记得。"吴剑雄答道。

"那好,"叶音紧盯吴剑雄,"对你立案审查并予留置,这是省委、省纪委的决定,是经陈放、路达之同志亲自批准的,红章黑字,你看到没?"

"看到了。"

"那你就执行省委的决定,遵守党的纪律,认真配合组织调查。"

安大集团顶层平台上,郎子军独自一人,手扶栏杆,俯视晚秋的城区。文昌城上空,乌云密布。稍远处的楼群,已被浓雾笼罩,亦真亦幻。看来,这个夜晚,将有一场大雨袭洗文昌城。

郎子军思索良久,扶了扶眼镜,抬起头来,仰望天空。他猛然想起,在脚下这座大厦开工不久,自己不知怎么触碰到了高压线,在昏死过去的很长时间里,只感到自己在工地上空游荡,轻灵而愉悦,所看到的世界犹如奇幻无比的油画,五彩斑斓,色调明快而温馨。以至于,当清晰地听到员工们急切呼唤时,自己还犹豫着,留恋着,是返回呢,还是就此离去?现在想来,如果当时转身而去,也许早已解脱了吧,也许不会有后来这是是非非吧?如此看来,灵魂和肉体是可以分离的。既然如此,此刻自己的灵魂如果随风腾起,从翻滚的云层里回望自己的躯壳,一定会很丑陋,很渺小吧?"咳,人鬼一界!"郎子军轻拍栏杆,凄然长叹。

"郎总,您该出发了。"郎子军正心潮激荡,突然听到身后传来轻盈脚步声,便应一声,转过身来,向电梯口方向走去。

是啊,该出发了!

"这次去北京,您怎么乘火车了呢?"女秘书微笑着问。

"不同的体验,会让人生充满乐趣。对未知的探寻,使人神往。而周而复始,重复以往,尚未开始,已知结局,不仅了无新意,其实已失去活着的意义。"郎子军像是自言自语。

"郎总是个哲学家,把我听得迷迷糊糊的。"女秘书不解其意,又问,"给您安排随员一起过去吧?路上也好照顾一下。天要下雨了。"

"我想一个人走走。北京那边,会有人接待的。"郎子军轻轻摆手。

郎子军手提公文包,过了安检,走进候车大厅。以往去北京,都是乘坐改装过的豪华内饰雷克萨斯商务车,偶尔也乘飞机,身边总是人多,不清净。这次,他独自一人,出了检票口,乘电梯缓缓而下,走到站台上,登上前往北京的高铁,像极了一个轻松悠闲的游客,享受着出行的快乐。进入车厢落座后,他从包里掏出一本书——尼采的《查拉斯图拉如是说》。恐怕这个世界上没有人知道,痴迷于兵书战策的安大集团董事长郎子军,最近会对尼采的这本书如此着迷。

"疯子!"当他第一次接触尼采,他顿时感觉混沌的大脑里闪耀出一片光芒,"西方文学里,也有好东西。"郎子军顺手一翻,恰巧翻到书签别着的那节《夜之歌》——"许多太阳环行于太空：它们以光辉对一切黑暗讲说。"

这段话的一侧，留有他的笔迹。他读书有个习惯，随时想到或查到的，便在书页一边记下来。"这个狂热的疯子，这个自诩为太阳的疯子！"是的，当初他阅读至此，像许多人一样，认为他就是个疯子。这个疯子的思维，甚至直接影响到希特勒，让另一个疯子写下狂热的《我的奋斗》。但随着不断的阅读，内心不断被火焰点燃，郎子军恍然感觉，自己正逐渐成为疯子，不，他突然感到，自己从什么时候起，早就变成了一个疯子！他别上书签，把书轻轻合上，小心翼翼塞进包里。随后，转过身来看着窗外，陷入沉思，嘴里不由得嘟囔一句："'我们飞翔得越高，在那些不能飞翔的人眼里，就越是渺小'！这世界上，谁能理解我？"

半小时后，到达滨海站。郎子军在眼镜上加上一副墨镜片，悄然起身，裹在下车的人流中，通过站台，穿过地下通道，走出车站。他抬手看一眼腕上的表，然后，走到出租车等候区，进了一辆出租车。"麻烦带我去滨海最好的咖啡店。"他低声对出租车司机说。

品着优级蓝山咖啡，眺望窗外，远处山海相连，海面上座座小岛如海市蜃楼，云雾中忽隐忽现，近处浪涛拍岸，郎子军不由得说了句："正宗的牙买加蓝山，不露苦感，酸味完美。看来，今夜注定美妙与风险相伴了。"此时，天色已经暗了下来。他走出咖啡馆，站在街口，望了望乌云密布的天空，伸手拦住一辆迎面而来的出租车："去文昌。"

一个半小时后，戴着墨镜的郎子军已经行走在华灯初上的文昌大街上。他从一个侧门，进入一个小区。门卫坐在传达室里，连头都没抬。随后，进入地下车库，在迷宫一样的地下停车场行走一段时间，来到一个楼梯口。他没有进电梯，而是悄然钻进一条人行安全通道。通道内一片漆黑，郎子军摸索着上行七八层，他有些喘了,于是停下来暂作休息。楼内一片寂静,竟没有一点儿杂音。郎子军内心说了句,如此甚好! 便安下心来,继续上行,走出通道,轻叩西户防盗门。

张兵打开一道门缝,显得神经兮兮。郎子军回头看一眼,迅速闪进屋。

"郎哥,天快下雨了,我还以为你不来了。"见郎子军进门,张兵先是站在门内,把上半个身子探出门外,扫视一番,确信后面没有人盯梢,才赶紧抽回身,把门关上。

"老弟如此谨慎?"郎子军看他举止,知道他心理已经十分脆弱。叹息一声,心说,命该如此。

"不能不小心啊,总觉得会有人来找我麻烦。"张兵神色有些慌张,稍一平复,勉强向郎子军笑笑。

"小心些好。"郎子军把手里的提包放在茶几上,在沙发上坐好,这才把墨镜片取下,见茶几上凌乱地放着榨菜、香肠、花生米,旁边是一瓶打开的茅台。他似不经意间拿起酒瓶晃了晃,心说,量倒是足够了,看来自己带的酒用不上了。

"郎哥,你也喝一口。这段时间,我自己在家净喝闷酒。"张兵说。

"不了,我很少动酒杯,你知道的。给我来杯普洱吧,有利于晚上睡眠。"

"他妈的,这茶放哪里了?"张兵转身,又一拍脑袋,"对,在书房里。"转一圈回来,把茶盒放到郎子军眼前的茶几上,急切地问,"吴剑雄咋回事儿? 咋说倒就倒了?"

"张兵你坐,"郎子军环视四周,向壶里沏上茶,"你电话里说,夫人外出,明天晚饭前回来。不会今晚提前回来吧? 她心里一定牵挂你。"

"不会。她外地有笔款,去处理一下,放心好了,不会打扰今晚我们俩说话。这都他妈的好几天了,只我一个人在家,闷死了!"张兵抱怨道,"人呐,千万别出事,一出事,妈的还不如一条得了狂犬病的疯狗,谁都老远躲着。也就你郎哥,还来看看我。"

"你我兄弟一场,"郎子军向张兵杯里斟上茶,虽面无表情,语调却十分亲切,"你这么痛苦,我不忍心啊。"

"郎哥,你说怪不怪,本来我一个天不怕地不怕的人,怎么最近总觉得有人来害我?有时觉得顾省长会派人来,给我水杯里、饭碗里投毒。我也知道,这个不可能,可就是翻来覆去瞎琢磨,有时候一夜一夜合不上眼。"张兵看着地板上自己拖鞋露出的脚趾,"说实话,郎哥每次来看我,或者来电话,都是为我好,说的都是心里话,把利弊分析得透透的。可你越分析,越劝我,事后我越想越后怕,越想越窝囊。有时候觉得怎么走投无路了,这辈子就算完了?"

"老弟啊,你也得想开点儿,"郎子军劝道,"这些事儿,压到谁身上,谁也受不了,难免往绝处想,所以才有那么多人自杀,这也是解脱。你看,这不,吴剑雄又出事了!"

"是啊,我也是从手机上看到的。"张兵更加慌张,"屋漏偏遇连阴雨!"

"吴剑雄一进去,情况更加不妙!"郎子军感叹一声。

"是啊郎哥,我正琢磨着跟你聊聊呢。"张兵一探身子,压低声音,"滨海科技园的事儿,毕竟我也中间串联过。省长有没有办法挡一挡?"

"这时节,不能指望省长在前面挡啊。他还有副书记这回事,都理解吧。"

"郎哥,我知道,你是厚道人,也是明白人,肯定也看出来了,他顾世言就是个薄情寡义之人!"张兵突然双目有神,声音高亢,"说来有意思,现在我倒是不怎么恨省纪委,只恨他!好多时候,特别是夜深人静,更是牙根儿恨得痒痒。如果不是为了他,我能到这一步？即使是进清水园，我还傻乎乎地幻想他能救我。所以，在里边，我能给他挡的都挡了，能揽的都揽过来，能不说的都没说。那八十万还在我手上，北京、海南的房子，到现在，省纪委也不知道。在清水园，倪景行问过我，还有什么向组织交代的，我咬住牙，没说。我对他姓顾的，够意思吧？"

"海南房子，省纪委肯定不知道。北京的房子，省纪委只知道武来那边的事儿，估计不会知道你和张大志这边的情况。老弟够义气！"郎子军伸出拇指。

"义气顶个屁！可他为我做了什么？该救不救，能救不救！"张兵气不打一处来，"我都这样了，他在外边又风光，又滋润，别人恭维着，主席台上坐着，美好前程奔着，你就不该安慰安慰我这颗受伤的心吗？白天不行，晚上不行啊？家里不行，找个地方坐坐总行吧？他就是嫌弃我，怕我连累他。郎哥你几次来，每次都说代他来看我，可我心里透着亮，你是给他面子，他根本没这个意思。要是有，来个电话不难吧？可连个话音儿都听不到，也太爱惜羽毛了，太想那个副书记了吧？平时假惺惺关心人，那是图个好名声。若是稍有不利，他早跑一边，想方设法与自己撇清，你死了他也不管的！你说我能不生气啊。现在，我只一门心思，要把这些年我知道的事儿，都给他抖搂开，坚决不能让他干成这个副书记，上去了，我也把他拉下来！"

"你心情，我完全理解。"郎子军看着偏执的张兵，更加感到，眼前这个人，已不可理喻，太过危险。这枚炸弹响了，整个安海还不地动山摇！

"省长是有他的难处啊。哎，对了，吴剑雄进去，还不乱咬啊？省长不安全，你恐怕也不会清净。"

"啊，我怎么不清净了？"张兵见郎子军说这话，注意力迅速转到吴剑雄身上，"郎哥，你分析分析看，吴剑雄会说什么？"

"老弟,"郎子军推推眼镜,身子前倾,"我来见你,其实也是为这事儿。你知道你面前摆着一盘什么棋吗?"

"郎哥请说。"

"困局啊,十面埋伏!"郎子军的眼眯成一条缝,从镜片下盯着张兵,"这次老弟在劫难逃了!"

前段时间,郎子军过来,总是带些张兵喜欢的礼品。几番交谈,张兵都觉得他的话句句在理,临走总是放张银行卡,这让他在别人的鄙视中得到不少慰藉。可说来也怪,每次郎子军走后,他内心更加惴惴不安。都说,话不说不透,可真说透了,怎么眼前仿佛敞开着两扇通向地狱的大门? 也不知怎么的,越这样,心理上对郎子军越是依赖,盼着他过来,盼着向他倾诉,倾诉过后,又陷入难以摆脱的极度恐惧。真是邪门,像是吸毒,吸着舒服,毒劲儿一过,只想哭! 特别是郎子军的眼睛,看着亲和,等夜半醒来,却感到他镜片下边那条眯着的缝隙,如同神秘的开关,一闪一闪,喷射出道道摄人心魄的寒光。然后,屋顶、墙壁甚至床头,都是飘着、立着的形奇体异的鬼怪! 等慌乱中拉开灯,室内却没有任何异样。

"郎哥,这两天,我白天晚上都在琢磨你的话,"张兵努力让自己镇静下来,"张大志送姓顾的那八十万,在法院开庭时真的会定到我头上吗?"

"会! 因为那张卡,你是持有人。"郎子军喝口茶。

"你说省纪委他们这段时间派人四下里跑,真是在补我的证吗?"张兵望着郎子军。

"是。"

"那,你怎么知道他们在补这笔证据?"

"内部人告诉我的。"

"那,我会再次被留置吗?"

"可能让纪委留置,也可能检察院把你送进看守所,随时的事儿。"郎子军看着慌乱的张兵,拿起热水壶,分别向两个茶杯中添了水,"兄弟,喝一口吧。"

"北京那套房子,姓顾的女儿住着,纪委、检察院会不会和我联系起来呢?"张兵根本没心思喝。

"人家顾舒怡,那是住着朋友的闲房,户主又不是她。这房款是武来和张大志一人出一半的。"郎子军进一步分析,"武来收受装饰公司三百六十万,这笔款的去向肯定是用于购买北京这套房子。虽然你在清水园没交代,但纪委追武来房款时,早晚不可能不知道,还有一半钱,是你操办的。开发商那里,有你交钱的账目。"

"钱是我给张大志要的不假,"张兵脸都红了,"可这是因为顾世言给盛达公司帮过忙,张大志才愿意给姓顾的花这钱。姓顾的知道这个。"

"没有证据证明,这钱是张大志送给顾省长的。"郎子军面部僵硬。

"纪委再把张大志叫去,一问便知。"

"咳,上次齐九天案,张大志出来后便被处理了,之后就去美国了,说是给女儿看孩子,肯定不回来了。如此说来,这笔断头证据,最终还不落到老弟头上啊?"

"如果把我再抓进去,"张兵愤愤地说,"我就把姓顾的供出来!"

"那是另一回事儿。"郎子军拍拍张兵的肩膀,"傻弟弟,你就是把他供出来,这么大领导,能轻易承认?有哪条证据,能认定是他的事儿?房子,毕竟不在省长名下。再说,多大的官儿,便有多大的关系网,这点事儿,他还摆不平?咳,兄弟啊,闹来闹去,强者的罪过,最后还不都由弱者担着?"

"这不冤枉人吗?"张兵苦笑一声,掉下泪来,"其实,你上次也帮我分析到这一点,我回头自己也想过,你说得对,想让顾世言这样的人点头认错,难啊!"

郎子军伸手抽一沓纸巾,给张兵递过去,又把水杯向他推一推:"兄弟,喝口吧,别上火。"

"人到这份上了,"张兵擦擦眼泪,"我真他妈怎么躲都躲不开了?"

"兄弟啊,这些还好说,最让人担心的是,吴剑雄被抓进去,这才是你的天大麻烦,躲是躲不过去了,你真正的梦魇开始了!"郎子军紧盯张兵的眼睛。

"郎哥,你知道什么了?"张兵身子一颤。

"赫连西望,滨海科技园的开发商。"

"他……不是跑了吗?"

"省纪委把他公司的副总、会计,一锅端了。"

"海南那套房子是顾世言的。"

"谁操办的?"

"我啊。"

"落在谁名下?"

"用我远房二叔的身份证。"

"老弟啊,跟前边的事儿同样道理,省长不认,还是你的呀。"郎子军双手一分,"你说房子是他的,没证据,他完全可以说不知道。可你的股份,人家纪委恐怕早掌握了。公司的账目,也早被纪委抱到了清水园了。"

"股份?"张兵一听,更慌了,使劲摆手,"我跟赫连有约定,对外一律不讲。所以,分红的钱我都没敢拿,还放在他公司呢。"

"赫连西望本就空手套白狼的,有何诚信可言?"郎子军推推眼镜,"至少,他跟吴剑雄说过。要不,我怎么会知道你有三百五十万干股?"

郎子军声音低沉,但这句话如同炸弹,一下子便让张兵的脑袋轰的一声，顿时瘫坐在沙发上。他努力保持着清醒，慢慢地站起来，原地转一圈，又恍恍惚惚来到郎子军面前。

"兄弟，我知道你心里很苦很苦。"郎子军也站了起来，扶着他，重新坐到沙发上，"一个才华横溢、志在高远的人，如今落得这般下场。当年从崇山刚来文昌，我们第一次相见时，老弟何等豪迈，真有'力拔山兮气盖世'的气势。"说到此处，郎子军竟联想到自己的身世。原本心比天高，一心想凭自己的过人学识，青云直上，光宗耀祖，哪知世事弄人，纵有倚天之才，如今只能浪迹商海，埋没一身本事。眼下身在顾世言左右，也无非想展示一下才气，使学有所用，稍稍演绎政治抱负，以免辜负来这世上走一回罢了。所以，当他看到眼前的张兵，自认才高，却落魄至此，便好似同病相怜，不免悲伤，掉下泪来。

恍惚之间，张兵见郎子军摘下眼镜，两眼深陷，比平日愈加阴森，又加满面泪水，不免更是一惊。两人认识将近二十年，中间不知见过多少风浪，郎哥总是处乱不惊，再大的事，也没见过他情绪有一丝起伏，更没见他落过泪。他原以为，郎哥这眼睛本就没有落泪功能的，今天竟也落泪了。于是，更加绝望，知道他的郎哥也救不了自己了，分明已是路到尽头："唉，峣峣者易折！还力拔山兮，如今恰如中了十面埋伏，难道真是身临乌江了吗？"

"老弟啊，眼下这情形，你哥也无力回天了。"郎子军用纸巾擦擦满面泪水。

"姓顾的，他真的见死不救？"张兵张大嘴巴，眼巴巴地看着郎子军，"我所有不幸，都是他造成的！"

"那你又能怎样？"

"我把他的事儿给捅出去！"

"捅出去，对你何益？"

"顾不上那么多了，就是死，也拉个垫背的！"

"兄弟,这个时候,可不能还由着性子,顾头不顾腚,没用的,徒劳啊!你这念头只可解恨,却不能解决一丁点儿问题。"郎子军拉起张兵的手,"客观事实和法律事实,是两回事。我前边分析过,省长何等聪明?人家早就留下后手,这些事儿,都是到你为止,都是你具体操办,也都落在你名下,没有什么证据能够证明是他干的。咳,哪个地府,没有冤死的鬼魂啊!"

"纪委如果再留置我,"张兵哭丧着脸,依然嘴硬,"我一定先把他拉进去!顶多,一起坐牢!"

"你以为,坐牢那样轻松?"郎子军摇摇头,"兄弟啊,想得简单了。坐牢前,纪委留置你的同时,先要把你个人、你家庭的老底儿,像收入、账目、财产、经营,甚至交往礼金、礼品,都要挖地三尺,这不就抄家吗?一旦那样,是做人的失败,是男人的奇耻大辱,多少代人之后,都会记得,祖上曾被抄过家的!进了监狱,你自己身陷囹圄,倒也罢了,可你夫人、儿子,不管到哪里,身上都背着个罪犯家属牌子,永远抬不起头来,永远是被耻笑的对象!你老婆甚至儿子,最终会不会成别人的,都不好说。你说这监狱,你能坐得?"

张兵的眼泪喷涌而出:"我想过,几次想一了百了,既保住财产,也留住尊严,更保护了家人!"他脸形扭曲,咬牙切齿,"可转念一想,怎么也不能便宜他姓顾的,我把他拉进来再说,先出这口恶气!"

"你不敢啊。"郎子军诚恳地说,"省长是中管干部,省纪委不会管这闲事的。另外,有一件事,他便可以把你拿得死死的,让你至死不敢开口。"

"什么事?"

"让你儿子退学!"郎子军从镜片下射出两道寒光,"孩子学习成绩怎么样,你清楚,能就读京城名校,那还不是省长一手操办的?各个关口,都是他给打通的。如果你想让他进去,这个人的心狠手毒,你是知道的。他会先把你儿子废掉,再让你家破人亡!"郎子军声音本就尖锐刺耳,伴随着窗外哗哗啦啦的风雨声,时断时续,时高时低,恰似鬼哭,如诉如泣,使人毛骨悚然。

张兵张大嘴巴,顿感呼吸困难,迷迷瞪瞪地站起来,围着门厅转着,自言自语:"难道……难道……我真的死到临头了?"

猛地一阵冷风吹开窗户,紧接着,丝丝冷雨飘进房间。郎子军赶忙起身,扶住摇摇欲倒的张兵。

这个夜晚,清水园内的办公楼上,像往常一样,灯火通明。欧阳云开与江镇澜站在窗户前,看着风雨交加的夜空。

"看来,今晚又不能回家了。"江镇澜一指窗外。他揉揉布满血丝的眼睛,"这几天,我分析一下今年几个案子,隐约感到,咱们真的触到暗礁了。"

"哦?"欧阳云开问,"怎么说?"

"齐九天、张大志、凌云、武来、张兵、孙岱、吴剑雄,怎么着都绕不开崇山帮,我们好像闯入人家山寨,进入他们的势力范围了!"江镇澜神情严肃。

"好眼力,果然大将军!"欧阳云开赞叹一句,"山寨也好,势力范围也好,这张大网,我们已经给它撕破了口子。"

"上次举报你那事儿,我总觉得不那么简单。"江镇澜望着窗外紧一阵慢一阵的秋雨,"顾世言、郎子军他们恶意中伤,煽风点火,目标未必就只对着你,恐怕也是冲着咱们这支队伍的。这次吴剑雄进来,又损了他们一员上将,还不知怎么忌恨我们呢。"

"说到吴剑雄,燕飞今天到滨海了吧?"欧阳云开便问。

"听叶音说,到了。"江镇澜回答。

吴剑雄进来后,先是被叶音挫了锐气。次日谈话,又被燕飞逼到墙角,像被点了穴位,动弹不得,没了任何抵抗的想法,只想看下一次谈话,会给他亮什么底牌,再考虑如何应付。

与内谈这边进展顺利相比,滨海外查组的工作,却显得进展缓慢,燕飞难免焦急。昨晚他过来找欧阳云开,正巧江镇澜也在。燕飞觉得,滨海外查组那边,苗壮虽然能干,但毕竟年轻,协调起来有些难度,几个关键证据拿得也不够扎实,担心时间长了,拖了内谈这边的后腿,所以他想过去看问题出在哪儿。内谈这边有叶音盯着,燕飞又从省直纪检组借调过来一名副组长老张,谈话经验十分丰富,突破吴剑雄只是时间问题。

欧阳云开见燕飞安排妥当,叶音也同意,便嘱咐他别太累了,等吴剑雄案子结束了,一定让他休个长假,好好调整一下。确实,最近一段时间,省纪委同志健康情况不容乐观。有两个巡视组组长一个心梗去世,一个脑梗成了植物人。监督室也有两个副主任,冠状动脉堵了百分之九十以上,放了支架才救过来。燕飞的副主任老谭患食道癌,最近也扩散了,叶音和燕飞探望回来说,时间不会很长了。

欧阳云开这里与江镇澜正议论昨晚燕飞去滨海的事,叶音走了进来说:"燕飞去滨海后,工作抓得很紧,只是让他受累了。"她把手中一摞材料放到桌上,"有件事,两位领导看怎么办好。吴剑雄的行贿人霍侠,这两天有点心神不定,谈话同志告诉我,说他公司有个三百亿的化工项目,后天要签约,大后天他儿子结婚。我就想,霍侠也算正经生意人,进来后态度挺好,积极配合,也都写好了自述材料,只是细节还要具体抠一下,才能形成笔录。我听到这个情况后,就进留置室和他谈了谈,觉得他的心情可以理解。"

叶音所说的霍侠,是滨海发展实业有限公司董事长,为感谢吴剑雄在土地拨划、企业发展上给予支持,先后三次向吴剑雄行贿九十万元。

"你的意思,想让他先回去?"欧阳云开问。

"是。"叶音回答。

"霹雳手段,菩萨心肠!"江镇澜轻轻点头。

"叶音虑事更周全了。"欧阳云开呵呵一笑,"为什么老倪叫你观音,还真是的,活菩萨一尊。别看风风火火的,可心眼好着呢。"

"别提他好吧?"叶音抿嘴一笑,"是不是菩萨心肠,不敢说。可我觉着,儿子成婚,是一家人大事。婚期都早定好了的,肯定不能改,照常举行的话,霍侠肯定参加不了。儿子结婚,当爹的不能到场,对父子必然都是一生的遗憾。特别是三百亿的大项目,当家人不露面,这不光是一个企业的事儿,对当地经济发展也会有影响的。"

"对了,晚饭前,滨海市长还给我电话,说这么一个大的项目,可千万别泡了汤!"欧阳云开说。

"我想,能不能让他参加了婚礼、签约之后,再回来呢? 这样既不影响我们工作,又能让霍侠感谢组织,更好地配合我们调查。"叶音看着二人。

"思路对头,这也是云开书记特别提醒的思想政治工作。"江镇澜提醒,"可离开留置室,需要解除留置。不可能过两天,再来个二次留置,那太不严肃。"

"你俩意见都对,"欧阳云开说,"让我说,干脆让霍侠回去,我们办案,不能不近人情,更不能不顾经济发展。但叶音你有没有把握,做好他的工作,让他参加这两个活动后马上回来?"

"有!"叶音态度坚决。

"那好,我有个基本判断,估计我们这样做,他会受感动,也能够回来。不过叶音,有两件事,你要做好:一个是先向滨海方面确认,儿子结婚这事儿,是否属实。再是,要跟霍侠好好谈一次,把道理讲清,让他参加完两个活动,立即返回。我也跟那边市长讲清楚,让他帮着做好工作。二次留置是不可能的,但可由他本人在清水园就近找个具备条件的宾馆住下，配合我们把剩下的工作做完。"

"好，这几件事我来做。"叶音点点头，"另外，吴剑雄案收礼受贿涉及七八十人。"她把这些人分作三类：一是五十万以上的，二是五十万以下至万元的，三是万元以下的。叶音对主要案情，特别是重点问题和重要数据，甚至往来流水，竟娓娓道来，条理清晰，逻辑严谨。

欧阳云开和江镇澜不由得对视一眼，对她的超常记忆感到吃惊。"不愧为会计学博士！"江镇澜赞叹一声。

"我对数字敏感倒是真的。"叶音接着说，"前两种情况，坚决查清就是，第三种情况就复杂了，数额不大，涉及人员不少，主要是公职人员，其中大多数是十八大以前的礼金。怎么处理，还真得好好把握呢。"

"还得麻烦你，把这些人再好好分分类。"欧阳云开对叶音说，"十八大以前和以后的分开，行贿和送礼的分开，便于我们分清情况，区别对待。"

"好的。"叶音回答。

"张玉英配合吗？"欧阳云开又问。

"态度不错。吴剑雄的许多事她都掺和进去了，情况也都知道，交代得比较清楚，对突破全案会起到很大作用。在吴剑雄违纪违法过程中，这个女人没起好作用。"叶音说。

"有背着吴剑雄要钱要物的情况没？"

"有是有，但数额都不大。"

2

第二天早饭刚过，欧阳云开、江镇澜和叶音站到大屏幕前，观察留置室里的吴剑雄。

吴剑雄终于认识到问题的严重性，知道靠摆资格，耍态度，讲贡献，都难以掩盖罪责。这几天，他抛出一些违纪问题和小额受贿事项，试图试探与自己谈话同志的反应，哪知省直纪检组借调来的老张，十分老到，听吴剑雄抛出这些芝麻谷子的，并不接招，告诫他没必要察言观色，只要记住对党忠诚这一条，便够了。老张点过几件事，吴剑雄编个理由，胡乱搪塞，可老张听了，微微一笑，显然早有答案，不点破而已。这让吴剑雄愈加不踏实，像初泳者水中突然一脚踏空，踩不到水底，心里便慌起来。尽管脸上保持平静，内心世界已是风声鹤唳，草木皆兵。

"吴剑雄的横劲，被你们给卸下来了，已开始面对现实了。"欧阳云开笑着对叶音说，"你和燕飞的谈话效果显现出来了。"

"还成效呢，"叶音有点急，"云开书记，昨天谈话同志跟吴剑雄谈科技园的事儿，他也承认有错，说当时一看是高科技项目，便红了眼，没深入考察就仓促上马，结果被骗，都怪自己太官僚主义，却避而不谈与赫连西望之间的交易。"

正在这时，叶音的手机响起。她低头一瞧，是苗壮电话。

"什么？怎么……怎么……"叶音突然慌张起来，语无伦次，浑身哆嗦，手机竟啪一声滑落到地板上，眼睛直直地向前看着，愣在那里。江镇澜看她如此，内心一惊，预感到一丝不祥，赶紧弯腰帮她捡起手机。

"怎么了？"欧阳云开忙问。

叶音嘴唇发抖，好半天没说出话来，只是用手指着手机。

欧阳云开一伸手，接过江镇澜递过来的手机："我是欧阳云开。怎么了？"

"云开书记，"苗壮那边哭得一顿一顿的，"燕主任，他没了！"

"燕飞？他怎么了？"欧阳云开急切地问。

"呜呜……呜呜……"苗壮说不出话来。

"小苗你沉住气，燕飞怎么了，他怎么了，你说话？！"

停顿一会儿，苗壮才哽咽着说出原委。今早吃饭，没见燕飞来餐厅。苗壮觉得昨晚研究工作到了下半夜，便想让他多休息一会儿，别打扰他。等吃过早餐，还不见人来，苗壮打几次电话，都没接，觉得奇怪，便去他房间敲门，里边也不应声。苗壮再打电话，只隐约听到里边手机铃响，却没人接时，顿时便慌了，赶紧跑去请服务员开了门，见卧室没人，等到了卫生间门口，两人被眼前的情形惊呆——燕飞身穿白色衬衣，深蓝色西裤脱了半截，下身平坐在地上，上半身歪着别在墙角，面色青紫，右手还紧紧抓着近期外查工作方案！等滨海医院医生赶到，早已无力回天。医生说是心脏猝死，看现场情况，可能昨天夜里人便已经走了。

欧阳云开呆愣在那里，眼泪喷涌而出！

"燕飞到底怎么了？"江镇澜看着他，已经猜出八九。

"燕飞啊，我的好兄弟！"欧阳云开失声哭了起来。

江镇澜泪水也淌出来，赶忙扶着欧阳云开坐下："书记，你别焦急！"

叶音眼睛哭得红红的，喃喃说着："咳，都怨我！如果我业务稍微好些，稍微能顶起来，也不至于让他顾了这头，顾不了那头，我有什么用啊！"一边哭着，一边猛地转身就走。

"你去哪里？"江镇澜见她走得急切，便问。

"找吴剑雄算账！就是他，把燕飞累死的！他要是不耍花招，早认罪了，燕飞也不用去滨海！"叶音哭着说。

"你冷静点儿，"江镇澜拖住叶音，"你现在去找吴剑雄，不等于告诉他，燕飞不在了，他作的那些孽，查不下去了，案子也办不动了？"

"那就这么便宜这个混蛋？"

"便宜不了他!"江镇澜擦一把眼泪,"相信我们的队伍,燕飞走了,他的战友、他的队伍还在! 现在,我们更需要冷静。"

"我恨不得进去扇他两个耳光!"叶音咬牙切齿。

"出气,不是办案的目的。"江镇澜镇静地说,"自古便讲究两军对垒,主将有失,秘不发丧。现在强敌当前,我们更应该进退有度。"

"叶音,镇澜说得对,我们不能自乱阵脚。"欧阳云开接过江镇澜的纸巾,擦一把泪水,接着把燕飞去世的情形说一遍。等说到燕飞人都没气了,手里还紧紧攥着工作方案时,又禁不住泣不成声。

叶音哽咽着:"燕飞是活活累死的啊!"

欧阳云开渐渐平静下来,他招呼两人站起来,向着滨海的方向,深深地三鞠躬。"叶音,你盯紧吴剑雄案,安排老张他们继续加大谈话力度,不能把燕飞去世的消息、悲痛的情绪暴露给他。"欧阳云开回过头来,"镇澜,你把几个室在清水园的案子都统揽起来,该往前推尽量往前推。拜托二位,你们各管一摊,遇事商量着来,我这就去滨海!"

"你去吧,我让小马把车开过来。"江镇澜忙说。

"再是,"欧阳云开又回过身来,"麻烦你镇澜,你立即回机关,向达之书记报告,我电话里怕说不下去。"话音未落,欧阳云开已经走出会议室。

车子飞速行驶在高速公路上。秋风萧瑟,树叶凋零,田野一派苍凉。

欧阳云开内心被悲痛笼罩。燕飞的去世,让他无论如何难以接受。他甚至幻想,这不是在做梦吧? 于是下意识地使劲拧拧自己大腿,咳,还有痛感,如此说来,燕飞是真的没了! 一个不顾疲倦、天天在自己眼前晃来晃去的兄弟,一个温文尔雅、身体瘦弱但战力惊人的战友,真的从这个世界上消失了? 欧阳云开想起,前些天来滨海科技园,走的就这条高速,坐的就是燕飞的私家车,那时,也看出他气色不好。再往前想,这病也该有一段时间,好像从年初就经常拍胸揉背,应该是感觉不适吧?可燕飞却是一个极自律、极要强的人,即使人手这么紧张,他也从不埋怨,期望用自己没白没黑的努力,把室内的空当全都填平。这次如果他不去滨海,如果发病时他在自己家里……欧阳云开不忍往下想!

张浩还在接受精神治疗。朱克坚因为小小的痔疮耽误治疗,造成一辈子身体不适。现在,燕飞又倒在调查取证一线,就是死,手里还紧握工作方案。这与朝鲜战场上那些被冻死、牺牲前还保持着射击姿势的烈士们,有什么区别?亲爱的战友们,你们,都是为了党执政基础长期稳固,为了共和国的政治清明,为了建设廉洁政治,舍生忘死,挺身而战,是当之无愧的战斗英雄!想到这里,欧阳云开悲痛欲绝,再也坚持不住,示意小马把车停到应急车道,自己打开车门,踉踉跄跄地走到路边,手扶高速护栏,双手捂住眼睛,心里不停念叨:"燕飞啊,好兄弟!你真的走了?是我……是我把你累死的!"

"书记,高速路上车来车往的太危险。"小马搀扶着他,又递一块毛巾过来。

欧阳云开接过毛巾,死死地捂住脸,才没哭出声来。要不是小马此刻在跟前,他会没有顾忌地哭个够。过了好一会儿,他才缓缓站起身来,默默地望着天边。深秋的风,凉意已浓,吹在恸哭后的脸上有些发紧,眼睛发涩,嘴里发咸。

"我们走吧。"欧阳云开拉开了车门。

北京朝阳区一家高档宾馆房间内,郎子军得知燕飞去世的消息,已是午后三点左右。

昨夜从文昌到这里已经很晚。他冲个澡,稍微迷糊一会儿,便起床吃了早点。上午接待过三帮客人，前两帮，是生意上的伙伴。第三帮人，身份特殊，据说都有通天本领，无所不能，哪家门子也进得去，多高层次的人士也说得上话。郎子军在宾馆二楼一个豪华套间，专门宴请他们三个，为顾世言铺路，自然，每人都收获不菲。饭后，郎子军沉沉地睡一觉，昨天白天、晚上，甚至今天上午，都太过劳神，需要补补觉了。一个滨海来的电话，让他从沉睡中醒来。

挂掉电话，郎子军擦擦眼镜片，重新戴上，然后起身慢慢拉开窗帘，缓缓推开窗户。窗外的阳光和冷风，同时扑面而来，让他顿感寒意，竟打一个哆嗦。站了一会儿，他把服务员叫了过来。

"你垃圾桶上面盘子里用的白色细粒石英砂还有吗？我要没用过的，干净的。"

"有，是袋装的，郎总。"服务员答道。

"那好，"郎子军语气缓慢，"你再去厨房，取一个从没用过的瓷碗，大一点的。对了，费用加在住宿费中就行。"

服务员迷茫地看着郎子军："郎总，您这……？"

"去吧，孩子，我有用处。"郎子军挥挥手，从茶几上打开烟盒，取出一支沉香细支烟，缓缓点燃，深深吸一口，然后静静地坐到沙发上，这才把吸入腹内的烟吐向斜上方，在空中翻滚着，形成一个烟圈，最后慢慢散去。

不到五分钟，服务员敲门进来，郎子军接过石英砂袋和白色瓷碗，说声"麻烦了"便示意服务员走开。随后，郎子军推上房门，带上服务员送来的物品，由门厅走进书房，把砂袋和瓷碗小心放到书桌上，再回身，轻轻将书房门关上，随手反锁。回头取过瓷碗，用纸巾里里外外擦拭干净，再将石英砂袋打开，将洁白的砂粒倒进碗中，用桌上的尺子轻轻抚平。然后打开书橱，从里边取出精致的金黄铁盒，是德格印经院的古格藏香。他看一眼书桌上的书籍、笔架、砚台，微皱眉头，便动手全都收拾起来，放到一边橱子里，直到桌面没了任何杂物,才将瓷碗放到书桌正中。一切准备妥当,郎子军仔细开启香桶,取出三支藏香,打开火机,将香点燃,并排轻轻插入碗中。顿时,浅淡的烟气袅袅而起,清雅醇和,弥漫整个书房。

他整整眼镜,拍拍衣服,两脚并立,双手相合,口中念道:"燕飞老弟,惊悉你已西去,噩耗传来,我郎子军内心悲凉难言。谁承想,这才几日,寒舍挥手,已成永别。老弟以身许国,才干超群,儒雅勤勉,志在匡扶正道,令我十分佩服。你我虽路不同行,但各为其主,恪守做人之德。可惜天妒英才,中年早逝,在这世界上,让我失去一位值得尊重的对手。对了,你们厌恶的张兵,正走向地狱之门。老弟,万望一路走好,唯盼来世我们哥俩并肩而行!"

祷告之后,郎子军深深三鞠躬。祭奠结束,郎子军打开书房,回到门厅,喝口茶,再次点上香烟,半躺在沙发上,闭目沉思。顾世言说,"没了敌手,天下便尽是朋友",气魄难得,心意难遂,也是理想化了的一厢情愿。燕飞走了,新的敌手又会出现。敌手排山倒海一般,哪里除得尽?吴剑雄的案子,不会因走了燕飞便半途而废。他的落马,对崇山人的冲击非同以往,对于顾世言,更是一场危机。上次孙岱风波,本可对欧阳云开一击而中,没想到,只让他得了轻伤。咳,也是成事在天!

无论如何,除掉张兵,眼下算是暂且安全。郎子军脑海里回放着昨晚上发生在文昌市张兵家里的情景。

经过郎子军一番透底分析,张兵如同被蜘蛛网丝捆绑起来的飞蛾,怎么挣扎,都是徒劳,越用力,捆得越紧。特别是听到顾世言可能会对他寄托全部希望的儿子下手,心理顷刻间彻底崩塌。原是抱定了与顾世言同归于尽决心的,可经郎子军一分析,这又必然伤及儿子,于是哪里还敢再动这念头?他本就心理脆弱,再加上有些抑郁,又听了郎子军那些昏天暗地的话,更觉得所有生路都堵得死死的,没了一丝活下去的必要了。便想,若能自我了断,又何尝不是一种解脱?

"郎哥,难道我真该命绝?"

"老弟啊,"郎子军痛苦地摇摇头,"为兄实话实说吧,你该当命绝今晚!"

"怎么说?"张兵又是一惊,忙抬起头来,直勾勾地看着郎子军。

"兄弟啊,"郎子军状如鬼魅,目光阴森,凄厉的声音飘在空中,"我若没记错的话,你出生时辰是农历十月二十四申时。"

张兵木然点头。

"你的生辰八字是,辛亥、庚子、庚午、甲申。亥年生于午日,命带六厄;子月生于午日,命带月破。加之天干上比劫重重,克夺财星。这就注定,你是短寿之人。"

"我出生时辰确是这样,"张兵面露惊恐,"那我只能依了天命,不可抗拒?"

"兄弟啊,你现行丙申大运,丙为日主庚金之七煞,七煞为鬼。而今年太岁己丑是日干庚金之墓库,更要命的是岁干己土合去老弟八字中唯一的财星甲木。大运逢鬼、日干入墓、财星被合,这三凶聚会,老弟啊,你哪里还有活命之理?咳,如此算来,今年便是你的寿终正寝之年,今日便是你的大限归期!"

听罢郎子军这番话,张兵不再说话,缓缓站起,双眼死死地盯着正前方,仿佛看到死神立于眼前,向他勾手致意,发出声声哀鸣。雨也停了,窗外漆黑寂静,阵阵冷风从窗户缝隙钻了进来,发出刺耳的死亡尖叫。突然一阵狂风,窗户被猛地刮得咣当一声,如同死神破窗而入。

张兵身子一颤,沉重地往前迈出两步,嘴角微微张开:"天意如此,阳寿已尽,我只能走了!"

"兄弟啊,安心去吧,"郎子军像极了黑夜荒野赶尸人,飘到他身边，"家里后事，我会安排好的。"

张兵不接郎子军的话，只顾看着前方，冷不丁惨然呼叫："爹啊，儿子今天就要随你去了！"

"夜来一场雨，长空万里蓝。幡然除妄念，心净自晴天。"郎子军朗声而诵，如同祭祀仪式上的师公，虔诚地做着送终法事，口中念念有词。

"爹啊！"张兵一声凄厉。

"兄弟，这是令尊遗作。说来也是天意，冥冥之中，便是为你而作。前两句，是写你的前半生，如春雨而来，悄然展开，清净而为。后两句，却是写你的结局，嘱咐你务必除却生的妄念，灵魂便可永久安息！"郎子军见张兵神志恍惚，失去辨别意识，便曲解诗句原意，意欲加速将他推进死亡之门。怎奈张兵没了生的念头，如行尸走肉，心麻脑僵，任由郎子军操弄，竟一步步向厨房摸去。

"自古英杰，必是来得干净，走得从容。"郎子军知道张兵想去寻找菜刀，便在身后低声说道。

张兵便停住脚步，似听非听，似懂非懂。

"后事交代不清，便是糊涂人。要给夫人、儿子留下个明白话。"

恍惚中，张兵似乎觉得有道理，便回过身来。郎子军扶着他走到餐桌前坐下，从茶几上取过张兵所用签字笔和信笺，然后从公文包中拿出一张纸条，放到餐桌上："几句话就行，算是个交代吧。"

张兵便拿起笔来，比照纸条，歪歪扭扭写下两行字：

> 老婆、儿子：近期变故，让我心碎。我去意已决，不必悲伤，来世再见。张兵，即日。

写完，张兵又要朝厨房挪动身子，郎子军收起纸条，便扶住他，转向卧室："刀剑都是见血封喉的凶器，只要动了，便毁掉父母给的完好身躯，不如吃下安眠药，安然而去，到阴曹报到时也干净。"

"哪里有?"张兵迷迷瞪瞪问。

"这里。"郎子军掏出两个药瓶,递到张兵手中,"都已打开,服下就好。"又转身从门厅茶几上取来茅台酒,倒入床头柜上的水杯中,"用这个送服,效果更好。"

张兵刚要服用,哪知门厅里的手机突然响起!张兵仿佛夜半迷路人,突然醒了一半,眼睛一亮,便站起身来:"电话!"

"兄弟,不用接了,世间万事,与你何干?"郎子军如鬼魅般蹿去门厅,一把抓住手机。

"再有啥事儿呢?"张兵脑袋似乎要重新点火启动。

"你得把窗关上,接电话时便听得清楚。"

张兵点头,一步步挪向门厅窗户。

郎子军反身快速打开房门。只见一股烟雾喷进门厅,伴随一阵浓烈的恶心腥臭扑鼻而来。烟雾中,一黑、一白,两个玄冥厉鬼,如风一样飘了进来。一身黑衣的矮胖鬼怪,身穿斩衰凶服,面容凶悍,双眼喷着红光,一手甩动闪闪发光铁索,一手提个血淋淋的人头。那白衣鬼怪,细瘦高挑,白布高帽,面色苍白阴冷,口吐瑟瑟抖动的红色长舌,白发凌乱狂放,腰束草绳,一手握着破烂芭蕉扇,一手擎着脱了漆的老旧算盘,甩得哗哗作响。两鬼脚下如同安装了弹簧,蹦蹦跳跳,高及屋顶,叫声凄惨!

张兵觉得身后有异,等他缓缓回过头来,登时目瞪口呆!只见两个鬼怪,烟雾中忽上忽下,时隐时现,叫声摄人心魄。那白衣厉鬼吐着血红长舌,犹如毒蛇翻卷,恐怖无比。那黑色厉鬼把个带血的人头,在他面前晃来晃去,手中锁链舞得呜呜生风。张兵刚要清醒的心智,又混沌起来。再看郎子军时,却见他静静地坐于茶几前,面如秋水,神情自若地翻看着杂志,端起茶杯,轻饮一口,伸个懒腰,对周边动静毫无察觉,恍若与自己身处阴阳两界。张兵依稀感到,郎哥是看不到鬼魂的,而自己则已与鬼同界,估计阳寿已尽,将即被押去阴曹，只觉眼前一阵发黑，昏死过去。

郎子军见他已不省人事，便朝身后轻轻挥手，"二鬼"提起黑白长衣，转身走出门外，随手将门带上。"兄弟，兄弟，你醒醒！"郎子军轻声呼唤。

张兵轻轻抽动一下身子，等睁开眼看到郎子军，猛然一声大叫："鬼，鬼，黑白无常来抓我！"

"怎么了兄弟？你梦到什么了？"郎子军忙问。

"郎哥，真是你？"张兵有气无力地闭上眼睛，腹部一鼓一收，看着心窝的气只出不进的，"郎哥，不是梦，你看不到的，刚才，黑白无常来过，我死期到了。我能见到你，恐是阎王爷仁慈，让我回趟阳界，和亲人告别吧。"

郎子军点点头，扶张兵再次走到床边坐下，附在他耳边低语："兄弟，时辰已到，用药吧。"

张兵顺从地接过郎子军手中的药，吞服下去。郎子军立即递过透明的水杯，张兵喝下一口，嘟囔一句："好酒。"

"兄弟啊，全喝了吧，不然，一会儿路上渴了难受。"郎子军轻轻拍着张兵。

张兵皱皱眉头，看眼水杯，一饮而尽。

"睡吧，睡过去，便到另一个世界了。"郎子军扶着张兵倒下，给他盖上被子。不一会儿，见张兵沉睡过去，方起身一声轻叹，"'三寸气在千般用，一见无常万事休'。对不起了兄弟，你知道的秘密太多，又过于用强，休怪郎哥无情。你走了，这世界便可消停几日。"

郎子军在门厅茶几前坐一会儿，向杯中添了热水，轻轻吸一口。这才站起身，戴上白手套，先是察看张兵写过的遗书，见签字笔和信笺胡乱放在餐桌上，便点点头。室内会不会有监控？他还是不放心，便从包里取出一个便携式仪器，在室内测试一圈，确信不会留下什么痕迹。又从包里取出一块小方巾，喷上酒精，将自己接触过的器具，仔细擦拭一遍。之后弯下腰来，把刚才"两鬼"表演时落在地上的纸屑之类收拾起来。再次走进房间，把药瓶、水杯和酒瓶也用方巾轻轻擦过，再捏着张兵的手指在上面都按了按，依旧放回床头橱上。

时间过去一个多小时，郎子军觉得还不踏实，便在沙发上坐下，点上香烟，打开公文包，取出《查拉斯图拉如是说》，找到书签别着的章节，仔细读起来。读到精彩处，便拿出笔来，仔细做了批注。看看时间过去两个小时，郎子军站起身来，正想离去，突然想起之前响过的手机，取过一看，是张兵夫人的电话，还留下一条微信。刚想打开又停了下来，想了一下，当时情形，张兵应该打开看的，快自杀的人了，不回，逻辑上也正常。于是打开微信："电话你总不接，估计睡了。我明天午饭后飞机，估计能回家吃晚饭。"看罢手机，用方巾擦过，再把刚才自己用来喝水的杯子洗过擦干净，放到酒柜里，与其他杯子一样摆放整齐。

"时间正好，十六七个小时，够了。"说完，他再次入室，轻轻推推张兵，知道他已深睡过去，便放下公文包，立正站好，向张兵三鞠躬，"兄弟，今日一别，若再相见，便是来世。你我兄弟交往已久，郎哥也知道兄弟对我多有依赖，只是今日实是万不得已，请兄弟谅我。"

说完，提起包，迈步出门，坐上赶往北京的出租车。

此刻，站在京城酒店的阳台上，郎子军感叹一声："日失两友，岂非天意？世事难料，怎么便偏偏如此巧合？"谁能料想，自己明着是来京城，却中途暗返文昌，一日行走于三地之间？郎子军看看手表，心想，晚饭前，张兵那边该来消息了吧？恰在这时，郎子军接到一个陌生电话号码，犹豫一下，还是接了起来。

"郎总,我是庄严。"

"庄院长,又换了号码,是用来打给女孩子用的吧?"郎子军问。

"不开玩笑,"庄严的声音很不对劲,"我发现有人在查我。"

"何以见得?"郎子军顿时合上了眼皮,眼珠在里边一滚一滚的。

"有人在查我银行账户。"

"怎么说?"郎子军继续问,"你省高院院长,一定懂这个,除了工资,不会在银行账号上留什么痕迹吧?"

"那倒不会,即便有什么,我也不会这么傻,明晃晃放这账户上。我是干法律的,有这敏感性。"庄严难掩惊慌,"一个小伙计,也是咱崇山人,从他亲戚那里透出这个信息来,我就有点儿稳不住神儿。子军老弟,那些村民总是闹,没完没了,说是要进京上访呢。"

"你说得对,防患未然是对的。"郎子军安慰道,"单纯度假村这片地,倒不用惊慌。我们都依法办事,反正一审也判了,只差二审。即便东岛那套房子,也没落你名下,更不是直接从我这里出去的钱,谁也不会知道与咱俩有啥关系。"

"可老百姓仍然不散完,显然是给二审施加压力。"庄严叹口气。

郎子军知道,庄严女人多,官司揽得多,手头还不知积攒多少案子呢,度假村只是他手头其中一件罢了。庄严巴不得早日判了,让风头过去。

"那你还是得想法让二审抓紧判,判了便终审了,没了指望,还闹什么?"

"现在中级法院那边的法官也是担心,"庄严忧心忡忡,"说硬判怕出事儿。"

"前面有一审做基础,中院顺着判就是。"郎子军为他支招,"你和主审法官吃个饭,礼品我备。"

"我还想,你是不是拿出点钱来,暗地里给村民们补贴一下。"

"庄院长,这不该是你出的主意吧?"郎子军冷冷说道,"你以为,这是仨瓜俩枣便能打发的?这么多村民怎么喂得饱?你就把度假村收益全部拿出来,也满足不了他们要求。"

"那怎么办?"

"纠纷还得靠法律解决!"郎子军坚定地说,"我们的土地是合法的,证件手续都齐全,和老百姓也签了合同,过去这样的操作多了去,放心好了。"

"我还是不踏实,毕竟,在村民安置上,你们是做了手脚的。"

郎子军沉默良久,才幽幽地说:"我原来也是侥幸,觉得只要省长运作一下,一切都妥了。哪知十八大后,省长也办不了,这才有眼下的乱子。不行你和主审法官说好,我们也稍微让让步,可以给村民补上点钱,息事宁人吧。"

"我最担心的是纪委那边,把咱们的事儿给挖出来。"

"所以,要慎重行事。"郎子军知道庄严的意思,"省长那边,我也可以帮你说说,让他有个数。"

"谢谢!"庄严说。

刚放下电话,郎子军电话又响起,是张兵夫人的:"郎哥,郎哥吗?张兵自杀了!"

"自杀?他怎么会自杀?这怎么可能,怎么……怎么回事儿?"郎子军显得十分震惊。

"郎哥……"对方已说不出话来。

"弟妹,你镇定点儿,"郎子军疑惑地问,"前几天我去看他,情绪还挺好呢,这……这才几天,就……怎么会呢?"

稍稍平静一会儿,张兵夫人抽泣着说:"我是晚饭前从外地赶回来的。登机前和落地后,怎……怎么打他手机都不接,我急三火四地进了门,他也没个动静,等我进了卧室,这才……才看到,他……他已挺在床上，早就没气儿了！"

"怎么知道是自杀的？"郎子军问。

"他服了过量的安眠药！"张兵夫人哭得更厉害，"这该死的，临走前，给我和孩子还留了遗书，说是不愿活了！呜呜……"

"弟妹，请你节哀。"听电话那边哭得厉害，郎子军边安慰边问道，"没抓紧抢救？"

"救护车过来了，医生说服药量太大，还有，他是用白酒送服的药，医生说，这白酒让药力翻倍，已经没救了！这该死的，他……他……根本就不想让……不想让把他救过来！"

"弟妹，我现在在北京办事，这就赶回文昌。现在，我马上让集团的人过去，你别着急。兄弟的后事，全由我办吧。"停顿一下，郎子军又嘱咐道，"别人问起，你就说张兵兄弟是心梗去世的，这好听一些，对我兄弟，对你和孩子，都好。"

3

秋雨连绵，已经数日。滨海市殡仪馆内气氛凝重，空气中飘散着浓浓悲哀。欧阳云开和郑刚站在殡仪馆门口，等候路达之从文昌赶来。

"给我支烟。"眼睛红肿的欧阳云开向郑刚伸伸手。

"您不是不抽烟吗？"跟随欧阳云开办案多年，郑刚从没见过他抽烟。知道他此刻心里难受，便递过一支，给他点上。欧阳云开深吸一口，呛得一阵咳嗽，泪也流了下来。

昨天中午，欧阳云开赶到滨海医院时，燕飞的遗体已经运往殡仪馆。接待室里，燕飞的夫人章品悲痛欲绝。来的路上，省纪委办公厅同志电话里告诉章品，燕飞正在抢救之中，请她不要着急。身为文昌市委组织部副部长，章品经历过太多事情，尽管心急如焚，预计到情况可能不容乐观，但还是不停地安慰自己，努力往好处想。可等她进了医院，掀开床上的白布，看到满脸青紫的丈夫时，却怎么也没法想象，结果会如此残酷！

她脑子当时便嗡的一声，离开自己时那个乐呵呵的丈夫，再次相见，已是冷冰冰的尸体！以后，以后，四十多岁的自己，再也没了丈夫！刚上大学的女儿，再也没了父亲！女人怎么都抑制不住内心的悲痛，突然俯下身去，紧紧抱住自己的丈夫，撕心裂肺地大喊："燕飞啊，燕飞……"

等欧阳云开由郑刚和医院院长陪同，一起走进接待室，已是一小时以后。只见章品双手用毛巾捂着脸，肩头还在一耸一耸地抽泣，身子瘫倒在沙发靠背上。陪同她从文昌一同赶来的孙小雯，轻轻推推她："部长，云开书记来了。"

章品抬起头，见欧阳云开站在眼前，便慢慢站了起来，紧紧抱住他，失声痛哭："云开书记，怎么会这样，怎么会这样啊！燕飞……燕飞他太年轻了，还有三天，才是他四十六岁生日啊！"

"都怨我照顾不好，把燕飞给活活累死了。"欧阳云开轻轻拍着章品，轻声说。

"他总不回家，几个月也不回趟家啊，说忙……忙啊，又上案子了，还是抽不出时间来。我还埋怨他不顾家，心里没我。接你们办公厅电话前，我还一直以为他在清水园，离家只有半小时的路，说不定晚上会回家呢。哪里知道，哪里想到，他来滨海已经好几天了！谁能知道，好好一个人，一下子就没了！"

"对不起，"欧阳云开已泣不成声，"今年案子确实太多，都很棘手，他办事认真，标准又高，人手又紧。滨海这里外查组进度跟不上，他心里着急。咳，还是我不好，对不起你，对不住我的好兄弟！"

"云开书记。"欧阳云开感觉身后有人轻推自己，便回过头来，一看是叶音，身后立着倪景行、杨帆。欧阳云开忙向章品介绍三人:"叶音委员是燕飞的直接分管领导。"

"章部长,都怨我能力弱,才把燕主任累成这样!"叶音早哭成个泪人。

郑刚见大家如此悲痛,便对欧阳云开说:"书记,是不是我们一起回宾馆,让章部长休息一下,吃点儿饭,我们大家也商量商量?"

欧阳云开点点头,对章品说:"我们先回去休息一下好吗?"又对叶音和孙小雯说,"这几天,你们俩就陪陪章部长。"见二人扶着章品向外走,欧阳云开问叶音:"清水园那边的事,都安排好了吧?"

"我和谈话的同志交代,谈话加大力度,把露出头来的事先整明白。然后向镇澜常委请了假。镇澜常委说,他这几天便蹲监控室了,还把杨帆和小雯抽到十四室,让杨帆到这边外查组顶一顶。"

听到叶音的话,章品停住脚步,擦把泪,回过头来对欧阳云开说:"不用照顾我,你们也多保重,别误了工作。"

站在殡仪馆门口,欧阳云开正回想着昨天的情景,突然听郑刚说了声:"达之书记的车来了!"他忙抬头,甩掉手中烟头,见两辆轿车已停到了门口。欧阳云开忙迎上去,路达之从车上下来,和他握握手:"云开辛苦了。章品同志情绪怎么样?"

"还好。"欧阳云开与同来的办公厅主任、组织部长以及蓝天一一握手后,赶忙回身,向路达之报告:"她很坚强。叶音和小雯告诉我,等外人不在了,她自己一个人在房间时,哭得太悲伤了。在隔壁隐约听着,都忍不住落泪。咳,她心情这么难受,还克制着感情,见了我们,还想到不给我们添麻烦,太让人感动。昨天中午,她也没吃午饭,就喝了点儿水。下午起床后,我和她说了一会儿话,晚饭前章品找我说了丧事办理意见,我昨晚已经向你报告了。"

当时,章品提了三条意见:一是就地火化,骨灰带回文昌;二是第二天告别,不要非等第三天;三是不要再给他任何荣誉称号,燕飞以这种方式走的,他没有辜负"办案人"的称号,有"办案人"这个称号就够了。

路达之禁不住泪水盈眶,抬头望向天空:"谁是最可爱的人?纪检人,纪检人的家人啊!"郑刚给他递过纸巾,路达之擦擦泪水,问:"女儿回来了吗?"

"今早飞机,刚从学校赶来,"欧阳云开回答,"过来有半个小时了,哭得让人难受,现在稍微平静了点儿,正和章品说话。"

"云开书记!"欧阳云开听身后有人喊自己,赶忙回头,见一中年女同志走过来,一时记不起来是谁。

"我是赵枚,燕飞的同学。"听她这一说,欧阳云开一下想起前些时候与燕飞暗访科技园时的情景来,忙向路达之介绍。

路达之和她握握手:"谢谢你过来。"

"我们两家很好,昨晚上我一直陪着章品。"赵枚说。

进休息室,路达之见章品拉着女儿的手,听女儿边哭边说。欧阳云开正要介绍,路达之赶忙摆手制止。

"爸爸说,等我考上大学,便陪我爬文昌峰,可我拿着入学通知,等了他多少天,也没见他回趟家!到了寒假,他说,领我看正月十五文昌庙灯会,可他大年初三就走了,直到我开学,也没见过他的人影儿!今年暑假,爸爸又说,这次一定领我去爬文昌峰,可他一个暑假都没回过家,一直到今天啊,我就再也没见过爸爸的面儿!我知道,爸爸不是不爱他的女儿,也不是不想他的女儿,每次看见我,都搓着手,一脸幸福和满足啊。清水园离家还不到半小时的路,可是,可是,却像隔了万水千山!其实我心里明白,爸爸一定是被案子缠住了,黏上了,顾不上回家,顾不上看他喜欢的女儿一眼啊!"

章品看到路达之过来,忙拉着女儿的手:"你是好孩子,你爸爸也是好爸爸！别哭了，你看，你爸单位路书记来了。"

路达之强忍泪水，握着章品的手："章品同志，燕飞走了，我们都十分难过。他是纪检人的光荣，是办案人的光荣！"

"燕飞总是说，现在的年代好，省纪委领导好，出了力也不冤枉！"章品抽泣着说。

"我和云开、叶音，今天都要向你和你女儿，道个歉！我们没照顾好燕飞同志，对不起！"路达之忍不住哽咽，"燕飞一心扑在工作上，而你在这么痛苦的时刻，还提出丧事从简，怕影响我们工作，不提任何要求。相比你们，组织有愧啊！"

章品擦了擦眼泪，坚定地说："我昨夜一点儿也没睡着，想了一个晚上，算是想明白了。人啊，活多大岁数算大？只要死得其所，就不枉这一生！"

"你们两口子，让我们尊重！"章品的话，让路达之感慨万千，"省纪委的同志们听到消息，都想过来告别。我告诉他们，章品同志怕影响大家工作，才决定不在文昌举行告别式。所以，我们别辜负她的心意。今天，省纪委来的同志，包括外查组的同志，总共不到二十人，另外还有市纪委的部分同志，不能再简单了。"

"谢谢。"章品双手合十。

"省委陈放同志专门给我电话，让我向你转达他的慰问，也以他的名义送了花圈。"

"让省委领导牵挂了。"

"还有，顾世言同志说，他和燕飞是朋友，也向你慰问。"

"谢谢。"章品说。

郑刚走过来，悄声提醒路达之："工作人员说，告别式可以开始了。"

大家站起来，赵枚扶着章品，孙小雯扶着燕飞女儿，还有从燕飞老家赶来的几个亲戚，先走进告别厅。

告别厅里传出女儿肝胆俱裂的呼唤："爸爸，爸爸啊，女儿来看您了！您……您……您就躺在这里，就这么走了，怎么也不睁眼看女儿一眼，张口和女儿说句话呀！爸爸啊，您总在哄我，骗我，说领着我去这去那的，结果哪里都没去！如今，文昌峰还在那儿，你却要永远躺到文昌峰山脚下了！爸爸，爸爸啊，女儿一点儿也不恨您，我就是想在您跟前撒撒娇，想和您手拉手，依靠着自己亲爱爸爸的臂膀，在小路上走一走，转一转，听您爽朗的笑声。可我后悔啊，怎么只知道傻乎乎地等啊等，怎么就是不知道自己跑到清水园门口，看上您一眼，哪怕见个背影也好！我但凡有一点儿心眼儿，便不会死等您的时间，不至于和您临别都见不上一面，留下这一生的遗憾！爸爸啊，以后好多话我对谁说去，好多道理谁能告诉女儿？爸爸，爸爸，女儿想您啊！往后这一辈子，您的女儿，只有二十二岁的女儿，再也没有爸爸了，就是我寻到天涯海角，直到我成了老太太，也见不上我亲爱的爸爸了！爸爸啊，您在那个世界，能看到您的女儿吗？知道女儿心都碎了吗？难道……难道……我和妈妈，在想您想得不行了的时候，只能到文昌峰下去看您了吗……"

路达之制止大家，再稍等等。他转身从工作人员手中接过花束，回头递给欧阳云开、叶音几个人，叹一声："父女情深啊！"待里边平静些，路达之带领欧阳云开、叶音、倪景行和郑刚，缓步进入告别厅。迎面悬挂着燕飞的遗像，笑容灿烂，宛如昨日。一个高挑消瘦、白净儒雅、富有激情而又充满魅力的中年人，此刻紧贴墙壁，俯瞰整个大厅。

当欧阳云开把视线从墙上移到大厅中央，看到静卧于鲜花丛中、覆盖在党旗之下的战友时，泪如泉涌。路达之担心他情绪失控，轻轻拉他一把。然后，带领大家朝遗体三鞠躬。

欧阳云开眼看着与自己朝夕相处的战友，就躺在自己面前，再也不能和自己并肩战斗，再也不能和自己说心里话，再也不能和自己一起谈笑玩闹,今后,今后永远永远不能相见时,怎么也抑制不住自己的感情,两天来的压抑瞬间爆发!

正当路达之转过身去,与章品握手时,欧阳云开猛地冲过花丛,扑向燕飞,双臂紧紧拥抱战友,自己的脸颊与战友的脸颊紧紧相依,轻轻磨蹭,痛彻心扉地高喊:"燕飞啊!我的好兄弟!"

满厅的人都惊呆了!

路达之一下子转过身来,看到倪景行、郑刚双双迅速过去,把欧阳云开拉起来。章品见状,也走过来,拉着欧阳云开的手,哭着说:"云开书记,他真的走了,你叫不醒他了!"

路达之走过来,扶住欧阳云开,示意倪景行和郑刚把他扶出大厅。

欧阳云开坐到门厅外边的条椅上,眼睛红红的,默默地看着小河上的汉白玉石桥发呆。燕飞和自己一起工作生活的一幕幕情景浮现在眼前。离"百草园"暗访这才几天,谁知今日竟成永别!

参加完告别仪式,路达之嘱咐办公厅将燕飞后事处理好,把章品一行照顾好,便带领欧阳云开、叶音、倪景行、杨帆一起,到市纪委办案点,看望吴剑雄案外查组同志。

苗壮在前面边带路,边向路达之报告:"燕主任过来两天,几乎一点儿都没休息,吃饭时间都在听取汇报,对所有外查的线索逐条分析,研究对策。他把外调组十人分成五组,每组都拿出了自己的方案,他又一一仔细修改,再形成外查组总体工作方案。去世的头一天晚上,我们又研究到了一点多,我见他脸色很不好,离开他房间时还劝他早休息,他却说,等我们走了,自己再顺一顺,明天早上便能向清水园报告了。哪知道……哪知道……"苗壮说不下去了。

路达之他们走进燕飞房间,眼前一片凌乱,床上的被子还没来得及整理,像是主人刚刚起床。桌子上笔记本翻开着,几个外查小组的汇报稿和账目本子、证据单子摆在一边,电视柜一头放着一桶桶方便面和榨菜袋,其中一桶已经用水泡好,显然是晚上饿了,尚未来得及吃上一口。

"这儿,还有主任泡在脸盆里没来得及洗的衣服,"苗壮指着卫生间,"那份……那份落在地上的外查工作方案,是我们第二天进来时,从主任手里拽下来的。主任人都没气了,手里还死死握着这个,我们几个人费了好大劲儿,才从他手里拽出来……"

路达之抬头看着屋顶,好一会儿,才对郑刚说:"请你们宣传部同志过来,把房间现场拍摄下来,留存资料,以后能用得上。不过,一定不能让章品同志和她女儿看这房间。"安排完,才回过头来,对欧阳云开他们说,"你们知道,今年春天,昌庆县纪委一名办案同志被腐败分子杀害了,已经授予了烈士称号。燕飞同志虽然不是被杀害,但同样是牺牲在反腐败战场上,是英勇无畏的战士!他,无愧于办案人,无愧于党的忠诚卫士!"

上午,清水园会议室内,欧阳云开打开窗户,与江镇澜、倪景行看着窗外晚秋的景色。一阵冷风吹来,山上枯黄野草瑟瑟作响,无边落叶萧萧而下,窗下草坪上铺满了金黄的银杏树叶。

"燕飞再也看不到这些了!"欧阳云开不禁叹息。几天来,他难以从悲痛中调整过来。从滨海回来,他约上叶音,两次到章品家里看望。等第二次去时,章品已经上班。她电话里说,在家里,到处是燕飞的影子,倒不如去单位,忙起来,会冲淡一下。再说,单位里事还很多,也等着自己处理。省纪委这边,路达之亲自安排,宣传部、研究室、机关党委和十四室组织专门班子,对燕飞的事迹进行收集整理。

"带齐九天这才几天,转眼快一年了!"倪景行看着欧阳云开情绪不好,知道还在思念燕飞,便换个话题。

"是啊,"欧阳云开应道,"自打开春到现在,这里被留置的人,有在职的,有退休的,有厅级的,有处级的,有行贿的,有受贿的,来来去去,真有不少了。"

"这些人中,不算那些解除留置的,光移交检察院的,已有二十七人。"江镇澜回答。

欧阳云开感慨:"如果庄严进来,够上二十八星宿了!"

"景行,二十八星宿是怎么回事?"江镇澜逗倪景行,也想借机缓解一下气氛。

"这个就为难我了,"倪景行笑道,"我只能说个大概。这是古人将天区划为二十八个区域,用黄道赤道附近的二十八个星宿,作为观察天文的坐标,分为青龙、朱雀、白虎、玄武四象。东方青龙七宿是角、亢、氐、房、心、尾、箕,就是角木蛟、亢金龙、氐土貉、房日兔、心月狐、尾火虎、箕水豹。北方玄武七宿为斗、牛、女、虚、危、室、壁,其中斗宿为玄武元龟之首。而西方白虎、南方朱雀各自七宿,我就记不那么确切了。至于把这二十八宿神化,像《封神榜》那样,个个手持法器,具有管理职权,法术无边,那是另一回事了。"

"能说得这么明白,已经难得!"江镇澜轻轻鼓掌。

"那便把这二十八星宿凑齐!"欧阳云开也微微一笑,"达之书记说,庄严的立案和留置报告送省委了,只是陈放书记在京开会,还没签批,他今晚应该回来。"

正说着,叶音走进来。她穿一身深蓝套装,干练得体。自从头部受伤治愈后,叶音心境和外表都如同换个人,常是双目含笑,着衣也多为暖色,胸前常别着小巧胸针,更显秀气。估计燕飞的离去,让她心情沉闷,才穿了这深色衣服。

"前天晚上和今天上午,我和吴剑雄谈得很深入,他配合不错。"叶音说着,便坐下来。

倪景行一听叶音准备汇报吴剑雄案情,便站起身来一笑:"'胸中襞积千般事,到得相逢一语无!'都备了千言万语,待得见了,欲叙衷曲,却羞于出口,只得轻移脚步,暂且离去!"朝叶音做个万福,转身走了。叶音朝倪景行的背影瞪了一眼。

"吴剑雄说真事了?"欧阳云开回到会议桌前,坐下。

"昨天上午,他要求见我,我没立马过去,还是想抻抻他。等吃晚饭时,他和谈话的同志说,如果见不上我,便不吃饭。我只好晚饭后进了留置室,今上午又谈到现在,粗略算了算,应该接近一个亿了,和张玉英交代的正好吻合。他现在只一个想法,不判死刑就行。"

"节奏对头!"江镇澜朝叶音竖起拇指。

"交代大数的,都涉及哪几个事儿?"欧阳云开问。

"吴剑雄确实敢干,他到哪里,项目便一个个上,房子一排排起,可那些老板也是一圈一圈地围!现在看,他把大项目、小工程紧紧抓在手里,都有着自己的盘算,一面要出政绩,一面处心积虑捞钱。光他表弟吕才,就送他两千多万,其余六个铁哥们也送了将近三千多万。"

"赫连西望呢?"江镇澜搓搓手。

"说了。"叶音一扭头,"一千万,打在吕才账户上,吕才也承认是吴的钱。赫连公司副总和会计也指认了具体账目和证据。"

"好!"江镇澜称赞道,"漂亮!"

"另外,吴剑雄来者不拒,大量收受礼金,涉及市直部门、县市区党员干部,比我们前期掌握的多得多。"叶音调皮一笑,"云开书记,名单中,还有你的小师妹林小夏呢!"

"她?"欧阳云开皱一下眉头,"不会多吧,一定不超过五万!"

"神啊!"叶音似乎吃了一惊,"五万。你怎么知道的?"

"性格使然。想得便宜,又不想下血本。"欧阳云开猜想,应该是那次文昌湖畔"偶遇"后不久送的,"而且,时间应该是在四个月前吧?"

欧阳云开心里一阵不是滋味。尽管林小夏叫自己师哥,那不过是她接近自己的由头罢了。可那次"偶遇"时,自己也嘱咐过她,把话都说到家了,让她有想法找县委书记去说,她怎么又直接去给吴剑雄送钱了?咳,这功利心、攀爬心,真害苦了她!

一听欧阳云开说得这么准确,叶音倒有些奇怪:"林小夏和你商量过吧?"

"一想便知。"欧阳云开指指脑袋,突然严肃起来,"对了叶音,原先跟你说过,吴剑雄收受礼金,涉及干部不少,你一定要区分数额和情节,既要严肃处理,又要让他们知错悔过,深刻接受教训。党培养一个干部不容易,一个干部成长起来也不容易,我们真得有点儿菩萨心肠,别一棍子打死,尽量给他们条出路,留个悔改的机会。现在缺干部、缺人才啊!"

"我记住了。"叶音点头。

"好一个大案!"江镇澜仿佛自言自语。

"还有你们没想到的,吴剑雄主动交代几条敏感线索!"叶音站起来,转身把门关上。欧阳云开与江镇澜对视一眼,不约而同地发出一声:"哦?"

"据吴交代,"叶音压低声音,"赫连送张兵三百五十万干股,而且,还送给顾世言海南一套别墅,落在张兵亲戚名下!"

"云开书记,这倒让我想起个事儿来,你听说张兵死了吗?"江镇澜站起来。

"没听说啊。"

"这几天,你主要是太难过,心思不在这里。在燕飞去世那天,他死的。据说,家属原本想直接火化,因为还在取保候审期,法医做了鉴定,确认是服用了过量安眠药自杀的,还留有遗书。现在,家里人和亲戚都说是心梗没了的。"

欧阳云开站起来,在屋里转了两圈。

"更有意思的,是郎子军帮着料理丧事。"江镇澜说。

"不会是崇山帮内讧吧?"欧阳云开停住脚步。

"不排除杀人灭口! 如果这样,那真的是高手所为,不露痕迹,干得干净!"江镇澜紧咬双唇。

正说着,欧阳云开手机振动,便接起来:"蓝天啊,哦,那个报告,陈放书记批了? 达之书记让你送过来? 好,我在清水园等你。"

放下电话,欧阳云开立即让江镇澜通知倪景行,把带庄严和他的三个情妇、崇山水上世界老板廖伟等五人的方案送过来。

"庄严是崇山帮中的大将,应该和吴剑雄都同列金刚级吧?"给倪景行电话安排任务后,江镇澜声色凝重,"一场大战,要开始了!"

"是啊,庄严案,会让崇山帮露出更多内幕。"欧阳云开静静地看着桌面,"廖伟送庄严六百万,主要是感谢庄严的。他的水上世界在资产归属、房屋抵押的诉讼中全部胜诉,他儿子的强奸案,原告也在庭前撤诉。这些,是咱掌握了的,其他的呢? 韩江雪手中的二百万从哪里来的? 庄严在东岛的别墅,落在他远房亲戚的名下,钱又从哪里来? 特别是望河度假村,村民一审败诉,分明是庄严在操弄,庄严从中得到郎子军什么好处? 与崇山帮,什么关系?"

"我们面对的,可能是前所未有的强劲对手,郎子军,顾世言!"江镇澜身经百战,什么恶仗、硬仗没见过,此时此刻,也如临大敌。

这时,会议室门被推开,倪景行笑嘻嘻地摸着亮晃晃的脑袋,手中拿着文件夹,走了进来:"就这么个案子,还至于密谋于室?"

欧阳云开一看倪景行手中文件,便问:"报告,省委批下来了吗?"

"正是。"倪景行脑袋一晃,"蓝天在楼下给我的。"说着将文件递给欧阳云开。

"确定五人位置了？"江镇澜问。

"确定了。"倪景行收起笑容，"没比这再巧的了！现在，庄严正在兴隆山庄，与他的最爱苏子涵亲热着呢。廖伟刚去电话，说也要过去，现在估计也该到山庄了。"

"你个老酸，怎么知道她是庄严的最爱？"叶音故作嗔怪。

"你不知道，那苏子涵，长得像你一样漂亮。不仅貌美，而且可人。那可是人家廖伟从水上世界一众女孩子中，精挑细选出来，又经过严格培训，才送给院长大人的礼物呢。"倪景行也不顾叶音朝他瞪眼，继续说，"苏子涵无一日不给庄院长一首赞美诗，人家庄院长更是一口一个'俏苏子'地叫着，说是'西子只应天上有，苏子含羞上我床'，还说'苦思苏子泪纷纷，一刻不见如断魂'呢。诗歌互答，此乐何极！"

"哼！"叶音更显生气，"肯定你心里也胡思乱想过！"

"怎么不想？咳，这不是有纪律吗！"倪景行不依不饶，强词夺理。见叶音扭头不再理他，继续说道，"所以，庄院长才送给苏子一套别墅嘛！"

"机不可失，一锅端掉，立马动手！"江镇澜站起来。

"共五个人，兴隆山庄里，一、二、三号，女律师凌霄是四号，东岛韩江雪为五号，"说着，倪景行把带人方案给了欧阳云开，"三组人马，同时出动，以兴隆山庄控到人为号，其他两路一齐动手。东岛那边，我昨天已派人过去了，只待一声号令。"

"各路人员分派好了吗？"欧阳云开问。

"一、二、三号，我去。"江镇澜应声说道。

"四号我负责。"倪景行答道。

"老酸，四号给我算了，你协助云开书记指挥吧。"叶音瞥倪景行一眼。

"好，马上行动吧。清水园这边，我会安排。"欧阳云开突然停下来,沉思好一会儿,才缓缓对大家说,"切记,务必不要惊动郎子军,务必不能引起安大集团的一丝警觉,这可是前所未遇的最为强大的对手。只有到了后期,证据抓得死死的,那时候……"欧阳云开双手虎口半张,猛地向中间一合,"一下拿死,迅雷不及掩耳! 不然,稍有闪失,后果难测。"

第十四章　撞　击

1

夜来一场细雨,将初冬的天空擦洗得格外晴朗。蓝天提着喷水壶,给茂盛的龙铁血洒水:"书记,天气真好!"

"这场雨好啊。"路达之也不抬头,伏在办公桌上审批着文件。

见空气清新,蓝天便打开窗户,突然传来阵阵锣鼓声,鞭炮震天。

"哎,这么热闹?"路达之放下笔,也来到窗前,和蓝天一起向外张望。只见大门外不大的广场上,像是高跷队、秧歌队在演出,四周聚拢着围观的人群,熙熙攘攘。"你去看看怎么回事。"

"好!"蓝天应声而去。等过了门前马路,到广场一看,比在办公室看到的更加热闹。

农用三轮车上,四个老汉眼睛瞪得铜铃似的,反穿陕西老羊皮背心,敲着锣鼓,统一指挥两个方阵。高跷队在前,由二三十名男子组成,头扎白毛巾,身穿白戏服,手抢刀枪棍棒。秧歌队在后,清一色妇女,描眉画眼,头戴红帽,身穿红袄,腰扎黄绸带,双手舞着绿手帕。高跷队前边一边一个老汉,举白色横幅,上书黑字:"抓了庄严还产权"。秧歌队前边一边一个中年妇女,举红色横幅,金字闪闪:"纪委才是包青天"。两个方队踩着鼓点,一退两进地扭着向前。秧歌队后边,一个头发花白、精神矍铄的老者,手打快板,口中念念有词,也听不清说些什么。广场里侧一角,几个年轻人一边不停地往树上挂鞭炮,往地上摆烟火,一边手捂耳朵,不停燃放。广场外侧人行道上,一辆辆摩托车马达轰鸣,排成长龙,插着五颜六色彩旗,猎猎生风,风驰电掣,煞是威风。

蓝天刚要转身,却一眼看到广场北边树下的石凳上,坐着的竟是欧阳云开!他对面是一位五十左右的男子,皮肤黝黑,面阔虬髯。两人一人拿瓶矿泉水,相谈甚欢,像极了一对老友把盏对饮。见蓝天朝这边走,欧阳云开便向他摆摆手,笑着,示意走开。蓝天不知何意,只好反身,等他进大院,只听广场那边一声喊,震天声响戛然而止。蓝天忙重新走出大门看时,只见刚才还热闹异常的广场上,已偃旗息鼓,高跷队、秧歌队、摩托车队正纷纷收拾行头,开始往三轮车上搬装。正看着,便见欧阳云开与刚才说话的男子握过手,随手拍拍他的肩头,向人群挥挥手,转身朝大门走来。

"云开书记,怎么回事儿?"蓝天走向前问。

"走,报告达之书记去。"欧阳云开手拿一个信封,朝大门内指指。

两人上了二楼,还没敲门,路达之已站到门口:"云开,你用什么办法把这些人劝走的?"

"书记,你能看到啊?"欧阳云开一笑。

"蓝天过去后,我从窗里向那边看着,这不,至多十几分钟,人群就散了,便看着你们俩从大门口走过来。"

"都是望河村的老百姓,得知我们留置了庄严,看到了希望。前阵子在文昌市法院、省高院门口闹腾的,也是他们。"说着,欧阳云开在路达之对面坐下。

"他们这是干啥?"

"农民的智慧。"欧阳云开笑笑,"今天早饭后,我从清水园回来,一看这架势,知道这伙人闹这么大动静,明着是感谢咱们,其实是想大造声势,拿下属于自己的住房产权。我便找着领头的,告诉他我是省纪委信访室主任董大海。咳，一说这名头，你猜怎么着，这领头的就说，他知道这名字，上访须知，但不相信你就是。"

"人家肯定不信。"路达之扑哧笑了。

"我就转身领着他进了省纪委大门，门卫便朝我点头，'领导请进！'我再回身问他，'怎么样，不是冒牌吧？'他这才信了。末了，我从传达室取了两瓶矿泉水，一人一瓶，便一起重新回到广场，坐在石头凳上说话。"

"你真有一套！"路达之用手点着，止不住笑。

"其实，通过前段时间初核，这个情况我们大致摸清楚了。还是十八大前土地管理不规范的时候，郎子军通过顾世言一番运作，硬是把望河村村址拿下，变更为城市建设用地，用来建度假村。按照安置方案，村民们应该就地安置，可郎子军却耍个心眼儿，做通有关部门工作，将村民安置点建在原村址旁边的集体建设用地上。老百姓哪里明白这些，稀里糊涂地在安大集团提供的合同上签了字。等后来度假村建成，统一对外售房时，老百姓这才发现，他们的住房是小产权房，没法办理房产证，根本不能上市交易，虽是比邻而居，房价却是天壤之别。一怒之下，便起诉安大集团，可区法院那里，又被庄严暗中操作，村民一审败诉。后来他们打听到，是庄严背地里打了招呼，捣了鬼。"

"这才有老百姓不停地到市院、省院门前上访。"路达之点头。

"我刚才跟上访的头儿说，你们组织这么大场面，来省纪委门前感谢，心意我们领了。庄严违法乱纪，我们会依法严惩，侵犯你们利益的事儿，我们会查清，庄严是不是干预过审判，也一定能查明白。不过，案子调查才刚开始，还得一段时间才能有结果，请耐心等待。老百姓的利益，应当维护。不过，你们闹得动静这么大，不光是没经过批准，恐怕还干扰别人的工作和生活，弄不好还会影响你们产权的处理。闹过了头，房便没了。"欧阳云开绘声绘色。

"这话,他们也许能听进去。"路达之看着他。

"我说再不这样吧,我们来个君子协议,我把我董大海的电话给你,咱保持经常联系,你有什么线索呢,随时告诉我,我需要了解情况,随时找你。你的举报信啊,交给我吧,一会儿替你转给分管办案工作的副书记欧阳云开,这行了吧?"

"准行!"路达之笑得眼泪都出来了。

"接着,我打他的电话,他把我号码存下,标注上:省纪委信访董大海主任。这领头儿的,心里有了底,站起来,向我这个'董主任'深鞠一躬,然后转过身来一声喊,村民们立马鸣金收兵,拉上行头,偃旗息鼓回望河村去了。"

"云开你这家伙,真有办法!"路达之拍掌大笑起来。

"还是老百姓好说话呗,听劝,不过我说的是实话。"欧阳云开严肃起来,"庄严、郎子军他们,把老百姓给糊弄了。表面看有合同,法院判决看似也有依据,但这个得到法律保护的一纸文书,背后隐藏着多少肮脏交易。"

"老百姓怎么能从这样的案件中,感受到公平正义!"路达之看着窗外晴朗的天空。

"党政官员、高院副院长、开发商,构成一个完整的利益链条。老百姓呢,拿不到土地证、房产证,在市场上卖不了,谁不着急啊?"欧阳云开气愤地说。

"法律本是用来保护群众利益的,反倒成他们谋私的挡箭牌。司法出现腐败,对党的声誉伤害太大了!"

"顾世言、庄严他们,到底在这笔交易中得到多少好处,还不好说。"欧阳云开分析道,"但依我一个办案人的直觉,他们,一个也干净不了!"

"云开,这是到目前为止,我们遇到的最复杂、最敏感的案子。政治问题和经济问题,正当利益和不正当利益,守法和枉法,有形的手和无形的手,甚至我们管辖权限内和权限外的人物,都交织到了一起。所以,"路达之指指自己脑袋,"我们既要敢战,更要善战。"

欧阳云开点头:"当决战来打!"

这时蓝天敲门进来:"路书记,省高院余晖院长问,您上午有时间没,想过来一趟。"

"嘿嘿,余院长反应够快。"路达之先向欧阳云开微微一笑,抬头对蓝天交代,"请他来吧。"

"他若只是表个态,便没意思了。应该听听你的意见,好好反思,举一反三,认认真真地整改,才有意义。"

欧阳云开不由得一笑,便想起十多天前,跟余晖一次散步的情形。

那日上午,省委在安海宾馆召开领导干部会议。因为怕堵车,欧阳云开便早早赶到,看离开会还有段时间,也没进会场,侧身走进院子里的小花园散步。穿过一片箭竹林,被眼前一片金黄的菊花吸引住,花型奇异,迎风怒放,便蹲下身,拿出手机微拍。突然听到脚步声,抬头看,见余晖迎面走来。

"院长好兴致!"欧阳云开边拍边打招呼。

"云开,你咋隐藏到这里?"余晖似乎一惊,接着打趣,"怎么不像我这般正大光明?"

欧阳云开听出他话里有话,呵,这是冲着纪委来了?便站起身来,笑嘻嘻回了一句:"哈哈,院长啊,这得看心往哪儿搁了。正了呢,隐藏着也净办好事儿;歪了呢,正大光明,也光办孬事儿!"

"你蹲在这里,拿着放大镜看这看那,看到的肯定都是残缺不全的。"余晖不依不饶。

"本就残缺不全,也不是因为我看了才这样。只是我看到真相,你看到表象。"欧阳云开寸步不退。

"那,你眼里便没有美的东西了吧?"

"你看到的美,放大了,可能却是丑的。"欧阳云开从舌枪唇剑中过来的,心里又有底气,句句往实处锤。余晖是被大家捧惯的,见到的多是在面前唯唯诺诺的,哪里经得这一来一往的较量? 顿时脸色稍变,自知讨不着便宜,赶紧收拢话题:"都说云开厉害,这次算是领教! 呵呵,不和你闹了。"

"见院长高兴,凑个热闹,捧个哏呗。"欧阳云开也哈哈一笑,便和余晖沿着河边,顺着碎石小路,一起走上一座精美的石桥。脚下一泓清水,蜿蜒而去。

"云开,今年你们办案力度真大啊,起诉的有十多起了吧?"

"十八起。"欧阳云开突然想起个问题,"院长,你们法庭的量刑,是否综合考虑?"

"怎么说?"

"同样一个罪名,受贿,数额差不多,在量刑上,是否参照其以往表现和悔过认罪态度,是否也考虑到判决产生的政治和社会效果?"

"法院要依法办事。"余晖站住,"必须严格按数额和法定情节判决。"

"我觉得,对那些政治品质恶劣、品行败坏、认罪态度极差的,应该有所体现。"

余晖理由充分:"如果考虑这些杂七杂八的因素,那还不乱了套?"

"我觉得,如果法庭不顾及政治责任和社会责任,便难以弘扬正气。"

"将罪犯绳之以法,就是匡扶正义!"

"单纯考虑数额,不考虑悔罪态度和犯罪的背景、影响,不讲求宽严相济、区别对待,必然弱化政治和社会效果。"

"我们是法院，不是政治法庭，更不是道德法庭，"余晖瞪着欧阳云开，"依法办事，哪能考虑这些虚的？"

"法院应该是政治机关。"欧阳云开这才感到，原来余晖内心坚持着的，是法律至上，"政治机关就要考虑人心向背，党的利益。"

余晖显然有些恼怒："云开，你越扯越没边！党领导我们制定了法律，我们维护法律，就是维护了党的利益！"

话到此处，欧阳云开便不再收敛："院长，只讲形式逻辑，不讲辩证逻辑，还真不行。法官还真得讲政治，不考虑政治效果，法律效果便会失去方向；不考虑社会效果，法律效果便会失去根基。"

"你这书上看到的吧？"余晖乐了。

"实践中。"欧阳云开拉拉余晖，示意他向前走，"法官不讲政治，不仅正义难以实现，恐怕公平也难以保证。"

"云开你扯得更远了，"余晖说，"你意思，法官不讲政治，便会枉法？"

"不错，如果法官放弃政治责任、社会责任，再动了私心，党的领导又弱化了，监督再跟不上，法律就一定会被玩弄，那以审判为中心，就会变成以法官为中心，到了这一步，贪赃枉法就会登堂入室，堂而皇之走上法庭！"

"危言耸听！"

"但愿如此！"欧阳云开开起玩笑，"假如，我说的只是假如，你们省高院机关中，你余晖院长身边，出现徇私枉法的腐败法官，都是你很熟悉的，你们在量刑上，也一律不考虑他的一贯表现、不考虑认错态度吗？"

"假设不存在！"

"假如存在呢？"欧阳云开就差说出口，你们用不了几天就要出事！

"我相信我们这支队伍！"

"假如。"

"哎,云开,你是办案人啊,哪能开口乱说?没那么多假如,法院只认证据!"余晖手指欧阳云开。

两人相视哈哈大笑,同时向会场走去。

想到这些情景,欧阳云开便推测,余晖这时候来见路达之,不用说,是冲庄严案而来。我说这话才过去十几天,庄严就被带进来,余晖要是见到我,还不说我乌鸦嘴,意在旁敲侧击啊?于是,站起身来,"我想,余晖很可能把庄严案看成个案。"

"那就接二连三出案子!"路达之也站起身,"他们真要认识到法院系统问题的严重性才行。"

"书记,我去清水园了。"欧阳云开起身告辞。

清水湖畔,江镇澜双手放在背后,低头徘徊。

"常委好!"突然一辆黑色私家车停在身边,朱克坚从车上下来。

"是你啊,克坚! 不是说好再住院治疗一段时间吗?"前几天,江镇澜与欧阳云开、倪景行去医院看望治疗中的朱克坚。医生说,这病就是给耽误了,早期治疗是完全可以治愈的,肛瘘时间太久了,向里侵蚀得太深,内腔已经被感染,以至于发展为严重的复杂肛瘘。这次做了手术,也不能根治,会影响患者以后的生活。听罢医生的话,欧阳云开十分内疚,便和医生商定,再住段时间,尽量治得更好些。

"只是这么个小病,还住了这么长时间院,真急人,其实能用就行!"朱克坚把车门带上,撅着屁股,向湖边走来。

"回家了没?"江镇澜问。

"媳妇出发,家里没人,我直接过来了。"

"你还是出院急了点儿,不差这两天。"

"一听燕主任去世了,我哭了好几场。又听说吴剑雄、庄严进来了,知道人手肯定打不开,在病床上躺不住了。"朱克坚又低声说,"和燕主任比,我也就被蝎子蜇了一下。"

燕飞去世,在机关产生强烈震动。邀请心血管专家举行讲座,路达之亲自主持。省纪委举行了燕飞因公牺牲事迹报告会,路达之宣读陈放同志的亲笔信,号召全省纪检监察干部向燕飞同志学习。

"是啊,燕飞牺牲,让人心疼!"江镇澜看着湖面,"因为值班,告别仪式那天,我也没能去滨海。前些日子,我跟叶音一起去看望章品部长,人都瘦得脱了相。唉,尽管她人前那么坚强,这段时间,还不知心里多么难受呢。这才叫痛定思痛!"

正说着,远远的孙小雯提着电脑包走过来,见到朱克坚,忙打招呼:"呀,通下水道的回来啦?"

"亏了我一口一个雯妹妹地叫着,这么长时间没见面儿,能说点好听的不?"长期办案,见面免不了磨嘴,都已习惯。

"那让我说啥?"

"长相思呀,摧心肝呀,说点儿动情的话。"朱克坚坏笑。

"哟,长本事啦,还有点儿倪主任风采了,带酸头儿了。"孙小雯先瞪他一眼,又忙关切地问,"说正经的,好了吧?"

"当然好了,这回进厂维修,没换配件,虽然功能还没恢复到出厂时,尚可凑合用。"朱克坚回答。

"记住了哈,以后别逞能,小心点儿,有病啊,早治。"孙小雯嘱咐。

"克坚,回房间休息吧,我和小雯谈话去。"江镇澜见两人打完招呼,便一边催促。

"和谁谈?"朱克坚顿时起了兴趣。

"我看你也别休息,快跟我走算了,保准儿啊,让你大开眼界!"

孙小雯轻轻一拉朱克坚。

"这么激动?"朱克坚感到好奇。

"火星碰地球!"孙小雯咬咬嘴唇,眼睛向天上翻着。

"小雯,至于这么夸张吗?"江镇澜便笑。

"常委,"孙小雯扭头看着江镇澜,"倪主任、燕主任、叶委员的谈话,我都领教过,杨帆,我也观摩过,只是你常委,好像封刀已久,看家本领向不示人,江湖上只剩传说了。"

"你自己谈话就很棒,机智、细腻,把控也很好。"江镇澜也是实话。

朱克坚笑道:"人家小雯要博采众长,玩超越。"

"超越不敢。克坚哥哥你想哈,"孙小雯调皮起来,"一个名震安海的反贪局长,一个全省知名大法官,马上就要在小小一方留置室,上演舌枪唇剑的重头大戏,你哪怕办一辈子案件,也看不到这场史诗般的巅峰对决,华山论剑,一票难求的。"

"庄严?"朱克坚被孙小雯说得心痒难耐。

孙小雯瞪朱克坚一眼:"笨笨,不是他还有谁?"

"那我得去听听,来得早,不如来得巧啊。"

"你听小雯忽悠,也只是个普通谈话,呼天喊地的。"江镇澜摆摆手,"你刚出院,不能久坐,案情也不熟,别进去了。刚才,我让他们打开二楼指挥室,你倒是可以过去,景行已在那里。刚才云开书记来电话,说在机关那边处理了个小事儿,一会儿也过来。"

"整不到坐票,蹭个站票,也不错了!"孙小雯冲朱克坚翻翻眼珠,"哼,谁叫你来晚了呢,再让你修下水道窝工!"

朱克坚顾不上和孙小雯拌嘴,赶快转身上了车,开车冲向地下车库,随即急三火四地赶到二楼。

"云开书记,这么快就过来了?"指挥室里,倪景行正全神贯注盯着大屏幕,眼看江镇澜和孙小雯走进留置室,听到身后开门声音,头也没顾上回,问了一句。

"主任好!"朱克坚也没听清倪景行说啥,急忙打招呼。听到朱克坚声音,倪景行这才赶忙回身:"克坚,不是说好了,你再治疗几天吗? 我还以为是云开书记呢,对啊,他不能这么快过来。"说着,站起来,给朱克坚一个拥抱。

"刚在楼下见到镇澜常委,知道他和庄严谈话,怕耽误了,也没回房间,直接跑了过来。"朱克坚扫一眼大屏幕。

"我之盼克坚,如鱼盼水也!"倪景行拍拍朱克坚。

"我又不是诸葛亮,哪有那么大用处,也就打个杂吧。"朱克坚忙道,"听说,镇澜常委善使重锤,谈话简洁犀利,我今天倒要开开眼。"

"有那么点儿,他多用外家拳,惯使重兵器,力道刚猛。"倪景行拉朱克坚坐下,"常委说,与庄严是老对手,今天会会他,为以后谈话开个头。"

留置室里,孙小雯已经把电脑放下,江镇澜轻轻把门关上,回过身来:"庄院长好啊,让你进这里,委屈你了。"

"喔,是你。今天你是审判长呢,还是公诉人?"对于眼前这位比自己身材略高,但显然比自己虎实的省纪委常委,庄严非常了解。两人相识已有二十余载。分别从事法检工作,业务上交往密切。只因江镇澜看他做派不正,整天与一些女人黏黏糊糊,内心有些看不起,故无深交。尽管江镇澜小他四五岁,但一个是省高院副院长,一个是省检反贪局长,都是系统内顶级业务高手。一些重大职务犯罪案件,包括上级指定管辖的重要审判,又往往一个是审判长,一个是主公诉人。激烈交锋的庭审中,江镇澜沉稳从容,惜言如金,虽没有任何多余的话,却能快速主导庭审基调。针对对方辩解,他的举证犹如长江之水,滔滔而至,他的逻辑恰似钢丝铁网,让人无力摆脱。此时此地再相逢,已是物是人非,审判长变成被告。

好在彼此熟知,套路依旧,仗着自己法条娴熟,也算手握盾牌,任他重拳尽出,料想自己也可一一化解。

"哟嗬,庄严同志心里有气啊。"见庄严出语无理,孙小雯便说,"我跟你说,这是省纪委常委江镇澜同志,我呢,是他助手孙小雯。你是审判长的时候,也是讲法庭纪律的,今天这审查调查谈话,是党内生活,党纪可是严于国法,这比法庭上的标准,还要高呢。"

"小雯,不用介绍,我与庄院长,老相识了。"说着,江镇澜拖着椅子走到庄严跟前,在软包桌一侧坐下,"咱俩认识这么多年了,也别你辩我控,周吴郑王的,原告啊,被告啊,合议庭啊,那么多规矩,这些套路都免了,老哥俩说说话吧,都别那么累。"

哦?江镇澜的举动,倒让庄严一时不知所措。以他对江镇澜的了解,应当是照面三板斧,先射出一串证据,当对手陷于慌乱,再贴身肉搏,抓住破绽步步紧逼,直到对手无力反抗,认罪招供。今天如此和气,倒让自己一时心里没底。他不出牌,自己还真不知怎么应付。

"江局,这里可不是随便说话的地方。"

"我是真心实意跟你说话的,你想到的,肯定是刀光剑影吧?"江镇澜一笑,顺手掏出烟来,递给庄严一支。

这更出乎庄严的预料。江镇澜以往冷冰冰的脸上竟铺满笑容,在不允许抽烟的地方,还接上了火?有意思。庄严便说:"你不按规定办事了?在这里哪能抽烟?"

"又不是法庭,需要保持肃静的。这里只仨人,小雯不反对,没人干涉,我们想抽就抽。过几天,你情绪好了,你要能保证喝酒不出问题,说不准,咱们还喝口儿呢!"说着,江镇澜把烟又朝庄严手里递了递,"抽吧,装什么装,我还不知道你?一天三包,都憋好几天了,还不憋坏了?不过这可惜是细支的,没劲儿。"

听江镇澜说这番话,孙小雯坐那里忍不住想笑,又感到奇怪。

常委以往正襟危坐,今天一反常态,怎么有点云开书记附体? 当然,孙小雯知道,他装神弄鬼的,肯定要演一场什么好戏,耐心等着瞧便是。

"咳,在这里抽支烟,比抽根金条还贵!"庄严嘟囔一句。

哼,你平日里天天抽金条也抽得起。江镇澜本想说这句话,又怕刺激他,坏了气氛,便说:"烟好说,只是有规定,平时不能抽。"

"为什么不让?"庄严借题发挥,"人权是受法律保护的,还没开除我党籍,我还是公民呢,不让抽烟? 哪条法律规定的?"

江镇澜没让他由着性子说下去,如果他再说,为什么限制他人身自由呢,免不了预算外去费些口舌。"你别说,不让抽烟,真没法律规定。但有一条,也是怕你想不开。"

"怕我自焚?"

"是。"

"我为什么要自杀?"

"我们说正事儿,不抬杠。"江镇澜好言相劝,"不让抽烟是内部规定,出于安全考虑。"

"自杀? 笑话!"庄严翻翻白眼。

"你别说院长,咱还真得讨论讨论自杀的事儿!"江镇澜认真起来,"你先喝口水。"

"讨论自杀?"

"有人举报,张兵不是自杀。"江镇澜看着庄严。

"是不是自杀,跟我什么关系?"

"举报说,是你杀死了他!"

此言一出,不仅庄严大吃一惊,连孙小雯的目光也瞬间从电脑屏幕上移开,朝二人扫过来,不知江镇澜葫芦里藏着什么。

指挥室里,朱克坚霍地站起来,看着欧阳云开:"是庄严杀人灭口?"

504

欧阳云开也是刚进门不久,见朱克坚吃惊的样子,冲他一乐:"问你主任。"

"声东击西?"倪景行摸着光溜溜的头。

"投石问路,"欧阳云开指指屏幕,"好戏开始!"

"江局……不,江常委,"庄严顿时额上渗出一层细汗,紧张地搓着双手,"这个可不能开玩笑的!"

"这只是举报,"江镇澜沉稳如故,"但我琢磨一下,又极有可能。"

"怎么可能?"庄严有些急。

"怎么不能是你?"江镇澜反问。

"我为什么要杀张兵?"

"为崇山人的利益。"

"这都没边的事儿了!"

"举报说,你是崇山帮帮主。"

"顾世言不比我的官大?"

"那你是说,顾省长杀了张兵?"

庄严挠挠头,一时觉得被绕进来,又从逻辑上不知如何摆脱,就摇摇头:"你这不是有罪推定吗,你有什么证据?"

"有必然逻辑。"江镇澜平静地看着庄严,"要证明你无罪,请你举证。"

"我举什么证!"庄严突然反应过来,"你起诉我杀死张兵,得由你举证!"

江镇澜乐了:"也好,那我问你,为了杀死张兵,你和郎子军商议过几次?"

"商议杀人? 这哪和哪的事儿?"

"那你们在一起干啥?"

"吃饭,喝酒。"

"在哪？公款吧？"

"啥公款？在安大集团餐厅，人家郎子军请客。"

"几次？"

"这谁记得清？"

"那你请几个市委书记、省直一把手，商量什么？"

"你怎么知道的？"

"调查核实的。该不是你想上位院长，请大家投票吧？"

"那是郎子军安排，请大家帮顾省长个忙，跟我上位，半毛钱关系也没有！"庄严也被江镇澜气乐了。

"庄院长你别急，这只是举报，是或不是你杀死张兵，是不是为你自己上位，我们今天不会有结论，但有一点是肯定的，作为党员干部，你违反廉洁纪律、组织纪律。"

"老江，你转这么一大圈，整出两个违纪来，有意思吗？我就是认了，也不构成违法啊？"庄严白江镇澜一眼。

"庄院长，再抽一支，我也让你整得好累。"江镇澜把烟递给庄严，然后指指孙小雯，"记好，庄院长违反两条党纪。"

庄严迟疑一下，还是接过烟："这两条，我认。我看你还能整出几条来！"

"小雯，给院长添点儿水。"江镇澜转头向着庄严，"我转隶到纪委这边来，总是强调纪律，强调思想工作，绕来绕去，我也不适应。还是咱司法机关来得痛快，钉是钉，铆是铆，证据说话，直接干脆。"

因为刚才吃过江镇澜亏，听他再说这一套，不知他又要生出什么点子，庄严也不敢接茬，只好端起杯来，喝口水。

"庄院长看来是生我气，不说话了。"江镇澜对孙小雯说，"不说话就是同意，来，小雯，庄院长不是说还能整他几条吗？放一号片，让庄院长看看。"

孙小雯终于明白过来，常委纵马提枪，绕两军阵前兜一大圈，是先把院长大人给整晕,这才回到大营,按预定方案发号施令。于是,她麻利地放下投影屏,打开投影仪,屏幕上出现的,竟是韩江雪!

"庄院长,韩江雪在隔壁,和你一天来的。"孙小雯边操作,边对庄严说。

"你们连个精神病人都不放过?"庄严急了,"她的证据,不可采信!"

"她是被你气疯的。自从你不再打扰,人家病便好了。"江镇澜喝口水,"你又不在合议庭,采信不采信,你说了不算。"

只见,韩江雪痛哭流涕,几度欲言,几度哽咽:"他,姓庄的,就是……就是个披着人皮的色狼! 他……他……欺骗了我的感情,让我沦落到今天这个地步! 我家也没了,班也上不了,他就是给我这二百万,我也不能原谅他!"韩江雪用手拍着桌子,"我只值这二百万啊?"

"二百万,是这张卡吗?"屏幕上,一只手指着一张银行卡,显然是调查人员在问。

"我让郎子军给他一百万的,怎么成了二百万?"庄严问。

"我告诉你吧,"江镇澜说,"一定是郎子军怕她不依不饶,就给她二百万,人家义气,给了也不跟你说。小雯,继续,放二号。"

屏幕上出现崇山水上世界老板廖伟。

庄严眼睛发直,急切地想知道他说啥。江镇澜递给他一支烟,他根本就没看到。再递,庄严摆摆手,他心思都在屏幕上了。

"庄院长帮着我打赢了几个官司,特别是帮我摆平儿子强奸案,"廖伟对着镜头说,"我前后三次送了他六百万。"

屏幕上又出现三张光碟,工作人员问廖伟:"这三张光碟,是哪里拍的?"

"两次在水上世界我的办公室,一次在庄院长办公室。"

"为什么要偷拍这些?"

"我看庄院长不是个厚道人,送钱时,就偷偷录了像,若是以后他不肯帮忙,我便用这个拿住他。"

"那你把苏子涵送给庄严干啥?"

"一个女孩子,只是个普通员工,可送到庄院长身边,那就升值了,比送一千万还管用,一个电话给她,也省得找院长!"

江镇澜一直盯着庄严,见他已浑身发抖。不知是气的,还是吓的。再递给他烟时,竟一下子把烟夺过去,几下撕得粉碎。

"庄院长,别上火。小雯,再放三号。"

"什么,我在东岛有套房子,用我身份证办的?"屏幕上,一个八九十岁的农村老汉揉着眼睛,张开没几颗牙齿的嘴巴,"就是那个二崽子,大名我不知道叫啥,说这些年在省法院办差哩。前几年,回家过年的时候,说用用我的身份证,也没说干啥用啊!"

"庄院长,"孙小雯问,"这是你远房大伯,你该认识吧?"

庄严脸色铁青,一语不发。

"我们外调的同志查清了,所有证据都证明,这是郎子军通过广西一个老板操作的,房款是郎子军出的。你大伯根本不知道这是怎么回事儿!"孙小雯把谜底直接撂出来。

"小雯,继续,四号。"江镇澜吩咐。

"行了!"庄严已经精神崩溃,"江常委,别放了,我受不了了!"

"庄院长,这个你得看,和前边三个视频不一样,这是对你有利的证据。"

屏幕上出现一个漂亮女孩。啊?苏子涵!庄严心中的苏子,花姿微颤,泪打粉腮,梨花带雨,哽哽咽咽,欲言又止:"我爱院长,院……院长也爱我!我……我……我一个没爹没娘的孩子,是……是院长,收留了……了……我……"

工作人员问:"那兴隆山庄的房子是谁的?"

"我的。"

"钱从哪里来?"

苏子涵好半天没说话,突然擦一把泪水,抬起头,语气坚定地回答:"我卖身挣的!"

此话一出,庄严再也控制不住自己,号啕大哭起来:"苏子,苏子,你这个傻姑娘,这是我给你的房子! 你为了我,连名誉都不顾了!"

"庄院长,苏子涵为隐瞒你的罪过,连女孩子的尊严都不顾了。"江镇澜俯下身去,拍拍庄严,"抛开罪与非罪不说,只她对你这份深情,对你这样专一,便值得尊重。"

"江常委,"庄严哭泣着,"我们之间,是真感情啊。对其他女人,我从来都没到这个程度,没这个感觉。苏子涵对我,也和我对她一样啊!"

"我知道,如果你身上没这些乱事儿,你们俩本应该走到一起。你家已破,夫人也好,那一大堆情人也好,都已离你而去。"江镇澜叹口气,"可目前看,苏子涵恐怕也出不去了。廖伟的事儿,她毕竟掺和得太深,有些钱,也替你收下了,是可以定罪的。你是法律专家,什么叫共同犯罪,你懂。"

"别啊,"庄严说着,猛地站起来,扑通跪下来,"恳求组织放过她,房子是我出了一部分,郎子军出一部分,与她无关!"

江镇澜轻轻拉起庄严,扶他重新坐到凳子上:"你别难过,我们一起想想办法。只要你认错悔过,把你该承担的责任担起来,能讲清你是如何指使她的,她的责任便减轻了,自然会从轻处理的,你是专家,应该懂。兴隆山庄的房子,留不住了。你反正也单身,等苏子涵出去,可以住进你现在的房子里。这套房子,有你原夫人的部分房款,我们想办法做她工作,可以帮你还她。因为我们正在调查的这几处房产中,还有你的一部分正当收入。"

"谢谢,谢谢!"

"对了,你帮郎子军操作度假村一审、二审判决的事儿,要讲清楚。这涉及受贿的谋利事项,不然,兴隆山庄房子的资金来源,还是说不清。"

"我会讲清楚的!"

"果然是大将军!"指挥室里,倪景行一手摸着秃顶,一手伸出大拇指。

"便是冲着今天的谈话,我提前出这个院,也值!"朱克坚摸着屁股,意犹未尽。

看着二人的兴奋劲儿,欧阳云开问:"过瘾吧?看出门道儿没?"

"我觉得,常委谈话技巧运用得好,沉稳,朴实,底气十足。"朱克坚说,"再有,备课下足了功夫,证据掌握充分,出牌时机拿捏精准,几套牌的组合、次序细腻,合理,讲究。对庄严情绪的掌控,也很到位。"

欧阳云开点头称是,又看倪景行:"你对谈话有研究啊。"

"我想了下,三点体会。"倪景行伸出三根指头,"一,指东打西,瞒天过海。庄严杀张兵,没影儿的事儿,可就是拿出来在他眼前晃悠,引起他惊慌,投石问路,转移注意力。结果,不光为后边正戏暖场子,还搂草打兔子,顺带收获两条违纪问题。"

"对,对!"朱克坚忙说,"是这样!"

"二,真刀真枪,霹雳手段。打的是证据组合拳,用的都是真材实料。你不是法律专家吗?你不是重视举证吗?就在你强项上,把你击溃!无知者无畏,可他专家啊,老审判长了,反倒成了知者畏惧。看着这些证据,庄严恐怕连自己的刑期都计算出来了!于是,强项变弱项,还不如法盲胆壮呢。"

"我只知以长击短,却从没想到过,交手过程中能长短互换!"

朱克坚轻轻摇头。

"三,真情实意,以心换心。把苏子涵的问题放最后,在庄严绝望中给他一丝温暖。苏子涵要与他一同入狱,这结果,残酷地摆在他眼前。可镇澜常委在把握上,又体现出温度,不仅真情实意给出路,而且对二人间的感情,给予充分尊重。对人权的尊重,展现出的是办案人的菩萨心肠,是春风化雨的爱心。说实话,刚才看留置室里相互理解的场面,我突然产生一个强烈感想:人性的光芒,可以照亮一切阴暗的角落,还给每个人内心一片晴朗的天空!"

欧阳云开不由得鼓起掌来,"'人性的光芒,可以照亮一切阴暗的角落,还给每个人内心一片晴朗的天空!'"他低声重复着,"景行,说得真好,深深触动了我的心。这才是办案人该说的话,这才是办案人的情怀!你刚才总结江镇澜这三条,很到位。可以称得上教科书式的解读。我跟你想的一样,镇澜的技巧,概括起来就是三枪:虚晃一枪,真刀真枪,温柔一枪!"

倪景行、朱克坚齐声喝彩:"言简意赅!"

"以上这三条,说起来还属于'术',属于'末',真正管总的,贯穿始终起决定作用的,是顺乎道义和人性,这才是'略',是'本'。"欧阳云开继续解读,"这'本'是什么呢?第一个是正,以正驱邪,永立胜位。我记得景行你说过,兵法有云,'战法必本于政胜',这是真理。在正义、正气面前,任何小计谋,小技巧,都显得苍白和笨拙。"见二人点头,欧阳云开就笑了,"第二个是景行你的话,那便是信任,以真诚换信任。只要你是真诚的,谈话对象都会感受得到。老百姓有句话,就是块石头也能焐热!这个,在你的《谈话技巧》一书中,提炼得很经典。"

"'所有谈话成效,都建立在被谈话对象信任的基础之上。当他从内心真正感受到你的亲切、诚心和可信赖时,一切谈话技巧,便尽黯然失色,甚至显得多余。'"朱克坚一字不错地脱口而出!

"谈话的精髓,你老倪给揭示出来了。"欧阳云开满心喜欢地看着倪景行。

"云开书记,别笑话我了!"倪景行有点不好意思,"'耳濡目染,不学以成。'照韩愈韩文公的说法,和你整天泡一起,不进步,都难!"

2

回机关路上,欧阳云开眼望车窗外青山白云,无限感慨。春节后,与战友东征西讨,马不离鞍,二十八星宿纷纷落网。这些人威震一方,本是大道朝天,怎么却偏偏选择了通向清水园的独木桥?恐怕与三根绳索有关吧,一曰钱,二曰权,三曰情?是了,正是这三根绳索,将他们五花大绑,送进清水园。

转念一想,他们中不少人,与顾世言或多或少、或明或暗地勾连,这是偶然,还是必然?如果是必然,显然又不是三根绳索这么简单,那又是什么?是了!顾世言正是利用这三根绳索,依托崇山人脉和政府系统,编织成了一张密集的利益网,营造了一个复杂的利益圈,在安海政坛借以成势,既达到势利双收的目的,又享受着呼风唤雨的满足。进入圈子的,仰仗顾世言的权势,关键时刻一句话,便各得所需,获取正常情况下难以得到的政治经济利益。而圈子外却应得难得,以致颗粒不收,个别的还受到冷落打压。想得开的,不去计较,默默忍受;想不开的,心灰意冷,不思进取,严重的甚至自甘堕落,放纵私欲。咳,这码头文化、圈子文化,像极了恶劣云团,刮到哪里,哪里生态就惨遭破坏,旱涝不均,分配不公,怨声载道!

窗外,寒风乍起,街边树木上的枯叶飘摇而下。车进机关院子,他隔着车玻璃,突然看到院子一角小花园里,靠近北墙根的一片红叶依旧鲜艳,再看排排高耸的雪松,愈加苍翠,顿感亲切。

"云开书记,有件事得向您汇报。"刚到办公室,还没坐下,机关党委副书记南竹风风火火地跟了进来。欧阳云开很少关门,办公室里没背人的事,省得进来还要敲门。

"你怎么知道我回来了?"

"这几天盼您都盼疯了,您再不回来,我去清水园找您!"南竹一脸焦急,"这不,清水园那边的'暗线',给递了个信儿,说您回机关。刚才打扫卫生的服务员说您进办公室了。"

"好啊南竹,这是盯梢啊你!"欧阳云开用手点点。

"这不是巴不得早见上您嘛。"南竹像见到亲人,一脸委屈。

"看来真着急了,啥事儿?"欧阳云开一看她脸色,不再开玩笑。

"'学促见'活动评比的事儿,咱省纪委被黑啦!"

欧阳云开一听,觉得不是一两句话能说完的,便说:"那你稍等,我跟书记汇报个事儿马上就回来。"欧阳云开走进路达之办公室,把吴剑雄、庄严案审查调查工作进展简报递给他:"现在看,二人数额特别巨大,这是确定无疑了。更严重的是,他们带坏一个地区、一个系统的风气。"

"一棵树生病,大片森林被传染,他们有这能量。"路达之点头。

"作为市地一把手,吴剑雄打着敢闯敢干的旗号,把人权财权都紧紧抓在手上,直接控制大小工程项目,疯狂敛财,许多干部卷入其中。一些人看明白了,便趋之若鹜,他则大钱小礼来者不拒,他的夫人张玉英也参与其中,以致涉案人数众多。庄严靠山吃山,贪赃枉法,而且手伸得很长,不仅中院,甚至基层法院,他也直接干预,妨碍司法公正。一些法官,吃了原告吃被告,法官之间也相互打招呼,你请我送,权力互用。对这些,有的法院党组织却睁只眼闭只眼,熟视无睹,放任恶劣风气蔓延。老百姓有理赢不了官司,即便打赢,也执行不了。"欧阳云开越说越气愤。

路达之站起来，背着手，走了两步："云开，按理说，我们也都不年轻，早过了意气用事的年龄，可一听这样的事，怎么还有股壮怀激烈的冲动呢？关键是，这些人这么干，让老百姓怎么看共产党？老百姓可不管你张三李四，他们定会把这账记到共产党身上。这两个案子，你还真是要多留心，从现在起，注意收集资料，好好剖析，最后形成有价值的报告，提供警示教育教材，这也是我们办案的目的。"

"我也是这么想的，一定要让大家听了这个报告，心里沉甸甸的，一个劲地打鼓才行。都轻飘飘，那就失去了意义。"

"不光对老百姓负责，也是对干部负责。"

"还有件事儿，你看怎么处理好。"欧阳云开看着路达之，把手中信封递过去，"吴剑雄和庄严，都交代帮顾世言拉票。现在已经很清楚，为争取副书记的位置，顾世言授意，郎子军具体谋划，吴、庄等崇山和政府方面的一些人，四面出动，造势拉票，请客送礼，甚至直接行贿。这些情况，我们在向中纪委报告的同时，你是否也向陈放书记说一下，也请他了解这个情况？"

"是啊，应当让陈放同志心里有个数。"路达之突然想到一个情况，"对了，前些日子，我去省委汇报庄严案时，陈放同志说过一句，副书记的人选，中央会有全面考虑的，安海应当坚决服从中央的意见。我想，书记这话意味深长，有的人，恐怕是白忙活了。"

"党之幸也！"欧阳云开顿时长舒一口气，"书记，材料放这里，我走了，他们还在我办公室等我呢。"刚到自己办公室门口，南竹一见他过来，便从对面接待室里走过来。

"坐下说。"进门后，欧阳云开指指沙发。

"不坐了。"南竹站在那里，情绪激动，双手比画，"云开书记，咱们的'学促见'活动，领导重视，全员参与，特色鲜明，成果也摆在那儿！"

"别王婆卖瓜,"欧阳云开笑着,"表扬的话,让别人去说。"

"不是自夸,是真的好。"南竹焦急,"咱们三项全国第一,五项省直机关第一,这可都是加分项。咱们的分数,比第二名,高出一大截子。听说这次的评比成绩,将来还是省里年终绩效考核的重要得分项。"

"这不挺好?"欧阳云开有些诧异。

"好什么好,给拉下来了!"南竹越说越气,"我们是作为省直机关第一名报到省委宣传部的。据内部可靠消息,宣传部的业务处、评审小组、主管副部长,直到常务副部长,都一致认为,我们做法很好,应该列入十个重点发言单位。可等常务副部长到省政府,报给临时分管宣传部工作的顾世言副省长时,便卡住了。说,省纪委确实做了大量工作,经验也很好,可得考虑影响啊,省里领导和下面干部群众,包括省委主要领导,对纪委是有看法的,存在办人情案的问题,还出了些情况,上边都来调查过,让他们全省介绍经验,不能服众,不妥吧?"

"可靠?"欧阳云开双眼紧盯南竹。

"绝对!"南竹欲言又止,"我向人家内部通信儿的小姊妹承诺过,我也不便告诉她的名字。"

听南竹这样说,欧阳云开便不再多问。他比南竹更清楚,这是顾世言拿办案说事,借机拿捏敲打,给省纪委点颜色,也是给我欧阳云开个下马威。你们不是在我头上动土吗?那我就给你们难堪,叫你们知道我的厉害。南竹哪里会清楚这些?

"达之书记知道吗?"欧阳云开表情平静。

"知道。他听说后,态度很明确:开展'学促见'活动,目的是提高机关政治素养、促进纪检监察工作,不是用来和别人比的。省纪委机关要重实效,不要在乎名次。"南竹回答。

"南竹啊,达之书记说得对啊,"欧阳云开听罢,略一停顿便笑了，"省纪委机关应该以更高的标准要求自己，管什么名次啊，谁让我们是政治机关呢？达之书记说得对。"

"可我们做得真的很好！关键是，我们分数第一是评出来的，应该上去却上不去，被硬拿下来。这传出去，还不让别人觉得，我们机关出什么硬伤呢！"南竹一听，急得快要哭出来，"我们机关党委、各支部，一大家人，没白没黑，忙活了整整一年，明明实至名归，现在却被黑掉，太冤了！哪里还有什么真事儿？"

欧阳云开看着南竹可怜的样子，只得像安慰落选干部似的："这次嘛，只能这样了。以后呢，还有机会，还有机会……"

"书记？"南竹直愣愣地看着欧阳云开，一时感到陌生，心说，这话，怎么会从您嘴里说出来？

"我知道这事了，"欧阳云开似乎下逐客令，"你先回去，我答应好了出去办件事。"

"不就抓了他身边人，便借机打击报复呗，谁看不出来？"南竹向外走一步，又回过头来，依旧愤愤不平，"原是指望您的，谁知，也是和稀泥！"

"哎，你等等，"南竹停下来，欧阳云开严肃起来，"你不知道内情，怎么说这样话！"

南竹背对着欧阳云开，也不回头，身子向前一倾，停顿一下，快步走开。

"哭能顶用？"看着南竹的背影，欧阳云开自言自语一句，然后走到窗前，向外注视好一阵子，才回过身来，狠狠一拳砸到桌子上，缓缓说道，"拜会顾大人去！"

上次安海会堂手机铃响，自己"嫁祸"顾大人，想来好笑。当时，也确是情非得已，其实就是让他先顶一顶，借机蹚过尴尬这条河，亦无恶意，好在恐怕这辈子他也不会知道。可这次拜会，则大不相同，需要打起精神，万分小心。干得漂亮，没人知晓，演砸了，没法收场了,被挖苦一顿不说,恐怕最糟糕的是后患无穷!

那便不去,少管闲事?息事宁人亦无不可。顶多一时别人议论一番,有为省纪委鸣不平的,有觉得省纪委内部可能出现什么情况的,甚至也有一边幸灾乐祸的,都无所谓,很快就会过去。可关键是,顾世言醉翁之意不在酒,亮出的是杀威棒,意在为省纪委画红线。省纪委也好,姓顾的也好,双方本都不在乎这个名次,可都在拿这个做文章。南竹原是志在必得,一心想为机关争光,眼见得煮熟的鸭子飞掉,自然接受不了。路达之虽知顾世言意图,想争,却不便争。也是,一个省委常委、省纪委书记,为本单位这点荣誉去说话,身份不合适,影响也不好,他肯定不能挑这个头儿。当然,他也不会让任何人出面的。

可我欧阳云开却咽不下这口气。我们与你顾世言,井水不犯河水,毫无私怨。如果是因为我们办案涉及你,或者,你猜想我们从中发现什么,便心怀不满,迁怒于省纪委,那你便是出于私怨,打击报复。这本身就已违纪,矛头显然是瞄着党的纪律来的。既如此,那睁只眼闭只眼,装聋作哑,置身事外,甘做绅士,这不就丧失政治原则了?更何况,从目前掌握的证据看,你顾世言目无党纪,践踏国法,早已德不配位,严重违纪违法,凭什么向你个腐败分子低头?

又联想到那封捕风捉影、用心恶毒的举报信,更是如鲠在喉。现在,姓顾的竟以权谋私,公器私用,赤裸裸挑衅。说不定,还用望远镜看着省纪委这边反应,得意大笑呢。这如同强盗跃马扬威,杀至城下,猖狂叫阵一般,是可忍孰不可忍。好啊,那我欧阳云开便义无反顾,出城迎敌,顾大人,请接招吧!

欧阳云开拿起电话,问宣传部常务副部长,省长有没有时间,汇报个工作。一会儿过后,对方回答,在省政府呢,说是正忙。再打为顾世言服务的省政府副秘书长贾仁,过了好一会儿,才回话说："世言省长这几天挺忙，以后会主动约你。"呵，"以后"，还拿一把？欧阳云开斗志已起，犹如一名决心与强敌过招的侠客，此刻岂能轻言止步？于是直接给周翔宇电话。

"云开书记？"周翔宇好像稍感意外，"您……有什么吩咐？"

"周秘书，清水园这边有点情况，得单独向顾省长汇报。要快！"

"请稍等，马上汇报！"

周翔宇一边向顾世言办公室走，一边想，欧阳云开与顾世言素无往来，上次见时，带走了张兵，现在来，不该出什么情况吧？不会与自己相关吧？不会的，我没啥事儿啊？可能和领导有关吧？此时的安海表面平静，实际早已暗流涌动。吴剑雄、庄严，这两位知道大量秘密的人被留置，会在里头说些啥，自然牵动着领导的敏感神经。不早不晚，欧阳云开此时拜访，必是非同寻常。

这个貌似有些书呆子气的周翔宇，实则谨慎细致。在顾世言包括郎子军面前，他表现得唯唯诺诺。实际上，这只是表象。一段时间来，他虽不知顾世言到底做过什么，但从觉察到的现象，预感他早晚会出大麻烦，所以刻意保持着距离，绝不陷进去。中间也想过离开，但秘书工作，是组织安排的，要走，说不出口来。也能找个理由勉强走，那还不得罪了领导？别人怎么看，组织怎么看？更严重的是，自己毕竟知道些事情，依顾世言为人，焉能放过自己？思前想后，还是留下，装着呆呆的，用不用由他，反正守住底线便是，同流不合污就好。

他曾将顾世言的历任秘书，逐一做过分析，结果是两个极端。好的呢，发展很快，有送到北京的，已官至正局。瞧不上眼的，辞了，一边晾着，前途无望。也有的鞍前马后出过力，却因嘴巴不严，下场悲惨。张兵自杀消息传来，他眼前顿时浮现出顾世言和郎子军在空响亭上的怪异举止，当即吓得倒吸口凉气，哪里是什么自杀？张兵智商比自己高出一截，对省长贡献大出十圈，结局尚且如此，自己若是一不小心，还不粉身碎骨？

"我知道了。"顾世言一听，看着周翔宇，一声冷笑。心想，你欧阳云开今天也知道有求于我？先晾着，等你长了怕性，彻底服气再说，"告诉他，我正处理个紧急事儿，今天没空儿。刚才，宣传部、贾仁都告诉他了，还问！"

顾世言心里有数，此次评选活动，他拿住了省纪委的七寸。当然，也可以不卡他们，自己画圈通过，让省纪委顺理成章得第一。可那样的话，自己有没有存在感倒次要，不能容忍的是，他们更不会把我顾某人放眼里了，以后，还不蹬着鼻子上脸？现在，借机敲打一下，把得罪我顾某人的后果亮出，让他们畏葸不前，今后遇事儿，才会掂量着点儿。退一步，反正我卡着他，他若过来求我，可以啊，放一马，可你至少得交换一下吧？不用明说，但暗中该有个承诺吧？此刻，你欧阳云开过来求我，是来签城下之盟的，我还不见呢，憋他几天再说。让他着急去吧，尽可站在城楼观山景，耳听城外乱纷纷。

"省长，"周翔宇似乎脸都憋红了，"欧阳云开说得挺神秘，说是清水园那边的情况，要快！"

"清水园"？顾世言毕竟经过风浪的，一听这三个字，神经立刻绷起来。

今年以来，流年不顺，波澜多由清水园而起。现在吴剑雄、庄严都在里边，一个外刚内脆，一个外色内酥，用不了几个回合，恐怕连胆汁都吐出来。欧阳云开用"清水园"这副牌来敲门，始料未及，一下便触到自己的敏感处。眼见他欧阳云开已陷入死棋，怎么会斜刺里杀出一招？

周翔宇腰稍微弓着，站在对面，等候领导明示。顾世言慢慢抬起头，注视他好一会儿，一语不发。前段时期，跟郎子军密谋向中纪委举报,虽说策划精心,用词犀利,也算刀刀见血,没想到,欧阳云开仅受轻伤,战力未减。虽然燕飞阵亡,但清水园阵脚不乱,办案依旧有条不紊。特别是吴剑雄和庄严相继落马,让整个崇山系城门顿开,真有大军压境之感。

庄严被留置,顾世言曾约郎子军相见空响亭。郎子军安慰他,事情尚未发展到不可收拾的地步。"省长高瞻远瞩,未雨绸缪,果断决策,我算不辱使命,解决了张兵,几乎将所有线索斩断。现在回头看,这确是一步先手棋。张兵没了,恰如在我们身前空出一圈防火隔离带。不然,吴剑雄、庄严引发的火势,很快将沿着张兵这条导火索燃烧过来,等到飞火烧身,一切都晚了。"

不错,灭掉张兵,除去对自己眼前威胁最大的隐患。郎子军真算得上旷世奇才,要张兵一命,竟兵不血刃,太妖了!如此看来,论多谋深算、不择手段,他胜我顾世言十倍。若逢乱世,必是运筹帷幄的难得军师,得他相佐,荡平宇内也非异想。当初,引他从副市长的位置上转投商海,再用些心思助他安大集团快速崛起,现在看,人才选得准,事情做得值,回报丰厚远超预期,从此钱不再是问题。不说财力保障充沛,只说有郎子军的谋划和操刀,应急事件处理起来,就变得十分简约。

多年来,只要一见那张棱角分明的脸,看到从金丝镜框后面透出的阴郁眼神,顾世言便顷刻心安。可最近一段时间,可能是崇山人出事出怕了,顾世言突然觉得,郎子军太过狡诈,深不可测。此人如果反水,必是灭顶之灾。不过转念一想,自己也是糊涂。郎子军哪怕是一只野狼,也早已驯化,何必无端猜忌?

看顾世言沉思多时,也不说话,又怕欧阳云开催问,周翔宇便小心地说:"省长,您看……"

顾世言冷冷地看着周翔宇:"你说,他欧阳云开过来,要干什么?"

"不会是,来带人的吧?"周翔宇见省长盯着自己,心里有些发毛,"上次在文产集团礼堂开会,他们抓张兵,欧阳云开给我电话,说要见您,也说的是'要快'。"

"是吗?也说'要快'?"顾世言眯眯眼睛。

"是!"

顾世言心里打个冷战,这倒有可能。吴剑雄、庄严,都可能涉及省政府或宣传部什么人,如避而不见,路达之告到陈放那里,也是麻烦。何况,欧阳云开诡计多端,小心点也好。不过反过来说,我手握好牌,他是有求于我,见又何妨?

"你给他回个电话,告诉他,再过一个小时过来。"

"好的省长,我马上通知。"周翔宇快速转身。

"翔宇,"顾世言看他手忙脚乱的,"你能不能沉稳点儿,急什么急?"

听顾世言说这话,周翔宇回过身来,本以为还有什么吩咐,哪知领导根本没再说话,却在低头翻阅着文件,只好回答:"我知道了。"也不敢快走,缓步转身,轻轻拉开了门。

"周秘书,谢谢你向省长报告!"周翔宇刚出门,吓了一跳,就见欧阳云开已立于门前,人来话到,声若洪钟!

周翔宇只好反身报告:"省长,云开书记来了!"

原来,欧阳云开已经料到,顾世言必然推三挡四。如他不在办公室,或有重大活动,周翔宇第一反应便会说出来,没说,就说明必然在。所以,也不等回话,便快马加鞭赶来,杀他个措手不及!"对不起啊省长,不宣而至,失礼了!"欧阳云开提着个文件包,一步踏进门来。

"哎哟,威震安海的云开书记大驾光临,蓬荜生辉啊!"顾世言忙放下文件,站起身来,哈哈一笑,和欧阳云开握握手,转身吩咐,"翔宇啊,你还愣着,快点儿上茶!"

"谢谢,喝点儿省长的高档茶。"欧阳云开笑着在沙发上坐下,放下文件包。顾世言也在对面坐下。周翔宇打开橱子,取出一个满工嵌金八角壶,用黑檀木琵琶茶勺取茶来泡上,端过茶杯,放到欧阳云开面前,转身出去带上门。

"省长办公室,确实不一样,亮堂,大气,考究!"欧阳云开环视一周。

"云开啊,很想和你在一块儿说说话儿。我就喜欢与有思想、有才气又干净的人在一起,有收获啊,得到的是正能量。"顾世言满面笑容,亲切地看着欧阳云开,"你发现没有,这人啊,如同一个个灯泡一样,发出的光亮度是不一样的。有的呢,发十瓦的光,有的呢,发一百,还有的发一千。当然,也有发不出来的,还有的,发出来的干脆是暗物质,吸光。这每个人发出的光和热,其实差别是很大的。和什么人在一起,是个大学问。你呢云开,就是那发一千瓦的灯,所以愿意和你在一起,温暖,正能量。"

"省长啊,也就您高看我,别人还不认为我冷血屠夫啊。我们兄弟们私下说起来,省长大智大勇,人中龙凤,都很佩服。"

"咳,云开会说话,"顾世言笑着摆手,"自己的斤两,自己清楚,也是组织不嫌弃,凑合用罢了。说实话,没你帮忙,没你提醒,我到不了今天这一步。"说着,顾世言站起来,"对不起,你稍等哈。"

他走进卧室,出来时,手中提着两个镀金铁盒,放到茶几上。

"我这儿有点儿崇山春茶,品质上乘,是一个老友茶场产的,只用来自己喝的,一年产不了几斤。我就不打开了,里边是景泰蓝瓷瓶,花丝镶嵌,挺雅致的。这不,刚才翔宇说你要过来,总得淘换点儿好茶啊。我忙让翔宇跑下去,到车上刚拿回来的。听说你喜欢喝惠安绿茶,你品品,可比惠安茶品质好。这不,为找这茶,他一去一来的,回电话便晚了,别见怪啊。"

欧阳云开稍一迟疑:"您看省长,多不好意思,我来得匆忙,都没来得及给领导准备点儿啥呢。"

"云开,都好兄弟,客气啥。"顾世言倚在靠背上,微笑着。

"省长,有句话,早就想跟您说。"欧阳云开十分诚恳。

顾世言心想,好家伙,这就出牌了?"云开你说就是,谁和谁啊?不客气。"

"当初老人家去世时,给您个处分。这么多年过去,老像块儿心病似的,也没个机会给您说。想起来,都觉得对不起您。"欧阳云开真诚表达歉意,"省长当初也是孝心一片,只是那些去的人想表达个意思,呼呼隆隆,都跟着送行,动静大了点儿,其实并非省长本意。不过从另一个方面看呢,这也是省长人缘太好,挡不住的亲和力啊。"

"哪里啊,你是公事公办,职责所在。冲咱哥俩的个人感情,你肯定也是手下留情了。"顾世言大度从容,语出温和。

"省长,这便看出您的胸襟,不然您怎么能走到今天这位置呢。一般人,弄不好还有误解呢。"欧阳云开不由得感叹。

还以为他要出牌呢,怎么又扯到了这里?顾世言一时不知他用意,便打哈哈:"如果因为受个处分,便心存不满,那真糊涂了。"

"要么说省长有气度呢,还是心胸开阔。"欧阳云开又冲顾世言笑笑,"省长您看,我也难得见您,见了就好亲。进来后东扯西拉的,占了您宝贵时间。"欧阳云开也是想让顾世言先问,看他怎么说。

"没事啊,你来就是大事儿。手头这堆乱事,是处理不完的,都得往后推推,难得老哥俩说说话。"顾世言摸不准欧阳云开套路,也不便直接问。反正他来求自己的,肯定憋不住。

"您私下场合待人这么亲和,但在正式场合,讲话又不同凡响,见解独到,"见顾世言沉住气,欧阳云开也干脆纵马扬鞭,把话题撒开,"我们清水园兄弟们,办案中间也没啥事儿,就胡扯呗,都说,省长风格独树一帜,讲的话,别人想讲却讲不到这个份儿上,做的事儿,别人想做却缺这份魄力!"

"清水园那么忙,还顾得上讨论这些啊?"顾世言话里有话。

"吴剑雄、庄严这两人,我们原来觉得能顶一阵子,没想到,都熊货,外强中干的,没两个回合,便缴械投降了。大家没啥大事儿,晚上就磨牙呗。"欧阳云开笑笑。

"他俩还算配合啊?"

"不光配合,还说了好多有影没影儿的话呢!"

顾世言心里一惊,但脸上却依旧镇静:"吴剑雄工作时猛冲猛打的,若论方法,未免鲁莽。庄严呢,心思花在女人身上,心理也不会强大到哪里去。不过,你总得实话实说,不能说些不咸不淡的吧?"

"省长,这正是我今天要向您汇报的,不然我还不急着过来呢。"欧阳云开见时机已到,便把话摊开。

"乱咬了?"毕竟吴剑雄给自己送钱送物的,顾世言不能不警觉。

"嗯。"

"怎么回事儿?"

"吴剑雄这人不地道,我们办案人也瞧不起这号的。"欧阳云开向顾世言身边凑了凑,压低声音,"他说,去年春节前,给贾秘书长、还有办公厅您分管的两个处长,每人一箱茅台。"这完全是没影儿的事!吴剑雄哪里说过这话? 不过,欧阳云开分析过,以吴剑雄的心思和做派,巴结这几个人,确信无疑。

"不会吧?"顾世言看欧阳云开一眼,"现在要求这么严,他还搞这个?"

"我也不信,可他说了,就成了线索。按现在规定,还得件件有着落呢。"欧阳云开搓着手,显得十分难为。

"别信他。"顾世言并没挪开目光。

"不行啊,这需要了结的。即使没有这事儿,也需要证据来证明。"欧阳云开告诉顾世言。

"证据?"

"现在有规定,所有的线索,都要件件有着落。这,就需要请贾秘书长,几个处长,去清水园谈话,或有或无,都需要个证据,才能了结。"欧阳云开无奈地摇摇头。

"在省政府办公室写好送给你们,不行吗?"

"不行,现在要求必须到那边谈,得留音像资料存档。"欧阳云开咬咬唇。

"你有没有更好的办法?"顾世言终于猜到欧阳云开此行目的,不会是来做交换的吧?可转念一想,他说的这事儿,可能差不了。吴剑雄都能给我送钱,给他们几个送烟送酒,恐怕十有八九。如果贾仁只收点烟酒,倒无所谓,怕的是,自己很多事都通过贾仁办的,如果欧阳云开把他和几个处长给弄到清水园,没完没了地问这问那,这几个家伙一不小心,再秃噜出些别的来,岂不闹出更大的乱子?欧阳云开这招够损啊!

"这不,我过来汇报一下。"欧阳云开真诚地说,"也是考虑,省政府这边是全省行政中枢,过于敏感,要从大局着眼啊。"

顾世言知道眼前这家伙分明在卖关子,怕是他心里早有破解办法。于是,试探着问:"云开,你老办案的了,想个办法呗。"

"省长,我倒是琢磨了,"欧阳云开看着他,悄声说道,"我原想请您找他们个别谈谈,有没有这回事儿,写一行字就了结了。可刚才一想,这事儿一定是吴剑雄乱咬的。您对下属要求严格,他们哪能收礼呢?您出面找他们,他们难免有心理负担,还不影响工作啊?弄不好,一传十,十传百,还不炸了营?再不,我先写个情况,您签个字,直接了结算了。"

"好办法!"顾世言不禁拍手叫好,心里却骂道,你他妈的真是狠人!我明明知道这是个扣,是个坑,可也得身不由己地往里钻,往下跳。不然,你欧阳云开肯定把人弄到清水园,不折腾出点儿事儿,你能散伙啊?于是只得放低身段,"你写吧云开,别太复杂。"

"省长,您对我够兄弟,可我还给您添这麻烦。您能给我个省政府的信笺吗?用您这儿的稿纸,说明我来过您这儿,办得很认真,您也过问了。"欧阳云开抱歉地看着顾世言。顾世言转身去办公桌上取了信纸过来。

欧阳云开从公文包里拿笔在手,写道:"经顾世言同志谈话了解,贾仁等三同志从未收受吴剑雄茅台酒。欧阳云开。年月日。"

顾世言看了,点点头:"云开文字简洁啊。"又随手提笔将"了解"前的"谈话"两字拉去,在"茅台酒"后面加了"及其他物品",改成"经顾世言同志了解,贾仁等三同志从未收受吴剑雄茅台酒及其他物品"。

"省长真是严谨!"欧阳云开重新抄一遍,郑重收回,和修改稿一起装入信封,放到公文包里。

"怎么还把我改过的底稿儿带走呢?"顾世言有些不解。

"在您改稿子时,我刚才突然想到,如果请省级领导写证明,包括请您签字,还要走程序,这是规定。"欧阳云开解释,"那,能不能变通一下,简化处理?把您改过的稿子带回去,我后边加个说明,这是您改过的,等于您签过字了,又不需经领导审批。反正也立不了案,材料不必抠得过细,将来能说清楚就行。反过来,就这事儿我们打报告送陈放书记签字,他如果想到别的地方去了,对您怕是不好。"

"那是,那是。"

"这样,谁都不知道,也没啥动静,过去也就算了。"

"能了结?"顾世言看着欧阳云开。

"应该可以,我们研究一下,有您的谈话说明,排除就是。不过,还有两件小事儿,也向省长报告下,看我们这样处理行不行。"欧阳云开凭空再起波澜。

"还有事儿?"顾世言不免心中又是一惊,微皱眉头。

"吴剑雄案已到后期,正在做笔录。"欧阳云开看看顾世言,"是滨海科技园芯片项目的事儿,吴剑雄非要写上,是张兵按您的要求向他推荐的,在笔录前边加上这句话。我觉得没必要出现您的名字,可吴剑雄还是坚持写,这家伙,估计也是想用您来挡挡,减轻自己责任。"又是无中生有!吴剑雄根本就没提到这个,笔录也早已按吴剑雄收受赫连公司贿赂做完,证据也已齐备,根本不存在谁推荐一说。欧阳云开编出这档故事,无非是打马惊骡。

平地生雷!顾世言暗自琢磨,虽说即便写上是自己推荐,也没啥责任,何况当时自己完全是出于推进安海高科技产业考虑,真没有半点私心。问题是,如果因此扯出后边海南的房子来,那还了得?

"非这么写不可?"

"本来不想说这事儿的,今天也是话赶话说到这里。等我跟吴剑雄谈一次,不就是个渎职罪,扯这么远干啥?你吴剑雄自己被赫连忽悠就算了,笔录上其实连张兵推荐也不用写,画蛇添足。即使写上省长,你吴剑雄也推不掉这个责任啊。再说,渎职罪,本身很轻的罪名,扯那么远干啥?我有把握说服吴剑雄。"

欧阳云开这番话,意味深长,等于告诉顾世言,如此一来,他和张兵都能够摆脱出来,更给顾世言吃下一粒安心丸。顾世言何等聪明,立马做出清晰判断,吴剑雄是渎职,是受骗,这说明吴剑雄没有收受赫连的贿赂。由此及彼推理,办案组肯定没有掌握吴剑雄受贿事实,那自己海南房产的事,也一定没有暴露。想到这里,心里一阵轻松,就说:"云开做事,稳妥啊。"

"还有件事儿，"哪知，欧阳云开怪招迭出，一波乍平，一波又起，"庄严这个人更差劲！"

"怎么？"顾世言又一惊。

"他非说与您一起，在郎子军安大集团餐厅吃饭，最近半年，每周一次！"欧阳云开气愤地说，"你个副院长，凭什么能和省长每周一次吃饭？你有时间，省长哪有时间？"

顾世言真生气了。庄严分明是假话。看来，进去的便靠不住。庄严夸大其词，本也无关痛痒，但这个指向，却须警觉。半年来，与吴剑雄、庄严甚至贾仁，多次去安大吃饭是真，但哪有过一周一次？关键是吃饭的内容，商量副书记这事，这就要命！还有，怎么连安大餐厅都说出来？郎子军可不是张兵，哪件事他不清楚？要是把郎子军给扯进来，那不等于把自己隐私仓库全部打开了？他可是手持仓库钥匙的保管员。这个口子，必须封住，不然，万劫不复！

"我顾世言，是相信组织的，更相信云开书记眼睛是亮的！"

"这样乱咬乱踢的害群之马，有何诚信？扯大旗做虎皮罢了，一定是拉您当盾牌的！"欧阳云开坚定地说，"省长放心，办案人真假能辨得清。我只想向您报告一下这事儿，知道他庄严是个啥玩意儿！"

顾世言纵横政界，傲视安海，何等豪迈，什么阵势没见过？可今天听欧阳云开一番云山雾海的真情密语，虽尚能把持住自己，表面风轻云淡，内心却涟漪顿起，微波难平。他清楚欧阳云开有备而来，话虽不可全信，真假难辨，可今天的话，句句靠谱，件件夺命，重重敲击着自己的心。如不尽快了结，就此堵住，这孔孔看似细小蜿蜒的蚁穴，便真可能溃我千里之堤！

不得不佩服欧阳云开。在有求于我时，尚敢单骑闯关，挺身博弈。本来我已处主动，且居主场优势，哪知他走进这房间，竟挥洒自如，进退有度，无懈可击，反倒逼得自己手忙脚乱，疲于应付。这家伙，老辣至极！所言三件小事，也是可私可公，可大可小。私下里，于我顾某人尽显情深义重，可狡猾的是，即便摆在明面，他也毫无破绽。哪天摆到陈放办公桌上说，也是例行职责。

送酒的事，属于问题线索，来调查取证，这不正常工作吗？所以，这样通过分管领导了解一下，也说得过去。即便真送了，不就几瓶酒嘛，至多批评教育、诫勉谈话，所以简化处理，没毛病。芯片项目引进，写不写由我推荐，确实与吴剑雄渎职罪定性无关，况且我当时也确无私念，写不写上，也说得过去。就是安大吃饭，庄严是一派胡言，问我一句，我当面否定，也可以了结。所以今天他过来，程序正常，无关涉密，没毛病啊，他在我这里也留不下什么把柄。但这家伙缺德的是，看似到此为止，可件件依旧抓在手中，你若和他过不去，他又来了，没完没了！最可怕的，若得罪了他，他瞪起眼来，完全可以推进一步，那对我顾世言，便是惊涛拍岸！

想到这些，顾世言不免后怕。几件事情毕竟尚未了结，小辫子又捏在他手中。眼下又是自己敏感时期，禁不得风吹草动，不容任何闪失。哎，怎么转瞬间，反倒变成我有求于他了？咳，大丈夫立于天地间，能屈能伸，挨过短痛，便是长安！"云开啊，你看，现在领导干部都成弱势群体了。你能这样想问题，这样处理问题，也说明你的政治意识、大局意识强啊。"

"省长别说，我这'四个意识'能强了一点儿，得感谢您呢。"

顾世言一时不解："怎么说呢？"

"这不，宣传部组织的'学促见'活动，太有必要，省纪委抓得好认真呢，一家人全力以赴，把提高政治素养、推进业务工作紧密结合，效果很好！"欧阳云开看着顾世言，"您说我能不提高啊？"

亮底牌了！顾世言毫不意外，这顺理成章。便接过话题，认真说道："你们机关活动开展得好啊，走到全省前列！"

"省长别笑话我们了，还前列呢。"欧阳云开告诉他，"达之书记还挖苦我呢,你这个机关党委书记干得好啊,什么争创一流、逢标必夺啊,再不争,还能倒数第一?"

"你们都前十名中的第一名了! 不简单啊云开!"顾世言竖起粗壮的拇指。

完全出乎预料! 轮到欧阳云开糊涂了:"省长这么厚爱啊?"

"宣传部报过来的审阅件,我已签了。"顾世言笑吟吟地看着欧阳云开,亲切地拍拍他肩头,"宣传部那边,从业务处到评审小组,意见高度一致。你们确实不错,实至名归。退一步说,就是有点儿差池,也得上。办案的机关,都说好,那可能吗? 没点儿杂音,才不正常。我顾世言也要讲政治啊,省纪委必须保证上,廉政机关的旗帜必须高扬起来!"

回清水园的路上,欧阳云开不由赞叹,看到了吧,顾世言机智过人,应变自如,临危不乱,令人佩服! 又想,如果不是知道了他的底细,必定会被他的真情亲和、超人才智所折服。这便清楚了,为什么他身边总会追随着一群人。即便笼络人心,也需要实打实的功力,需要超强的魅力和技巧的。

车到植物园,看着一棵不知名的高大树木歪倒一旁,欧阳云开便联想到顾世言,叹息一声,如果不是被腐败侵蚀,该是多么难得的干才。今日过招,自己不致落败,不是胜在本事,完全靠着正气在胸。倪景行说得对,"战法必本于政胜"。对啊,正,则立于不败之地。

此番拍马闯营见顾世言,完全凭着一腔义愤。也是借鉴倪景行说过的兵法,就来他个兵者诡道,利而诱之,乱而取之,实而备之,关键是攻其不备,取其不意。别说,还真管用。可事后想想,最根本的,还是因为顾某人心中有鬼,才被拿住七寸,处处受制。自己今天无中生有,说来有点儿利用职权"敲诈勒索"的意思,不够君子。但他顾世言是冲着省纪委的权威来的,他更是利用职权"吃拿卡要"! 顾世言都腐败透了的人了,对他还客气啥?

想想今日之行,欧阳云开又不觉好笑。按说,接触省级领导,需要走程序的。可如果真的报上去,这等事,谁给你批准啊? 咳,反正吓唬一下这号人,让他今后不敢再贸然向省纪委下手! 自己又没透露半点儿案情,今天自己说的一切,全都没影儿的事,没涉及一条组织掌握的问题线索,不会影响将来上级对他的调查,弄不好还会使他由此而陷于胡思乱想,最终想到南极洲去了呢? 不管那么多了,即使以后要我做检讨,也得等顾世言问题尘埃落定之后了。

"小马,"欧阳云开对司机说,"顾省长给我两盒茶叶,你回机关时送给南竹她们吧。告诉她,领导送的,错不了。"

"好的。"小马回答。

"这也算'贪赃不枉法'吧。"欧阳云开自言自语地笑了一声。

"书记您说什么,我没听清。"

你当然不清。欧阳云开再笑:"我是说,难得喝好茶!"

小马不明不白地应了一声。

车进清水园时,已近中午。见路上没人,知道伙计们都各忙各的,欧阳云开便直接进了办公楼,推开会议室的门,却见张浩独自一人,眼睛紧贴着大屏幕,正仔细观看叶音跟吴剑雄谈话。因为太过专注,以至欧阳云开进屋,他都没觉察。

"老弟啊,你回来了?"他问一句,便将公文包放到桌上。

张浩听到声音,这才回过头来。

"是书记啊! 他们说你来这里了呢。"张浩脸上顿时堆上笑容。

前一天,魏大夫给欧阳云开打过电话,说张浩坚决要求出院。欧阳云开心里不踏实:"魏大夫,你觉着张浩的病,真好了吗?"

"咱上次不是讨论过吗? 这心理的病,还得去心理的魔。目前恢复得不错,一个是用药,进行心理康复。另一个,是要把压在心头的魔赶走了。"魏大夫话虽絮叨，但说得真诚，"关键是书记你们对他的关怀。他老婆工作，他儿子上学，都解决了，后顾之忧没了，他心情当然舒畅。他急于回去干工作，也是想证明自己不是个病人，我觉得这挺好。在正常的工作和生活中，他会对自己有新的评判，重新获得自尊，这才能彻底康复。"

欧阳云开清楚，要巩固治疗成果，需要循序渐进，他故意问："张浩，你自己跑出来的吧？"

"书记，这您可冤枉我了，"张浩从兜里掏出一张纸，快步走来，"这是魏大夫给我开的出院证明。魏大夫说我完全好了！"

欧阳云开看一眼出院证明："你还是先在家休息几天吧。"

"别呀书记，都憋坏了。我知道，现在吴剑雄、庄严被留置，人手紧张。我可是您调教出来的亲兵，用起来肯定得心应手。我刚才找过镇澜常委、叶音委员他们，都说，得听云开书记安排。我还是想参加谈话。"

欧阳云开听张浩说话已经靠谱，反应也很正常，心里十分高兴。但他大病初愈，不宜做心理冲突剧烈的谈话工作，便鼓励他："这才是我希望见到的张浩兄弟，就该有这种劲头才对！你的优势，在于精通条规，熟悉程序。"

"书记，您这句话，是'送我上青云'啊！"没想到，张浩竟据典而谈，开起玩笑，"一切听您的。"

"我跟镇澜、叶音商议过，给你一件重要的工作。"

"什么工作？"张浩急切地问。

"目前案子量太大，取证、谈话各个环节难免出现疏漏，长了，会影响办案质量。所以，准备成立一个三人内审小组。"欧阳云开郑重地看着张浩。

"您的意思……？"张浩有点紧张地看着欧阳云开。

"不错，这个内审小组，由你负责。我再调两个业务骨干，配合你。我想,在六个办案室调查取证基本结束、移送审理之前,由你们对所有程序、证据严格把关。如果发现疏漏,及时提出补证或重新取证建议,报镇澜、叶音和我,各室根据你们建议,抓紧完善,然后再移交审理室,相当于案件在审理前提前把了一道关。这项工作,虽不接触涉案人,但省纪委审查调查的案卷材料,你们全部掌握了。除了把好质量关,还要把好保密关,担子不轻啊!"

"这个工作重要,也很适合我。书记请放心,我,哪怕头点地,也保证完成任务!"张浩异常激动,"书记啊,大恩不言谢!您,还有各位同志们,救了我,也救了我全家,到死,我也忘不了!"

说完,冲欧阳云开深鞠一躬,转身昂首而去。

3

阴云密布,冷风阵阵,零零星星的雪,散落到清水园。与室外的清冷相反,台球桌上却滚动着难得的热情。

"太厉害了!我明明把你球路挡死,你的母球怎么走出 C 形路线,还能击中目标球?不可思议!"江镇澜手持球杆,紧盯中式台球台面,见欧阳云开母球行走路线怪异,大惑不解。刚跟欧阳云开学打台球不到两个月,正在兴头上。几个案子都突破了,难得空闲。江镇澜本来性格沉稳内向,不善言辞,除工作、读书,几无爱好。可自从检察院转隶过来,与欧阳云开朝夕相处,逐渐接受了他"快乐工作、快乐生活"的理念,犹如面前打开一扇窗户,轻松暖风迎面而来,生活画面变得五彩缤纷。

"我是击球时加了塞。"欧阳云开指指球杆,"这是打中式球用的,最大特点,是杆头皮头大,摩擦力强,斯诺克球杆的皮头就小得多。我正是利用皮头的摩擦力,猛击母球内侧,母球才产生强烈内旋力,弯曲着转过障碍球,再继续旋转着击中目标球。"

"我只会直来直去的,能把球打进球袋就很知足了。"江镇澜好奇起来。

欧阳云开笑道:"办案,你高手,玩儿呢,我内行。"

"哪里啊,"江镇澜接连将三球收入袋中,"你才是大开大合,工作、生活都轻松潇洒。"

"那天,你和庄严教科书式的谈话,直把我们三人看直了眼!"欧阳云开击中一球后,母球迅速倒转,准确拉至下一杆击球位置。

江镇澜摇摇头:"太厉害了吧,你又加塞了?"

"击球点很讲究,初学的,中间一个点,再加上下左右四个,总共五个点。等熟练了,这点就变成九个,甚至十七个以至更多。如果对库性把握得好,便无敌了。"

"哎,库性怎么回事儿?"

"这从英语中翻译过来的词,是指球与台面胶边撞击的次数。球正常走几库,再加塞便可增加弯度。这些运用自如,便难不倒、防不住了。"欧阳云开一边讲解,一边笑,"你和庄严谈话,虚一枪,实一枪,柔一枪,三枪解决战斗,如同三杆便清了台面一样,畅快淋漓!"

"书记啊,和你一起工作就这感觉,痛快,过瘾! 我这没有过激情岁月的人,也跟着燃烧起来了。"江镇澜随着打了一杆。

"镇澜,我还是主张快乐工作。今年的硬仗,我们都扛过来了,只是同志们太苦了,还是得调整好,营造个轻松的氛围。"

"我看得出来,你能不开的会不开,能不要的材料不要,讲话讲课也从不让别人替你准备稿子,向来不搞那些虚头巴脑的东西。"

"我一直把握着尽量别折腾自己人,反对动不动就开会,叨叨起来没完没了,说些自己都不相信的话。也不主张把工作安排得太紧,动不动就加班,没白没黑地死扛。好领导有个标准,看似让大伙儿玩着,活儿却漂漂亮亮地干完了。当然,这需要他对工作要点、手下人的特点，心里透亮才行。生活中，我们都要快快乐乐的，心情放松，室内室外的爱好，都要有几样。"欧阳云开重新把球摆好，让江镇澜开杆，"跟我去钓鱼吧？到水边一坐，神经再紧张，也一下子放松。"

"咳，"江镇澜一笑，"和你这么说吧，你要让我去钓鱼，不如杀了我。坐在湖边一晚上，闷都闷死了。"

"那养花养鸟呢？"

"养花花枯，养鸟鸟飞。没办法，这性格，从小形成的。"

"哎哟镇澜，那你工作和生活严重不对称，工作太挤对生活了吧？"欧阳云开笑起来。

江镇澜也不说话，俯身台面，左手架杆，下腭压杆，杆贴腰眼，右手虎口掐住杆把，小臂骤然发力，母球大力轰击球堆，十五颗彩球顿时天女散花，铺满球台。

欧阳云开微微吃惊："镇澜好力道！"

"书记，我这个人，自小不愿多说些话。"江镇澜放下杆，眼睛有些湿润。

听了这话，欧阳云开想，他必定是内心伤感，才这样说。便停下杆来："从接触你开始，我便感觉到了。"

"海西地区，过去经济落后，我老家更穷。"江镇澜视线穿过窗户，望向阴沉沉的远方，"我父亲是解放初期的村支书，一直干了十五六年。我刚出生不久，听母亲说，父亲经常被人拉出去批斗。有天夜里，父亲挨了斗，人群散去了，心里还憋屈，便坐在墙根抽闷烟儿，也不想回家。到了快半夜，黑影里，突然看到几个带头批斗他的人，从大队部仓库，来来回回地往外抬麻袋，放到一边的几辆手推车上。估计不是私分，就是倒腾出去私卖！"

"哦？"欧阳云开手摸球杆，静静地听着。

"我父亲很生气。那时候，老百姓都吃不饱饭，仓库里那点儿地瓜干儿和粮食,是全村人用来度荒救命的,被偷走了,老百姓怎么办?父亲大喊一声,这些人推着车上的几个麻袋便跑了。第二天,父亲冒着大雨,到公社去报了案。当天晚上,雨越下越大,父亲怕河堤不安全,便穿上蓑衣,带着手电筒去查夜,没想到,这一出门,再也没回来,多少天过去后,才在枯井里找到他的尸体。因为暴雨冲了现场,公安来了,也没查清楚怎么回事。再说,那个年代乱哄哄的,谁管啊,稀里糊涂地结了案。等我长大以后,母亲告诉我,有人看到了,就是偷大队部粮食的那伙人干的!"江镇澜忿忿地说。

"那你和母亲怎么过?"欧阳云开眼中满含同情。

"母亲刚强,一把泪一把汗地把我拉扯大。"江镇澜满是悲愤,"再刚强,也是处处遭人刁难。这伙人,往死里治我母亲。有一年,说村里搞规划,硬逼着我家老宅子搬迁。家里本就没劳力,哪里能再盖房子?他们便派人把我家的大门,用石头给封上,一堵就是三年。我们母子出出进进的,只能翻墙出院,一直到这伙人下台。"

看着眼前的战友,欧阳云开终于明白,他为什么总是疾恶如仇,为什么总是沉默寡言,为什么工作之外绝少爱好。原来,少年时代竟然有过常人难以想象的坎坷经历!

"所以,你就发奋读书?"

"我学习成绩很好,高考时,报考法律专业。那时也不知道法官和检察官是怎么回事,反正觉得从学校出来,做了司法工作,便能把这些贪官污吏,统统绳之以法,让老百姓不受欺负。后来,也算天遂人愿,真就考入了西南政法学院。我在大学读书时,索性把名字改为江镇澜,将来能除污安澜,企盼海晏河清。毕业后,分配到检察系统,再后来,又进入反贪系统。"江镇澜诚恳地说,"你能想象得到,一开始,我是带着仇恨办案的。在我眼里,容不下腐败!"

"我理解。"欧阳云开示意江镇澜在椅子上坐下。

"那年,我女儿还小,吃过早饭,蹦蹦跳跳地背起书包去上学。一开门,门外木架子上挂着一只死山羊,羊头都被拧了好几圈儿,羊身开膛破肚,内脏肠子外溢出来,鲜血遍地,吓得女儿一声尖叫!那叫声,这一辈子我都忘不了。为了给她心理疏导,我不知跑了多少家医院。"

"所以,你对腐败更加痛恨?"欧阳云开默默点头,"那天你还说,曾收到过子弹呢。镇澜,我对你认识更深了!"

"我不会被这吓倒。"

"没有顽强的意志,做不了反腐败工作。"

江镇澜叹口气:"物极必反。带着仇恨办案,往往就只顾一点,不及其余,忽视了办案的综合效果。自从与你共事后,一点点转变了我的观念。特别是参加了齐九天的组织生活会,对我触动很大,我是不是杀心太重,陷入仇恨的漩涡,只盯着严惩,没想到救人?从你身上,我看到的是党性与人性的结合,党性应该是最高的人性!"

"镇澜,你体会到的,比我深刻多了!"欧阳云开由衷地笑了。

小雪过后,天气晴好,只是风一阵紧似一阵地冷。

一大早,郎子军收到顾世言一条微信:"到英才园见一面?"他稍稍一愣。以往,顾世言从来没在这个时间段约他见面,又不是周末节假日,必定是出了什么变故吧?

"让你司机到家里来接我吧。"顾世言紧跟着再发一条。

郎子军在英才园外的石桥前,独自背手徘徊。他断定,省长确实遇上事了。很快,顾世言从车上下来。虽说表情依旧平静,但平日里乌黑油亮的头发,有几根已被寒风吹起,神色难掩憔悴,想必一夜未眠。

"子军,早过来啦?"顾世言朝郎子军笑笑,便走过竹林,穿过山洞,进了英才园。

即便初冬,这里仍是生机勃勃,宛若绝美的淡墨山水画。"平林漠漠烟如织,寒山一带伤心碧。"顾世言眼望山林,不禁轻吟轻叹。

郎子军听罢,便联想到后面句子,"暝色入高楼,有人楼上愁",便劝慰道:"省长未免伤感了。"说完,心里接着又吟道,"玉阶空伫立,宿鸟归飞急。何处是归程?长亭更短亭",猛地想到空响亭,更不免一惊。

"我想在这里先清净两天。"顾世言拾级而上,走进他的小院。

"那好,我安排一下。只要省长有时间,有心情,就多住两日。"郎子军昨晚倒也听到点风声,说省委副书记可能不从安海产生。顾世言下车后的表情,让他确信,这事儿,没戏了。

"子军啊,你没听到什么吧?"顾世言在沙发上坐下来。

"我也没有确切消息。"郎子军实话实说。

"副书记,是外省调来的。"顾世言眉心一紧,"昨晚上得到的消息。"

郎子军长长叹息一声,金丝镜框后面的两条眼缝,轻轻合上,身子就靠到沙发背上。直到听到往茶杯里倒水声,才睁开眼睛,向女服务员轻轻挥挥手:"出去吧。"看来,北京那边出了变故。莫非在酝酿阶段,被中纪委叫停的?或中组部发现什么?郎子军心里掠过一阵寒意,这一步没上去,恐怕现在的位置也难保。这些年,尤其今年以来,自己用尽心思,东拼西杀,左遮右挡,局势却越来越吃紧。吴剑雄、庄严进去,迟早也会把自己牵扯进去,怕是路已到尽头。顾世言落选,便是不祥信号。

郎子军不明说,可顾世言也未必没想到这层,只好劝道:"谋事在人,成事在天。凡想到的,都已做了,成与不成,自是天意,我们没有必要后悔。何况,自古成大事者,无不山重水复。弄不好,失之东隅,收之桑榆,也无须难过。"

顾世言不语,盯着张大千的横幅"对酒当歌",苦笑一声:"这后面,应该再加一幅,'人生几何'!"

"省长,不必太过悲伤。当不上这副书记,你不还照样是省委常委、副省长? 这与副书记都一级的,就是个名堂吧。依你资历,最终正省,该是正常。想开了,这算什么啊! 还是要打起精神,这时候闹情绪,显得小气不说,也于事无补,不能解决任何问题,反倒让人看了笑话。要我说,临利害之际,不失故常,才是省长气派,才是我心中的王者!"郎子军进一步劝道,"再说,哪怕空降一个省委副书记来,他人生地不熟,对安海政治格局能有多大冲击? 他能异地交流,你接下来就不能换个地方? 翅在云天终不远,等着就是。所以,我不建议你在这里躲着,咱就一如故常。"

"子军啊,这辈子遇上你,真是我顾世言一大幸事。"顾世言一声叹息,"我也知道这个理儿,只是心里过不去这道坎儿。听你这一说,我心里亮堂了许多。"顾世言沉默片刻,低头看一下腕上的表,"上午九点,省直机关'学促见'活动表彰大会,要我参加。我本来想,晾他们一边儿,听你的话,我去吧。"

"应该过去,时间来得及。"郎子军遂站起身,嘱咐一句,"让你司机在宾馆门口等你,到了,把我的车换过来。"

郎子军司机载着顾世言疾驶而去。

顾世言走后,郎子军站立好一会儿,才一步步登上山顶,回望文昌河,远眺连绵起伏的群山,呆愣良久,猛然间一只巨手,将这幅恢宏山水画卷缓缓合上。

"该结束了。"郎子军闭上双眼,泪水沿着脸颊淌了下来。

大半个下午,欧阳云开、江镇澜、叶音在清水园会议室,讨论吴剑雄、庄严案进展情况。吴剑雄案已近尾声,庄严案还须进一步核实。

"现已查明,吴剑雄违纪七百余万,违法八千七百余万,数额特别巨大!"叶音面向欧阳云开,"书记,你让我分分类,结果出来了。根据吴剑雄交代,十八大以前,他收受礼金在五千元以下的,有三十四人。我们从中选取了五人谈话,与吴剑雄讲的数额差不多,说明,这些人的数额八九不离十。这么多人,怎么办好?"

"工作量大,倒不是事儿。"江镇澜说,"我担心,为了区区十几万,弄得人心不稳,会影响他任职几个地方的工作。"

"再有胆子小的,万一出点啥事儿呢?"叶音咬咬手指。

"还有,"江镇澜看着欧阳云开,"吴剑雄如果记混了,他们当中万一还有数额大的呢?也别漏了。"

"镇澜常委,这个,我想过。一个是我取样调查了,从中挑了五个人谈话,实际情况与吴剑雄交代基本一致。这说明吴的脑子还挺好使。还有,就吴这记忆力,小数不一定记清,大数肯定不会差,漏不了的。"

"叶音不得了,我都没想这么细。"江镇澜微笑着。

"老大哥这是干啥呢?"叶音脸色红扑扑的,"不过,我在想,能不能想个办法,让这些人既受到教育,悔过改错,同时又保护他们的积极性呢?毕竟,人太多了!"

"好思路!"一直没说话的欧阳云开夸赞一句,"我倒是想起个故事来,人家这个领导,不仅能保护干部积极性,还让犯错误的干部比原来劲头更足呢!"

二人同时向欧阳云开看来,哪有这等事儿?

"这个故事,叫楚王绝缨。"欧阳云开徐徐而谈,"公元前六百零五年,楚庄王平息叛乱归来,在宫内举行盛大庆功会,夜宴前方归来的将士。为了助兴,庄王就让自己的爱妃许姬给大家敬酒。许姬必是沉鱼落雁的美貌,出来一一敬酒,便让那些武夫们更加兴奋。正在这时,突然一阵风吹来,把大厅里的蜡烛全吹灭了。武夫们酒喝到这程度，其中有一个人就乱了性，趁机扯住许姬的衣袖，肯定胡来呗。许姬非常聪明，也没声张，而是暗中把那人盔缨扯下，拿到了作案证据，摸到庄王面前，请求立马严惩。"

"这女人聪明！"叶音赞道。

"嗯，适合办案！"江镇澜打趣。

"你们猜庄王听后，怎么做的？出乎你我的预料之外，他高声说，今日宴会，大家都不必拘束，轻松起来，为减轻负担，都把头盔摘下，扔到一边，尽兴痛饮。估计头盔都摘下来，庄王才命令秉烛再饮。许姬生气啊，席后娇声抹泪，怨庄王不为她出气。庄王笑道，将士出生入死，前方归来，君臣欢宴，酒后失礼情有可原，为此诛杀功臣，必使他们心寒，这先失了将士的心，后必失天下人心！后来，楚庄王亲征郑国，不料被困，危急时刻，副将唐狡独驾战车，浑身中箭，冒死杀入重围，救了庄王。庄王想予重赏，唐狡辞谢，说，那年夜宴，被绝缨之人，正是臣下，本该早死，蒙大王留下一命，故今日以死为报！"

"云开书记，你转一圈儿，是讲了个大道理啊。"叶音微笑。

"戴罪立功，胜于收监砍头，楚庄王有胸怀。"江镇澜说。

"共产党人，肯定有更宽广的胸襟，更懂得保护干部！"欧阳云开不胜感慨，"党培养一个干部不容易，得爱惜着用，别大手大脚地浪费了。"

"云开书记讲得深刻，请说说你的处理意见吧。"江镇澜说。

"总的就是，精准有效运用'四种形态'，把功夫下在教育转化上，治病救人，挽救森林。"欧阳云开具体说道，"这三十四人，数额小，又都是十八大前的。所以，我建议向省委打报告，提出我们想法。对这些人，由审查组直接通知到本人，严格保密，逐一谈话，查清事实。态度诚恳、真诚悔改的，严肃批评教育，给予出路，材料不再移交所属党组织，免得装入档案，留下尾巴，使这一大批人成为问题干部,影响今后使用;而对数额较大,或确实存在问题,又拒不认错的,依管理权限,移交相应党组织处理。"

"宽严相济,符合《规则》要求。"江镇澜点头。

"太好了!"叶音满脸兴奋,"请示报告我来写!"

"这样,吴剑雄案涉及人员,都有初步处理意见了吧?"欧阳云开问。

"只剩下张玉英了,怎么处理,也需要考虑。"叶音说。

"严重吗?"欧阳云开看了一眼叶音。

"这个女人,仗着男人的权势,摆出书记夫人的派头,颐指气使,张扬霸道,到处插手,滨海上下议论很大。她收受礼金和贵重物品情况确实存在,但背着吴剑雄单独收受大额钱物的问题,倒是没有发现。"叶音看着二人,"目前情况看,不一定够得上移交条件。"

"这根据最终调查结果确定吧,"欧阳云开嘱咐,"如果她认错态度好,又符合有关规定,还是尽量争取党政纪处理,给吴剑雄留个家吧。"

三人正议着,门口突见脑袋一闪,"待月西厢下,迎风户半开。拂墙花影动,疑是玉人来!"倪景行边诵边走进门来。

叶音佯装着生气:"又胡说八道!"

"英俊郎君,在门一方。轿车已至,欲接姑娘!"倪景行目不斜视,只顾自说自话。

叶音满脸飞霞,宛若桃花,腾地起身,猛地扑向倪景行! 倪景行忙站起来,绕桌跑着,嘴却不停:"叶姑娘堵得了我的嘴,却遮不住小雯的眼! 文昌峰下,牵手而行,对视而笑,此情融融,此爱绵绵……"

"云开书记,你快管管他!"叶音拿起矿泉水瓶,瞄着倪景行。

倪景行立即双手合十:"菩萨,菩萨,饶我一命,唯愿今宵酒美月圆!"

正乱着,欧阳云开手机响起来,北京号码。

"云开书记好!我雷震。"原来是中纪委雷震处长。

"哎哟领导,有何吩咐?"欧阳云开心里一紧。

"我在文昌。你如没有特别急的事儿,请过来一下。我在东海山庄五楼五〇一房间等你。不要对任何人讲。"

"好,我就到。"挂掉电话,欧阳云开对叶音和江镇澜他们说,"有个急事儿,我不在清水园吃晚饭了。叶音,快走吧,不然任遥这家伙还不埋怨我啊!"

车进东海山庄,欧阳云开让小马出去找个地方吃饭,独自进楼。房间门半掩,欧阳云开进门后,见雷震正在房间踱步。二人都是老办案的,雷震又分管安海,自是熟悉,再加办案理念相通,二人很是投缘。这位中等身材的中年人,为人精干,业务纯熟,反应尤其机敏。

"雷处来好长时间了吧?"欧阳云开扫视一下屋子,只见桌子上堆满材料,一堆火腿、辣椒酱瓶、榨菜、方便面,便知已来多日。

"有段时间了,还在初核中。"二人握手坐下,雷震说,"还有两位同志,外出没回来。忙他们的吧,我们说几句话。"

"雷处,咱哥俩就近找个地方去吃顿饭吧,"欧阳云开伸手一指桌子,"老吃这个,哪行?"

"这不是常态嘛,你比我好不到哪去。"雷震呵呵一笑,"你没吃饭吧? 那你也吃一桶吧,咱边吃边聊。"

"好,那我就蹭雷处一桶方便面。"办案人都理解,在初核阶段,行动必是悄无声息,不可透出半点风声。如人还没进来,已传得纷纷扬扬,便是大忌。

"云开书记,直接说了,为顾世言而来。"雷震直奔主题,"你们几次报给我们的线索,很重要,基本可以认定。我们也接到不少举报,正在核实。从目前核查到的情况,可以断定这个人问题十分严重。请你过来,是想听听你的看法。"

"面泡好了,"欧阳云开打开桶盖,"趁热吃吧。"

"吃点儿辣椒酱吧?"雷震问。

"你们湖南人吃这个过瘾,我受不了。"欧阳云开自己放了点儿调料。

雷震却向方便面里放一大勺辣椒酱:"毛主席说,辣椒是革命者的粮食!"

"年初以来,我们查办的案子中,有好几个都涉及这个人。"欧阳云开一一汇报齐九天、武来、张兵、吴剑雄、庄严等,或本人,或通过老板,向顾世言行贿的具体线索。雷震眼睛一眨不眨地盯着欧阳云开,不时问话,并详细记录下来。

"庄严案还在进行当中。仅望河村拆迁,便是一起官商勾结、司法不公、贪赃枉法的典型案件。副省长暗中操作,跑马圈地。高院领导插手审判,老百姓有冤难诉。官、商、法沆瀣一气,鱼肉百姓,损害的是党的威信,司法的公正。"

"办案人是应当从政治上看问题。"雷震点头。

"不法商人郎子军获得巨额利益,顾世言从中得到多少好处?现在,因为郎子军尚未留置,具体行贿情况,还在核查之中。庄严本身已严重腐化堕落,还为帮助郎子军打赢这桩官司,在几级法院上蹿下跳,逢山开路,遇水搭桥。郎子军后面提供后勤保障,不少法官参与其中,这哪里还有老百姓的活路? 还有什么公平正义可言?"

"让人民群众在每一个司法案件中感受到公平正义,这是我们党做出的庄严承诺。司法腐败,流失的是民心、人心,真得下大气力整治才行。云开书记,深查法院这一系列案件,你们做得好。"雷震合上笔记本,问道,"顾世言这个人,你怎么看?"

"才华横溢,能力超群,魄力难得,政绩突出,甚至说话也很亲切,特有魅力,很多人愿意围着他转。"欧阳云开笑笑。

雷震微微一愣:"你对他印象不错啊。"

"是。"欧阳云开摇摇头,"我甚至觉得,人才难得!"

"哦?"

"正因为如此,我心情极其复杂,惋惜,痛心。"欧阳云开无奈地说,"如果他没有走错路,该给党、给人民做多少好事情啊。"

"你是这样看,我就理解了。"雷震说。

"顾世言不是个爱钱好色的人,更不是糊涂人,但他却是个政治上心怀异志、野心勃勃的人。我还有个感觉,他也收受巨额贿赂,可他心思不在这里,或不完全在这里。他意在政治,意在山头和码头,培植个人势力,建立个人地盘,打造利益集团。他问题的要害是,政治问题与经济问题相交织。"

"结党营私,危害比经济犯罪更甚!"雷震赞同欧阳云开的观点。

"你看,"欧阳云开掰着手指,"顾世言'七个有之'差不多条条违反,什么团团伙伙、拉帮结派,什么任人唯亲、排斥异己,什么匿名诬告、制造谣言,什么收买人心、拉票贿选,什么自行其是、阳奉阴违,他几乎全占!"

"够典型!"雷震边记边说一句。

"为了争副书记,由郎子军出谋划策,出钱出物,吴剑雄、庄严等崇山帮一众干将四处活动,严重污染安海政治生态。"

"他?呵呵,再活动也没用,干不上了。"雷震一笑。

欧阳云开会心一笑,然后又严肃起来:"张兵之死,说不定也是他们的杰作!"

"哦?"

"等郎子军进来,许多事情就清晰了!"欧阳云开愈加坚定。

雷震紧紧握住欧阳云开的手:"谢谢你,亲爱的战友!"

第十五章　余　音

1

农历腊月二十三,纷纷扬扬的大雪降临文昌。

下午刚上班,欧阳云开、江镇澜、叶音、倪景行乘坐商务车,驶离清水园,前往省高院,通报庄严案相关情况。本来,早饭后欧阳云开便想过来,可余晖坚持要他们下午来,说上午有个重要会议。同时表示,希望江镇澜、叶音、倪景行几位同往,说是借此机会,认识一下清水园几位俊杰。车子驶进院子,见余晖院长和纪检组组长、院办主任已经站在办公楼前等候。

"不好意思,大雪天的,让院长在这里等着。"车一停下,欧阳云开快步走过来,和余晖握手。

"哪敢不等啊,"余晖手指欧阳云开,"你一个人我就招架不了,好家伙,主力部队都来了,如果一言不合,那你们还不火力全开啊?"

"院长是批评我那次太过放肆吧?"欧阳云开知道他有所指,估计那场花园对话,让他记忆犹新。

"是你不够意思,当时'假如''假如'的,现在想想,哪儿是'假如',你当时直说不就是了,总该下个安民告示吧?"余晖还真是想着那场对话。

"院长海量,肯定对云开既往不咎。"欧阳云开一边赔着不是,一边解释着,"你们宣判前,肯定不会公开合议庭裁定意见吧?请

546

理解。"

余晖一抱拳:"休战,休战,不然你必定怪我不是待客之道。"

欧阳云开一笑,回头介绍同来的三人,接着与高院纪检组组长、院办主任一一握手。

"咱去会议室吧。"余晖转身和欧阳云开一起上台阶。哪知台阶上厚厚一层雪,脚下一滑,身子向一侧歪去,欧阳云开手疾眼快,伸手扶住。

"谢谢!"余晖不好意思,"太滑了。"

"纪委不能看着院长摔跤啊!"欧阳云开就笑。

余晖站直,指指欧阳云开:"你又要回到花园了?"几人一起进门厅。

"院长勿怪,开个玩笑!"说着,欧阳云开抬头,只见大厅北墙上方是一排红色大字:"努力让人民群众在每一个司法案件中感受到公平正义",下边是一排排宣传栏,空有框架,没有栏目内容,显然是刚撤换掉的。欧阳云开觉得好奇:"都快过年了,宣传栏怎么还空着?"

院办主任看一眼余晖,告诉欧阳云开:"原来宣传栏里面,有庄院长,不,庄严,有庄严一些图片,还有下边几级出事儿的院长、副院长的照片和文章,余院长要求赶快换掉。再有几天,就更新了。这次,我们正好借机换上电子屏,升一下级。"

安海法院系统问题果真触目惊心。据庄严交代,为确保度假村诉讼案一审胜诉,二审维持原判,他与郎子军多次宴请文昌中院副院长、市北区法院院长、主审法官等相关人员,郎子军向以上人员每人送银行卡一百万至三百万元不等。省纪委监委按管辖权限,指定文昌市纪委监委进行深入初核,发现不仅庄严交代属实,而且这些人执法犯法,问题严重。文昌中院副院长、市北区法院院长数额都在两千万以上,相关法官也在二三百万不等。文昌市纪委监委立即对中院、区院的六名法官采取留置措施。加之东岛、崇山、惠安法院的几名院长、副院长纷纷落马,由庄严案引发的一场反腐风暴,迅速席卷安海法院系统!

"'假如''假如',"余晖也乐了,"镇澜常委啊,你看,都快把我的人抓光了,你们的云开书记还'假如'呢!"

"院长啊,事情总是辩证的,今天让这几个人进去,也是为了避免将来更多的人进去!"还没等江镇澜接话,叶音就从旁边来了一句。

"文文静静的女委员,反应也这样快啊?"余晖就朝叶音这边看了一眼。

叶音说得没错。在庄严案即将查结、相关法官违纪违法问题基本查清后,省纪委就起草了《关于加强安海省法院系统作风建设的建议》,向省委正式报告,陈放书记做了具体批示。这份报告,便是叶音牵头撰写的。

几个人说笑着走进小会议室,主客分别坐在会议桌两侧。

"每一位都大名鼎鼎啊!"余晖院长一笑,"要没有庄严这档子事儿,想邀请几位凑到一起过来,恐怕难了。我代表高院党组,欢迎大家!"

寒暄几句,欧阳云开切入主题:"余院长,省纪委向省委的建议和陈放书记的批示,收到了吧?"

"收到了。陈放书记还做了大段批示,唉!"余晖双手相扣,拇指对着拇指,神情严肃,"全省法院系统存在的问题,让人痛心。作为省院主要负责人,我心情沉重,负有不可推卸的责任,我已向省委、省政法委做了深刻检讨。"

"我们监督责任履行不到位,也必须向省纪委、高院党组做检讨。"高院纪检组组长表情凝重,"书面检查报告已经正式形成,马上报。"

"我也向云开书记做个检讨,"余晖说道,"原来,我确实对纪检工作有些偏见。等出了这些案子,特别是庄严案爆发,才给我当头一棒,让我醒悟过来,我想了很多很多。云开说得对啊,我曾经看到的美丽表象,在显微镜下看,很可能有些是丑陋的。现在想想,你当时说的话,不少是意在提醒。"

"院长,我只是谈自己的想法哈。"欧阳云开诚恳地说,"普天之下,莫非王土,率土之滨,莫非王臣。抛开封建意识不说,我们不管在哪条战线、哪个岗位,都是国家机器上的一个部件,都是党的人,都在为老百姓做事,都应该是为了这个社会的安宁和发展才对。不讲为什么人的问题,不讲政治方向,不讲法律对政治和社会的服务功能,我们走的路,非歪即斜。"

"接受批评!"余晖点头。

"哪里敢批评,我是谈看法。其实,我们纪委办案工作中,许多地方也没做到位。"欧阳云开态度认真。

"我们的教训太深刻了。"余晖说道。

"亡羊补牢,为时未晚。"欧阳云开说,"达之同志安排我们今天过来,目的也是想通过通报有关案情,针对发现的问题,围绕贯彻落实省委意见,一体推进'三不',形成不敢腐、不能腐、不想腐的长效机制,提出我们的建议,请你们参考。"

随后,倪景行向余晖转交了庄严写给省高院党组的一封信。

"哟,庄严给我们写信?"余晖感到奇怪。

此时,室外大雪纷飞。安海省内的高速公路大都临时关闭。

一辆红色轿车行驶到滨海高速路口,缓缓停下来,驾驶座上,一个三十多岁的女人,身穿裸粉色毛衣,配蓝色牛仔裤,副驾驶座位上放着超大貉子毛领的长身白色羽绒服。看着封闭的高速入口,先是皱起眉头,突然一下子趴在方向盘上,身子一耸一耸,抽泣起来。

是林小夏。

这段时间,她茶饭不思,度日如年。文昌湖畔见到夜钓的欧阳云开,求助不成,反被他上了一课,把后果说得血淋淋的,净吓唬人。师兄让自己找县委书记谈谈,这能管什么用?要找,还不如直接找吴剑雄呢,也不是不熟。以往过年过节见吴剑雄,送几盒海参,加些土特产。他虽不推辞,却板着脸批评她,"同志关系,不要搞得庸俗了。"礼品送上了,也没看出什么效果来。但有一点,因为熟了,吴剑雄自己私密的客人来,也常喊上她过来陪酒,眼见转常务副县长机会难得,林小夏想,其实吴剑雄一句话便可搞定。于是咬咬牙,要在他身上花点本钱。

终于等到机会,进了吴剑雄办公室,看他低头看着材料,便拿捏着讨人喜欢的声调说:"书记啊,您日理万机,都把滨海治理成安海样板市喽!"其实,吴剑雄有点儿烦她。这女人长得也蛮漂亮,可不知怎么就学了那套,说起话来,像是水上浮着,空中飘着,自我感觉精明无比,可别人一听,句句言不由衷。

吴剑雄勉强抬头,一看林小夏打扮用心,平添几分妩媚。于是,神态便和蔼了些,让她坐下。她一看吴剑雄和气,有了好脸色,便趁机赶紧说出自己想当常务的想法。吴剑雄皱皱眉头,心说,给点阳光就灿烂,你要上楼,总得铺垫铺垫吧,这么就直接来了?便说:"我知道了。"

"书记啊,我是个很幸运的人,能走到今天,全仰仗一茬一茬老领导们对我的关照。"

"那你就感谢老领导去吧。"吴剑雄心里别扭。

"我是说,今天轮到了您这儿,这不,您更心疼我!反正这次指望书记了。能两次陪顾省长,都亏您安排引见!"林小夏说得真诚。

吴剑雄心说,让她陪省长,那是为讨省长高兴,才不是为了你

550

呢。让服务员陪酒不合适，档次不够。可在有点层次的人中，长相能拿得出手的女人，也就她了。哪知第二次陪完酒，顾世言有点烦，说以后不要让她来，艳而俗的，不太着调。想到这里，吴剑雄只能对面前的林小夏说道："省长也是喜欢你。"

听了这话，林小夏脸红起来，忙站起来，走到吴剑雄身边，从兜里拿出一个大信封放到办公桌上，嘴里说着："其实啊，还是您对我好呢，我明白的。"

吴剑雄见状，觉得今天这个女人羞涩涩的，比平日动人，所以只是向桌上扫了一眼，便顺势走近林小夏，伸手向她胸部摸一把。林小夏一下愣在那里，不知所措，推也不是，走也不妥。正巧有人敲门，慌乱中说了句："谢谢书记！"趁机逃出门来。

急匆匆下楼，林小夏的心乱蹦。不过还是觉得十分庆幸，既达到目的，五万块钱也送到了，还没吃眼前亏，太好了。可过了会儿一想，又觉得不太对头，自己没吃亏是真，看样子，吴剑雄显然没把钱放在眼里，而是冲着自己的人来的，想占我便宜。想到这里，又惶恐起来，他会不会因为没达到目的，而冷落我，不帮忙不说，五万块钱也打了水漂呢？于是忙给吴剑雄发条微信："对不起书记，只一点心意。我的事儿，还得请您多关照哈！"她心发慌，又不便走，只好藏在车里，不停看手机，焦急地等待着，过了好久好久，手机一振，吴剑雄回短信："自然关照，得看你表现！"

林小夏知道他说的"表现"指的啥。回去后，苦恼矛盾好几天，终日七上八下的，不知如何是好，怕钱白花了，又怕他哪天冷不丁地真的叫自己去哪里，怎么办？最好的结果是，他这次给自己安排了常务，以后若是再单独召见，便找理由，死活推辞。

谁知，没几天，吴剑雄被纪委留置了！

吴剑雄落马，让她顿感松了一口气，终于躲过一劫，他再也不会纠缠自己了。只是钱花得有些冤，五万啊，白瞎了，心疼！可哪里想到,刚去旧忧,又添新愁。起初,林小夏还心存侥幸,吴还不知收了多少大钱呢,哪能记得我?自己给吴的五万,他不会讲的。可就在前几天,市纪委书记郑刚通知她去滨海廉政教育中心,接受省纪委办案人员谈话,果然是为核实那五万块钱。这让林小夏一下坠入万丈悬崖,坐牢倒不至于,但接受纪律处分是必然的。这样一来,多年来小心积攒起来的本钱,得到的地位,恐怕瞬间就要亏光了!

林小夏先是想到欧阳云开。

那天市里召开领导干部会议,会后,林小夏找到郑刚书记,说能不能麻烦他向云开书记求个情,别处理了。若是自己直接找,怕人家不搭理呢。郑刚对她说,恐怕你找云开书记也没用,他与孙岱都老同学,还是照样送进监狱去了,你找他,效果也好不到哪里去。不就五万块钱吗?咱诚恳接受组织处理,以后改正就是。林小夏一听,这行贿受贿还要一起查啊,还要接受组织处理,弄不好背个处分,那以后还有什么指望?不行,必须想法找个大官儿说句话,把事抹平了才行!

欧阳云开不帮忙,她居然想到顾世言。

顾世言来滨海,吴剑雄私下里请顾世言吃饭,两次让林小夏陪酒,她尽量打扮得漂亮,显得更有女人味。她知道,自己不难看。果然,席间,省长十分随和,没有半点居高临下的感觉。单独敬酒时,林小夏说自己父亲也曾在崇山,跟随老书记工作过一段时间,顾世言听罢态度更加亲切,还嘱咐她好好干,有事找他,并留下电话和微信。

也可能忙,顾世言以后到滨海,陪过两次,吴剑雄再没安排自己陪餐。她经常给顾世言发微信,顾回得很简单,后来就不怎么回了。她也有机会没机会地去文昌,表达想念他、想见他的想法,顾世言微信里总说忙,几次都委托郎子军在安大招待一下,吃饭时再通个电话,算给她个面子。今年中秋,林小夏提前向顾世言发了微信,也不等他回,便带着几盒海参、鲍鱼,专程来文昌,结果又是郎子军出面,地点改在英才园。只是她不知道,当时顾世言、吴剑雄、庄严和贾仁四人,正在后排中间顾世言房子里吃饭,与她近在咫尺。她见郎子军出去时,便与餐厅女服务员聊起来。女孩叫小英,年纪不大,很单纯,哪能猜出林小夏的心机?说话过程中告诉她,每年腊月二十三过小年、大年三十,顾世言都在安大吃饭,今年估计要在英才园吃了。

于是她想,今天过小年,顾世言一定在英才园,如请示他,肯定不同意,还不如直接闯进去,一定能见上。自己紧抓紧挠地忙活半辈子,闹不好竹篮打水一场空,所以今天死活也要见上顾省长,不管他愿不愿见,都这时候了,自己一个基层小干部,只要请他说句话,准能把事儿给抹平,哪怕从此以后不再求人!于是,便带了六盒精装海参、两盒虫草,放到后车厢里。又一想,不行,这么大的事儿,不下血本哪行?便又提了海参、虫草返回,从锁着的柜子里取出小皮箱,拿出十沓钱来,一一数过,用纸袋包好,再回到车上。刚打开火要走,突然又想,这十万太多,要是不给办,不又白瞎了?想到这里,再次返回家,从包里抽出两沓,心里说,"八"还好听,"发"嘛。于是重新把木箱放进柜子里,上了锁,再把纸袋仔细包好。

不料,因为大雪,高速路封闭。只好走省道赶往文昌。

白茫茫的原野银装素裹,路旁树木挂满雪球。公路尚未清扫,只有中间被车辆压出的一溜儿车辙。飞雪迎面而来,扑打在车的前窗上,雨刮器快速扫动,道路依然看不清晰。林小夏此时并不知道,前方等待她的将会是什么,但她别无选择,只能豁出去。路面太滑,女人驾车技术又不太好,车像蜗牛似的向前缓慢爬行,眼瞅着,天黑前能赶到文昌就不错了。

省高院小会议室，余晖读罢庄严来信，深感自己曾经的副手言辞诚恳，情真意切。

"看来，这段时间，庄严经历了痛苦反思，对自己错误，给组织，给法院系统造成的恶劣影响，追悔莫及。瞧，这稿纸上还有泪痕，能看出是一边哭着，一边写下的。"余晖微微点头，"如今即将入狱，对组织没有一丝怨恨，说明你们的工作做到家了。"

欧阳云开接过话来："他从一个跌入深渊的高院副院长和资深法官的视角，通过深入剖析自己的错误，对省高院和全省法院系统提出作风整顿的建议，很有针对性，也是诚心实意的。"

"云开书记，说实话，一开始，我对庄严这案子，有些糊涂认识。"余晖诚恳地说，"我甚至认为，是你们纪委无事生非，专找我们法院的碴儿。可我真是没想到，后面牵扯出这么多人，暴露出如此严重的问题，我很痛心，需要好好反思，我作为第一责任人，在履行主体责任上，确实存在着失位、失职、失察的问题。非常感谢你们指出我们的问题，也请转达我对达之书记的谢意。"

"话说到这里，"欧阳云开对余晖说，"庄严插手望河村民诉讼案，很多法官身陷其中，严重损害了群众利益。我建议，等庄严和相关涉案人的案子办结后，请你们按照法律程序，公正判决，还群众一个公道。"

"我们会按相关程序办好的！"余晖态度坚定。

室外，雪花依然飞舞，天色渐渐昏暗下来。省政府大院主楼二楼办公室内，没有开灯。顾世言站在窗前，像棵枯死的高大树桩，双眼一动不动地看着漫天飞雪。

从昨天到眼下，他的情绪经历了剧烈起伏。

昨天下午，接到北京开发商的电话，顾世言内心便波涛汹涌，预感大祸即将临头。电话简短，却不啻十二级风暴：纪检部门盯上了北京好风光那套房子！看来，事情严重，后果难测，需要好好考虑对策了。他告诉周翔宇，不许放任何人进办公室来，有事找贾仁秘书长处理就行，他要修改个重要文件。然后，一个人静静躺在床上，眼望天花板，陷入沉思。

几个月前，听了陈放对自己的评价，估计进入了被推荐考察范围，着实高兴一阵子。后来，郎子军除掉张兵，算是清除了当前最大的隐患，又让他一时心安。等庄严落马，他就想，这个"矮脚虎"，是名声在外的，纪委必定调查他乱搞女人的那些糗事，至多还有廖伟水上世界的问题。至于望河村官司，反正郎子军思虑缜密，而且一审又平稳度过，不会出岔子。可这几天，风云突变，险象环生。先是新省委副书记即将到任，自己没上去会不会是被中纪委或中组部叫停的？如果这样，哪里会像郎子军说的那么轻巧，以后还会交流出去，不光这副省长保不住，恐怕还有更严重的后果等着呢。现在，北京那套房子又出动静，还是纪委介入，这便更复杂了。如果联系起来看，会不会是自己被暗中核查在先，甚至那些证据已被人家拿到，而后才被取消副书记资格的？

想至此，顾世言的心顿时慌了起来。

哪里的纪检部门在调查呢？省纪委不太可能跑到北京去调查自己，也不属于他们的管辖权限。莫非，是中纪委？顾世言浑身猛地一紧，慢慢闭上眼睛，心跳加速。是，肯定是了！

他努力控制着自己的情绪，以便让思路保持清晰。问题出在哪里？张兵已死，齐九天、张大志、武来、吴剑雄那些与自己相关的线索，不是随着张兵的死去，无果而终了吗？可好风光的房子怎么出来了？不对，中纪委调查这套房子，是精准用力，定点爆破的。那线索来源呢？应当在张兵死之前他们知道的！再往前推，极有可能是调查张大志、武来，甚至留置张兵时，他们便已掌握。只是张大志、张兵出来后没有告诉自己，没说实话。

张兵已死,不用问了,他忙拿起电话,给国外的张大志电话,号码成了空号,问题更严重了。原先怎么没想到这一层?弄不好,自己的事早已暴露!

　　想到这里,顾世言冒出一身冷汗,骨碌一下顺床沿站起来。张大志、张兵既然能交代北京的房子,那庄严会不会交代出郎子军,会不会交代出我顾某人呢?吴剑雄呢?那天欧阳云开还说,这两个人都是熊货,进去就吐了。没错,都是软骨头,肯定会吐个干净。

　　顾世言来回在屋内走着,他知道遇上了平生最大的危机。过去遇上这等事,尚可与郎子军商量,今天怎么能找他?

　　他十分清楚,目前局势,要想全身而退,断无可能,接受中纪委调查已是在所难免。好在,张大志的八十万还在张兵卡上。北京的房子,张大志垫付的那部分房款,也是张兵办的,而且也没落在自己名下。吴剑雄的钱已经烧掉。赫连西望海南的房子,目前还照样由张兵亲戚顶名。至于其他那些收钱收物线索,不论大额小项,都很隐蔽,自己也精心处理了,中纪委不会掌握的。如此看来,张兵已死,真如郎子军所言,这些线索,便都成了无头案,即使将来中纪委找自己谈话,就咬紧牙关,至死不认,谅他们想安到我头上,也难!至于说我崇山帮的事,哪怕我认了,顶多算违反党纪,也够不上负法律责任。背个处分,也无所谓。

　　可问题会不会出在郎子军身上?庄严案件,肯定不光是女人这么简单。他想起来,陈放有次在常委会上,还批评省高院门前总是熙熙攘攘的,问是怎么回事。还听说,庄严被留置,望河村的老百姓到省纪委门前放鞭鸣炮。欧阳云开这个政治动物,他能不嗅出这其中收买法官的气息,能不看出望河村土地中的猫腻?即便办案人不问,庄严这个甫志高式的人物,能不胡咧咧出来?还有,庄严那些女人们胡闹腾,好多都是郎子军出面花银子摆平的,庄严能不交代?前几天听郎子军说,省纪委也在查安大账户,说是庄严案涉及的事。这分明是,郎子军已被纪委盯上!郎子军一旦出问题,任凭他有经天纬地之才,也抵不住欧阳云开的狡诈,还有他那如狼似虎的部下。果真如此,自己的秘密必将完全暴露,那可真是坐以待毙了!顾世言顿如五雷轰顶,脑袋嗡的一声,差点晕倒,连忙伸出手来,扶住桌面。

让郎子军出逃?不可能了,欧阳云开恐怕早对他布下天罗地网。不仅出境不得,就是躲藏都来不及。他猛然想起张兵,依样画葫芦,让郎子军走张兵的老路?这倒是难得的结果,但目前自己手下谁能办成这件事,哪里有人能让郎子军就范?郎子军可不是张兵,仅凭着自己几句话,便可让他自绝人世?郎子军乃旷世奇才,无所不知,弄不好,去的人还没出动呢,他早已出手了,鹿死谁手,都不好说。

那便只剩那一条路了!可自己怎么能对忠心耿耿的人下手呢?如若自己不亲自动手,又能指望谁?顾世言一向敬重才华横溢的人,郎子军不仅人才难得,而且为自己出谋划策,尽心竭力,于心何忍?但是,如我失去先机,那我们两人一个也留不住,等到双双落网,玉石俱焚,那才悔之晚矣。大丈夫立于天地间,如行妇人之仁,怎能成就大事?

子军,我顾世言对不住你了。你对我的好,只有来生相报了!

顾世言打定主意,便坐到沙发上,喝了口矿泉水,稳稳神,考虑再三,还是拨通了手机。

"子军啊,明天过小年。按惯例,小年晚饭安排英才园吧。菜不用讲究,就是喝点儿酒。我心里挺苦闷的,从未有过的孤独,有好多好多话要跟你说,也别叫别人了,有些话,当着别人面说也不妥。你也把手头的事儿都安排好,咱就安心过个小年。"

从昨晚到现在,他躲在办公室整整一天,没迈出一步。直到中午,才勉强吃了几块饼干,然后倒在床上,迷糊半个下午。等从床上起来,他告诫自己,每临大事,必须镇定从容。眼下已到关键节点,更要沉稳机敏,周密谋划好每个细节才行,容不得一丝闪失。

此刻,顾世言站在窗前,眼望纷飞雪花,想到一会儿要见郎子军,随后便会发生自己连想都不敢想的惨状,不禁掉下泪来,深深叹一口气:"咳,也是情非得已!"

看看天色暗淡下来,顾世言终于推开门,喊一声"翔宇!"却没人应声。

"我一天没出门,人便走了?"顾世言摇摇头,"回去过小年,也不吱声,还真以为我会在办公室睡几天?"等他拿出手机时,才看到周翔宇的微信:"省长,没敢打扰您,家里老人来了,我去接站了。"

天还亮着,省高院小会议室内,讨论已近尾声,气氛变得轻松起来,不时传出阵阵笑声。

"室外大雪飞,室内春意浓啊。"欧阳云开看着窗外,笑着对余晖说,"院长,有您这决心,教育整顿的效果肯定差不了。天快黑了,请发个慈悲,放我们几个回家过个小年吧?"

"呵呵,既来之则安之,只要来了,就别想回去!"余晖微微一笑,"各位,你们的工作态度,对法院系统的关心,让我十分感动。为什么邀请你们下午一起过来,又把时间拖到现在? 我是有个不情之请的。虽然你们都很忙,小年了,也一定想跟家人团聚。可择日不如撞日,我已经买好水饺,咱就简单吃顿饭。放心,和纪委一起吃饭,一定是廉政餐,不会违反中央八项规定精神。就在后面的周转房里,我自己掏钱。大家权当陪我这个单身汉过个小年,也让我略表谢意,如何?"

欧阳云开看看同行三人,和江镇澜低头商量几句,遂笑着说:"盛情难却,那我们便麻烦院长了。"

刚出办公楼,欧阳云开的电话响起,是杨帆。"书记,周翔宇到机关办公楼来找您,说特急!"一向镇定从容的杨帆,话带颤音,难掩激动。

"哦?"欧阳云开离开人群,站到路边雪地,"我立即回去,你亲自陪着他,千万别出意外!"

"书记放心,都安排妥了。"

几个人说笑着,在不远处驻足等待。欧阳云开扣掉电话,快步走来,对余晖说道:"真的对不起,有负院长盛情。刚接电话,有个工作上特急的事儿,小年饭吃不上了。情先领下,以后我做东,再当面赔罪!"

欧阳云开他们跟余晖院长挥手告别。

"有紧急任务?"刚上车,江镇澜急切问道。

欧阳云开点点头:"周翔宇到我办公室了。"

叶音一听,便从副驾驶座位回过头来:"这大雪天的,该不会肩负顾大人什么特别使命吧?"

"'风欲起而石燕飞,天将雨而商羊舞。'"倪景行在后排座上眼望窗外飞雪,"不早不晚,这时间来,必是出了重大变故。"

江镇澜侧过身来,看着一言不发的欧阳云开:"这个时间过来,不会是来送文件,那样的话,放下走就是。也不可能是顾大人安排,真是顾自己的事儿,顾会直接给达之书记电话,或他个人直接过来,或让周翔宇直接找达之书记。如需要找你,姓顾的也会事先和你约定。这几种可能排除,便只剩下一种可能,周翔宇自己有事儿!"

"完全正确。"欧阳云开说,"他准是遇上什么或听到什么了,反正非同一般。"

"周翔宇会不会主动投案?"叶音瞪着大大的眼睛。

"有可能。"欧阳云开分析,"不管什么情况,都可能和顾大人有关,那情况就复杂了,甚至不是我们能处理得了的。要不这样,景行你跟我走,看他来干啥。镇澜你去清水园,一个是看看各个办案室留置情况,过节了,别在安全上出问题。另一个,也做好与周翔宇谈话取证的准备,同时和案管室联系好,一旦需要留置,也好走手续,配备看护人员。"

"那我干什么?"叶音见没安排自己啥事,便问。

"呵呵,你呢,肯定被安排了,也别凑这边的热闹了,放你个假,任遥主任等你过节呢!"欧阳云开就差说出来,刚才任遥还来信息问呢,过小年能放假不?

"他才不管我呢……"叶音红了脸。

"对对,我就恨那负心的郎啊!开门郎不至,出门采红莲。忆郎郎不至,仰首望飞鸿……"还没等倪景行说完,叶音转过身来,手抓矿泉水瓶,冲他使劲晃:"老酸,赶快闭嘴!要不在车上,我就打你!"

英才园别墅内,郎子军坐在小餐厅内,平静地等候着顾世言的到来。

不到二十平米的小餐厅格调温馨,装潢典雅,灯光柔和。这是在装饰英才园门厅、书房后,郎子军的又一用心杰作。厅内所有家具用料,为清一色海南黄花梨,散发出淡淡清香。方形餐桌,两把圈椅,典型明式风格,简约明快。博古架做工精细,造型别致。中间两个最大空格内,摆放一对明代青花龙凤鹤纹瓶,釉色亮丽,纹饰精美,清气雅致。左下方空格内,摆着昌化满红鸡血石,血色饱满,娇艳欲滴,细腻雕刻出心形图案。右下方,摆一方羊脂玉,油脂中透着光泽,白色中微微泛黄,为嫦娥奔月图案,显然出自大师之手。餐厅正中北墙上,挂张大千工笔白描《湘夫人》图轴。画中湘夫人女英紧随娥皇,两人气宇高扬,人物、衣服、莲花、器具、流水,气脉贯通,尽显张大千精研敦煌壁画后获取的晋唐气派,娟穆冲远,绝去尘氛。进入餐厅,便会立即感受到其中散发的浪漫气息。

这是郎子军为顾世言精心设计的私密用餐空间,最适合与安海电视台当红主持人文小雨这样的文雅密友,深情细语,含羞相顾,爱意融融。

昨日顾世言的电话,用语殷殷,意味深长,郎子军听后,登时明白了一切。放下电话,望着阴沉沉的天空,沉默好久,轻轻说了句:"这一天果真来了!恰似如约而至,此时甚好。"

与顾世言内心波涛汹涌相比,郎子军倒是波澜不惊,心静如水。

自齐九天、张大志、武来、张兵相继落难,他已预感局势一天天吃紧。等吴剑雄进去,便知道大势已去,难以逆转。除去张兵,只能缓解一时之急,换得一时安宁。等庄严被留置,他已料到望河村内幕定会被撕开,一切将尽皆浮出水面。而副书记即将赴任安海,顾世言被弃用,料必是他身上硬伤已经显露。顾世言还只是知道北京好风光房子被查,其实郎子军比顾世言更早得知这一信息,甚至听说他海南房子资料也已被调取,只是顾世言目前尚未察觉而已。郎子军想过,不必告诉他了,即使两人合力,也已无力回天。权当不知此事,报喜不报忧,装迷糊吧。浑身长满虱子的人,不差一只两只,让他过两天安心日子吧。

归途已在眼前,郎子军心里明镜一般。十多年了,自己已与顾世言连成一体,依仗顾世言鼎力,几乎一夜创立安大帝国。有他助力,顾世言又如虎添翼。可今年以来,眼见崇山一派人气衰败,将星陨落,尽管自己左支右挡,却也心力交瘁,独木难支。原想能撑到节后,祭过先祖,再行了断。现在看来,时间已经来不及了。

何劳纪委动手?结局已定。自己如同湍急水流中飘摇而下的一叶扁舟,前方便是瀑布深渊,咳,这条河,本就不是行舟的水道。可回头想想,来这世上,正应了一句话,"怀此王佐才,慷慨独不群"，也算轰轰烈烈了一番。几十年的光景，出仕，为同僚翘楚；经商，资产如山；用谋，算无遗策。人生不过如此，所学尽皆展示，夫复何求，足矣，足矣！如若身陷囹圄，恰似猛虎被缚笼中，那时心境可知，更是颜面尽失，余生尽是屈辱，便没了意思。更何况，夫人早逝，无意再续，又无子无女，了无牵挂，早走倒是干净。

正想着，看天色暗下来，郎子军估计顾世言也快到了，便走出门来，站在院子里，让心情更加平静些。任雪花飘落身上，也无意抖动一下，叹口气："反正衣服也该换了。"

何须你死我活？郎子军一声苦笑，心里对顾世言说，即使我早走几日，你便可解脱？你无非是想赌一把，以为世上没了我，你的线索便断了头绪，就可自保了，一如张兵故事。你总是从政治上思考人生，在你的行为准则中，罔顾情义，甚至无论爱恨，尽皆习以为常。只要于己有利，便随时利用一切，亦可随时毁掉一切。我虽曾全力助你，但若情况危急，你定然不会念及旧情，而是将我一把推倒，踩着我的身体，跳到安全彼岸。既然如此，那今日不需你动手，我也该告别这世界了。至于你的结局，自有人安排。

"郎总，雪这么大，快进来吧？"从屋里传来轻柔一声。

郎子军转回头来，见身穿红棉衣的小姑娘，笑盈盈地站在门口。

"谢谢，好孩子。"郎子军转身回到门厅，"火锅料，都备好了吧？"

"都备好了，郎总放心吧！"小女孩笑容灿烂。

郎子军看眼前这十七八岁的小女孩可爱："我记得你叫小兰，是吧？"

"是啊郎总，我是小兰。"女孩眨着明亮的眼睛。

"小兰？好听。"郎子军又问，"今晚在这里的，你们总共多少人？"

"郎总，"小女孩用毛巾轻轻拍净郎子军身上的残雪，躬身问道，"包括南房的厨师吗？"

郎子军点头。

"我和小英姐、小梅姐，服务员一共三个，"小女孩认真地掰着手指，"厨房主厨、菜厨、切配厨、打荷厨、面案厨，那边共五人。两边加起来，总共八人。"

"很好，客人过来，照常还得十来分钟，雪天路不好走，时间还会推迟一会儿。小兰，你把他们都叫来吧，我和你们说句话。"

很快，另外两个红衣少女，五个身穿白色中式厨师服、头戴厨师帽的师傅，前前后后地走进来，齐刷刷站到郎子军面前。头戴最高白帽的厨师说道："郎总，您吩咐吧。"

"小年夜，都在这里陪着我，谢谢你们，"郎子军坐在沙发上，微微欠欠身子，轻推一下镜框，低声说道。

"这应该，应该的。"戴高帽的主厨和小兰对视了一眼。

"那好。"郎子军看看大家，"你们都卖卖力，拿出平生本事，把今晚的饭菜，做成巅峰之作，拜托大家！"说着，向大家抱拳一拜。

"郎总，这是干什么，您吩咐就是！"大家七嘴八舌起来。

郎子军向大家摆摆手："哪能啊，确是辛苦你们了，本来，你们该是和家人团聚的。我挺感动的。"

众人不知其意，还要说什么，只见郎子军看着小兰，又扭头向书房方向示意："麻烦你，把里面书桌上的皮箱取过来。"

小兰转身进了书房，很快抱着箱子出来，轻轻放到了茶几上，立到一边，等待郎子军吩咐。

郎子军探探身子，把箱子打开，用手指指里面的一包包红色纸袋："小兰，给每人一份吧。"

大家这才反应过来，郎总是要给大家发红包啊。于是都不好意思起来，纷纷说："这哪里行啊。""使不得。""这不好吧？"

"发吧,听话。"郎子军也不多说什么,又看了一眼小兰。

小兰迟疑了一下,忙双手合在腹部,向郎子军鞠了一躬:"那就多谢郎总了!"几乎所有人也都面露感激之情,有些不知所措地接过厚厚的红包。

戴高帽的主厨高声喊道:"我们大伙儿一起感谢郎总!"众人也齐刷刷向郎子军鞠躬,嘴里轻声嘟囔着些听不清的感谢话。

郎子军一动不动,也不抬头,只是低声说道:"喔,过年了,热闹一下。都去忙吧,客人快到了。"

2

郎子军早早等在英才园外的桥边,借着明亮的路灯,远远看见一辆出租车顶雪而来,心说,应该如此,必然如此。

等车到跟前,郎子军便伸手把车门拉开:"小年好! 天冷,赶紧进园子吧。"转身向驾驶员付了车费。

"子军,又麻烦你。大雪天的,让你久等了。"顾世言握握郎子军的手。

"咱俩还客气啥?"郎子军边说边与他过了桥,穿过竹林和山洞,走进英才园。

"你别说,这园子里还就是幽静。"顾世言向山上望了望,"子军,你看眼前雪压枝头,好美。空响亭那边,想必风景更胜平日。"

"是啊省长,"郎子军也往空响亭方向看着,"这阵子亭子里灯光太暗,你看不太清楚。白天我看过,空响亭头顶白帽,立柱鲜红,周边松柏身披白雪,山顶小路被银白色笼罩,真是绝佳去处!"

"呵呵,让你这一说,我们吃了饭,还得上去看看?"

"我琢磨了,估计你得上去看看。"

"怎么说?"顾世言微微诧异。

"喔,省长是个大气的人,追求新奇奔放,遇上此等雪中奇景,绝好时机,哪能放过?"

"你也喜欢啊?"

"那当然,不然我能跑上去看啊。"

"只是这雪太大,我们走一趟,便留下些脚印,破坏景观。"顾世言轻叹。

"不要紧,我们可以从山洞里直接上去,从空响亭边上出洞口,便不会破坏景致了。"郎子军劝他,"也就你过于爱美,其实雪这么大,即便留了脚印,眨眼工夫也就覆盖了。"

"子军,真难为你,处处考虑细致。"顾世言笑着看郎子军一眼。

"不客气。"郎子军忙说,"咱俩光顾得说话,身上全都是雪了。快进屋吧。"

"欢迎省长!"小兰和小梅门内一边一个,笑盈盈地弯下腰,都是一手放在小腹部,一手示意请进。等顾世言进门厅,两个女孩手拿毛巾,把二人身上的雪轻轻拍净。

"外边一片白雪,进门两个红衣少女,雪白衣红,好看。"顾世言夸了一句。

小兰双眸明亮,笑容灿烂:"只要省长喜欢就好!"

"子军,你看,这些孩子被你调教的,多会说话。"顾世言笑笑。

"省长夸你们了,今晚可得对得起省长。"郎子军和蔼地看看两个小女孩,接过顾世言的大衣,递给小兰,然后对顾世言说,"我们进餐厅吧。"

走进小餐厅,顾世言四周打量着,朝郎子军点点头:"子军,一个小小空间,能被你设计装点成这样,花钱多少不说,单这格调高雅,让人身处其中,情感瞬间在陶醉中得到升华,便难了。"

"也是你喜欢的原因。"郎子军说道。

顾世言走到《湘夫人》画前,仔细打量:"这幅画,显示了大千先生的白描功力,画面力求高古,人物勃发英姿,一改晚清仕女图弱不禁风的病态。你说得对,我喜欢这样的风格。"

"嗯,处处精工细笔,是大千先生四十年代的力作,完美体现了屈原对纯洁爱情的赞美,也符合你的审美情趣。"

"小雨还说呢,这小餐厅,是她最爱。进了这里,既感受到古典的雅致,又体验到前卫的浪漫。我也同感。"顾世言说得没错,文小雨对这里情有独钟。她本就风姿绝世,聪颖优雅,只感觉这里如同为她量身打造一般。每次与顾世言对饮,都让她感受到超群男人的力量和魅力。她也热切期望在这里过夜,但顾世言没有答应。对她说,对自己倾慕的女人,不可有半点草率,等上了副书记位置,再请郎子军操办,圈子里几个人参加,英才园里要张灯结彩、红毯铺地,文小雨要凤冠霞帔,红布盖头,这才有庄重的仪式感。

"我们今晚就吃火锅吧。"郎子军摆手示意,"请坐吧。"

"室外白雪皑皑,室内炉火正旺,好啊。"顾世言边说边坐下。

"小兰,你们上菜吧,把火锅料配好。"郎子军说着,从酒柜里拿出一个外裹棉纸的酒瓶,上印红色繁体字"中国贵州茅台酒"字样,"省长,我淘换了这瓶酒。你一定喜欢。"

"不简单,古董级的?"顾世言看着。

"你看,"郎子军指着棉纸正标下中文蓝色油印的生产日期,"一九六四年,是你出生那年的酒。这酒,属龙的。"

"子军你厉害啊!我听说,这年的龙酒,本就是六十年代产量最少的,又经过了这么多年,便更加稀有珍贵了。"顾世言正惊奇着,见郎子军又从酒柜中拿出瓶红酒。

"罗曼尼康帝?"顾世言又吃了一惊。

"对,红酒也是一九六四年的。"郎子军从盒子里取出酒瓶,"这酒,不仅出身高贵,而且口感没的说,把葡萄酒的集中度、平衡度、细腻度、纯净度和层次感,都完美地体现了出来,香气变化莫测,回味悠长,不可思议。"

"那当然,"顾世言拿起酒瓶,边仔细端详边说道,"光这酒庄的历史就很有意思。这'罗曼尼'竟然与法国没关系,意思是'罗马人',怎么会叫这个名字,到现在也是个谜。据说,在克伦堡家族经营将近二百年时,酒庄被康帝公爵收购。路易十五的情人蓬巴杜夫人因对康帝不感兴趣,一气之下,干脆不再喝红葡萄酒,改饮香槟酒。从此,香槟酒就在宫廷中盛行起来。"

"你对什么都研究得这般精深,不然,小雨哪能对你如此倾慕?"郎子军赞叹。

"你把酒都淘换来了。我只是说说而已。"

"那不一样,"郎子军自嘲,"土豪有金砖,贵族有文化。"

"你土豪啊?"顾世言笑,"那不把天下文化人羞愧死!"

"安海土豪知多少? 能入省长法眼,何等荣耀!"说着,郎子军看看顾世言,"上菜?"

"好啊。"顾世言点头。

郎子军冲小兰说:"先把火锅食材盘儿端上来吧。"

小兰一笑:"好的!"便一招手,小梅双手托菜盘,走了过来。小兰一一取下,麻利地放到桌上:"省长,这是法国蓝色龙虾片,这是太平洋蓝鳍金枪鱼片,这是五斤重的苏眉鱼片,这是日本和牛,拼盘里是虫草花、蟹味菇、松茸和其他时令蔬菜。请您品尝。"

"子军,档次可以啊!"顾世言看着眼前的盘子。

小兰再接过小梅托盘上的青花扁壶,仔细把汤倒进火锅:"省长啊,郎总安排用料,从来没这么讲究。今天锅里的汤,是用虫草、猴头、藏红花、羊肚菌烧制的,师傅们可用心呢。"说着,为火锅点了火。

"好家伙!"顾世言赞叹一声。

"省长，咱先喝两杯茅台，让孩子们把红酒醒上。"郎子军让小兰把茅台酒瓶打开，一时间酒香四溢，等倒进分酒器里时，立刻透出晶莹的琥珀金色。

"子军你看，这微黄色中还带一点绿的意思。"顾世言静静地欣赏着。

"省长仔细。"郎子军说着，又拿出一瓶五十年的茅台年份酒，"用这瓶勾兑一下吧？"

"子军讲究啊，是该勾兑一下。这龙酒虽香，但因时间过久，难免口感咸涩，如同咀嚼老干酱肉，难以下口。而与这年份酒进行勾兑，不仅保持了龙酒的原有品质，而且恰似青春焕发，愈加柔和香醇，口感更胜老酒和年份多少倍呢。"顾世言眼看着小兰把年份酒倒入分酒器。

正说着，小英从门外端着托盘进来，见小兰一边忙着，腾不出手来，又见郎子军面前桌子上摆着酒瓶，便转到顾世言身边，想把盘子放下，哪知脚下一滑，盘中汤就淌了出来，顾世言半边衣服一直到鞋，都滴了一行行淡红色的汤汁。她平时本就胆儿小，顿时紧张起来，忙说："对不起，对不起省长，我……我不是有意的……"

"咳，你也不仔细点儿。"郎子军看她一眼，轻声一句。

"傻孩子，怎么能故意呢？"顾世言却是语气亲切，"没关系，好孩子。"说着，取过餐纸，刚要擦，小兰忙用手中毛巾替他上上下下把汤汁擦净，然后又用另一条温湿毛巾轻擦一遍，再接过愣在一旁小英手中的盘子，对顾世言说道："不好意思省长，外边冷，小英姐手冻僵了，对不起啊。"转身对小英说，"你去南房端菜吧，小心脚下。"见顾世言看自己，忙说，"是我带班没带好。"

"子军，这孩子灵透啊。"顾世言夸道。

"小兰啊，省长总夸你，还要进步才是。"郎子军也鼓励。

"谢谢郎总，都是省长指点得好。省长啊，这是红烧的长白山熊掌,听师傅们说,他们炖了八个多小时呢。"小兰边说,边用刀具一点点把熊掌分开,每人一半,送到两人面前。

郎子军指指盘子:"本想咱俩一人一只,一看太大,吃了这个,别的就吃不下了,所以还是分开吧。省长,你尝尝味道怎么样。"说着,给顾世言将酒斟满,举起杯来,"这茅台醒了快二十分钟,差不多可以了。来,省长,祝你小年快乐,一切如愿!"

"都如愿!"顾世言想了想,举杯与郎子军轻碰,"啊,好酒啊,这一勾兑,味道出来了。什么叫柔绵醇厚,这才体会到啊!这酒香可以挂杯一周呢。"

"省长,"小兰从小梅手中接过传菜盘中的瓷罐,放到桌上,"这是香港余人堂的顶级花胶,师傅们用六个小时煨制出来的,请趁热品用。"

"子军,你整得太繁琐了吧?"顾世言微笑着。

"我的一切都是你给的,这算什么,小意思,请喝!"郎子军举杯。

"干!"顾世言一饮而尽。他真没有想到,郎子军居然把今天的晚餐做到极致。心里一时感动,顿时觉得自己的计划是否太狠毒?转念又想,当断不断,妇人之见,下不得手,便等于坐以待毙。熬过这段崎岖山路,前边定然尽是坦途!只要大旗不倒,没了郎子军,还有马子军、牛子军,照样会重整旗鼓,兵强马壮。如若手软,一旦他进去,我便没了明天。我若不测,他也必定没了善终,那何必留他?心意已决,便给郎子军满上一杯,"子军,谢谢这些年来为我做的一切,谢谢今晚的精心安排!"

郎子军刚要说话,顾世言的手机亮了下,他便伸手一滑屏幕,是条微信。

"怎么总关机呀?两天没联系了。还好吧?"是文小雨发来的微信。

"是小雨的微信。"顾世言笑笑,"邀请我明天赏文昌峰雪景呢。"

郎子军连忙起身:"你还是给她回个电话吧,我到南边厨房看看。"心里却说,看来这几天心焦,顾不得跟文小雨联系。不然,她对顾世言一往情深,今晚能不来?呵,明天去看文昌峰,你顾省长哪里还会有这心情?

"没事,不用回话,别搅了咱哥俩的兴致。"顾世言见郎子军往外走,忙说。

"还是给她个电话吧,大过节的,她也是挂着你。"郎子军驻足回答。

"也是,那给她回个电话。"顾世言说着,便打开手机,对郎子军说,"你到南边厨房时,和师傅们说好,大过节的,让他们和家人团圆去吧。这几个女孩子,也都让她们歇着吧。咱老哥俩在这里说话,没必要这么多人陪着。"

"这样好。"郎子军应了一句,便走出门来,下了台阶。厨师们今天格外卖力,在忙着应付饭菜时,还挤时间把门前青石路面清扫出来。郎子军便独自在小路上徘徊,长长叹了口气,顾世言不会暴露自己行踪,告诉文小雨他在这里的,现在通话,说不定编出什么理由来。郎子军又想到眼前,顾世言心够冷、够硬,一般人,今天我如此盛情,必然会受感动,但他不会。任何妨碍他的人,都会在他面前倒下。知密者死,咳,如今却落到了自己身上。对于文小雨,他至今没碰她,是尊重她吗,不那么简单吧?那是为了他自己,是担心文小雨和他闹出动静,影响他谋求副书记。顾世言说过的,和单身女人上床,麻烦率百分百,炸锅率百分之七十。文小雨才二十五六岁,青春似火,那还不被她缠上?他一定在想,与她只可暧昧,不可上床。别听他说什么明媒正娶,什么仪式感,都是糊弄人。如果他在穷途末路时,露出本相,还不把文小雨给撕碎?郎子军再叹一声,人啊,为了政治目的,能够控制住自己的情感和行为,这真的需要钢铁般的意志,有颗比石头还硬的心!

"郎总,"小兰急急忙忙出了门口,见郎子军在青石路上踱步,便快步走过来,悄声说,"省长在里边落泪呢,您快回去看看吧!"

"小兰,你今天处事很得体,小小年纪,难为你了。"郎子军向门前走了走,叹口气,"你和师傅们说,做完饭,没啥事儿,都回家吧,女孩子们也走吧。我和省长单独说几句话,方便。"

"他们走可以,我得留在这里,不然,你们没人照顾哪行?"小兰坚持说。

"去吧,不用你了,听话。我去小餐厅看看去。"

此刻,欧阳云开正与倪景行坐在机关办公室里,周翔宇坐在对面沙发上。他们已经深谈多时。

"周秘书,别上火,喝点儿水,慢慢说。"倪景行给周翔宇杯里添上水。

"我觉得自己真的有危险。"周翔宇喝口水,"平时我总胆战心惊,处处小心,现在,郎子军又做了暗示,隐约告诉我,如他远行,让我好自为之。"

欧阳云开立即看倪景行一眼,倪景行便点点头。他们已和江镇澜、叶音商定,也向路达之汇报过了,准备近日对郎子军采取留置措施。听罢周翔宇的话,欧阳云开感到情况紧迫,看来要抓紧走程序,明天就立即动手,拖则生变。

"你以为,"欧阳云开问周翔宇,"郎子军是要自杀呢,还是顾世言要加害他?"

"说不上,可能会自杀吧。要是顾省长想加害他,凭郎总的本领,他完全可以化解。"

"你以为他会什么时候自杀?"欧阳云开问。

周翔宇皱皱眉头："他好像不那么急迫，说，要远行，需要把手头的事情处理利索了才行。"

"那顾世言这两天干什么?"倪景行问。

"他在房间里不出来，告诉我有个重要文件要修改。"周翔宇喝口水，"我开始没觉得有什么不对，他平时对讲话稿或其他重要文件，起草、修改都特别用心，也总是关起门来，不让别人打扰的。"

"这次呢?"倪景行又问。

"这次把所有事儿都推了，真找上门来需要处理的，便让贾秘书长协调。也没到餐厅吃饭，好像疲惫不堪，脸色很难看。"周翔宇答道。

"郎子军到他办公室去过吗?"欧阳云开问。

"没有，没过来。"

"你说要举报顾世言，你掌握什么线索?"欧阳云开问。

"以往，遇到大事儿，他总是和郎总密谈，都避着我，所以我知道的不多。但有些事儿，我观察到一些，比如张兵自杀，很可能与他俩有关，还有些房产、人事安排、土地项目方面的一些情况。"

听到这里，欧阳云开便对倪景行低声说："我看达之书记还没走，我过去向他汇报一下，然后请示中纪委雷震处长，咱俩一起陪周翔宇过去，让雷震直接谈话了解。我们与他谈，显然不合适。"

在滨海通往文昌的国道上，林小夏正艰难前行。过小年了，路上难见行人，也几乎没有车辆行驶。雪花飞舞，大地茫茫。厚厚积雪让车辆驾驶愈加艰难，更感到长路漫漫。

眼见天黑下来，还没到文昌，林小夏有些沮丧，也想掉头返回，可转念一想，都跑五六个小时了，再坚持一会儿就到文昌。想到这里，便把车开到路边，打开双闪，稍微歇息一会儿。

刚喝了水，吃了点儿面包，林小夏竟落下泪来。何苦呢? 自己从乡镇干起,从未放过任何努力的机会,小心翼翼和领导搞关系,终于三十刚出头,干到副县长。这次怎么这样倒霉,钱花出去,没办成啥事,本来就亏,还被省纪委谈话,最后结果尚未可知,弄不好,十年努力和忍受的苦楚所换来的一切,都会付诸东流,连本钱都赔上了,这不飞来的横祸吗?本来没事,像云开师兄说的那样,干着副县长也挺好,怎么就鬼使神差地给吴剑雄送什么钱啊?这不是花钱找罪遭啊?今天顶着这么大的雪往文昌赶,还不知能不能见上省长,即便见到,人家脸子会不会好看,会不会答应给自己说话?

越想越窝囊,林小夏竟抱着方向盘,委屈地哭了起来。

"省长,你这是干什么,何必如此悲伤?"郎子军回到小餐厅,看顾世言伏在餐桌上,身子一耸一耸地哭泣着,赶忙走过来劝慰,轻轻拉他一把,给他递过纸巾。顾世言擦擦眼泪,叹息一声,挺直腰板,轻轻摇一下头:"子军,对不起,今天让你如此破费,如此用心,我却搅了你的好心情。"

"小雨惹你了?"郎子军明知故问。

刚才站在院子外的台阶下,小兰告诉省长在哭泣,郎子军便知其意。自己已抱定必去之心,没有一丝挣扎念头,所以愈加从容镇定。顾世言则不同,眼下他身在悬崖,眼见得前途凶险,身边人又一个个跌落下去。而今,眼前只剩我一人,为了自保,还要加害于我。即便如此,仍然前途未卜,这对一个志存高远的人,该是多大的痛苦?项羽是霸王别姬,那顾世言是别文小雨还是别我郎子军呢?

此刻,二人尽管同样表现得若无其事,但内心已是天壤之别。顾世言能撑到现在,用一张平静的脸,遮盖着波涛汹涌、狂风暴雨的内心世界,已非常人可及。所以在自己离开餐厅后,他禁不住大哭一场,宣泄一下,并不奇怪。

顾世言见郎子军问是不是小雨的事,便说:"也不是,小雨不知我在这里。她刚才说到吴剑雄、庄严,勾起了我的心事。子军你看,今年真的是运交华盖,怎么好好的,却到处碰壁撞墙的? 我们身边的,一个个出事,春天没了齐九天、张兵,夏天没了武来,秋冬又折了吴剑雄、庄严,如今身边的人七零八落的。这一年,一事无成,副书记更是飞云而过,我不该是好运终结了吧?"

"省长啊,也许你是喝了酒,情绪有些起伏,难免伤感。我也是,常常夜半醒来,琢磨一些事情,便感到越想越糟糕。等太阳升东,眼前便是一派光明。由此我便想到,原来黑暗中看到的多是黑暗,光明中看到的多是光明。"

"但愿如此吧。"顾世言喃喃而语。

"小兰,过来吧,换上红酒杯。"郎子军见醒酒器已经见底,便向门厅喊了一句。小兰机灵,看两人说些私密话,便躲到了一边。一听郎子军叫自己,便应声而至:"好的,马上!"

"子军,两瓶进去了,喝得差不多了,不喝了吧?"顾世言知道,别看郎子军平日滴酒不沾,那是因他性格好静,觉得喝酒无趣,又不喜喝酒这嘈杂场面,但其实他是海量,千杯不醉。自己虽然也是仙级的量,但这两天眼见风急浪高,殚精竭虑,茶饭不思,觉也没睡好,心境糟透,自然不胜酒力,好在底子在,勉强撑着。

"这红酒也是为你准备的,很难得,少喝几杯,品尝一下吧。"郎子军便让小兰给顾世言杯里浅浅斟上,刚好盖住杯底。顾世言拿起酒杯,在桌上平着放了放,轻轻滚动了一下,一滴也没溢出来,又端起来,倾斜了四十五度角,仔细端详起来。只见深棕色的酒体,纯净明亮,又深深闻了闻,点点头:"都说五六十年的罗曼尼康帝有玫瑰花香气、浓郁的果子香,还真的是呢。"

"要不说香气变幻莫测呢。"郎子军便和顾世言举杯轻碰,只听

574

杯声悦耳。

"你这杯子也配得好,"顾世言手拿杯子晃了晃,"肖特圣维莎水晶杯,杯口光滑,杯壁轻薄。你看这酒体一点儿弯曲都没有,真不愧是德国百年工艺啊。"

两人品评欣赏着美酒,一时感到香气袭人,不觉已对饮几杯。

"酒少喝,多吃点儿。"郎子军看顾世言微微有点酒意,便劝道,"我看你挺疲劳的,吃点东西,补补身子。"

顾世言夹起一块蓝鳍金枪鱼片:"我还是喜欢蘸辣根生吃。"

"辣根是风球唛的。"郎子军推推眼镜。

"子军,你选食材很考究啊。这太平洋蓝鳍金枪口感清爽,入嘴回甘。大西洋蓝鳍金枪便差了些,有点儿肥腻。"顾世言品评着。

"我就感到奇怪。省长你工作如此繁忙,却无论对什么都有精深研究,除了格外用心,还得益于超群的记忆力,真让人佩服。"说着,郎子军又提醒道,"你吃点儿和牛片吧。你看这肉,大理石花纹明显,肉质饱满,真的是入口即化。你不是想饭后去空响亭赏雪吗?多吃点,好有力气。"

"给我支烟吧,子军。"顾世言之前是不抽烟的。

"你今天也抽了?"郎子军便取出一根沉香细支烟递过去,顺手为他点上,自己也吸起来。

"借烟消愁愁更愁啊!"顾世言又落下泪来,"这些年来,我们在安海也是要风得风,要雨得雨,没想到今日落魄如此。我们老哥俩,不知明年还能不能在这里再次欢聚痛饮。"

"省长,我对前途看得很淡,只是请你多保重。"郎子军扶扶镜框,眼角也淌下泪水。

"子军,我知道你对我满心满意,心尽到了,力也尽到了,我顾某人永生不忘,来,满上,我敬你一杯!"

二人对视,四只泪眼,默默无语,轻轻一碰,便干了。

"省长，我也是仰仗你。走到今天，我想做的都做到了，一生无憾。也请满上，我回敬你一杯，祝你一切安好！"

"郎总，蒸包好了，上来吧？"小兰看着端着盘子走过来的小英，示意她小心点，然后向郎子军问一句。郎子军便向顾世言递了纸巾，回头说："上吧。"

"我吃饱了，没胃口了。"顾世言擦了脸上的泪水。

"你还是尝尝，"郎子军指着盘中晶莹饱满的蒸包说，"这是用西班牙香猪肉和太湖活虾为主料，稍加了点韭菜做成，鲜美无比，用吸管就可吸干的。"

小兰便忙从餐盒中用夹子取出两根吸管，给两人递过去："省长，太热，别烫着！"

"子军，"顾世言深情看着眼前为自己立下汗马功劳的军师，"我好感动，今天像最后的晚餐一样隆重！"

"修炼几世，也难遇省长这样的俊杰。只是命运不济，我们遇上欧阳云开一众虎狼之师。我估计，不久他们就会对我动手。以后，我可能帮不上你什么忙了，前途凶险，请多保重！"

听罢此言，顾世言大惊，更感局势危急，即使对郎子军千般依赖、万般不舍，也只剩下那一条路！于是，便抱住郎子军，失声痛哭："子军啊，是我对不起你！"

郎子军擦擦眼泪："省长不必伤感。你还是尝尝蒸包吧，师傅们也是用心了。"

顾世言摆摆手，摇摇头："不吃了，不吃了。"

见此情景，郎子军便慢慢站起身来，细细向装饰精美的小餐厅四周缓缓看过，深深点点头，对顾世言说道："省长，我刚才出去时，身上雪太多，又化了，这身衣服湿了。我到前边房间换套厚点的衣服，咱好上山看雪景去。"说完，也不等顾世言说话，便转身走出门去。

见郎子军转身出去,顾世言难免诧异。他便从烟盒里抽出一支烟来,走到窗前,点上火,吸起来。回想今天晚上的安排,感到郎子军处处用心,他是为我,还是为他自己? 是不是为他自己精心准备的最后晚餐? 明明预感到欧阳云开要对他动手,却毫不惊慌,没有一丝大难临头的感觉,为什么? 就是再笨的人,也知道走为上啊,何况无所不能的郎子军? 凭他的本领,怎会束手就擒? 可他在生死关头,却依旧从容不迫,是不是成竹在胸,已经有什么应对之策呢? 他能凭三寸舌,几句话就逼死张兵,那他会不会掉转枪口,对我下手呢? 超常镇定必是有非同一般的底气! 想到这里,顾世言又倒吸一口凉气!

此人诡计百出,神鬼莫测,我顾世言根本不是他对手。回想初次对弈时,在那黑白世界,任我左冲右突,都被他牢牢困住,处处遭他算计。今日大难临头,他还不照样会兵不血刃,像除掉张兵那样把我除掉? 最后呢,烧毁一切证据,大雪无痕!

真是无毒不丈夫啊! 这样前后想明白,顾世言酒便立即醒了一半,猛吸一口烟,将剩下的烟扔到地上,狠狠一脚踩灭。

"你们把餐厅收拾好,都回去休息吧,我和省长说说话。"郎子军进了院子,对在门口迎接的小兰吩咐。

"郎总,我还是留在这,端水倒茶的,也好有个人照应。"小兰认真地说。

"你们在这,我们说话不方便。走吧,好孩子。"郎子军又嘱咐一次,才走进屋。

顾世言抽完烟,转身回到门厅,刚坐到沙发上,看郎子军进来,又吃一惊。只见郎子军脚蹬加绒棉靴,身着浅灰斜襟襻扣软缎长款冬袍,一如复古长衫。纯白的围巾绕颈一周,搭在胸前背后,更像前朝遗老。"子军,怎么这个装束?"顾世言猛然心惊,他不该趁我有了酒意,用这围巾勒住我的脖子吧?

"我喜欢这服饰,古朴,保暖,山上风大。"郎子军扶了扶镜框,"我这里还有长身鸭绒服,你穿上吧?"

"不用,不用!"顾世言就差没说出来,我穿了这长身厚服,若是推搡起来,哪里如你这身儿灵便?"我这古驰天鹅绒半大衣,保暖没问题的。"

"省长,手机不带了吧,上边信号也不好。"郎子军看着顾世言。他也是为顾世言好,将来他出意外,会给顾世言惹麻烦的。

顾世言点点头,却想反了:肯定是郎子军估计他自己已被欧阳云开定位,他走到哪儿,都会被欧阳云开盯着的。我们都不带手机,就不会被发现他和我顾某人一起到过山上,那他对我顾某人下手,也就神不知鬼不觉了,如同算计了张兵还不留痕迹一样,他自己脱了个干净,聪明!哼,谁死谁活,还不好说呢,我更不想带这手机!

"孩子们!"郎子军向小餐厅喊一声。

"郎总,"小兰和小英、小梅都跑过来,"小餐厅收拾好了,您有什么吩咐?"

"把省长和我的手机都放到门厅茶几的抽屉里,我们回来再取。"刚要转身,又对小兰说,"你们三个都走吧,春节前放你们的长假。小兰,你去通知厨师们,让他们都回安大总部吧。"

"谢谢郎总关心!"小兰、小梅见郎子军决意让他们离开,便一起答应,只是小英迟疑一下,随后也跟着说了句谢谢。

"省长,我们走吧。"

两人都整整外衣,出了门。

"雪地滑,请注意脚下!"小兰在身后,远远地叮嘱。

顾世言闻言,回头看一眼,皱皱眉头,便停下脚步,轻声说:"子军,我酒劲上来了,咱俩回门厅坐一会儿,喝口茶,卸卸酒劲,再上去。"

郎子军一听,便知他意思。他一定是想到,在三人眼皮底下,两人一起上了山,回来却没了一个,另一个便是嫌犯。郎子军不能不佩服顾世言,在紧要关头,还想着全身而退,便应道:"好吧。"又返回门厅,向三人摆摆手,"你们走吧。我们哪里也不去了,只在这歇一会儿,说说话便各自回家。"

"对,不上去了,我一会儿还要回省政府办公室,有急事要处理。"顾世言高声说道。

三个红衣少女站到二人面前,一齐躬下腰去:"祝省长、郎总小年快乐!"然后走出门厅,小英又回头看看,才往外走。

估计她们出了大门,郎子军才说:"孩子们哪知道,我们只是图个幽静,不愿被打扰。"

"知我者,子军!"顾世言拍拍郎子军。

"咱走吧,省长。"郎子军幽幽地说了一句。

二人第二次出门,下了石阶,转过后排三个院落,来到院后的山根下。郎子军用手中遥控器,向两棵古柏中间点一下,两扇门便徐徐开启,露出幽深的山洞。他走进门,顺手打开门后开关,整个山洞内瞬间便明亮起来。顾世言从这里和郎子军一起上过山顶,路径也熟。里边大多一人多高,也有的地方需要弯腰通过。山洞内谈不上景致,但有几处流水潺潺,汩汩作响,最终不知流向何方。

"不用关门了,我们回来时也方便,省了麻烦。"

"好。"郎子军边走边答应。是啊,如我有不测,遥控器在我身上,那他从山洞旧路返回,便出不了山洞!又想,你处处对我设防,我若有意加害你,你又怎能防得住?而害了你,于我又有何益?于是不禁摇头,咳,再聪明的人,大难临头,也会变得糊涂。

眼见前方坡陡,郎子军紧走两步,登上高处,回身伸过手来,拉顾世言一把,嘴里说道:"你酒喝得多,别摔倒了。"

"你的手还是那么凉,像没喝酒一样。"

"我喝酒,就没啥感觉,我也奇怪。"郎子军把顾世言拉上来后,接着说,"那还是我在干副市长以前了,有一次,我想试试自己到底能喝多少,结果喝了六斤高度地瓜干酒也没啥感觉,后来觉得没意思,还有酒场上乱哄哄的,干脆不喝了。"

　　"你记得吧?咱俩刚认识不久,放开喝过一次。我当时想,我的酒量,罕有对手,可我看你三斤下去,没事似的,就知道坏了,"顾世言微微气喘,"当时就想,常人喝酒叫'量',你呢,叫'洞',倒不满的洞。所以,子军,你深不可测啊!"

　　"省长什么事儿看不透,仰观俯察,深测幽明,在你跟前有啥不可测的,这喝酒,雕虫小技而已。"郎子军知道顾世言话里有话。

　　"哪里啊,细微处功夫,我比你差得远。"顾世言真诚地说。

　　"省长,这里得弯弯腰,洞矮了些,头顶有石头,高处会碰着头的。"郎子军回过头,"大处看不了的,才看细微处呢。大处强,大胜;小处强,小胜。我们在一起,总是你把握方向,我干点儿杂活儿。"

　　顾世言立马想到,细思极恐,便就这细微处,你即可要了我的命!你要了张兵的命,那就小处,只有心细如丝的人,才会拿出这等杰作。今天,你恐怕想杰作我了吧?想到这里,便道:"事成于细,这是你的可怕之处啊。"

　　郎子军知道他已对自己处处设防,疑神疑鬼,无端猜忌,一时间对他由佩服到可怜,再由可怜变成厌恶。这极度自私,竟使一个才华冠群的人,变得如此胆怯、愚蠢和肮脏!对于这等极端利己、心胸狭隘、忠奸不辨的人,哪里还需要我郎子军动手?共产党绝不会容你!

　　"省长,"郎子军把洞口的门打开,"前边路滑,考验你的时候到了!"

　　什么意思,考验我的时候到了?说我要面对死亡吗?顾世言心中一颤,莫非郎子军要在这里结果自己?顾世言后退了两步,不敢出门。

"子军,外边怎么这么冷?"面对生死,顾世言顿时变成懦夫,这让郎子军怎么也没有想到。一个叱咤安海风云的顾世言,在这个夜晚,怎么会堕落到这等地步?是了,他失去了正气,便没了勇气,犹如做人,被抽掉了筋骨!

"省长,出来吧,"郎子军重新退进门洞,伸过手来,想拉一把顾世言,"前边就是空响亭,我们到目的地了。"

目的地?什么目的地?顾世言愈发害怕。见郎子军伸过手来,他仿佛见到金雕的利爪,顷刻间便可抓碎自己的头颅,忙连连后退两步。

"子军,等等,我再喘口气。"

郎子军一声长叹,便步出洞口,昂首走进空响亭。他环视群峰,目及山谷,深吸一口苍松翠柏散发出的芳香,高声吟道:"'死去何所道,托体同山阿。'了我一生,此地甚好!"

说着,郎子军从袍兜里取出两块白色毛巾铺在石板上,提提袍襟,缓缓跪下,接连三拜:

"一拜爹娘。父母给我生,不能免我死。二老艰辛,生我于世,养我成人,今日自尽,糟蹋二老给我的身子,辜负二老的嘱托,有负爹娘了,儿,有罪!

"二拜天地。天生我才,地育我气,但我却逆天行道,绝地用强,才智东流,有负皇天后土,我,有罪!

"三拜世人。自弃官经商以来,攀附权势,巧取豪夺,屡损他人,伤及同行,望河村民,遭受愚弄,如此等等,有负世人,我,有罪!"

自责三罪后,又想到洞中猥琐的顾世言,自己竟与这等人为伍,为这等人付出生命,不禁追悔莫及,悲从中来,便一把拽下眼镜，猛地抛向深谷，而后再次长跪在地，大哭起来："'与害偕行兮，以死自绕。推今而鉴古兮，鲜克以保其身！'"

顾世言听到哭声，才偷偷探出头来，见空响亭里昏暗的灯光下，郎子军长跪不起，便轻轻走到郎子军背后，隐约听到郎子军在吟诵柳宗元的《哀溺文》。

郎子军止住泪水，站起身来，再从袍兜中取出洁净毛巾，将袍襟的雪土轻轻拍去，走出亭子，站到悬崖边，将手中白色毛巾抛下山谷。然后伸出双手，迎接着空中飞舞的雪花，等慢慢融化在双掌中，便紧紧捧着，包住脸颊，轻声自语："没了眼镜，好轻松，再也不需装模作样，再也不需看这世界。有了这天降雪水，洗过了，好干净，这便洗净了一生罪孽！"

顾世言见他口中念念有词，便蹑手蹑脚，从身后靠过来，刚要伸手，只听郎子军背向顾世言，一声长啸，尖锐凄厉，在空旷山谷间回荡，听来愈加恐怖："顾世言，凭你之力，怎奈我一丝一毫？我若葬身你手，便是来这世界的耻辱！但要告诉你，我，如想取你性命，易如反掌，只是干不出这不仁不义之事罢了。更何况，法网恢恢，又哪里需要我去动手？"

刹那间，一股巨大的力量将顾世言周身定住，一丝动弹不得！

郎子军也不管身后的顾世言，朗声而诵："'空山不见人，但闻人语响。返景入深林，复照青苔上。'"余音未尽，郎子军猛地回过头来，手指顾世言，放声狂笑，"哈哈，空响亭，本就空想！片片白雪，散落于林谷深处，一腔热血，飘洒在清澈溪流之中！我，去了！"

顾世言瞪大眼睛，沿着郎子军跳下的方向看去，只见那条白色的围巾迎风展开，上下飞舞。恍惚中，他惊恐地看到，一条巨蟒从山涧中腾空而起，驾云吐雾，穿过夜幕，冒着飞雪，窜到空响亭上空，张开巨口，喷出水柱，向顾世言猛然扑来！顾世言惨叫一声，浑身筋骨旋即松开，内衣已被汗水湿透！

也不知过了多久,失魂落魄的顾世言,从山洞里,忽高忽低、踉踉跄跄地返回英才园。

刚上石阶,走进院子,突觉一阵黑风袭来,郎子军从天而降。

"顾世言,你自以为算度精准,心思缜密,没想到吧,自你昨日电话约我今晚吃饭,我便知道,你已痛下杀心。若非我去意已决,任你推下悬崖,你便死罪难逃!我尽心帮衬你,你却薄情寡义,今夜又必欲将我葬身深谷,你怎下得了手?世上最歹毒之心,怎就装到了你这腹中?顾世言,拿命来!"

顾世言见一双鹰爪从空中抓过来,便猛地一闪,头正撞到院中广玉兰粗壮的树干上,这才醒悟过来,使劲揉揉眼睛,哪里有郎子军的影子?

是郎子军阴魂不散,还是自己走火入魔?亦真亦幻中,顾世言猛然想起,自己的手机还在门厅茶几的抽屉里,便跌跌撞撞走进门厅。

等拿出手机,看到有条微信,竟然是郎子军发来的,顾世言又是一身冷汗!打开看时,上边写着:"省长,你到书房桌子上看看,那里有我对你说的几句话。"再看收到信息时间,却是在一个小时前。喔,那不是晚餐之后、进山洞之前发来的?郎子军啊郎子军,你为何如此镇定?他心惊肉跳走进书房,只见巨大的海南黄花梨书桌之上,羊脂玉镇纸之下,压着两页纸条。

顾世言急不可待地展开来看:

省长钧鉴:

让你受惊了。

当你看到这封信时,我已身葬谷底,这是你为我选择的归宿。此刻,你是满足,还是恐惧?

这封信,应该是在晚餐前写成的吧?那他为何还如此从容?啊,那是看破尘世,视死如归了?

还是要对你道声谢。没你指点，我可能依旧意志消沉地行走于仕途。没你鼎力，我可能只是做个自收自支的小本买卖。是因为有了你，才让我拥有了安大帝国，可正是如此，也让我丧失了商者良知。

无须怀疑我给你带来威胁。我无父无母，无妻无子，了无牵挂，该做的都做了，如今学穷才尽，况又直面缧绁，如若束缚于牢，苟活于世，生不如死，实非我愿，故去意已决，也算自我解脱。安大集团那边，我已写好委托书，一切尽皆安排妥当，毕竟员工们还要吃饭。至于妄断我会对你如何，那便是你的误解，更是你的小气。

顾世言回想一下，从晚餐到山顶，他既然没有加害之意，那他心思为何如此难测？

不得不承认，在清明的时代，你我，做了一次愚蠢至极的努力，与这个时代开了一个大大的玩笑。什么布局七策，什么崇山英才，回想起来，实在荒唐可笑。方向反了，不努力尚可待在原地，如若努力，便离目标愈来愈远。纵有经天纬地之才，逆势而为，亦是无力回天，终难修成善果。

地有原点，世有人心。这便是坐标和戒尺，顺兴逆亡。你的病根在于私利大于公益，私心高于公心。尽管你费尽心机，招数用尽，但你离经叛道，最后也只能是众叛亲离，人心尽失！

这郎子军，真的狼心狗肺。这话，恐怕藏他心里，已不是一天两日。那他为什么如今在我大祸临头时，才揭我疮疤，恶补一刀？

人事代谢，演绎古今。一切必将结束，一切皆为历史，历史也终将消逝。我已走了，你也为期不远。我用自绝免你一死，但你最终难逃审判。看在为你谋划多年，毫无二心，眼下再听子军一言：而今之势，你进去已是必然，侥幸更是糊涂。

> 你宜主动投案,既可表达悔过之意,又能减轻牢狱苦期。何去何从,宜当速决,留给你的时间,不多了!

主动投案?主动投案?如钢鞭裂背,如雷霆击顶,粉碎了顾世言平生追求,宣告了他荣耀梦想的破灭。就此倒下,就此被带走留置,成阶下之囚,成世人的笑料?我顾世言,堂堂安海省委常委、副省长,一夜之间,让我失去荣光,失去自由,失去一切,最终反不及一介平民惬意,尚不及猪狗自由?可笑啊可笑,让一条巨龙化为蝼蚁,一只凤凰变作土鸡?我顾世言,可以接受一贫如洗,可绝不接受身败名裂!

顾世言接连几日心力交瘁,不思茶饭,刚历空响亭惊吓,结局又被郎子军说破,顿感来日无多,已近穷途,即使平日里酒量再大,也经不住这生死跌宕、命运起落,酒力便发作起来。此刻便如中箭的猛虎,狂躁不已。他把郎子军的遗书撕得粉碎,扔进青铜鼎之中,口中骂道:"你这死鬼,去你的吧,我凭什么任你摆布?"

他踉踉跄跄,深一脚浅一脚地闯进了小餐厅。

"呵呵,温馨浪漫?风格典雅?去他妈的,就是口华丽的棺材罢了!"

顾世言双手各抓起一只青花龙凤鹤纹瓶,双向猛力相击,一声清脆响声,便是一地白瓷。这时他见自己两只手里,各攥个残碎了的瓶颈,其中一只还不停地滴着鲜血。

"你郎子军又要闹鬼!去你的吧,你搞这套把戏,又闹得血淋淋吓人!我又不是张兵。你人都死了,你的生命也结束了,你的鬼把戏也该结束了!"顾世言疯狂着,完全没有感到手指已被划破一道口子。又拿起色彩鲜艳的满红鸡血石,看了一眼,哈哈大笑,"娘的,郎子军,你这魔鬼,到处都是你洒的鲜血!"嘴中嘟囔着,高举石头,砸向了嫦娥奔月的羊脂玉,海南黄花梨的博古架顷刻倒下。看着《湘夫人》图轴,竟一把拽了下来,嘴里哼着,"什么湘夫人,如今夜遇到我，也休指望放过你俩，让你俩，一起陪床！"他看着小餐厅被糟蹋得面目全非，便狂笑着来到门厅，看着中堂正上方悬挂的张大千"对酒当歌"横幅，用手指指，说道，"下联答案，应当是'人生落魄'！"他突然产生强烈的冲动：我要烧毁这房子，毁掉这英才园！

啊，烧毁这园子算什么？真他妈的被郎子军说准了，我忒小气了，把地球引爆了才好，让宇宙毁灭了才好，都他妈的给我陪葬去！人类都没了，我们就没了，世界就没了，好人坏人就都没了，一切罪过罪孽，顷刻间都化作了灰烬。"一切必将结束，一切皆为历史，历史也终将消逝！妙哉，妙哉！"

"省长，您一个人在啊，郎总呢？"顾世言突然听到门外胆怯而羞涩的女孩声音，回身看时，正是晚餐把熊掌汤洒到自己身上的小英。

原来，小英性格内向，又没多少心机，把汤洒到省长身上后，看郎子军不高兴，不由得害怕起来。郎子军平素对员工并不刻薄，饭前一个红包便给了五万，都快顶上一年的工资了。所以感到自己闯了祸，那郎总一气之下，还不辞掉自己啊？于是想趁眼下郎总高兴，向他解释解释，认个错。要是过了今夜，还不知什么时候能见到他呢。所以，待小兰她们走后，小英便悄悄留在南房，等着郎子军。中间也过来看过几次，见院子开着门，知道他们没有走远，便一直等着。

刚才，女孩突然听到外面有敲击山洞外铁门的声音，心里奇怪，这么晚了，谁来敲门？再说，这铁门十分隐蔽，里边人谁也不让乱说，外面更没人知道的，她猜摸必定是熟人有急事，赶忙出去开了铁门，进来的，竟是林小夏。

林小夏一看小英，顿时高兴起来："小英妹妹，你还记得我吗？我叫林小夏，今年中秋来过的，在英才园吃饭，是你招待的？"

"喔？对对，"小英也想了起来，忙问，"下这么大的雪，天这么晚了,您怎么会来这里?"

林小夏心机一动:"不是省长在吗?"

"对啊。"

"省长约我过来的。"

"真的?"

"那肯定,不然我怎么能冒着这么大的雪赶来呢。"

小英想了想,倒也是,肯定是省长让她来的,不然她怎么就来了? 说不定我把她引进去,省长还会夸我呢,那郎总一定高兴。于是,便让林小夏进了山洞,然后把铁门重新关上:"林县长,我领您见省长哈。"

3

"一切皆为历史,历史也终将消逝。好,好,好! 生也好死也好,成也好败也好,官也好民也好,人也好鬼也好,一切皆为历史,妙,妙,妙! 郎子军,你他妈,哲人啊!"顾世言正歇斯底里地喊叫着,看到小英喊他,后面带一个漂亮女人,便问:"怎么回事?"

"省长,林县长来了,说和您约好的。"小英天真笑笑,一边说,一边把林小夏引进门厅。

"省长,小年之夜,我来看望您,祝您小年快乐!"林小夏边说边伸出手。

顾世言一看眼前女人,倒有几分像文小雨,猛地想起在滨海见过的,是吴剑雄领来的那个女副县长。看她身穿超大貉子毛领的长身白色羽绒服,从雪地走来,如同昭君出塞。

打量一番,问道:"漂亮啊! 你怎么这时来了?"

林小夏一听顾世言夸自己,心中一喜,只觉折腾了一日,终于得到回报。便冲顾世言一笑,故意显得犹如进了家门,一副亲得不见外的样子,脱了羽绒服,交给小英挂到衣架上。

顾世言再看时,见她经冷风吹拂的脸庞,红润鲜艳,眼波流转,皮肤细腻,上身着裸粉色毛衣,胸部挺起,内里微微晃动,下配蓝色牛仔裤,更显双腿修长。浑身香水味道,愈加诱人。正在狂躁的顾世言,猛地一乐,都这时候了,还有送上门的肉?难得啊难得!

"省长,您问我怎么来了啊,呵呵,我会算呗,知道您今晚准在这里!"林小夏娇声回答。

"省长,林县长,我给你们上点儿茶吧。"小英也放下心来,终于办了一件漂亮事。说着,便想去小餐厅取热水壶。

"这么晚了,喝什么茶?你走吧,我和林县长说句话!"顾世言粗鲁地驱赶小英。小英本就胆子小,经这一吼,腿就发软,站在那里,愣了。

"走啊,没听见?"顾世言摆摆手,"去,去,把院门带上,别放人进来!"

小英这才出了门厅,把门带上。刚要走,不明白怎么又惹恼了领导,想了想,便又反身回来,再推开门,露出半个脑袋,赔着笑脸:"省长,需要我干啥,您喊我!"

"我需要,我需要你给我快点滚开!"顾世言怒不可遏。

"省长,您是因为我不请自到,才不高兴吧?"林小夏以为顾世言是急于和自己说话,赶快支走小英,于是一脸灿烂。

"你今晚来,急我所需啊!"顾世言双眼紧盯林小夏的胸部。

听了这话,林小夏脸更红了,灿若朝霞:"省长,您真的抬举我,让我受宠若惊。"

"哈哈,小夏姑娘解风情!"顾世言大笑起来,说着便靠过来。

林小夏一看顾世言有些失态,估计是酒喝多了,便问:"郎总在吧?"

"郎总,他,"顾世言一声冷笑,"你今天不该是来跟他上床吧?"

588

"省长,您……这……"林小夏心率加速,脸色愈发鲜艳,"您真会开玩笑。我就找您的,请您帮个忙,说句话。"

"都现在了,我还能帮您什么忙?"顾世言伸手便要拉她。

林小夏相貌姣好,难免有人见色起意,但她心里有数,关键时刻设法躲开,从没让心怀叵测的人近过身。见顾世言此刻举止,便知道他的意图,忙退后一步:"省长,我过来有件事儿麻烦您,您一定帮忙呀。"说着,取过提包,一一拿出八沓钱来。

"呵呵,不少啊!"顾世言一声怪笑。

"哪里啊,只一点儿小小心意吧。"林小夏见顾世言紧盯自己,便努力让自己显得更加娇羞好看,"省长,我不是给吴剑雄送过一点儿礼金吗?省纪委那里一直抓着不放。您大领导,发个慈悲,给我说句公道话,把这事给清零吧,别影响我今后的发展……"

顾世言哪里还听林小夏说些啥,只把钱胡乱摔在茶几上,回过头来,朝她笑起来:"你真像小雨。"

"文小雨吗?我可不敢和人家比呢,人家年轻、漂亮,又有气质,绝代佳人呢。"林小夏后背汗便冒了出来。

"你也不老啊,三十冒头,正是最有风韵的时候!在床上,享用起来,一定妙不可言!"身材高大的顾世言,一下子抱住林小夏。

林小夏此刻终于明白,危险时刻真的来临了!她想喊,但不能喊,求人家帮忙,事还没办成呢。只好低声哀求:"省长,您别……您别这样,传出去对您不好,不好……"

顾世言抱起林小夏便往卧室走,林小夏双腿空中乱蹬:"您不能这样,我今天跑一天路,还没吃饭呢!"

"干完再吃,来得及!"顾世言一下子把林小夏摔到床上。

"省长,我浑身很脏,都没洗澡呢,"林小夏情急之下,只好先哄骗他,"我答应您,等我收拾干净了,下次再来陪您!"

"下次?"顾世言欲火烧心,哪里容她多说?"我就喜欢你这脏,吃这荤菜,味道更足! 下次来时你再洗,那时我再吃清口的!"

林小夏见顾世言凶相毕露,便哭起来:"省长,你不能这样,你这是犯罪!"

"我早就犯罪了,不差这一条!"顾世言三下两下拽开自己腰带。林小夏看他低头忙活,趁机爬起身来,下床就跑,顾世言穿一条裤,拖拉着一条裤腿,光一只腿便追上来,一把拽住林小夏,重又抱起来,再次狠狠摔到床上。

"你今天就是老子嘴里的肉,哪里跑!"顾世言穷凶极恶。

林小夏弓起身子,双手抱脸,呜呜地哭起来:"你哪还像个省领导!"

"拿开双手! 我要看看怎样一个美人!"顾世言爬上床,把她的双手一下掰开,将脸端正过来,用自己正在淌着血的手指,轻轻在她脸上抹着,"哈哈,嘴唇儿,脸蛋儿,都要红红的,才好看!"

"你什么省长,不是人!"林小夏哭着喊着。

"我当然不是人,是鬼,色鬼!"顾世言一把扯下林小夏的裤子,又一把撕烂红色裤头,也不顾她的哀求,跳上床去,拽着毛衣的底边,像扒香蕉皮一样,一下便将毛衣拽下来,"啊,美人儿,真的肌肤胜雪!"

"呜呜,你不是人,是个畜生!"林小夏哭骂着。

"我就是畜生,让你尝尝畜生的滋味!"顾世言不顾林小夏如何求饶责骂,饿狼一样扑上去……

室外的雪一点点停了,却起了风,一阵紧似一阵。到后来,北风呼啸,林涛怒吼,院内广玉兰被刮得树摇枝颤,吱吱作响,像极了女人绝望无助的哭泣。

好久过后,顾世言提着裤子从卧室出来。

"谢谢你,小夏姑娘,你让我度过了一个无比销魂的夜晚!"说着,顾世言走到沙发和青铜鼎中间,从茶几上抓起一沓沓百元钞票,嗤嗤啦啦地一沓一沓地撕开封签,全都哗啦哗啦扔进青铜鼎里。然后点上一支烟,慢慢地吸起来。

又过了好久,林小夏哆哆嗦嗦支撑起身体,一件一件地穿上被顾世言撕扯下的衣服,身子摇摇晃晃,走出屋子。

"小夏姑娘,别走啊。"顾世言吐出一口烟,走到林小夏跟前,一把将她拖过来。林小夏头脑麻木,浑身僵硬,任由顾世言摆弄。顾世言坐到沙发边沿,伸手将林小夏按到自己腿上,从口中抽出烟头,插进了林小夏嘴里。随后打开火机,转头从身边鼎中取出几张钞票点燃起来。看着蹿起的火苗,顾世言哈哈大笑:"小夏,今晚痛快吧?"

林小夏像木桩一样,缓缓立了起来,一脸麻木,低声骂着:"畜生,流氓,混蛋……"

出门时,林小夏随手从衣架上取出长身羽绒服,一只手捏着领口长长的貂子毛,衣身拖在地上,木木地走向室外。刚出门,羽绒服被桂花树枝挂住,落到雪地上。林小夏不管不顾,继续晃晃悠悠地向前走去。出了院门,她站在门楼前台阶上,缓缓地抬起头,突然一股狂风扑来,门楼上的积雪纷纷落下。林小夏不由自主伸出双手,接住飞雪:"哈,落到这园子里的雪,哪里能有干净的?"

林小夏一声惨笑!

顾世言看着鼎中的火苗慢慢熄灭,便用剩余微红的火炭,再次点燃一支香烟,放到嘴边:"金钱,美女,郎子军,还有他妈讨厌的临终遗言,都化作了烟雾,都成了历史。一切皆为历史!"

正在这时,突然一阵黑风吹来,院子里的玉兰树被拦腰折断,地上林小夏白色羽绒服猛地飞进门厅,挂到顾世言的头上,他怎么用力都拽不下来。只听半空中郎子军一声狂啸:"要你命的人来也!"

顾世言用尽全力,才将套在头上羽绒服扯下,眼前灯光全熄,整个英才园一片漆黑！只见门厅外站立一高一低两人，高的身材魁梧挺拔，手捧书盒，矮的脑袋锃亮，手按利剑，正气凛然，昂然而入。

"二位不是欧阳云开、倪景行吗，怎么今夜来到这里？"顾世言大脑一片混乱。

倪景行也不答话，高声朗诵：

> 臣闻天下之大义，当混为一，昔有唐、虞，今有强汉。匈奴呼韩邪单于已称北藩，唯郅支单于叛逆，未伏其辜，大夏之西，以为强汉不能臣也。郅支单于惨毒行于民，大恶逼于天。臣延寿、臣汤将义兵，行天诛，赖陛下神灵，阴阳并应，天气精明，陷阵克敌，斩郅支首及名王以下。宜县头稿街蛮夷邸间，以示万里，明犯强汉者，虽远必诛！

"倪主任，这是陈汤上汉元帝疏，你朗诵这段，什么用意？"顾世言一时不解，便问。

却听倪景行一阵大笑："顾世言，你当真不懂？那让我来给你解读。"

"请赐教。"顾世言道。

"现今之中国，在共产党领导下，上下同心，国力强盛，人民幸福。"倪景行提高音调，"而你顾世言，与党和人民离心离德，拉山头，立宗派，结党营私，上负党恩，下欺民意，乱纪违法，严重损害安海政治生态。你以为，身居高位，自负聪明，依仗狡猾骗术，就可逃脱党纪国法制裁吗？十八大以来，从严治党，正风肃纪，绝不允许任何腐败变质分子隐身党内。今天，我们以党的卫士名义，持纪法利剑，对你的罪行予以严惩，并以儆效尤：凡践踏纪法红线者，践踏人民利益者，不管藏得多深，逃得多远，必将受到严厉惩治！"

"呵呵，倪景行，你只差没说我'惨毒行于民，大恶逼于天'了！"顾世言愤愤而言。

"顾世言，我手中书盒内盛着四本书，一本是《党章》，一本是《宪法》，一本是党纪处分《条例》，一本是《刑法》。这四本书，闪闪发光，便是高悬的明镜！"欧阳云开声震屋宇。

"任凭你明镜再高悬，也悬不到我头上！"顾世言轻蔑一笑。

"顾世言，你作为安海省委常委、省政府副省长，严重背离党章，违反宪法，触犯纪法，政治问题与经济问题相交织，且十八大后不收敛、不收手，性质特别严重，影响极其恶劣，等待你的，必然是严肃的纪律审查调查，公正的法律审判！"欧阳云开神态威严。

"欲加之罪，何患无辞！"顾世言极力辩解，"这是罗织罪名，乱扣帽子，我错在何处？"

"你不是糊涂人，今夜怎么糊涂起来？"欧阳云开义正词严，"党的六大纪律你条条违反，职务犯罪数额特别巨大！"

"愿闻其详。"顾世言做洗耳恭听状。

"你严重违反政治纪律，'七个有之'，几乎条条违反。"欧阳云开目光如炬，"你精心经营崇山帮，培植个人势力，拉帮结派，收买人心。对抗组织审查，与郎子军密谋策划，不惜逼死张兵。今晚更是用心险恶，妄图加害重要知情人、为你鞍前马后卖力的郎子军。你完全背离党的理想信念，蜕化变质，是不折不扣的政治野心家、阴谋家、两面派！"

"多蒙抬举！"顾世言讽刺一句。

"你严重违反组织纪律，罗织罪名诬告陷害领导干部、纪检监察干部，搞拉票、贿选等非组织活动，为他人在职称评定、职务晋升上谋取利益。"

"你知道的真不少啊！"

"你严重违反廉洁纪律，大量收受礼金贵重物品，违规出入私人会所，借操办你父亲丧事之机敛取钱财。"

"这事你不是已调查过吗？上次为家父治丧，本人已经受过一次处分了。"顾世言双手一摊。

"上次只追究了你大操大办的错误,这次对你借机敛财问题一并审查。"欧阳云开声色严厉,"你严重违反群众纪律、工作纪律,利用职权,干预插手望河度假村土地使用权出让、建设规划,干预插手该村村民与安大集团的诉讼案件,严重侵害群众利益,造成恶劣影响。"

"我中间说过几句话而已。"顾世言不屑一顾。

"你严重违反生活纪律,由郎子军为你修建豪华娱乐场所,生活奢靡。今夜,你丧心病狂,禽兽不如,强行侮辱林小夏。这不仅违反生活纪律,更是令人发指的犯罪行为!"

"这……这……你怎么知道的?"顾世言这才惊慌起来,又低声说,"这不怨我,是她自己主动送上门的。"

"你利用职务上的便利,为他人谋取利益,收受巨额资金、房产和其他贵重物品,构成严重职务违法并涉嫌受贿犯罪。另外,你多次焚烧人民币,将由公安机关侦查后并案处理。等待你的,必将是司法机关的公正审判!"

听到这里,一向高傲的顾世言彻底绝望,一下瘫倒在沙发上。过了许久,才缓缓抬起头来,眼神里充满祈求:"云开,看在我们多年相识的分上,请为我指一条明路!"

欧阳云开走过来,关切而严肃:"主动投案,接受组织审查调查。"

文昌回滨海的国道,阴云密布,漆黑恐怖。驾车前行的林小夏,目光呆滞,嘴里不停地重复着:"不听师兄话,自入狼口,不听师兄话,自入狼口……"她感到自己身体如同一架机器,被粗暴拆开,无情毁坏,再也难以组装起来,成为一副空荡荡的脏皮囊。此刻她又渴又饿,又羞又愧,又惊又恨,被顾世言强暴的画面无论如何也挥之不去。射向前方的两道光柱,恰如顾世言抓过自己身子的两条长臂,身后仿佛顾世言在黑暗中跟车狂追!"顾世言,你这个流氓!畜生!混蛋!"她一边开车,一边哭喊。

已经精神恍惚的林小夏,完全忘记风雪夜驾车的危险,她只顾哭喊,只顾猛踩油门,突然,前方山路转弯处,两股强烈的灯光直射过来,林小夏不由自主地猛打方向盘!

只听砰的一声巨响,车子撞毁护栏,跌落桥下……

腊月三十下午,年味已浓。清水园内的树木,枯叶落尽,只剩如同线条般简洁的枝干。园子中心,那方清澈湖水被冰层覆盖。整座院子,整洁而安静。

欧阳云开与江镇澜、叶音、倪景行、高辉、杨帆、张浩、孙小雯等人,边走边谈,不时发出朗朗笑声。按照惯例,他们要在放假前,对办公场所、留置室的安全工作进行检查,看望节日期间坚守审查调查工作岗位的同志、医护人员、后勤保障人员,以及负责看护工作的武警战士,同时,向每一位被留置人员送上新春祝福。

刚从留置楼出来,朱克坚急匆匆跑来,对欧阳云开说:"达之书记到大门口了。"

"哦,他没回老家过年?"欧阳云开一时奇怪,赶忙招呼大家出门迎接,远远看见路达之和蓝天下了车,向他们走来。

"达之书记,你不是说要回南方过年吗?"欧阳云开赶紧迎上去。

"今年不用回去,遇到新情况了。"路达之边走边说。

"有新案子?"欧阳云开感到诧异。

"你们啊,"路达之站住,向大家笑笑,"这脑子里只有案子。怎么不往幸福的方向想呢?呵呵,夫人说已处理完手头的事情,正往文昌赶,估计八点前能到,说是要体验一下在北方过年的味道呢。"

众人一起大笑起来。

"云开,我过来,是看望看望大家,给大家拜个年。"路达之收起笑容,"这一年,大家辛苦了!"说着,路达之冲着大家一拱手。

"书记,刚才我们几个代表省纪委、代表你,已经转了一圈,给这个院子里的每个人都送上新年祝福,包括被留置对象。"欧阳云开汇报。

"这可不是代表我,是代表党组织。向被审查人员送温暖,这也是思想政治工作的一部分,你们做得好。"路达之拇指向大家晃了一圈。

"达之书记,我有个建议,你看行不? 反正弟妹晚饭后才到,你看大家忙忙活活一整年了,都很辛苦,今天趁着大年三十,请你与咱们留在清水园里的同志热闹热闹,一起吃个年夜饭,好不好?"欧阳云开一转身,"来,我们一起热烈邀请达之书记和我们共度佳节!"

大家一起鼓起掌来。

"书记啊,您能和我们吃顿年夜饭,叙叙办案情,这才是我们喜欢的领导呢!"孙小雯调皮地笑着。

"哟,不吃年夜饭,你就不喜欢啦?"路达之绷起脸来。

"那说明啊,您不喜欢我们,让我们怎么喜欢您啊?"孙小雯说着,咯咯地笑着,扭头便跑,"我去餐厅看看准备的是啥饺子馅儿!"

"哎呀云开,你们办案人是不是嘴巴都这么刻薄啊?"路达之冲欧阳云开一笑。还没等欧阳云开回答,倪景行便接上话:"达之书记,这里不光有刻薄型的,还有柔情型的呢。"说完,手摸着发亮的头,眼睛瞟着叶音。

叶音的脸腾地红了,知道倪景行不怀好意,就向路达之说道:"书记,您快管管他!"

路达之一听就乐,故意问:"景行,你什么意思,叶音怎么就柔情型了?"

"她对腐败像严冬一样无情,对医生像春天一样温暖,柔情恰似春江水!"倪景行笑答。

"书记,这个老酸总欺负人。"叶音双目波光流盼,满脸红霞。

"他也是分享你的幸福。"路达之很认真的样子,"快办喜事了吧?"

"报告达之书记,"一直没有吱声的江镇澜,此时一本正经说,"经云开书记授权,受叶音委员、任遥主任委托,我已应邀成为二人婚礼主婚人。婚礼确定在出了正月的第一个周六。"

"这是为何?"路达之问。

"依任遥任大主任意思,年前便想急不可待地把叶委员叶音娶走,我这当大舅哥的一想,这哪行? 就给挡住了。"倪景行煞有介事。

"为什么?"路达之扑哧一笑。

"咱安海有个说法,"倪景行摇头晃脑,"正月不娶,腊月不嫁!他姓任的着急? 急死他,这大事儿,得娘家大舅哥说了算!"

"书记啊,"叶音忙岔开话题,"别听老酸瞎白话了,您赶快去会议室吧,同志们都已经集合起来,大家在那儿等您呢。"

几个人刚走进会议室,同志们立即全体起立,热烈鼓掌。

"同志们辛苦了! 我代表省纪委监委领导班子,向大家送上新春祝愿,祝大家新春快乐,阖家幸福!"

大家一齐高喊:"书记新春快乐!"

路达之示意大家坐下:"关于这一年的办案工作,我讲几句。我想了下,有三个特点。一个是,力度大。从齐九天开始,孙岱、凌云、武来,一直到吴剑雄、庄严,厅级干部和其他省管干部,立案一百余件,移送检察机关三十余人! 这体现出省委反腐败的坚强决心,当然也从侧面证明,安海的反腐败斗争,形势依然严峻。所以,从严治党，惩治腐败，永远在路上，一刻也不能放松！"

欧阳云开和江镇澜、倪景行对视一眼，想起二十八星宿来。

"第二个特点，质量高。省纪委办的案子，几年来没有一起申诉的。移交检察机关提起公诉的，也没有一起上诉的。说明什么？说明案子办得扎实，办成了铁案！"说到这里，路达之环视全场，"案子今天能突破，能办下来，这是本事，而多少年后再回过头来看时，人们再评价这起案子，说办得好，这才是真的好！共产党人做事，必须而且能够经得起历史的检验！"

在场的人都频频点头。

"第三，有特色。你们坚决贯彻中央的要求，紧紧围绕巩固党的执政基础、维护改革发展稳定大局、维护人民根本利益，坚持惩前毖后、治病救人的方针，把思想政治工作融入办案工作全过程，精准有效运用'四种形态'，'三不'一体推进，把德治与法治、教育与惩治紧密结合，把党性与人性融为一体，为党赢得了人心，让腐败不得人心！"说到这里，路达之站起来，郑重地向大家深鞠一躬，"我向大家谨表敬意。"

路达之话音刚落，会议室里响起热烈的掌声。

"下面，宣布几个好消息，权当是新年礼物吧。"路达之神情激越，"一个是，云开同志撰写的《关于思想政治工作在新时代执纪审查工作中的探索及成效》，省委陈放同志做了长篇批示，要求全省各级纪检监察机关认真学习借鉴。"

江镇澜、叶音、倪景行带头鼓掌："我们清水园要带头学习运用啊！"

"第二个，今天上午，陈放同志告诉我，中央已经正式批准，江镇澜同志任省纪委副书记，叶音同志任省纪委常委，倪景行同志任省监委委员！"

伴随着热烈掌声，会议室内一片欢腾。

"还有一件事,大家可能已经知道,"路达之笑笑,"省纪委常委会会议决定,杨帆同志调十四室,主持工作。"

欧阳云开、江镇澜、叶音、倪景行、高辉纷纷站起来,与杨帆握手。

正在此时,蓝天急匆匆跑进来:"陈放书记秘书电话,陈书记快到大门口了。"

"哦,陈放同志怎么也过来了?"路达之忙站起来,"云开、镇澜,咱们赶快出去迎一下吧。"等几个人刚赶到大门时,见陈放已站在门外。

"书记光临,有失远迎,挡在门外,更是不应该啊!"路达之连忙赔不是。

哪知陈放哈哈一笑:"清水园,名不虚传,纪律严明之地,我自然进不来喽!"

"对啊陈书记,这里头,好人进不来的!"欧阳云开机敏回答。

"达之同志,你看云开,反应多快啊!"陈放书记手指欧阳云开,笑了起来。

"陈放同志,您怎么过来了?"路达之问。

"我刚路过,听说你在这里,正好进来看看。"陈放对路达之说,"主要是想借机慰问一下战斗在反腐败第一线的同志们。再是通知你回去开省委常委会。"

"这么急?"

"顾世言同志涉嫌严重违纪违法,今天傍晚,中纪委已经对他采取留置措施。刚才,我协助中纪委的雷震处长,与他进行了谈话,现在他已被带走,对他的立案和留置的消息,也将很快在新闻媒体公布。我们马上请目前在文昌的常委同志,开个常委会,通报情况,统一思想,坚决拥护党中央、中纪委的决定,同时,对相关工作做出调整和安排。"

几个人正说着,只见会议室的同志们纷纷走出办公楼,向陈放、路达之这边围拢过来。

"同志们,省委陈放书记过来看望大家了!"路达之高声说道。

清水园里,顿时响起热烈掌声。

"全体参与办案工作的同志们,为办案提供保障和服务的同志们,大家新年好!"陈放语速缓慢,清晰有力,"庚子年春节来临之际,我特意来到清水园,向大家表示亲切慰问,并送上新春祝福!"

"感谢书记支持,给书记拜年!"大家高声回应。

"一直以来,省委坚决贯彻全面从严治党方针,坚定支持省纪委监委履行职责,严惩腐败,治病救人。在腐败与反腐败的严酷斗争中,你们立场坚定,旗帜鲜明,德法并用,为党赢得了人心。清水园就是安海反腐败斗争的风向标,引导着全省反腐倡廉的走向。你们是勇敢无畏的战士,坚守着清水园这块安海反腐败斗争一号高地,胜利地完成了任务,取得了辉煌的战果。在这里,我陈放向你们每一个同志,致敬!"

顿时,清水园沸腾了。在场同志像攻占敌人的山头,取得战役胜利一样,欢呼跳跃,振臂高呼!

"同志们,我和达之同志,还要回去开常委会,不能和大家一起吃团圆饭了,祝大家新春愉快,争取新的更大辉煌!"

"领导稍等,"二人刚要转身,只听甜美一声喊,大家回头看时,见孙小雯和一名服务员一起,抬着木质保温箱,跑了过来,"两位书记,这是五份清水园年夜水饺,是同志们一起包的,一盒是陈放书记的,一盒是达之书记的,一盒是达之书记家嫂夫人的,另两盒呢是两位秘书的。驾驶员的,也都已经放到车上了!"

"呵,你这丫头,想得好周全啊!"陈放指指孙小雯。

"陈放书记,亏了您说公道话。您可不知道,达之书记总是批评我们不细致呢!"孙小雯嘴巴,依然来得快。

送走陈放、路达之，吃过饺子，大家又嚷着要打"够级"，突然门卫过来，走到欧阳云开跟前，轻声说："门口来了三个人，一男一女，领着个男孩，说要见您。"

"你们继续热闹，我和杨帆出去看看怎么回事儿。"

二人走出清水园大门，站在轿车一边的女人高喊一声："云开书记，云开书记，我们来给您拜年了！"还没等欧阳云开反应过来，女人就拉着一边的小男孩过来，"果果，问欧阳伯伯过年好！"

原来是齐九天的夫人沙海霞、儿子齐宗远和齐亚楠的丈夫。

"大过年的，你们怎么跑来了？"欧阳云开急忙迎上去。

"我们三个，专程来给云开书记、给办案的领导们拜年的！"沙海霞扯扯齐宗远的手，"果果，路上咱怎么说的？"

果果两手一拱，声音清脆："给欧阳伯伯和叔叔阿姨们拜年！"

"哎哟，果果真可爱！"杨帆伸手摸摸齐宗远的后脑勺。

欧阳云开也弯下身子，拉着齐宗远的手问："果果，最近去看你爸爸没？"

"看了！"沙海霞把齐宗远的头搂在腰间，"这个该死的让果果把头靠近窗子，隔着玻璃又亲又摸的，说什么，如果没有省纪委，便没有现在这个家。叨叨个没完，一个劲感谢党组织，感谢办案人！对了，他还给您和办案的同志写了封感谢信呢。嘱咐我，在来拜年时，一定当面交给您，转达他的真诚谢意。"说着，沙海霞把信封交给欧阳云开，欧阳云开接过，转身交给杨帆，嘱咐收好。

"云开书记，谢谢您，在老太太去世和亚楠住院时，省纪委提供了真诚帮助，我们终生难忘！"齐亚楠的丈夫把手中的泡沫箱递给杨帆，"这里边，是我们亲手包的水饺，还有一点老家的瓜子年货，请大家一起尝尝，这是我们全家的一点儿心意！"

"谢谢，谢谢你们大老远跑来看我们，这是对我们工作的鼓励啊！"欧阳云开感动地说，"我们只是做了办案人、共产党人应该做的!"

"云开书记,以后,我们每年都会给您拜年的。"沙海霞紧紧握着欧阳云开的手,"我老了,走不动了,孩子还会过来!"

轿车渐渐远去,一只大手,一只小手,仍然伸出车窗,不停朝车后挥动。

欧阳云开与杨帆并肩而立,背靠清水园,遥望文昌城,只见一簇簇烟花接连升起,绚丽绽放。除夕的夜空,五彩斑斓,璀璨夺目。

2021 年 9 月 21 日昌邑初稿
2021 年 10 月 20 日淄博二稿
2021 年 12 月 9 日东营三稿
2022 年 5 月 1 日济南定稿

后　记

　　中国共产党立志于中华民族千秋伟业。我们要在推进从严治党、严惩腐败的过程中,坚持惩前毖后、治病救人,强化思想政治工作,让那些接受审查调查的党员干部,从内心感受到组织的温暖阳光。让那些受到处分甚至走进监狱的人,从内心感受到共产党的至诚厚爱,知错悔过。让老百姓从内心感受到党性体现着最高人性,感受到前所未有的政治廉洁、社会清明。要为我们的党,赢得天下人心!